Mathématiques

Sommaire

Les auteurs ont choisi d'illustrer la partie du programme Algorithmique et Programmation à l'aide du logiciel Scratch, utilisable en ligne (ou téléchargeable) à l'adresse https://scratch.mit.edu. Vous pouvez également utiliser Snap!, utilisable en ligne et sans installation : https://snap.berkeley.edu/.

Mathématiques

Lue | Relue | Apprise

Nombres et calculs

Calcul numérique

Calcul littéral

Arithmétique

Équations et inéquations

Fonctions

Notion de fonction

Sommaire

Sommaire

Lue | Relue | Apprise

Géométrie dans l'espace

Gestions des données

Statistiques et pourcentages

Probabilités

Grandeurs et mesures

Algorithmique et programmation

Algorithmique

Programmation

Calculer avec des fractions

1

Lue Relue Apprise

1 L'essentiel du cours

A Les opérations élémentaires

- **Opérations prioritaires :** Dans un calcul, on commence toujours par les parenthèses les plus intérieures (s'il y en a), puis par les multiplications et les divisions. Enfin, on effectue les additions et les soustractions.

- **Simplification d'une fraction :** $\frac{a \times \cancel{k}}{b \times \cancel{k}} = \frac{a}{b}$

- **Addition ou soustraction de fractions :**

$$\frac{a}{b} + \frac{c}{b} = \frac{a+c}{b}$$

On ne peut ajouter (ou soustraire) des fractions que si elles ont le même dénominateur.

Exemple : $\frac{-3}{7} + \frac{1}{14} = \frac{-6}{14} + \frac{1}{14} = \frac{-6+1}{14} = \frac{-5}{14}$

Attention

On est parfois obligé de mettre d'abord les fractions au même dénominateur.

- **Multiplication de fractions :** $\frac{a}{b} \times \frac{c}{d} = \frac{a \times c}{b \times d}$

Il suffit de multiplier les numérateurs entre eux et les dénominateurs entre eux.

Exemple : $\frac{4}{9} \times \frac{21}{6} = \frac{\cancel{2} \times 2 \times \cancel{3} \times 7}{3 \times \cancel{3} \times \cancel{2} \times 3} = \frac{14}{9}$

Conseil

Penser à décomposer les nombres pour faire apparaître les simplifications.

- **Division de fractions :** $\frac{a}{b} \div \frac{c}{d} = \frac{a}{b} \times \frac{d}{c} = \frac{a \times d}{b \times c}$

Exemple : $\frac{12}{5} \div \frac{6}{7} = \frac{12}{5} \times \frac{7}{6} = \frac{2 \times \cancel{6} \times 7}{5 \times \cancel{6}} = \frac{14}{5}$

Aide

Diviser par une fraction, c'est multiplier par son inverse.

B Les cas particuliers

- **Addition d'une fraction et d'un entier** : il faut mettre l'entier sous forme de fraction.

Exemple : $3 + \frac{-4}{5} = \frac{3}{1} + \frac{-4}{5} = \frac{15}{5} + \frac{-4}{5} = \frac{11}{5}$

- **Multiplication d'une fraction et d'un entier** : on multiplie seulement le numérateur.

Exemple : $6 \times \frac{5}{7} = \frac{6 \times 5}{7} = \frac{30}{7}$

Attention

Une erreur fréquente est de multiplier le numérateur et le dénominateur : ceci est faux car la valeur de la fraction reste la même : $\frac{1}{2} = \frac{3}{6}$

2 Application

EXO Calculer $A = \frac{4}{5} + \frac{28}{5} \times \frac{10}{21}$

Solution

$$A = \frac{4}{5} + \frac{28}{5} \times \frac{10}{21}$$

$$= \frac{4}{5} + \frac{28 \times 10}{5 \times 21}$$

Observer les différentes opérations qui composent le calcul : pas de parenthèses, mais une addition et une multiplication.
Commencer donc par la multiplication.

$$= \frac{4}{5} + \frac{4 \times \cancel{7} \times 2 \times \cancel{5}}{\cancel{5} \times 3 \times \cancel{7}}$$

Penser à décomposer les produits pour faire apparaître les simplifications.

$$= \frac{4}{5} + \frac{8}{3}$$

$$= \frac{4 \times 3}{5 \times 3} + \frac{8 \times 5}{3 \times 5}$$

Mettre ces deux fractions au même dénominateur avant de les ajouter.

$$= \frac{12}{15} + \frac{40}{15} = \boxed{\frac{52}{15}}$$

S'assurer que la fraction finale est présentée sous forme irréductible.

Mémo'Quiz

1. Les fractions $\frac{2}{3}$ et $\frac{14}{21}$ sont égales. ❑ Vrai ❑ Faux
2. Pour multiplier deux fractions, elles doivent avoir le même dénominateur. ❑ Vrai ❑ Faux
3. L'expression $\frac{-4}{3} \times \frac{5}{8}$ est égale à $\frac{-5}{6}$. ❑ Vrai ❑ Faux
4. L'expression $6 + \frac{1}{7}$ est égale à 1. ❑ Vrai ❑ Faux
5. Le double de la fraction $\frac{3}{5}$ est égal à $\frac{6}{10}$. ❑ Vrai ❑ Faux

→ corrigés p. 473

Calculer avec des puissances

2

Lue Relue Apprise

1 L'essentiel du cours

A Puissance d'un nombre

Dans toute la suite, a est un nombre différent de 0 et n et p des nombres entiers positifs.

Définitions : • $a^n = \underbrace{a \times a \times \ldots \times a}_{n \text{ fois le nombre } a}$ • $a^0 = 1$

Exemples : $(-5)^2 = (-5) \times (-5) = 25$

$-5^2 = -5 \times 5 = -25$

$7^0 = 1$

Vocabulaire

a^n se lit « a puissance n ». Le nombre n s'appelle l'exposant.

Définition : • $a^{-n} = \dfrac{1}{a^n}$

Exemples : $3^{-2} = \dfrac{1}{3^2} = \dfrac{1}{9}$; $\dfrac{1}{4^{-2}} = 4^{-(-2)} = 4^2 = 16$

Remarque : $a^{-1} = \dfrac{1}{a}$, donc a^{-1} est l'inverse de a.

B Opérations sur les puissances

• **Produit de deux puissances d'un même nombre :**

$$a^n \times a^p = a^{n+p}$$

Exemple : $5^3 \times 5^4 = 5^{3+4} = 5^7$

Attention

Aucune formule identique n'existe pour l'addition ou la soustraction.

• **Quotient de deux puissances d'un même nombre :**

$$\frac{a^n}{a^p} = a^{n-p}$$

Exemple : $\dfrac{2^7}{2^3} = 2^{7-3} = 2^4$

• **Puissance d'une puissance :** $(a^n)^p = a^{n \times p}$

Exemple : $(3^{-2})^4 = 3^{-2 \times 4} = 3^{-8}$

• **Produit de deux nombres de même puissance :**

$$a^n \times b^n = (a \times b)^n$$

Exemple : $2^3 \times 5^3 = (2 \times 5)^3 = 10^3$

Attention

Avant d'appliquer cette formule, bien vérifier que les exposants sont les mêmes.

Remarque : Pour calculer 3^5 avec une calculatrice, on tape [3] [^] [5] ou bien [3] [x^y] [5]

2 Applications

EXO 1 Simplifier l'expression suivante : $A = 2^5 \times 2^{-4} \times 2^3$

Solution

$A = 2^5 \times 2^{-4} \times 2^3$
$= 2^{5+(-4)+3}$
$= 2^4$

Il n'y a que des puissances de 2 dans le calcul : on applique la formule du produit de puissances.

EXO 2 Simplifier l'expression suivante : $B = \dfrac{3^5 \times 2^{-3}}{2 \times 3^2}$

Solution

$B = \dfrac{3^5 \times 2^{-3}}{2 \times 3^2}$

$= \dfrac{3^5 \times 2^{-3}}{2^1 \times 3^2} = \dfrac{3^5}{3^2} \times \dfrac{2^{-3}}{2^1}$

$= 3^{5-2} \times 2^{-3-1}$

$= 3^3 \times 2^{-4}$

- Appliquer la formule du quotient de puissances.
- Ne pas oublier que 2 s'écrit 2^1.
- Plus aucune simplification n'est possible.

EXO 3 Simplifier l'expression suivante : $C = (7^2)^{-3} \times \dfrac{1}{21}$

Solution

$C = (7^2)^{-3} \times \dfrac{1}{21}$

$= 7^{2\times(-3)} \times \dfrac{1}{21}$

$= 7^{-6} \times \dfrac{1}{7 \times 3}$

$= 7^{-6} \times 7^{-1} \times 3^{-1}$

$= 7^{-7} \times 3^{-1}$

- Appliquer la formule d'une puissance de puissance.
- Décomposer 21 en 7×3.
- Ne pas oublier que $\dfrac{1}{7} = 7^{-1}$.
- Plus aucune simplification n'est possible.

Mémo'Quiz

1. $\dfrac{1}{4^{-5}}$ est égal à : ❑ -4^5 ❑ 4^5 ❑ 4^{-4}
2. $3^2 \times 25$ est égal à : ❑ 15^2 ❑ 75^2 ❑ 9^7
3. $(-1)^{15}$ est égal à : ❑ -15 ❑ 1 ❑ -1
4. $4^3 + 5^3$ est égal à : ❑ 9^3 ❑ 189 ❑ 9^6

→ corrigés p. 473

Donner l'écriture scientifique d'un nombre

3

☐ Lue ☐ Relue ☐ Apprise

1 L'essentiel du cours

A Les puissances de 10

Les puissances de 10 permettent d'écrire facilement les très grands nombres, tout comme les très petits nombres.

Exemples : un milliard = 10^9 = 1 000 000 000
un millième = 10^{-3} = 0,001

Puissances d'exposant positif	Puissances d'exposant négatif
$10^0 = 1$ $10^1 = 10$ → 1 suivi de 1 zéro $10^2 = 100$ → 1 suivi de 2 zéros .... $10^n = 1\underbrace{0\ldots0}_{n\text{ zéros}}$ → 1 suivi de n zéros	$10^0 = 1$ $10^{-1} = 0{,}1$ → 1 précédé de 1 zéro $10^{-2} = 0{,}01$ → 1 précédé de 2 zéros .... $10^{-n} = \underbrace{0{,}0\ldots0}_{n\text{ zéros}}1$ → 1 précédé de n zéros

B Écriture scientifique d'un nombre

Définition : Un nombre est écrit en écriture scientifique s'il est présenté sous la forme : $\boxed{a \times 10^n}$, où :
- a est un nombre décimal compris entre 1 (inclus) et 10 (exclu) ;
- a est éventuellement précédé d'un signe – ;
- n est un nombre entier (positif ou négatif).

Attention
Bien noter que a est inférieur à 10, et qu'il peut être éventuellement précédé d'un signe –.

Exemples : $1{,}5 \times 10^{-4}$ est une écriture scientifique.
$0{,}325 \times 10^7$ n'est pas une écriture scientifique (0,325 n'est pas compris entre 1 et 10).
$-9{,}758 \times 10^8$ est une écriture scientifique.

C Donner l'écriture scientifique d'un nombre

- Écrivons le nombre 0,00653 en écriture scientifique :

1. Le nombre a devant être compris entre 1 et 10, il vaut forcement 6,53.

2. Cherchons donc le nombre n tel que : $0{,}00653 = 6{,}53 \times 10^n$. **Observons de combien de rangs la virgule a été décalée** : le décalage est de 3 rangs vers la droite, donc $n = -3$.

3. On obtient donc $0{,}00653 = 6{,}53 \times 10^{-3}$.

L'astuce du prof
Décalage vers la droite → –
Décalage vers la gauche → +

2 Applications

EXO 1 Donner l'écriture scientifique de : $A = 2 \times 10^{-6} \times 6 \times 10^3$

Solution

$A = 2 \times 10^{-6} \times 6 \times 10^3$
$= 12 \times 10^{(-6)+3}$
$= 12 \times 10^{-3}$
$= 1{,}2 \times 10 \times 10^{-3}$
$= 1{,}2 \times 10^{1-3}$
$= 1{,}2 \times 10^{-2}$

• Regrouper les puissances de 10.

• Attention, 12×10^{-3} n'est pas une écriture scientifique, à cause du nombre 12. Il faut donc la transformer en écrivant $12 = 1{,}2 \times 10$.

EXO 2 Donner l'écriture scientifique de : $B = \dfrac{6 \times 10^{-7} \times 15 \times 10^{11}}{8 \times (10^2)^4}$

Solution

$B = \dfrac{6 \times 10^{-7} \times 15 \times 10^{11}}{8 \times (10^2)^4}$

Regrouper les puissances de 10, en utilisant les formules sur les puissances.

$= \dfrac{3 \times \cancel{2} \times 15 \times 10^4}{4 \times \cancel{2} \times 10^8}$

Les décompositions permettent de simplifier les calculs

$= \dfrac{45}{4} \times 10^{4-8}$

$= \dfrac{45}{4} \times 10^{-4}$

$= 11{,}25 \times 10^{-4}$

$= 1{,}125 \times 10 \times 10^{-4}$

$= 1{,}125 \times 10^{-3}$

Ceci n'est pas encore l'écriture scientifique, à cause de 11,25.

Mémo'Quiz

1. $0{,}12 \times 10^4$ n'est pas une écriture scientifique. ❏ Vrai ❏ Faux
2. 3×10^{-4} est un nombre supérieur à 2×10^1. ❏ Vrai ❏ Faux
3. La distance de la Terre au Soleil est environ $1{,}49 \times 10^{-8}$ km. ❏ Vrai ❏ Faux
4. L'écriture scientifique de $0{,}01354 \times 10^{-10}$ est $1{,}354 \times 10^{-8}$ ❏ Vrai ❏ Faux

→ corrigés p. 473

Calculer des racines carrées

4

Lue Relue Apprise

1 L'essentiel du cours

A Racine carrée d'un nombre positif

Définition : La racine carrée d'un nombre **positif** a est le seul nombre **positif** dont le carré est a.
Pour tout nombre positif a, on a donc : $(\sqrt{a})^2 = a$

Exemples : $\sqrt{9} = 3$ car 9 est le carré de 3 ($3^2 = 9$).
$\sqrt{144} = 12$ car 144 est le carré de 12 ($12^2 = 144$).
$\sqrt{0} = 0$ car 0 est le carré de 0 ($0^2 = 0$).

Attention
Calculer la racine carrée d'un nombre n'est pas diviser par 2 !

Propriété : Pour tout nombre positif a, on a : $(\sqrt{a})^2 = a$ et $\sqrt{a^2} = a$.

Exemples : $(\sqrt{7})^2 = 7$ et $\sqrt{13^2} = 13$.

Remarque : Pour calculer $\sqrt{5}$ avec une calculatrice, on tape [√] [5].
Pour 5, comme pour la plupart des nombres, la calculatrice ne donne qu'une valeur **approchée**. La calculatrice affiche [2.236067977], qui **n'est pas** la valeur exacte de $\sqrt{5}$. On garde donc bien souvent $\sqrt{5}$ dans le calcul.

B Carrés parfaits

Définition : Les nombres dont la racine carrée est un nombre **entier** sont appelés des **carrés parfaits**.

Exemple : 81 est un carré parfait, car $\sqrt{81} = 9$.

Remarque : Ces carrés parfaits ont donc été appris lors de la découverte des tables de multiplication : ils figurent en jaune sur le tableau ci-contre.
Ils doivent être connus par cœur jusqu'à 144, mais leur liste est bien sûr illimitée.

	1	2	3	4	5	6	7	8	9	10	11	12
1	**1**	2	3	4	5	6	7	8	9	10	11	12
2	2	**4**	6	8	10	12	14	16	18	20	22	24
3	3	6	**9**	12	15	18	21	24	27	30	33	36
4	4	8	12	**16**	20	24	28	32	36	40	44	48
5	5	10	15	20	**25**	30	35	40	45	50	55	60
6	6	12	18	24	30	**36**	42	48	54	60	66	72
7	7	14	21	28	35	42	**49**	56	63	70	77	84
8	8	16	24	32	40	48	56	**64**	72	80	88	96
9	9	18	27	36	45	54	63	72	**81**	90	99	108
10	10	20	30	40	50	60	70	80	90	**100**	110	120
11	11	22	33	44	55	66	77	88	99	110	**121**	132
12	12	24	36	48	60	72	84	96	108	120	132	**144**

2 Applications

EXO 1 **1. Calculer mentalement : $\sqrt{36}$, $\sqrt{64}$ et $\sqrt{100}$.**
2. En déduire $A = \sqrt{36} + \sqrt{64}$ et $B = \sqrt{36 + 64}$. A-t-on $A = B$?

Solution

1. $36 = 6^2$, donc $\sqrt{36} = 6$.
$64 = 8^2$, donc $\sqrt{64} = 8$.
$100 = 10^2$, donc $\sqrt{100} = 10$.

2. $A = \sqrt{36} + \sqrt{64}$
$= 6 + 8 = \mathbf{14}$
$B = \sqrt{36 + 64} = \sqrt{100} = \mathbf{10}$
Donc A n'est pas égal à B.

> Utiliser la définition de la racine carrée, et se souvenir de la liste des carrés parfaits.

> Cet exemple montre qu'on ne peut pas fusionner deux racines carrées additionnées : le résultat est alors différent.

EXO 2 **1. Trouver deux carrés parfaits dont la somme vaut 169.**
2. En déduire qu'il est possible de construire un triangle rectangle d'hyptoténuse 13 dont tous les côtés ont une longueur entière.

Solution

1. Par tests successifs, on trouve que $169 = 25 + 144$.
2. On remarque que $\sqrt{169} = 13$.
L'égalité $169 = 25 + 144$ peut donc aussi s'écrire : $13^2 = 5^2 + 12^2$. D'après le théorème de Pythagore, cela signifie donc qu'un triangle de côtés 5, 12 et 13 est un triangle rectangle.

> Raisonner sur le chiffre des unités (qui doit être égal à 9) permet de gagner du temps lors des tests.

> Ces trois nombres (5, 12, 13) forment un triplet pythagoricien. Le triplet pythagoricien le plus connu est (3, 4, 5).

Mémo'Quiz

1. $\sqrt{18}$... ❑ $= 9$ ❑ $= 324$ ❑ $\simeq 4{,}2$
2. $\sqrt{-4}$... ❑ $= 2$ ❑ $= -2$ ❑ n'existe pas
3. $-\sqrt{4}$... ❑ $= 2$ ❑ $= -2$ ❑ n'existe pas
4. Un carré d'aire 36 cm² a pour coté ❑ 4 cm ❑ 6 cm ❑ 18 cm
5. $\sqrt{81} + \sqrt{144} = \ldots$ ❑ 21 ❑ 15 ❑ $\sqrt{225}$

→ corrigés p. 473

Développer une expression

5

Lue Relue Apprise

1 L'essentiel du cours

A Somme ou produit ?

- Une expression littérale est une **somme** si la dernière opération à faire est une addition.
- Une expression littérale est un **produit** si la dernière opération à faire est une multiplication.

Exemples : $4x - 3$ est une somme.
$x(3x + 1)$ est un produit.

Aide
L'ordre des opérations est donné par la règle des **priorités opératoires.**

Définition : Développer un produit, c'est le transformer en somme. On utilise la distributivité de la multiplication par rapport à l'addition.

B Développement simple

- Pour tous nombres a, b et k :

$$k \times (a + b) = k \times a + k \times b$$

Exemples : $3 \times (x + 2) = 3 \times x + 3 \times 2 = 3x + 6$
$x \times (2x - 5) = x \times 2x + x \times (-5) = 2x^2 - 5x$

Attention
Les nombres a, b et k peuvent être négatifs.

Règle des signes
+ × + = +
+ × − = −
− × + = −
− × − = +

C Développement double

- Pour tous nombres a, b, c et d :

$$(a + b) \times (c + d) = a \times c + a \times d + b \times c + b \times d$$

Attention
Les nombres a, b, c et d peuvent être négatifs.

Remarque : Le symbole × ne s'écrit pas systématiquement devant une parenthèse.

Exemples :

$(x + 2)(3x + 5) = x \times 3x + x \times 5 + 2 \times 3x + 2 \times 5$
$= 3x^2 + 5x + 6x + 10$
$= 3x^2 + 11x + 10$

$(3y - 1)(2y - 3) = 3y \times 2y + 3y \times (-3) + (-1) \times 2y + (-1) \times (-3)$
$= 6y^2 - 9y - 2y + 3$
$= 6y^2 - 11y + 3$

L'astuce du prof
Penser à réduire l'expression en regroupant les termes de même espèce.

2 Applications

EXO 1 **Calculer sans calculatrice, en écrivant les étapes : $A = 8 \times 13$**
$B = 19 \times 12$

Solutions

$A = 8 \times (10 + 3)$
$= 8 \times 10 + 8 \times 3$
$= 80 + 24$
$= 104$

$B = (20 - 1) \times 12$
$= 20 \times 12 - 1 \times 12$
$= 240 - 12$
$= 228$

- Commencer par décomposer l'un des nombres en une somme (calcul *A*) ou une différence (calcul *B*) de deux nombres plus « simples ».
- Puis développer, en faisant attention aux signes et au facteur à distribuer qui peut se trouver « à droite » (calcul *B*).
- Procéder ainsi pour calculer mentalement et rapidement.

EXO 2 **Développer et réduire l'expression :**
$C = (5x - 1)(2x + 7) - 3x(x + 4)$

Solution

$C = 5x \times 2x + 5x \times 7 + (-1) \times 2x + (-1) \times 7 + (-3x) \times x + (-3x) \times 4$
$= 10x^2 + 35x - 2x - 7 - 3x^2 - 12x$
$= 10x^2 - 3x^2 + 35x - 2x - 12x - 7$
$= 7x^2 + 21x - 7$

- Repérer qu'il y a **deux** produits dans cette expression, qu'il faut développer séparément.
- Bien remarquer que dans le deuxième produit, c'est $-3x$ qu'il faut distribuer.
- Penser à effectuer d'abord les multiplications.
- Regrouper les termes de même espèce pour réduire l'expression.

Mémo'Quiz

1. $3(x - 5) = \ldots$	❑ $3x - 5$	❑ $x - 15$	❑ $3x - 15$
2. $-5(2x - 1) = \ldots$	❑ $-10x + 5$	❑ $10x - 1$	❑ $-10x - 5$
3. $(3t + 1)(t - 5) = \ldots$	❑ $3t^2 - 5$	❑ $3t^2 - 16t + 5$	❑ $3t^2 - 14t - 5$
4. $(2 - z)(z + 5) = \ldots$	❑ $-3z$	❑ $-z^2 + 3z - 10$	❑ $-z^2 - 3z + 10$
5. $(n + 1)(n - 1) - n^2 = \ldots$	❑ $2n^2$	❑ -1	❑ $2n$

→ corrigés p. 473

Factoriser une expression

6

Lue Relue Apprise

1 L'essentiel du cours

Définition : Factoriser une somme, c'est la transformer en produit. Pour cela, on utilise la distributivité de la multiplication par rapport à l'addition.

- Pour tous nombres a, b et k :

$$\mathbf{k} \times a + \mathbf{k} \times b = \mathbf{k} \times (a + b)$$

Exemples :

$\mathbf{3} \times 5 + \mathbf{3} \times x = \mathbf{3} \times (5 + x)$

$\mathbf{2} \times y - \mathbf{2} \times 7 = \mathbf{2} \times (y - 7)$

Remarque : Le nombre k est appelé **facteur commun**. On ne peut factoriser que s'il y en a un !

Aide

C'est la même formule que pour développer, mais dans l'autre sens.

Attention

Les nombres k, a et b peuvent être négatifs.

Conseil

Il faut commencer par le repérer, ou le faire apparaître.

2 Applications

EXO 1 **Calculer sans calculatrice : $A = 13 \times 7 + 13 \times 3$ et $B = 15 \times 14 - 15 \times 2 + 8 \times 15$**

Solutions

$A = \mathbf{13} \times 7 + \mathbf{13} \times 3$

$= \mathbf{13} \times (7 + 3)$

$= 13 \times 10 = 130$

$B = \mathbf{15} \times 14 - \mathbf{15} \times 2 + 8 \times \mathbf{15}$

$= \mathbf{15} \times (14 - 2 + 8)$

$= 15 \times 20 = 300$

- Repérer le facteur commun.
- Utiliser la formule, en plaçant le facteur commun en multiplication devant la parenthèse.
- Regrouper les facteurs restants entre parenthèses en faisant attention aux signes, puis calculer.

EXO 2 **Factoriser les expressions : $C = 3x - 15$ et $D = -2x^2 + 5x$**

Solutions

$C = 3x - 15$

$= \mathbf{3} \times x - \mathbf{3} \times 5$

$= \mathbf{3} \times (x - 5)$

$D = -2x^2 + 5x$

$= -2 \times \boldsymbol{x} \times x + 5 \times \boldsymbol{x}$

$= \boldsymbol{x} \times (-2x + 5)$

- Commencer par décomposer les produits pour faire apparaître un facteur commun.
- Puis utiliser la formule.
- Bien faire attention aux signes.

EXO 3 Factoriser l'expression : $E = 3x(x+1) - (2x-5)(x+1)$

Solution

$E = 3x(x+1) - (2x-5)(x+1)$
$= (x+1) \times (3x - (2x-5))$
$= (x+1) \times (3x - 2x + 5)$
$= (x+1)(x+5)$

• Observer que le facteur commun peut être parfois une expression entre parenthèses plus complexe.

• Bien faire attention aux signes lors de la réduction.

EXO 4 **Carrés**
Factoriser l'expression : $F = (2x-1)^2 + (x-4)(2x-1)$

Solution

$F = (2x-1)^2 + (x-4)(2x-1)$
$= (2x-1)(2x-1) + (x-4)(2x-1)$
$= (2x-1)((2x-1) + (x-4))$
$= (2x-1)(2x-1+x-4)$
$= (2x-1)(3x-5)$

• Commencer par décomposer le carré comme le produit de l'expression entre parenthèses par elle-même.

• Repérer ensuite le facteur commun, puis factoriser.

EXO 5 **Le coup du 1 !**
Factoriser les expressions : $G = x^2 + x$ et $H = (4x-1)(x+6) - (4x-1)$

Solution

$G = x^2 + x$
$= x \times x + x \times \mathbf{1}$
$= x \times (x+1)$

$H = (4x-1)(x+6) - (4x-1)$
$= (4x-1)(x+6) - (4x-1) \times \mathbf{1}$
$= (4x-1)((x+6) - 1)$
$= (4x-1)(x+6-1)$
$= (4x-1)(x+5)$

Ne pas oublier ce × **1** lorsque la totalité d'un des termes est le facteur commun !

Mémo'Quiz

1. $27 + 9x = 9(3+x)$ ☒ Vrai ☐ Faux
2. $-3x - 21 = -3(x-7)$ ☐ Vrai ☒ Faux
3. $x^3 + 2x^2 - 3x = x(x^2 + 2x - 3)$ ☒ Vrai ☐ Faux
4. $(x+2)(3-x) + (x+2)(2x-4) = (x+2)(x-1)$ ☒ Vrai ☐ Faux
5. $(3x-5)^2 + (3x-5)(2x+7) = (3x-5)(2x+7)$ ☐ Vrai ☒ Faux

→ corrigés p. 473

Valider ou réfuter une affirmation

7

Lue Relue Apprise

1 L'essentiel du cours

A Qu'est-ce qu'une affirmation ?

Définition : En mathématiques, une affirmation (ou une proposition) est une phrase qui est soit vraie, soit fausse.

Exemples :

- Affirmation A : « Pour tout nombre x, $(x-1)(x+1)=x^2-1$. »
Cette affirmation est vraie.
En effet, $(x-1)(x+1)=x^2+x-x-1=x^2-1$

- Affirmation B : « Les diagonales d'un rectangle sont perpendiculaires. »
Cette affirmation est fausse,
comme le prouve la figure ci-contre :

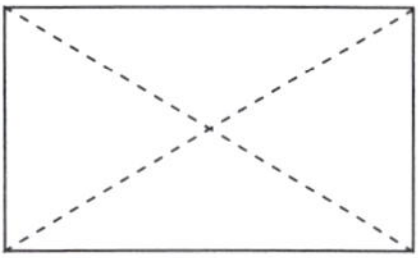

B Les méthodes pour décider

Trouver un contre-exemple

Un contre-exemple est un exemple qui contredit l'affirmation : à lui seul, il permet de conclure que celle-ci est fausse.

Exemple : Le rectangle dessiné ci-dessus est un contre-exemple de l'affirmation B, car ses diagonales ne sont pas perpendiculaires.

Attention
Un contre-exemple prouve qu'une affirmation est fausse.
Un exemple ne prouve rien.

Utiliser le calcul littéral

Beaucoup d'affirmations à valider ou réfuter sont des égalités entre deux expressions.

Exemple :

L'affirmation « si $x \neq 1$, $1+x+x^2=\dfrac{1-x^3}{1-x}$ » est-elle vraie ?
Une erreur très classique est de tester l'égalité avec une (ou plusieurs) valeurs de x pour constater que cela « marche ». Cela ne prouve rien, car l'égalité doit être vraie pour TOUTES les valeurs possibles de x.
À moins d'avoir la chance de tomber sur un contre-exemple !
Pour prouver que l'affirmation est vraie, il faut utiliser le calcul littéral :
$(1-x)(1+x+x^2)=1+x+x^2-x-x^2-x^3=1-x^3$.
Si $x \neq 1$, il est possible de diviser par $1-x$, donc $1+x+x^2=\dfrac{1-x^3}{1-x}$.
L'affirmation est donc vraie.

2 Applications

EXO 1 **Valentine affirme : « La somme de trois nombres consécutifs est un multiple de 3. » A-t-elle raison ou tort ?**

Solution

Utilisons le calcul littéral. Si on appelle n le premier nombre, les deux suivants peuvent s'écrire $n+1$ et $n+2$.
La somme de trois nombres consécutifs s'écrit donc $n+n+1+n+2$.
Or $n+n+1+n+2 = 3n+3 = 3n+3$
$= 3(n+1)$.
Donc Valentine a raison, la somme de trois nombres consécutifs est bien un multiple de 3.

Une erreur classique est d'utiliser 3 inconnues (par exemple, x, y, et z). Une seule est nécessaire, car les deux autres s'expriment à partir de la première.

Penser à la factorisation par 3.

Toujours écrire une phrase de conclusion.

EXO 2 **Martin affirme : « Un nombre est toujours plus petit que son carré. » A-t-il raison ou tort ?**

Solution

Prenons le nombre 0,5. Le carré de 0,5 vaut 0,25, donc $0{,}5 > 0{,}5^2$.
Le nombre 0,5 est donc un contre-exemple à l'affirmation de Martin : celle-ci est donc fausse.

Au début de la recherche, il faut tester l'affirmation avec quelques valeurs. Si on a la chance de trouver un contre-exemple, ne pas aller plus loin : l'affirmation est forcément fausse.
Même si l'affirmation est vraie pour beaucoup de nombres (tous les nombres supérieurs à 1), on peut la déclarer fausse, car elle contient le mot « toujours ». Un seul nombre la rendant fausse nous suffit pour conclure.

Mémo'Quiz

1. La somme de deux nombres pairs est un nombre pair. ❑ Vrai ❑ Faux
2. Un triangle équilatéral est aussi isocèle. ❑ Vrai ❑ Faux
3. Un triangle isocèle est aussi équilatéral. ❑ Vrai ❑ Faux
4. Pour tout nombre x, $(2x+1)^2 - 4x = 4x^2 - 1$ ❑ Vrai ❑ Faux
5. Pour tout nombre $x \neq -1$, $\frac{x^2-1}{x+1} = x-1$ ❑ Vrai ❑ Faux

→ corrigés p. 473

Division euclidienne. Multiples et diviseurs

8

☐ Lue ☐ Relue ☐ Apprise

1 L'essentiel du cours

A Division euclidienne

Voici la division avec quotient et reste **entiers** de 2 016 par 15. On dit alors : « Dans 2 016, il y a 134 fois 15 et il reste 6 ».
Ce qui s'écrit en ligne sous la forme :
2 016 = 15 × 134 + 6. On appelle cette écriture la **division euclidienne** de 2 016 par 15.

```
2 016 | 15
  51  |134
   66 |
    6 |
```

Définition : Pour tous entiers a et b, il existe deux entiers q et r tels que :

$$a = b \times q + r \qquad \text{et} \qquad 0 \leqslant r < b$$

Vocabulaire

a est le **dividende** et b est le **diviseur**.

Remarque : On peut aussi écrire 2 016 = 15 × 133 + 21, mais ce n'est pas la division euclidienne de 2 016 par 15 car le reste 21 est plus grand que le diviseur 15. Le nombre 133 n'est donc pas le plus grand nombre de fois que 2 016 contient 15.

B Multiples et diviseurs

Dans la division de 2 016 par 15, il y a un reste non nul. Cela signifie que 2 016 n'est pas un multiple de 15.
Mais dans celle de 2 016 par 16, le reste est nul et 2 016 = 16 × 126. 2 016 est donc un multiple de 16 (et aussi de 126). On dit également que 16 est un diviseur de 2 016, ou bien que 2 016 est divisible par 16.

Définition : Pour tous entiers a et b, s'il existe un entier q tel que $a = b \times q$, alors on dit que :

- a est un **multiple** de b ;
- a est **divisible** par b ;
- b est un **diviseur** de a ;
- b **divise** a.

Exemples :

- 16 divise 2 016 mais 15 ne divise pas 2 016.
- 2 016 = 14 × 144 donc 2 016 est divisible par 14. Et 7 divise 14, donc 7 est un diviseur de 2 016.

Donner les multiples d'un nombre (par exemple 7) est simple : il suffit d'écrire sa « table » : 0 ; 7 ; 14 ; 21 ; 28 ; 35 ; . . .
Il est en revanche souvent plus compliqué de trouver tous les diviseurs d'un nombre : si certains en ont peu, d'autres en ont beaucoup.

Méthode pour obtenir les diviseurs d'un nombre *n* :
- *n* est toujours divisible par *n* et par lui-même ;
- on teste successivement si *n* est divisible par tous les nombres entiers, dans l'ordre croissant ;
- on trouve les diviseurs par **paires** (par exemple 16 et 126 pour 2 016) ;
- on s'arrête dès qu'on arrive à un diviseur déjà trouvé.

L'astuce du prof

Penser aux critères de divisibilité par 2, 3, 5 ou 9 pour chercher des diviseurs.

2 Applications

EXO Déterminer la liste des diviseurs de 70.

Solution

- 70 est divisible par 1 et 70 ;
- 70 est pair, donc divisible par 2. Comme 70 = 2 × 35, 35 est un diviseur de 70 ;
- 3 ne divise pas 70, puisque 70 = 3 × 23 + 1 ;
- 4 ne divise pas 70, puisque 35 est impair ;
- 70 = 5 × 14, donc 5 et 14 sont des diviseurs de 70 ;
- 3 ne divise pas 70, donc 6 non plus ;
- 70 = 7 × 10, donc 7 et 10 sont des diviseurs de 70 ;
- Entre 7 et 10, il ne reste plus qu'à tester 8 et 9, qui ne sont pas des diviseurs de 70, car 4 et 3 ne le sont pas.

Conclusion : Les diviseurs de 70 sont donc : 1, 2, 5, 7, 10, 14, 35, 70.

Si un nombre n'est pas un diviseur, alors ses multiples ne le sont pas non plus. Par exemple, pour un nombre impair, il est inutile de tester les nombres pairs comme diviseurs.

Mémo'Quiz

1. 67 = 12 × 5 + 7 est la division euclidienne de 67 par 5. ❑ Vrai ❑ Faux
2. 67 = 12 × 5 + 7 est la division euclidienne de 67 par 12. ❑ Vrai ❑ Faux
3. 90 est un multiple de 15. ❑ Vrai ❑ Faux
4. 75 est un diviseur de 25. ❑ Vrai ❑ Faux
5. 36 est divisible par 8. ❑ Vrai ❑ Faux
6. 11 divise 132. ❑ Vrai ❑ Faux

→ corrigés p. 473

Connaître et utiliser les nombres premiers

9

Lue Relue Apprise

1 L'essentiel du cours

A Qu'est-ce qu'un nombre premier ?

Définition : Un nombre premier est un nombre entier qui n'a que deux diviseurs : 1 et lui-même.

Exemples :

- 6 n'est pas un nombre premier car il a 4 diviseurs : 1, 2, 3 et 6.
- 7 est un nombre premier car il a 2 diviseurs : 1 et 7.

Attention

1 n'est pas un nombre premier car il n'a qu'un seul diviseur : lui-même.

B Décomposition en facteurs premiers

Propriété : Tout nombre entier (supérieur ou égal à 2) peut se décomposer en un produit de nombres premiers.

Exemples : $140 = 2 \times 70 = 2 \times 2 \times 35 = 2 \times 2 \times 5 \times 7$

Cette décomposition s'écrit finalement $140 = 2^2 \times 5 \times 7$.

Vocabulaire

Les nombres premiers de la décomposition sont appelés des facteurs premiers.

Méthode : La décomposition se fait petit à petit, jusqu'à ce que plus aucun nombre ne soit décomposable. Ensuite, on regroupe les facteurs égaux sous forme de puissances, et on les classe par ordre croissant.

C Application à la simplification de fractions

Propriété-Définition : Toute fraction peut s'écrire sous forme irréductible, lorsque le dénominateur et le numérateur n'ont plus aucun diviseur commun autre que 1.

Exemples : Trouvons l'écriture irréductible de $\frac{124}{80}$:

$$\frac{124}{80} = \frac{2 \times 2 \times 31}{2 \times 2 \times 2 \times 2 \times 5} = \frac{\cancel{2} \times \cancel{2} \times 31}{\cancel{2} \times \cancel{2} \times 2 \times 2 \times 5} = \frac{31}{20}$$

Remarque

Avoir effectué la décomposition en facteurs premiers assure que plus aucune simplification n'est possible.

2 Applications

EXO 1 **1. Décomposer en facteurs premiers les nombres 105 et 825.**

2. En déduire l'écriture sous forme irréductible de la fraction $\frac{105}{825}$.

Solution

1. $105 = 3 \times 5 \times 7$

$825 = 3 \times 5^2 \times 11$

2. $\frac{105}{825} = \frac{\cancel{3} \times \cancel{5} \times 7}{\cancel{3} \times \cancel{5} \times 5 \times 11} = \frac{7}{55}$

> Penser à vérifier (à la calculatrice) l'égalité de ces deux fractions.

EXO 2 **Deux satellites en orbite autour de la Terre apparaissent aujourd'hui parfaitement alignés dans mon téléscope. Sachant que ces deux satellites ont une période de révolution respective de 150 jours et de 350 jours, dans combien de temps ce phénomène se produira-t-il à nouveau pour la première fois ?**

Solution

Il s'agit de trouver le plus petit nombre qui soit à la fois un multiple de 150 et de 350.

> Si nécessaire, modéliser la situation par un dessin.

Décomposition en facteurs premiers de ces deux nombres :

> La décomposition s'obtient petit à petit. Ici n'est présentée que la décomposition finale.

$150 = 2 \times 3 \times 5^2$

$350 = 2 \times 5^2 \times 7$

Le plus petit multiple commun est donc $2 \times 3 \times 5^2 \times 7$, soit 1 050.

> Bien observer quels sont les facteurs communs, et ceux qui ne le sont pas. Ici, 7 est le seul facteur de 350 que 150 ne possède pas. Donc on multiplie 150 par 7.

Vérifions : $1050 = 150 \times 7$

et $1050 = 350 \times 3$

> Vérifier que le nombre trouvé est bien un multiple commun.

Ceci signifie que cet alignement se reproduira pour la première fois dans 1 050 jours. Un des satellites aura fait 7 tours entiers, l'autre en aura fait 3.

Mémo'Quiz

1. La fraction irréductible égale à $\frac{75}{350}$ est : ❑ $\frac{25}{35}$ ❑ $\frac{15}{14}$ ❑ $\frac{3}{14}$

2. La décomposition en facteurs premiers de 990 est :

❑ $2 \times 5 \times 9 \times 11$ ❑ $2 \times 3^2 \times 5 \times 11$ ❑ $2^2 \times 3 \times 5 \times 11$

3. Trouver le nombre premier : ❑ 91 ❑ 101 ❑ 111

4. 60 est un multiple commun de : ❑ 30 et 25 ❑ 12 et 14 ❑ 12 et 15

5. Un diviseur de $3^3 \times 5 \times 11$ est : ❑ $3^3 \times 7$ ❑ $5^2 \times 11$ ❑ $3^2 \times 11$

→ corrigés p. 473

Résoudre une équation à une inconnue

10

Lue Relue Apprise

1 L'essentiel du cours

A Solution d'une équation

Définition : Une équation est une égalité dans laquelle intervient un nombre inconnu, désigné par une lettre (qui sera souvent la lettre x). On dit qu'un nombre est solution d'une équation si l'égalité obtenue en remplaçant x par ce nombre est une égalité vraie.

Exemples : Le nombre 4 n'est pas solution de l'équation $2x + 3 = 10$, car l'égalité $2 \times 4 + 3 = 10$ est fausse.
Le nombre 5 est solution de l'équation $18 - x = 13$. En effet, l'égalité $18 - 5 = 13$ est vraie.

B Résoudre une équation

Définition : Résoudre une équation, c'est trouver **toutes** les valeurs de x qui rendent l'égalité vraie.

Exemple : Le nombre 3 est solution de l'équation $x^2 = 9$. Mais ce n'est pas le seul nombre solution : le nombre -3 l'est aussi, car $(-3)^2 = 9$.
Résoudre l'équation $x^2 = 9$, c'est dire que les solutions sont 3 et -3.

C Techniques de résolution d'une équation

Propriété : Une égalité reste vraie lorsqu'on effectue la **même opération** des deux côtés du signe =.

Cette propriété est utile pour transformer l'équation à résoudre en une égalité de la forme $x = \dots$
On a ainsi résolu l'équation.

Exemple : $x + 3 = 8$
$x + 3 - \mathbf{3} = 8 - \mathbf{3}$ (on enlève 3 de chaque côté)
$x = 5$

La solution de l'équation $x + 3 = 8$ est 5.

Remarque
On utilise souvent l'image d'une balance en équilibre : pour qu'elle reste en équilibre, il faut rajouter ou enlever la même quantité de chaque côté.

Méthode : Pour résoudre une équation, il faut :
- développer (si nécessaire) les expressions
- regrouper tous les termes en x du même côté du signe =
- terminer en écrivant $x = \dots$

Chaque transformation d'une ligne à l'autre ne peut se faire qu'en effectuant la même opération (+, −, × ou ÷) de chaque côté du signe =.

Attention
Ne jamais se dire « je fais passer le +2 de l'autre côté » mais plutôt « j'effectue l'opération −2 de chaque côté ».

2 Applications

EXO 1 **Résoudre l'équation : $3x - (1 - 2x) = -5$**

Solution

$$\begin{aligned}3x - (1 - 2x) &= -5\\ 3x - 1 + 2x &= -5\\ 5x - 1 &= -5\\ 5x - 1 + 1 &= -5 + 1\\ 5x &= -4\\ \frac{5x}{5} &= \frac{-4}{5}\\ x &= \frac{-4}{5}\end{aligned}$$

On enlève la parenthèse, en changeant les signes à l'intérieur.

On se débarrasse du –1 en effectuant l'opération +1 de chaque côté.

$5x$ signifie $5 \times x$. Pour se débarrasser du 5, il faut effectuer une division par 5.

L'équation a pour solution $x = \frac{-4}{5}$.

On conclut en écrivant une phrase.

EXO 2 **Résoudre l'équation : $2(x + 3) = -4x + 24$**

Solution

$$\begin{aligned}2(x + 3) &= -4x + 24\\ 2x + 6 &= -4x + 24\\ 2x + 6 + 4x &= -4x + 24 + 4x\\ 6x + 6 &= 24\\ 6x + 6 - 6 &= 24 - 6\\ 6x &= 18\\ \frac{6x}{6} &= \frac{18}{6}\\ x &= 3\end{aligned}$$

On développe l'expression de gauche.
On décide de regrouper les x à gauche. Pour se débarrasser du $-4x$ à droite, on effectue donc l'opération $+4x$ des deux côtés.

L'opération –6 permet d'isoler x.

$6x$ signifie $6 \times x$. Pour se débarrasser du 6, il faut effectuer une division par 6.

L'équation a pour solution $x = 3$.

On conclut en écrivant une phrase.

Mémo'Quiz

1. L'équation $3x - 5 = 7$ a pour solution : ❑ 4 ❑ $\frac{2}{3}$ ❑ 3

2. L'équation $x^2 = 25$ a pour solution(s) :
❑ uniquement 5 ❑ uniquement –5 ❑ 5 et –5

3. L'équation $\frac{3x+1}{2} = 7$ a pour solution :
❑ $\frac{13}{3}$ ❑ $\frac{13}{2}$ ❑ 5

→ corrigés p. 473

Résoudre une équation produit nul

11

Lue Relue Apprise

1 L'essentiel du cours

A Équation produit nul

Définition : On appelle « équation produit nul » une équation du type

$$(ax + b)(cx + d) = 0$$

où a, b, c et d sont des nombres relatifs.

Exemples : L'équation $(1 - x)(4x + 2) = 0$ est une équation produit nul.
Les équations $(1 + 5x) + (3 - x) = 0$ et $(x + 7)(4 - 2x) = 3$ ne sont pas des équations produit nul.

Attention
Le membre de gauche doit être un produit et le membre de droite doit être égal à 0.

B Propriété de la multiplication

Propriété : Si un produit est égal à 0, alors au moins un des facteurs du produit est égal à 0.

Exemple : Considérons 2 nombres A et B. Si $A \times B = 0$, alors forcément $A = 0$, ou bien $B = 0$, ou bien $A = B = 0$.

C Résolution d'une équation produit nul

Une équation produit nul se résout donc en séparant l'équation en deux : chaque facteur du produit donne naissance à une nouvelle équation.

Exemple : $(4 + 3x)(2 - x) = 0$

$4 + 3x = 0$ ou $2 - x = 0$

$3x = -4$ ou $2 = x$

$x = \frac{-4}{3}$ ou $x = 2$

Les deux solutions de l'équation $(4 + 3x)(2 - x) = 0$ sont donc $\frac{-4}{3}$ et 2.

Conseil
Ne pas développer le produit : cela donnerait une nouvelle équation insoluble avec les connaissances du collège.

D Cas particuliers

- **Produit de 3 facteurs**

Le raisonnement précédent reste valable si le produit est constitué de 3 facteurs (ou plus) : l'équation $(1 - x)(x - 4)(3 + x) = 0$ admet 3 solutions, qui sont 1, 4 et -3.

- **Problèmes de factorisation**

Certaines équations nécessitent d'être factorisées pour devenir des équations produit nul : voir le 2e exercice d'application.

2 Applications

EXO 1 Résoudre l'équation : $(3x+2)(1-2x)=0$

Solution

$(3x+2)(1-2x)=0$

donc $3x+2=0$ ou $1-2x=0$

donc $3x=-2$ ou $1=2x$

donc $x=\frac{-2}{3}$ ou $\frac{1}{2}=x$

L'équation a pour solutions $\frac{-2}{3}$ et $\frac{1}{2}$.

- On sépare tout de suite l'équation produit nul en 2 équations, qu'on va résoudre simultanément.
- Les deux valeurs trouvées sont des solutions possibles pour x : il faut impérativement donner ces deux solutions.

EXO 2 Résoudre l'équation : $(4+x)(2-x)-7(2-x)=0$

Solution

$(4+x)(2-x)-7(2-x)=0$

$(2-x)(4+x-7)=0$

$(2-x)(x-3)=0$

donc $2-x=0$ ou $x-3=0$

donc $2=x$ ou $x=3$

L'équation a pour solutions 2 et 3.

- L'expression de gauche n'est pas factorisée : ce n'est pas une équation produit nul. Mais une factorisation par $(2-x)$ est possible.
- On peut maintenant séparer l'équation produit nul en deux équations.

On peut vérifier que 2 et 3 sont solutions en remplaçant x par 2 puis par 3 dans l'équation de départ.

Mémo'Quiz

1. L'équation $(-4x+1)(2x+3)=0$ a pour solutions $\frac{1}{4}$ et $\frac{3}{2}$. ☐ Vrai ☒ Faux
2. L'équation $3(x+2)-(x+2)(5-x)=0$ peut se transformer en équation produit nul. ☒ Vrai ☐ Faux
3. Les solutions de l'équation $3(x+2)-(x+2)(5-x)=0$ sont 2 et −2. ☒ Vrai ☐ Faux
4. L'équation $(4-3x)(2+x)(4-3x)=0$ a 3 solutions différentes. ☐ Vrai ☒ Faux

→ corrigés p. 473

Résoudre une inéquation

☐ Lue ☐ Relue ☐ Apprise

12

1 L'essentiel du cours

A Résolution d'une inéquation

Résoudre une inéquation, c'est trouver **toutes** les valeurs de x qui sont solutions de cette inéquation.

Exemple : Les solutions de l'inéquation $x + 3 > 5$ sont tous les nombres x supérieurs à 2.

Attention

Contrairement à une équation, il y a dans une inéquation une infinité de solutions.

Méthode : pour résoudre une inéquation, il faut transformer étape par étape l'inégalité (par des opérations effectuées des deux côtés du signe $>$ ou $<$) pour arriver à une inégalité du type $x < \ldots$ ou $x > \ldots$

Exemple : Résolvons

$$\begin{aligned} 2x + 5 &< 11 \\ 2x + 5 - 5 &< 11 - 5 \\ 2x &< 6 \\ 2x \div 2 &< 6 \div 2 \\ x &< 3 \end{aligned}$$

Les solutions de l'inéquation $2x + 5 < 11$ sont donc les nombres x inférieurs à 3.

Symboles

$<$: inférieur
$\leqslant$: inférieur ou égal
$>$: supérieur
$\geqslant$: supérieur ou égal

Propriété : Lorsqu'on **multiplie** ou **divise** par un nombre **négatif**, on doit changer **le sens** de l'inégalité.

Exemple :

$$\begin{aligned} -4x &\geqslant 12 \\ -4x \div (-4) &\leqslant 12 \div (-4) \\ x &\leqslant -3 \end{aligned}$$

Attention

Oublier de changer le sens de l'inégalité est l'erreur la plus courante dans les résolutions d'inéquations.

B Représentation des solutions d'une inéquation

On visualise les solutions d'une inéquation en les représentant (souvent en les hachurant) sur un axe gradué.

Pour indiquer si la valeur limite est acceptée ou refusée dans les solutions, on la marque par un crochet qui :

- est tourné **vers** les solutions hachurées si la valeur limite est acceptée.
- « tourne le **dos** » aux solutions hachurées si la valeur limite est refusée.

Exemples :

- les solutions de l'inéquation $x \leqslant 2$ se représentent par :

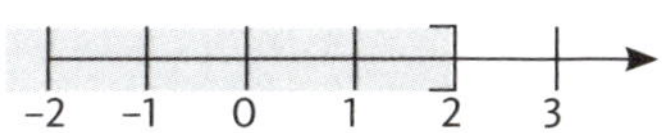

- les solutions de l'inéquation $x > 0$ se représentent par :

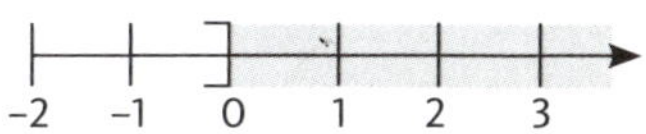

2 Applications

EXO 1 **Résoudre l'inéquation $2(x+3) > 5x$ et représenter les solutions sur un axe gradué.**

Solution

$$\begin{aligned} 2(x+3) &> 5x \\ 2x+6 &> 5x \\ 2x+6-2x &> 5x-2x \\ 6 &> 3x \\ 6 \div 3 &> 3x \div 3 \\ 2 &> x \\ x &< 2 \end{aligned}$$

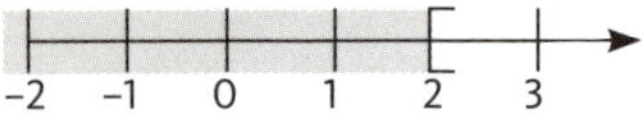

- Pour pouvoir regrouper les x du même côté, il faut auparavant développer $2(x+3)$.
- On décide de regrouper à gauche : on enlève donc $2x$ des deux côtés.
- On élimine le 3 de $3x$ par une division par 3 : cette division ne change pas le sens de l'inégalité, car 3 est positif.
- Par habitude, on achève la résolution avec le x à gauche de l'inégalité.
- Remarquer que le crochet « tourne le dos » aux solutions hachurées : 2 ne fait pas partie des solutions.

EXO 2 **Résoudre l'inéquation $-4x \leqslant 5x + 12$ et représenter les solutions sur un axe gradué.**

Solution

$$\begin{aligned} -4x &\leqslant 5x+9 \\ -4x-5x &\leqslant 5x+9-5x \\ -9x &\leqslant 9 \\ -9x \div (-9) &\geqslant 9 \div (-9) \\ x &\geqslant -1 \end{aligned}$$

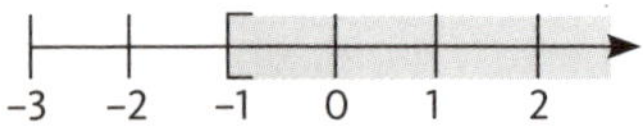

- On regroupe les x à droite, en effectuant l'opération $-5x$ des deux côtés.
- On divise par -9 : bien remarquer que l'inégalité change alors de sens.
- Remarquer que le crochet est tourné vers les solutions : la valeur -1 fait partie des solutions.

Mémo'Quiz

On considère l'inéquation $-3x > 6$

1. La valeur -3 est une solution de cette inéquation. ☑ Vrai ☐ Faux
2. La valeur -2 est une solution de cette inéquation. ☐ Vrai ☑ Faux
3. La résolution de cette inéquation donne $x > -2$ ☐ Vrai ☑ Faux
4. La résolution de cette inéquation donne $x < -2$ ☑ Vrai ☐ Faux
5. La représentation graphique des solutions de cette inéquation est : ☑ Vrai ☐ Faux

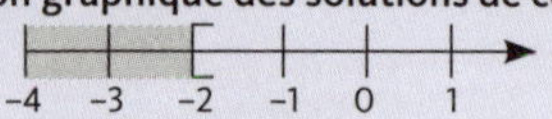

→ corrigés p. 473

Trouver l'image d'un nombre par une fonction

13

Lue Relue Apprise

1 L'essentiel du cours

Définition : Une fonction f est un procédé qui, à un nombre de départ x fait correspondre un autre nombre (noté $f(x)$), appelé l'**image** de x par f.

x → fonction f → image de x : $f(x)$

Attention

L'image d'un nombre par une fonction est unique.

A Fonction définie par un tableau

- Soit f la fonction définie par le tableau de valeurs :

x	−1	0	1	2
$f(x)$	3	1	−2	5

Exemples :

3 est l'image de −1 par la fonction f, c'est-à-dire $f(-1) = 3$.

L'image de 2 par la fonction f est 5, c'est-à-dire $f(2) = 5$.

Aide

Les images se lisent sur la ligne « $f(x)$ ».

B Fonction définie par un graphique

- Soit f la fonction définie par le graphique ci-contre.

Pour chaque point de la courbe, l'ordonnée est l'image de l'abscisse.

Exemple : $f(1) = 2$

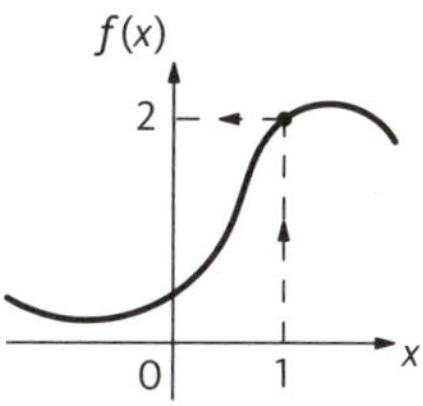

Aide

L'image d'un nombre se lit sur l'axe des **ordonnées.**

C Fonction définie par une expression

- Si une fonction est définie par une expression algébrique (littérale), on peut **calculer** l'image d'un nombre en effectuant le calcul décrit par cette expression.

Exemples :

- Si $f(x) = x^2 - 1$, alors $f(2) = 2^2 - 1 = 4 - 1 = 3$

L'image de 2 par f est 3.

- Si $g(x) = \dfrac{1}{x+2}$, alors $g(-5) = \dfrac{1}{-5+2} = -\dfrac{1}{3}$

L'image de −5 par g est $-\dfrac{1}{3}$.

L'astuce du prof

Il suffit de remplacer x dans l'expression de la fonction.

2 Applications

EXO 1 La courbe ci-contre représente une fonction f.
Lire les images de -2, de 0 et de 1 par la fonction f.

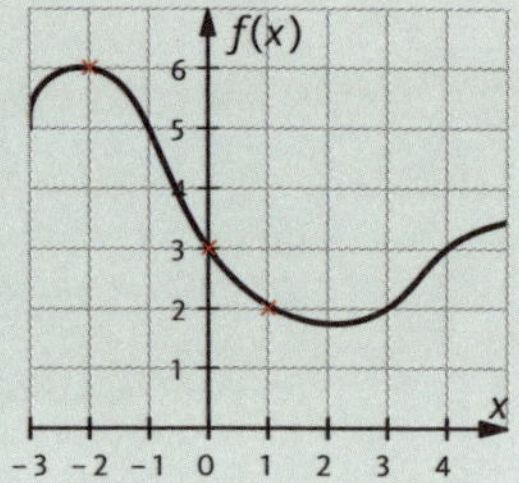

Solution

$f(-2) = 6$ $f(0) = 3$ $f(1) = 2$

Placer −2 ; 0 et 1 en abscisse et lire les ordonnées des points de la courbe leur correspondant (marqués en rouge sur la courbe).

EXO 2 Soit g la fonction dont un tableau de valeurs figure ci-contre.

x	-3	0	1	5
$g(x)$	-7	2	-3	7

Déterminer l'image de -3 par la fonction g, puis l'image de 5 par la fonction g.

Solution

$g(-3) = -7$ $g(5) = 7$

Situer −3 dans la ligne « x » puis choisir la valeur en dessous dans la ligne « $f(x)$ ». Faire de même pour 5.

EXO 3 On considère la fonction h définie par $h(x) = 3x^2 + 2x - 7$.
Calculer l'image de -2 par h.

Solution

$$h(-2) = 3 \times (-2)^2 + 2 \times (-2) - 7$$
$$= 3 \times 4 - 4 - 7$$
$$= 12 - 11 = 1$$

L'image de -2 par h est 1.

Remplacer x par −2 dans l'expression $h(x)$, puis effectuer le calcul, en appliquant les règles de calcul usuelles.

Mémo'Quiz

Les fonctions f et g sont celles des exercices précédents.

1. L'image de 3 par la fonction f est 2. ❑ Vrai ❑ Faux
2. L'image de 2 par la fonction g est 0. ❑ Vrai ❑ Faux
3. Si $p(x) = x(3 - x)$, alors $p(7) = 28$. ❑ Vrai ❑ Faux

➜ corrigés p. 473

Trouver l'antécédent d'un nombre par une fonction

14

☐ Lue ☐ Relue ☐ Apprise

1 L'essentiel du cours

Définition : Un antécédent d'un nombre a par une fonction f est un nombre x dont l'image est a par f. Autrement dit, a est l'image de x par f, ou bien encore $f(x) = a$.

Chercher un antécédent x de a, c'est chercher x tel que $f(x) = a$.

Attention
Un nombre peut avoir un, plusieurs ou aucun antécédent(s).

A Fonction définie par un tableau

- Soit f la fonction définie par le tableau de valeurs :

x	−2	0	2	5
$f(x)$	1	3	−4	1

Exemples :
0 est un antécédent de 3 par la fonction f, car 3 est l'image de 0 par f.
−2 et 5 sont deux antécédents de 1 par f, car $f(-2) = 1$ et $f(5) = 1$.

Aide
Les antécédents se lisent sur la ligne « x ».

B Fonction définie par un graphique

- Soit f la fonction définie par le graphique ci-contre. Pour chaque point de la courbe, l'abscisse est un antécédent de l'ordonnée.

Exemple : 1 est un antécédent de 2 car $f(1) = 2$

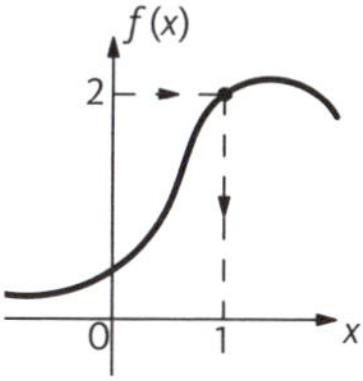

Aide
L'antécédent d'un nombre se lit sur l'axe des **abscisses**.

C Fonction définie par une expression

- Si une fonction est définie par une expression algébrique (littérale), on peut **calculer** l'antécédent d'un nombre a en résolvant l'équation $f(x) = a$.

Exemple :
Soit f la fonction définie par : $f(x) = 3x + 1$. Chercher l'antécédent de 10 par f, c'est donc résoudre l'équation $f(x) = 10$, c'est-à-dire : $3x + 1 = 10$
L'antécédent de 10 par la fonction f est donc 3 (le vérifier à titre d'exemple).

Attention
On ne peut pas toujours résoudre l'équation.

2 Applications

EXO 1 La courbe ci-contre représente une fonction f.
Lire les antécédents de 5, de 3 et de 1 par la fonction f.

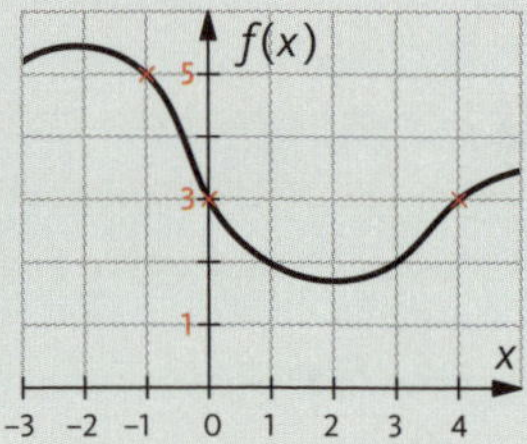

Solution

Comme $f(-1) = 5$, -1 est un antécédent de 5 par f.
Comme $f(0) = 3$ et $f(4) = 3$, 0 et 4 sont deux antécédents de 3 par f.
Aucun nombre n'a pour image 1, donc 1 n'a aucun antécédent par f.

- Placer 5 ; 3 et 1 en ordonnée et lire les abscisses des points de la courbe leur correspondant (marqués en rouge sur la courbe).
- Ne pas oublier qu'un nombre peut ne pas avoir d'antécédent (comme 1), ou bien plusieurs (comme 3).

EXO 2 On considère la fonction g définie par $g(x) = -2x + 7$.
Déterminer un antécédent de -3 par g.

Solution

$$-2x + 7 = -3$$
$$-2x = -3 - 7$$
$$-2x = -10$$
$$x = \frac{-10}{-2} = 5$$

Pour trouver un antécédent de -3 par la fonction g, résoudre l'équation $g(x) = -3$.

5 est un antécédent de -3 par g.

Mémo'Quiz

Les fonctions f et g sont celles des exercices précédents.

1. 1 est un antécédent de 2 par la fonction f. ❑ Vrai ❑ Faux
2. 2 n'a qu'un seul antécédent par la fonction f. ❑ Vrai ❑ Faux
3. Un antécédent de 3 par la fonction g est -5. ❑ Vrai ❑ Faux
4. -1 est un antécédent de 9 par la fonction $h(x) = x^2 - 3x + 5$. ❑ Vrai ❑ Faux

→ corrigés p. 473

Représentation graphique d'une fonction linéaire

15

Lue Relue Apprise

1 L'essentiel du cours

A Définition d'une fonction linéaire

Définition : On appelle **fonction linéaire** une fonction f qui à un nombre x associe un nombre ax, où a est un nombre relatif donné.
On note $\boldsymbol{f : x \mapsto ax}$

Exemples : $g : x \mapsto 2x$ et $h : x \mapsto -7x$, sont des fonctions linéaires.
$f : x \mapsto 3x + 1$ n'est pas une fonction linéaire.

B Représentation graphique d'une fonction linéaire

Propriété : Toute fonction linéaire est représentée graphiquement par **une droite passant par l'origine**.

- **Tracer la représentation graphique d'une fonction linéaire donnée**

On sait déjà que la droite représentant la fonction passe par le point de coordonnées (0 ; 0). Il suffit donc de calculer les coordonnées d'un autre point de la droite.

Exemple : Considérons $f : x \mapsto 2x$
$f(1) = 2 \times 1 = 2$, donc la droite passe par le point de coordonnées (1 ; 2).
On trace donc la droite $\mathscr{C}_f$ passant par les points (0 ; 0) et (1 ; 2).

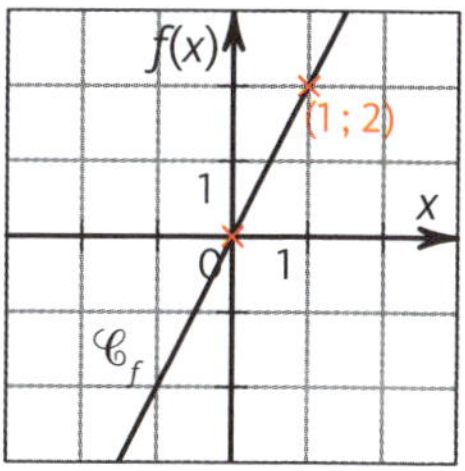

- **Rôle du coefficient directeur**

Dans l'exemple précédent (fonction $f : x \mapsto 2x$), le coefficient a vaut 2. Ce coefficient s'appelle le **coefficient directeur** de la droite représentant f. C'est lui qui dirige la « pente » de la droite.

Propriété :
- Si $\boldsymbol{a > 0}$, la droite « monte ».
- Si $\boldsymbol{a < 0}$, la droite « descend ».

Cette propriété peut être précisée : plus a est grand, plus la droite monte (elle monte de a unités verticalement pour 1 unité horizontalement).

L'astuce du prof
Ceci permet de lire un coefficient directeur simplement en comptant les carreaux.

2 Application

EXO Construire la représentation graphique de la fonction $g : x \mapsto -\frac{3}{2}x$

Solution

La fonction g est une fonction linéaire de coefficient $-\frac{3}{2}$. Sa représentation graphique est donc une droite passant par l'origine.

$g(2) = -\frac{3}{2} \times 2 = -3$, donc la droite passe par le point de coordonnées (2 ; –3).

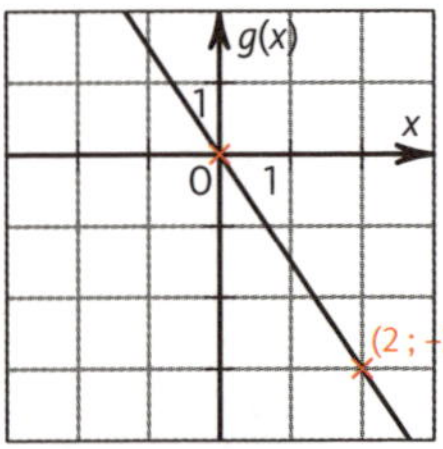

• Toujours justifier que la fonction est linéaire, en donnant son coefficient.
• Ainsi, on en déduit que la représentation est une droite.

En choisissant de calculer l'image de 2, on obtient une valeur entière : le point est alors plus facile à placer.

• Bien faire apparaître les deux points qui permettent de tracer la droite : le point origine (0 ; 0), et le point (2 ; –3).
• On remarque, comme prévu, que la droite « descend », car le coefficient directeur $-\frac{3}{2}$ est négatif.

Mémo'Quiz

On considère les droites (Δ_1) et (Δ_2) tracées dans le repère ci-contre, ainsi que les fonctions : $f : x \mapsto \frac{1}{2}x$ et $g : x \mapsto -x$

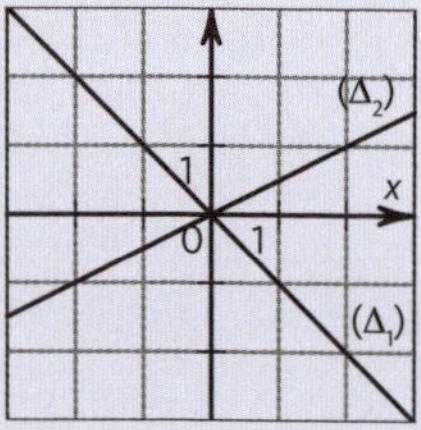

1. Les fonctions f et g sont des fonctions linéaires.

❑ Vrai ❑ Faux

2. Le coefficient directeur de la droite (Δ_2) est un nombre négatif.

❑ Vrai ❑ Faux

3. Le point de coordonnées (–1 ; –1) appartient à la droite (Δ_2).

❑ Vrai ❑ Faux

4. (Δ_1) est la représentation graphique de g.

❑ Vrai ❑ Faux

→ corrigés p. 473

Représentation graphique d'une fonction affine

16

Lue Relue Apprise

1 L'essentiel du cours

A Définition d'une fonction affine

Définition : On appelle **fonction affine** une fonction f qui, à un nombre x, associe un nombre $ax + b$, où a et b sont des nombres relatifs donnés.
On note $\boldsymbol{f : x \mapsto ax + b}$

Exemples : $g : x \mapsto 2x + 1$ et $h : x \mapsto -x - 4$ sont des fonctions affines.

$f : x \mapsto \frac{1}{x} + 1$ n'est pas une fonction affine.

B Représentation graphique d'une fonction affine

Propriété : Toute fonction affine est représentée graphiquement par **une droite**.

- **Tracer la représentation graphique d'une fonction affine donnée**

Pour tracer une droite, il suffit d'en connaître deux points. Il faut donc calculer l'image de deux valeurs différentes de x.

Exemple : Considérons $f : x \mapsto x - 1$
$f(0) = 0 - 1 = -1$, donc la droite passe par le point de coordonnées (0 ; –1).
$f(2) = 2 - 1 = 1$, donc la droite passe par le point de coordonnées (2 ; 1).
On trace donc la droite $\mathscr{C}_f$ passant par les points (0 ; –1) et (2 ; 1).

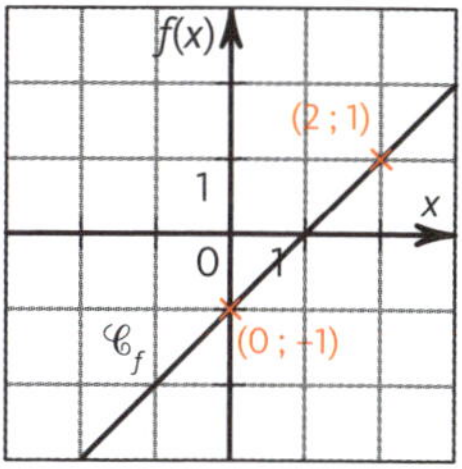

- **Rôles de a et b**

Comme pour une fonction linéaire, le nombre a s'appelle le **coefficient directeur** : il indique la pente de la droite.
Le nombre b s'appelle l'**ordonnée à l'origine** : il indique en effet à quel endroit la droite coupe l'axe des ordonnées.

Propriété : Une fonction affine définie par $f : x \mapsto ax + b$ coupe l'axe des ordonnées au point (0 ; b).

L'astuce du prof
Ceci permet de lire la valeur de b très simplement sur un graphique.

2 Application

EXO Construire la représentation graphique de la fonction $h : x \mapsto -x + 2$

Solution

La fonction h est une fonction affine, sa représentation graphique $\mathcal{C}_h$ est donc une droite.
Son ordonnée à l'origine vaut 2, donc $\mathcal{C}_h$ passe par le point de coordonnées (0 ; 2).
De plus, $h(3) = -3 + 2 = -1$, donc $\mathcal{C}_h$ passe par le point de coordonnées (3 ; –1)

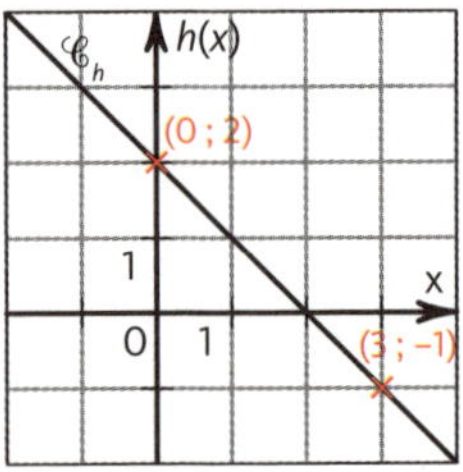

- $h(x) = -x + 2 = -1 \times x + 2$; donc h est une fonction affine de coefficient $a = -1$ et d'ordonnée à l'origine $b = 2$.
- L'ordonnée à l'origine donne très facilement un point de la droite. On en trouve un deuxième en calculant l'image d'une valeur que l'on choisit (ici, la valeur 3).
- Bien faire apparaître les deux points qui permettent de tracer la droite : le point (0 ; 2), et le point (3 ; –1).
- On remarque, comme prévu, que la droite « descend », car le coefficient directeur –1 est négatif.

Mémo'Quiz

On considère deux fonctions affines f et g dont les représentations graphiques $\mathcal{C}_f$ et $\mathcal{C}_g$ sont tracées dans le repère ci-contre.

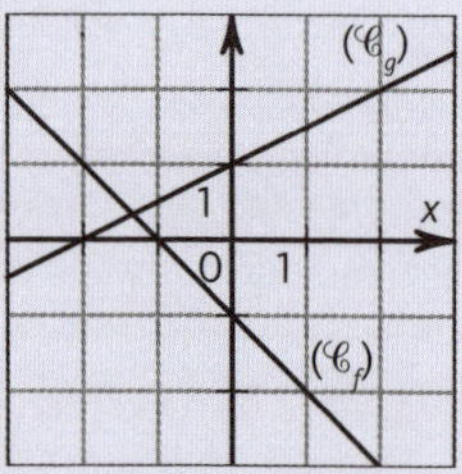

1. L'ordonnée à l'origine de g est égale à 1.

❑ Vrai ❑ Faux

2. Le coefficient directeur de la droite $\mathcal{C}_f$ est un nombre positif.

❑ Vrai ❑ Faux

3. La fonction g est la fonction $g(x) = 2x + 1$ ❑ Vrai ❑ Faux

4. La fonction f est la fonction $f(x) = -x - 1$ ❑ Vrai ❑ Faux

→ corrigés p. 473

Déterminer l'expression d'une fonction linéaire

17

Lue Relue Apprise

1 L'essentiel du cours

A Expression d'une fonction linéaire

Rappel : Si f est une **fonction linéaire**, alors il existe un nombre a tel que f s'écrive $\boldsymbol{f : x \mapsto ax}$.
Déterminer l'expression d'une fonction linéaire f revient donc à trouver la valeur du coefficient a.

B Recherche de *a* connaissant l'image d'un nombre par *f*

Propriété : Si un nombre x a pour image un nombre y par la fonction linéaire f, alors le coefficient a vaut $\frac{y}{x}$.

Remarque : « un nombre x a pour image un nombre y » signifie que $f(x) = y$.

Exemple : Déterminons l'expression de la fonction linéaire f, sachant que $f(3) = -6$.
D'après ce qui précède, le coefficient a de la fonction f vaut $\frac{-6}{3}$, donc -2. L'expression de la fonction f est donc $f : x \mapsto -2x$.

C Recherche de *a* connaissant la représentation graphique de *f*

Propriété : Si un point M de coordonnées $(x ; y)$ appartient à la représentation graphique $\mathscr{C}_f$ d'une fonction linéaire f, alors le coefficient a vaut $\frac{y}{x}$.

Remarque : $M(x ; y) \in \mathscr{C}_f$ signifie que $f(x) = y$.

Exemple : Grâce à la représentation $\mathscr{C}_f$ ci-dessous, déterminons l'expression de f.
On cherche un point de coordonnées entières, différent de l'origine. Prenons par exemple le point M de coordonnées (2 ; 1).
D'après ce qui précède, $a = \frac{1}{2}$.
L'expression de la fonction f est donc $f : x \mapsto \frac{1}{2}x$.

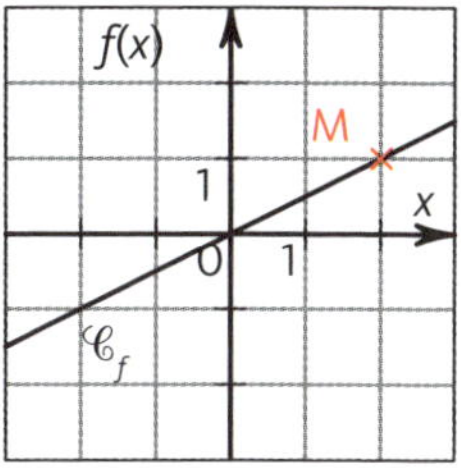

2 Applications

EXO 1 **On considère une fonction linéaire g, telle que $g(2) = 10$. Déterminer l'expression de la fonction g.**

Solution

g est une fonction linéaire, donc il existe un nombre a tel que $g(x) = ax$.

Or $g(2) = 10$, donc $a = \frac{10}{2} = 5$.

Donc l'expression de la fonction g est $g : x \mapsto 5x$.

> Toujours rappeler que la fonction est linéaire, et donc qu'il suffira de trouver a pour déterminer l'expression de la fonction.

EXO 2 **On considère une fonction h, dont la représentation graphique $\mathscr{C}_h$ est donnée ci-contre.**

1. Quelle est la nature de la fonction h ?
2. Déterminer l'expression de h.

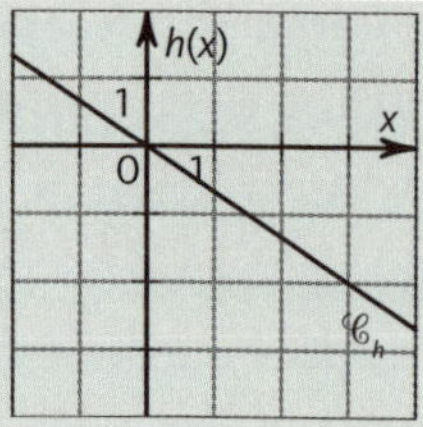

Solution

1. $\mathscr{C}_h$ est une droite passant par l'origine : h est donc une fonction linéaire.

2. Le point de coordonnées $(3 ; -2)$ appartient à $\mathscr{C}_h$. Donc le coefficient de h est $\frac{-2}{3}$.
L'expression de h est donc $h : x \mapsto \frac{-2}{3}x$

> • Ne pas oublier de dire que la droite passe par l'origine. Sinon h peut être une fonction affine.
> • Toujours chercher un point de coordonnées entières.
> • Ne pas oublier le x dans l'expression de la fonction.

Mémo'Quiz

1. Si f est une fonction linéaire telle que $f(5) = 3$, alors $f(x)$ vaut :
❑ $\frac{5}{3}x$ ❑ $\frac{3}{5}x$ ❑ $\frac{3}{5}$

2. On considère la fonction $h : x \mapsto -3x$. Quel point appartient à $\mathscr{C}_h$?
❑ M(1 ; 3) ❑ N(−1 ; −3) ❑ P(2 ; −6)

3. On considère le point M(−2 ; 4). Quelle est la fonction dont la représentation graphique passe par M ?
❑ $x \mapsto -2x$ ❑ $x \mapsto \frac{1}{2}x$ $x \mapsto 2x$

→ corrigés p. 473

Déterminer l'expression d'une fonction affine

18

Lue Relue Apprise

1 L'essentiel du cours

A Expression d'une fonction affine

Rappel : Si f est une **fonction affine**, alors il existe deux nombres a et b tels que f s'écrive $\boldsymbol{f : x \longmapsto ax + b}$.
Déterminer l'expression d'une fonction affine f revient donc à trouver la valeur des nombres a et b.

B Recherche de a et b connaissant l'image de deux nombres par f

- **Calcul de a :**

Propriété : Si f est une fonction affine, que $f(x_1) = y_1$ et que $f(x_2) = y_2$, alors $\boxed{a = \dfrac{y_2 - y_1}{x_2 - x_1}}$.

Remarque : On peut aussi écrire $a = \dfrac{y_1 - y_2}{x_1 - x_2}$

- **Calcul de b :**

Une fois la valeur de a déterminée, on calcule b par $\boxed{b = y_1 - ax_1}$ (ou bien $b = y_2 - ax_2$).

Exemple : Déterminons l'expression d'une fonction affine f, sachant que $f(2) = 1$ et $f(5) = 7$.
Calcul de a : $a = \dfrac{7 - 1}{5 - 2} = \dfrac{6}{3} = 2$. Donc $b = 1 - 2 \times 2 = 1 - 4 = -3$.
La fonction f est donc $f : x \longmapsto 2x - 3$.

C Recherche de a et b connaissant la représentation graphique de f

- Si on arrive à lire les coordonnées de deux points $M_1(x_1\ ;\ y_1)$ et $M_2(x_2\ ;\ y_2)$, alors la détermination de a et b peut se faire par la méthode vue au B.
- Si l'intersection de $\mathscr{C}_f$ et de l'axe des ordonnées est lisible, on y retrouve la valeur de b (appelée ordonnée à l'origine).
- Si on peut se déplacer d'un point de $\mathscr{C}_f$ à un autre en se décalant d'un nombre entier de carreaux, on peut alors calculer a par le quotient $\dfrac{\text{déplacement vertical}}{\text{déplacement horizontal}}$.

Déterminer l'expression d'une fonction affine

Exemple : Grâce à la représentation $\mathscr{C}_f$ ci-contre, déterminons l'expression de f.
La droite $\mathscr{C}_f$ coupe l'axe des ordonnées en –1.
Donc $b = -1$.
De plus, la droite « monte » de 2 unités pour un déplacement horizontal de 3 unités donc $a = \frac{2}{3}$.
L'expression de la fonction f est donc
$f : x \mapsto \frac{2}{3}x - 1$.

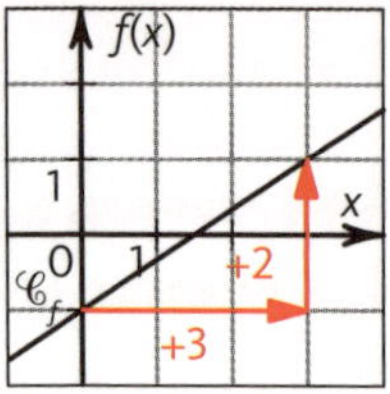

2 Application

EXO **On considère une fonction affine h, dont la représentation graphique $\mathscr{C}_h$ est donnée ci-contre.**
Déterminer l'expression de h.

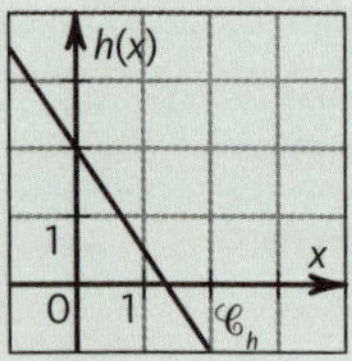

Solution

Comme h est une fonction affine, il existe deux nombres a et b tels que $h(x) = ax + b$.
$\mathscr{C}_h$ coupe l'axe des ordonnées en 2.
Donc $b = 2$.
Le point de coordonnées (2 ; –1) appartient à $\mathscr{C}_h$, donc $h(2) = -1$.
Donc $a \times 2 + 2 = -1$, d'où $2a = -3$, et donc $a = \frac{-3}{2}$.
Donc $h : x \mapsto \frac{-3}{2}x + 2$.

- Toujours commencer par déterminer l'ordonnée à l'origine, par une simple lecture.
- On cherche un point de coordonnées entières. On peut aussi compter les unités de décalage pour mesurer la pente de la droite.

Mémo'Quiz

On considère une fonction affine $f : x \mapsto -3x + 5$

1. Le point de coordonnées (1 ; 2) appartient à $\mathscr{C}_f$. ❑ Vrai ❑ Faux
2. L'ordonnée à l'origine de $\mathscr{C}_f$ vaut –3. ❑ Vrai ❑ Faux
3. Le coefficient directeur de $\mathscr{C}_f$ vaut –3. ❑ Vrai ❑ Faux
4. Le point de coordonnées (0 ; 5) appartient à $\mathscr{C}_f$. ❑ Vrai ❑ Faux

→ corrigés p. 473

Connaître les transformations du plan

19

Lue Relue Apprise

1 L'essentiel du cours

A La translation

Par une translation, la figure est simplement déplacée, sans pivotement ni modification de sa forme.

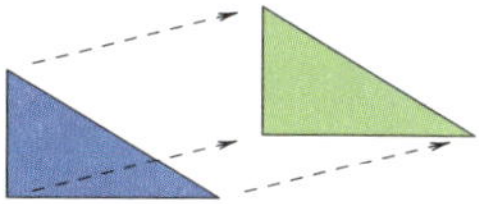

B La symétrie centrale

Par une symétrie centrale, la figure effectue un demi-tour autour d'un point.

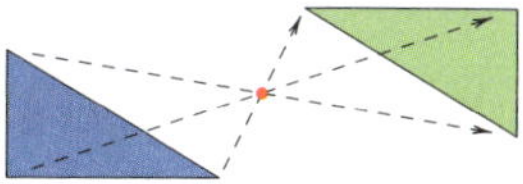

C La symétrie axiale

Par une symétrie axiale, la figure est « repliée » autour d'un axe.

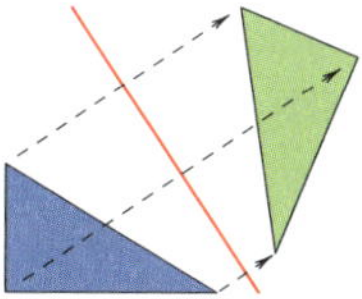

D La rotation

Par une rotation (d'un angle donné), la figure pivote autour d'un point.

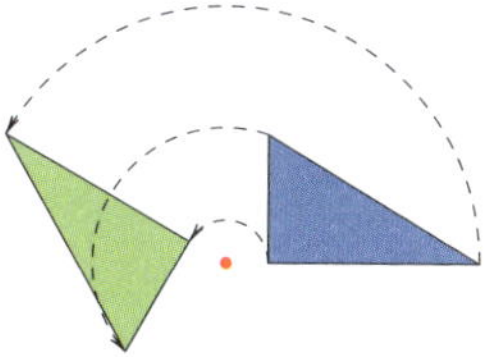

E L'homothétie

Par une homothétie, la figure est déplacée et en même temps agrandie ou réduite. (voir fiche n° 21)

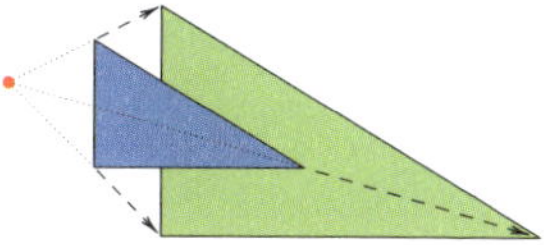

2 Application

EXO Sur le dessin ci-contre du graveur hollandais M.C. Escher, donner si possible une ou plusieurs transformations pouvant relier les têtards :

1. A et B.
2. A et C.
3. B et D.
4. A et E.
5. C et F.

Solution

1. Symétrie axiale et translation.
2. Rotation et symétrie axiale.
3. Translation.
4. Translation.
5. Rotation et symétrie axiale.

- Il y a souvent plusieurs solutions possibles.
- Si la figure a été pivotée, la translation est impossible.
- Pour toutes ces transformations, les dimensions de la figure transformée restent identiques.

Mémo'Quiz

1. Le lézard D est l'image du lézard A par une :
❑ symétrie axiale ❑ symétrie centrale
❑ translation

2. Le lézard E est l'image du lézard D par une :
❑ symétrie axiale ❑ symétrie centrale
❑ translation

3. Le lézard A est l'image du lézard B par une :
❑ symétrie axiale ❑ symétrie centrale
❑ translation

4. Le lézard E est l'image du lézard C par une :
❑ symétrie axiale ❑ symétrie centrale
❑ translation

→ corrigés p. 473

Démontrer grâce aux angles

20

Lue Relue Apprise

1 L'essentiel du cours

A Démontrer que trois points sont alignés

Propriété : Si l'angle $\widehat{ABC}$ mesure 180 degrés, alors les points A, B et C sont alignés.

Exemple : Dans la figure ci-contre, montrons que les points A, B et C sont alignés.

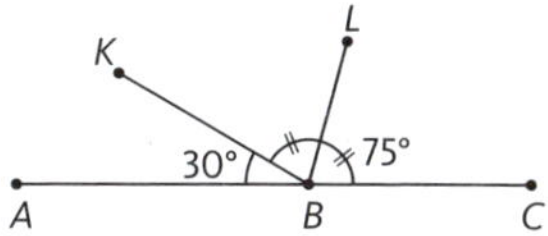

D'après le codage, $\widehat{LBK} = \widehat{CBL} = 75°$.
Donc $\widehat{ABC} = 75° + 75° + 30° = 180°$.
On peut donc en déduire que les points A, B et C sont alignés.

B Démontrer que deux droites sont parallèles

Propriété : Si les angles formés par deux droites avec une même droite sécante sont de même mesure, alors ces deux droites sont parallèles.

Exemple : Dans la figure ci-dessous, les points A, C et H ainsi que D, C et F sont alignés. Montrons que les droites (AB) et (DC) sont parallèles.

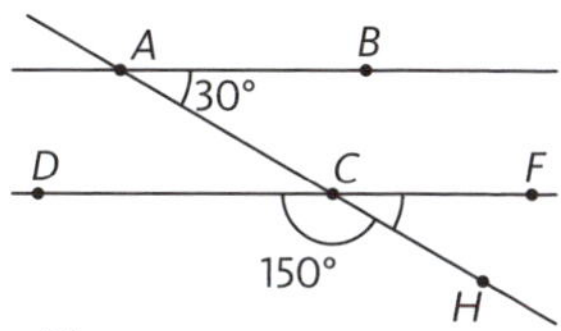

Comme les points D, C et F sont alignés, $\widehat{DCF} = 180°$. On en déduit que $\widehat{HCF} = 180 - 150 = 30°$.
On a donc $\widehat{HCF} = \widehat{CAB} = 30°$.
Donc les droites (AB) et (DC) sont parallèles.

C Démontrer qu'un triangle est isocèle

Propriété : Si deux angles d'un triangle sont de même mesure, alors ce triangle est isocèle.

Exemple : Dans la figure ci-dessous, les points A, B et C sont alignés. Montrons que le triangle ABD est isocèle.

Remarque

La réciproque est vraie : si un triangle est isocèle, alors il possède deux angles de même mesure.

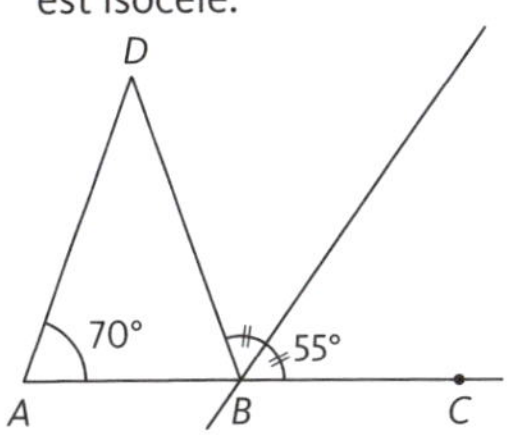

D'après le codage de la figure, $\widehat{CBD} = 2 \times 55 = 110°$.
Comme les points A, B et C sont alignés, $\widehat{ABC} = 180°$.
On en déduit que $\widehat{ABD} = 180 - 110 = 70°$.
On a donc $\widehat{BAD} = \widehat{ABD} = 70°$. Donc le triangle ABD est isocèle.

2 Application

EXO **Prouver que les droites (*AB*) et (*BD*) sont perpendiculaires.**

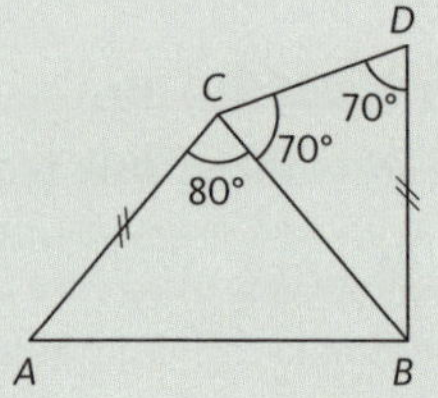

Solution

Le triangle *BCD* possède deux angles $\widehat{BDC}$ et $\widehat{DCB}$ de même mesure, il est donc isocèle de sommet B.

Donc $BC = BD$.

Ceci entraîne que le triangle *ABC* est isocèle de sommet *C*, car *CA* et *CB* sont tous deux égaux à *BD*.

Puisque *ABC* est isocèle de sommet *C*, les angles $\widehat{CAB}$ et $\widehat{CBA}$ sont égaux et valent $\dfrac{180 - 80}{2} = 50°$.

De plus, dans le triangle *DBC*, $\widehat{DBC} = 180 - (70 + 70) = 40°$.

Finalement, $\widehat{ABD} = \widehat{ABC} + \widehat{CBD} = 50 + 40 = 90°$, ce qui prouve la perpendicularité des droites (*AB*) et (*BD*).

> Les droites sont perpendiculaires si l'angle qu'elles forment est égal à 90°. Il faut donc calculer $\widehat{ABD}$, en calculant séparément $\widehat{ABC}$ et $\widehat{CBD}$.

> Lorsque deux angles d'un triangle ont la même mesure, il est isocèle.

> La somme des mesures des trois angles d'un triangle vaut 180°.

Mémo'Quiz

1. Si $\widehat{ABC} = 32°$ et $\widehat{ACB} = 58°$, alors le triangle *ABC* est :
❑ isocèle ❑ quelconque ❑ rectangle

2. Si $\widehat{ABC} = 40°$ et $\widehat{ACB} = 70°$, alors le triangle *ABC* est :
❑ isocèle ❑ quelconque ❑ rectangle

3. Si $\widehat{ABC} = 50°$ et $\widehat{ACB} = 100°$, alors le triangle *ABC* est :
❑ isocèle ❑ quelconque ❑ rectangle

4. Si $\widehat{ABC} = 70°$ et $\widehat{ACB} = 110°$, alors le triangle *ABC* est :
❑ isocèle ❑ quelconque ❑ rectangle

→ corrigés p. 473

Médiatrice d'un segment

21

Lue Relue Apprise

1 L'essentiel du cours

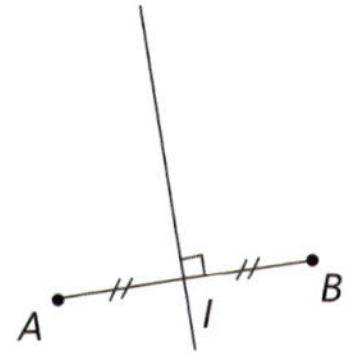

A Définition d'une médiatrice

Définition : La médiatrice d'un segment [AB] est la droite qui coupe perpendiculairement le segment [AB] en son milieu.

B Médiatrice et équidistance

Propriété 1 : Si un point M appartient à la médiatrice d'un segment [AB], alors M est à égale distance de A et de B.

Exemple : Dans la figure ci-dessous, prouvons que le triangle AMB est isocèle.

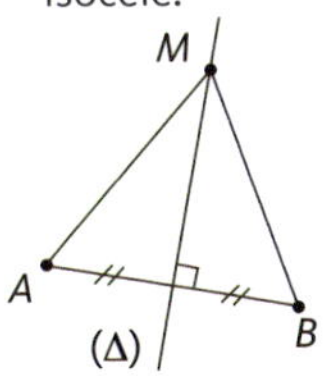

D'après le codage de la figure, la droite (Δ) coupe perpendiculairement le segment [AB] en son milieu. Elle est donc la médiatrice de [AB].
D'après la propriété 1, tout point de (Δ) est donc situé à égale distance de A et de B.
Comme $M \in (\Delta)$, $MA = MB$. Donc le triangle AMB est isocèle de sommet M.

Propriété 2 : Si M est à égale distance de A et de B, alors M appartient à la médiatrice de [AB].

Exemple : Dans la figure ci-dessous, prouvons que la droite (MN) est perpendiculaire à la droite (AB).

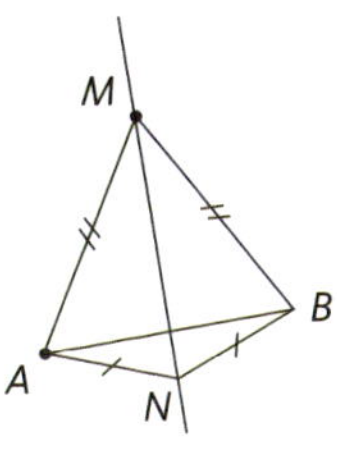

D'après le codage de la figure, le point M est situé à égale distance de A et de B. D'après la propriété 2, cela signifie que M appartient à la médiatrice de [AB].
De la même manière, on prouve que N appartient à la médiatrice de [AB].
La droite (MN) est donc la médiatrice de [AB]. Elle coupe donc perpendiculairement [AB] en son milieu.
La droite (MN) est donc bien perpendiculaire à la droite (AB).

Remarque : La propriété 2 est appelée réciproque de la propriété 1.

2 Application

EXO **Les trois points *A*, *B* et *C* représentent trois villes d'une même communauté de communes. Cette communauté souhaite installer un répartiteur téléphonique à égale distance de ces trois villes. Où placer ce répartiteur ?**

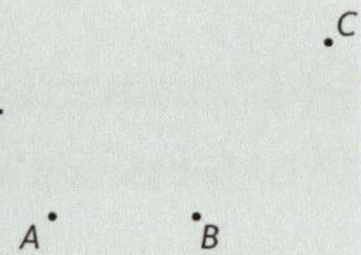

Solution

Appelons *M* le point où sera placé le répartiteur. Puisque *M* doit être à égale distance de *A* et de *B*, *M* se situe sur la médiatrice du segment [*AB*]. On trace donc cette médiatrice.

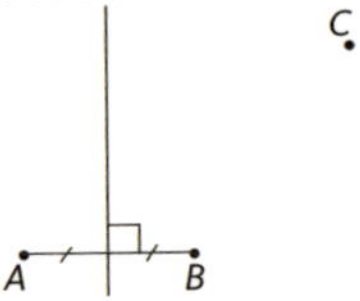

Sachant que le point *M* doit aussi être à égale distance de *B* et de *C*, on trace la médiatrice de [*BC*].

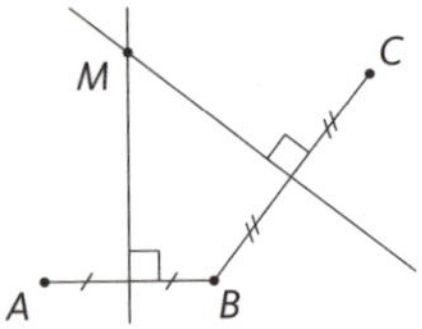

La notion d'égale distance doit immédiatement faire penser à la médiatrice.
Pour tracer une médiatrice, il existe deux méthodes :
1. À la règle et à l'équerre :
- On place à la règle un point au milieu du segment.
- On trace à l'équerre la droite perpendiculaire au segment passant par son milieu.

2. Au compas et à la règle :
- On pointe sur une extrémité du segment et on trace deux arcs de cercle de chaque côté du segment.
- Sans changer l'ouverture du compas, on pointe sur l'autre extrémité et on retrace deux arcs de cercle qui viennent couper les précédents.
- À la règle, on relie les deux points ainsi créés.

Le point *M* est donc à l'intersection de ces deux médiatrices.

Mémo'Quiz

Dans les questions suivantes, [*AB*] est un segment de milieu *K*, et *Z* est un point de la médiatrice de [*AB*].

1. Le triangle *ZKA* est un triangle rectangle. ❑ Vrai ❑ Faux
2. Le triangle *ZAB* est un triangle isocèle. ❑ Vrai ❑ Faux
3. Le cercle de centre *Z* et de rayon *ZA* passe par *K*. ❑ Vrai ❑ Faux
4. Toute droite perpendiculaire à (*AB*) est aussi parallèle à (*ZK*). ❑ Vrai ❑ Faux

➜ corrigés p. 473

Agrandissement et réduction 22

Lue Relue Apprise

1 L'essentiel du cours

A Définitions

Rapport d'agrandissement-réduction :

- Une figure B est appellée agrandissement ou réduction d'une figure A lorsqu'elle possède la même forme que cette figure A.
- Si les longueurs de la figure B s'obtiennent en multipliant les longueurs de la figure A par un nombre k, on dit que k est le rapport d'agrandissement-réduction.

Exemple :

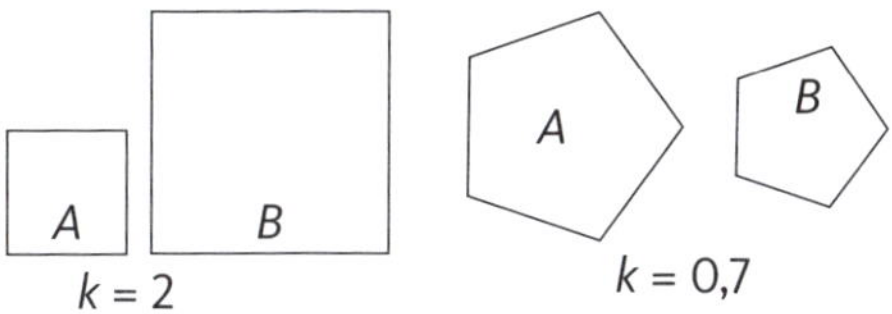

Vocabulaire :

- Si $k > 1$, on parle d'agrandissement.
- Si $k = 1$, on parle de reproduction.
- Si $0 < k < 1$, on parle de réduction.

Attention

Parler d'« agrandissement de rapport 0,5 » ou de « réduction de rapport 3 » n'a donc aucun sens.

B Lien avec l'homothétie

Propriété : Le triangle bleu est l'image du triangle rouge par l'homothétie de centre O et de rapport 3.
On peut donc dire que le triangle bleu est un agrandissement de rapport 3 du triangle rouge. (voir fiche n° 19)

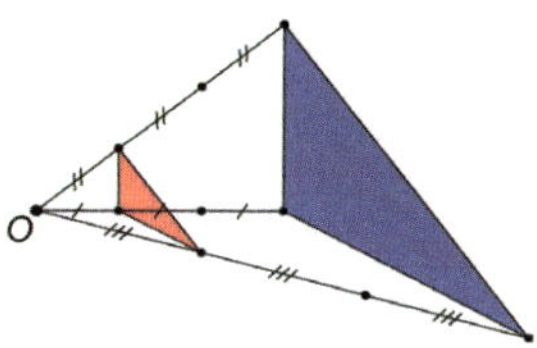

C Effet sur les différentes grandeurs

Propriété :
Lors d'un agrandissement ou réduction de rapport k,

- les longueurs sont multipliées par k.
- les aires sont multipliées par k^2.
- les volumes sont multipliés par k^3.

2 Application

EXO Cette photo représente la maquette d'un avion de chasse, réalisée à l'échelle $\frac{1}{72}$.

1. Donner une valeur approchée au millième près du rapport k de réduction entre l'avion réel et sa maquette.

2. L'envergure de l'avion réel est de 10,90 m. Donner une valeur approchée en mm de l'envergure de la maquette.

3. Le réservoir de l'avion réel contient 5 875 litres. Donner une valeur approchée en cm^3 du volume du réservoir de la maquette.

Solution

1. $k = \frac{1}{72} \approx 0{,}014$.

2. L'envergure est une longueur. Il faut donc multiplier l'envergure réelle par le rapport de réduction k.

$10{,}90 \times \frac{1}{72} \approx 0{,}151 \text{ m} \approx 151 \text{ mm}$

L'envergure de la maquette est donc environ de 151 mm.

3. Le volume doit être multiplié par k^3.

$5\,875 \times \left(\frac{1}{72}\right)^3 \approx 0{,}016$

Le réservoir de la maquette contient donc 0,016 litres, soit 16 cm^3.

L'échelle d'un modèle réduit ou d'une carte géographique correspond à un rapport de réduction, exprimé souvent sous forme d'une fraction.

Il est préférable d'utiliser la valeur exacte de k et non sa valeur approchée 0,014.

Formules de conversion :
1 litre = 1 dm^3 = 1000 cm^3
0,016 litres = 0, 016 × 1000 = 16 cm^3

Mémo'Quiz

1. Un triangle d'aire 10 cm^2 est la réduction d'un triangle d'aire 90 cm^2.
Le rapport k vaut donc : ❑ 3 ❑ 9 ❑ $\frac{1}{3}$

2. Dans un agrandissement de rapport 5, le périmètre d'une figure est multiplié par : ❑ 5 ❑ 25 ❑ 125

3. Une boule de volume 459 litres subit une réduction de rapport $\frac{1}{3}$.
Son nouveau volume vaut : ❑ 68 ❑ 17 ❑ 34

4. Pour rendre l'aire d'une figure 2 fois plus grande, il faut lui faire subir un agrandissement de rapport : ❑ $\sqrt{2}$ ❑ $\frac{1}{2}$ ❑ 2

→ corrigés p. 473

Utiliser le théorème de Thalès pour calculer une longueur

23

Lue Relue Apprise

1 L'essentiel du cours

A La bonne configuration

- Deux triangles sont dit **en configuration de Thalès** s'ils sont formés par deux droites **parallèles** coupant deux droites sécantes.

Exemple :

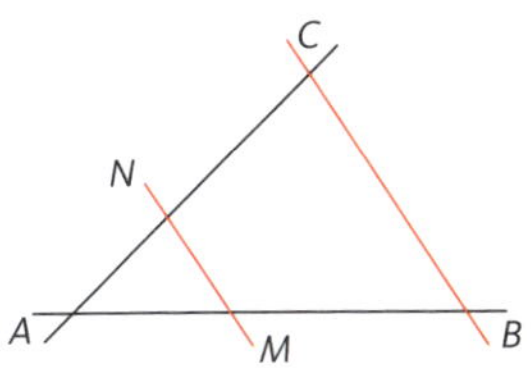

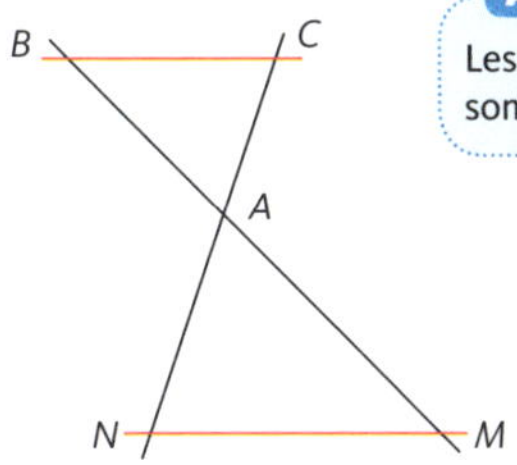

Aide

Les triangles ont des sommets **alignés**.

Les droites (MN) et (BC) sont parallèles.
Les triangles ABC et AMN sont en configuration de Thalès.

- Les triangles sont alors dans une relation d'**agrandissement-réduction** l'un de l'autre.

B Le théorème

Théorème de Thalès : Si deux triangles sont en configuration de Thalès, alors leurs côtés ont des longueurs **proportionnelles**.

À quoi ça sert ?

Le théorème de Thalès sert à **calculer des longueurs.**

- On traduit cela sous la forme d'une égalité de rapports :

Exemple :

$$\frac{AM}{AB} = \frac{AN}{AC} = \frac{MN}{BC}$$

← 3 longueurs de AMN (numérateurs)
← 3 longueurs de ABC (dénominateurs)

$\frac{AM}{AB}$: alignés ; $\frac{AN}{AC}$: alignés ; $\frac{MN}{BC}$: parallèles

Conseil

On a écrit le coefficient de proportionnalité, calculé pour chaque paire de côtés.

Remarque : Pour calculer ensuite des longueurs, on utilise le **produit en croix** :

$$\textbf{Si } \frac{a}{b} = \frac{c}{d}, \textbf{ alors } a \times d = b \times c.$$

On obtient alors par exemple $a = \frac{b \times c}{d}$ ou bien encore $b = \frac{a \times d}{c}$.

2 Application

EXO Sur la figure ci-contre, les droites (*AT*) et (*HS*) sont parallèles.
On donne (en centimètres) :
$MA = 3$, $MH = 5$, $MS = 8{,}5$ et $AT = 4{,}2$.

Calculer les longueurs *MT* et *SH*.

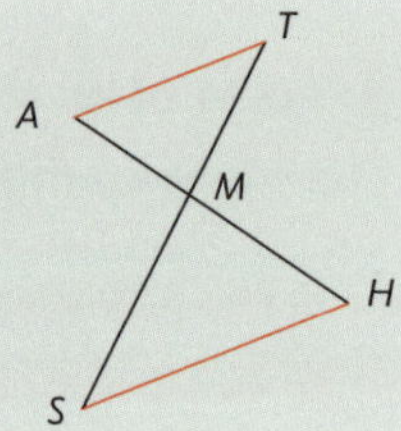

Solution

Les droites (*TS*) et (*AH*) sont sécantes en *M* et les droites (*AT*) et (*HS*) sont parallèles.

> S'assurer d'abord que les triangles sont en configuration de Thalès.

On peut donc appliquer le théorème de Thalès.

> Puis on peut ensuite citer le théorème utilisé.

On obtient : $\frac{MA}{MH} = \frac{MT}{MS} = \frac{AT}{SH}$

Puis : $\frac{3}{5} = \frac{MT}{8{,}5} = \frac{4{,}2}{SH}$

Donc : $MT = \frac{3 \times 8{,}5}{5} = 5{,}1$

Et : $SH = \frac{4{,}2 \times 5}{3} = 7$

> • Écrire les rapports égaux, à l'aide uniquement des longueurs des triangles.
> • Remplacer les longueurs connues.
> • Utiliser le produit en croix pour calculer les longueurs demandées.

Mémo'Quiz

Sur la figure ci-contre :

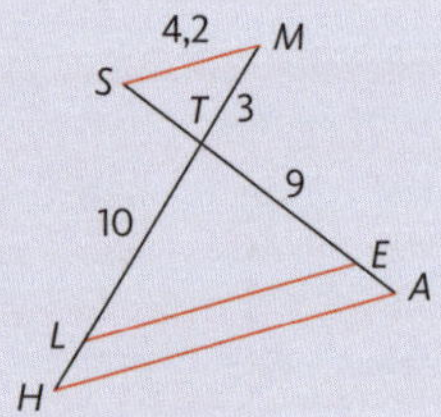

1. Avec (*LE*) // (*HA*), on a : $\frac{TL}{TH} = \frac{TE}{TA} = \frac{HA}{LE}$

❑ Vrai ❑ Faux

2. Avec (*LE*) // (*SM*), on a : $\frac{ST}{SE} = \frac{MT}{ML} = \frac{SM}{LE}$

❑ Vrai ❑ Faux

3. Avec (*SM*) // (*HA*), on a : $\frac{TS}{TA} = \frac{TM}{TH} = \frac{SM}{HA}$

❑ Vrai ❑ Faux

4. $ST = 2{,}7$ ❑ Vrai ❑ Faux

5. $LE = 18{,}2$ ❑ Vrai ❑ Faux

→ corrigés p. 473

Démontrer que deux droites sont parallèles

24

Lue Relue Apprise

1 L'essentiel du cours

A La réciproque du théorème de Thalès

Théorème de Thalès (réciproque) : Si $M \in (AB)$ et $N \in (AC)$ tels que A, M, B d'une part et A, N, C d'autre part sont alignés dans le **même ordre**, et si $\frac{AM}{AB} = \frac{AN}{AC}$, alors les droites (MN) et (BC) sont parallèles.

Aide
Les rapports sont les mêmes que pour le théorème de Thalès.

Remarque :
- L'hypothèse « alignés dans le même ordre » est importante, comme le prouve l'exemple ci-contre. Bien qu'ici $\frac{AM}{AB} = \frac{AN}{AC} = \frac{1}{3}$, l'ordre des points n'est pas respecté : le point N appartient au segment $[AC]$ mais M n'appartient pas au segment $[AB]$. Les droites (MN) et (BC) ne sont pas parallèles.

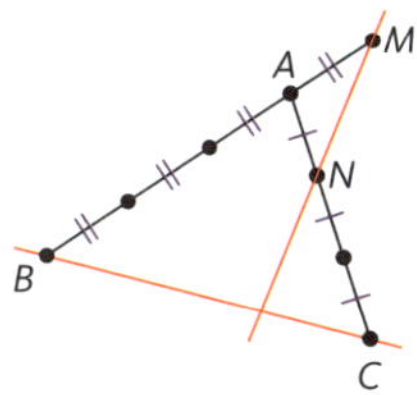

B Où les droites ne sont pas parallèles

Si les rapports ne sont pas égaux, les droites ne sont pas parallèles. Ce n'est alors pas la réciproque du théorème de Thalès qui s'applique (puisque celui-ci conclut par l'affirmative), mais le théorème lui-même !

2 Applications

EXO 1 Démontrer que les droites (MN) et (BC) sont parallèles.

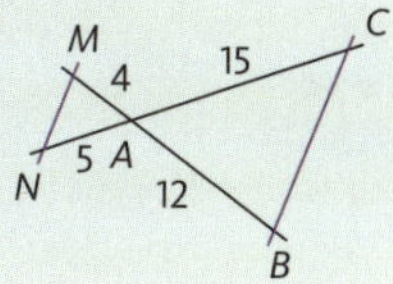

Solution

$\frac{AM}{AB} = \frac{4}{12} = \frac{1}{3}$

$\frac{AN}{AC} = \frac{5}{15} = \frac{1}{3}$

Donc $\frac{AM}{AB} = \frac{AN}{AC}$

Commencer par démontrer l'égalité, en prenant soin de calculer chaque rapport séparément.

A, *M*, *B* et *A*, *N*, *C* sont alignés dans le **même ordre**.
D'après la réciproque du théorème de Thalès, les droites (*MN*) et (*BC*) sont parallèles.

- Penser à écrire que l'égalité est vraie. Puis vérifier l'ordre des points.
- Conclure grâce au théorème, en le citant.

EXO 2 **Les diagonales d'un quadrilatère *ABCD* se coupent en *O* de sorte que : *OA* = 2 ; *OB* = 7 ; *OC* = 5 ; *OD* = 2,8.**
Ce quadrilatère possède-t-il deux côtés parallèles ?

Solution

Testons les droites (*AB*) et (*DC*) :

$\frac{OA}{OC} = \frac{2}{5} = 0{,}4$

$\frac{OB}{OD} = \frac{7}{2{,}8} = 2{,}5$

Donc $\frac{OA}{OC} \neq \frac{OB}{OD}$

Or d'après le théorème de Thalès, si les droites (*AB*) et (*DC*) étaient parallèles, les rapports $\frac{OA}{OC}$ et $\frac{OB}{OD}$ seraient égaux.
Comme ils ne le sont pas, les droites (*AB*) et (*DC*) ne sont pas parallèles.
Testons les droites (*AD*) et (*BC*) :

$\frac{OA}{OC} = \frac{2}{5} = 0{,}4$

$\frac{OD}{OB} = \frac{2{,}8}{7} = 0{,}4$

Donc $\frac{OA}{OC} = \frac{OD}{OD}$

De plus *A*, *O*, *C* d'une part, et *D*, *O*, *B* d'autre part, sont alignés dans le **même ordre**. D'après la réciproque du théorème de Thalès, les droites (*AD*) et (*BC*) sont parallèles.

- Un schéma à main levée aide toujours à écrire les rapports à calculer :

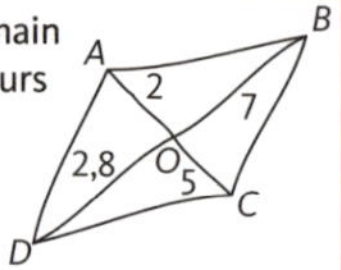

- Dans le premier cas, les rapports n'étant pas égaux, il n'est pas nécessaire de préciser l'ordre d'alignement des points.
- Dans le second cas, les résultats des rapports tombent juste, on peut donc utiliser une écriture décimale pour les comparer.
En revanche, si ce n'est pas le cas, il faut garder les formes fractionnaires, et les simplifier pour pouvoir les comparer.

Mémo'Quiz

Sur la figure ci-contre :

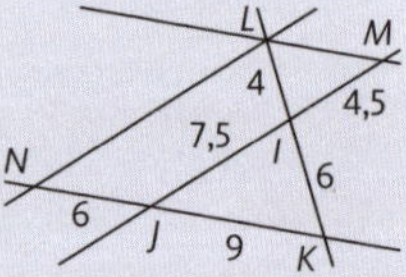

1. Pour prouver que (*LN*) et (*IJ*) sont parallèles, on compare $\frac{LI}{LK}$ et $\frac{NJ}{NK}$. ❑ Vrai ❑ Faux
2. (*LN*) et (*IJ*) sont parallèles. ❑ Vrai ❑ Faux
3. Pour prouver que (*LM*) et (*JK*) sont parallèles, on compare $\frac{IL}{IK}$ et $\frac{IM}{IJ}$. ❑ Vrai ❑ Faux
4. (*LM*) et (*JK*) sont parallèles. ❑ Vrai ❑ Faux

→ corrigés p. 473

Utiliser le théorème de Pythagore pour calculer une longueur

25

Lue Relue Apprise

1 L'essentiel du cours

A Théorème de Pythagore

Propriété : Si un triangle est rectangle, alors le carré de la longueur de l'hypoténuse est égal à la somme des carrés des longueurs de deux autres côtés.

Vocabulaire

L'hypoténuse d'un triangle rectangle est le côté opposé à l'angle droit. C'est le plus grand côté du triangle.

Exemple : D'après le codage, le triangle *ABC* ci-contre est rectangle en *A*. Le théorème de Pythagore donne donc la relation :

$$\boxed{BC^2 = AB^2 + AC^2}$$

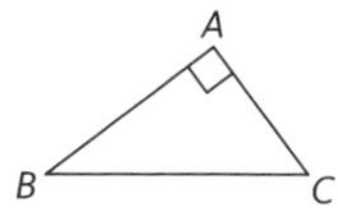

B Calculer la longueur d'une hypoténuse

Calcul de *QR* :

D'après le codage, le triangle *PQR* est rectangle en *P*.
D'après le théorème de Pythagore,

$QR^2 = PR^2 + PQ^2$
$= 4^2 + 6^2$
$= 16 + 36$
$= 52$

donc $QR = \sqrt{52} \approx 7{,}2$ cm

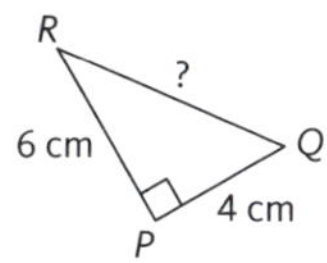

C Calculer la longueur d'un côté autre que l'hypoténuse

Calcul de *MN* :

D'après le codage, le triangle *MNK* est rectangle en *M*.
D'après le théorème de Pythagore,

$NK^2 = MK^2 + MN^2$
$7^2 = 5^2 + MN^2$
$MN^2 = 49 - 25$
$= 24$

donc $MN = \sqrt{24} \approx 4{,}9$ cm

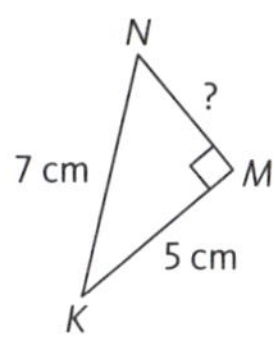

2 Application

EXO **1. Calculer, au dixième près, la valeur de BC.**

2. Calculer la valeur exacte de BD.

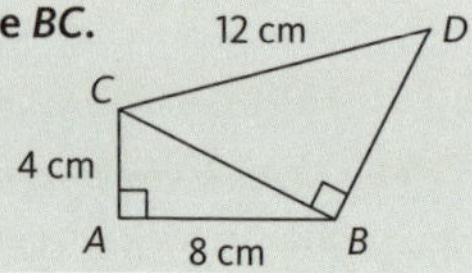

Solution

1. Le triangle ABC est rectangle en A.
D'après le théorème de Pythagore,
$BC^2 = AB^2 + AC^2$
$= 8^2 + 4^2$
$= 64 + 16$
$= 80$
Donc $BC = \sqrt{80} \approx 8{,}9$ cm.

2. Le triangle BCD est rectangle en B.
D'après le théorème de Pythagore,
$CD^2 = BC^2 + BD^2$
Or, d'après la question **1**, $BC^2 = 80$.
donc $12^2 = 80 + BD^2$
$BD^2 = 144 - 80$
$BD^2 = 64$
Donc $BD = \sqrt{64} = 8$ cm.

- Ne jamais oublier de préciser (après l'avoir éventuellement démontré) que le triangle est rectangle, et en quel point.
- Pour arrondir un nombre au dixième, on regarde si le chiffre des centièmes est supérieur ou inférieur à 5, pour arrondir au-dessus ou au-dessous.
- Toujours écrire l'égalité de Pythagore telle qu'elle est donnée par le théorème (avec l'hypoténuse en premier).
- Il est très important de réinjecter la valeur exacte de BC^2, et non pas sa valeur approchée. Il est sinon impossible d'avoir la valeur exacte de BD !

Mémo'Quiz

1. La diagonale d'un carré de côté 1 cm mesure :
❑ 1 cm ❑ 1,4 cm ❑ $\sqrt{2}$ cm

2. La diagonale d'un rectangle de côtés 4 cm et 5 cm mesure :
❑ 9 cm ❑ $\sqrt{9}$ cm ❑ $\sqrt{41}$ cm

3. Le côté d'un carré de diagonale 10 cm mesure :
❑ environ 7 cm ❑ environ 5 cm ❑ environ 14 cm

4. La diagonale d'un cube de côté 1 cm mesure :
❑ $\sqrt{2}$ cm ❑ $\sqrt{3}$ cm ❑ 2 cm

→ corrigés p. 473

Déterminer si un triangle est rectangle

26

Lue Relue Apprise

1 L'essentiel du cours

Vocabulaire

On ne peut pas parler d'« hypoténuse » avant d'avoir prouvé que le triangle est rectangle.

A Réciproque du théorème de Pythagore

Propriété : Dans un triangle, si le carré de la longueur du plus grand côté est égal à la somme des carrés des longueurs des deux autres côtés, alors ce triangle est rectangle.

B Déterminer si un triangle est rectangle

Méthode :

- On observe le plus grand côté du triangle : c'est lui qui sera l'hypoténuse éventuelle du triangle.
- On calcule le carré de la longueur de l'hypoténuse éventuelle.
- Séparément, on calcule la somme des carrés des longueurs des deux autres côtés.
- On écrit alors l'égalité (avec un signe =) ou l'inégalité (avec un signe ≠) entre les deux valeurs obtenues.
- En cas d'égalité, on en conclut que le triangle est rectangle. En cas d'inégalité, le triangle n'est pas rectangle.

Exemple 1 :

L'hypoténuse éventuelle du triangle ABC est $[BC]$.

$BC^2 = 5^2 = 25$

$AB^2 + AC^2 = 4^2 + 3^2 = 16 + 9 = 25$

On constate donc que $BC^2 = AB^2 + AC^2$.

D'après la réciproque du théorème de Pythagore, le triangle ABC est rectangle en A.

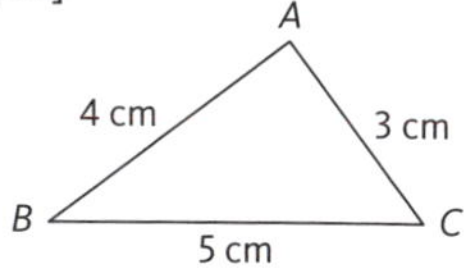

Remarque : Il n'est pas obligatoire de parler de la « réciproque » du théorème de Pythagore. Écrire « d'après le théorème de Pythagore » est suffisant dans tous les cas.

Exemple 2 :

L'hypoténuse éventuelle du triangle PQR est $[RQ]$.

$RQ^2 = 7^2 = 49$

$PR^2 + PQ^2 = 5^2 + 4^2 = 25 + 16 = 41$

On constate donc que $RQ^2 \neq PR^2 + PQ^2$.

D'après le théorème de Pythagore, le triangle PQR n'est pas rectangle.

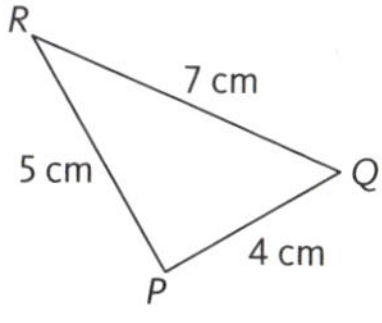

2 Application

EXO **Le triangle *BCD* est-il rectangle ?**

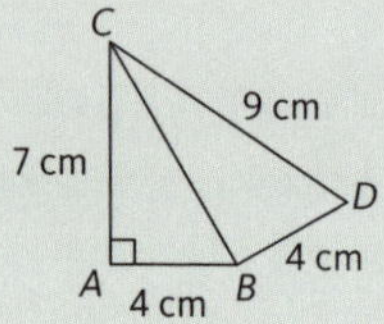

Solution

Pour pouvoir déterminer si le triangle *BCD* est rectangle, il faut connaître la longueur *BC*.

> Il est nécessaire de connaître les trois longueurs du triangle pour essayer d'appliquer la réciproque du théorème de Pythagore.

Calculons donc *BC*. Le triangle *ABC* est rectangle en *A*. D'après le théorème de Pythagore,

$BC^2 = AC^2 + AB^2$

$= 7^2 + 4^2 = 65$

Donc $BC = \sqrt{65}$ cm

> Il est impératif de garder la valeur exacte de *BC*.

Il est maintenant possible de déterminer si le triangle *BCD* est rectangle.

L'hypoténuse éventuelle est *CD*.

$CD^2 = 9^2 = 81$

$BC^2 + BD^2 = (\sqrt{65})^2 + 4^2 = 65 + 16 = 81$

On constate donc que $CD^2 = BC^2 + BD^2$.

> Bien penser à séparer le calcul de CD^2 et $BC^2 + BD^2$.
> Utiliser la valeur exacte de *BC*.

D'après la réciproque du théorème de Pythagore, le triangle *BCD* est donc rectangle en *B*.

Mémo'Quiz

1. Un triangle dont les côtés mesurent 4 cm, 7 cm et 4 cm est :

❑ rectangle ❑ isocèle ❑ isocèle et rectangle

2. Un parallélogramme dont les côtés mesurent 3 cm et 4 cm, et dont une diagonale mesure 5 cm, est un :

❑ rectangle ❑ losange ❑ carré

3. Parmi les trois triplets de valeurs suivants, un seul correspond aux mesures des trois côtés d'un triangle rectangle. C'est :

❑ 3-4-7 ❑ 11-13-17 ❑ 9-12-15

→ corrigés p. 473

Calculer une mesure d'angle grâce à la trigonométrie

27

☐ Lue ☐ Relue ☐ Apprise

1 L'essentiel du cours

A Cosinus, sinus, tangente

Définitions :
Dans un triangle rectangle, on définit le cosinus, sinus et tangente d'un angle α par les formules :

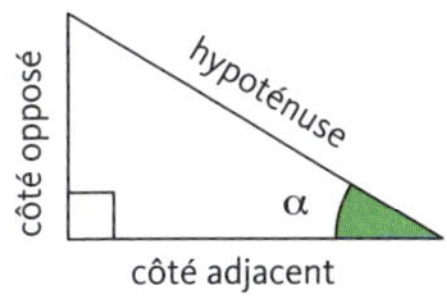

- $\cos(\alpha) = \dfrac{\text{longueur du côté adjacent}}{\text{longueur de l'hypoténuse}}$
- $\sin(\alpha) = \dfrac{\text{longueur du côté opposé}}{\text{longueur de l'hypoténuse}}$
- $\tan(\alpha) = \dfrac{\text{longueur du côté opposé}}{\text{longueur du côté adjacent}}$

Exemple : Dans le triangle rectangle ABC,

- $\cos(\widehat{ACB}) = \dfrac{4}{5} = 0{,}8$
- $\sin(\widehat{ACB}) = \dfrac{3}{5} = 0{,}6$
- $\tan(\widehat{ACB}) = \dfrac{3}{4} = 0{,}75$

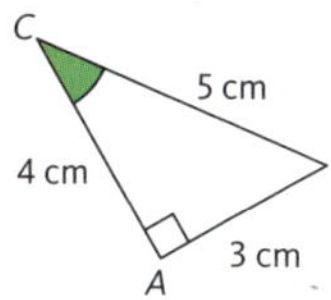

B Utiliser une calculatrice pour retrouver un angle

Les calculatrices permettent de calculer le cosinus (ou sinus, ou tangente) d'un angle, mais aussi de trouver à quel angle correspond un cosinus (ou sinus, ou tangente) donné.

Exemple : Retrouvons la mesure de l'angle $\widehat{ACB}$ de l'exercice précédent :
On sait que $\cos(\widehat{ACB}) = 0{,}8$.
Pour « inverser » le cosinus grâce à la calculatrice, on utilise le touche [Inv] (touche en haut à gauche de votre calculatrice, parfois nommée [2nde] ou [Shift])
On tape donc [Inv] [cos] [0] [.] [8]

Calculatrice
Vérifiez que votre calculatrice est bien en mode « degrés ».

L'écran de la calculatrice affiche [36.86989765], qui est une valeur approchée de l'angle aigu ayant pour cosinus 0,8.
On peut donc dire que l'angle $\widehat{ACB}$ est environ égal à 37 °.

Remarque : La calculatrice nous aurait donné le même résultat si on avait cherché à trouver l'angle $\widehat{ACB}$ par la valeur de son sinus (0,6) ou de sa tangente (0,75).
Il suffit de taper l'instruction [Inv] [sin] [0] [.] [6] ou bien [Inv] [tan] [0] [.] [7] [5]

2 Application

EXO **Quelle est la mesure de l'angle $\widehat{ACD}$?**

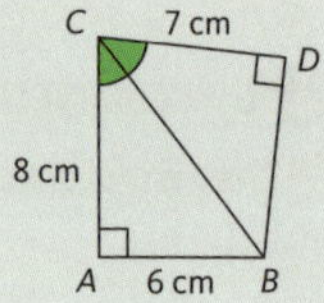

Solution

$\widehat{ACD} = \widehat{ACB} + \widehat{BCD}$

- Calcul de $\widehat{ACB}$:

Dans le triangle rectangle ACB,

$\tan(\widehat{ACB}) = \frac{AB}{AC} = \frac{6}{8} = 0{,}75.$

Avec la calculatrice, on trouve donc $\widehat{ACB} \approx 37°$

> • Les côtés dont on connaît les mesures ([AB] et [AC]) sont le côté opposé et le côté adjacent : ils permettent donc de trouver la tangente de l'angle $\widehat{ACB}$.
>
> • Taper : [Inv] [tan] [0] [.] [7] [5].

- Calcul de $\widehat{BCD}$:

D'après le théorème de Pythagore dans le triangle rectangle CAB, $BC^2 = AB^2 + AC^2 = 6^2 + 8^2 = 100$, d'où $BC = 10$ cm.

> Toujours penser au théorème de Pythagore dans le triangle rectangle : si on connaît deux longueurs, on peut calculer la troisième.

Dans le triangle rectangle CDB,

$\cos(\widehat{BCD}) = \frac{CD}{CB} = \frac{7}{10} = 0{,}7$

Avec la calculatrice, on trouve donc $\widehat{BCD} \approx 46$ °

- $\widehat{ACD} = \widehat{ACB} + \widehat{BCD} \approx 83°$

> On ajoute les deux mesures calculées : la valeur est une valeur approchée.

Mémo'Quiz

1. L'angle aigu dont le cosinus vaut 0,5 est :

❑ 30° ❑ 50° ❑ 60°

2. L'angle aigu dont la tangente vaut 1 est :

❑ 0° ❑ 45° ❑ 90°

3. Dans un triangle rectangle dont les côtés mesurent 8 cm, 15 cm et 17 cm, le plus petit angle mesure :

❑ environ 28° ❑ environ 62° ❑ environ 0,47°

→ corrigés p. 473

Calculer une longueur grâce à la trigonométrie

28

Lue Relue Apprise

1 L'essentiel du cours

A Rappels

Produit en croix : Si $\frac{a}{b} = \frac{c}{d}$, alors $a \times d = b \times c$

• **Conséquence :** Si $k = \frac{a}{b}$, alors $k \times b = a$. Cette relation va être utilisée ci-dessous.

> **L'astuce du prof**
>
> Il suffit d'écrire : $k = \frac{k}{1}$ et de faire un produit en croix.

Formules de trigonométrie :

• $\cos = \frac{\text{côté adjacent}}{\text{hypoténuse}}$ • $\sin = \frac{\text{côté opposé}}{\text{hypoténuse}}$ • $\tan = \frac{\text{côté opposé}}{\text{côté adjacent}}$

B Calculer une longueur dans un triangle rectangle

Dans un triangle rectangle, il suffit de connaître la longueur d'un côté et la mesure d'un angle (autre que l'angle droit) pour pouvoir calculer la longueur des deux autres côtés.

Exemple 1 :

Calculons la longueur du côté $[AB]$:
Le côté $[AB]$ est le côté adjacent de l'angle qui est connu. Comme on connaît aussi la longueur de l'hypoténuse, on va utiliser la formule du cosinus :

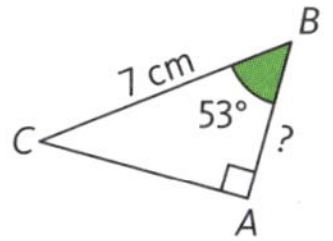

$\cos(\widehat{ABC}) = \frac{AB}{BC}$, donc $\cos(53) = \frac{AB}{7}$

On a donc $\cos(53) \times 7 = AB$.
Finalement, à l'aide de la calculatrice, $AB = \cos(53) \times 7 \approx 4{,}2$ cm.

Exemple 2 :

Calculons la longueur du côté $[RP]$:
Le côté $[RP]$ est le côté adjacent de l'angle qui est connu. Comme on connaît aussi la longueur du côté opposé, on va utiliser la formule de la tangente :

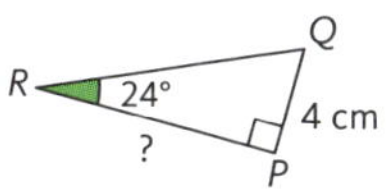

$\tan(\widehat{PRQ}) = \frac{QP}{RP}$, donc $\tan(24) = \frac{4}{RP}$

On a donc $\tan(24) \times RP = 4$.

Ce qui donne $RP = \frac{4}{\tan(24)}$.

Finalement, à l'aide la calculatrice, $RP \approx 9$ cm.

2 Application

EXO **1. Donner un arrondi au dixième de la longueur *AC*.**

2. En déduire un arrondi au dixième de la longueur *CB*.

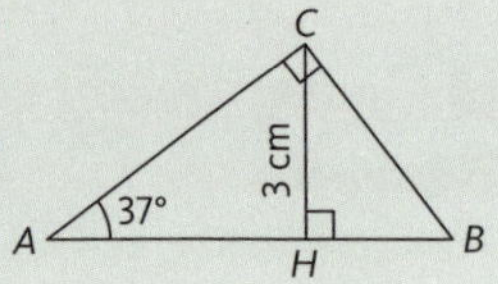

Solution

1. Dans le triangle rectangle AHC, $\sin(\widehat{HAC}) = \dfrac{CH}{AC}$.

Donc $\sin(37) = \dfrac{3}{AC}$,

d'où $\sin(37) \times AC = 3$,

et donc $AC = \dfrac{3}{\sin(37)} \approx 4{,}98$ cm.

L'arrondi au dixième de *AC* est donc 5,0 cm.

2. Dans le triangle rectangle *ABC*, $\tan(\widehat{BAC}) = \dfrac{CB}{AC}$.

Donc $\tan(37) \approx \dfrac{CB}{5}$,

d'où $CB \approx 5 \times \tan(37) \approx 3{,}76$.

L'arrondi au dixième de *CB* est donc 3,8 cm.

On commence par travailler dans le triangle *AHC* car on ne connaît aucune longueur du triangle *ABC*.

- Attention : comme il est demandé un arrondi au dixième, il faut impérativement donner un résultat avec un chiffre après la virgule (ici, 0).
- Il est maintenant possible de travailler dans le triangle *ABC* car on connaît la longueur *AC*.

Une autre méthode de calcul de *CB* est possible en utilisant le sinus de l'angle $\widehat{HBC}$.

Mémo'Quiz

On considère la figure de l'exercice d'application précédent.

1. Dans le triangle *AHC*, $\tan(\widehat{HAC})$ est égal à :

❑ $\dfrac{CH}{AC}$ ❑ $\dfrac{CH}{AH}$ ❑ $\dfrac{CH}{CB}$

2. La longueur du côté [AH] est égale à :

❑ $\dfrac{CH}{\tan(37)}$ ❑ $\dfrac{\tan(37)}{CH}$ ❑ $CH \times \tan(37)$

3. Une seule des égalités ci-dessous est vraie :

❑ $BC = AB \times \sin(37)$ ❑ $BC = \dfrac{AB}{\sin(37)}$ ❑ $BC = \dfrac{\sin(37)}{AB}$

→ corrigés p. 473

Cas d'égalité des triangles 29

Lue Relue Apprise

1 L'essentiel du cours

A Définitions

Triangles égaux : On dit que deux triangles sont égaux (ou **isométriques**) si leurs trois côtés ont respectivement même longueur.

Exemple : Les triangles ABC et PQR sont égaux, car d'après le codage, $AC = PR$; $AB = PQ$; $BC = QR$

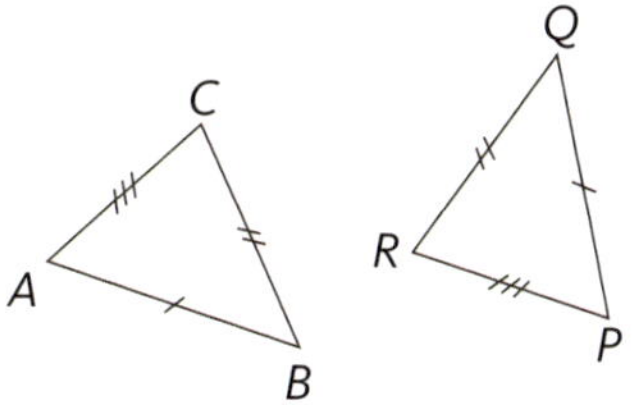

Correspondance des points :

Triangle ABC	A	B	C
Triangle PQR	P	Q	R

Conséquences :

- Deux triangles égaux sont donc superposables, éventuellement en retournant l'un d'entre eux.
- Si deux triangles sont égaux, alors ils ont les mêmes angles.

Attention, la réciproque est fausse !

B Cas d'égalité

Propriété 1 : Si deux triangles ont un angle de même mesure compris entre deux côtés respectivement de même mesure, alors ils sont égaux.

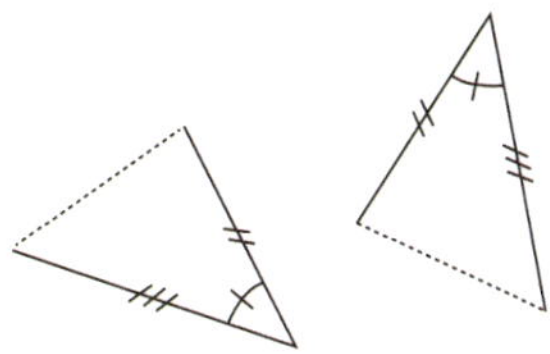

Remarque : Cette propriété traduit le fait que lorsqu'on construit un triangle, celui-ci est parfaitement déterminé lorsqu'on a tracé deux côtés et l'angle qu'ils forment.

Propriété 2 : Si deux triangles ont un côté de même longueur adjacent à deux angles respectivement de même mesure, alors ils sont égaux.

Remarque : Cette propriété traduit le fait que lorsqu'on construit un triangle, celui-ci est parfaitement déterminé lorsqu'on a tracé un côté et les deux angles adjacents à ce côté.

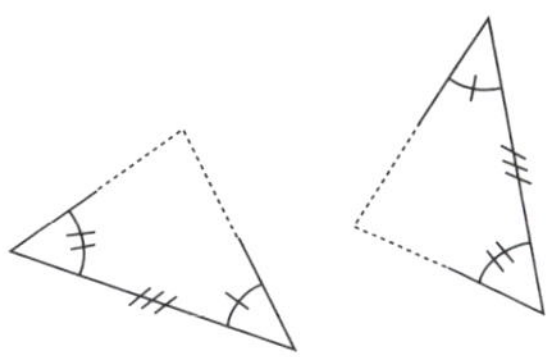

2 Application

EXO On considère un parallélogramme *ABCD* de centre *O*. Le point *M* est un point quelconque du segment [*AD*], et *N* est le point d'intersection de la droite (*MO*) et du segment [*BC*].

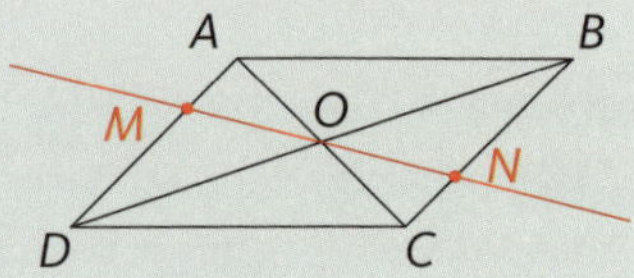

1. Prouver que les triangles *OAM* et *OCN* sont égaux.
2. En déduire que *AM* = *CN*.

Solution

1. Utilisons la propriété 2 :

- *O* est le milieu de [AC] donc *OA* = *OC*.
- $\widehat{AOM} = \widehat{CON}$ car ces angles sont opposés par le sommet.
- $\widehat{OAM} = \widehat{OCN}$ car ces angles sont alternes-internes.

D'après la propriété 2, les triangles *OAM* et *OCN* sont égaux.

2. Comme les triangles *OAM* et *OCN* sont égaux, les côtés ont respectivement la même mesure. En particulier, *AM* = *CN*.

Dans un parallélogramme, les diagonales se coupent en leur milieu.

(*MN*) coupe les deux parallèles (*AD*) et (*BC*) en formant des angles égaux qu'on appelle alternes-internes.

On peut faire correspondre dans un tableau les points jouant le même rôle :

Triangle *OAM*	*O*	*A*	*M*
Triangle *OCN*	*O*	*C*	*N*

Mémo'Quiz

On considère deux triangles égaux *PTZ* et *KLM* dont la correspondance des points est

Triangle *PTZ*	***P***	***T***	***Z***
Triangle *KLM*	***K***	***L***	***M***

1. Les angles $\widehat{PZT}$ et $\widehat{KML}$ sont égaux. ❏ Vrai ❏ Faux
2. Les angles $\widehat{LMK}$ et $\widehat{ZTP}$ sont égaux. ❏ Vrai ❏ Faux
3. Si $\widehat{LMK} = 90°$, alors $ZT^2 + ZP^2 = PT^2$ ❏ Vrai ❏ Faux
4. Si *PT* = *TZ*, alors $\widehat{LKM} = \widehat{LMK}$. ❏ Vrai ❏ Faux

→ corrigés p. 474

Triangles semblables

Lue Relue Apprise

30

1 L'essentiel du cours

A Définitions

Triangles semblables : On dit que deux triangles sont semblables (ou de même forme) si leurs angles ont respectivement la même mesure.

Exemple : Les triangles ABC et PQR sont semblables, car d'après le codage,

$\widehat{BAC} = \widehat{QPR}$

$\widehat{ACB} = \widehat{PRQ}$

$\widehat{CBA} = \widehat{RQP}$

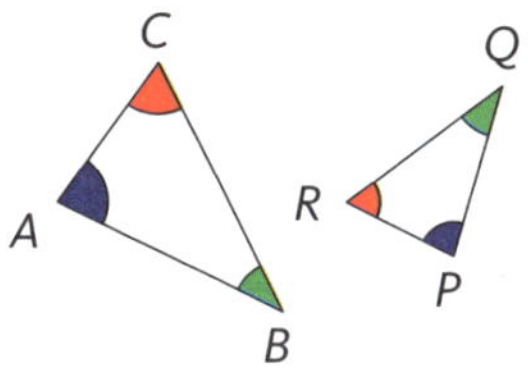

Remarque

Comme il n'y a pas de risque de confusion, on peut écrire plus simplement :

$\widehat{A} = \widehat{P}$

$\widehat{C} = \widehat{R}$

$\widehat{B} = \widehat{Q}$

Il est conseillé d'écrire ensuite la correspondance des points :

Triangle ABC	A	B	C
Triangle PQR	P	Q	R

Remarque : Il suffit de prouver que deux angles sont respectivement de même mesure : le troisième angle sera forcément identique grâce à la propriété de la somme des angles d'un triangle.

B Triangles semblables et proportionnalité des côtés

Propriété : Si deux triangles sont semblables, alors leurs côtés respectifs ont des longueurs proportionnelles.

Exemple : Avec les triangles de l'exemple précédent, on peut écrire :

$$\frac{AB}{PQ} = \frac{AC}{PR} = \frac{BC}{QR}$$

Propriété (réciproque) : Si deux triangles ont des côtés de longueurs respectivement proportionnelles, alors ces deux triangles sont semblables.

Conséquences : On retrouve des triangles semblables dans :

- les configurations de Thalès (voir fiche n° 23) ;
- les homothéties (voir fiche n° 19) ;
- les agrandissements-réductions (voir fiche n° 22).

Dans toutes ces situations, on pourra donc utiliser des triangles semblables pour démontrer que les angles des triangles sont respectivement de même mesure.

2 Application

EXO 1. Démontrer que les triangles *ABC* et *AKC* sont semblables.
Donner la correspondance des points dans un tableau.
2. En déduire que $AC^2 = BC \times KC$.

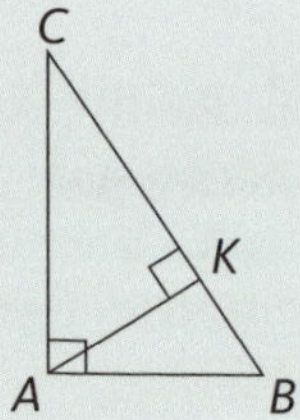

Solution

1. Montrons que deux angles de ces deux triangles sont respectivement égaux.

> Seuls deux angles sont suffisants : le troisième angle sera forcément identique (voir page précédente).

- $\widehat{BAC} = \widehat{CKA} = 90°$
- $\widehat{BCA} = \widehat{KCA}$

Les triangles ABC et AKC sont donc semblables.

Le tableau de correspondance est :

Triangle *ABC*	*A*	*B*	*C*
Triangle *AKC*	*K*	*A*	*C*

> Le tableau s'obtient en ne gardant que la lettre centrale de chaque égalité d'angle.
> Le tableau aide à ne pas faire d'erreurs sur les points : il suffit de repérer le point correspondant au point choisi.

2. Les côtés de deux triangles semblables étant proportionnels, on a :

$$\frac{AC}{KC} = \frac{BC}{AC}$$

Par produit en croix, on trouve donc :
$AC \times AC = KC \times BC$ donc $AC^2 = KC \times BC$

Mémo'Quiz

On considère deux triangles semblables *ABC* et *KLM* dont la correspondance des points est

Triangle *ABC*	***A***	***B***	***C***
Triangle *KLM*	***K***	***L***	***M***

1. $\frac{AB}{KL} = \frac{AC}{KM}$ ❑ Vrai ❑ Faux

2. $\widehat{ACB} = \widehat{KLM}$ ❑ Vrai ❑ Faux

3. Si $AB = KL$, alors les triangles *ABC* et *KLM* sont égaux. ❑ Vrai ❑ Faux

4. Si $AB = 2 \times KL$, alors le triangle *ABC* est un agrandissement de rapport 2 du triangle *KLM*. ❑ Vrai ❑ Faux

➜ corrigés p. 474

Calculer le volume d'un solide

31

Lue Relue Apprise

1 L'essentiel du cours

A Volume des solides usuels

Cylindre	Cône de révolution	Pyramide	Boule
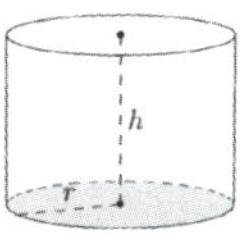	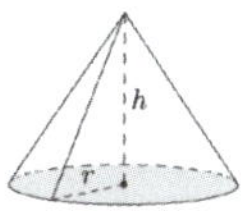	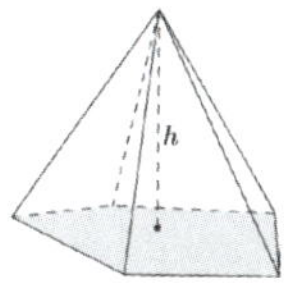	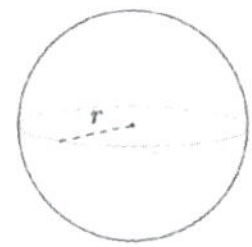
$\mathcal{V} = \pi \times r^2 \times h$	$\mathcal{V} = \dfrac{\pi \times r^2 \times h}{3}$	$\mathcal{V} = \dfrac{\mathcal{B} \times h}{3}$	$\mathcal{V} = \dfrac{4}{3} \times \pi \times r^3$

où r désigne le rayon, h la hauteur et $\mathcal{B}$ l'aire de la base.

B Volume des solides usuels

Propriété : Lors d'un agrandissement ou d'une réduction de rapport k, le volume d'un solide est multiplié par k^3.

Exemples :

- Si on double les dimensions d'un solide, son volume est multiplié par $2^3 = 8$.
- Une maquette à l'échelle $\frac{1}{5}$ a un volume égal à $\frac{1}{125}$ du volume initial.

L'astuce du prof

Aire, 2 dimensions : k^2.
Volume, 3 dimensions : k^3.

2 Applications

EXO 1 **Calculer le volume du cornet de glace ci-contre, composé d'un cône et d'une demi-boule, sachant que le rayon de la boule de glace est de 2 cm et que la hauteur du cône est de 10 cm.**

Solution

- **Volume de la demi-boule :**

$\frac{1}{2} \times \frac{4\pi \times 2^3}{3} = \frac{16\pi}{3}$

Pour les volumes également, on procède par « découpage » en solides dont on sait calculer les volumes.

- **Volume du cône :** $\dfrac{\pi \times 2^2 \times 10}{3} = \dfrac{40\pi}{3}$
- **Volume du cornet :** $\dfrac{16\pi}{3} + \dfrac{40\pi}{3} = \dfrac{56\pi}{3} \approx 59 \text{ cm}^3$

EXO 2 **Un ballon de football doit avoir un diamètre de 22 cm.**
1. Calculer son volume $\mathcal{V}$, arrondi au cm³ près.
2. Une balle de tennis a un rayon 3,4 fois plus petit que celui du ballon de football.
En déduire le volume $\mathcal{V}'$ d'une balle de tennis, arrondi au cm³ près.

Solution

1. $\mathcal{V} = \dfrac{4}{3} \times \pi \times \left(\dfrac{22}{2}\right)^3$

$\mathcal{V} = \dfrac{4}{3} \times \pi \times 11^3$

$\mathcal{V} = \dfrac{5\,324\,\pi}{3} \approx 5\,575 \text{ cm}^3$

Attention à ne pas confondre le diamètre et le rayon. Il faut ici commencer par calculer le rayon, puisque c'est lui qui intervient dans la formule.

2. $\mathcal{V}' = \left(\dfrac{1}{3{,}4}\right)^3 \times \mathcal{V}$

$\mathcal{V}' = \dfrac{1}{39{,}304} \times 5\,575 \approx 142 \text{ cm}^3$

On est dans le cas d'une réduction, avec un rapport de $\dfrac{1}{3{,}4}$.

Mémo'Quiz

1. Si on divise toutes les longueurs d'un solide par 10, son volume est divisé par :

❑ 10 ❑ 100 ❑ 1000

2. Un ballon de basketball a un rayon 1,1 fois plus grand que celui du ballon de football. Le volume d'un ballon de basketball, arrondi au cm³ près, est :

❑ 7 420 ❑ 6 133 ❑ 4 189

3. Le volume d'une boule de 12 cm de diamètre est :

❑ 1216 π ❑ 288 π ❑ 2 304 π

4. On considère un cylindre et un cône de révolution de même base et de même hauteur. Le volume du cylindre est :

❑ égal à celui du cône ❑ 3 fois plus petit ❑ 3 fois plus grand

→ corrigés p. 474

Résoudre un problème de géométrie dans l'espace

32

Lue Relue Apprise

1 De l'espace au plan

Lorsqu'on aborde un problème de géométrie dans l'espace, le but est bien souvent de calculer **l'aire d'une section** de solide par un plan ou **le volume d'un solide**.

Pour cela, il faut connaître des longueurs, qui servent à appliquer les formules permettant de calculer les volumes des solides usuels, mais qui peuvent aussi servir à calculer un éventuel coefficient d'agrandissement ou de réduction (voir fiche n° 31).

L'essentiel des méthodes connues pour calculer les longueurs concernent **le plan**. L'idée générale, dans un problème de géométrie dans l'espace, est donc de **choisir un plan** dans lequel on peut appliquer ces méthodes (les théorèmes de Pythagore, de Thalès ou la trigonométrie par exemple). Il faut donc également connaître les différentes **sections** des solides par un plan, qu'on visualise le plus souvent à l'aide d'un logiciel de géométrie.

2 Application

EXO **On considère un bâtiment ayant la forme d'une sphére de 15 m de rayon, et coupée par un plan (le sol). Le centre de cette sphère se situe à 9 m du sol, à la verticale. Calculer la superficie au sol (arrondi au m²).**

Solution

- La section d'une sphère par un plan est un disque de centre noté *H*.

De plus, la droite (*OH*) est perpendiculaire au plan, c'est-à-dire à tout rayon de ce disque.

Appelons *A* un point du disque : on a donc $(OH) \perp (HA)$.

Et *HA* est un rayon du disque.

De plus, les données nous permettent d'obtenir $HO = 9$ m.

On obtient un schéma de la situation à l'aide d'un logiciel de géométrie :

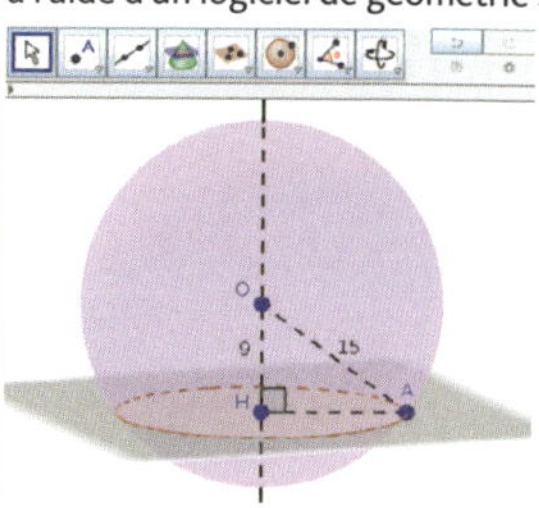

- On utilise alors le théorème de Pythagore dans le triangle rectangle *OAH* rectangle en *H* :
$OA^2 = HO^2 + HA^2$
$15^2 = 9^2 + HA^2$
$225 = 81 + HA^2$
$HA^2 = 225 - 81 = 144$
Donc : $HA = \sqrt{144} = 12$ m
- Donc $\mathcal{A}_{sol} = \pi \times HA^2$
$\mathcal{A}_{sol} = \pi \times 12^2$
$\mathcal{A}_{sol} = 144\,\pi \approx 452$ m²

Une fois qu'on a déterminé la nature de la section, on repère les éléments permettant de calculer son aire. Ici, c'est le rayon, puisque :

$$\mathcal{A}_{disque} = \pi \times \text{rayon}^2$$

Il s'agit ensuite de trouver une configuration **plane** où calculer ce rayon. Ici, c'est un triangle rectangle, à l'aide du théorème de Pythagore.

Mémo'Quiz

Un château d'eau est constitué d'un cylindre surmonté d'un tronc de cône contenant un réservoir d'eau.

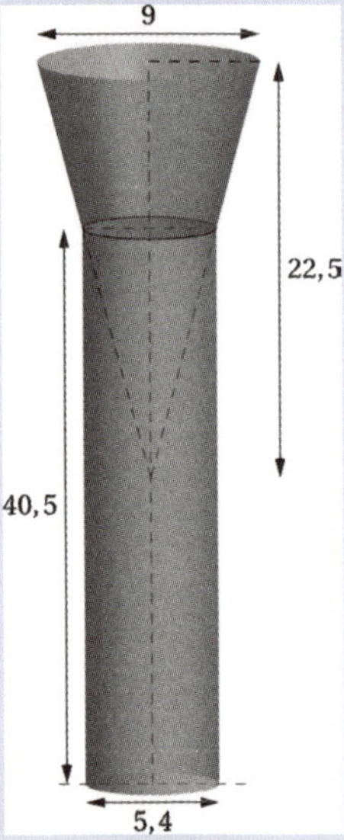

1. Le volume du cylindre est environ égal à :

❑ 3 710 m³ ❑ 928 m³ ❑ 219 m³

2. Le volume du cône non tronqué est environ égal à :

❑ 1 909 m³ ❑ 1 441 m³ ❑ 477 m³

3. La partie tronquée du cône est une réduction du cône non tronqué de rapport :

❑ 0,6 ❑ 0,5 ❑ 0,4

4. Le volume du tronc de cône est d'environ 103 m³. Le réservoir d'eau est une réduction de rapport $\frac{9}{10}$ du tronc de cône.

Le volume d'eau est environ égal à :

❑ $103 \times \frac{9}{10}$ ❑ $103 \times \frac{10}{9}$ ❑ $103 \times \frac{729}{1000}$

→ corrigés p. 474

Se repérer dans l'espace 33

Lue Relue Apprise

1 L'essentiel du cours

A Se repérer à l'aide de coordonnées

Tant qu'on se situe dans le plan (en 2 dimensions), pour repérer un point on a besoin de deux nombres : une abscisse (x) et une ordonnée (y).
Quand on veut repérer un point dans l'espace (en 3 dimensions), on a besoin d'une troisième coordonnée : l'altitude (z).
Dans l'espace, un repère comporte donc 3 axes.

Exemple : Ci-contre, on lit les coordonnées du point M en se projetant parallèlement sur chacun des axes, dans l'ordre suivant : abscisse, ordonnée, altitude.
On note $M\,(1\,;3\,;2)$.

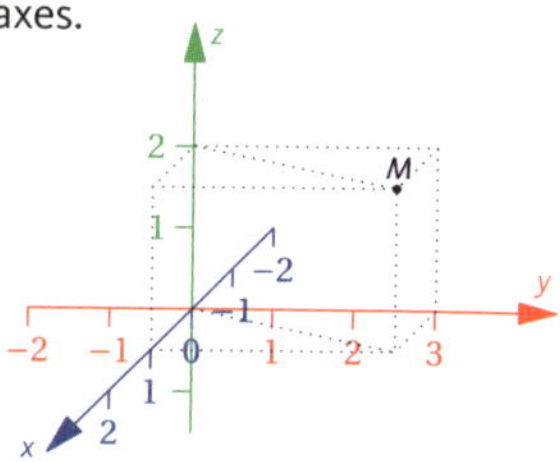

B Se repérer sur une sphère

Pour se repérer sur une sphère, on prend exemple sur la Terre, où on n'utilise pas d'axes, mais des cercles pour se repérer :

- **L'Équateur**, contenu dans le plan (Oxy), et tous les **parallèles**, qui sont les sections de la sphère par un plan parallèle à (Oxy) ;
- Les **méridiens**, qui sont des demi-cercles de centre O et reliant les « pôles » de la sphère, $N(0\,;0\,;1)$ et $S(0\,;0\,;-1)$.

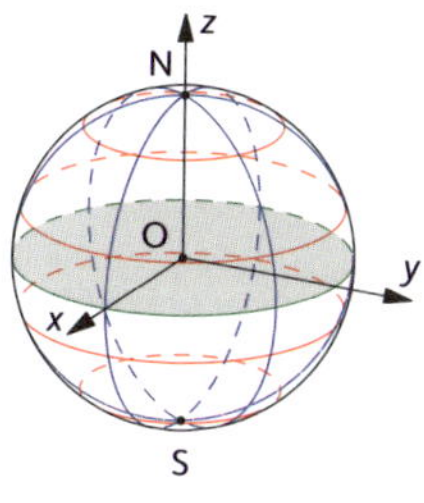

Tout point de la sphère se situe à l'intersection d'un méridien et d'un parallèle. Il s'agit donc de les repérer par rapport à un méridien de référence, le méridien de Greenwich (passant par l'axe (Ox)) et un parallèle de référence, l'Équateur.

Définitions :

- la **longitude** d'un point est l'angle (θ) formé par son méridien avec le méridien de Greenwich. Elle varie entre 0° et 180°E (pour Est) ou 180°W (pour Ouest).
- la **latitude** d'un point est l'angle (φ) formé par son parallèle avec l'Équateur. Elle varie entre 0° et 90°N (pour Nord) ou 90°S (pour Sud).

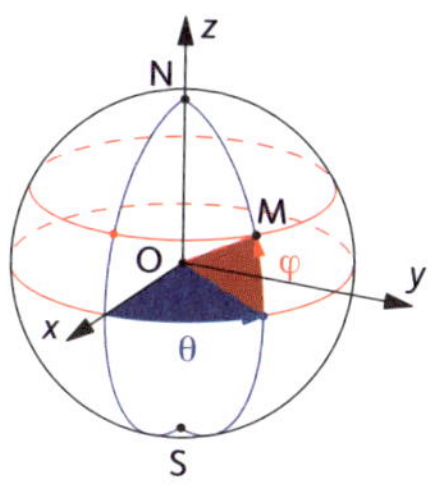

2 Application

EXO **Déterminer la latitude et la longitude des points *A*, *B* et *C* sur la figure ci-contre.**

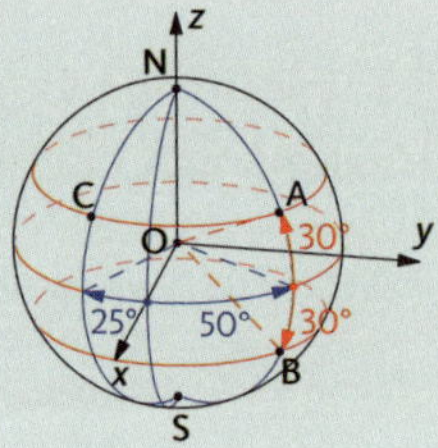

Solution

On commence par donner la longitude, qui est la même pour les points *A* et *B* puisqu'ils sont situés sur le même méridien, situé à l'est du méridien de Greenwich : 50°E.

Situé à l'ouest du méridien de Greenwich, la longitude du point *C* est 25°W.

A et *C* sont situés sur un parallèle au nord de l'Équateur, leur latitude est 30°N, et celle de *B* est donc 30°S.

On écrit donc *A* (50°E ; 30°N), *B* (50°E ; 30°S) et *C* (25°W ; 30°N)

> Comme pour l'abscisse et l'ordonnée, l'ordre dans lequel on donne la longitude et la latitude est important !

Mémo'Quiz

Pour les deux premières questions, on considère le pavé droit ci-contre, de longueur 5, de largeur 3 et de hauteur 2,5.
On donne A (2 ; 3 ; 1,5)

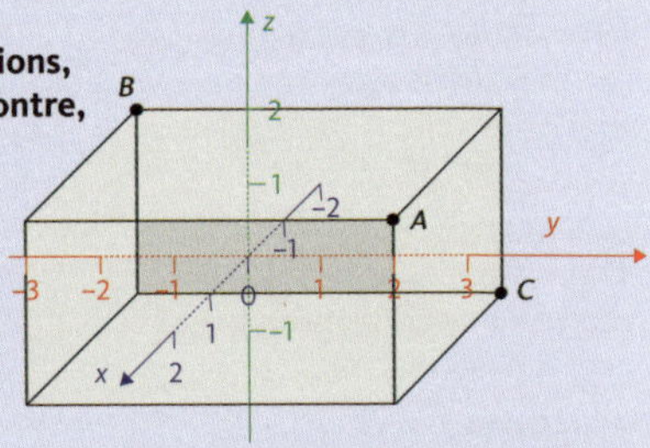

1. B (–1 ; –3 ; 1,5)

❑ Vrai ❑ Faux

2. C (3 ; –1 ; –1)

❑ Vrai ❑ Faux

3. Les Tropiques du Cancer et du Capricorne sont des méridiens.

❑ Vrai ❑ Faux

4. Madrid et New York ont à peu près la même latitude.

❑ Vrai ❑ Faux

→ corrigés p. 474

Calculer la moyenne et la médiane d'une série de données 34

Lue Relue Apprise

1 L'essentiel du cours

L'exemple référence :

Voici le relevé de notes de deux élèves :

Lucie	12	15	7	3	9	18	11	17	10
Ibrahim	14	11	10	13	9	13	11	12	

A Moyenne d'une série de données

Définition : La moyenne d'une série de données est égale à la **somme** de ces données **divisée** par l'effectif total.

Vocabulaire

L'effectif total est le nombre total de données.

Exemple : La moyenne de Lucie est égale à :

$$\frac{12 + 15 + 7 + 3 + 9 + 18 + 11 + 17 + 10}{9} = \frac{102}{9} \approx 11{,}3.$$

Remarque : La moyenne n'est pas toujours égale à l'une des données, mais elle est toujours comprise entre la valeur minimale et la valeur maximale.

B Étendue

Définition : L'étendue d'une série de données est la différence entre la plus grande et la plus petite des valeurs de la série.

Exemple : L'étendue de la série des notes de Lucie est 18 – 3 = 15. Celle d'Ibrahim est 14 – 9 = 5. Cela signifie qu'Ibrahim est un élève plus régulier que Lucie.

C Médiane

Définition : La **médiane** d'une série de données est une valeur qui partage l'ensemble des valeurs en deux groupes de même effectif : la moitié des plus basses et la moitié des plus hautes.

Conseil

Pour déterminer la médiane, il faut ranger les données dans **l'ordre croissant**.

Exemple :

Si l'effectif total est impair, comme pour Lucie (9 valeurs) :
On choisit la valeur qui sépare le groupe de valeurs en 2 parties égales.

4 valeurs basses : 3 7 9 10 — **11** — 4 valeurs hautes : 12 15 17 18

La médiane est 11.

Si l'effectif total est pair, comme pour Ibrahim (8 valeurs) :
On choisit une valeur qui sépare le groupe de valeurs en 2 parties égales (en général la moyenne des deux valeurs centrales).

4 valeurs basses : 9 10 11 **11** — 4 valeurs hautes : **12** 13 13 14

La médiane est $\frac{11 + 12}{2} = 11{,}5$.

2 Application

EXO **Dans une petite entreprise de 5 personnes, les salaires mensuels net en € sont les suivants : 3 500 ; 1 050 ; 1 100 ; 1 070 ; 1 070.**
1. Calculer le salaire moyen et le salaire médian dans cette entreprise.
2. Entre le salaire moyen et le salaire médian, lequel vous paraît le mieux refléter les salaires dans cette entreprise ?

Solution

1. Salaire moyen :

$$\frac{3500 + 1050 + 1100 + 1070 + 1070}{5} = 1558 \text{ €}$$

Pour déterminer la médiane, on classe les 5 salaires dans l'ordre croissant et on prend la valeur centrale, donc la 3e valeur : 1050 ; 1070 ; 1070 ; 1100 ; 3500
Le salaire médian est donc de 1070 €.

2. Le salaire moyen est trop élevé pour bien représenter la réalité des salaires dans cette entreprise. La médiane paraît plus représentative.

En cas de valeur non entière, choisir un arrondi « raisonnable ». Dans le cas d'un salaire en €, il est par exemple inutile d'aller jusqu'aux centimes.

Si l'effectif total est pair, il faut choisir une valeur située entre les deux valeurs centrales.

La moyenne a pour défaut d'être sensible aux valeurs extrêmes, qui peuvent parfois la « tirer » artificiellement vers le haut ou vers le bas.

Mémo'Quiz

On considère les données suivantes :

10	5	2	13	19	17

1. L'étendue de cette série est égale à : ❑ 17 ❑ 5 ❑ 19
2. La moyenne est égale à : ❑ 10 ❑ 11 ❑ 11,5
3. La médiane est égale à : ❑ 10 ❑ 13 ❑ 11,5
4. La valeur 12 est aussi une médiane acceptable ❑ Vrai ❑ Faux
5. Si on rajoute la valeur 11, la médiane et la moyenne deviennent égales ❑ Vrai ❑ Faux

→ corrigés p. 474

Représenter une série statistique

35

Lue Relue Apprise

1 L'essentiel du cours

A Recommandations générales

Un graphique a pour but de donner une information visuelle rapide et la plus complète possible.
Toutefois, la recherche de précision ne doit jamais se faire au détriment de la clarté du graphique : mieux vaut un graphique peu précis mais parlant qu'un graphique très précis mais illisible !

B Diagramme en bâtons

Dans un diagramme en bâtons, la valeur représentée est proportionnelle à la hauteur du bâton. L'épaisseur du bâton n'a pas d'importance, elle a un uniquement un rôle esthétique.

Exemple : Voici les notes obtenues par Alan lors de ses derniers contrôles.

Matière	Anglais	Maths	Histoire	Latin
Note	14	17	9	12

- Les notes étant sur 20, la graduation sur l'axe des ordonnées ne doit pas dépasser 20.
- Les lignes horizontales sont facultatives : elles servent ici à une meilleure lecture.

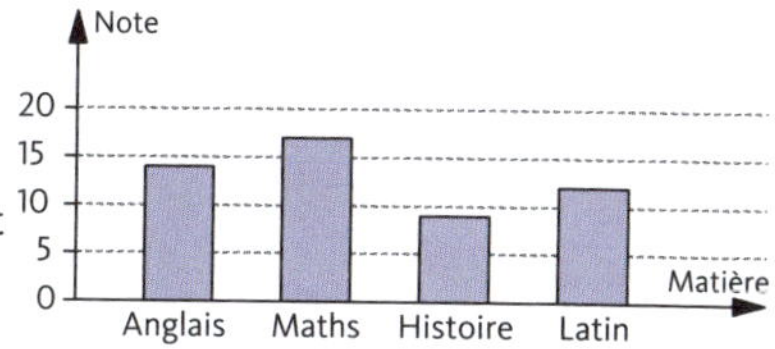

C Diagramme circulaire

Dans un diagramme circulaire, la valeur représentée est proportionnelle à l'angle du secteur.
Les diagrammes circulaires sont particulièrement adaptés pour les statistiques de répartition (présentées en pourcentages).

Exemple : Voici la répartition des parts de marché des principaux constructeurs de téléphones mobiles, en avril 2016.

Constructeur	Apple	Huawei	LG	Samsung	Autres
Parts de marché (en %)	16	10	6	28	40

- Pour calculer l'angle de chaque secteur, on utilise un tableau de proportionnalité avec 360° :

pour Apple,

16	?
100	360°

L'angle à reporter est donc $\frac{16 \times 360}{100} = 57{,}6°$

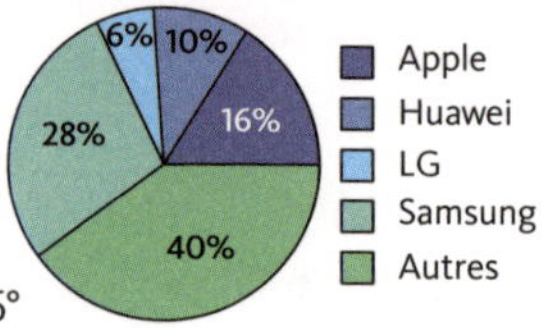

D Histogramme

Dans un histogramme, la valeur représentée est proportionnelle à l'aire du rectangle.
Un histogramme ne comporte donc pas d'axe des ordonnées. Les données des histogrammes sont souvent présentées en classe. L'amplitude d'une classe est la différence entre la plus grande et la plus petite valeur.

Attention
Les diagrammes en bâtons sont souvent appelés à tort « histogrammes ».

Exemple : Le tableau suivant donne la répartition de la taille de 50 élèves de 3e. Les tailles ont été regroupées par classes d'amplitudes différentes.

Taille	[135 ; 150[	[150 ; 160[	[160 ; 170[	[170 ; 180[	[180 ; 195[
Effectif	3	10	16	12	9

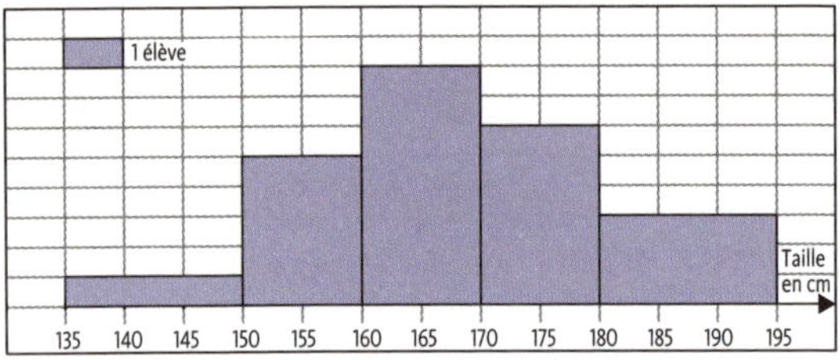

L'élaboration de l'histogramme est ici facilitée par la grille. S'il n'y pas de grille, la hauteur de chaque rectangle doit se calculer en divisant la valeur à représenter par l'amplitude de la classe concernée.

Mémo'Quiz

1. Dans le diagramme circulaire du C., l'angle du secteur LG mesure :
❑ 6° ❑ 2,16° ❑ 21,6°

2. Si 15 millions de téléphones mobiles ont été vendus en avril 2016, Samsung en a vendu (en millions) :
❑ 4,2 ❑ 13,2 ❑ 28

3. Dans l'histogramme du D., la classe [135 ; 150[a pour amplitude :
❑ 137,5 ❑ 15 ❑ 150

→ corrigés p. 474

Calculer une augmentation ou diminution en pourcentage 36

Lue Relue Apprise

1 L'essentiel du cours

A Augmentation et diminution en pourcentage

Propriétés :

- **Augmenter** un nombre de p % revient à le multiplier par $1 + \frac{p}{100}$.
- **Diminuer** un nombre de p % revient à le multiplier par $1 - \frac{p}{100}$.

Exemples :

- Augmentons le nombre 175 de 20 %.

Augmenter un nombre de 20 % revient à le multiplier par :

$1 + \frac{20}{100} = 1 + 0,2 = 1,2$

Il suffit donc de multiplier le nombre 175 par 1,2.

175 × 1,2 = 210. Donc le nombre 175 augmenté de 20 % vaut 210.

- Diminuons le nombre 175 de 40 %.

Diminuer un nombre de 40 % revient à le multiplier par :

$1 - \frac{40}{100} = 1 - 0,4 = 0,6.$

Il suffit donc de multiplier le nombre 175 par 0,6.

175 × 0,6 = 105. Donc le nombre 175 diminué de 40 % vaut 105.

B Les pièges classiques sur les pourcentages

- **Les pourcentages ne s'ajoutent pas.** Que devient un nombre lorsqu'on l'augmente de 20 %, puis de 30 % ?

D'après ce qui précède, ceci revient à le multiplier par 1,2 puis par 1,3.

Or 1,2 × 1,3 = 1,56. Multiplier un nombre par 1,56 revient à l'augmenter de 56 %.

Finalement, augmenter de 20 %, puis de 30 % revient à augmenter de 56 %, et non de 50 % comme on pourrait s'y attendre.

Aide

20 % et 30 % ne sont pas des pourcentages du même nombre, car il a augmenté entre-temps.

- **Les pourcentages ne se compensent pas.** De la même manière, on montre qu'une augmentation de 30 % suivie d'une diminution de 30 % correspond à une diminution de 9 % (car 1,3 × 0,7 = 0,91).

Finalement, augmenter de 30 %, puis diminuer de 30 % revient à le diminuer de 9 %, et ne redonne pas le nombre de départ comme on pourrait s'y attendre.

2 Applications

EXO 1 **1. Donner la multiplication correspondant à une diminution de 45 %.**
2. Donner la diminution ou l'augmentation en pourcentage qui correspond à une multiplication par 0,2.

Solution

1. $1 - \frac{45}{100} = 1 - 0{,}45 = 0{,}55$

donc $-45\ \% \leftrightarrow \times\ 0{,}55$

2. $0{,}2 = 1 - \frac{80}{100}$

donc $\times\ 0{,}2 \leftrightarrow -\ 80\ \%$

- Ne pas oublier que multiplier par un nombre supérieur à 1 rend plus grand.
- Par contre, multiplier par un nombre compris entre 0 et 1 rend plus petit.
- Observer ce qui a été rajouté ou enlevé à 1 : c'est ce qui donnera le pourcentage d'augmentation ou de diminution.

EXO 2 **Je place un capital de 1000 € sur un compte qui promet 4 % d'intérêts par an. Quel sera mon capital dans 10 ans ?**

Solution

Chaque année, mon capital augmente de 4 % : il est donc multiplié par 1,04. Au bout de 10 ans, il est donc de :

$$1\,000 \times \overbrace{1{,}04 \times \cdots \times 1{,}04}^{10 \text{ fois}}$$
$$= 1\,000 \times 1{,}04^{10} \approx 1480\ €$$

- Les intérêts sont une somme versée tous les ans qui vient s'ajouter au capital, et donc augmenter celui-ci.
- Au bout de n années, le capital serait donné par la formule $1000 \times 1{,}04^n$

Mémo'Quiz

1. Augmenter un nombre de 200 % revient à le multiplier par :

❑ 2 ❑ 3 ❑ 1,2

2. Augmenter un nombre de 15 % puis de 30 % revient à l'augmenter de :

❑ 49,5 % ❑ 45 % ❑ 495 %

→ corrigés p. 474

Calculer des probabilités (1) Cas d'un jeu truqué

37

Lue Relue Apprise

1 L'essentiel du cours

A Qu'est-ce qu'une probabilité ?

Vocabulaire :

Dans un exercice de probabilités, on peut rencontrer le vocabulaire suivant :

- **expérience aléatoire :** c'est la situation concrète qui est étudiée. Exemples : le lancer de dé ou d'une pièce de monnaie, le tirage du Loto.

- **événement :** c'est quelque chose qui peut se réaliser (ou pas) à l'issue de l'expérience. Exemples : obtenir un nombre pair au lancer d'un dé, faire pile au lancer d'une pièce de monnaie.
On note souvent un événement par une lettre majuscule.
Exemple : événement A : « La pièce tombe sur face ».

- **événement élémentaire :** dans une expérience aléatoire, on appelle événement élémentaire un événement qui est réalisé dans un seul cas.
Exemples : si on lance un dé, les événements A : « Faire un 4 » ou B : « Faire un 2 » sont des événements élémentaires.
Par contre, l'événement C : « Faire un nombre pair » n'est pas un événement élémentaire, car cet événement se réalise lorsque le dé tombe sur un 2, un 4 ou un 6.

Définition : La probabilité d'un événement est **un nombre compris entre 0 et 1** qui mesure la « chance » que cet événement a de se réaliser.
La probabilité d'un événement A est notée $p(A)$.

- La probabilité d'un événement **impossible** est égale **0**.
- La probabilité d'un événement **certain** est égale **1**.

Exemples : Un événement ayant une probabilité de 0,97 a de très grandes chances de se réaliser. Un événement ayant une probabilité de 0,01 a très peu de chances de se réaliser.

B Jeu honnête ou jeu truqué ?

C'est la toute première chose qu'il faut déterminer. Un jeu truqué est une expérience aléatoire où une possibilité est matériellement privilégiée par rapport à une autre (un dé dont une face a été alourdie, par exemple). On le signalera dans l'énoncé par les mots « truqué » ou « pipé » (pour un dé). Dans le cas d'un jeu honnête, on parlera par exemple d'un tirage « au hasard ».

C Calcul des probabilités

Ce qui suit est valable tout le temps, que le jeu soit honnête ou truqué.

Propriété : La **somme** des probabilités des événements élémentaires vaut toujours **1**.

Exemple : Considérons une pièce de monnaie truquée, dont la probabilité de tomber sur pile est 0,7. Il n'y a que deux événements élémentaires : « tomber sur pile » et « tomber sur face ». La probabilité de tomber sur face est alors égale à 1 – 0,7, donc 0,3.

Aide

Dans le cas d'un jeu truqué, cette propriété est la **seule** que l'on peut utiliser.

2 Application : cas d'un jeu truqué

EXO **On considère un dé à 6 faces qui a été pipé. On donne le tableau des probabilités d'apparition de chaque face.**

Face	1	2	3	4	5	6
Probabilité	0,1	0,2	?	0,1	0,1	0,1

Calculer la probabilité des événements E : « Le dé tombe sur le 3 » et F : « Le dé tombe sur un nombe impair ».

Solution

La somme des probabilités des événements élémentaires vaut 1. Donc :
$0,1 + 0,2 + p(E) + 0,1 + 0,1 + 0,1 = 1$, d'où $p(E) + 0,6 = 1$, et donc $p(E) = 0,4$.
L'événement F est réalisé quand le dé tombe sur la face 1, 3 ou 5. Il faut donc ajouter les probabilités de chaque face :
$p(F) = 0,1 + 0,4 + 0,1 = 0,6$.

- On peut s'imaginer que la probabilité de 1 est distribuée (ici non équitablement) entre tous les événements élémentaires.
- Penser ainsi à décomposer un événement en événements élementaires.

Mémo'Quiz

Une pièce de monnaie a été truquée pour tomber sur pile trois fois plus souvent que sur face. On appelle P l'événement « tomber sur pile » et F l'événement « tomber sur face ».

1. $p(P) + p(F) = 1$ ❑ Vrai ❑ Faux
2. $p(F) = 3 \times p(P)$ ❑ Vrai ❑ Faux
3. $p(P) = 3 \times p(F)$ ❑ Vrai ❑ Faux
4. $p(P) = 0,75$ et $p(F) = 0,25$ ❑ Vrai ❑ Faux

→ corrigés p. 474

Calculer des probabilités (2) Cas d'un jeu honnête

38

Lue Relue Apprise

1 L'essentiel du cours

Tout ce qui a été dit dans la fiche n° 37 reste valable. Une situation de jeu honnête ne fait que rajouter une nouvelle manière de calculer une probabilité.

A Calcul d'une probabilité dans le cas d'un jeu honnête

Vocabulaire : On appelle cas **favorables** d'un événement les différents cas qui réalisent cet événement.

Exemple : Si on lance un dé à 6 faces, l'événement E : « tomber sur un nombre pair » possède 3 cas favorables, qui sont : tomber sur un 2, tomber sur un 4, tomber sur un 6.

Remarque : Un événement élémentaire a toujours un seul cas favorable.

Propriété : Lorsqu'un jeu est honnête, la probabilité d'un événement A se calcule par :

$$p(\mathrm{A}) = \frac{\text{nombre de cas favorables}}{\text{nombre de cas possibles}}$$

Exemples : On considère le lancer d'un dé à 6 faces. Le dé est bien équilibré.
La probabilité de l'événement E : « tomber sur un nombre pair » est donc

$$p(\mathrm{E}) = \frac{\text{nombre de cas favorables}}{\text{nombre de cas possibles}} = \frac{3}{6} = \frac{1}{2}$$

Vocabulaire

Dire que le dé est « bien équilibré » garantit que le jeu est honnête.

2 Application

EXO **À un stand de fête foraine, une roue permet de gagner la somme en euros inscrite sur chaque secteur.**
Chaque secteur a la même taille.
1. Calculer la probabilité de l'événement A : « On gagne 0 € ».
2. Calculer la probabilité de l'événement B : « On gagne 2 € ».
3. Calculer la probabilité de l'événement C : « On gagne au moins 2 € ».

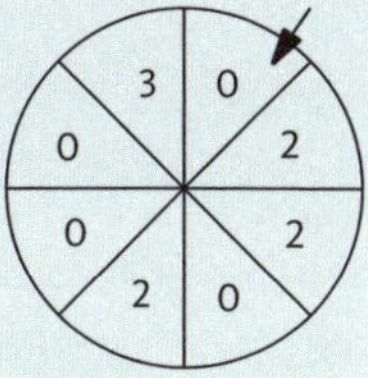

Solution

1. Cette roue est divisée en 8 secteurs de taille équivalente. Parmi eux, 4 secteurs sont marqués « 0 € ».

$$p(A) = \frac{\text{nombre de cas favorables}}{\text{nombre de cas possibles}} = \frac{4}{8} = 0{,}5$$

La probabilité de gagner 0 € est donc de 0,5.

2. 3 secteurs permettent de gagner 2 €. Donc

$$p(B) = \frac{\text{nombre de cas favorables}}{\text{nombre de cas possibles}} = \frac{3}{8} = 0{,}375$$

La probabilité de gagner 2 € est donc de 0,375.

- On commence ici par comptabiliser le nombre de cas possibles : il y a 8 secteurs dans la roue, il y aura donc 8 cas possibles. On compte ensuite le nombre de cas favorables à l'événement étudié : ici, il y a 4 cas. Penser à écrire la formule avant de l'appliquer.
- Une probabilité peut se donner sous forme décimale (toujours un nombre compris entre 0 et 1) ou bien sous forme fractionnaire.
- Faire très attention à bien comprendre les formulations du genre « au moins », « au plus ». Il ne reste ensuite qu'à compter le nombre de cas favorables.

3. Gagner au moins 2 € signifie gagner 2 € ou 3 € : cela correspond donc à 4 secteurs.

$$p(C) = \frac{\text{nombre de cas favorables}}{\text{nombre de cas possibles}} = \frac{4}{8} = 0{,}5$$

La probabilité de gagner au moins 2 € est donc de 0,5.

Mémo'Quiz

On met dans une urne les étiquettes suivantes : J E A N N E
On pioche au hasard une de ces étiquettes.

1. La probabilité de l'événement « Piocher un N » est :

❑ $\frac{1}{6}$ ❑ $\frac{2}{6}$ ❑ 0,2

2. La probabilité de l'événement « Piocher un K » est :

❑ 0 ❑ 1 ❑ incalculable

3. La probabilité de l'événement « Piocher une voyelle » est :

❑ $\frac{2}{6}$ ❑ 1 ❑ 0,5

4. La probabilité de l'événement « Piocher une lettre de l'alphabet » est :

❑ 0 ❑ 1 ❑ incalculable

→ corrigés p. 474

Utiliser des grandeurs quotients

39

Lue Relue Apprise

1 L'essentiel du cours

A Comprendre les grandeurs-quotients

Définition : Lorsqu'on divise deux unités de mesure différentes, on obtient une nouvelle unité appelée **grandeur-quotient**. Par exemple, l'unité de vitesse « kilomètres/heure » correspond à une unité de longueur (les kilomètres) divisée par un unité de temps (l'heure).

- **Notation** : une unité comme les kilomètres/heure peut se noter de trois manières différentes : km/h, ou $\frac{\text{km}}{\text{h}}$ ou encore km.h^{-1}.

Remarque : Ne pas oublier que la notation h^{-1} signifie $\frac{1}{h}$.

B Calculer une vitesse moyenne

Définition : La vitesse moyenne V d'un objet en mouvement se calcule par la formule : $V = \frac{\text{distance parcourue}}{\text{durée du trajet}}$

L'unité de la vitesse sera la grandeur-quotient obtenue en divisant l'unité de la distance par l'unité de la durée.

Exemple : Considérons un cycliste ayant parcouru 9 km en 15 min. Sa vitesse moyenne V se calcule donc par $V = \frac{9\text{ km}}{15\text{ min}} = \frac{9}{15}\frac{\text{km}}{\text{min}} = 0{,}6\text{ km/min}$.

C Convertir des grandeurs-quotients

Méthode : Pour changer d'unité une grandeur-quotient, il faut revenir à l'écriture de l'unité sous forme de fraction, et procéder aux conversions entre unités.

Exemple : Convertissons 0,6 km/min en km/h.
0,6 km/min signifie qu'on parcourt 0,6 km en 1 min. Donc cette vitesse s'écrit $\frac{0{,}6\text{ km}}{1\text{ min}}$.
Pour obtenir 1 heure au dénominateur, il faut avoir 60 min. On multiplie donc le numérateur et le dénominateur par 60.
Donc $\frac{0{,}6\text{ km}}{1\text{ min}} = \frac{60 \times 0{,}6\text{ km}}{60 \times 1\text{ min}} = \frac{36\text{ km}}{30\text{ min}} = \frac{36\text{ km}}{1\text{ h}} = 36\text{ km/h}$.
Donc 0,6 km/min = 36 km/h.

Conseil

Il est parfois utile d'utiliser un tableau de proportionnalité.

2 Applications

EXO 1 **Convertir en m/s (mètres par seconde) les vitesses suivantes :**
1. 180 m/min **2. 5,4 km/h**

Solution

1. $180 \text{ m/min} = \dfrac{180 \text{ m}}{1 \text{ min}} = \dfrac{180 \text{ m}}{60 \text{ s}} = \dfrac{180}{60}\dfrac{\text{m}}{\text{s}} = 3 \text{ m/s}$

Les conversions 1 min = 60 s et 1 h = 3 600 s sont à savoir par cœur : elles interviennent dans de nombreuses situations.

2. $5{,}4 \text{ km/h} = \dfrac{5{,}4 \text{ km}}{1 \text{ h}} = \dfrac{5{,}4 \times 1000 \text{ m}}{3600 \text{ s}} = \dfrac{5400}{3600}\dfrac{\text{m}}{\text{s}} = 1{,}5 \text{ m/s}$

Penser à observer d'un œil critique les résultats obtenus : la vitesse 5,4 km/h est une vitesse faible : sa conversion en m/s doit aussi être une vitesse faible.

EXO 2 **L'avion Concorde parcourait les 6 000 km séparant Paris et New York en 3 h 15 min.**
Quelle était la vitesse moyenne du Concorde ?

Solution

Exprimons en km/h la vitesse V du Concorde :
3 h 15 min = 3 × 60 + 15 = 195 min
Exprimons 195 min en heures.
On divise donc par 60.
195 ÷ 60 = 3,25 h
donc $V = \dfrac{\text{distance}}{\text{durée}} = \dfrac{6\,000 \text{ km}}{3{,}25 \text{ h}}$
$\approx 1\,846$ km/h.

Une erreur très classique est de dire que 3 h 15 min = 3,15 h. Ceci est faux car il faut 60 min et non 100 min pour faire 1 h.

On convertit les minutes en heures, en divisant par 60.
On arrondit le résultat à l'unité près.

Mémo'Quiz

1. Un train parcourant 630 km en 3 h 30 min roule à la vitesse moyenne de : ❑ 157 km/h environ ❑ 180 km/h ❑ 230 km/h
2. Un sprinter courant le 100 mètres en 10 secondes court à la vitesse moyenne de : ❑ 36 km/h ❑ 3,6 m/s ❑ 10 km/h
3. Un avion volant à 800 km/h parcourt 2 600 km en : ❑ 3 h 25 min ❑ 3 h 30 min ❑ 3 h 15 min

→ corrigés p. 474

Variable informatique

40

☐ Lue ☐ Relue ☐ Apprise

1 L'essentiel du cours

A Variable

En mathématiques, on a souvent recours à l'utilisation d'une lettre lorsqu'un nombre est inconnu (fiches n° 5 à 7 et 10 à 12), ou bien que sa valeur est susceptible d'être modifiée au cours du temps (fiches n° 13 à 18). En informatique, on a également besoin de stocker des valeurs qui peuvent être modifiées au cours d'un programme.

Définition : Une **variable** est un nom qui permet d'associer une valeur à ce nombre et donc de la stocker. On dit qu'on **affecte** une valeur à une variable.

B Un exemple : le programme de calcul

- choisir un nombre ;
- lui soustraire 8 ;
- multiplier par le nombre de départ ;
- ajouter 16 au résultat.

Attention

Une seule variable ne suffit pas car la deuxième instruction impose de mémoriser le nombre de départ.

● Pour écrire un programme permettant de tester ce programme de calcul pour différents nombres de départ, on a besoin de stocker le nombre de départ, puis les résultats des calculs.

On crée donc deux variables, l'une pour le nombre de départ, l'autre pour le résultat du programme.

On peut donc par exemple écrire le programme suivant, en spécifiant au départ à quel nombre on veut l'appliquer (ici 3) :

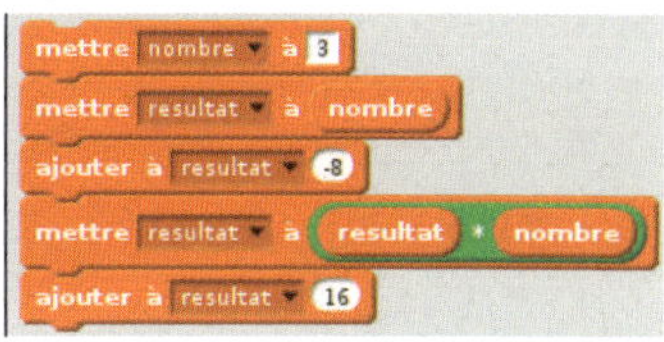

Après initialisation de la variable nombre, les calculs se feront uniquement avec les variables et non les valeurs.

Conseil

Ne pas hésiter à donner des noms aux variables plutôt que des lettres seules.

B Un cas particulier

Les logiciels permettant d'écrire des algorithmes/programmes ont une commande qui récupère des données entrées par l'utilisateur.
Avec Scratch, il s'agit de la commande « demander ▢ et attendre » et les données sont stockées dans la variable « réponse » déjà créée.

2 Application

EXO **Pour convertir une température des degrés Celsius aux degrés Fahrenheit, il faut multiplier la valeur en degrés Celsius par 1,8 et ajouter 32.**
Écrire un programme demandant une température exprimée en degré Celsius et retournant la température exprimée en degrés Fahrenheit.

Solution

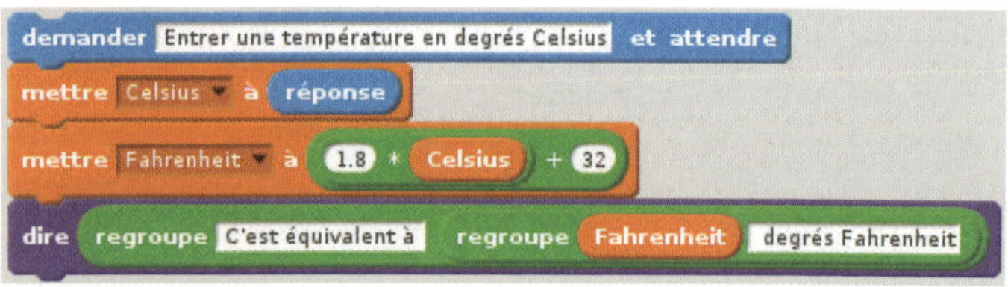

Mémo'Quiz

1. Pour écrire le programme inverse de l'exercice précédent (degrés Fahrenheit vers degrés Celsius), il faudrait l'instruction :

❑ Vrai ❑ Faux

En sortie du programme ci-contre,

2. la variable « truc » vaut 16.

❑ Vrai ❑ Faux

3. la variable « machin » vaut 3.

❑ Vrai ❑ Faux

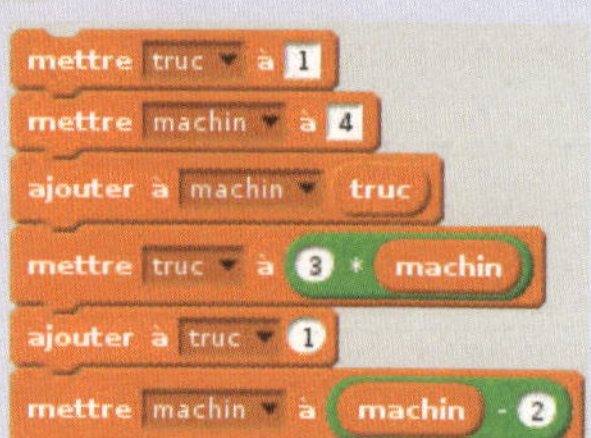

→ corrigés p. 474

Instruction conditionnelle (tester avec un « si ») 41

Lue Relue Apprise

1 L'essentiel du cours

A « Si ... alors ... sinon ... »

Il est très fréquent lorsqu'on écrit un algorithme ou un programme qu'on doive adapter les instructions en fonction des événements qui se produisent. Il faut donc réaliser des tests selon le schéma :

si *condition* **alors**
| *instruction si vrai*
sinon
| *instruction si faux*
fin

Remarque

Le « sinon » n'est pas obligatoire.

Dans cette instruction, dite conditionnelle, la condition est une affirmation, qui peut être soit vraie, soit fausse. En pratique, c'est une égalité ou une inégalité portant sur des nombres ou des chaînes de caractères.

B Un exemple avec une inégalité

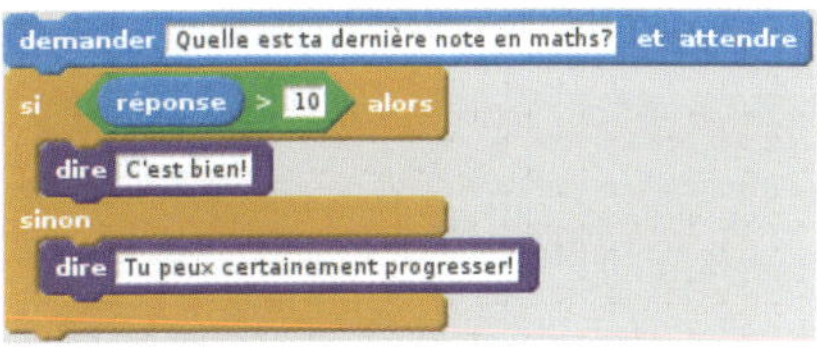

Remarque

Il n'y a pas besoin de préciser réponse < 10 pour l'instruction du sinon.

C Un exemple de tests multiples

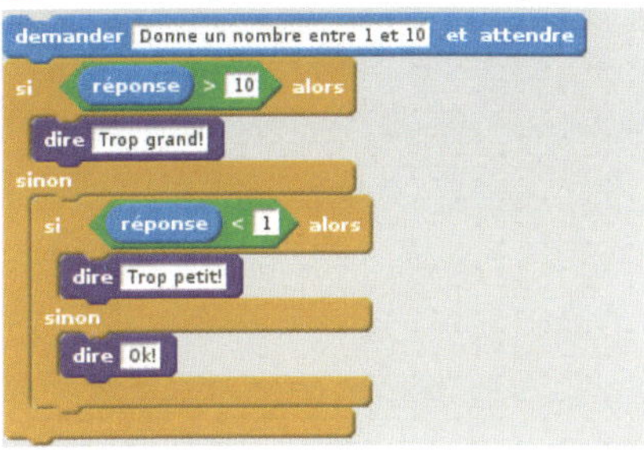

Vocabulaire

On dit qu'on a imbriqué les instructions.

2 Application

EXO **Écrire un programme de table de multiplication : choisir deux nombres aléatoirement, demander leur produit et tester si la réponse est correcte.**

Solution

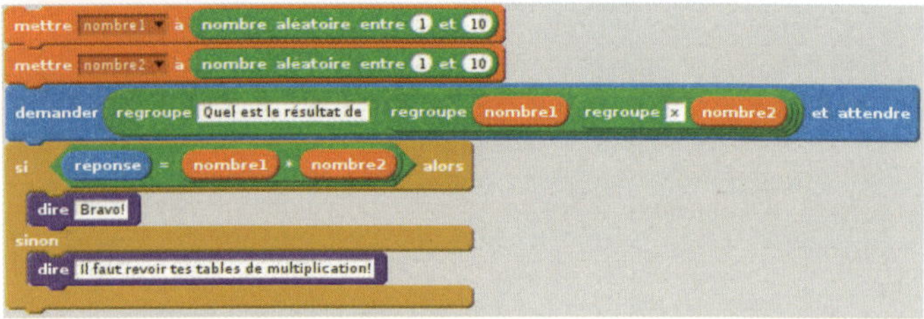

La commande `nombre aléatoire entre 1 et 10` choisit un nombre aléatoire à chaque fois qu'on l'utilise : il faut donc penser à créer deux variables pour stocker les nombres choisis (voir fiche n° 40).

Mémo'Quiz

Dans le programme ci-contre, on utilise la commande `modulo` qui donne le reste dans la division euclidienne. Autrement dit `réponse modulo 3 = 0` est vrai si `réponse` est divisible par 3, et faux sinon.
Qu'affiche le programme si :

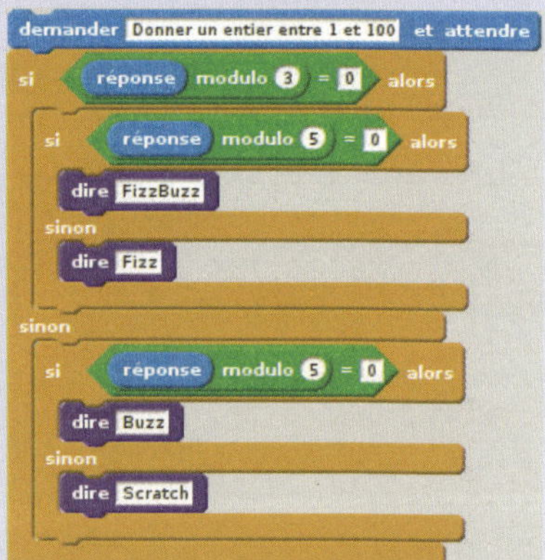

1. on donne le nombre 24 ?
❑ Fizz ❑ Buzz ❑ Scratch

2. on donne le nombre 71 ?
❑ Fizz ❑ Buzz ❑ Scratch

3. on donne le nombre 45 ?
❑ Fizz ❑ Buzz ❑ Fizzbuzz

4. on donne le nombre 55 ?
❑ Scratch ❑ Buzz ❑ Fizzbuzz

→ corrigés p. 474

Instruction itérative (répéter avec une boucle)

42

Lue Relue Apprise

1 L'essentiel du cours

Bien des programmes informatiques nécessitent de répéter certains blocs d'instructions de façon identique, ou presque. On parle alors de **boucle**. Il existe deux façons d'arrêter cette boucle : soit après un nombre prédéfini de passages dans la boucle, soit jusqu'à ce qu'une condition se réalise.

A Répéter « n » fois

Reprenons le programme de la table de multiplication de la fiche n° 41. On peut l'améliorer en lançant une série de questions plutôt qu'une seule. Si on veut demander 10 produits par exemple, il suffit d'imbriquer le programme précédent dans le bloc ci-contre :

B Répéter « jusqu'à » (ou « tant que »)

Lorsqu'on ne sait pas à l'avance le nombre de fois qu'il faut répéter le bloc d'instructions, il faut réfléchir à la condition (ou test) d'arrêt de la boucle.

Avec l'exemple précédent, on pourrait imaginer ajouter une variable score qui compte le nombre de bonnes réponses.

On crée donc ensuite une condition (comme dans un « si... alors... ») pour répéter le programme jusqu'au nombre de bonnes réponses souhaitées, sans oublier d'initialiser la variable score, et en lui ajoutant 1 à chaque bonne réponse :

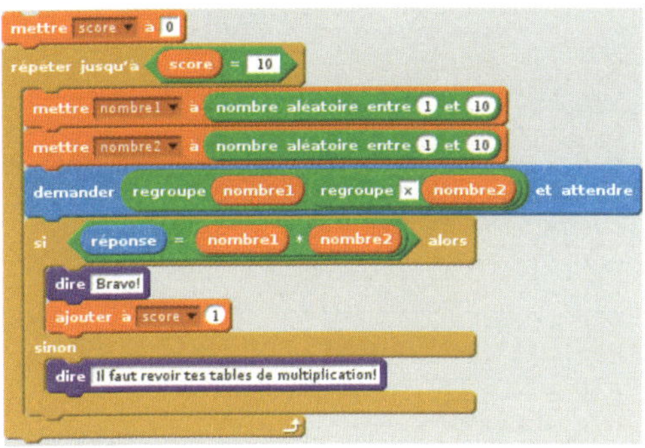

L'astuce du prof

Une variable **compteur** est souvent utile dans une telle boucle pour savoir combien de répétitions ont eu lieu.

Vocabulaire

Avec la commande ajouter à score 1, on **incrémente** la variable score.

Attention

Il faut toujours vérifier que la condition de sortie se réalisera. Sinon le programme ne sort jamais de la boucle et il faut l'arrêter « brutalement ».

2 Application

EXO On veut reproduire le motif ci-contre, où les carrés ont un côté de 40 et sont espacés de 10.

1. Écrire un programme qui construit un carré, à l'aide d'une boucle.
2. Imbriquer ce programme dans une deuxième boucle afin de tracer le motif.

Solution

1. Voici pour un carré :

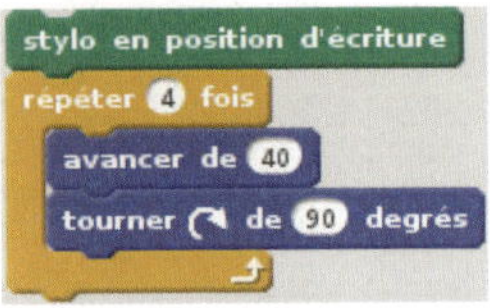

2. Et pour le motif :

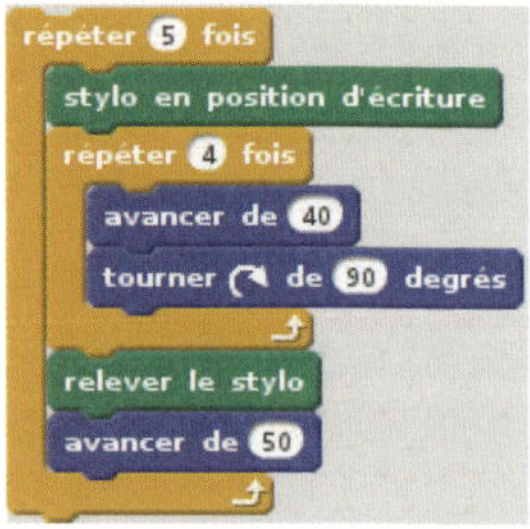

Pour tracer le carré, on aurait pu écrire quatre fois de suite les blocs :

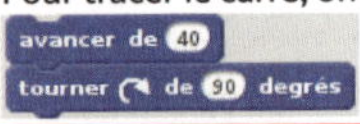

mais répéter fait gagner beaucoup d'instructions dans un programme.

Mémo'Quiz

Voici un programme donnant les diviseurs d'un nombre :

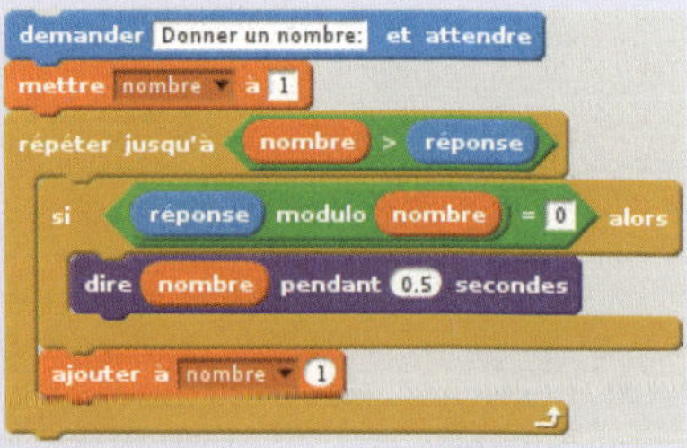

1. On aurait pu remplacer la condition de la boucle par

❑ Vrai ❑ Faux

2. La variable nombre ne sert à rien, on pouvait aussi utiliser une boucle :

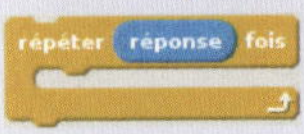

❑ Vrai ❑ Faux

→ corrigés p. 474

Gérer un événement clavier ou souris

43

☐ Lue ☐ Relue ☐ Apprise

1 L'essentiel du cours

Jusqu'à présent, les programmes étudiés ne comportent que peu d'interaction avec l'utilisateur, mis à part pour demander une saisie de texte au clavier. On est pourtant souvent amené à créer des programmes où les objets créés vont devoir interagir entre eux, ou bien c'est leur comportement qui doit être modifié par l'action de l'utilisateur. On peut pour cela programmer les instructions liées à l'utilisation du clavier ou de la souris. On parle de programmation **événementielle**.

A Pilotage d'un objet au clavier

Pour animer un objet devant se déplacer, on peut agir sur les coordonnées de l'objet. On utilise alors le déclencheur ci-dessous pour programmer le déplacement lié à chaque touche (les flèches directionnelles par exemple).

Exemple :

Repère

Avec Scratch, les abscisses (x) sont comprises entre −240 et 240 et les ordonnées (y) entre −180 et 180.

Astuce

« Enlever 10 à x » n'existe pas, il faut donc penser aux nombres négatifs !

B Pilotage d'un objet à la souris

Scratch connaît plusieurs instructions, tests ou variables liés à la souris. Il s'agit donc d'y piocher celles qui permettront de piloter un objet comme on le souhaite.

Exemple :

Pour que l'objet suive le pointeur de la souris :

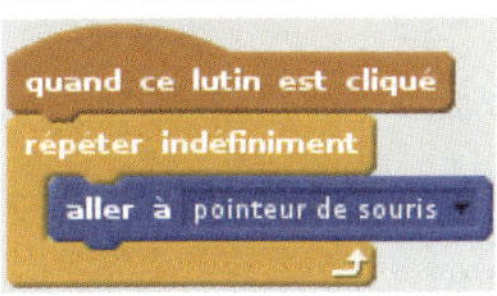

Attendre le clic de la souris pour le déplacer au pointeur de la souris :

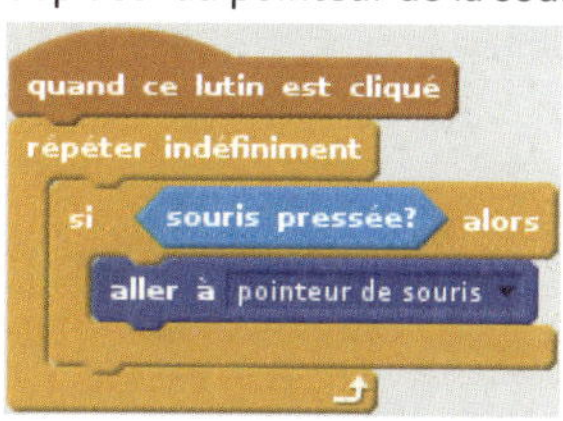

2 Application

EXO Écrire un programme qui permette de piloter un lutin dans le labyrinthe ci-contre, et qui s'arrête dès que le lutin touche une paroi du labyrinthe.
Le lutin se trouve au départ au point de coordonnées (−30 ; 170). On pourra utiliser le capteur « couleur ■ touchée? ».

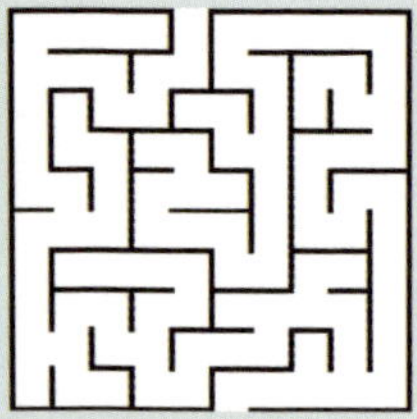

Solution

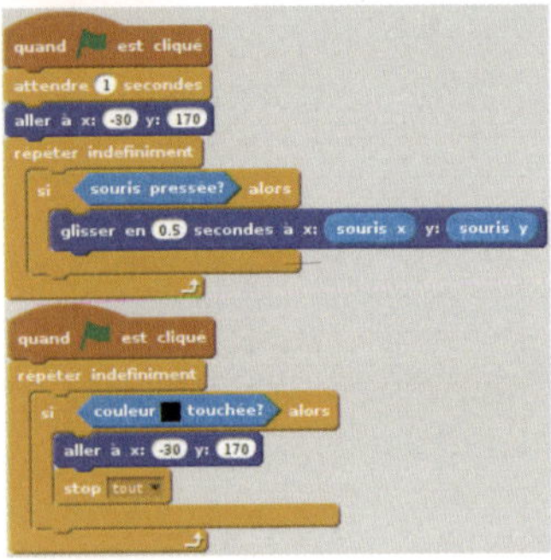

Se déplacer directement à la position de la souris ne permettrait pas de détecter les contacts du lutin avec les parois.
Il est nécessaire d'avoir deux scripts ici : si on imbrique les deux « si » dans la même boucle, la détection de « couleur ■ touchée? » ne se ferait qu'après le mouvement et non pendant.
Remarquer l'emploi d'un autre type de boucle, avec une condition d'arrêt à l'intérieur de la boucle.
Astuce : attendre 1 seconde en début de script permet de ne pas déplacer le lutin en direction du [drapeau] !

Mémo'Quiz

On désire désormais piloter le lutin au clavier. Voici la partie du programme associé au mouvement vers le haut.
Désormais, le script ne s'arrête plus si le lutin touche une paroi. Mais s'il en touche une, le lutin doit revenir sur ses pas.

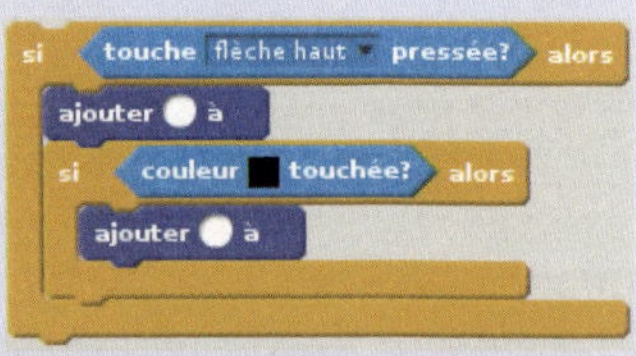

1. Quel doit être le premier bloc de mouvement ?

- ☐ ajouter 5 à x
- ☐ ajouter 5 à y
- ☐ ajouter -5 à y

2. Quel doit être le deuxième bloc de mouvement ?

- ☐ ajouter 5 à x
- ☐ ajouter -5 à y
- ☐ ajouter -5 à x

→ corrigés p. 474

Échanger un message 44

Lue Relue Apprise

1 L'essentiel du cours

Nous allons traiter cette dernière fiche sur un exemple : le jeu du pendu. Il nous permettra d'illustrer l'intérêt des échanges de messages entre les objets du programme et de comprendre comment élaborer un projet plus complexe en le décomposant.

Remarque

On devra donc écrire **un script pour chaque lutin.**

A Les lutins

Il faut tout d'abord réfléchir aux différents lutins qui vont intervenir dans notre projet :

- un animateur, qui pose le jeu et annonce les résultats.
- un lutin par lettre du mot à deviner (MATHS), puisqu'elles doivent apparaître indépendemment. On les positionnera correctement sur la scène.
- un lutin pour l'avancement de la « potence », qu'on munira d'un costume par étape (10 au total).

B Les variables

Pour savoir quand le jeu est terminé (gagné ou perdu), on doit compter les essais, bons ou mauvais. De plus, il faut être capable de reconnaître si la lettre proposée est dans le mot à deviner. On a donc besoin :

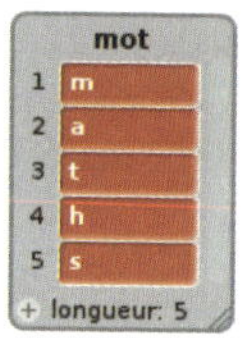

- d'une variable bons qui compte les bonnes propositions ;
- d'une variable mauvais qui compte les mauvaises propositions ;
- d'une liste mot qui contient les bonnes propositions. On y ajoute les éléments par ajouter m à mot

C Analyse des scripts et échanges de messages

Puisque le script fait intervenir plusieurs lutins, il faut les faire communiquer pour déclencher leurs scripts personnels.

- **L'animateur** : il doit demander une lettre à l'utilisateur, et en fonction de la réponse, orienter vers l'affichage de la bonne lettre ou faire basculer de costume à la potence. Ce lutin enverra donc un message contenant la bonne lettre, contenue dans reponse, ou un message « faux » par exemple en destination de la potence.

Il doit également annoncer le résultat du jeu : il le fera en recevant un message « gagné » ou « perdu » envoyé par les lettres si la variable bons contient la valeur 5 (la longueur de MATHS) ou par la potence si la variable mauvais contient la valeur 10.

- **Les lutins lettres** : lorsqu'elles reçoivent le message qui leur correspond, elles doivent s'afficher et la variable bons doit s'incrémenter. Et si bons atteint 5, il faut envoyer un message « gagné » à l'animateur.
- **La potence** : elle doit changer de costume lorsqu'elle reçoit le message « faux » et la variable mauvais doit alors s'incrémenter. Et si mauvais atteint 10, il faut envoyer un message « perdu » à l'animateur.

C Les scripts

Voici trois scripts, dans le désordre, correspondant à l'animateur, au lutin « M » et à la potence.

- Initialisation du programme : il faut mettre les variables à 0 (ou une autre valeur initiale selon le programme), et gérer l'apparence (cacher/montrer les costumes) des lutins en début de programme.
- Pour chaque lutin, le script peut comprendre plusieurs blocs déclenchés par des évènements différents.

Script n° 1

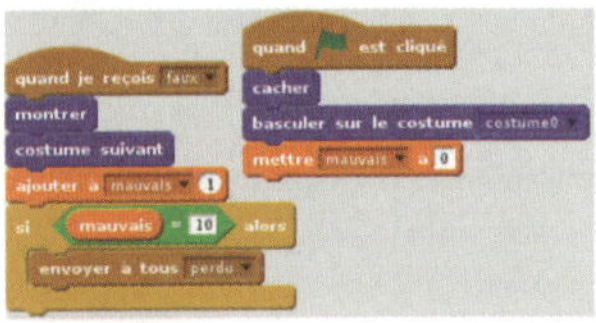

Script n° 2

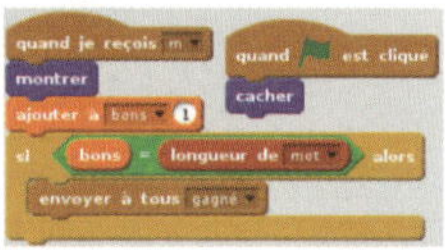

Script n° 3

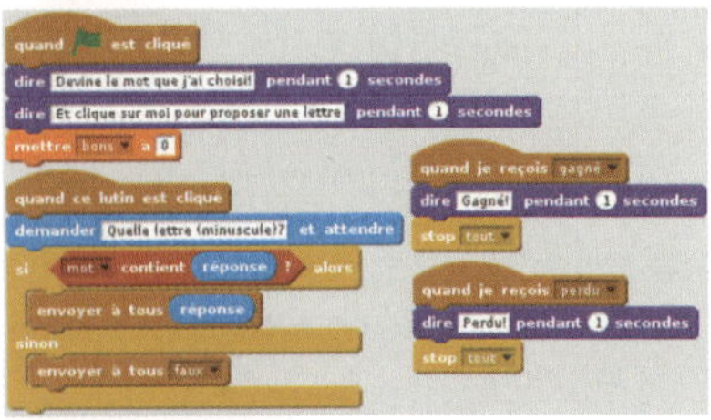

Conseil

Comme pour les variables, il est recommandé de donner un nom parlant aux nouveaux messages lors de leur création.

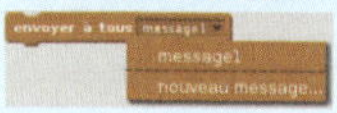

Mémo'Quiz

Retrouver à quels lutins appartiennent les scripts précédents.

→ corrigés p. 474

Physique-Chimie

Sommaire

Physique-Chimie

Lue | Relue | Apprise

États de la matière

45

Lue Relue Acquise

1 Retenir l'essentiel

A Espèces chimiques

- **À l'échelle microscopique, la matière est constituée d'espèces chimiques.**

  Exemples : l'eau est constituée de molécules d'eau, les molécules d'eau sont des espèces chimiques ; une canette de soda est constituée d'atomes d'aluminium, les atomes d'aluminium sont des espèces chimiques.

B Corps purs et mélanges

- **Un corps pur est constitué d'une seule espèce chimique.** Un corps pur peut contenir plusieurs types d'atomes.

  Exemple : l'eau pure ne contient que des molécules d'eau.

- **Un mélange contient plusieurs espèces chimiques différentes**.

  Exemple : une eau minérale contient des molécules d'eau, mais aussi de nombreuses autres espèces chimiques (les minéraux).

C États physiques de la matière

- **Les solides : l'état solide est compact et ordonné**. Les différentes espèces chimiques qui constituent le solide sont proches les unes des autres et immobiles.

- **Les liquides : l'état liquide est compact et désordonné**. Les différentes espèces chimiques qui constituent le liquide sont proches les unes des autres, mais se déplacent.

- **Les gaz : l'état gazeux est dispersé et désordonné**. Les différentes espèces chimiques qui constituent le gaz sont éloignées les unes des autres et agitées.

Conséquence

- **Un solide** a un volume et une forme propres.
- **Un liquide** a un volume propre, mais il prend la forme du récipient qui le contient.
- **Un gaz** n'a pas de volume ni de forme propres, son volume et sa forme sont ceux du récipient qui le contient.

2 Application : analyse d'un document

DOC Des billes et des grains de poussière aux états de la matière

Afin de mieux comprendre les différents états de la matière, il est parfois plus facile de raisonner sur des représentations de ces états.
Pourquoi ne pas imaginer des grains de poussière qui dansent dans un rayon de soleil ?
Des billes immobiles, bien rangées, déposées dans un bocal qu'elles remplissent ?
Ou au contraire des billes enfermées dans un petit sac en tissu, qui glissent les unes sur les autres lorsque l'on déforme le sac ?

Cochez la ou les bonnes réponses.

1. Les grains de poussière permettent de représenter l'état :
a. ❑ solide b. ❑ liquide c. ❑ gazeux

2. Les billes immobiles et bien rangées permettent de représenter l'état :
a. ❑ solide b. ❑ liquide c. ❑ gazeux

3. Les billes qui glissent les unes sur les autres dans le sac déformé permettent de représenter l'état :
a. ❑ solide b. ❑ liquide c. ❑ gazeux

Mémo'Quiz

1. Un mélange :
a) ❑ contient une seule espèce chimique
b) ❑ contient plusieurs espèces chimiques
c) ❑ est un corps pur

2. L'état de la matière qui possède une forme et un volume propres est :
a) ❑ l'état solide
b) ❑ l'état liquide
c) ❑ l'état gazeux

3. Dans un gaz, les différentes espèces chimiques sont :
a) ❑ proches et en mouvement désordonné
b) ❑ éloignées et en mouvement désordonné
c) ❑ dispersées et en mouvement désordonné

➜ corrigés p. 474

Changements d'état

46

Lue Relue Acquise

1 Retenir l'essentiel

A Changements d'état d'un corps pur

- **Un corps pur est constitué d'espèces chimiques identiques**, quel que soit son état physique : solide, liquide ou gazeux.

  Exemple : l'eau à l'état liquide, solide (glace) ou gazeux (vapeur) contient des molécules d'eau identiques.

- **La fusion d'un corps est le passage de l'état solide à l'état liquide** de ce corps.

  Exemple : la fusion de l'eau solide correspond à la fonte de la glace.

- **La vaporisation d'un corps est le passage de l'état liquide à l'état gazeux** de ce corps.

  Exemples : si on chauffe de l'eau pour qu'elle passe de l'état liquide à l'état gazeux, on parle de vaporisation par ébullition. Sous l'effet du Soleil, les eaux de surface peuvent passer à l'état gazeux en étant chauffées plus modérément, on parle de vaporisation par évaporation.

- **La liquéfaction d'un corps est le passage de l'état gazeux à l'état liquide** de ce corps.

- **La solidification d'un corps est le passage de l'état liquide à l'état solide** de ce corps.

B Les propriétés des changements d'état

- **Les températures de changement d'état sont caractéristiques d'un corps pur dans les conditions de l'expérience.**

  Exemple : les températures de changement d'état de l'eau pure sous pression atmosphérique normale sont : $T_{\text{solidification}} = 0\ °C$; $T_{\text{ébullition}} = 100\ °C$.

> **Attention !**
> Si le corps n'est pas pur, les températures de changement d'état varient.

- **Durant un changement d'état, la masse du corps se conserve, mais son volume varie.**

- Un changement d'état s'explique au niveau microscopique par une évolution de l'organisation des espèces chimiques.

- **Les changements d'état s'accompagnent de transferts d'énergie.**

2 Application : analyse d'un document

DOC Étudier des changements d'état

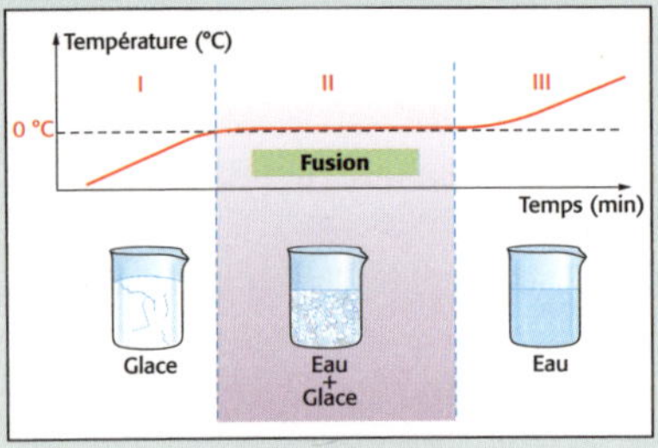

On souhaite étudier expérimentalement le changement d'état de différents corps. On dispose d'un bécher de glace à – 5 °C, d'un thermomètre avec sa sonde de température et d'un chronomètre. On place la sonde dans le bécher contenant la glace et on déclenche simultanément le chronomètre. On relève ensuite l'évolution de la température au cours du temps et on représente la courbe ci-dessus.

Un expérimentateur souhaite adapter ce protocole à la détermination de la température d'ébullition d'une solution contenant de l'éthanol.
Données : pour l'éthanol pur, dans les conditions de l'expérience, T_{Fusion} = – 114 °C et $T_{\text{Ébullition}}$ = 78 °C.

Cochez la ou les bonnes réponses.

1. À température ambiante (20 °C), l'éthanol est dans un état :
a. ❑ solide b. ❑ liquide c. ❑ gazeux

2. L'expérimentateur relève une température d'ébullition de 78 °C. La solution est composée :
a. ❑ d'éthanol pur b. ❑ de plusieurs espèces c. ❑ d'eau pure

Mémo'Quiz

1. La fusion d'un corps est le passage de l'état :
a) ❑ solide à l'état gazeux b) ❑ solide à l'état liquide
c) ❑ liquide à l'état gazeux

2. Durant un changement d'état :
a) ❑ la masse du corps et son volume varient
b) ❑ la masse du corps est constante, mais son volume varie
c) ❑ la masse du corps est constante et il y a des transferts d'énergie

→ corrigés p. 474

Masse volumique

Lue Relue Acquise

47

1 Retenir l'essentiel

A Définition

● **La masse volumique ρ d'une espèce chimique est le quotient de la masse *m* d'un échantillon par son volume *V*, $\rho = \frac{m}{V}$,** avec :
- *m* en kilogrammes (kg) ;
- *V* en mètres cubes (m^3) ;
- ρ en kilogrammes par mètre cube (kg/m^3).

Exemples : la masse volumique de l'eau liquide est de 1 000 kg/m^3 ; la masse volumique du mercure liquide est de 13 600 kg/m^3.

Attention !

Dans la formule mathématique permettant de calculer la masse volumique ρ, la masse *m* et le volume *V* correspondent à la masse et au volume d'une même espèce chimique.

● **La masse volumique peut s'exprimer dans d'autres unités.** Dans ce cas, les unités de la masse *m* et du volume *V* doivent être cohérentes.

Exemple : la masse volumique de l'eau liquide est aussi de 1 g/cm^3, mais dans ce cas, la masse *m* est en grammes (g) et le volume *V* en centimètres cubes (cm^3) dans la relation $\rho = \frac{m}{V}$.

● **Si on connaît la masse volumique d'un corps et son volume, on peut calculer sa masse : $m = \rho \times V$.**

Exemple : la masse d'un volume $V = 2\ m^3$ d'eau liquide est égale à $m = 1\,000 \times 2 = 2\,000$ kg.

● **Si on connaît la masse volumique d'un corps et sa masse, on peut calculer son volume : $V = \frac{m}{\rho}$.**

Exemple : le volume d'une masse $m = 3\,000$ kg d'eau liquide est égal à $V = \frac{3\,000}{1\,000} = 3\ m^3$.

B Identification d'un corps pur

● **La masse volumique est caractéristique d'un corps pur dans un état physique donné.** Elle permet ainsi d'identifier ce corps.

Exemples : une masse volumique de 0,789 kg/m^3 permet d'identifier l'éthanol à l'état liquide ; une masse volumique de 8 920 kg/m^3 permet d'identifier le cuivre à l'état solide.

2 Application : analyse d'un document

DOC **Déterminer expérimentalement une masse volumique**

On souhaite vérifier expérimentalement la masse volumique d'un objet en fer.
On commence par déterminer la masse *m* de l'objet à l'aide d'une balance. On place ensuite un volume d'eau connu dans une éprouvette graduée adaptée et on plonge l'objet dans l'éprouvette. La variation de volume observée correspond au volume *V* de l'objet.
On calcule ensuite la masse volumique.

Cochez la ou les bonnes réponses.

1. La masse volumique ρ de l'objet est égale à :

a. ❑ $\rho = m \times V$ b. ❑ $\rho = \frac{V}{m}$ c. ❑ $\rho = \frac{m}{V}$

2. La masse volumique ρ du fer solide pur est égale à 8,0 kg/L. La masse de l'objet est de 100 g. La variation de volume *V* observée dans l'éprouvette vaut donc, en litres :

a. ❑ $V = \frac{0{,}100}{8{,}0} = 1{,}3 \times 10^{-2}$ L

b. ❑ $V = \frac{100}{8{,}0} = 1{,}3$ L

c. ❑ $V = \frac{8{,}0}{0{,}100} = 80$ L

Mémo'Quiz

1. La masse d'une espèce chimique donnée est :
a) ❑ proportionnelle à son volume
b) ❑ l'inverse de son volume
c) ❑ égale à son volume

2. La masse volumique peut s'exprimer en :
a) ❑ g/L b) ❑ L/g c) ❑ g · L

3. La masse volumique d'un mélange d'eau sucrée liquide :
a) ❑ n'est pas la même que la masse volumique de l'eau liquide
b) ❑ n'est pas la même que la masse volumique du sucre solide
c) ❑ est la même que la masse volumique du sucre solide

→ corrigés p. 474

Solubilité

☐ Lue ☐ Relue ☐ Acquise

48

1 Retenir l'essentiel

A Solubilité et miscibilité

- **Une solution est un mélange liquide homogène.**
- **Les solutés sont les espèces chimiques dissoutes** dans un liquide.
- **Le solvant est la solutio,n dans laquelle les solutés sont dissous.** Si le solvant est l'eau, on parle de **solution aqueuse**.
- **Un corps est soluble dans un solvant si le mélange obtenu**, la solution, **est homogène.**
- **La solubilité d'une espèce chimique dans un solvant est la masse maximale de cette espèce que l'on peut dissoudre dans un litre de solution** : elle s'exprime en grammes par litre (**g/L**) et dépend de la température. Si on atteint la masse maximale de soluté que l'on peut dissoudre, on dit que la solution est saturée.
- **Deux liquides sont miscibles si le mélange de ces deux liquides est homogène.**

  Exemple : le mélange de l'eau et de l'éthanol est homogène, l'eau et l'éthanol sont miscibles.

- **Deux liquides ne sont pas miscibles si le mélange de ces deux liquides est hétérogène.**

  Exemple : le mélange de l'eau et de l'huile est hétérogène, l'eau et l'huile ne sont pas miscibles.

> **Vocabulaire**
>
> - Un mélange de liquides homogène ne contient qu'une seule phase.
> - Un mélange de liquides hétérogène contient plusieurs phases distinctes.

- **Pour séparer les constituants d'un mélange liquide hétérogène, on utilise une ampoule à décanter.**

B Dissolution de gaz dans l'eau

- **L'air est un mélange**, essentiellement composé de 78 % de diazote, 21 % de dioxygène et de 1 % d'autres gaz.
- **La solubilité d'un gaz dans l'eau dépend de la nature du gaz et de paramètres physiques.**

  Exemple : la solubilité du dioxyde de carbone dans une eau minérale pétillante dépend de la pression du gaz dans la bouteille.

2 Application : analyse d'un document

DOC Adaptation des organismes aux altitudes élevées

La pression atmosphérique et la solubilité du dioxygène dans le sang diminuent quand on s'élève en altitude. Le graphique ci-dessous représente l'évolution de la solubilité du dioxygène dans le sang en fonction de la pression atmosphérique

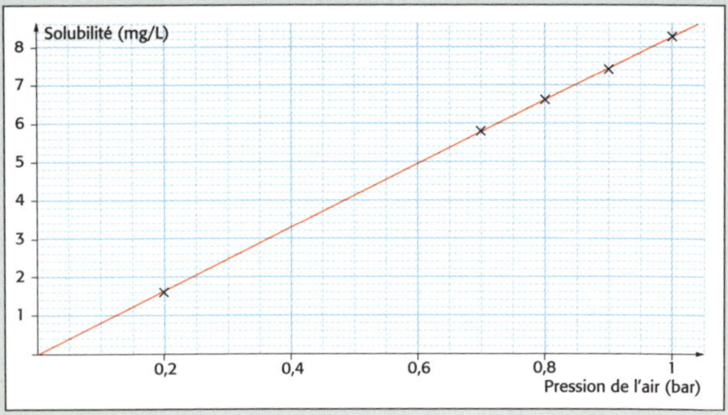

Cochez la ou les bonnes réponses.

1. Quelle serait la valeur de la solubilité du dioxygène dans le sang si la pression atmosphérique était de 0,50 bar ?

a. ❑ 4,1 mg/L b. ❑ 0,50 mg/L c. ❑ 0 mg/L

2. La pression atmosphérique moyenne est de 1,0 bar au niveau de la mer et de 0,20 bar au sommet de l'Everest. Si un alpiniste passait directement du niveau de la mer au sommet de l'Everest, la solubilité du dioxygène dans son sang serait :

a. ❑ multipliée par 5 b. ❑ divisée par 5 c. ❑ inchangée

Mémo'Quiz

1. La solubilité d'une espèce chimique dans de l'eau est :

a) ❑ toujours élevée b) ❑ toujours faible
c) ❑ différente suivant les espèces chimiques

2. L'air est :

a) ❑ un mélange b) ❑ surtout constitué de diazote
c) ❑ surtout constitué de dioxygène

→ corrigés p. 474

Identification d'une transformation chimique

49

Lue Relue Acquise

1 Retenir l'essentiel

A Molécules, atomes et ions

- **La matière est constituée de particules extrêmement petites : les atomes.**
- **Les atomes sont représentés par un symbole chimique** : une lettre majuscule parfois suivie d'une minuscule.
- **L'atome est constitué d'un noyau et d'électrons** en mouvement autour du noyau. La charge électrique négative des électrons compense la charge positive du noyau, donc **l'atome est électriquement neutre**.
- **Une molécule est un assemblage d'atomes.** Elle est représentée par une formule chimique qui indique le nom des atomes qui la constituent et leur nombre.
- Dans la formule chimique d'une molécule, le nombre d'atomes d'une même sorte est écrit en indice à droite du symbole de l'atome correspondant.

  Exemple : H_2O est la formule chimique de la molécule d'eau. Cette molécule contient 2 atomes d'hydrogène et 1 atome d'oxygène.

- **Un ion positif est un atome qui a perdu 1, 2 ou 3 électrons.**
- **Un ion négatif est un atome qui a gagné 1, 2 ou 3 électrons.**

Attention !

Les atomes et molécules sont électriquement neutres, tandis que les ions portent toujours une charge électrique.

B Identification et interprétation d'une transformation chimique

- **Dans une transformation chimique, il y a redistribution des atomes** qui constituent les réactifs pour former de nouvelles molécules ou de nouveaux ions nommés produits.
- **Les ions peuvent être mis en évidence grâce à des tests caractéristiques.**
- **Au cours d'une transformation chimique, la masse totale se conserve** : la valeur de la masse des réactifs disparus est égale à la valeur de la masse des produits formés.

2 Application : analyse d'un document

DOC Combustion du méthane dans le dioxygène

Les réactions de combustion contribuent à augmenter les rejets dans l'atmosphère de dioxyde de carbone ($CO_{2(G)}$), qui est un gaz à effet de serre. On donne l'équation de la combustion du méthane dans le dioxygène :

$$CH_{4(G)} + 2\,O_{2(G)} \rightarrow CO_{2(G)} + 2\,H_2O_{(L)}$$

Cochez la ou les bonnes réponses.

1. Dans cette réaction chimique, le dioxyde de carbone est :
a. ❑ un produit b. ❑ un réactif c. ❑ consommé

2. Dans cette réaction chimique, toutes les espèces chimiques sont :
a. ❑ des gaz b. ❑ des liquides c. ❑ des molécules

3. La molécule de dioxyde de carbone contient :
a. ❑ 1 atome de carbone et 1 atome d'oxygène
b. ❑ 2 atomes de carbone et 2 atomes d'oxygène
c. ❑ 1 atome de carbone et 2 atomes d'oxygène

Mémo'Quiz

1. Une molécule est constituée :
a) ❑ d'un ou de plusieurs atomes
b) ❑ de plusieurs ions
c) ❑ d'un seul atome

2. La molécule d'acide ascorbique de formule $C_6H_8O_6$:
a) ❑ est électriquement neutre
b) ❑ ne contient pas d'atomes
c) ❑ contient 6 atomes de carbone, 8 d'hydrogène, 6 d'oxygène

3. Dans une transformation chimique, la masse totale des produits :
a) ❑ est inférieure à la masse des réactifs
b) ❑ est égale à la masse des réactifs
c) ❑ est supérieure à la masse des réactifs

→ corrigés p. 474

Propriétés de quelques transformations chimiques

50

Lue Relue Acquise

1 Retenir l'essentiel

A Le pH et sa mesure

- **Le pH est un nombre sans unité compris entre 0 et 14.**
- **Il est possible de mesurer le pH d'une solution** à l'aide de **papier pH** ou d'un **pH-mètre**.

Astuce

Il est souvent judicieux d'intercaler la couleur du papier pH entre deux couleurs indiquées sur la boîte. On obtient ainsi un encadrement du pH.

- **Une solution est acide si son pH est inférieur à 7, neutre si son pH est égal à 7, basique si son pH est supérieur à 7.**

Exemple : le pH du vinaigre est voisin de 3, c'est une solution acide.

B Les ions H^+ et HO^-

- **Le pH d'une solution dépend des quantités respectives d'ions hydroxyde HO^- et hydrogène H^+.**

Exemple : une solution acide contient plus d'ions hydrogène que d'ions hydroxyde, tandis qu'une solution basique contient plus d'ions hydroxyde que d'ions hydrogène.

C Réactions entre les solutions acides et basiques

- **Une solution acide et une solution basique peuvent réagir** pour former durant la transformation chimique de nouvelles espèces.

Remarque

Durant la réaction entre un acide et une base, le pH varie. Les quantités d'ions hydroxyde et hydrogène varient donc également.

D Réactions de corrosion d'un métal

- **Les solutions acides peuvent réagir avec certains métaux** en formant notamment du gaz dihydrogène $H_{2(G)}$.

Exemple : réaction de l'acide chlorhydrique avec le fer. La solution d'acide chlorhydrique contient les ions H^+ et Cl^-, ce sont les ions H^+ qui réagissent avec les atomes de fer : $2H^+ + Fe_{(S)} \rightarrow H_{2(G)} + Fe^{2+}$.

- **Si on approche une allumette enflammée de l'ouverture d'un tube contenant du dihydrogène, une petite détonation caractéristique du dihydrogène se produit.**

2 Application : analyse d'un document

DOC **Puits de pétrole dans la mer du Nord**

L'acide chlorhydrique réagit avec le calcaire en provoquant un dégagement de dioxyde de carbone. Cette propriété est utilisée pour augmenter la production de puits de pétrole de la mer du Nord. L'acide élargit les passages d'écoulement du pétrole en dissolvant les formations de calcaire et de grès. On ajoute différents produits chimiques pour limiter la réaction et empêcher l'attaque du matériel de forage par l'acide.

Cochez la ou les bonnes réponses.

1. Le pH de la solution d'acide chlorhydrique est :
a. ❑ supérieur à 7
b. ❑ égal à 7
c. ❑ inférieur à 7

2. La solution d'acide chlorhydrique contient :
a. ❑ plus d'ions H^+ que d'ions HO^-
b. ❑ plus d'ions HO^- que d'ions H^+
c. ❑ autant d'ions H^+ que d'ions HO^-

3. Le matériel de forage pourrait être attaqué par l'acide, car :
a. ❑ il contient probablement du fer
b. ❑ il est constitué d'une base
c. ❑ il contient du calcaire

Mémo'Quiz

1. Une solution de pH = 9 :
a) ❑ est une solution basique
b) ❑ contient plus d'ions H^+ que d'ions HO^-
c) ❑ contient plus d'ions HO^- que d'ions H^+

2. Une solution basique subira une réaction chimique si on lui ajoute :
a) ❑ une solution basique
b) ❑ une solution acide
c) ❑ une solution contenant des ions hydrogène

→ corrigés p. 474

Structure de l'Univers et du système solaire

51

Lue Relue Acquise

1 Retenir l'essentiel

A Le système solaire et les galaxies

- **Le système solaire est constitué d'une étoile, le Soleil, autour de laquelle tournent 8 planètes :** Mercure, Vénus, la Terre, Mars, Jupiter, Saturne, Uranus et Neptune.
- **Le Soleil n'est qu'une étoile moyenne** dans un groupe contenant environ 100 milliards d'étoiles, une galaxie.
- **Notre galaxie est nommée la Voie Lactée**. Ce n'est qu'une des nombreuses galaxies qui peuplent l'Univers.
- **Dans les galaxies, il existe d'autres systèmes planétaires extrasolaires constitués de planètes**, les exoplanètes, qui gravitent autour d'une étoile autre que le Soleil.

B Les unités de distance en astronomie

- **Le mètre, de symbole m, est l'unité de longueur dans le système international.** Les distances astronomiques sont souvent exprimées en kilomètres, de symbole km : **1 km = 1×10^3 m.**
- **L'écriture scientifique d'un nombre est l'écriture sous la forme** $a \times 10^n$ pour laquelle a est un nombre décimal tel que $1 \leqslant a < 10$ et n un entier positif ou négatif.

  Exemple : la distance Terre-Soleil est en moyenne de $1{,}5 \times 10^8$ km.

- Les distances qui séparent les étoiles ou les galaxies sont considérables. **On utilise souvent l'année-lumière (ou année de lumière) de symbole a.l., qui est la distance *d* parcourue par la lumière dans le vide, en une année *t*,** comme unité de distance astronomique.
- Dans le vide (ou dans l'air), la vitesse de propagation de la lumière est souvent notée c (**$c = 3{,}00 \times 10^8$ m/s**).

Une année correspond à $t = 365 \times 24 \times 3\,600$ s.
Donc 1 a.l. correspond à : $d = c \times t$.
$d = 3{,}00 \times 10^8 \times 365 \times 24 \times 3\,600 = 9{,}47 \times 10^{15}$ m.
Soit **1 a.l. = $9{,}47 \times 10^{12}$ km.**

Attention !
L'année-lumière est une distance et non une durée.

2 Application : analyse d'un document

DOC Quelques distances dans le système solaire

	Distance moyenne au Soleil (en km)	Durée mise par la lumière pour se propager du Soleil à la planète
Mercure	58 000 000	
Mars		12 min

L'année-lumière est une unité de distance astronomique le plus souvent utilisée pour mesurer des distances en dehors du système solaire. Il est possible de l'utiliser aussi pour les corps célestes du système solaire, même si cet usage est moins pertinent.
Donnée : vitesse de propagation de la lumière dans le vide
$c = 3,00 \times 10^5$ km/s.

Cochez la ou les bonnes réponses.

1. La durée mise par la lumière pour se propager du Soleil à Mercure est :
a. ❏ $1,93 \times 10^2$ s   b. ❏ $5,17 \times 10^{-3}$ s   c. ❏ 12 min

2. La distance moyenne entre Mars et le Soleil est :
a. ❏ 58 000 000 km   b. ❏ $2,16 \times 10^8$ km   c. ❏ $3,60 \times 10^6$ km

Mémo'Quiz

1. Une année-lumière est :
a) ❏ la distance parcourue par la lumière en un an
b) ❏ la lumière émise par le Soleil pendant un an
c) ❏ la durée nécessaire à la lumière pour parcourir la distance entre le Soleil et la Terre

2. La Voie Lactée :
a) ❏ est notre système solaire
b) ❏ est notre galaxie
c) ❏ contient un grand nombre d'étoiles

→ corrigés p. 474

Matière dans l'Univers

52

Lue Relue Acquise

1 Retenir l'essentiel

A Les ordres de grandeur en astronomie

- **L'ordre de grandeur d'une longueur est la puissance de dix la plus proche de cette longueur.**

Exemples de distances et d'ordres de grandeur de distances astronomiques :

Diamètre du système solaire	Distance Soleil-étoile la plus proche	Diamètre de la Voie Lactée	Distance Voie Lactée-galaxie la plus proche
10^{10} km	4,3 a.l. → ordre de grandeur 1 a.l.	100 000 a.l. soit 10^5 a.l.	10^6 a.l.

- L'ordre de grandeur d'une **année-lumière** (a.l.) est de **10^{13} km.**

B La matière dans l'Univers

- **La matière observable est partout de même nature et obéit aux mêmes lois.**

Exemple : les atomes d'hydrogène sont identiques sur Terre et sur Saturne.

- **Les deux éléments les plus abondants dans l'Univers sont l'hydrogène et l'hélium,** qui sont les deux principaux constituants des étoiles.
- **À la mort d'une étoile, les éléments qui la constituent sont dispersés dans l'Univers** et forment des nébuleuses qui donneront naissance à de nouveaux systèmes planétaires. **On trouve sur Terre des éléments lourds : l'oxygène, le carbone, le fer, le silicium, les terres rares** présents initialement dans la nébuleuse.
- **Les atomes sont les constituants élémentaires de la matière.**
- **Un atome est constitué d'un noyau, chargé positivement, et d'électrons chargés négativement.**
- Le **noyau** contient des **nucléons** : les **neutrons**, particules **sans charges électriques**, et les **protons**, particules **chargées positivement**.
- **L'atome est électriquement neutre** : il contient autant d'électrons que de protons.

Attention !
L'atome est électriquement neutre, mais il contient des particules chargées électriquement.

2 Application : analyse d'un document

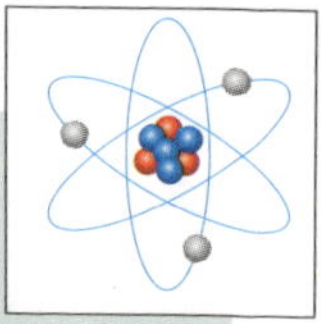

DOC Quelques atomes de l'atmosphère terrestre

L'atmosphère terrestre contient essentiellement des atomes d'azote et d'oxygène. Le tableau ci-dessous précise la composition de ces atomes.

Nom et symbole de l'atome	Symbole de l'atome	Nombre de protons	Nombre de neutrons	Nombre de nucléons	Nombre d'électrons
Azote	N	7	7		
Oxygène	O			16	8
Argon			22	40	

Cochez la ou les bonnes réponses.

1. L'atome d'azote contient :

a. ❑ 7 nucléons et 7 électrons
b. ❑ 14 nucléons et 7 électrons
c. ❑ 7 nucléons et 14 électrons

2. Le noyau de l'atome d'oxygène contient :

a. ❑ 16 protons et 16 neutrons
b. ❑ 24 protons et 8 neutrons
c. ❑ 8 protons et 8 neutrons

3. L'atome d'argon contient :

a. ❑ 62 protons dans son noyau et 18 électrons
b. ❑ 18 protons dans son noyau et 22 électrons
c. ❑ 18 protons dans son noyau et 18 électrons

Mémo'Quiz

1. Les atomes d'hélium présents dans le Soleil et sur Terre :

a) ❑ n'ont pas la même composition
b) ❑ sont identiques
c) ❑ possèdent le même nuage électronique mais des noyaux différents

2. La matière présente sur notre planète a pour origine :

a) ❑ la matière présente dans la nébuleuse originelle
b) ❑ la matière contenue dans le Soleil
c) ❑ la matière contenue dans une étoile

→ corrigés p. 474

Origine et évolution de l'Univers

53

Lue Relue Acquise

1 Retenir l'essentiel

A Voir loin, c'est voir dans le passé

- **Plus un objet est éloigné de la Terre dans l'Univers,** plus la durée du trajet parcouru par la lumière est longue, et **plus nous observons dans le passé**.

  Exemple : la galaxie d'Andromède (2 millions d'a.l.) nous apparaît telle qu'elle était il y a deux millions d'années.

- **La théorie du Big-Bang ne décrit pas l'origine de l'Univers, mais son évolution depuis un instant proche de l'origine**, il y a près de 13,8 milliards d'années.

- La matière telle que nous la connaissons est le fruit de nombreuses transformations dans les instants primordiaux. La théorie du Big-Bang décrit notamment l'expansion de cette matière constituant l'Univers.

B Formation du système solaire

- **Notre système solaire est né d'une nébuleuse.** La matière constituant cette nébuleuse a fini par s'effondrer sur elle-même, du fait de la gravitation.

- **Au centre, la matière a formé le Soleil, tandis que le reste de la matière formait le disque protoplanétaire, d'où sont issues les planètes actuelles.**

> **Attention !**
> La matière qui forme une nébuleuse est issue d'étoile(s) morte(s). C'est cette matière et non celle du Soleil qui est à l'origine du système solaire.

C Âges géologiques

- **L'âge des planètes du système solaire est d'environ 4,7 milliards d'années.**

- La chronologie de l'histoire de la Terre est construite sur différentes subdivisions : **les quatre ères** (précambrien, paléozoïque, mésozoïque, cénozoïque) **constituent les subdivisions les plus importantes.**

- **Les ères sont elles-mêmes découpées en périodes, souvent divisées en époques.**

- **Les âges géologiques constituent les subdivisions des époques.**

  Exemple : l'ère cénozoïque, notre ère actuelle, est subdivisée en deux périodes (paléogène, néogène).

2 Application : analyse d'un document

DOC **Quelle histoire raconte la photographie d'une galaxie ?**

La source lumineuse très brillante visible sur la photographie à droite est apparue le 23 février 1987. Il s'agit de l'explosion d'une étoile située dans le Grand Nuage de Magellan, une petite galaxie satellite de la nôtre, à $1,7 \times 10^5$ a.l. de la Terre.
Donnée : ordre de grandeur d'une année-lumière = 10^{13} km.

Cochez la ou les bonnes réponses.

1. L'ordre de grandeur de la distance de la Terre au lieu où s'est produite l'explosion visible sur la photographie est de :
a. ❏ $1,7 \times 10^{18}$ km b. ❏ 10^{18} km c. ❏ 10^8 km

2. Depuis combien de temps s'était produite cette explosion lorsqu'elle a été observée ?
a. ❏ $1,7 \times 10^5$ années b. ❏ $1,7 \times 10^{18}$ années c. ❏ 10^8 années

Mémo'Quiz

1. La théorie du Big-Bang décrit :
a) ❏ l'origine de l'Univers b) ❏ la formation de la Terre
c) ❏ l'évolution de l'Univers d'un instant proche de son origine à nos jours

2. L'âge du système solaire est approximativement de :
a) ❏ quelques milliers d'années
b) ❏ quelques millions d'années
c) ❏ quelques milliards d'années

3. Le cénozoïque est :
a) ❏ une ère b) ❏ une période
c) ❏ une subdivision de la chronologie de l'histoire de la Terre

→ corrigés p. 474

Caractérisation d'un mouvement

54

Lue Relue Acquise

1 Retenir l'essentiel

A Trajectoire

- **La trajectoire du point d'un objet est la ligne formée par l'ensemble des positions successives occupées par ce point au cours de son mouvement.**
- Lorsque la trajectoire du point d'un corps est une **droite,** on dit que le mouvement du point est **rectiligne**. Si la trajectoire est un **cercle,** on dit que le mouvement est **circulaire**.

  Exemple : la plupart des planètes du système solaire ont des mouvements quasi-circulaires autour du Soleil.

B Vitesse

- **Pour caractériser un mouvement, il est également nécessaire de préciser la vitesse de l'objet étudié**, en indiquant notamment la direction, le sens et la valeur de cette vitesse.

  Exemple : dans un mouvement circulaire, la direction de la vitesse est la droite tangente au cercle, perpendiculaire au rayon du cercle.
- **Le sens de la vitesse est le sens du mouvement du corps.**

  Exemple : dans un mouvement rectiligne qui s'effectue de la gauche vers la droite, le sens de la vitesse est lui aussi vers la droite.
- **La valeur de la vitesse est souvent notée *v*.** Elle s'exprime généralement dans l'unité légale de vitesse : le **mètre par seconde** (m/s).

  Exemple : la valeur de la vitesse maximale des TGV en utilisation commerciale est en général de 300 km/h, soit 83,3 m/s.

Remarque

Dans la vie quotidienne, on utilise souvent une autre unité : le kilomètre par heure (km/h).

C Relativité du mouvement

- Un même mouvement peut être caractérisé de manière très différente par plusieurs observateurs. **Il faut toujours préciser par rapport à quel objet ou observateur la description d'un mouvement est effectuée.**

  Exemple : pour le voyageur d'un train qui démarre d'une gare, son voisin est immobile, alors qu'il est en mouvement pour un observateur debout sur le quai.

2 Application : analyse d'un document

DOC **Mouvement de la Lune autour de la Terre**

Dans l'illustration ci-contre, on représente le mouvement de la Lune autour de la Terre.

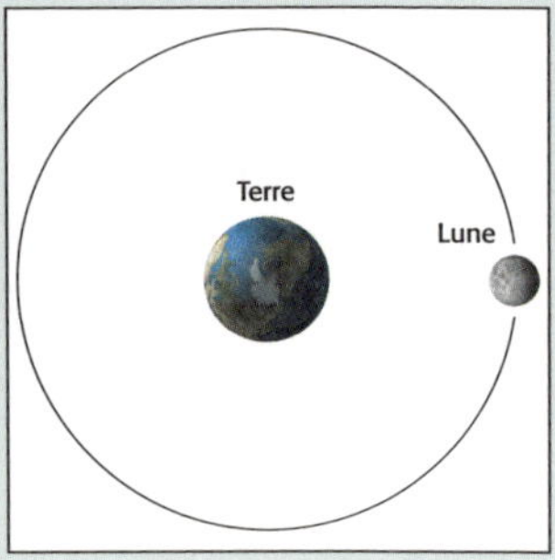

Cochez la ou les bonnes réponses.

1. Le mouvement de la Lune autour de la Terre est :
a. ❑ rectiligne b. ❑ circulaire c. ❑ elliptique

2. La vitesse de la Lune :
a. ❑ a une valeur nulle b. ❑ a pour direction le rayon du cercle
c. ❑ a pour direction une perpendiculaire au rayon du cercle

3. Le mouvement de la Lune par rapport au Soleil est :
a. ❑ le même que le mouvement de la Lune par rapport à la Terre
b. ❑ un mouvement circulaire
c. ❑ un mouvement plus complexe

Mémo'Quiz

1. L'ensemble des positions successives occupées par un point au cours de son mouvement :
a) ❑ forme la trajectoire du point b) ❑ est toujours une droite
c) ❑ forme une droite si le mouvement est rectiligne

2. La valeur de la vitesse peut s'exprimer en :
a) ❑ km/h b) ❑ m/s c) ❑ s/m

3. Le mouvement d'un voyageur qui marche dans un train partant d'une gare :
a) ❑ est le même par rapport au train et au quai
b) ❑ n'est pas le même par rapport au train et au quai
c) ❑ est toujours un mouvement à vitesse constante

→ corrigés p. 474

Mouvements uniformes et non uniformes

55

Lue Relue Acquise

1 Retenir l'essentiel

A Mouvements uniformes

- **Par rapport à un observateur donné, un mouvement est uniforme s'il s'effectue avec une valeur de la vitesse constante.**
- Un mouvement rectiligne s'effectuant avec une valeur de la vitesse constante est un **mouvement rectiligne uniforme**.

Exemple : parachute ouvert, la valeur de la vitesse d'un parachutiste par rapport au sol atteint une valeur limite constante, ce qui lui donne un mouvement rectiligne uniforme par rapport au sol.

- Un mouvement circulaire s'effectuant avec une valeur de la vitesse constante est un **mouvement circulaire uniforme**.
- Dans un mouvement circulaire uniforme, **la valeur de la vitesse est constante, mais la direction de la vitesse change**.

Exemple : le mouvement de la Lune autour du centre de la Terre peut être considéré en première approximation comme un mouvement circulaire uniforme.

- **Pour un mouvement uniforme, la valeur de la vitesse peut s'écrire : $v = \frac{d}{t}$**, avec v la valeur de la vitesse en m/s, d la distance parcourue par un point de l'objet en m et t la durée du déplacement en s.

Piège à éviter

Il faut absolument préciser par rapport à quel observateur le mouvement est décrit pour analyser une vitesse.

Attention !

Si la distance est en kilomètres et le temps en heures, on obtient une vitesse en kilomètres par heure.

B Mouvements non uniformes

- **Si la valeur de la vitesse change** au cours du mouvement du point d'un objet, **le mouvement de ce point est un mouvement non uniforme.**
- Un mouvement rectiligne non uniforme peut être un **mouvement rectiligne accéléré ou un mouvement rectiligne ralenti**.
- Un mouvement circulaire non uniforme peut être un **mouvement circulaire accéléré ou un mouvement circulaire ralenti**.

Exemple : le mouvement d'un passager d'une nacelle d'une grande roue par rapport au centre de la grande roue est un mouvement circulaire ralenti lorsque la valeur de la vitesse de la roue diminue juste avant l'arrêt du manège.

2 Application : analyse d'un document

DOC Saut en parachute

La valeur de la vitesse d'un parachutiste sautant d'un hélicoptère immobile par rapport au sol évolue dans le temps, jusqu'à atteindre une valeur de vitesse constante limite lorsque le parachute est fermé, et une autre valeur de vitesse constante limite lorsque le parachute est ouvert. Le graphique ci-dessous représente l'évolution de la vitesse d'un parachutiste pendant les trente premières secondes du saut.

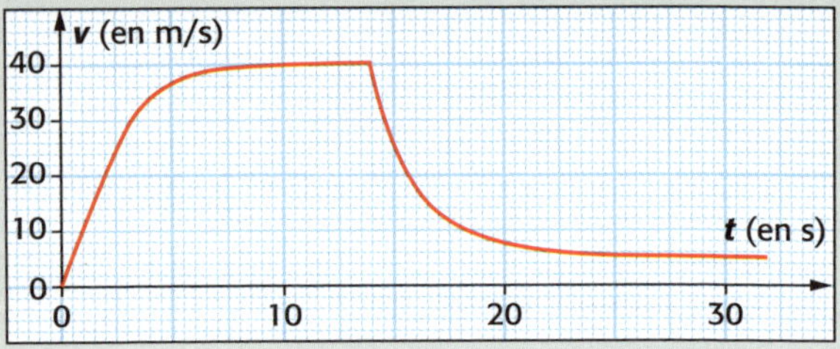

Cochez la ou les bonnes réponses.

1. Le parachutiste atteint sa vitesse limite, parachute fermé, à l'instant :

a. ❑ $t = 25$ s b. ❑ $t = 10$ s c. ❑ $t = 30$ s

2. Le parachute est ouvert à l'instant :

a. ❑ $t = 0$ s b. ❑ $t = 25$ s c. ❑ $t = 14$ s

3. La distance d parcourue entre les instants $t_1 = 26$ s et $t_2 = 32$ s est de :

a. ❑ 30 m b. ❑ 160 m c. ❑ 130 m

Mémo'Quiz

1. Un objet en mouvement uniforme :

a) ❑ a toujours une trajectoire rectiligne

b) ❑ possède une valeur de vitesse constante

c) ❑ a une vitesse dont la direction est constante

2. La relation entre la valeur de la vitesse v d'un objet en mouvement uniforme, la distance d parcourue par cet objet et la durée t du trajet est :

a) ❑ $v = d \times t$ b) ❑ $v = \frac{d}{t}$ c) ❑ $v = \frac{t}{d}$

→ corrigés p. 474

Modélisation d'une interaction 56

Lue Relue Acquise

1 Retenir l'essentiel

A Interactions

- **Deux corps sont en interaction si le mouvement de l'un dépend de la présence de l'autre, et réciproquement.** Chacun de ces deux corps exerce une **action mécanique** sur l'autre.

  Exemple : un parachute et l'air sont en interaction. L'air exerce une action mécanique sur le parachute, et réciproquement.

- **Certaines interactions sont des interactions à distance, elles ne nécessitent pas de contact entre les deux corps pour exister.**

  Exemple : les interactions magnétiques entre un aimant et l'aiguille d'une boussole sont des interactions à distance.

Piège à éviter

Les interactions à distance ne nécessitent pas de contact pour exister, mais existent aussi en cas de contact.

- **Certaines interactions sont des interactions de contact, elles nécessitent un contact entre les deux corps pour s'exercer.**

  Exemple : les interactions entre l'air et le parachute sont des interactions de contact.

- **Pour déterminer les différentes interactions, on peut utiliser les diagrammes objets-interactions (DOI).** Dans un DOI, les objets sont représentés dans des bulles, les interactions à distance par des flèches en pointillés, les interactions de contact par des flèches en traits pleins.

Attention !

Ce sont les objets et non les interactions qui sont représentés dans les bulles.

B Forces

- **Une action mécanique exercée par un corps en interaction avec un autre corps peut être modélisée (représentée) par une force.**

  Exemple : l'air exerce une action mécanique sur le parachute, cette action sera modélisée par la force exercée par l'air sur le parachute.

- **Pour caractériser une force, il faut préciser sa direction, son sens et sa valeur**, exprimée en newtons (N).

  Exemple : on note souvent la force exercée par l'air sur le parachute sous la forme $\vec{F}_{\text{air} \to \text{parachute}}$ ou $\vec{F}_{\text{air/parachute}}$.

2 Application : analyse d'un document

DOC **DOI d'un wagon**

En 1827, le premier trajet en train a lieu entre les villes de Saint-Étienne et d'Andrézieux. Chaque convoi pouvait comporter jusqu'à 14 wagons de 5 tonnes chacun. Ils avançaient sous l'effet de la gravité, et le système de freinage consistait en deux sabots montés tête-bêche sur un levier pivotant autour d'un axe lié au châssis. Le document ci-dessous représente un DOI pendant le freinage.

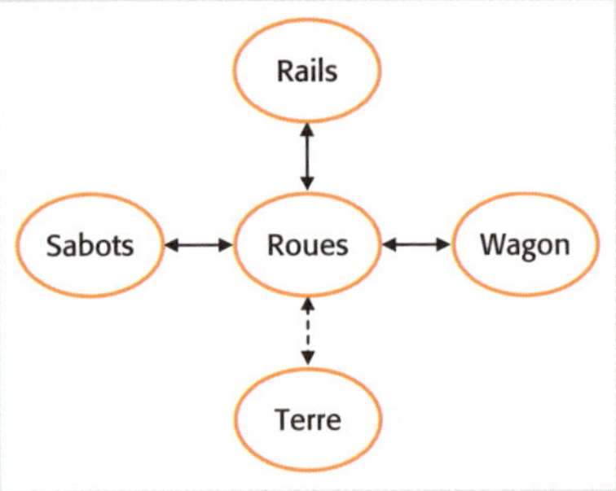

Cochez la ou les bonnes réponses.

1. Dans ce DOI, l'objet étudié est :
a. ❑ le wagon b. ❑ les roues c. ❑ les rails

2. Le DOI représente :
a. ❑ 3 interactions de contact et 1 interaction à distance
b. ❑ 1 interaction de contact et 3 interactions à distance
c. ❑ 4 interactions de contact

Mémo'Quiz

1. Une interaction à distance entre deux objets :
a) ❑ peut s'exercer sans contact entre les objets
b) ❑ ne s'exerce qu'en l'absence de contact entre les objets
c) ❑ est représentée par une double flèche en pointillés sur un DOI

2. La valeur d'une force s'exprime en :
a) ❑ kilogrammes (kg) b) ❑ mètres (m) c) ❑ newtons (N)

→ corrigés p. 474

Interaction gravitationnelle et poids

57

Lue Relue Acquise

1 Retenir l'essentiel

A Interaction gravitationnelle

- Le mouvement de la Lune dépend du mouvement de la Terre et réciproquement, **la Lune et la Terre sont en interaction gravitationnelle**.
- **L'interaction gravitationnelle** entre deux corps de centres A et B, de masses respectives m_A et m_B et séparés d'une distance d, **est modélisée par des forces d'attraction gravitationnelle**.
- **Le point d'application** d'une force d'attraction gravitationnelle est le centre de l'astre qui subit la force.
- **La direction** de la force gravitationnelle est celle de la droite AB, droite reliant les centres des deux astres en interaction.

Doc. DOI Terre-Lune

- **La force gravitationnelle est dirigée vers le corps qui exerce la force.**
- **L'expression de la valeur de la force gravitationnelle est :**

$$F = G \times \frac{m_A \times m_B}{d^2}$$

avec F en newtons (N), m_A et m_B en kilogrammes (kg), d en mètres (m) et G la constante de gravitation universelle ($G = 6{,}67 \times 10^{-11}$ N · m²/kg²).

Piège à éviter

Pensez à convertir la distance en mètres et n'oubliez pas le carré dans le calcul de F.

B Poids

- **Un objet proche de la surface d'un astre subit une force d'attraction gravitationnelle exercée par l'astre, nommée poids ou force de pesanteur.**
- **La valeur du poids est :**

$$P = m \times g$$

avec P le poids en newtons (N), m la masse de l'objet en kilogrammes (kg) et g l'intensité de la pesanteur sur l'astre en N/kg.

Exemple : $g_L = g_T/6$, l'intensité de la pesanteur est six fois plus faible sur la Lune que sur la Terre. La valeur du poids d'un objet de même masse sera donc six fois plus faible sur la Lune que sur la Terre.

2 Application : analyse d'un document

DOC **Les forces gravitationnelles entre le Soleil et la Lune et entre la Terre et la Lune**

Le Soleil et la Terre exercent des forces d'attraction gravitationnelles sur la Lune. La Terre est plus proche de la Lune que le Soleil, mais le Soleil est bien plus massif que la Terre. Qui, du Soleil ou de la Terre, exerce la force gravitationnelle la plus grande sur la Lune ?

Expression de la valeur de la force gravitationnelle : $F = G \times \frac{m_A \times m_B}{d^2}$, avec la constante de gravitation $G = 6{,}67 \times 10^{-11}$ N · m² · kg⁻².

Astre	Soleil	Terre	Lune
Masse (kg)	$1{,}99 \times 10^{30}$	$5{,}97 \times 10^{24}$	$7{,}35 \times 10^{22}$
Distance à la Lune (km)	$1{,}52 \times 10^{8}$	$3{,}83 \times 10^{5}$	

Cochez la ou les bonnes réponses.

1. La valeur de la force gravitationnelle exercée par la Terre sur la Lune est égale à :

a. ❑ $2{,}00 \times 10^{20}$ N

b. ❑ $2{,}00 \times 10^{14}$ N

c. ❑ $2{,}00 \times 10^{12}$ N

2. La valeur de la force gravitationnelle exercée par le Soleil sur la Lune est :

a. ❑ environ le double de celle exercée par la Terre

b. ❑ environ la moitié de celle exercée par la Terre

c. ❑ la même que celle exercée par la Terre

Mémo'Quiz

1. La masse d'un objet est :

a) ❑ plus faible sur la Lune que sur la Terre

b) ❑ la même sur la Lune et sur la Terre

c) ❑ plus grande sur la Lune que sur la Terre

2. La valeur du poids P d'un objet de masse m est égale à :

a) ❑ $P = m/g$ b) ❑ $P = m$ c) ❑ $P = m \times g$

→ corrigés p. 474

Sources, transferts, conversions et formes d'énergie

58

Lue Relue Acquise

1 Retenir l'essentiel

A Formes d'énergie

- **Pour vivre, pour se chauffer, pour se déplacer, pour s'éclairer, pour fabriquer ou utiliser des objets, nous avons besoin d'énergie.**
- **L'énergie existe sous différentes formes.**

  Exemple : l'énergie peut exister sous forme chimique, nucléaire, thermique, lumineuse, électrique, cinétique ($E_c = \frac{1}{2} m v^2$), potentielle (dépendant de la position)...

B Transferts et conversions d'énergie

- **Une forme d'énergie peut être convertie en une autre forme d'énergie.**

  Exemple : une éolienne convertit une partie de l'énergie cinétique du vent en énergie électrique.

Remarque

De l'énergie cinétique est aussi convertie en énergie thermique.

- **L'énergie peut être transférée d'un objet à un autre objet.**

  Exemple : l'énergie cinétique du vent est transférée à un voilier. De même, le chauffage d'un objet par absorption des rayonnements solaires est aussi dû à un transfert d'énergie.

C Sources d'énergie

- **Certaines sources d'énergie sont renouvelables** : elles peuvent être exploitées de façon illimitée à l'échelle humaine.

  Exemple : l'eau, le vent, la géothermie (l'énergie de la Terre), la biomasse (les végétaux et les déchets) et le Soleil sont des sources d'énergie renouvelables.

- **D'autres sources d'énergie sont non renouvelables** : leurs stocks, limités, ne peuvent pas se renouveler à l'échelle humaine.

  Exemple : le pétrole, le charbon, le gaz naturel et l'uranium sont des sources d'énergie non renouvelables.

- **L'exploitation d'une source d'énergie a toujours un impact sur l'environnement** : fabrication du matériel nécessaire à l'exploitation de l'énergie, émission de gaz à effet de serre, production de déchets...

2 Application : analyse d'un document

DOC **À Strasbourg, on recharge son portable en pédalant**

Le *We-Bike* (c'est son nom) est proposé gratuitement en gare de Strasbourg. En pédalant, cet appareil permet de fournir de l'énergie électrique, comme une prise de courant. Ainsi, pour le directeur de la gare de Strasbourg, le dispositif est « représentatif de la vigilance que la SNCF porte sur son impact environnemental. Il s'agit aussi de permettre aux usagers d'agrémenter l'attente de leur train de façon utile et ludique. »

D'après Reporterre.net (2014)

Cochez la ou les bonnes réponses.

1. Pour fonctionner, le *We Bike* a besoin d'énergie :
a. ❑ chimique b. ❑ électrique c. ❑ cinétique

2. Le *We Bike* :
a. ❑ transfère de l'énergie sans la convertir
b. ❑ est un convertisseur d'énergie
c. ❑ est un réservoir d'énergie

3. Le We-Bike est « représentatif de la vigilance que la SNCF porte sur son impact environnemental » car :
a. ❑ il n'a pas besoin de sources d'énergie non renouvelables pour fonctionner
b. ❑ il permet de fatiguer les voyageurs
c. ❑ il occupe le temps d'attente des voyageurs

Mémo'Quiz

1. La vitesse V d'un objet de masse m ayant une énergie cinétique E_c est égale à :
a) ❑ $V = \frac{E_c}{m}$ b) ❑ $V = \frac{2E_c}{m}$ c) ❑ $V = \sqrt{\frac{2E_c}{m}}$

2. Pour fonctionner, une éolienne utilise :
a) ❑ une source d'énergie renouvelable
b) ❑ une source d'énergie non renouvelable
c) ❑ du pétrole

3. Une lampe convertit de l'énergie électrique en énergie :
a) ❑ cinétique b) ❑ thermique c) ❑ lumineuse

→ corrigés p. 474

Circuits électriques

59

Lue Relue Acquise

1 Retenir l'essentiel

Vocabulaire

Le générateur et les récepteurs électriques comportent chacun deux bornes : ce sont des **dipôles électriques**.

A Dipôles et circuit électrique

- **Un circuit électrique est composé d'un générateur et d'un ou plusieurs récepteurs électriques.**

Exemples :
Une pile est un générateur électrique : elle convertit une partie de l'énergie chimique de ses constituants en énergie électrique.
Une lampe est un récepteur électrique : elle convertit de l'énergie électrique en énergie lumineuse et en énergie thermique.

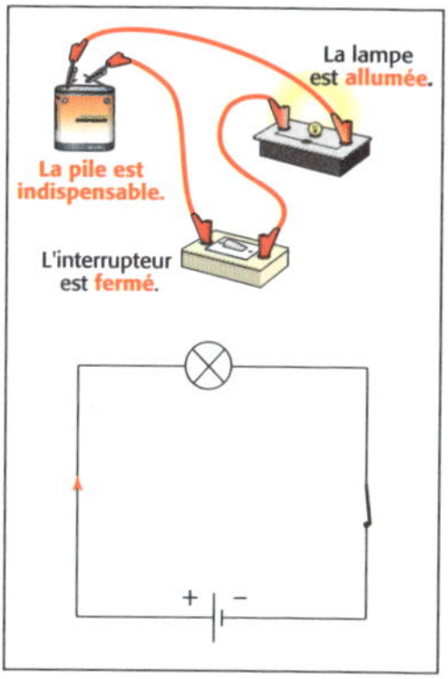

- **Un circuit électrique doit être fermé pour que le courant électrique circule**. Par convention, le courant électrique circule dans un circuit **de la borne (+) vers la borne (−)** du générateur.

B Dipôles en série ou en dérivation

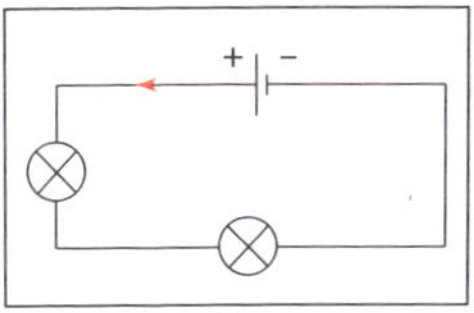

Doc. Dipôles en série

- **Des dipôles sont en série** s'ils sont reliés les uns à la suite des autres en ne formant qu'**une seule maille**.

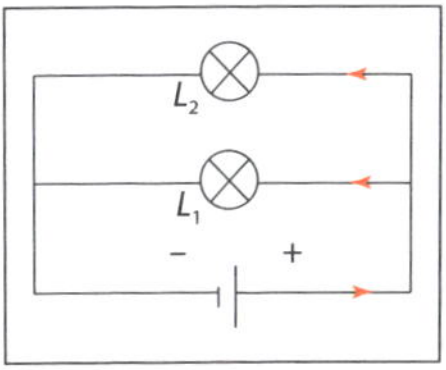

Doc. Dipôles en dérivation

- **Des dipôles sont en dérivation** s'ils forment **plusieurs mailles** en étant reliés entre eux.

Remarques

- Si une lampe est dévissée dans un circuit à une seule maille, la maille est ouverte et les autres lampes ne fonctionnent plus.
- Si une lampe est dévissée dans une maille, les autres mailles restent fermées et les lampes fonctionnent encore dans ces mailles.

2 Application : analyse d'un document

DOC Montage électrique avec une lampe

En cours de Physique-Chimie, lors des Travaux Pratiques d'électricité, les élèves et leur professeur font briller une lampe. Pour cela, ils réalisent le montage électrique ci-contre.

Cochez la ou les bonnes réponses.

1. Dans le montage électrique ci-dessus, les dipôles sont :

a. ❑ en série b. ❑ en dérivation c. ❑ en série et en dérivation

2. Dans le montage ci-dessus, la lampe brille. L'interrupteur est donc :

a. ❑ ouvert b. ❑ chargé c. ❑ fermé

3. Le schéma correspondant au montage ci-dessus est :

a.

b.

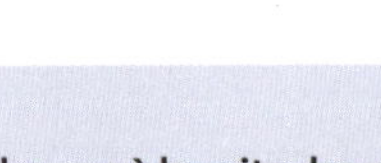

c.

Mémo'Quiz

1. Si des dipôles sont reliés les uns à la suite des autres, ils sont en :

a) ❑ série b) ❑ parallèle c) ❑ dérivation

2. Un moteur convertit de l'énergie électrique en énergie :

a) ❑ cinétique b) ❑ thermique c) ❑ lumineuse

3. Un moteur est un :

a) ❑ récepteur b) ❑ générateur c) ❑ dipôle électrique

➜ corrigés p. 474

Lois de l'électricité

Lue Relue Acquise

60

1 Retenir l'essentiel

A Circuit électrique à une maille

Dans un circuit électrique à une seule maille, les lois de l'électricité suivantes s'appliquent.

- **L'intensité du courant électrique *I* est la même en tout point d'un circuit qui ne compte que des dipôles en série.**
- **D'après la loi d'additivité des tensions,** dans un circuit à une seule maille, la tension U entre les bornes du générateur est égale à la somme des tensions U_1, U_2 et U_3 entre les bornes des récepteurs :

$$U = U_1 + U_2 + U_3$$

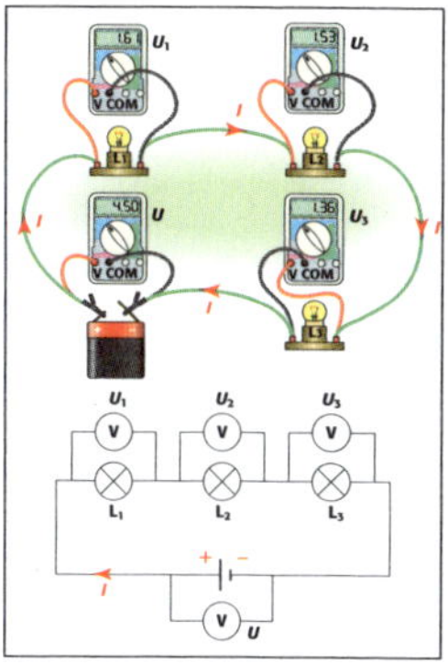

Doc. Circuit à une maille

- Une tension entre les bornes d'un dipôle électrique est mesurée grâce à un **voltmètre, placé en dérivation** avec le dipôle.

B Circuit électrique à plusieurs mailles

Dans un circuit électrique à plusieurs mailles, les lois de l'électricité suivantes s'appliquent.

- **La tension *U* entre les bornes de chaque dipôle en dérivation est la même.**
- **D'après la loi d'additivité des intensités**, l'intensité du courant électrique dans la maille principale contenant le générateur est égale à la somme des intensités des courants dans les mailles dérivées :

$$I = I_1 + I_2 + I_3$$

- L'intensité du courant électrique est mesurée avec un **ampèremètre, placé en série** dans une maille du circuit.

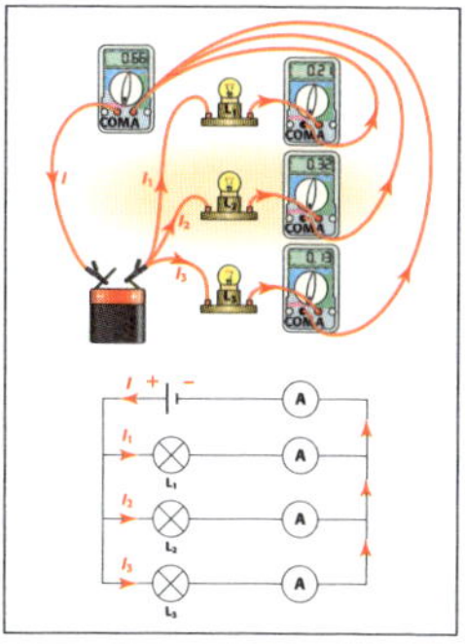

Doc. Circuit à plusieurs mailles

2 Application : analyse d'un document

DOC **Montage électrique avec deux lampes**

En cours de Physique-Chimie, lors des Travaux Pratiques d'électricité, les élèves et leur professeur font briller deux lampes. Pour cela, ils réalisent le montage électrique ci-contre.

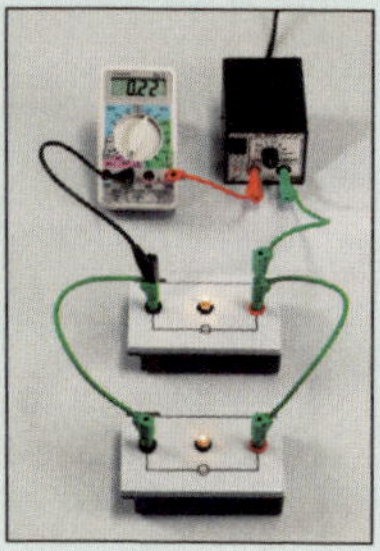

Cochez la ou les bonnes réponses.

1. Dans le montage électrique ci-dessus, la tension aux bornes de la première lampe et la tension aux bornes de la deuxième lampe :
a. ❑ sont différentes b. ❑ sont égales c. ❑ valent 0,22 V

2. Dans le montage électrique ci-dessus, l'intensité du courant électrique qui traverse le fil rouge est égale à :
a. ❑ celle qui traverse le fil vert entre les deux lampes
b. ❑ celle qui traverse le fil noir c. ❑ 0,22 A

3. Si on ajoute une troisième lampe en dérivation dans ce montage, l'intensité du courant électrique mesurée dans la maille principale :
a. ❑ diminue b. ❑ ne varie pas c. ❑ augmente

Mémo'Quiz

1. La loi d'additivité des intensités s'applique dans un circuit électrique à :
a) ❑ une maille b) ❑ deux mailles c) ❑ trois mailles

2. Dans un circuit à une seule maille, la somme des tensions aux bornes des différents récepteurs est égale à :
a) ❑ zéro b) ❑ la tension aux bornes du générateur
c) ❑ l'intensité du courant électrique qui circule dans le circuit

3. Dans un circuit à plusieurs mailles, il existe une loi d'unicité des :
a) ❑ tensions b) ❑ intensités c) ❑ résistances

→ corrigés p. 475

Loi d'Ohm et règles de sécurité en électricité

61

Lue Relue Acquise

1 Retenir l'essentiel

A Loi d'Ohm

- **D'après la loi d'Ohm, la tension aux bornes d'un conducteur ohmique est proportionnelle à l'intensité du courant électrique qui le traverse :**

$$U = R \times I$$

avec :
- U la tension aux bornes du conducteur ohmique en volts (V) ;
- I l'intensité du courant électrique en ampères (A) ;
- R la résistance du conducteur ohmique en ohms (Ω).

- L'ordre de grandeur de la résistance d'un conducteur ohmique peut être égal à 10 Ω, mais il peut aussi valoir 10^7 Ω ou même davantage.

Remarque

La résistance d'un conducteur ohmique peut être mesurée directement grâce à un ohmmètre.

Vocabulaire

L'ordre de grandeur d'une grandeur est égal à la puissance de dix la plus proche de la valeur de cette grandeur.

B Règles de sécurité en électricité

- **Le passage du courant électrique dans des conducteurs provoque un échauffement.**
- **Si on branche des appareils électriques en dérivation**, l'intensité du courant électrique qui traverse la maille principale du circuit électrique augmente, et **cela peut engendrer un incendie**.
- **En cas de court-circuit**, l'intensité du courant électrique peut devenir importante, et **il y a aussi un risque d'incendie**.

Exemple :
Une pile est en court-circuit lorsque ses bornes sont directement reliées entre elles par un fil de connexion ou du métal.

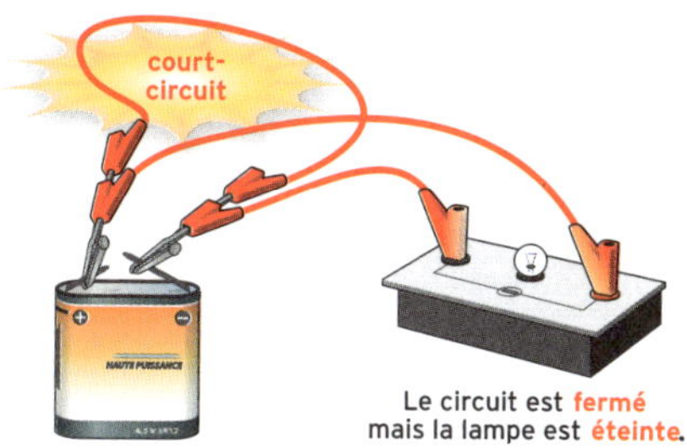

Doc. Exemple de court-circuit

2 Application : analyse d'un document

DOC Détermination de la résistance d'un conducteur ohmique

Pour différents réglages d'un générateur, on relève les valeurs de la tension U aux bornes d'un conducteur ohmique et les valeurs de l'intensité du courant électrique I qui traverse ce dipôle.
On trace alors sur le graphique ci-contre la caractéristique de ce conducteur ohmique afin de déterminer sa résistance.

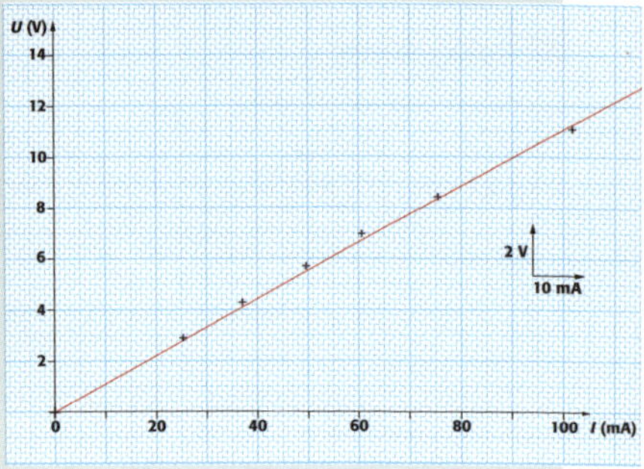

Cochez la ou les bonnes réponses.

1. Si la tension aux bornes du conducteur ohmique est égale à 10 V, l'intensité du courant qui le traverse est égale à :
a. ❑ 90 mA b. ❑ 1,5 A c. ❑ 10 A

2. D'après la loi d'Ohm, l'ordre de grandeur de la résistance du conducteur ohmique est égal à :
a. ❑ 10^{-1} Ω b. ❑ 10^{1} Ω c. ❑ 10^{2} Ω

3. La caractéristique du conducteur ohmique permet de montrer la proportionnalité entre U et I car :
a. ❑ $U = I$ b. ❑ quand I augmente, U augmente
c. ❑ c'est une droite qui passe par l'origine

Mémo'Quiz

1. D'après la loi d'Ohm, la résistance R d'un conducteur ohmique est égale à :
a) ❑ $R = U \times I$ b) ❑ $R = U/I$ c) ❑ $R = I/U$

2. Pour éviter les risques d'incendie dans un circuit électrique, il ne faut pas :
a) ❑ court-circuiter le générateur électrique
b) ❑ brancher trop d'appareils électriques en série
c) ❑ brancher trop d'appareils électriques en dérivation

→ corrigés p. 475

Conservation, bilan d'énergie et puissance

62

Lue Relue Acquise

1 Retenir l'essentiel

A Bilan énergétique

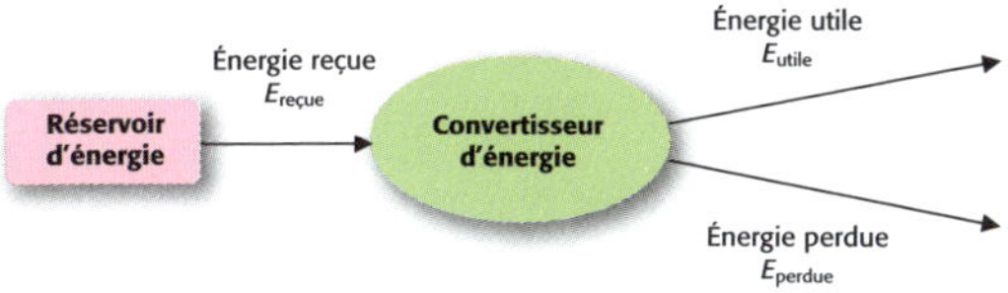

Doc. Chaîne énergétique

- **Une chaîne énergétique indique la succession des transferts et des conversions d'une forme d'énergie en d'autres formes d'énergie**, réalisées par des convertisseurs, à partir d'un réservoir d'énergie.
- **De l'énergie thermique apparaît lors d'une conversion d'énergie.** Cette forme d'énergie, rarement souhaitée, est souvent perdue, dissipée dans l'environnement extérieur.
- **L'énergie se conserve** : $E_{reçue} = E_{utile} + E_{perdue}$.

  Exemple : une lampe convertit de l'énergie électrique en énergie lumineuse et en énergie thermique, mais il n'y a pas de création ou de disparition d'énergie. Seules les formes d'énergie changent.

Bien comprendre

Pour une lampe, l'énergie lumineuse est de l'énergie utile, tandis que l'énergie thermique est de l'énergie perdue.

B Énergie et puissance

- **L'énergie E produite ou consommée par un appareil dépend de la puissance P et de la durée t de fonctionnement de l'appareil :**

$$E = P \times t$$

avec :
- E en joules (J), P en watts (W) et t en secondes (s) ;
- ou E en kilowattheures (kWh), P en kilowatts (kW) et t en heures (h).

- **La puissance d'un appareil ou d'un dipôle électrique correspond à l'énergie qu'il consomme ou qu'il produit par unité de temps.** Elle est égale, en watts (W), à :

$$P = U \times I$$

avec :
- U la tension aux bornes de l'appareil en volts (V) ;
- I l'intensité du courant électrique qui traverse l'appareil en ampères (A).

2 Application : analyse d'un document

DOC **Chaîne énergétique d'une lampe de poche**

Pour éclairer un objet, il est possible d'utiliser une lampe de poche dans laquelle une ampoule est reliée aux deux bornes d'une pile pour fonctionner.

La chaîne énergétique de la lampe de poche est représentée ci-contre.

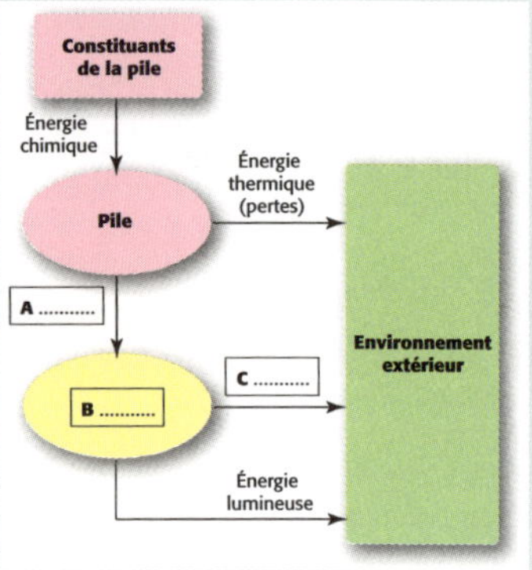

Cochez la ou les bonnes réponses.

1. Dans la chaîne énergétique ci-dessus, la forme d'énergie correspondant au cadre « A » est de l'énergie :

a. ❑ électrique b. ❑ thermique c. ❑ chimique

2. Dans la chaîne énergétique ci-dessus, le convertisseur correspondant au cadre « B » est :

a. ❑ une pile b. ❑ un moteur c. ❑ une ampoule

3. Dans la chaîne énergétique ci-dessus, la forme d'énergie correspondant au cadre « C » est de l'énergie :

a. ❑ électrique b. ❑ thermique c. ❑ lumineuse

Mémo'Quiz

1. L'énergie consommée par un appareil électrique est d'autant plus grande que :

a) ❑ sa durée de fonctionnement est grande
b) ❑ sa puissance est grande
c) ❑ sa puissance est faible

2. La puissance peut être mesurée en :

a) ❑ watts b) ❑ joules c) ❑ kilowattheures

3. L'énergie peut être mesurée en :

a) ❑ watts b) ❑ joules c) ❑ kilowattheures

→ corrigés p. 475

Signaux lumineux

63

Lue Relue Acquise

1 Retenir l'essentiel

A Sources de lumière

- **Une source primaire de lumière produit elle-même la lumière qu'elle émet.**
- **Un objet diffusant est un objet éclairé qui** renvoie dans toutes les directions la lumière qu'il reçoit et **ne produit pas sa propre lumière.**

Exemples : le Soleil ou une lampe torche sont des sources primaires de lumière. La Lune est un objet diffusant.

B Domaines de fréquences

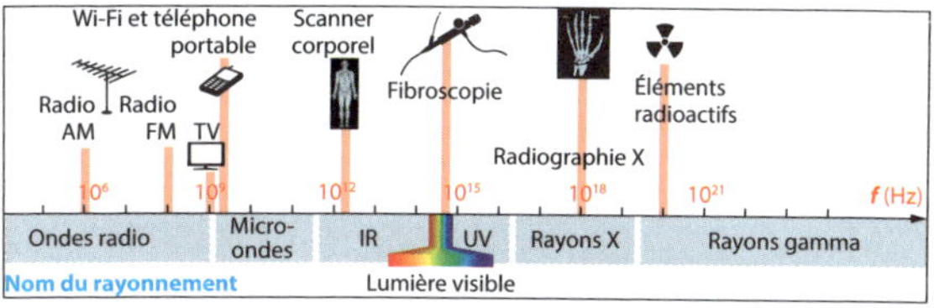

Doc. Ondes électromagnétiques : différentes fréquences pour différentes applications

- **L'œil humain est un récepteur de lumière.** La lumière visible est une onde électromagnétique dont la fréquence appartient à un domaine très restreint, compris entre celui des infrarouges (IR) et celui des ultraviolets (UV).

C Propagation de la lumière

- **La valeur de la vitesse de propagation de la lumière dans le vide est égale à $3{,}0 \times 10^8$ m/s.**
- **Dans un milieu homogène et transparent,** comme l'air, **la lumière se propage en ligne droite** (c'est la propagation rectiligne de la lumière).
- **On modélise le trajet rectiligne de la lumière par un rayon de lumière** qui est une droite munie d'une flèche indiquant son sens de propagation, **de la source de lumière vers l'objet éclairé.**

Piège à éviter

Lorsque l'œil humain perçoit un objet, les rayons lumineux doivent absolument être orientés vers l'œil, car la lumière se propage de l'objet vers l'œil.

2 Application : analyse d'un document

DOC **Observation du ciel**

Un observateur contemple le ciel. La photographie ci-contre représente ce qu'il perçoit.

Cochez la ou les bonnes réponses.

1. Les nuages constituent :
a. ❑ des objets diffusants b. ❑ des sources primaires de lumière
c. ❑ des sources primaires de lumière et des objets diffusants

2. Le soleil est :
a. ❑ un objet diffusant b. ❑ une source primaire de lumière
c. ❑ une source primaire de lumière et un objet diffusant

3. L'air qui entoure les nuages est un milieu :
a. ❑ non homogène, car la lumière s'y propage en ligne droite
b. ❑ homogène, car la lumière s'y propage en ligne droite
c. ❑ dans lequel la lumière ne se propage pas

Mémo'Quiz

1. La lumière se propage en ligne droite :
a) ❑ dans tous les milieux matériels b) ❑ seulement dans le vide
c) ❑ dans les milieux transparents et homogènes.

2. Les infrarouges et les ultraviolets :
a) ❑ sont visibles par l'œil humain
b) ❑ n'appartiennent pas au domaine du visible
c) ❑ peuvent être détectés par certains capteurs

3. La Lune :
a) ❑ est une source primaire de lumière
b) ❑ est un objet diffusant
c) ❑ n'émet pas de lumière par elle-même

→ corrigés p. 475

Signaux sonores

64

☐ Lue ☐ Relue ☐ Acquise

1 Retenir l'essentiel

A Fréquences des signaux sonores

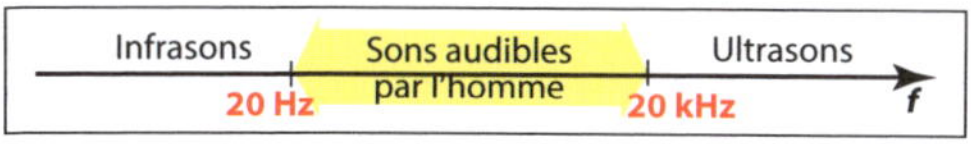

● **L'oreille humaine est un récepteur sensible à des sons dont la fréquence est comprise entre environ 20 Hz et 20 kHz,** domaine situé entre celui des infrasons et celui des ultrasons.

B Propagation des signaux sonores

● **Un son se propage dans l'air, dans l'eau ou dans les solides.** En vibrant, l'émetteur comprime et dilate le milieu matériel avec lequel il est en contact. La vibration peut se transmettre de proche en proche dans la matière environnante.

Remarque

Les signaux lumineux sont d'une nature différente, ils peuvent se propager dans le vide.

● **Un son se propage dans un milieu matériel mais ne peut pas se propager dans le vide.**

● **La vitesse de propagation du son, *v*, dépend du milieu matériel.**

Exemple : la valeur de la vitesse de propagation du son dans l'air dans les conditions habituelles de pression et de température est de 340 m/s.

● **La distance *d* parcourue par un son pendant la durée *t* est égale à :**

$$d = v \times t$$

avec d en mètres (m), t en secondes (s) et v en m/s.

Remarque

Attention à la lumière ! Les signaux lumineux, comme les signaux sonores, présentent des risques. Ainsi, pour des raisons de sécurité, **les sources lumineuses utilisées**, plus particulièrement le laser, **doivent être manipulées avec précaution**, car elles peuvent présenter des dangers pour les yeux.

C Sécurité

● **L'exposition prolongée à des signaux sonores présente des risques auditifs** parfois irréversibles. En effet, même avant de ressentir une quelconque douleur, l'oreille peut être endommagée.

● Les atteintes de l'audition dépendent notamment du niveau d'intensité sonore, de la durée et de la fréquence de l'exposition. Elles peuvent prendre plusieurs formes :
– une **surdité** ou une **perte auditive** ;

– des **acouphènes**, c'est-à-dire des sifflements ou des bourdonnements d'oreilles, entendus sans cesse, jour et nuit, sans aucun stimulus sonore extérieur ;
– une **hyperacousie**, qui désigne une intolérance aux bruits, mêmes les plus banals.

2 Application : analyse d'un document

DOC **L'orage**

Il tombe chaque année sur l'ensemble du territoire français environ un million d'éclairs, accompagnés à chaque fois d'un signal sonore, le tonnerre. Si l'on voit l'éclair en même temps que l'on entend le tonnerre, il faut faire très attention car la foudre est juste au-dessus de nous ! Sinon, on voit d'abord l'éclair puis on entend ensuite le tonnerre, alors que ces deux signaux, lumineux et sonores, ont été émis au même instant et au même endroit.

Cochez la ou les bonnes réponses.

1. La vitesse de propagation du son dans l'air dans les conditions habituelles de pression et de température est égale à :
a. ❑ 3,4 m/s b. ❑ 34 m/s c. ❑ 340 m/s

2. Lors d'un orage, on voit l'éclair avant d'entendre le tonnerre car la vitesse de propagation du son dans l'air est :
a. ❑ plus grande que celle de la lumière b. ❑ égale à celle de la lumière
c. ❑ plus petite que celle de la lumière

Mémo'Quiz

1. Les sons :
a) ❑ se propagent dans les liquides
b) ❑ ne se propagent pas dans l'air
c) ❑ ne se propagent que dans un milieu matériel

2. L'exposition prolongée à des signaux sonores :
a) ❑ ne présente jamais aucun risque pour la santé
b) ❑ peut présenter des risques pour la santé
c) ❑ présente toujours des risques pour la santé

→ corrigés p. 475

SVT

Sommaire

SVT

Lue Relue Apprise

Le système solaire

65

Lue Relue Acquise

1 Retenir l'essentiel

A Place de la Terre dans le système solaire

- Depuis Copernic (XVIe siècle) et Galilée (XVIIe siècle), le monde scientifique admet que **la Terre et les autres planètes sont en mouvement autour d'une étoile : le Soleil.**

- **La Terre**, située à environ 150 millions de kilomètres du Soleil, **effectue une révolution complète autour de ce dernier en un peu plus de 365 jours et 6 heures.**

- **La distance Terre-Soleil permet de définir une unité de distance appelée unité astronomique (UA).** L'unité astronomique est utilisée pour mesurer des distances dans notre système solaire.

  Exemple : Mars est à 1,52 UA du Soleil.

Vocabulaire

Système solaire : ensemble de planètes et d'astéroïdes en mouvement autour du Soleil.

B Planètes telluriques et planètes gazeuses

Le système solaire comporte 8 planètes :

- les 4 planètes les plus proches du Soleil sont principalement constituées de **roches et de métaux** et entourées d'une fine couche de gaz (l'atmosphère). Ce sont les planètes telluriques (du latin *tellus* qui signifie « terre », « sol ») : **Mercure, Vénus, la Terre et Mars** ;
- les 4 planètes les plus lointaines sont essentiellement constituées de **gaz (hélium et hydrogène)** entourant probablement un cœur solide fait de roches et/ou de glace. Ce sont les planètes gazeuses : **Jupiter, Saturne, Uranus et Neptune.**

L'astuce du prof

Une phrase pour retenir l'ordre des planètes : Mon Vieux Toutou Médor Joue Sur Un Nuage.

C Forme et rotation de la Terre

- **La Terre n'est pas une sphère parfaite**. Elle est légèrement aplatie aux pôles et renflée à l'équateur à cause de sa vitesse de rotation (plus de 1 600 km/h à l'équateur !). Ainsi, le diamètre de la Terre à l'équateur (12 756 km) mesure 43 km de plus que celui entre les pôles.

- **La croûte terrestre et les océans sont eux aussi déformés à cause de l'attraction de la Lune et du Soleil** (qui explique également le phénomène des marées).

2 Application : analyse d'un document

DOC **Le système solaire selon Aristote**

La carte ci-dessous présente le système solaire tel que se le représentait Aristote (un philosophe grec du IVe siècle avant J.-C.).

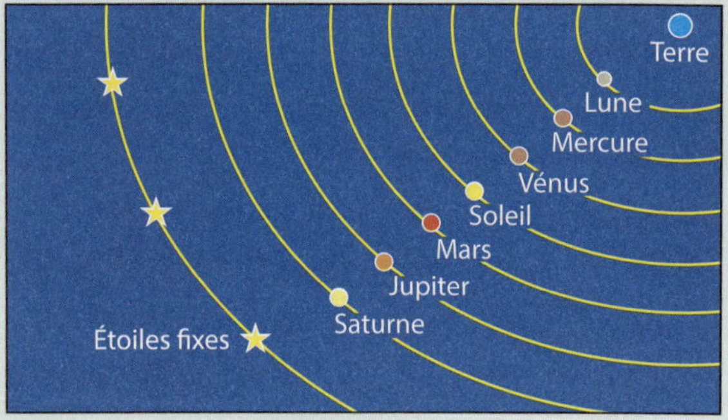

Cochez la ou les bonnes réponses.

1. Dans le système d'Aristote, la Terre est :
a. ❑ en mouvement autour du Soleil
b. ❑ fixe
c. ❑ en mouvement autour de toutes les planètes

2. Dans le système d'Aristote, les planètes connues aujourd'hui sont :
a. ❑ toutes présentes et dans l'ordre
b. ❑ toutes présentes mais dans le désordre
c. ❑ presque toutes présentes et dans le désordre

Mémo'Quiz

1. La Terre, Mars et Vénus sont des planètes :
a) ❑ gazeuses b) ❑ telluriques c) ❑ rocheuses

2. La Terre exécute une révolution complète autour du Soleil en :
a) ❑ un jour b) ❑ un mois c) ❑ une année

3. La Terre est constituée essentiellement :
a) ❑ de roches et de métaux b) ❑ d'hélium et d'hydrogène
c) ❑ de métaux

→ corrigés p. 475

Activité interne de la planète Terre

66

Lue Relue Acquise

1 Retenir l'essentiel

A La production d'énergie thermique par la Terre

- **Lors de sa formation, la Terre était une masse de roches et de métaux en fusion**. Son **refroidissement** a permis la création d'une croûte solide, mais la Terre libère encore aujourd'hui l'énergie produite au moment de sa formation.
- **La Terre produit aussi de l'énergie thermique à cause de réactions nucléaires** qui ont lieu dans son manteau et son noyau.

Remarque

L'intérieur de la Terre se refroidit très lentement. Il aurait perdu uniquement 3 à 6 °C depuis l'extinction des dinosaures, il y a 65 millions d'années.

B Des manifestations de l'activité interne

- **La planète Terre libère de l'énergie thermique à sa surface**. Ce flux d'énergie peut être mesuré ; il est beaucoup plus faible que celui que le Soleil envoie sur Terre (4 000 fois inférieur).
- **L'énergie thermique de la Terre est parfois libérée** de manière spectaculaire **lors des éruptions volcaniques ou dans des geysers**.

C Les mouvements des plaques lithosphériques

- **La lithosphère est morcelée en une douzaine de grandes plaques jointives** comme les pièces d'un puzzle. Certaines de ces plaques portent des continents.
- **L'énergie produite par la Terre est à l'origine de mouvements très lents des roches dans l'asthénosphère**, qui entraînent le déplacement des plaques lithosphériques (quelques centimètres par an).
- **Les mouvements des plaques lithosphériques sont responsables**, à leurs limites, **de l'ouverture des océans et de la formation des chaînes de montagnes**.

Vocabulaire

- **Plaque lithosphérique** : ensemble solide et rigide formé de roches de la croûte et d'une partie de roches du manteau.
- **Asthénosphère** : ensemble solide et déformable de roches du manteau.

2 Application : analyse d'un document

DOC **Le contexte géologique de la plaque arabique**

Pour déterminer le déplacement des plaques lithosphériques les unes par rapport aux autres, on étudie les mouvements de balises GPS fixées sur des îles ou des continents.

Cochez la ou les bonnes réponses.

1. Sur la carte ci-dessus, la plaque eurasiatique se déplace à une vitesse d'environ :

a. ❑ 20 mm/an b. ❑ 40 mm/an c. ❑ 60 mm/an

2. La plaque arabique se déplace vers :

a. ❑ la plaque africaine b. ❑ la plaque eurasiatique

c. ❑ les plaques africaine et eurasiatique

3. Si on considère la plaque africaine comme fixe, la limite de plaques entre la plaque arabique et la plaque africaine est une zone :

a. ❑ de fermeture océanique

b. ❑ de formation de chaînes de montagnes

c. ❑ d'ouverture océanique

Mémo'Quiz

1. L'énergie interne libérée par la Terre provient :

a) ❑ de réactions nucléaires internes à la planète

b) ❑ de l'énergie solaire accumulée

c) ❑ de l'énergie de formation initiale de la Terre

2. L'asthénosphère est une enveloppe rocheuse :

a) ❑ solide et rigide b) ❑ liquide et déformable

c) ❑ solide et déformable

➜ corrigés p. 475

Histoire de la Terre

67

Lue Relue Acquise

1 Retenir l'essentiel

A Durée géologique et durée humaine

- **Les premières formes de vie datent de 3,8 milliards d'années.** Les plus anciens vertébrés ont 530 millions d'années, et les plus anciens représentants du genre humain sont âgés de 2,5 millions d'années.

- **L'histoire de la Terre est décrite depuis plus de 4,4 milliards d'années** avec les plus vieilles roches connues, alors que l'histoire humaine est décrite depuis 3 500 ans avec les premières écritures.

Remarque

Si la durée de l'histoire de la Terre correspondait aux douze heures d'une horloge, l'histoire de l'humanité n'occuperait que les deux dernières minutes.

B Découpage du temps en ères géologiques

- **L'histoire de la Terre est découpée en 4 grandes ères.** Chaque ère est séparée de la précédente par un événement majeur qui a affecté la planète entière.

- **L'ère précambrienne** (de – 4,4 milliards d'années à – 540 millions d'années) est l'ère la plus longue et se termine par l'explosion de la vie dans les océans.

- **Après l'ère précambrienne, on décrit les ères :**
– paléozoïque, ou ère primaire ;
– mésozoïque, ou ère secondaire ;
– cénozoïque, ou ère tertiaire-quaternaire.

- **Ces ères sont séparées par des extinctions massives d'espèces** provoquées par une chute de météorite géante et/ou du super-volcanisme et/ou un changement climatique brutal. C'est le cas, par exemple, de la disparition de 80 % des espèces continentales et marines à la fin de l'ère secondaire.

Vocabulaire

- **Paléozoïque** : la vie ancienne.
- **Mésozoïque** : la vie du milieu.
- **Cénozoïque** : la vie récente.

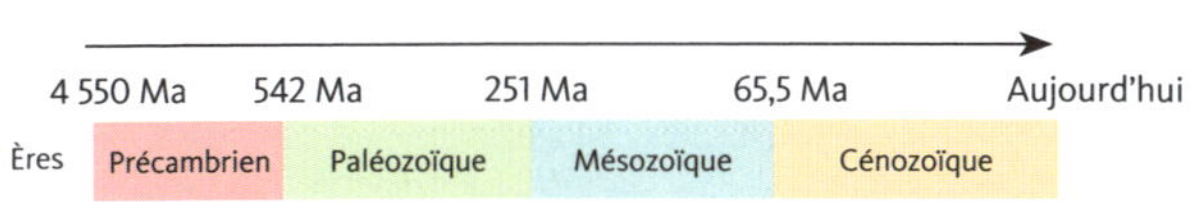

Doc. Échelle des temps géologiques

2 Application : analyse d'un document

DOC Des fossiles témoins d'une géographie disparue

On connaît des fossiles représentant des organismes identiques en Afrique et en Amérique du Sud.

Fossile de reptile trouvé en Afrique et en Amérique, le *Mesosaurus*. Ce petit reptile de lac d'eau douce vivait il y a 260 millions d'années.

Fossile de fougère trouvé en Afrique et en Amérique, le *Glossopteris*. Cette plante terrestre poussait il y a 240 millions d'années.

Cochez la ou les bonnes réponses.

1. La présence de fossiles communs sur ces deux continents séparés par l'océan Atlantique s'explique par :
a. ❑ le hasard b. ❑ l'intervention de l'Homme
c. ❑ le déplacement des continents

2. Par rapport au fossile de *Mesosaurus*, le fossile de *Glossopteris* est :
a. ❑ plus récent b. ❑ contemporain c. ❑ plus ancien

3. L'Afrique et l'Amérique du Sud se sont séparées il y a :
a. ❑ moins de 240 millions d'années
b. ❑ entre 240 et 260 millions d'années
c. ❑ plus de 260 millions d'années

Mémo'Quiz

1. Les quatre ères géologiques sont :
a) ❑ découpées au hasard b) ❑ de même durée
c) ❑ valables pour le monde entier

2. L'âge de la Terre est estimé à :
a) ❑ 4,4 milliards d'années b) ❑ 4 400 millions d'années
c) ❑ 4,4 Ga

→ corrigés p. 475

Phénomènes météorologiques et climatiques

68

☐ Lue ☐ Relue ☐ Acquise

1 Retenir l'essentiel

A Différences entre météo et climat

- **La météo** désigne le temps sur de **courtes périodes** (quelques jours) **et dans un lieu géographique très localisé** (ville, région).
- **Le climat** désigne le temps sur de **longues périodes** (des milliers, voire des millions d'années) **et sur des régions très étendues** (un pays, un continent).
- **La météo et le climat utilisent** les mêmes grandeurs : **les températures, les précipitations.**

B Les trois grandes zones climatiques mondiales actuelles

- **Dans les zones polaires**, situées autour des pôles, les températures sont très basses durant toute l'année.
- **Dans la zone tropicale**, située autour de l'équateur, les températures sont élevées, et une saison sèche alterne avec une saison humide.
- **Dans la zone tempérée**, située entre les zones polaires et la zone tropicale, les quatre saisons sont bien marquées.

Important

L'altitude a aussi un effet sur le climat local. Les sommets des Andes au Pérou sont couverts de neige toute l'année, alors qu'ils sont dans la zone tropicale.

C Les changements climatiques

- Les zones climatiques mondiales actuelles n'ont pas toujours existé.
- **L'étude des roches et des fossiles** que contiennent ces roches **permet aux géologues de reconstituer des paléoclimats.**

  Exemple : au Carbonifère (il y a environ 300 millions d'années), le climat était tropical en Europe.

- **Le déplacement des continents** au cours des temps géologiques **est une des causes des changements climatiques du passé**.

  Exemple : il y a 300 millions d'années, le continent eurasiatique occupait une position tropicale, et son climat était plus chaud.

Vocabulaire

Paléoclimat : climat ancien décrit à partir d'indicateurs comme les fossiles.

2 Application : analyse d'un document

DOC Un climat du passé

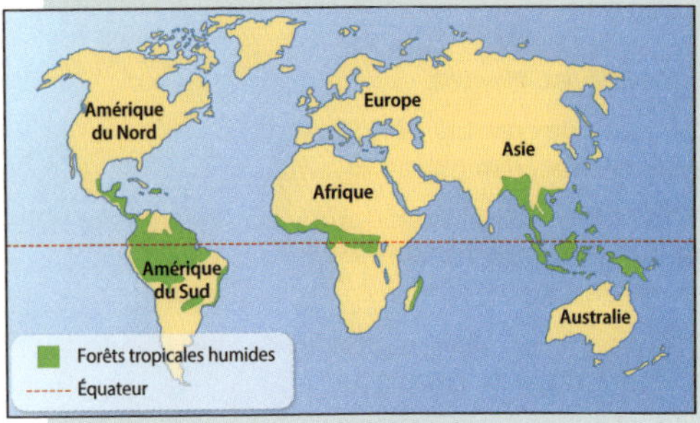

Localisation actuelle des fougères arborescentes

Des gisements de charbon vieux de 300 millions d'années ont été exploités en France. Ce charbon a livré des fossiles de fougères arborescentes. La carte ci-contre indique la répartition actuelle des fougères arborescentes.

Cochez la ou les bonnes réponses.

1. Les fougères arborescentes actuelles sont essentiellement localisées :
a. ❑ dans l'hémisphère Nord
b. ❑ dans les zones tempérées
c. ❑ dans les zones tropicales

2. La présence de fossiles de fougères arborescentes en France s'explique par :
a. ❑ l'importation de charbon en France
b. ❑ un climat tropical en France, il y a 300 millions d'années
c. ❑ un changement de position des continents

Mémo'Quiz

1. Le climat désigne le temps qu'il fait :
a) ❑ sur quelques jours
b) ❑ sur quelques semaines
c) ❑ sur au moins plusieurs centaines d'années

2. Les zones climatiques polaires de la Terre sont caractérisées par :
a) ❑ de fortes pluies en été
b) ❑ des températures basses toute l'année
c) ❑ quatre saisons bien marquées

3. Les climats connus sur Terre :
a) ❑ ne changent jamais
b) ❑ ont déjà changé
c) ❑ changeront à nouveau

→ corrigés p. 475

Influence de l'Homme sur le climat

69

Lue Relue Acquise

1 Retenir l'essentiel

A Le changement climatique actuel

- **Depuis 1880,** des mesures réalisées dans le monde entier montrent que **la température moyenne de l'atmosphère et des océans augmente.**

À retenir

La température moyenne de surface de la Terre est de + 15 °C.

- **Cette augmentation de la température est plus marquée dans certaines régions**. Ainsi, elle est plus forte dans la zone polaire de l'hémisphère Nord que dans la zone tempérée.

- **L'augmentation de la température moyenne de la Terre s'accompagne de changements dans la répartition des précipitations** : certaines régions deviennent plus humides, d'autres plus arides.

Remarque

C'est la baisse des précipitations neigeuses qui explique le recul de nombreux glaciers.

B L'influence des activités humaines sur le climat actuel

- Depuis 1880, date de la révolution industrielle, le nombre d'êtres humains sur Terre est passé d'environ 1 milliard d'individus à **plus de 7 milliards aujourd'hui**.

- Cette explosion démographique a entraîné le développement des industries, de l'agriculture et des transports, qui sont à l'origine du **rejet de quantités colossales de dioxyde de carbone (CO_2) dans l'atmosphère**.

- **Le dioxyde de carbone, mais aussi le méthane et la vapeur d'eau, sont des gaz à effet de serre.**

Vocabulaire

Effet de serre : phénomène naturel dans lequel des gaz de l'atmosphère entraînent un réchauffement de la surface de la Terre.

C Des engagements pour limiter le réchauffement climatique

- **Lors de la Conférence mondiale sur le climat** en 2015 à Paris, **195 pays ont pris des engagements pour réduire leurs rejets de dioxyde de carbone** et ainsi limiter l'augmentation de la température moyenne mondiale.

- Les experts estiment qu'**il faut limiter l'augmentation moyenne de la température à + 2 °C au maximum**, si l'on veut réduire les conséquences négatives du réchauffement.

2 Application : analyse d'un document

DOC **Le recul des glaciers**

La Mer de Glace est le plus gros glacier de France. Aujourd'hui, ce glacier alpin proche du Mont-Blanc mesure au total 7 km de long, son épaisseur est d'environ 200 m.

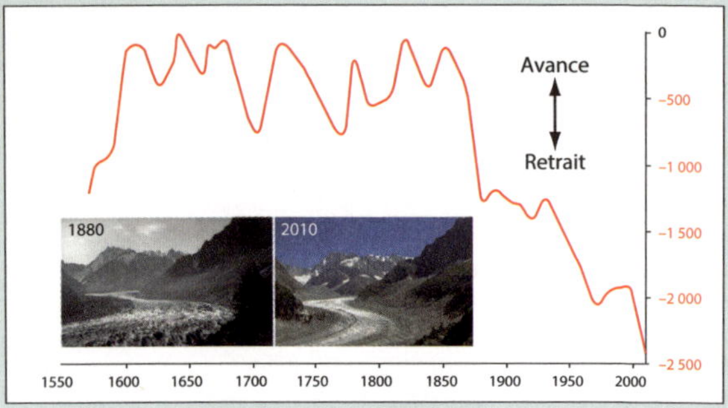

Retrait de la Mer de Glace, 1560-2010 (position du front, en mètres par rapport au maximum de 1650). *(Source : Nussbaumer et Rouille.)*

Cochez la ou les bonnes réponses.

1. Entre 1550 et 1650, la Mer de Glace a :
a. ❑ avancé b. ❑ stagné c. ❑ reculé

2. Entre 1900 et 2010, le retrait de la Mer de Glace a été :
a. ❑ de plus de 3 km b. ❑ de plus de 1 000 mètres c. ❑ nul

3. À son maximum en 1650, le glacier de la Mer de Glace avait une longueur de :
a. ❑ 19,5 km b. ❑ 4,5 km c. ❑ 9,5 km

Mémo'Quiz

1. L'Homme influence le climat à cause de :
a) ❑ sa respiration b) ❑ ses moyens de transport
c) ❑ ses industries

2. L'effet de serre réchauffe la Terre :
a) ❑ jusqu'au noyau b) ❑ à cause du CO_2 c) ❑ en surface

→ corrigés p. 475

L'Homme face aux aléas de l'environnement

70

Lue Relue Acquise

1 Retenir l'essentiel

A Aléa et risque

- **Un aléa de l'environnement est un phénomène que l'on ne peut pas prévoir.** Il peut être naturel (séisme, éruption volcanique, cyclone, inondation...) ou lié aux activités humaines (incident nucléaire, pollution chimique...).
- **Un risque existe quand un aléa peut survenir dans une zone habitée par l'Homme et avoir des conséquences défavorables** (destructions, victimes).

Vocabulaire

Risque : combinaison entre un danger probable et la présence humaine.

À retenir

Le risque sismique est de loin le plus meurtrier de tous les risques naturels. Par exemple, on a dénombré plus de 400 000 morts entre 1970 et 1979 en raison de séismes.

B L'Homme face aux risques naturels

- Dans certains cas, **on peut mettre en place des mesures de prévention des risques.**
  Exemple : des alertes météorologiques en cas de tempête sont données quelques heures avant.
- **Il existe aussi des mesures de protection.**
  Exemple : les constructions parasismiques dans les zones à fort risque sismique sont conçues pour résister aux séismes.
- **Enfin, il est également possible d'atténuer les risques.**
  Exemple : la construction de digues permet d'atténuer les risques d'inondation.

Remarque

La construction de digues atténue les risques d'inondation, mais ne les élimine pas.

C Vivre dans une zone à risque

- **La vie dans une zone à risque implique certains comportements** collectifs et individuels.
- **En France, l'État établit des plans de prévention des risques naturels et technologiques** pour informer la population. Ces plans servent à indiquer où il est possible de construire et dans quelles conditions.
- **Chacun de nous doit connaître les comportements à adopter** en cas de confrontation à un risque majeur : incendie, séisme...

2 Application : analyse d'un document

DOC **La prévention des risques sismiques en France**

La carte ci-contre représente le plan de prévention sismique de la région Provence-Alpes-Côte d'Azur.

« Sismicité » est synonyme de « risque sismique ».

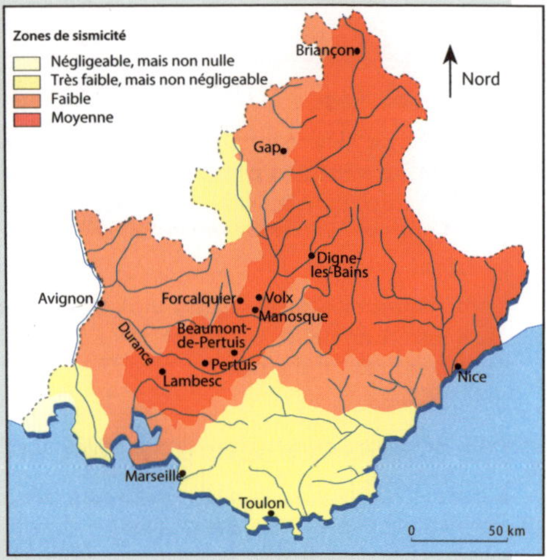

Cochez la ou les bonnes réponses.

1. Dans la région Provence-Alpes-Côte d'Azur, le risque sismique est :
a. ❑ fort sur la partie centrale b. ❑ différent selon les zones
c. ❑ parfois négligeable

2. Le risque sismique est plus fort à Gap qu'à :
a. ❑ Lambesc b. ❑ Avignon c. ❑ Marseille

3. Du Nord au Sud, la zone de risque sismique moyen s'étend sur environ :
a. ❑ 50 km b. ❑ 100 km c. ❑ 200 km

Mémo'Quiz

1. Une mesure qui permet d'avertir la population en cas de risque naturel ou technologique est une mesure :
a) ❑ de prévention b) ❑ de protection c) ❑ d'atténuation

2. Une construction parasismique sert à :
a) ❑ résister aux séismes b) ❑ détecter les séismes
c) ❑ protéger les habitants

→ corrigés p. 475

Ressources naturelles

Lue Relue Acquise

1 Retenir l'essentiel

A Exploitation des ressources naturelles

- **L'Homme exploite les ressources de la planète pour assurer son alimentation** (eau potable, ressources en poissons des océans), **cultiver et pratiquer l'élevage** (eau d'irrigation, sols), **se procurer de l'énergie** (charbon, pétrole, gaz), **construire** (roches, bois), etc.

- **Les ressources naturelles ne sont pas toutes inépuisables.**
Les **réserves d'eau** deviennent **rares** dans de nombreuses régions du monde. Des **espèces** de poissons sont **menacées** ou disparaissent à cause de la pêche excessive. Les **réserves de combustibles fossiles** (charbon, pétrole, gaz) sont **limitées** et finiront par disparaître d'ici un à deux siècles.

Vocabulaire

Ressource naturelle : matière première ou source d'énergie naturelle permettant de subvenir aux besoins des êtres humains.

B Solutions de préservation et de restauration des ressources

L'Homme a mis en place des mesures de préservation des ressources naturelles :

- **l'utilisation des sources d'énergie renouvelables** ;
  Exemples : énergie éolienne, géothermie, hydraulique, biomasse...
- **des accords internationaux pour limiter la pêche**, **le rejet de polluants...** ;
- **une modification de nos habitudes de consommation** ;
  Exemples : éviter le gaspillage, acheter des produits locaux, se déplacer en transports en commun...
- **la réduction des pollutions des cours d'eau et la protection des espèces** qui les peuplent pour améliorer la qualité de l'eau ;
- **la gestion des forêts** pour retrouver de la biodiversité ;
- **le développement de l'agriculture biologique** pour que les sols redeviennent fertiles (arrêt des labours, restes de récoltes laissés au sol, cultures tournantes, etc.).

Remarque

L'énergie la mieux préservée est celle que l'on ne consomme pas. Chacun de nous peut réduire sa consommation d'énergie au quotidien.

2 Application : analyse d'un document

DOC La gestion des sources d'énergie

Les diagrammes ci-dessous représentent la part des différentes sources d'énergie dans la production électrique en Europe.

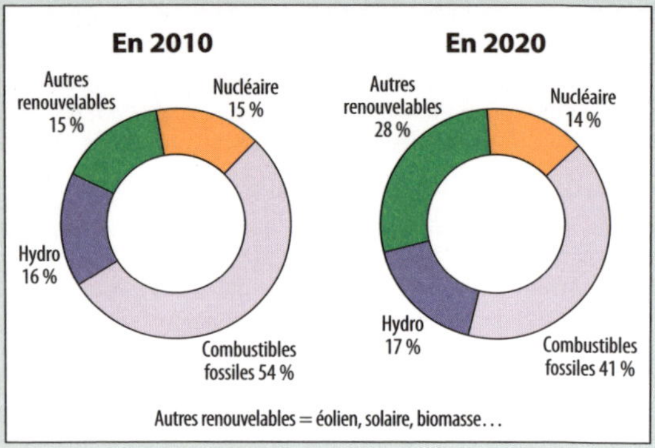

Cochez la ou les bonnes réponses.

1. Entre 2010 et 2020, la part des combustibles fossiles dans la production électrique devrait :
a. ❑ augmenter b. ❑ stagner c. ❑ baisser

2. En 2010, la part des énergies renouvelables (y compris l'hydroélectricité) est :
a. ❑ plus forte b. ❑ plus faible
c. ❑ à peu près égale à la part des combustibles fossiles

3. Entre 2010 et 2020, le plus fort développement est attendu pour :
a. ❑ le nucléaire b. ❑ l'hydroélectricité
c. ❑ les autres sources d'énergie renouvelables

Mémo'Quiz

1. Les ressources en combustibles fossiles sont :
a) ❑ limitées b) ❑ illimitées c) ❑ renouvelables

2. La réduction des rejets polluants permet d'améliorer :
a) ❑ la biodiversité b) ❑ la qualité de l'eau c) ❑ la qualité de l'air

→ corrigés p. 475

Organisation et fonctionnement des animaux

72

Lue Relue Acquise

1 Retenir l'essentiel

A Des niveaux d'organisation emboîtés les uns dans les autres

- **Tous les animaux sont constitués d'appareils et de systèmes qui coopèrent entre eux** pour assurer le fonctionnement de leur organisme.
- Les appareils sont faits d'**organes** qui sont eux-mêmes constitués de **tissus**, eux-mêmes faits de **cellules**.

Exemples : l'appareil digestif comporte un **estomac**, un foie, un pancréas (des organes). L'estomac est fait de **tissu musculaire**, de tissu conjonctif. Le tissu musculaire contient des **cellules musculaires**, mais aussi des cellules nerveuses.

Vocabulaire

- **Organe** : ensemble de tissus qui participent à la réalisation d'une fonction.
- **Tissu** : ensemble de cellules spécialisées.

B Des systèmes de transport des nutriments

- **Toutes les cellules ont besoin de nutriments**, mais certaines sont très éloignées de l'appareil digestif.
- **Un système de vaisseaux ramifiés** dans lequel circule un liquide nutritif **permet d'approvisionner toutes les cellules**, même les plus éloignées : c'est le **système circulatoire.**

Important

Le liquide nutritif peut aussi transporter les gaz respiratoires. C'est le cas du sang chez les vertébrés.

C Une nutrition assistée par des microbes

- **Le tube digestif des animaux contient de nombreux microbes bénéfiques** :
  - pour la digestion des fibres végétales chez les herbivores ;
  - pour la digestion ou l'absorption de certains nutriments chez les autres animaux.
- **Cette flore microbienne assure également une protection contre les infections.**

Remarque

Le nombre de bactéries présentes dans le tube digestif humain est à peu près égal au nombre de cellules du corps humain, c'est-à-dire environ 30 mille milliards !

2 Application : analyse d'un document

DOC **Les niveaux d'organisation chez un mammifère**

	Appareils	Organes	Tissus	Cellules
Un être vivant est un organisme. 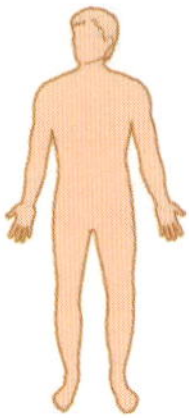 **Exemple :** l'être humain.	Un organisme est constitué de plusieurs appareils ou systèmes. 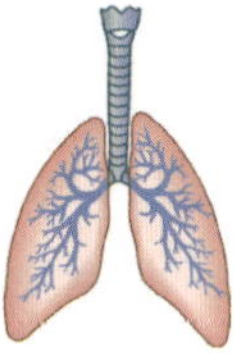 **Exemple :** l'appareil respiratoire (en dm).	Un appareil est constitué de plusieurs organes. 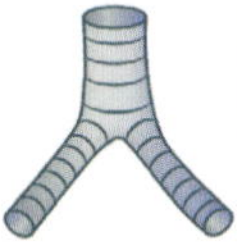 **Exemple :** les bronches (en cm).	Un organe est constitué de plusieurs tissus. 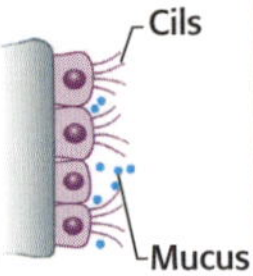 **Exemple :** le tissu bronchique (en mm).	Un tissu est formé de nombreuses cellules. 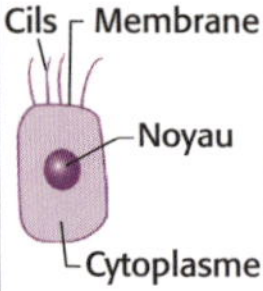 **Exemple :** la cellule des bronches (en 1/1 000e mm).

Cochez la ou les bonnes réponses.

1. Un organe est un assemblage :
a. ❑ d'appareils b. ❑ de cellules c. ❑ de tissus

2. Un appareil mesure quelques :
a. ❑ centimètres b. ❑ décimètres c. ❑ millimètres

3. Les bronches sont des :
a. ❑ appareils b. ❑ organes c. ❑ tissus

Mémo'Quiz

1. Le système circulatoire des animaux distribue :
a) ❑ de l'air b) ❑ de l'eau c) ❑ des nutriments

2. Les bactéries contenues dans le tube digestif des animaux sont :
a) ❑ pathogènes b) ❑ inoffensives c) ❑ bénéfiques

→ corrigés p. 475

Organisation et fonctionnement des végétaux

73

Lue Relue Acquise

1 Retenir l'essentiel

A Des organes spécialisés dans le prélèvement des ressources

- **Les racines des végétaux** occupent une grande surface dans le sol, ce qui leur permet d'**absorber l'eau et les sels minéraux** dont ils ont besoin.
- **Les feuilles** nombreuses et aplaties des végétaux occupent aussi une grande surface. Elles **assurent l'absorption des gaz : dioxyde de carbone (CO_2) et dioxygène (O_2)**. Elles captent aussi la lumière dont les végétaux ont besoin.

À savoir

La lumière est une source d'énergie pour les végétaux.

- **Les tiges contiennent des vaisseaux qui conduisent la sève brute** (eaux et ions minéraux) des racines vers les feuilles.

B Des cellules spécialisées dans la production de matière

- **Les cellules chlorophylliennes produisent des glucides** à partir d'eau et de dioxyde de carbone en convertissant l'énergie lumineuse : c'est la **photosynthèse**.
- **Les cellules végétales produisent des lipides et des protides** à partir des glucides issus de la photosynthèse et des sels minéraux absorbés par les racines.

Important

La matière produite par les végétaux n'est pas différente de celle produite par les animaux : glucides, protides et lipides.

C Transport, utilisation et stockage de la matière végétale

- **Des vaisseaux permettent la circulation de la sève élaborée dans l'ensemble du végétal**. Cette sève contient un glucide essentiel à la nutrition des cellules : le **saccharose**.
- **Les cellules végétales utilisent le saccharose pour le convertir en énergie, le transformer ou le stocker.**

Remarque

Le sucre de table, fabriqué à partir de la canne à sucre ou de la betterave sucrière, contient plus de 96 % de saccharose.

2 Application : analyse d'un document

DOC Échanges et transport de matières dans une plante

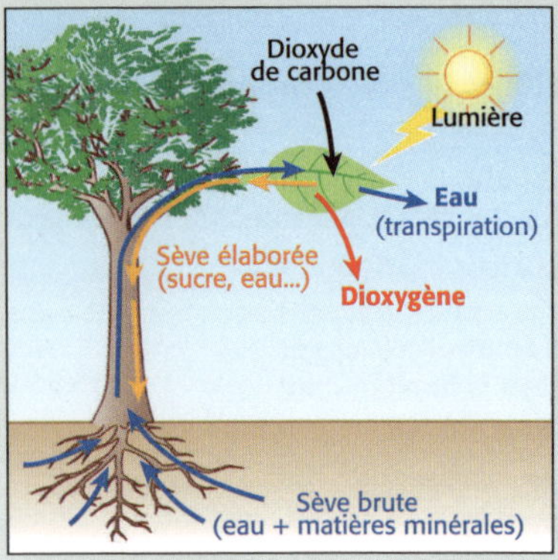

Circulation des sèves dans une plante

Cochez la ou les bonnes réponses.

1. La sève brute contient :
a. ❑ de l'eau b. ❑ des ions minéraux c. ❑ du sucre

2. La sève élaborée circule :
a. ❑ seulement des feuilles vers les racines
b. ❑ seulement des racines vers les feuilles
c. ❑ dans les deux sens

3. L'eau contenue dans la sève brute :
a. ❑ provient du sol b. ❑ est totalement conservée par la plante
c. ❑ est en partie transpirée par les feuilles

4. La feuille absorbe :
a. ❑ du dioxyde de carbone b. ❑ de la lumière c. ❑ du saccharose

Mémo'Quiz

1. La grande surface occupée par les feuilles d'un végétal absorbe :
a) ❑ les gaz de l'air b) ❑ la lumière c) ❑ l'eau

2. Les cellules végétales produisent :
a) ❑ des glucides b) ❑ des lipides c) ❑ des protides

→ corrigés p. 475

Biodiversité à différentes échelles

75

Lue Relue Acquise

1 Retenir l'essentiel

A Plusieurs niveaux de biodiversité

- **La biodiversité dépend :**
– **du nombre d'espèces différentes** dans un endroit donné ;
– **de la différence de diversité entre tous les écosystèmes** qui composent le lieu étudié ;
– **de la diversité à l'échelle de la région géographique** et de son évolution au cours du temps.

Vocabulaire

- **Écosystème** : milieu de vie et êtres vivants qui le peuplent.
- **Clé de détermination** : outil qui permet d'identifier un être vivant à partir de ses caractéristiques.

B La mesure de la biodiversité

- **La mesure de la biodiversité repose sur un inventaire des différentes espèces présentes dans un milieu de vie.**
- **Les espèces sont identifiées à partir de clés de détermination.**
- Un comptage ou une estimation du nombre d'individus de chaque espèce est réalisé.

Exemples : comptage d'oiseaux à partir d'observatoires, inventaire de tous les végétaux dans une forêt par l'ONF, repérage et suivi des populations de dauphins en Méditerranée.

Astuce

La richesse d'un milieu dépend du nombre d'espèces présentes et du nombre d'individus dans chaque espèce.

C Biodiversité des écosystèmes

- **Les milieux de vie sont très variés.**
- **Des milieux aquatiques ou terrestres**, en climat tropical, tempéré ou polaire **constituent une multitude de lieux de vie.**
- **Le peuplement est lui aussi très varié et dépend du milieu.**

Exemples : les espèces végétales qui peuplent un marais sont presque toutes différentes de celles qui peuplent une dune de bord de mer.

À retenir

Certains endroits du globe sont appelés « points chauds de biodiversité », car ils présentent une forte biodiversité à préserver.

2 Application : analyse d'un document

DOC Une mesure de la biodiversité

Le graphique suivant représente la répartition de deux espèces d'oiseaux observées dans les jardins de la région bruxelloise entre 2004 et 2013.

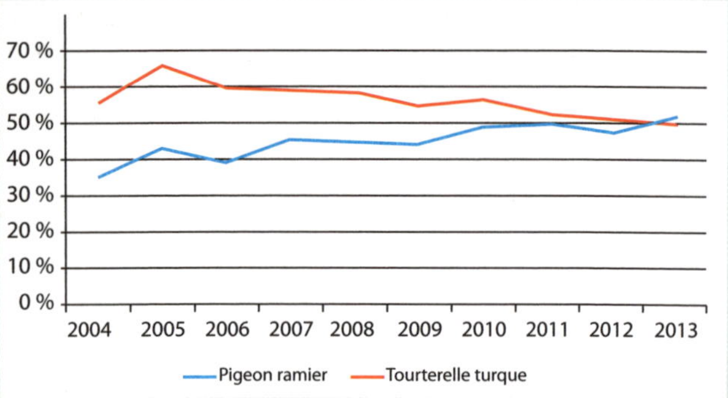

Source : www.buvettedesalpages.be

Cochez la ou les bonnes réponses.

1. En 2004, les pigeons ramiers étaient :
a. ❑ aussi nombreux que les tourterelles turques
b. ❑ moins nombreux
c. ❑ plus nombreux

2. Depuis 2004, il y a :
a. ❑ moins de tourterelles turques
b. ❑ moins de pigeons ramiers
c. ❑ plus de pigeons ramiers et de tourterelles

3. Il y avait autant de pigeons ramiers que de tourterelles turques en :
a. ❑ 2004
b. ❑ 2009
c. ❑ 2013

Mémo'Quiz

1. La biodiversité est :
a) ❑ la diversité des animaux
b) ❑ la diversité des humains
c) ❑ la diversité du monde vivant

2. La biodiversité est mesurée à partir du comptage :
a) ❑ des espèces
b) ❑ des individus
c) ❑ des populations

→ corrigés p. 475

Relations de parenté entre les êtres vivants

78

Lue Relue Acquise

1 Retenir l'essentiel

A Tous différents, tous parents

- **Même si des individus de deux espèces différentes ont des phénotypes très différents, ils partagent quand même des caractères.**

  Exemple : un lion et un dauphin ont des apparences bien différentes, mais ils possèdent un squelette en os, des poumons alvéolés et des mamelles.

- **La présence de caractères partagés entre des espèces différentes révèle leur parenté.** Ce sont des indices d'une histoire commune lors de l'évolution ; ces indices montrent l'existence d'ancêtres communs aux différentes espèces qui peuplent la Terre aujourd'hui.

  Exemple : tous les êtres vivants actuels possèdent des cellules contenant de l'ADN, ce qui conduit à penser que l'ancêtre de tous les êtres vivants possédait déjà de l'ADN.

Vocabulaire

Ancêtre commun : organisme dont la descendance contient les êtres vivants étudiés.

B Place de l'Homme dans l'évolution du vivant

- **L'espèce humaine possède des caractères qui permettent de la classer dans le groupe des vertébrés, des mammifères, des primates et** encore plus précisément **des hominidés.**

- Les hominidés constituent un groupe d'espèces de primates qui pratiquent la **bipédie de manière occasionnelle ou permanente** : les gorilles, les chimpanzés et les humains.

- **Les études génétiques** de comparaison de l'ADN de différentes espèces **confirment la parenté de l'Homme avec les autres espèces actuelles.**

- La connaissance des caractères partagés permet de construire des **arbres de parenté** entre les espèces :

À retenir

L'Homme possède plus de 95 % de gènes en commun avec le Chimpanzé.

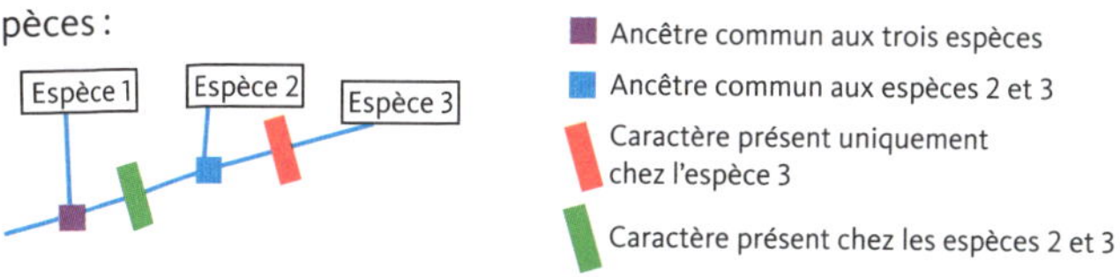

2 Application : analyse d'un document

DOC Un arbre de parenté de quelques vertébrés

Le document ci-dessous présente les parentés probables entre sept espèces de vertébrés.

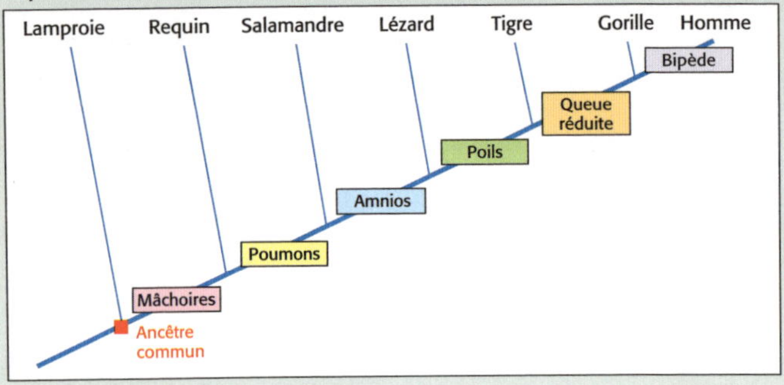

Cochez la ou les bonnes réponses.

1. Le Requin possède :
a. ❑ une queue réduite b. ❑ des poumons c. ❑ des mâchoires

2. Les caractères partagés par la Salamandre et le Gorille sont :
a. ❑ les poumons b. ❑ les poils c. ❑ la bipédie

3. Le plus proche parent du Tigre est :
a. ❑ le Requin b. ❑ le Gorille c. ❑ le Lézard

4. L'amnios est un caractère possédé par :
a. ❑ l'Homme b. ❑ la Salamandre c. ❑ le Tigre

Mémo'Quiz

1. Le groupe des hominidés comporte :
a) ❑ les humains uniquement
b) ❑ les grands singes uniquement
c) ❑ les humains et les grands singes

2. Les caractères partagés par tous les êtres vivants sont :
a) ❑ l'ADN
b) ❑ une colonne vertébrale
c) ❑ la membrane cellulaire

→ corrigés p. 475

Rôle du système nerveux pendant l'effort physique

79

Lue Relue Acquise

1 Retenir l'essentiel

A Perception et traitement des signaux

- **Le cerveau reçoit des informations en provenance des organes sensoriels** (yeux, peau, oreilles) **et de capteurs internes** sensibles à l'étirement des muscles.
- **Des zones cérébrales spécialisées du cerveau traitent l'ensemble des informations reçues** et communiquent entre elles : **c'est l'intégration des informations**.

Exemple : le cortex sensoriel qui reçoit les informations des organes des sens est associé au cortex moteur lors de la réalisation d'un mouvement.

Vocabulaire

Cortex cérébral : partie superficielle du cerveau constituée de plusieurs couches de neurones connectés entre eux.

B Commande des mouvements

- **La connexion par les nerfs entre les centres nerveux** (cerveau et moelle épinière) **et les muscles permet la réalisation des mouvements**.
- **Les nerfs conduisent des messages nerveux de nature électrique** entre les centres nerveux et les muscles. La communication entre les cellules nerveuses et les cellules musculaires fait aussi intervenir des **messagers chimiques.**
- **Les messagers chimiques sont libérés dans des synapses** nerveuses ou neuro-musculaires.

Remarque

Les mouvements des membres inférieurs pendant la marche sont contrôlés par un centre nerveux : la moelle épinière.

C Contrôle nerveux des activités cardiaque et respiratoire

- **À l'effort**, des centres nerveux localisés dans le bulbe rachidien (entre le cerveau et la moelle épinière) commandent l'**augmentation et de la fréquence cardiaque et de la fréquence respiratoire**.
- **Après un effort**, ces centres nerveux assurent un **retour progressif aux valeurs de repos** des fréquences cardiaque et respiratoire : **c'est la récupération.**

Remarque

Tout le monde peut modifier volontairement sa fréquence respiratoire. Ce n'est pas le cas de la fréquence cardiaque, car les nerfs et les muscles impliqués sont différents.

2 Application : analyse d'un document

DOC Un exemple d'intervention du système nerveux

Le document ci-dessous présente la succession des événements impliqués pour saisir une pomme.

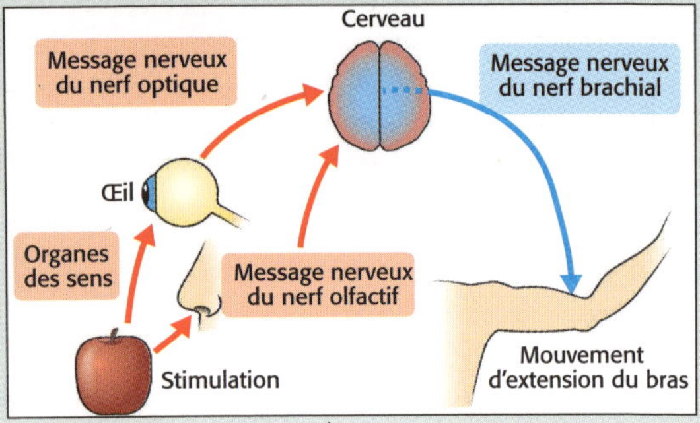

Cochez la ou les bonnes réponses.

1. Le centre nerveux impliqué dans le mouvement du bras est :
a. ❑ l'œil b. ❑ le cerveau c. ❑ les muscles du bras

2. Les messages émis par le nez et par les yeux sont :
a. ❑ sensoriels b. ❑ moteurs c. ❑ optico-olfactifs

3. Le nerf brachial sert à transmettre des messages :
a. ❑ de l'œil au cerveau b. ❑ du cerveau au muscle
c. ❑ du muscle au cerveau

Mémo'Quiz

1. Pendant une activité physique, le cerveau reçoit des signaux :
a) ❑ des yeux b) ❑ des muscles c) ❑ du cœur

2. Les nerfs sont responsables de :
a) ❑ la réception des messages nerveux
b) ❑ l'intégration des messages nerveux
c) ❑ la transmission des messages nerveux

3. Le retour au repos des fréquences cardiaque et respiratoire s'appelle :
a) ❑ l'intégration b) ❑ la récupération c) ❑ la transmission

→ corrigés p. 475

Activité cérébrale et hygiène de vie

80

Lue Relue Acquise

1 Retenir l'essentiel

A Conditions d'un bon fonctionnement cérébral

- **Les cellules nerveuses nécessitent un approvisionnement constant en nutriments et en dioxygène** assuré par la circulation sanguine. Ainsi, une **alimentation équilibrée** et une **activité physique régulière** améliorent le fonctionnement cérébral.

- **Le cerveau nécessite des phases de repos** pendant lesquelles il réorganise les informations traitées pendant la journée. Ainsi, une nuit de **sommeil** améliore les **performances de la mémoire.**

Vocabulaire

Psychotrope : substance chimique naturelle ou de synthèse qui modifie l'activité cérébrale.

B Comportements perturbateurs de l'activité cérébrale

- **Les cellules nerveuses communiquent par l'intermédiaire de signaux électriques et chimiques.** Leur fonctionnement est donc particulièrement sensible à l'effet de substances chimiques psychotropes.

- L'alcool, le tabac, le cannabis et de nombreux médicaments modifient le fonctionnement des zones cérébrales.

À retenir

La consommation d'alcool modifie l'activité des zones sensorielles, du plaisir, du jugement et de la motricité, et entraîne une augmentation des risques d'accident.

C Dopage, activité cérébrale et sport

- **Les sportifs sont parfois tentés d'utiliser des produits dopants** qui modifient leur activité cérébrale pour supporter les tensions physiques et nerveuses.

  Exemple : des stimulants comme les amphétamines sont utilisés par certains sportifs, car ils améliorent la concentration, la confiance en soi et diminuent la sensation de fatigue.

- **Les dopants de l'activité cérébrale sont tous interdits dans la pratique du sport en compétition**, car ils ont des effets néfastes sur la santé avec des risques cardiaques, respiratoires et/ou psychiques.

- **Les stimulants** permettant de dépasser le seuil de la fatigue **peuvent entraîner des états de faiblesse pouvant aller jusqu'à l'épuisement**, voire la mort.

2 Application : analyse d'un document

DOC Un fonctionnement cérébral altéré

Des tests de conduite de voiture sur un circuit ont été réalisés sur deux groupes de personnes. Le premier groupe recevait du cannabis et le second groupe recevait un placebo, c'est-à-dire une substance sans effet.

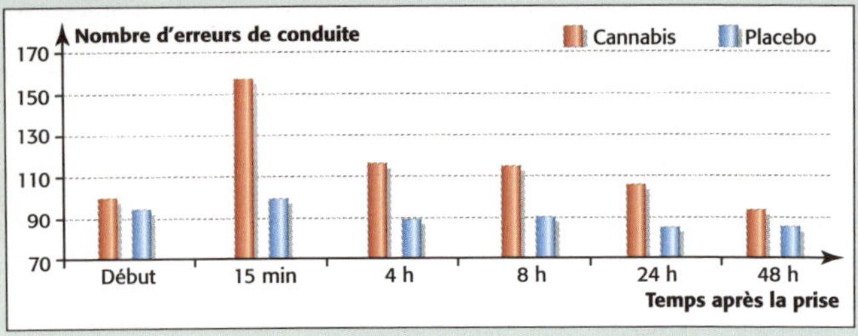

Cochez la ou les bonnes réponses.

1. Par comparaison aux personnes sous placebo, les personnes sous cannabis font :

a. ❑ plus d'erreurs de conduite
b. ❑ autant d'erreurs
c. ❑ moins d'erreurs

2. L'influence maximale du cannabis sur les erreurs de conduite a lieu :

a. ❑ dès le début du test
b. ❑ au bout de 4 heures
c. ❑ au bout de 15 minutes

Mémo'Quiz

1. Une condition d'un bon fonctionnement cérébral est :

a) ❑ une alimentation sucrée
b) ❑ un sommeil réparateur
c) ❑ la consommation régulière d'alcool

2. Une substance psychotrope :

a) ❑ n'a pas d'effet néfaste
b) ❑ peut être un médicament
c) ❑ modifie l'activité cérébrale

3. Le dopage cérébral chez les sportifs :

a) ❑ améliore leur confiance en eux
b) ❑ est néfaste pour la santé
c) ❑ est autorisé

→ corrigés p. 475

Nutrition et activité physique

81

Lue Relue Acquise

1 Retenir l'essentiel

A Digestion des aliments

- **Les molécules organiques contenues dans les aliments sont découpées** par l'action des sécrétions digestives des glandes salivaires, de l'estomac, du pancréas et de l'intestin. **La digestion est facilitée par la mastication des aliments.**
- **Le grignotage à longueur de journée perturbe le fonctionnement de l'appareil digestif** en provoquant la libération trop fréquente de sécrétions digestives.

Vocabulaire

Digestion : ensemble des transformations chimiques des aliments en nutriments absorbables par l'intestin.

B Absorption intestinale et assimilation

- **Les nutriments issus de la digestion et l'eau de boisson** traversent la paroi de l'intestin grêle et **passent dans la circulation sanguine : c'est l'absorption intestinale.**
- **L'absorption intestinale nécessite un afflux de sang** dans les vaisseaux sanguins qui irriguent l'intestin. Cet afflux sanguin ne peut pas se faire pendant une activité sportive.
- **Toutes les cellules de l'organisme** et les cellules musculaires en particulier **assimilent les nutriments du sang et les utilisent pour les convertir en énergie** (à partir des glucides et des lipides) **ou comme éléments de structure** (à partir des protides).

À savoir

Une cellule a les mêmes besoins que l'organisme tout entier : être approvisionnée en dioxygène et en nutriments, et être débarrassée de ses déchets.

C Manger, bouger

- **Les apports alimentaires quotidiens couvrent les besoins en matière et en énergie de l'organisme.** Si les apports sont supérieurs aux besoins, l'organisme stocke les nutriments dans ses réserves de graisses.
- **Une pratique sportive régulière améliore l'équilibre entre les apports et les besoins.**
- **L'hydratation régulière** de l'organisme, surtout pendant une activité sportive, **améliore le fonctionnement de l'organisme et la récupération.**

Remarque

Un homme adulte de 70 kg contient environ 45 litres d'eau et il en perd 2,5 litres par jour sans pratiquer d'activité physique.

2 Application : analyse d'un document

DOC **Des résultats de dosages sanguins**

Éléments mesurés dans 100 mL de sang	Sang entrant dans le muscle	Sang sortant du muscle
Dioxygène (O_2)	20 mL	15 mL
Dioxyde de carbone (CO_2)	48 mL	52 mL
Glucose (nutriments)	90 mg	87 mg

Mesures réalisées sur un organisme au repos

Éléments mesurés dans 100 mL de sang	Sang entrant dans le muscle	Sang sortant du muscle
Dioxygène (O_2)	20 mL	2 mL
Dioxyde de carbone (CO_2)	48 mL	70 mL
Glucose (nutriments)	90 mg	31 mg

Mesures réalisées sur un organisme en activité forte

Cochez la ou les bonnes réponses.

1. Au repos, la quantité de O_2 dans le sang entrant dans le muscle est :
a. ❑ plus élevée que celle contenue dans le sang sortant
b. ❑ égale c. ❑ plus faible

2. Pendant une activité forte, la quantité de CO_2 dans le sang sortant est :
a. ❑ plus faible que celle contenue dans le sang entrant
b. ❑ égale c. ❑ plus forte

Mémo'Quiz

1. La digestion est un processus qui correspond :
a) ❑ au passage des nutriments dans le sang
b) ❑ à la transformation des aliments en nutriments
c) ❑ à la transformation des nutriments par les cellules de l'organisme

2. Il faut éviter de manger juste avant un exercice physique car :
a) ❑ la digestion sera difficile
b) ❑ il y a déjà assez de sucre dans le sang
c) ❑ le sang afflue vers les muscles pendant l'effort

→ corrigés p. 475

Vivre avec les microbes

82

Lue Relue Acquise

1 Retenir l'essentiel

A Diversité des microbes

- **Les microbes sont présents partout** dans notre environnement : dans l'air, dans le sol, dans nos aliments, sur notre peau, dans notre tube digestif... Il existe environ 100 000 espèces de microbes.
- **La plupart des microbes sont inoffensifs**, certains sont bénéfiques et d'autres encore sont pathogènes.

Vocabulaire

- **Pathogène** : qui provoque une maladie.
- **Immunité** : ensemble des mécanismes qui protègent l'organisme des infections.

B Défenses de l'organisme contre les microbes

Les globules blancs (ou leucocytes) reconnaissent et éliminent les microbes de notre organisme. Ce sont les acteurs de notre système immunitaire :

- **les lymphocytes B** produisent des anticorps qui adhèrent aux microbes et les neutralisent en les empêchant de se reproduire ;
- **les macrophages ou phagocytes** ingèrent les microbes reconnus par les anticorps lors de la phagocytose et les détruisent ;
- **les lymphocytes T s'accrochent aux cellules infectées de l'organisme et les détruisent.**

À retenir

Les globules blancs sont beaucoup moins nombreux dans le sang que les globules rouges (environ mille fois moins nombreux).

C Intérêts de la vaccination

- **Lors de la vaccination, les défenses immunitaires apprennent à reconnaître des microbes pathogènes.** Ainsi, en cas d'infection réelle, l'organisme réagit plus vite et plus efficacement. **Se vacciner, c'est se protéger soi-même.**
- Un individu non vacciné peut être infecté par des microbes pathogènes sans déclarer la maladie et transmettre ses microbes. **Se vacciner, c'est aussi protéger les autres.**

Exemple : le tétanos, qui a presque disparu en France grâce à la vaccination, tue chaque année plus de 200 000 personnes dans le monde.

À savoir

En France, pour les enfants nés avant 2018, seules trois vaccinations étaient obligatoires et souvent regroupées dans le même vaccin : antidiphtérique, antitétanique et antipoliomyélique (DT-polio).

2 Application : analyse d'un document

DOC Des tentatives d'immunisation

Le document suivant montre des essais d'immunisation de cobayes contre la diphtérie et leurs résultats.

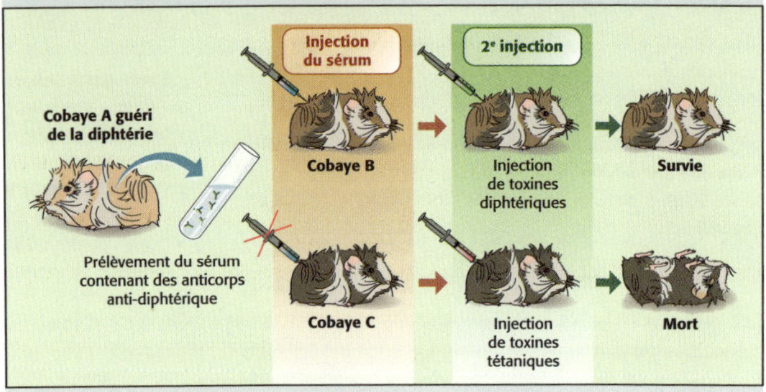

Cochez la ou les bonnes réponses.

1. Le cobaye B :
a. ❑ a reçu des anticorps antidiphtériques
b. ❑ a reçu des toxines tétaniques
c. ❑ est immunisé contre la diphtérie

2. Le cobaye C est mort, car :
a. ❑ il n'a pas reçu d'injection de sérum du cobaye A
b. ❑ il a reçu une injection de toxines tétaniques
c. ❑ il a reçu une injection de toxines diphtériques

3. Le cobaye B a survécu, car il a subi une :
a. ❑ immunisation b. ❑ vaccination c. ❑ stérilisation

Mémo'Quiz

1. Les globules blancs sont aussi appelés :
a) ❑ macrophages b) ❑ lymphocytes c) ❑ leucocytes

2. Les anticorps neutralisent les microbes en :
a) ❑ y adhérant b) ❑ empêchant leur reproduction
c) ❑ les détruisant

→ corrigés p. 475

Fonctionnement des appareils reproducteurs

83

Lue Relue Acquise

1 Retenir l'essentiel

A Changements hormonaux à la puberté

- **Lorsque la croissance est suffisante, des glandes du cerveau produisent des hormones qui stimulent le fonctionnement des ovaires et des testicules.**
- **Les testicules et les ovaires produisent alors des hormones sexuelles** : testostérone pour les testicules, progestérone et œstradiol pour les ovaires.
- **Les hormones sexuelles sont responsables de tous les changements physiques et psychiques de la puberté.**

  Exemples : apparition des poils, développement des seins, du pénis...

Vocabulaire

Hormone : molécule produite par des cellules spécialisées, libérée dans le sang en concentration très faible et qui agit sur des organes cibles.

B Production des cellules sexuelles

- **Les ovaires et les testicules produisent des cellules sexuelles appelées aussi gamètes,** dès la puberté.
- **Les spermatozoïdes sont produits en continu** jusqu'à la mort.
- **Les ovules sont déjà présents dans les ovaires, mais ne sont libérés qu'une fois par cycle**, c'est-à-dire en moyenne un ovule par mois jusqu'à la ménopause (vers 50 ans).

À retenir

Plusieurs ovules sont préparés simultanément avant l'ovulation. Parfois, plusieurs sont émis en même temps et aboutissent à des fécondations multiples (faux jumeaux).

C Contrôle hormonal des appareils reproducteurs

- **Chez l'homme**, la production continue de testostérone de la puberté jusqu'à la mort engendre le **fonctionnement continu** de l'appareil jusqu'à la mort de l'individu.
- **Chez la femme**, la production des hormones sexuelles varie au cours d'un **cycle de 28 jours** en moyenne, marqué par **une ovulation par mois** et par la **destruction de la muqueuse utérine en fin de cycle (les règles).**

Remarque

L'ovulation a lieu 14 jours avant les prochaines règles, mais la durée de la période avant l'ovulation est variable.

2 Application : analyse d'un document

DOC **Mode d'action de la pilule contraceptive**

Le document suivant donne les résultats de dosage des hormones sexuelles dans le sang d'une femme avant la prise de pilule (cycle 1) et pendant la prise de pilule (cycles 2 et 3).

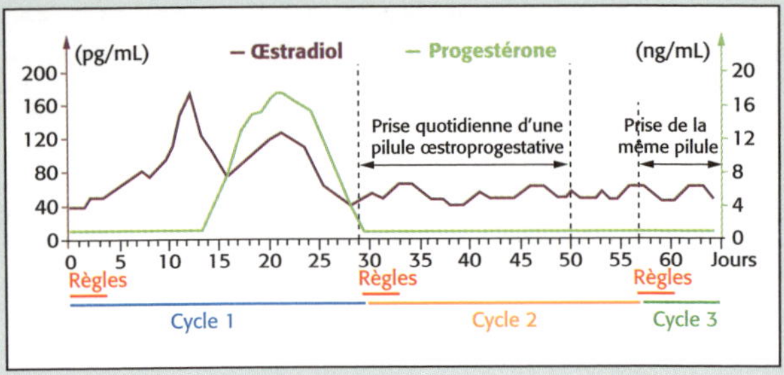

Cochez la ou les bonnes réponses.

1. Au cours d'un cycle sans pilule, la concentration sanguine en œstradiol :
a. ❑ reste stable autour de 40 pg/mL
b. ❑ augmente en fin de cycle jusqu'à 16 ng/mL
c. ❑ connaît un pic vers le 14e jour du cycle à 160 pg/mL

2. Pendant la prise de pilule, la concentration sanguine en œstradiol :
a. ❑ est identique à celle observée sans pilule
b. ❑ devient nulle c. ❑ reste stable autour de 40 pg/mL

3. La prise de pilule contraceptive :
a. ❑ permet le maintien des variations cycliques des hormones sexuelles
b. ❑ empêche les variations cycliques des hormones sexuelles
c. ❑ n'a pas d'effet sur les variations cycliques des hormones sexuelles

Mémo'Quiz

1. Les ovaires libèrent des cellules sexuelles :
a) ❑ dès la puberté b) ❑ en continu c) ❑ pendant les règles

2. Les règles correspondent à l'élimination :
a) ❑ de la muqueuse utérine b) ❑ des ovules non fécondés
c) ❑ des embryons non implantés

→ corrigés p. 475

Sexualité et responsabilité individuelle

84

Lue Relue Acquise

1 Retenir l'essentiel

A Déroulement de la grossesse

- Pendant le développement de l'embryon puis du fœtus, **la mère et le futur bébé sont liés par voie sanguine par l'intermédiaire du placenta et du cordon ombilical**. Cela permet l'approvisionnement du fœtus en nutriments et en dioxygène notamment.
- Même si le sang de la mère et celui du futur bébé ne se mélangent pas pendant la grossesse, **le placenta laisse passer de nombreux éléments** présents dans le sang de la mère : médicaments, drogues, virus...

Vocabulaire

Embryon : étape du développement du stade deux cellules jusqu'à la fin de la formation des organes (en deux mois environ).

B Contraception

- **La contraception recouvre tous les moyens qui visent à empêcher la fécondation et/ou l'implantation de l'embryon dans la muqueuse utérine.**
- Les méthodes de contraception les plus courantes sont :
  - **des dispositifs chimiques** à base d'hormones de synthèse qui empêchent l'ovulation et l'implantation d'un embryon ;
  - **des dispositifs mécaniques** qui empêchent les spermatozoïdes d'atteindre l'ovule ;
  - des dispositifs mécaniques et chimiques associés.
- **Les différents moyens de contraception permettent à un couple de choisir d'avoir ou de ne pas avoir d'enfant.**

Remarque

Le dispositif intra-utérin (DIU) est injustement appelé stérilet. Il ne rend pas stérile.

C Infections sexuellement transmissibles

- Parmi l'ensemble des moyens de contraception, **seul le préservatif protège des infections sexuellement transmissibles** (IST).
- Même si leurs symptômes sont discrets, certaines IST ont des conséquences graves sur la santé. En outre, un porteur d'IST peut la transmettre sans le savoir. C'est pourquoi **il est recommandé de procéder à un dépistage d'IST en cas de rapport sexuel non protégé.**

À savoir

Le dépistage est anonyme et gratuit. Un médecin peut délivrer une ordonnance et indiquer les centres de dépistage.

2 Application : analyse d'un document

DOC Les échanges entre la mère et son fœtus

Le placenta représente une grande surface d'échanges entre la mère et le fœtus. On estime que cette surface est de 10 à 15 m². Le placenta arrête les éléments les plus volumineux, comme les cellules sanguines et les bactéries, mais laisse passer les virus et les molécules.

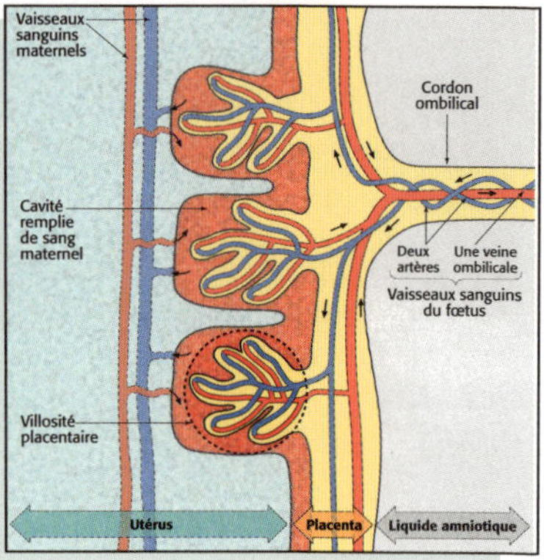

Connexions entre le placenta et l'utérus maternel

Cochez la ou les bonnes réponses.

1. Le sang du fœtus :
a. ❑ arrive au placenta par une artère et repart par une veine
b. ❑ arrive au placenta par une veine et repart par deux artères
c. ❑ arrive au placenta par deux artères et repart par une veine

2. Le placenta ne laisse pas passer :
a. ❑ les cellules sanguines b. ❑ les nutriments qui sont des molécules
c. ❑ les virus

3. Le sang de la mère et le sang du fœtus :
a. ❑ sont mélangés dans le placenta
b. ❑ sont mélangés dans le cordon ombilical
c. ❑ ne sont pas mélangés

Mémo'Quiz

1. L'abréviation « IST » signifie :
a) ❑ insémination sexuellement transgénique
b) ❑ infection sexuellement transmissible
c) ❑ immunisation sexuellement totale

2. Les moyens de contraception efficaces contre les IST sont :
a) ❑ les pilules b) ❑ les préservatifs
c) ❑ les dispositifs intra-utérin

➜ corrigés p. 475

Technologie

Sommaire

Technologie

Lue | Relue | Apprise

De la naissance du besoin à la rédaction du cahier des charges 85

Lue Relue Acquise

1 Retenir l'essentiel

A Définir le besoin

- **Les objets techniques et les services sont créés pour répondre à un besoin**. Lorsqu'une entreprise ou une personne souhaite créer un nouveau produit, elle doit définir précisément les attentes des futurs utilisateurs.
- **L'entreprise doit se poser plusieurs questions** : À quoi ou à qui le produit va-t-il servir ? Que va-t-il modifier ou apporter à son utilisateur ? Dans quel but sera-t-il utilisé ? L'ensemble des réponses à ces questions permet de définir le besoin.

Astuce

Le diagramme d'expression du besoin, ou « bête à cornes », permet de définir rapidement le besoin.

B Distinguer les biens matériels et les services

La réponse au besoin formulé peut être un bien matériel ou immatériel :

- un **bien matériel** est un objet que l'on peut toucher, voir (une lampe de bureau par exemple) ;
- un **bien immatériel** est un service (un abonnement de transport en commun est un service fourni par une société de transports).

C Rédiger le cahier des charges

- **La rédaction du cahier des charges peut être réalisée lorsque le besoin est défini.** Le cahier des charges est un document qui regroupe de façon détaillée l'ensemble des fonctions que l'objet devra satisfaire et les contraintes qu'il devra respecter.
- **Le cahier des charges prend souvent la forme d'un tableau** avec quatre colonnes :
  - les repères associés à chaque fonction (FP : fonction principale ; FC : fonction contrainte) ;
  - la fonction définie sous forme de phrase ;
  - les critères associés à chacune des fonctions ;
  - les niveaux permettant de préciser les critères.

Vocabulaire

Une **contrainte** est une caractéristique imposée à un objet technique.

Exemple : voici un extrait du cahier des charges pour un stylo.

Rep	Fonction	Critère	Niveau
Fp	Laisser une trace sur du papier	Largeur de la trace	1,5 mm min.

2 Application : analyse d'un document

DOC **Le clavier laser**

Le clavier laser est une innovation récente que l'on pourrait bientôt retrouver sur nos bureaux. C'est un boîtier équipé d'une batterie que l'on connecte sans fil à un ordinateur, une tablette ou un *smartphone*. Un laser projette un clavier sur la surface du bureau afin de pouvoir saisir du texte.

Cochez la ou les bonnes réponses.

1. Le clavier laser répond au besoin :
a. ❑ d'éclairer le bureau
b. ❑ de se divertir
c. ❑ de saisir du texte

2. Le clavier laser est :
a. ❑ un bien
b. ❑ un service
c. ❑ un bien et un service

3. Le clavier laser se connecte au smartphone ou à la tablette :
a. ❑ sans fil
b. ❑ par Internet
c. ❑ avec un câble USB

Mémo'Quiz

1. Les objets techniques et services sont créés pour répondre à :
a) ❑ une question b) ❑ un besoin c) ❑ un utilisateur

2. Le garagiste fournit :
a) ❑ un bien b) ❑ une action c) ❑ un service

3. Quand le besoin est défini, il faut rédiger :
a) ❑ un cahier des charges b) ❑ un schéma
c) ❑ une fonction

➜ corrigés p. 475

1 Retenir l'essentiel

A Étapes d'un projet

- **Un projet peut être de nature très variée** : construction d'un bâtiment, développement d'une application logicielle, élaboration d'un service...
- **Un projet comporte plusieurs étapes**. Les étapes guident la création et optimisent le temps passé sur le projet.

ÉTAPES	Définition du besoin et rédaction du cahier des charges	Répartition des tâches, planification	Recherche des solutions techniques	Choix et validation des solutions techniques (tests)	Réalisation du prototype et finalisation du projet
Temps →					
PRODUCTIONS	Document écrit sous forme de texte et de tableau à conserver dans la revue de projet	Document de répartition et planning prévisionnel	Recherche documentaire sur les solutions existantes, modélisation numérique	Tableau de validation avec avantages et inconvénients des solutions en fonction des résultats des tests	Fabrication et évaluation du prototype avant lancement de la production

Doc. De la définition du besoin à la finalisation du projet

- **Chaque étape est généralement associée à une production** (document, maquette, prototype, fichier).

À savoir

Les étapes peuvent être différentes suivant le projet à mener.

B Planning prévisionnel

- **Le planning prévisionnel permet d'organiser le projet** et d'identifier les tâches pouvant être réalisées simultanément afin de les répartir de façon optimale sur toute la durée du projet.
- **Le planning permet de suivre l'avancement d'un projet** et d'anticiper d'éventuels retards.
- **Pour être efficace, le planning prévisionnel doit être régulièrement mis à jour** durant le projet.

Remarque

Un planning bien pensé permet de mieux utiliser les ressources humaines et matérielles.

2 Application : analyse d'un document

DOC **Planning prévisionnel**

Voici un extrait du planning prévisionnel de la construction d'une maison. Chaque couleur correspond à un ouvrier différent.

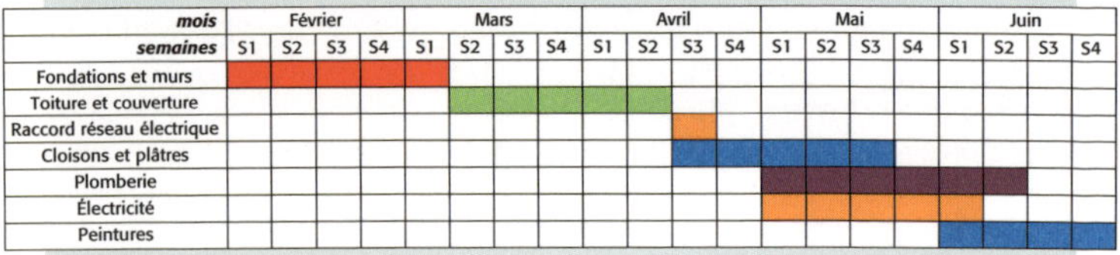

Cochez la ou les bonnes réponses.

1. Les travaux de toiture et de couverture durent :
a. ❑ 3 semaines
b. ❑ 5 jours
c. ❑ 5 semaines

2. Ce chantier est réalisé par :
a. ❑ 7 ouvriers
b. ❑ 5 ouvriers
c. ❑ 2 ouvriers

3. La durée totale du chantier est de :
a. ❑ 5 jours
b. ❑ 5 semaines
c. ❑ 5 mois

Mémo'Quiz

1. Les étapes d'un projet permettent :
a) ❑ de guider son déroulement
b) ❑ d'éviter les retards
c) ❑ de freiner le projet

2. La dernière étape du projet est :
a) ❑ la répartition des tâches
b) ❑ la validation du prototype
c) ❑ la rédaction du cahier des charges

3. Un planning prévisionnel permet :
a) ❑ d'organiser le projet
b) ❑ d'identifier le besoin
c) ❑ d'établir une facture

→ corrigés p. 475

De la conception à la réalisation d'un projet

87

Lue Relue Acquise

1 Retenir l'essentiel

A Rechercher une solution pour répondre à un besoin

Le processus de création d'un objet technique consiste à rechercher des solutions répondant à chaque fonction technique. Il faut pour cela :

- **effectuer une veille technologique** : lister et comparer sur Internet les solutions déjà existantes et commercialisées, utiliser un logiciel de base de connaissances, rassembler des articles sur le sujet (catalogues, contenus Web, revues spécialisées) ;
- **proposer des innovations** pour améliorer le fonctionnement de l'objet, proposer un design plus adapté et actuel, simplifier les procédés de fabrication, réduire l'impact environnemental de l'objet (matières premières utilisées, énergies consommées, recyclage) ou baisser le coût de réalisation ;
- **réaliser des croquis et des schémas** pour présenter de façon détaillée les solutions imaginées.

Vocabulaire

Innover : chercher à améliorer la réponse à un besoin de façon radicale, tout à fait nouvelle.

B Concevoir et modéliser avec un logiciel de CAO

- Pour valider les solutions, le **dessin en 3D sur un logiciel de CAO** (conception assistée par ordinateur) permet de représenter et de réaliser des simulations sur un modèle numérique du futur objet.
- **Le design de l'objet est proposé.** Plusieurs versions de l'objet peuvent être imaginées, le choix se fera par exemple à la suite d'une enquête d'opinion.
- **De nombreux paramètres comme la solidité et le fonctionnement de l'objet peuvent être simulés.** Le concepteur peut par exemple identifier les points faibles de l'objet (les endroits où il pourrait casser) et imaginer des solutions pour les consolider.

C Réaliser un prototype

- **Un prototype est fabriqué** une fois le fichier 3D terminé et validé, il ressemble beaucoup au produit final.
- **Ce prototype subira un ensemble de tests** afin de vérifier qu'il répond entièrement au cahier des charges et d'éviter les défauts qui pourraient nuire à son utilisation.
- **Si le prototype est validé**, ou une fois que les modifications nécessaires ont été apportées, **le projet peut passer à la phase de réalisation**, c'est-à-dire production de l'objet définitif et commercialisation.

2 Application : analyse d'un document

DOC **Le dispositif RWU**

Dans la maison, les appareils en veille représentent en moyenne 11 % de la consommation d'électricité. Le dispositif RWU (*Remote Wake Up*) est composé d'un émetteur sous forme de télécommande et d'un récepteur relié à une prise électrique. Cette technologie innovante permet de réveiller à distance un équipement complètement éteint à l'aide d'une impulsion électromagnétique.

Ainsi, au lieu d'être maintenu en veille et de consommer de l'électricité, l'appareil électrique est à l'arrêt jusqu'à ce qu'il reçoive un ordre de réveil par l'utilisateur. Le mode veille n'étant pas utilisé, la consommation d'électricité est divisée par mille pour une même opération d'allumage ou d'extinction de l'appareil.

Cochez la ou les bonnes réponses.

1. Ce dispositif répond au besoin de :
a. ❑ contrôler la luminosité des éclairages d'un appartement
b. ❑ diminuer la consommation de veille des appareils
c. ❑ diffuser de la musique dans un logement

2. Les apports de cette innovation permettent :
a. ❑ de réduire la consommation électrique des appareils
b. ❑ d'augmenter la consommation électrique des appareils
c. ❑ d'utiliser davantage d'énergie renouvelable dans la maison

Mémo'Quiz

1. Innover peut permettre :
a) ❑ de réduire l'impact environnemental d'un produit
b) ❑ de s'organiser pour la fabrication
c) ❑ d'augmenter la consommation électrique d'un produit

2. Un prototype est :
a) ❑ une version définitive de l'objet
b) ❑ un objet qui fonctionne parfaitement
c) ❑ une version de l'objet qui va subir des tests

→ corrigés p. 475

Histoire des solutions techniques

88

Lue Relue Acquise

1 Retenir l'essentiel

A Des objets et services qui évoluent

Les connaissances scientifiques et technologiques progressent tous les jours. **L'évolution des techniques permet de faire évoluer les objets dans de nombreux domaines** :

- **matériaux** : les objets tendent à devenir plus légers, plus résistants, ils sont fabriqués à partir de matériaux moins coûteux et moins polluants ;
- **énergie** : les objets consomment moins d'énergie ou bien consomment une énergie plus propre et gagnent en autonomie ;
- **ergonomie** : les objets sont plus simples à utiliser, plus intuitifs, plus rapides ;
- **esthétique** : le design des objets (forme, couleur) évolue pour s'adapter aux usages, à la mode.

B Familles d'objets techniques

- **Les objets qui répondent au même besoin (usage) sont regroupés en familles**, ce qui facilite leur classement.

  Exemples : la famille des véhicules aériens regroupe les objets qui servent à se déplacer dans les airs. La famille des éclairages regroupe les objets qui servent à produire une lumière artificielle.

Astuce

Pour identifier la famille d'un objet, posez-vous la question : « À quel besoin répond cet objet ? »

C Lignées d'objets techniques

- **Une lignée regroupe les objets d'une même famille qui utilisent le même principe technique** pour répondre au besoin.

  Exemples : les avions à hélice, les hélicoptères et les montgolfières sont trois lignées de la famille des véhicules aériens. Les objets utilisant les combustions dans l'air (bougie, lampe à huile), les objets utilisant des gaz (néon, xénon) et les LED sont trois lignées de la famille des éclairages.

Astuce

Pour identifier le principe technique, posez-vous la question : « Comment ce système fonctionne-t-il ? »

- **L'invention d'un nouveau principe technique** pour répondre à un besoin existant **donne lieu à une nouvelle lignée dans une famille.**

  Exemple : la lignée des écrans à LED s'est récemment ajoutée à la déjà très grande famille des écrans.

2 Application : analyse d'un document

DOC Évolution de trois familles d'objets

Colonne 1	Colonne 2	Colonne 3
Corde à nœuds	Chignole	Bâton + caillou (levier)
Mètre ruban	Perceuse électrique	Grue à cage d'écureuil
Mètre laser	Perceuse portative	Grue à tour

Cochez la ou les bonnes réponses.

1. Les colonnes de ce tableau représentent :
a. ❑ les énergies utilisées b. ❑ les familles d'objets
c. ❑ les lignées d'objets

2. Les outils de la colonne 2 répondent au besoin de :
a. ❑ percer des trous b. ❑ découper du bois
c. ❑ soulever des objets lourds

3. L'évolution majeure entre la grue à cage d'écureuil et la grue à tour (grue moderne) est :
a. ❑ l'énergie utilisée b. ❑ le design
c. ❑ l'ergonomie

Mémo'Quiz

1. Des objets sont de la même famille s'ils :
a) ❑ répondent au même besoin
b) ❑ ont une fonction d'usage différente
c) ❑ n'ont pas le même matériau

2. Des objets appartiennent à la même lignée s'ils :
a) ❑ répondent au même besoin
b) ❑ ont une forme identique
c) ❑ utilisent le même principe technique pour répondre au besoin

3. L'évolution des techniques permet de faire évoluer les objets dans les domaines :
a) ❑ des matériaux b) ❑ du design c) ❑ des énergies

→ corrigés p. 476

Étude de l'évolution d'un objet technique

89

Lue Relue Acquise

1 Retenir l'essentiel

A Rupture technologique

● **La rupture technologique est une nouvelle technologie qui apporte une solution très différente et plus performante** à un problème technique déjà existant.

● **Cette rupture provient généralement de la recherche, de l'innovation ou de l'invention.** On parle de rupture, car elle entraîne souvent de grands changements pour nos objets, voire notre quotidien.

Exemple : l'écran plat (LCD) est une rupture technologique qui succède au très volumineux écran cathodique. Cette rupture provient en partie de l'invention de l'écran couleur à cristaux liquides par les ingénieurs de la société Thomson en 1984.

Vocabulaire

Impact sociétal : modification engendrée par une innovation ou une invention sur le mode de vie, les pratiques d'un grand nombre d'utilisateurs.

B Deux exemples de ruptures technologiques qui ont changé le monde

● **La roue est un exemple d'invention révolutionnaire**. Les scientifiques s'accordent à dire que la roue est apparue vers 3 000 ans av. J.-C. en Mésopotamie. Les premières roues étaient fabriquées en pierre, en bois ou en terre cuite. Elles ont permis un développement important des constructions et du commerce, grâce notamment à des déplacements plus rapides.

● **Au XVIIIe siècle, l'invention de la machine à vapeur par James Watt a également entraîné des avancées gigantesques** pour l'époque :
- dans le transport : train, bateau, voiture ;
- dans l'industrie : pompage de l'eau dans les mines, grue à vapeur ;
- dans l'agriculture : batteuse pour les céréales, tracteur.

● **Ces exemples ne sont qu'une infime partie des changements apportés par la technologie dans nos sociétés.** On peut aussi citer l'électricité qui a illuminé nos villes, ou les réseaux informatiques (Internet) qui ont totalement modifié notre façon de communiquer.

Idée à retenir

Dans de nombreux domaines (agriculture, industrie, transports, commerce…), l'évolution des objets a contribué à modifier notre société et nos modes de vie.

2 Application : analyse d'un document

DOC **Des innovations qui ont produit de grands changements**

Innovations	Nouvel objet induit	Changements induits
1) Standard de compression MP3	a) Lecteur MP3	A) Modularité et flexibilité dans le transport maritime, automatisation des ports
2) Structures métalliques résistantes au feu ; ascenseurs	b) Gratte-ciel	B) Impact visuel sur les villes, modification de nos modes d'habitation
3) Normalisation des dimensions des containers	c) Porte-containers	C) Numérisation de la musique, capacité de stockage et de partage multipliée

Cochez la ou les bonnes réponses.

1. Associez pour le baladeur CD l'innovation, le nouvel objet et le changement induit par cette innovation :
a. ❑ 1 ; b ; B b. ❑ 1 ; a ; C c. ❑ 2 ; b ; C

2. Associez pour le bateau cargo l'innovation, le nouvel objet et le changement induit par cette innovation :
a. ❑ 3 ; b ; A b. ❑ 2 ; b ; C c. ❑ 3 ; c ; A

3. Associez pour le bâtiment à plusieurs étages l'innovation, le nouvel objet et le changement induit par cette innovation :
a. ❑ 2 ; b ; B b. ❑ 1 ; b ; B c. ❑ 2 ; b ; C

Mémo'Quiz

1. Une rupture technologique est :
a) ❑ une petite évolution d'un objet
b) ❑ un grand changement qui rend l'objet plus performant
c) ❑ la fin du cycle de vie de l'objet

2. La roue est apparue :
a) ❑ vers 3000 av. J.-C.
b) ❑ dans les années 1200
c) ❑ à la fin du XXe siècle

→ corrigés p. 476

Cycle de vie et impact environnemental

90

Lue Relue Acquise

1 Retenir l'essentiel

A Cycle de vie des objets

- **Les objets ont un cycle de vie** : ils sont créés à partir de matières premières et sont détruits ou recyclés lorsqu'ils ne nous sont plus utiles ou lorsqu'ils ne fonctionnent plus.
- **Les principales étapes du cycle de vie d'un objet** sont : l'extraction des matières premières, la fabrication, le transport, la distribution, l'utilisation et la fin de vie.

B Solutions pour réduire l'impact environnemental

- **Nos besoins en énergie et en matières premières augmentent fortement** avec l'accroissement de la population et la hausse du niveau de vie moyen sur Terre.
- **Pour limiter l'impact environnemental de nos objets, de nombreuses solutions existent** tout au long de leur cycle de vie :
  - diminuer la consommation d'énergie lors de l'extraction et du transport des matières premières ;
  - réduire la quantité de matériaux utilisée pour fabriquer l'objet ;
  - utiliser des procédés de fabrication plus économes en énergie ;
  - prendre en compte la fin de vie de l'objet et son recyclage ;
  - supprimer les emballages inutiles.

Piège à éviter

Ce n'est pas parce qu'un objet ne pollue pas durant sa phase d'utilisation qu'il n'a pas d'impact sur l'environnement.

- **Les normes sont des règles fixées par les États ou les organisations (ONU, UE) pour limiter l'impact environnemental des objets, garantir leur qualité, leur provenance et/ou leur sécurité**. Les entreprises doivent respecter ces règles quand elles conçoivent et fabriquent de nouveaux objets.

  Exemples : la norme NF HQE est une norme française de haute qualité environnementale pour les bâtiments.
  La norme ISO 14 001 est une norme internationale qui a pour fonction d'aider les entreprises à mesurer l'impact environnemental de leur activité.

Remarque

Les normes environnementales sont de plus en plus strictes afin d'obliger les entreprises et les particuliers à réduire leur impact sur l'environnement.

2 Application : analyse d'un document

DOC **Une entreprise qui se préoccupe de son impact environnemental**

L'entreprise Pocheco fabrique des enveloppes en papier et s'efforce de réduire au maximum l'impact environnemental de ses produits.
Les déchets papiers issus de la découpe des enveloppes ont pu être valorisés : ils sont revendus à un recycleur. Sur la chaîne de production, des radiateurs à infrarouges ont remplacé l'air pulsé pour sécher les produits, ce qui a permis de diminuer de 16 % la facture d'électricité de l'entreprise. Les eaux souillées par les encres (qui ne contiennent plus de solvants) sont envoyées via un réseau souterrain dans une station de nettoyage où 80 pieds de bambous se chargent de les nettoyer.
Enfin, l'entreprise a aussi repensé le conditionnement de ses enveloppes. Il y a quinze ans, elle a conçu un rouleau sur lequel peuvent être enroulées jusqu'à 70 000 enveloppes. Il peut être récupéré chez les clients et réutilisé, ce qui réduit l'encombrement lors du transport et les déchets de cartons et de films plastiques générés par l'emballage classique.

Cochez la ou les bonnes réponses.

1. Dans quelle étape du cycle de vie l'utilisation de radiateurs à infrarouges a-t-elle permis de réduire l'impact écologique des enveloppes ?
a. ❑ le recyclage b. ❑ l'utilisation c. ❑ la fabrication

2. Dans quelles étapes du cycle de vie l'utilisation d'un rouleau pour conditionner les enveloppes a-t-elle permis de réduire leur impact écologique ?
a. ❑ le transport b. ❑ le recyclage c. ❑ l'utilisation

Mémo'Quiz

1. Pour évaluer l'impact écologique d'un produit, il faut prendre en compte :
a) ❑ sa fabrication b) ❑ son utilisation c) ❑ son recyclage

2. L'étape du cycle de vie qui suit généralement l'étape d'utilisation est :
a) ❑ la fabrication b) ❑ la distribution c) ❑ le recyclage

→ corrigés p. 476

Analyse fonctionnelle d'un système

91

☐ Lue ☐ Relue ☐ Acquise

1 Retenir l'essentiel

A Différencier objet et système

- **On appelle système un objet complexe qui possède plusieurs fonctions, alors qu'un objet simple dispose d'une seule fonction.** Comme un objet, un système est créé par l'être humain pour répondre à un besoin.
- **Un système utilise de l'énergie.** Cette énergie est transformée dans le but de satisfaire la fonction d'usage.

  Exemples : une tasse est un objet simple, qui dispose d'une seule fonction, contenir un liquide. Une barrière de parking automatique est un système complexe, qui utilise de l'énergie et dispose de plusieurs fonctions.

Remarque

Les principales sources d'énergie sont les sources musculaire, éolienne, fossile, hydraulique, solaire.

B Représenter le fonctionnement d'un système

- **Il est courant d'utiliser un schéma ou un diagramme** pour représenter le fonctionnement global du système. Ce diagramme peut être plus ou moins détaillé.

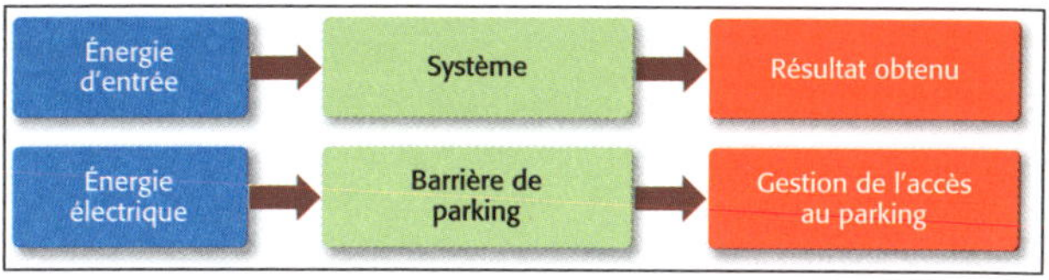

Doc. Diagramme de fonctionnement d'un système

C Décomposer le système en fonctions techniques

- **Un système peut être décomposé en fonctions techniques.** Une fonction technique est un sous-ensemble qui a un rôle précis dans le fonctionnement de l'objet.

  Exemple : les fonctions techniques du système d'une barrière de parking automatique sont « détecter l'utilisateur », « actionner la barrière », « signaler la mise en mouvement ».
- **Chaque fonction technique est réalisée à l'aide de composants dédiés à cette fonction.** Ces composants peuvent être des pièces mécaniques, des composants électroniques ou encore des programmes informatiques.

2 Application : analyse d'un document

DOC **Le fonctionnement d'un drone de sauvetage**

Un drone de type quadricoptère est un outil précieux pour les secouristes en montagne. Il est appelé à intervenir en cas d'avalanche ou de personnes perdues en montagne. Alimenté à l'aide d'une batterie, il est commandé par un sauveteur avec une télécommande. Il dispose d'une caméra thermique pour détecter la chaleur humaine et d'un GPS pour suivre la cartographie des chemins de randonnée.

Cochez la ou les bonnes réponses.

1. Ce drone est :
a. ❑ un objet technique b. ❑ un besoin c. ❑ un système

2. L'énergie utilisée par ce système est :
a. ❑ l'énergie éolienne b. ❑ l'énergie fossile
c. ❑ l'énergie électrique

Mémo'Quiz

1. Un système est :
a) ❑ un objet simple
b) ❑ un objet complexe
c) ❑ un objet qui n'utilise pas d'énergie

2. Pour représenter le fonctionnement d'un système, il est possible :
a) ❑ de réaliser un tableau
b) ❑ de réaliser un schéma ou un diagramme
c) ❑ de réaliser une frise

3. Il est possible de décomposer un système suivant :
a) ❑ ses fonctions techniques
b) ❑ ses objets techniques
c) ❑ ses besoins

→ corrigés p. 476

Choix des solutions techniques 92

Lue Relue Acquise

1 Retenir l'essentiel

A Des solutions par fonction technique

- **Une solution technique est un ensemble de composants qui permet de réaliser une fonction technique**.
- **Il faut choisir la solution technique la plus adaptée au cahier des charges** lors de la conception d'un système.
- Pour respecter les contraintes, le choix de la solution peut être réalisé suivant plusieurs critères : le fonctionnement, le coût, la durée de vie, l'impact écologique...

Vocabulaire

L'ensemble des pièces réalisant une fonction technique est appelé « **bloc fonctionnel** ».

B Choix d'une énergie

Le choix des énergies s'effectue en fonction des contraintes définies dans le cahier des charges :

- **le coût de l'énergie** : le choix de l'énergie utilisée peut avoir un impact très important sur le coût de fonctionnement de l'objet (par exemple un système de chauffage électrique ou au fuel) ;
- **l'impact environnemental** : quand cela est possible, il est préférable de choisir parmi les sources d'énergie renouvelables (voir fiche n° 58) ;
- **la quantité d'énergie nécessaire :** les systèmes très énergivores (avions, camions, voitures...) utilisent le pétrole, car c'est une source d'énergie très dense et efficace.

C Choix des matériaux

- **Le choix des matériaux s'effectue en fonction des contraintes définies dans le cahier des charges :** la conductivité électrique, la dureté, le prix, mais aussi la façon dont le matériau peut être mis en forme.
- Parmi les matériaux, le choix peut se faire entre trois familles :
  - les **céramiques** (verre, faïence, porcelaine...), d'origine minérale ;
  - les **métaux** (acier, aluminium, cuivre...), d'origine minérale ;
  - les **matières organiques** (végétaux et animaux), d'origine organique.
- Un **matériau composite** est un assemblage de matériaux provenant de familles différentes.

Remarque

Les matières plastiques sont issues du pétrole et en grande partie constituées de carbone, elles sont donc classées dans la famille des matériaux organiques.

2 Application : analyse d'un document

DOC Le sèche-mains Dyson Airblade

Le sèche-mains Dyson Airblade utilise une solution technique nouvelle pour sécher les mains. Cette solution est composée d'un moteur très puissant qui propulse de l'air filtré dans des fentes à très haute vitesse.

Pour fonctionner, ce système est relié au réseau électrique du bâtiment dans lequel il est installé. La coque du sèche-mains est fabriquée en matière plastique grise moulée avec des formes arrondies.

Cochez la ou les bonnes réponses.

1. La solution technique qui propulse l'air dans le sèche-mains Dyson Airblade est :

a. ❑ un moteur électrique
b. ❑ un générateur électrique
c. ❑ un système

2. L'énergie utilisée par ce système est de l'énergie :

a. ❑ éolienne
b. ❑ fossile
c. ❑ électrique

Mémo'Quiz

1. Une solution technique est :

a) ❑ une énergie qui fait fonctionner le système
b) ❑ un moteur électrique
c) ❑ un ensemble de pièces réalisant une fonction technique

2. Le choix des matériaux s'effectue en fonction :

a) ❑ des contraintes du cahier des charges
b) ❑ des envies des utilisateurs
c) ❑ des disponibilités des matières premières

3. Le coût de fonctionnement d'un système varie suivant :

a) ❑ le choix de l'énergie utilisée par le système
b) ❑ l'esthétique du système
c) ❑ les matériaux utilisés pour la fabrication du système

→ corrigés p. 476

Chaîne d'énergie et chaîne d'information

93

Lue Relue Acquise

1 Retenir l'essentiel

A Flux d'énergie et flux d'information

- **Dans un système, un flux est un déplacement d'énergie, de matière ou d'information**. Ce flux a une origine, une destination et suit un trajet.
- **Le système effectue des opérations élémentaires sur les flux d'énergie et d'information qu'il utilise** :
  - stockage,
  - transmission,
  - transformation.

B Chaîne d'information

- **La chaîne d'information décrit les flux d'information et les opérations sur les flux d'information à l'intérieur du système**.

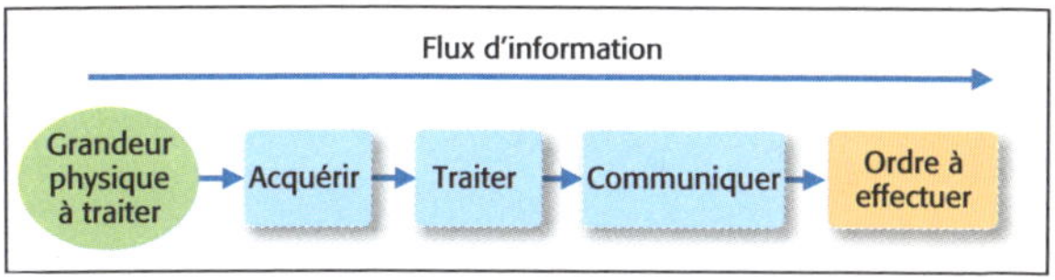

C Chaîne d'énergie

- **La chaîne d'énergie décrit les flux d'énergie et les opérations sur les flux d'énergie à l'intérieur du système.**

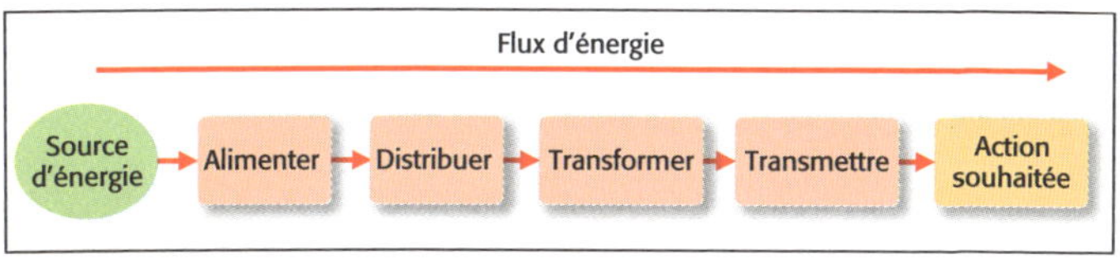

- Dans une chaîne d'énergie, **l'énergie peut être transférée ou convertie sous plusieurs formes :** cinétique, potentielle (dépendant de la position), électrique, thermique...

2 Application : analyse d'un document

DOC Les essuie-glaces automatiques

Les essuie-glaces automatiques équipent depuis quelques années la plupart des véhicules neufs. Ce système permet d'adapter automatiquement la cadence des essuie-glaces à la quantité de pluie sur le pare-brise. Il est constitué d'un capteur de pluie fonctionnant à l'aide de rayons lumineux invisibles qui se reflètent à l'intérieur du pare-brise.

Lorsque le conducteur règle le levier de commande en mode automatique, le calculateur traite l'information en provenance du capteur de pluie et transmet un ordre (sous forme de signal électrique) au relais qui commande le moteur d'essuie-glaces.

Enfin, le mouvement est transmis aux balais d'essuie-glace à l'aide d'un système mécanique bielle-manivelle.

Cochez la ou les bonnes réponses.

1. La solution technique de la fonction « Acquérir » des essuie-glaces automatiques est :

a. ❑ un capteur de pluie b. ❑ un calculateur c. ❑ un fil électrique

2. La solution technique qui transforme l'énergie en mouvement est :

a. ❑ la batterie b. ❑ le relais

c. ❑ le moteur électrique

Mémo'Quiz

1. Dans un système, un flux est :

a) ❑ un témoin lumineux indiquant la présence de tension

b) ❑ un déplacement de matière, d'énergie ou d'information

c) ❑ un appareil de mesure

2. Dans une chaîne d'information, on retrouve l'opération :

a) ❑ Transformer b) ❑ Adapter c) ❑ Communiquer

3. L'opération « Distribuer » fait partie :

a) ❑ de la chaîne d'information b) ❑ de la chaîne d'énergie

c) ❑ de la chaîne d'information et d'énergie

→ corrigés p. 476

Modélisation d'un système ou d'un objet technique

94

Lue Relue Acquise

1 Retenir l'essentiel

A Modéliser en deux dimensions (2D)

- **La modélisation 2D correspond à la représentation d'un objet technique en 2 dimensions,** c'est-à-dire « à plat ». Cette représentation se dessine généralement sur un plan.
- **Les architectes et les ingénieurs utilisent des plans pour communiquer et échanger des idées.** Ces plans sont normalisés, ils utilisent un langage codifié pour être compris par tout le monde.

Exemple : voici le plan d'un appartement. Il permet au client et au vendeur d'échanger sur la disposition et les surfaces des pièces. Il peut aussi préciser l'emplacement des prises électriques et des convecteurs.

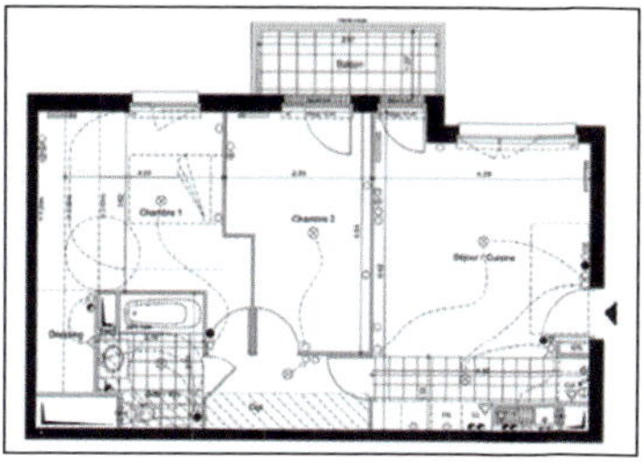

Doc. Plan d'un appartement

B Modéliser en trois dimensions (3D)

- **La modélisation 3D, appelée aussi tridimensionnelle, est la représentation d'un objet technique en 3 dimensions :** sa longueur, sa hauteur et sa profondeur, que l'on peut définir selon 3 axes X, Y et Z.
- **La représentation 3D permet de visualiser l'apparence de l'objet ou du système.** Elle comprend moins d'informations techniques que le plan.

Remarque

Chaque type de modélisation convient à un usage particulier. Pour une maison, le plan sert à l'architecte pour communiquer avec les ouvriers, la modélisation 3D au cuisiniste pour ses futurs cliens.

C Fabriquer un prototype après la modélisation

- Lorsque le modèle numérique est réalisé, **il est possible de fabriquer un prototype** avec une imprimante 3D ou une fraiseuse à commande numérique.
- Il faut importer le fichier du logiciel CAO dans le logiciel de pilotage de la machine et paramétrer l'usinage.

Vocabulaire

Prototype : premier exemplaire d'un objet sur lequel une série de tests sera effectuée pour valider les solutions techniques retenues.

2 Application : analyse d'un document

DOC **Plan et représentation volumique d'un appartement**

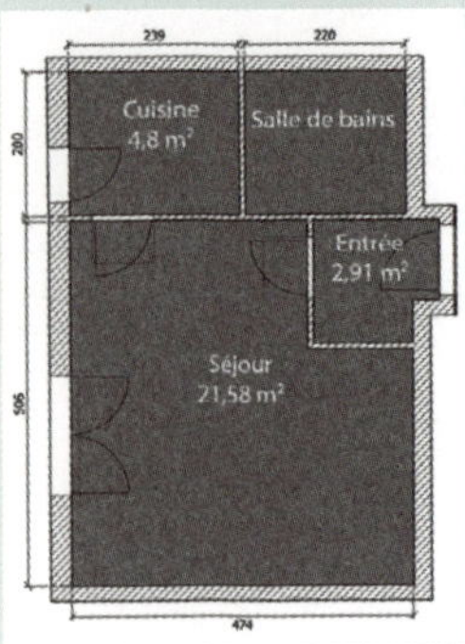

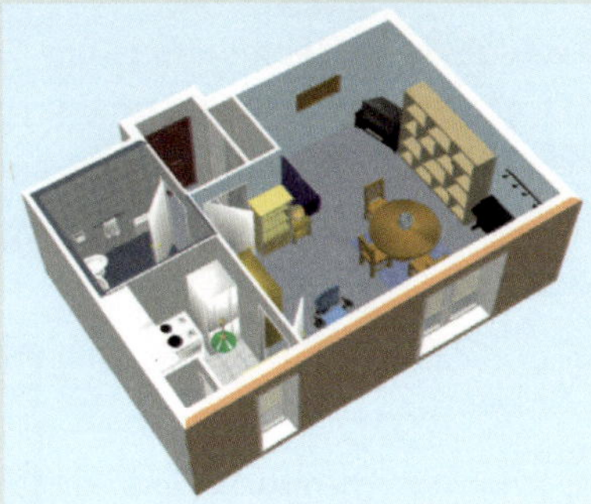

Cochez la ou les bonnes réponses.

1. La représentation de gauche est :
a. ❑ une maquette b. ❑ un plan 2D c. ❑ une modélisation 3D

2. Selon le plan, la surface de la salle de bains est de :
a. ❑ 4,4 m^3 b. ❑ 4,8 m^2 c. ❑ 4,4 m^2

Mémo'Quiz

1. Un plan est :
a) ❑ une représentation plane en deux dimensions
b) ❑ une représentation volumique en trois dimensions
c) ❑ utilisé par les architectes pour donner des précisions sur l'objet

2. Une modélisation volumique permet de :
a) ❑ visualiser l'apparence de l'objet
b) ❑ visualiser l'objet sous différents angles de vue
c) ❑ communiquer précisément sur les dimensions de l'objet

3. Un prototype permet :
a) ❑ de valider les solutions techniques retenues
b) ❑ d'effectuer des tests et mesures
c) ❑ de fabriquer un produit en grande série

→ corrigés p. 476

Simulation du comportement d'un système ou d'un objet technique 95

Lue Relue Acquise

1 Retenir l'essentiel

A Simuler un comportement mécanique

- **Les outils de simulation permettent de simuler des efforts sur une structure** (hangar, maison, immeuble), afin par exemple d'évaluer sa déformation en fonction du vent, du poids de la neige, des tremblements de terre...
- **La modélisation permet également de simuler l'usure, les frottements ou la déformation** d'une pièce dans un système en mouvement.

Remarque

La simulation par ordinateur, notamment les crash tests de voitures, permet de réduire le nombre d'essais sur les modèles réels et par conséquent de gagner du temps et de l'argent !

B Simuler un comportement électrique et électronique

- **Les logiciels de simulation permettent de simuler le comportement de composants électroniques et électriques** (résistances, DEL, moteurs, écrans LCD...), **de vérifier leur bon dimensionnement** (choix des valeurs) ou de valider un montage électronique.
- Une fois le montage validé, il est également possible d'utiliser des **logiciels de routage électrique** pour réaliser les cartes électroniques.

C Simuler un comportement logiciel

- **Il existe de nombreux outils pour simuler les programmes créés**. Ces outils peuvent être intégrés aux logiciels de programmation ou être indépendants.
- **La simulation logicielle permet de corriger les erreurs** dans le programme. On peut visionner l'état des variables, le résultat des tests, les blocages dans les boucles...
- La simulation logicielle s'exécute à très grande vitesse (plusieurs milliers d'opérations par seconde), il est difficile de comprendre ce qui se passe. **Le mode pas à pas proposé par le programme permet de ralentir son déroulement**.
- La simulation est également utilisée pour prévoir le trafic automobile, le comportement des foules dans les stades, la propagation des incendies.

Piège à éviter

La simulation d'une situation peut être erronée. En effet, en situation réelle, les résultats peuvent varier du fait de nombreux paramètres (conditions météorologiques, usure des pièces...).

2 Application : analyse d'un document

DOC Simulation de la déformation d'un abribus

Une entreprise conçoit un nouvel abribus. Elle a soumis un de ses modèles à une simulation de déformation, dont voici le résultat.

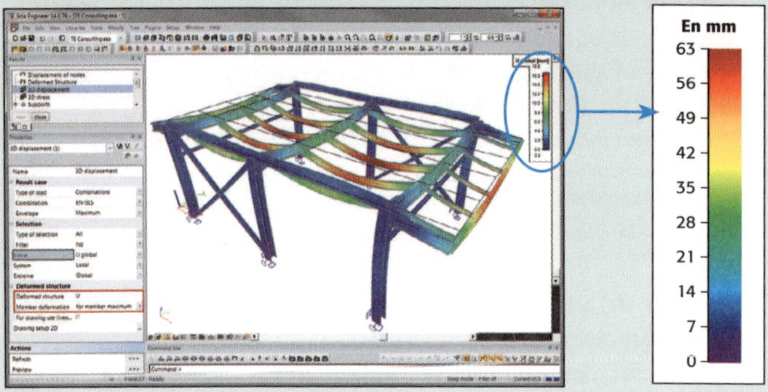

Cochez la ou les bonnes réponses.

1. La partie de l'abribus qui a subi la plus grande déformation est :
a. ❑ les piliers b. ❑ les vitres c. ❑ le toit

2. L'événement qui pourrait avoir causé ces déformations est :
a. ❑ un vent fort b. ❑ le poids de la neige sur le toit
c. ❑ le choc d'un véhicule contre l'abribus

Mémo'Quiz

1. La simulation mécanique sur une structure permet de simuler :
a) ❑ sa résistance aux chocs b) ❑ sa déformation
c) ❑ son usure

2. La simulation électronique permet de simuler :
a) ❑ le comportement des composants
b) ❑ l'usure des composants
c) ❑ l'implantation des composants sur la carte électronique

3. Dans un logiciel de simulation logicielle, le mode pas à pas permet de :
a) ❑ pirater le programme b) ❑ modifier le programme
c) ❑ ralentir le déroulement du programme pour vérifier son fonctionnement

→ corrigés p. 476

Contrôle et validation du prototype

96

Lue Relue Acquise

1 Retenir l'essentiel

A Contrôler la fabrication d'une pièce, d'un assemblage

- **Il convient d'effectuer des contrôles tout au long de la fabrication des éléments** pour vérifier qu'ils sont conformes à ce qui est attendu : mesurer les pièces, vérifier les surfaces...
- **Il faut définir un procédé, un protocole, qui permettra de savoir si la pièce est validée**, doit être réajustée ou est inutilisable. Le protocole définit les éléments à contrôler, les instruments et les méthodes à employer, et l'ordre des opérations à effectuer.
- **Une fiche de contrôle est rédigée**, elle permettra le suivi des opérations.

B Utiliser des outils

- **Avant la fabrication, pendant la phase de conception, les logiciels de CAO** permettent de valider les assemblages entre les différents éléments (pièces).
- **Au cours de la fabrication, on utilise des instruments de mesure ou des gabarits** pour contrôler les dimensions de l'objet.
- **La tolérance d'une mesure est la marge d'erreur autorisée** par le cahier des charges ou inscrite sur un dessin technique.

Définition

CAO (conception assistée par ordinateur) : utilisation de logiciels spécialisés pour concevoir des objets ou systèmes techniques.

Idée à retenir

Les instruments de mesure permettent de connaître les dimensions de la pièce à contrôler. Grâce aux gabarits, la conformité d'une pièce est vérifiée d'un seul coup d'œil.

C Valider le prototype

- **Le prototype est l'objet qui va subir des tests.** À l'aide du cahier des charges, un technicien vérifie que les contraintes imposées sont respectées.
- **Si le prototype ne satisfait pas les contraintes, il faudra alors reprendre la conception**, corriger les erreurs, trouver des compromis et fabriquer un nouveau prototype. Cette deuxième version sera elle aussi testée.
- **Si les contraintes sont respectées, le prototype est validé**, et la fabrication en série peut commencer.

2 Application : analyse d'un document

DOC **Contrôle de fabrication**

Une entreprise fabrique à la main des pots de fleurs en terre cuite. Afin de faciliter la vérification de la conformité des pots fabriqués, l'entrepreneur applique la procédure de contrôle des pièces du diagramme ci-dessous.

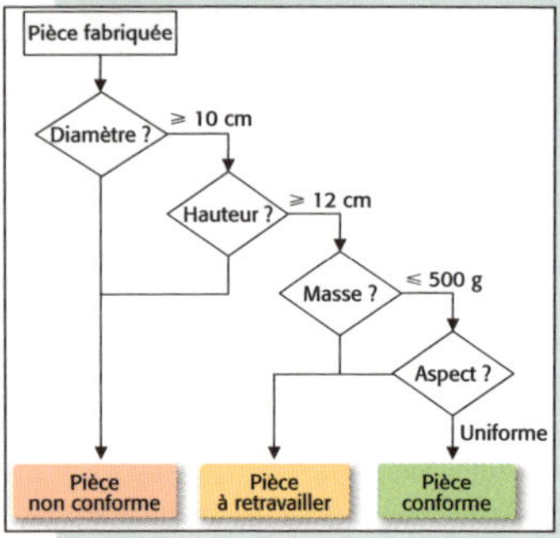

N° de la pièce	Diamètre (en cm)	Hauteur (en cm)	Masse	Aspect
843	11	12	450	Uniforme
844	9	13	410	Tachetée
845	10	15	500	Uniforme
846	12	13	589	Fissurée
847	10,5	9	402	Uniforme

Procédure de contrôle et résultats

Cochez la ou les bonnes réponses.

1. Combien y a-t-il d'opérations de contrôle ?

a. ❑ 3 b. ❑ 4 c. ❑ 5

2. Pour quelle raison la pièce n° **847** est-elle non conforme ?

a. ❑ Son diamètre est incorrect. b. ❑ Sa hauteur est incorrecte.

c. ❑ Sa masse est incorrecte.

3. Combien y a-t-il de pièces conformes dans la série fabriquée ?

a. ❑ 2 b. ❑ 3 c. ❑ 4

Mémo'Quiz

1. Un gabarit de contrôle permet de :

a) ❑ vérifier rapidement la conformité d'une pièce

b) ❑ corriger une pièce défectueuse c) ❑ fabriquer une pièce

2. La tolérance d'une mesure est :

a) ❑ le nombre de mesures effectuées

b) ❑ la marge d'erreur autorisée

c) ❑ la longueur de la mesure

→ corrigés p. 476

Matériel d'un réseau informatique

97

☐ Lue ☐ Relue ☐ Acquise

1 Retenir l'essentiel

A Différents réseaux informatiques

- **Un réseau informatique est un ensemble d'ordinateurs ou de terminaux** (imprimantes, téléphones, objets connectés...) reliés entre eux et capables de communiquer ensemble.

- **Internet est le plus grand réseau informatique du monde**, il connecte des milliards d'ordinateurs et de terminaux.

- **Un réseau LAN** (*Local Area Network*) **est un réseau privé** (entreprise, collège, domicile...). Il peut être relié à Internet par l'intermédiaire d'une passerelle.

Vocabulaire

Terminal : en informatique, c'est un objet technique (téléphone, ordinateur, imprimante, objet connecté...) capable de communiquer à travers un réseau.

B Moyens de connexion dans les réseaux

- **Pour connecter les ordinateurs d'un réseau,** on peut utiliser des moyens câblés ou filaires, ou des moyens de connexion sans fil.

  Exemples :
  Les moyens câblés ou filaires les plus utilisés sont le câble Ethernet, la fibre optique ou le réseau téléphonique fixe (le câble téléphonique qui arrive jusqu'aux habitations).
  Les moyens sans fil les plus utilisés sont le Wi-Fi, le réseau téléphonique mobile (GSM, 3G, 4G...) ou encore la liaison satellite.

C Matériel d'interconnexion

- **Un commutateur réseau (*switch*)** est un boîtier qui permet de connecter plusieurs ordinateurs entre eux dans un LAN.

- **Une passerelle (ou modem/routeur)** est un boîtier qui permet de connecter deux réseaux ensemble, le plus souvent un réseau LAN à Internet.

- **Un point d'accès sans fil** est un boîtier qui permet de connecter plusieurs périphériques Wi-Fi entre eux. Il peut comporter une prise Ethernet afin de se connecter à un commutateur réseau.

Remarque

La « box » que nous avons chez nous rassemble entre autres commutateur, passerelle et point d'accès Wi-Fi dans un seul boîtier.

2 Application : analyse d'un document

DOC Réseau d'une petite entreprise

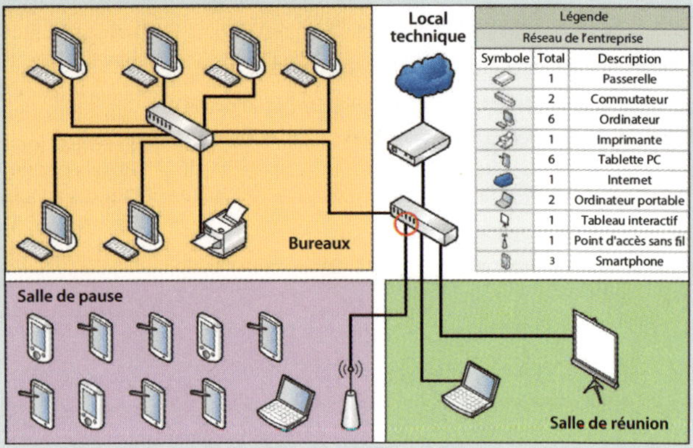

Légende		
Réseau de l'entreprise		
Symbole	Total	Description
	1	Passerelle
	2	Commutateur
	6	Ordinateur
	1	Imprimante
	6	Tablette PC
	1	Internet
	2	Ordinateur portable
	1	Tableau interactif
	1	Point d'accès sans fil
	3	Smartphone

Cochez la ou les bonnes réponses.

1. Dans ce réseau, le commutateur présent dans le local technique sert :
a. ☐ à distribuer du Wi-Fi aux tablettes
b. ☐ à interconnecter les PC des bureaux
c. ☐ à connecter les terminaux de l'entreprise ensemble et à Internet

2. Dans ce réseau, si le câble indiqué par le cercle rouge est coupé :
a. ☐ plus personne dans l'entreprise n'a accès à Internet
b. ☐ les terminaux de la salle de pause n'ont plus accès à Internet
c. ☐ l'ordinateur de la salle de réunion n'a plus accès à Internet

Mémo'Quiz

1. Dans un réseau, la passerelle sert à :
a) ☐ connecter plusieurs ordinateurs en Wi-Fi
b) ☐ connecter plusieurs ordinateurs en filaire
c) ☐ se connecter à un autre réseau (souvent le réseau Internet)

2. Dans la « box » des fournisseurs d'accès à Internet, on retrouve :
a) ☐ un commutateur b) ☐ une passerelle c) ☐ un point d'accès Wi-Fi

→ corrigés p. 476

Réseau Internet et routage

98

Lue Relue Acquise

1 Retenir l'essentiel

A Client et serveur

● **Un ordinateur appelé client utilise le réseau Internet pour accéder à des services fournis par un serveur.**

● **Le client et le serveur communiquent suivant un protocole.** À chaque action, le client envoie des demandes au serveur. Puis le serveur envoie des réponses au client.

Vocabulaire

Navigateur : logiciel qui permet de naviguer sur Internet en affichant des pages Web envoyées par un serveur (par exemple, Mozilla Firefox, Google Chrome, Internet Explorer, Safari...).

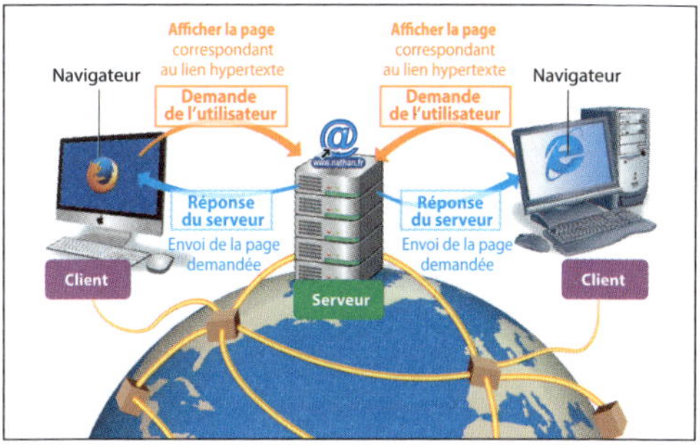

Doc. Deux clients et un serveur

B Réseau maillé

● **Internet est un réseau maillé :** il n'y a pas un équipement central d'interconnexion, mais chaque équipement peut avoir un ou plusieurs liens avec les autres équipements du réseau, formant ainsi une « toile ».

● **Ce réseau continue de fonctionner** même si l'un des équipements ou des liens est hors service. **Sur un réseau maillé, l'information dispose de plusieurs routes** (chemins) pour arriver jusqu'à son destinataire.

C Routage

● **Le routage est le mécanisme par lequel des chemins sont sélectionnés** dans un réseau pour acheminer, le plus vite possible, les données d'un expéditeur jusqu'à un ou plusieurs destinataires.

● **C'est une tâche exécutée dans de nombreux réseaux** (réseau téléphonique, réseaux de données comme Internet et réseaux locaux).

2 Application : analyse d'un document

DOC **Réseau maillé (type Internet)**

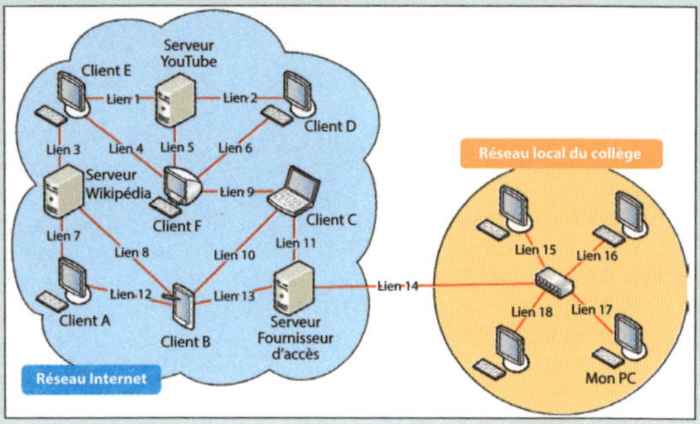

Cochez la ou les bonnes réponses.

1. Pour se connecter au réseau Internet depuis « Mon PC », ma communication doit passer obligatoirement par les liens :

a. ❑ 17 et 14 b. ❑ 13 et 12 c. ❑ 17 et 25

2. Si le lien 8 est défaillant :

a. ❑ la communication avec le serveur de Wikipedia est coupée

b. ❑ les communications peuvent toujours passer par les liens 7 ou 3

c. ❑ le client n° 8 est isolé du réseau

Mémo'Quiz

1. En informatique, un serveur :

a) ❑ est un ordinateur programmé pour fournir des services

b) ❑ répond aux demandes des clients qui s'adressent à lui

c) ❑ est une assistance technique par téléphone

2. Dans un réseau maillé :

a) ❑ il y a toujours un seul lien entre les équipements

b) ❑ il peut y avoir plusieurs liens entre les équipements

c) ❑ plusieurs routes sont possibles pour établir une communication entre deux terminaux

3. En informatique, le routage permet de :

a) ❑ vérifier la validité des échanges

b) ❑ dessiner le plan du réseau d'un bâtiment

c) ❑ sélectionner des chemins dans un réseau

→ corrigés p. 476

Protocoles de communication

99

Lue Relue Acquise

1 Retenir l'essentiel

A Définition

- **En informatique, un protocole de communication est un ensemble de règles fixées** afin que plusieurs machines puissent communiquer ensemble, c'est-à-dire échanger des données.
- **Les principales fonctions des protocoles de communication** sont l'établissement de la connexion, l'acheminement des données et la vérification de la validité des données échangées.

Exemples : les protocoles les plus utilisés sur Internet sont Ethernet, IP, TCP, UDP, FTP, HTTP, POP3, SMTP.

Idée à retenir

On peut comparer les protocoles informatiques à nos habitudes de communication dans la vie quotidienne. Par exemple, une lettre manuscrite commence toujours par un en-tête avec l'émetteur, le destinataire et l'objet du message, et se termine par une signature.

B Modèles en couches

- **Les protocoles sont généralement organisés en couches.** Chaque couche réalise une fonction (accès au réseau, transport des données, application...).
- **Il est souvent nécessaire d'utiliser plusieurs protocoles en même temps** pour qu'un échange de données soit possible. On utilise dans ce cas un protocole issu de chaque couche.

Exemple : couches et protocoles utilisés lorsqu'un serveur Web fournit une page Internet demandée.

<table>
<tr><td></td><td>Couche application – Protocole utilisé : HTTP.
Fonction : le serveur Web fournit les données de la page Internet à destination du navigateur (Chrome, Firefox).</td></tr>
<tr><td></td><td>Couche transfert – Protocole utilisé : TCP.
Fonction : segmente les données en petits paquets, gère les échanges de bout en bout et contrôle la validité des données.</td></tr>
<tr><td>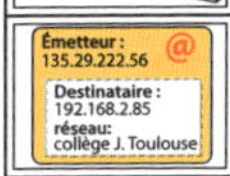</td><td>Couche Internet – Protocole utilisé : IP.
Fonction : assure le routage des paquets TCP à travers le réseau grâce aux adresses IP et aux protocoles de routage.</td></tr>
<tr><td>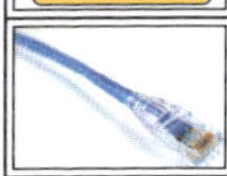</td><td>Couche accès réseau – Protocole utilisé : Ethernet.
Formate les données en bits afin qu'ils puissent être transportés sur le support de communication (câble Ethernet RJ45).</td></tr>
</table>

2 Application : analyse d'un document

DOC Exemples d'échanges entre un navigateur et un serveur Web

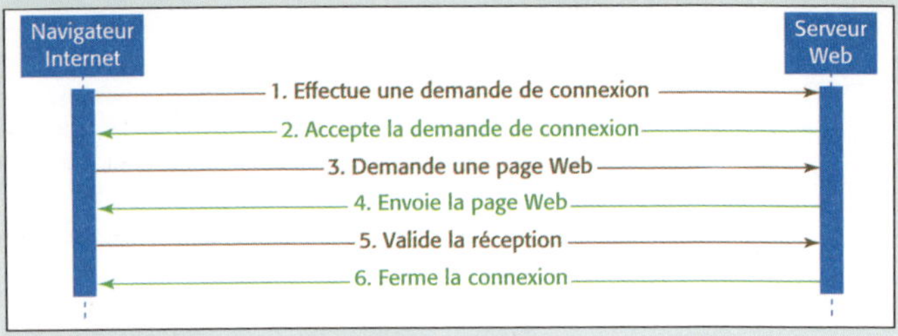

Cochez la ou les bonnes réponses.

1. Dans cet exemple, l'échange est initié par :
a. ❏ le client
b. ❏ le serveur
c. ❏ le client et le serveur simultanément

2. Les échanges n° 3 et n° 4 relèvent de :
a. ❏ l'établissement de la connexion
b. ❏ l'acheminement des données
c. ❏ la vérification des données transmises

3. L'échange se termine par :
a. ❏ la fermeture de la connexion par le client
b. ❏ la fermeture de la connexion par le serveur
c. ❏ l'envoi de la page Web demandée

Mémo'Quiz

1. Un protocole de communication est :
a) ❏ un logiciel de messagerie
b) ❏ un ordinateur client
c) ❏ un ensemble de règles à respecter

2. Pour assurer un échange, les protocoles sont organisés en :
a) ❏ couches
b) ❏ strates
c) ❏ lignes

3. Le protocole HTTP fait partie de la couche :
a) ❏ transfert
b) ❏ application
c) ❏ accès réseau

→ corrigés p. 476

Capteurs, actionneurs et interfaces

100

Lue Relue Acquise

1 Retenir l'essentiel

A Capteurs

- **Un capteur acquiert une grandeur physique** (température, vitesse, présence d'une personne...) et la transforme en une information compréhensible par un ordinateur.
- **L'information de sortie est souvent une intensité de courant électrique.** Cette information peut être de forme :
  - **analogique** : le signal de sortie peut prendre une infinité de valeurs dans une plage définie ;
  - **logique** : le signal de sortie peut prendre deux valeurs (0 ou 1), on parle alors de détecteur « tout ou rien » ;
  - **numérique** : l'information est codée de manière plus complexe en un message binaire (succession de 0 et de 1).

Remarque

Le téléphone est un bon exemple de système, il comprend des capteurs (microphone, écran tactile, accéléromètre, boussole...) et des actionneurs (haut-parleur, vibreur, LED...).

B Actionneurs

- **Un actionneur transforme l'énergie qui lui est transmise en une action.** Cette action peut être un signal lumineux, un mouvement, une production d'énergie thermique, un son...

  Exemples : un moteur électrique et une lampe sont des actionneurs que l'on retrouve très souvent dans les systèmes.

Idée à retenir

On peut comparer les capteurs à nos sens (toucher, vue, ouïe...) et les actionneurs à nos muscles qui commandent nos bras et nos jambes.

C Rédiger le cahier des charges

- **Les interfaces utilisateurs permettent à l'homme et à la machine de communiquer.** Ce sont des capteurs et actionneurs particuliers.
- **Quand l'utilisateur veut communiquer des ordres à la machine**, il peut par exemple utiliser un clavier, un bouton-poussoir ou un bouton rotatif, une souris, une commande vocale...
- **La machine communique** via des écrans de toutes sortes, des voyants lumineux, des haut-parleurs...
- **Il existe également des composants bidirectionnels** : la communication s'effectue dans les deux sens (homme vers machine et machine vers homme).

  Exemple : l'écran tactile est un composant bidirectionnel.

2 Application : analyse d'un document

DOC Le système d'alarme incendie

Le système d'alarme incendie permet de détecter les départs d'incendie et d'avertir les personnes dans les bâtiments.

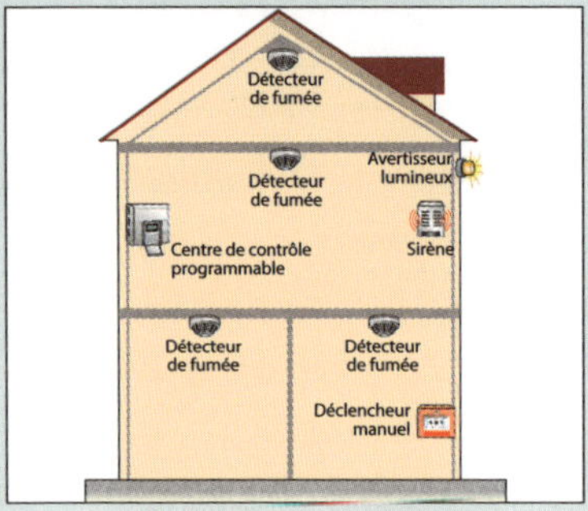

Système d'alarme incendie

Cochez la ou les bonnes réponses.

1. Le détecteur de fumée est :
a. ❑ une interface b. ❑ un actionneur c. ❑ un capteur

2. La sirène est :
a. ❑ une interface b. ❑ un actionneur c. ❑ un capteur

3. Le centre de contrôle programmable est :
a. ❑ une interface b. ❑ un actionneur c. ❑ un capteur

Mémo'Quiz

1. Un capteur acquiert :
a) ❑ une représentation numérique
b) ❑ des composants électroniques
c) ❑ une grandeur physique

2. Un signal logique peut prendre :
a) ❑ une dizaine de valeurs b) ❑ deux valeurs
c) ❑ toutes les valeurs

3. Un actionneur transforme l'énergie qui lui est transmise en :
a) ❑ une action b) ❑ une donnée c) ❑ une grandeur physique

→ corrigés p. 476

Cartes programmables et objets connectés

101

Lue Relue Acquise

1 Retenir l'essentiel

A Composants d'une carte programmable

- **Une carte programmable est un système électronique qui exécute un programme enregistré dans sa mémoire.**
- **Les composants d'une carte programmable** sont généralement :
  - **le processeur**, soit la partie de la carte programmable qui exécute les instructions et traite les données des programmes ;
  - **la mémoire**, un dispositif électronique qui sert à stocker des données et des variables ;
  - **les entrées/sorties**, qui relient détecteurs, capteurs et actionneurs à la carte ;
  - **l'alimentation**, qui fournit l'énergie électrique aux différents composants.

Remarque

Les cartes programmables peuvent être considérées comme des ordinateurs miniatures, car elles disposent d'un processeur, d'une mémoire, d'entrées et de sorties.

B Câblage des entrées et des sorties

Une carte programmable dispose généralement de plusieurs types d'entrées et de sorties :

- **les entrées et sorties numériques** permettent de connecter des détecteurs, des actionneurs de type « tout ou rien » ou des composants numériques. Les signaux électriques peuvent prendre seulement deux valeurs : 1 ou 0 ;
- **les entrées ou sorties analogiques** permettent de connecter des capteurs ou actionneurs. Les signaux électriques peuvent prendre toutes les valeurs comprises dans une plage, par exemple entre 0 et 5 V.

C Objets connectés

- **Un objet connecté est composé d'une carte programmable** avec une fonction supplémentaire qui lui permet de communiquer avec un réseau (Internet, GSM, GPS...). **Il est connecté, car il peut échanger des informations avec d'autres systèmes.**

  Exemple : la montre connectée reçoit des SMS, la météo... Elle se connecte par liaison sans fil à un smartphone.

Idée à retenir

La carte programmable est le cerveau du système, elle traite les données des capteurs et commande les actionneurs en suivant le programme qui lui a été donné.

2 Application : analyse d'un document

DOC La carte programmable

Nous souhaitons réaliser un système simple qui adapte l'éclairage d'une pièce en fonction de la luminosité extérieure. La carte programmable peut exécuter un programme et utiliser ses entrées/sorties pour lire les informations d'un capteur de luminosité qui sera relié aux broches de la carte. Avant cette modification, le système contient un interrupteur et une lampe de type DEL.

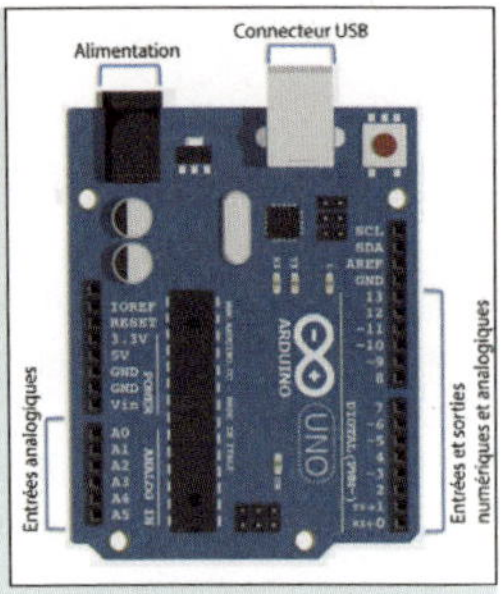

Cochez la ou les bonnes réponses.

1. L'interrupteur est initialement connecté sur les broches :
a. ❑ analogiques b. ❑ numériques c. ❑ d'alimentation

2. La lampe de type DEL est initialement connectée sur les broches :
a. ❑ analogiques b. ❑ numériques c. ❑ d'alimentation

3. Après la modification du système, il faut câbler la lampe de type DEL sur les broches :
a. ❑ analogiques b. ❑ numériques c. ❑ d'alimentation

Mémo'Quiz

1. Le processeur est la partie d'une carte programmable qui :
a) ❑ exécute des instructions
b) ❑ stocke les informations
c) ❑ alimente en énergie électrique les composants

2. Une mémoire informatique :
a) ❑ permet de stocker des données
b) ❑ exécute des instructions
c) ❑ alimente en énergie électrique les composants

3. Un objet connecté :
a) ❑ communique avec un réseau
b) ❑ est une représentation d'un algorithme
c) ❑ fabrique une pièce avec un logiciel

→ corrigés p. 476

Programmes et algorithmes

102

Lue Relue Acquise

1 Retenir l'essentiel

A Langage informatique

- **Un ordinateur utilise différents langages** pour communiquer avec les périphériques et faire fonctionner les logiciels.
- **Les langages sont choisis pour des usages spécifiques.** Il existe des langages plus adaptés pour la création de sites Internet, d'autres pour les logiciels professionnels, d'autres encore pour les applications sur téléphones ou tablettes.

  Exemples : l'*hypertext markup language*, généralement abrégé en HTML, est le format de données conçu pour représenter les pages web. C++ est un langage de programmation souvent utilisé pour la conception de logiciels.

Piège à éviter

Un système informatique ne dispose pas vraiment d'intelligence, il se contente d'exécuter une « recette » qui lui a été fournie par un programmeur.

B Programmes et données

- **Un programme informatique est un ensemble d'opérations destinées à être exécutées par un ordinateur.**
- **Un programme fait généralement partie d'un logiciel**, c'est-à-dire d'un ensemble de composants numériques destiné à fournir un service informatique. En effet, un logiciel peut comporter plusieurs programmes.
- **Les données et les variables sont les informations stockées et traitées par le programme.**

Vocabulaire

Bug informatique : événement imprévu et non désiré dans l'exécution d'un programme, qui bloque ou perturbe le fonctionnement du système.

C Algorithmes

- **Un algorithme est une succession d'opérations et d'instructions** permettant la réalisation d'une tâche ou la résolution d'un problème.
- **L'algorigramme permet de représenter un algorithme** pour comprendre rapidement le fonctionnement du programme.

2 Application : analyse d'un document

DOC **Le store automatique**

Le store automatique soulage l'utilisateur de la tâche d'ouvrir et de fermer le store en fonction de la météo.

Ce store automatique s'ouvre et se ferme grâce à un capteur de luminosité. L'utilisateur souhaite améliorer la sécurité du système en ajoutant un anémomètre (capteur qui mesure la vitesse du vent) pour agir en complément du capteur de luminosité sur le store. Le store devra alors se fermer si le vent devient trop fort.

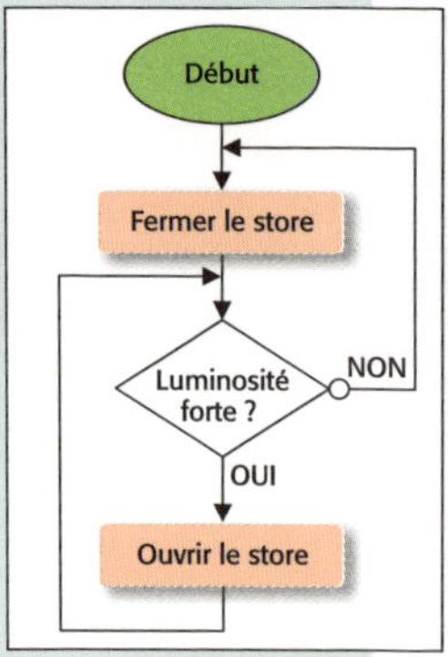

Algorigramme du store automatique

Cochez la ou les bonnes réponses.

1. Pour réaliser la modification du système, il faudra ajouter dans l'algorigramme :

a. ❑ un rectangle b. ❑ un losange
c. ❑ un cercle

2. Sur l'algorigramme, la lecture du capteur est symbolisée par :

a. ❑ un cercle b. ❑ un losange
c. ❑ un rectangle

3. Sur l'algorigramme, l'action sur un actionneur est symbolisée par :

a. ❑ un cercle b. ❑ un losange
c. ❑ un rectangle

Mémo'Quiz

1. L'algorigramme permet :

a) ❑ de soustraire des informations
b) ❑ de représenter un algorithme
c) ❑ d'afficher des variables

2. Pour communiquer, l'ordinateur utilise :

a) ❑ un langage b) ❑ une donnée c) ❑ un programme

→ corrigés p. 476

Français

Sommaire

Français

Lue | Relue | Apprise

Roman et autobiographie
→ Se raconter, se représenter

Le discours argumentatif
→ Dénoncer les travers de la société
→ Agir dans la cité : individu et pouvoir

Théâtre et poésie
→ Visions poétiques du monde
→ Dénoncer les travers de la société

Conjugaison

Sommaire

Sommaire

Lue | Relue | Apprise

La réécriture

La rédaction

Auteur, narrateur et personnages

103

Lue Relue Apprise

Lors des épreuves du brevet, on vous demande de maîtriser les notions d'auteur, de narrateur et de personnage dans un récit.

info-clé

Dans une autobiographie, l'auteur, le narrateur et le personnage sont la même personne. Dans les autres types de récit, il faut les distinguer.

1 L'auteur

- Pour qu'il y ait un récit, il faut qu'il soit écrit par un auteur c'est-à-dire une personne réelle qui a produit l'œuvre. Le plus souvent, le nom de cette personne réelle apparaît sur la couverture du livre.

  Victor Hugo est l'auteur des *Misérables*. Il vécut de 1802 à 1885.

- Parfois l'auteur écrit sous un faux nom que l'on appelle un **pseudonyme**.
- L'auteur du livre peut être inconnu. On dit qu'il est **anonyme**, soit parce que son identité s'est perdue, soit parce que l'auteur n'a pas souhaité être connu.

  Les Lettres Portugaises

  → Elles ont été publiées anonymement en 1669 à Paris et on les attribuait à une religieuse portugaise qui souhaitait demeurer anonyme. Aujourd'hui, on pense que ce roman a été en fait écrit par Guilleragues, un écrivain français du XVIIe siècle. Parfois, l'auteur d'un récit souhaite s'entourer de mystère.

2 Le personnage

- Pour qu'il y ait un récit, c'est-à-dire une histoire, il faut des personnages pour faire avancer l'action. Que l'histoire soit réelle ou fictive, elle met des personnages à l'œuvre dans l'enchaînement des péripéties et des événements.
- Qu'il s'agisse de personnages réels ou de fiction, leur présence dans un récit en fait ce que le poète Paul Valéry appelle des *« êtres de papier »*.

remarque

Au brevet, on vous demande d'étudier l'évolution et le portrait que l'auteur fait des personnages.

3 Le narrateur

Le narrateur est la voix qui raconte l'histoire. **Il ne faut pas confondre l'auteur et le narrateur**. En effet, si l'auteur est une personne réelle, le narrateur est le plus souvent une voix inventée.

A Le narrateur-personnage

- **C'est un personnage de l'histoire.** Il raconte des événements auxquels il a pris part ou dont il a été le témoin.
- Le narrateur-personnage se signale par la présence de la **première personne du singulier.**

> Soudain, je n'y tins plus, il me fallait quitter la chambre. Je prétextai un besoin de m'aérer et me précipitai dans le corridor. Je n'y avais pas fait trois pas que, moi dont les yeux étaient depuis longtemps demeurés secs, je fondis d'un coup en larmes. (*À la fin*, Éric Laurent)

- Dans cet extrait, le narrateur utilise la première personne du singulier ce qui permet à l'auteur de rapprocher le lecteur du personnage et de favoriser l'apparition de l'émotion dans le récit.

B Le narrateur externe

- **Le narrateur n'est pas un personnage de l'histoire.** C'est une voix à l'origine inconnue qui rapporte les faits et décrit les personnages et les actions sans prendre part à l'intrigue.
- Le narrateur externe se signale par l'usage dominant de la **troisième personne du singulier**.

> Par une autre faiblesse de notre héros, que nous avouerons aussi naturellement que nous avons raconté sa peur dans les bureaux de police au bout du pont, il avait les larmes aux yeux ; il était profondément attendri par le dévouement qu'il rencontrait chez ces paysans : il pensait aussi à la bonté caractéristique de sa tante. (*La Chartreuse de Parme*, Stendhal)

- Dans cet extrait, le récit est mené à la troisième personne du singulier par un narrateur externe. Celui-ci n'est pas un personnage de l'histoire. Il raconte les aventures de Fabrice Del Dongo sans prendre part à l'intrigue.
- En revanche, le narrateur externe intervient dans le récit pour faire des commentaires ou donner des explications. Dans cet extrait, le narrateur interrompt le récit et commente certains aspects de la personnalité de son personnage.

Reconnaître les trois points de vue

104

Lue Relue Apprise

Dans un récit, le point de vue est la façon dont nous sont présentés les événements, les personnages et leurs pensées, le décor. Ils peuvent être vus à travers les yeux d'un ou de plusieurs personnages, ou de l'extérieur.

1 Le point de vue interne

info-clé

Il y a trois points de vue : **interne**, **externe** et **omniscient**.

A Caractéristiques

- On parle de point de vue interne quand les événements nous sont présentés **à travers les yeux d'un personnage**.
- Le lecteur ne connaît des événements que ce que ce personnage sait, voit ou entend. **Il a accès à l'intériorité** de ce personnage (souvenir, émotions, pensées, projets), mais seulement à la sienne.

  Je me mis à chercher au fond de moi la raison de ma tristesse en regardant le soleil se coucher.
- On ne connaît des autres personnages que ce qu'ils montrent ou disent.

B Dans quels textes le trouve-t-on ?

- Le point de vue interne est souvent associé à l'utilisation de la **première personne du singulier** dans un récit.
- C'est le point de vue utilisé dans une autobiographie.
- Le plus souvent, le narrateur est un personnage de l'histoire.

2 Le point de vue externe

A Caractéristiques

- On parle de point de vue externe quand les événements nous sont **présentés de l'extérieur**, comme par une caméra qui filmerait la scène.
- Le lecteur ne connaît des événements que ce qui se voit de l'extérieur. **Il n'a pas accès à l'intériorité** des personnages.

  Il sortit de la voiture. Il avait l'air triste. → On sait que le personnage est triste, mais on n'a pas accès à ses pensées.

B Dans quels textes le trouve-t-on ?

- Le point de vue externe n'est possible que si le récit est mené à la **troisième personne du singulier**.
- C'est le moins fréquent des points de vue.

3 Le point de vue omniscient

A Caractéristiques

- Le point de vue est **omniscient** quand on a **accès à l'intériorité de plusieurs personnages.** On connaît leurs pensées, leurs émotions ou leurs projets.
- Le narrateur a le don d'ubiquité (il sait ce qui se passe à plusieurs endroits à la fois).

Il réfléchissait à son avenir sans savoir qu'au même moment sa femme pensait à lui.

Lexique

Omniscient : du latin *omnis* = tout, et *scio* = savoir. Celui qui sait tout.

B Dans quels textes le trouve-t-on ?

- On trouve le point de vue omniscient dans la grande majorité des récits de fiction.
- Le plus souvent, le texte est à la **troisième personne du singulier**.
- Toutefois, l'ajout de plusieurs points de vue interne successifs finit par créer un point de vue omniscient.

4 Tableau récapitulatif

	Point de vue interne	Point de vue externe	Point de vue omniscient
Accès à l'intériorité	D'un seul personnage	D'aucun personnage, on ne sait que ce qui se voit de l'extérieur	De plusieurs personnages
Personne du verbe	Très souvent « je »	« Il »	« Il » ou bien plusieurs « je » différents
Don d'ubiquité du narrateur	Non, on suit les événements à travers un seul regard	Non	Oui, on trouve des formules comme « et pendant ce temps, à 20 km de là... »

Le genre autobiographique

105

Lue Relue Apprise

Le genre autobiographique contient quelques-uns des plus grands textes de la littérature. Il est important de le connaître, de savoir l'identifier et d'en distinguer les différentes motivations.

info-clé

Le mot **autobiographie** a trois racines grecques :
- ***auto*** = *soi-même ;*
- ***bio*** = *vie ;*
- ***graphein*** = *écrire.*

1 Savoir repérer les indices de l'autobiographie

Dans un texte autobiographique, un auteur choisit de nous raconter sa vie. Il comporte certaines **caractéristiques qu'il faut savoir repérer :**

- Le texte est écrit **à la première personne** du singulier.

  Je suis née à quatre heures du matin, le 9 janvier 1908, dans une chambre aux meubles blancs… (*Mémoires d'une jeune fille rangée*, Simone de Beauvoir).

- **Le narrateur est aussi l'auteur et le personnage**. Celui qui raconte sa vie est donc bien la personne réelle qui a écrit le livre.
- Les noms de lieux, les dates citées dans le texte sont les **lieux et dates réelles** de la vie de l'auteur.
- **Le titre du livre renseigne** souvent sur son caractère autobiographique.

  Les Confessions, Rousseau ; *Enfance*, Nathalie Sarraute ; *Mémoires d'outre-tombe*, Chateaubriand.

- **Les thèmes**. Dans un texte autobiographique, l'auteur évoque souvent son passé, son enfance, les relations avec ses parents, son adolescence, ses difficultés ou ses grandes joies, ses voyages, ses rencontres, ses engagements politiques. Il décrit parfois des événements importants auxquels il a assisté.

piège à éviter

Il ne suffit pas qu'un texte soit écrit à la première personne du singulier pour qu'il soit autobiographique (→ fiche 104).

l'astuce du prof

À l'examen, posez-vous ces questions :
- En quoi le titre est-il lié au caractère autobiographique du texte ?
- Quels sont les indices de ce caractère autobiographique ?

2 Enjeux et motivations

A Un pacte de sincérité

L'auteur, en faisant le récit de sa vie, s'engage à dire **la vérité** sur lui-même. L'auteur et ses lecteurs sont liés par ce que l'on appelle **le pacte autobiographique**.

Je veux montrer à mes semblables un homme dans toute la vérité de la nature ; et cet homme ce sera moi…Voilà ce que j'ai fait, ce que j'ai pensé, ce que je fus. J'ai dit le bien et le mal avec la même franchise. (*Les Confessions*, J.-J. Rousseau).

B Les motivations de l'auteur

● Les raisons qui amènent l'auteur à parler de lui-même peuvent être diverses (ce sont **les enjeux** du texte autobiographique).

– Il peut aimer **évoquer ses souvenirs et les partager**.

Mes Confessions n'existeront donc plus trente ans après avoir été imprimées… toutefois j'aurai eu le plaisir de les écrire…

→ Stendhal imagine que ses mémoires n'auront aucun succès.

– Il peut **chercher à se comprendre**, ou à comprendre la nature humaine à travers son propre cas. Au-delà du plaisir d'écrire son texte, Stendhal ajoute vouloir aussi « faire à fond son examen de conscience ».

– Il peut vouloir **se justifier**.

Rousseau nous raconte avoir volé un petit ruban et en avoir accusé une jeune servante.

→ Il regrette sa mauvaise action et trouve qu'on a été trop dur avec lui.

Si M. de la Roque m'eût pris à part, qu'il m'eût dit : "ne perdez pas cette pauvre fille"… je me serais jeté à ses pieds dans l'instant… mais on ne fit que m'intimider quand il fallait me donner du courage.

● Dans des mémoires, l'auteur peut choisir **de raconter des événements importants** auxquels il a participé, ou dont il a été le **témoin**.

Ex : Les *mémoires* de Saint-Simon ; les *mémoires* de Churchill.

● Un **journal intime** est écrit au jour le jour, il raconte les événements d'une vie. Son auteur n'a pas forcément l'intention de le publier.

Ex : *Le journal* d'Anne Franck → Anne Franck est une jeune Hollandaise juive obligée de vivre cachée pendant la Seconde Guerre mondiale, et finalement déportée. Elle raconte au jour le jour l'expérience de son enfermement sans savoir que son journal sera lu à des millions d'exemplaires. Elle ne reviendra pas de sa déportation.

Aux frontières de l'autobiographie

106

Lue Relue Apprise

Aux frontières du genre autobiographique, des romans, des lettres, des journaux personnels ou des récits peuvent jouer entre réalité et fiction. Ne pas confondre la nature de ces différents textes.

1 Autobiographies réelles ou fictives

A Autobiographie réelle

Caractéristiques : récit à la première personne, narrateur, auteur et **protagoniste** correspondent (→ fiche 105).

> **lexique**
>
> **Protagoniste** : c'est le personnage principal d'un récit. Les autres sont des personnages secondaires.

B Autobiographie fictive

Dans un roman à la première personne, si le narrateur n'est pas l'auteur.

Ex. : Meursault, qui nous parle de lui dans L'étranger d'Albert Camus, n'est pas l'auteur. → L'écrivain choisit cette forme de roman pour donner vie et force à son texte. On le lit comme si c'était une autobiographie, mais il s'agit d'une autobiographie **fictive**. En réalité, c'est bien une fiction.

> **lexique**
>
> **Fictif** : ce qui n'existe que par supposition, par l'imagination. Opposé à réel.

C Le roman autobiographique

Un auteur peut nous raconter sa vie à la première personne, mais en changeant les noms, des détails biographiques, et en donnant à son texte les charmes du roman. On parlera alors de **roman autobiographique**.

Ex. : *La promesse de l'aube*, de Romain Gary → Le romancier fait revivre les trente premières années de sa vie.

2 Lettres, journaux intimes ou récits

On retrouve un aspect autobiographique dans ces différents genres, avec une même variation entre réel et fiction.

A Les lettres

- Dans la réalité courante, elles n'ont évidemment pas de fonction littéraire : elles sont datées, ont un destinataire réel qui sera le seul à en prendre connaissance.
- Mais il arrive que des lettres soient publiées longtemps après avoir été écrites et deviennent des documents intéressants.

Ex. : La Lettre de Guy Môquet, jeune résistant fusillé en 1941 ; les lettres d'anciens « poilus », soldats de la Première Guerre mondiale ; les lettres d'artistes célèbres. → Ces lettres **réelles** nous émeuvent, nous renseignent sur un état d'esprit, sur une situation. Ce sont des **documents autobiographiques** ; leur auteur n'avait pas prévu que nous y ayons accès.

B Les lettres littéraires

- Certains auteurs ont composé des lettres en sachant qu'elles seraient lues, connues, appréciées par un large public.

Ex : Lettres de Madame de Sévigné au XVIIe siècle.

- Elles ont une double fonction : documents privés, réels, et textes littéraires : la marquise de Sévigné peut s'inquiéter pour la santé de sa fille ou lui annoncer un grand mariage à la cour avec un style éblouissant.
- **Les romans par lettres** : ils se composent de la correspondance **fictive** d'un ou plusieurs personnages. Cela ressemble à un échange de lettres réelles, pourtant il s'agit d'une fiction.

Ex. : *Julie ou la Nouvelle Héloïse*, de Jean-Jacques Rousseau.

Lexique

Littéraire : qui relève de la littérature, c'est-à-dire l'ensemble des œuvres, écrites ou orales comportant une dimension esthétique

C Les journaux personnels

- **Le journal intime** : écrit au jour le jour, il contient ce qui touche de près l'auteur. Il n'a pas de destinataire : il n'est pas fait pour être lu par d'autres.
- **Le journal à lire** : des journaux personnels peuvent parfois être donnés à lire, ou même publiés.

Ex. : Les journaux de voyage, comme ceux du navigateur Titouan Lamazou.
→ L'auteur rapporte ses impressions et ses expériences. Ce journal est destiné à être lu par d'autres que lui.

D Le récit simple témoignage

- Tous les écrivains n'ont pas l'ambition de Rousseau ou Chateaubriand. Parfois un auteur veut juste, sans visée littéraire, témoigner à propos d'une époque, d'un métier en voie de disparition, etc.
- Il livre son expérience. Des collections sont proposées chez les éditeurs pour ce genre de témoignage.

Ex. : *Mineur de fond, 60 ans de combat et de solidarité*, Augustin Viseux.

Roman et autobiographie

Révision EXPRESS

Les points essentiels sur le roman

● Dans un roman, bien distinguer auteur, narrateur et personnage :
– **l'auteur** → l'homme ou la femme qui a écrit le récit.
– **le narrateur** → « la voix » qui nous raconte l'histoire.
– **le personnage** → celui ou celle dont nous est racontée l'histoire.

● **Les trois points de vue**. Le point de vue est la façon dont nous sont présentés événements, personnages et décors :
– **point de vue interne** → Les événements nous sont présentés à travers les yeux d'un personnage. Le lecteur sait uniquement ce que le personnage sait, voit ou entend. Il connaît ses sentiments, il est « dans sa tête ».
– **point de vue externe** → Les événements nous sont présentés de l'extérieur, objectivement, comme si c'était une caméra qui filmait. Le lecteur n'a pas accès à l'intériorité du personnage.
– **point de vue omniscient** → Le narrateur nous donne accès à l'intériorité de plusieurs personnages, à leurs idées et sentiments, à leurs projets. Il est partout à la fois et connaît tout, même ce que les personnages eux-mêmes ne savent pas.

Les points essentiels sur l'autobiographie

● Dans un récit autobiographique, un **auteur choisit de nous raconter sa vie.**

● Il sera donc **à la fois l'auteur, le narrateur et le personnage**.

● **Les indices de l'autobiographie** :
– le texte est écrit à la **première personne du singulier** ;
– les noms de lieux, les dates citées sont **réels**, ce sont bien les lieux et dates de la vie de l'auteur ;
– le **titre du livre** renseigne souvent sur son **caractère autobiographique** ;
– on retrouve fréquemment des thèmes comme le passé, l'enfance et l'adolescence, avec leurs difficultés et leurs joies, la relation aux parents, les voyages, les rencontres...

Mémo'Quiz

Le récit

Cochez la bonne réponse.

1. Dans un récit, celui qui raconte est :
❑ l'auteur ❑ le narrateur ❑ le personnage

2. Celui ou celle dont nous est racontée l'histoire est :
❑ l'auteur ❑ le narrateur ❑ le personnage

Les trois points de vue

Cochez la (ou les) bonne(s) réponse(s).

1. Quand les événements sont montrés de l'extérieur, comme si c'était une caméra qui filmait, c'est le point de vue :
❑ interne ❑ externe ❑ omniscient

2. « *Monsieur Dupont sortit du bureau. Il pensait à son week-end. Il ne se doutait pas qu'une épreuve terrible l'attendait.* » Dans cet exemple, il s'agit d'un point de vue :
❑ interne ❑ externe ❑ omniscient

3. « *Henry marchait lentement. Il se sentait terriblement seul.* » Dans cet exemple, il s'agit d'un point de vue :
❑ interne ❑ externe ❑ omniscient

L'autobiographie

Cochez la bonne réponse.

1. Dans un texte autobiographique, le narrateur :
❑ doit être l'auteur ❑ n'est pas forcément l'auteur

2. Un texte écrit à la première personne :
❑ est toujours autobiographique ❑ peut être un récit de fiction

3. Dans un texte autobiographique, les faits racontés sont :
❑ réels ❑ imaginaires

4. Dans un roman autobiographique :
❑ aucun élément réel n'a été modifié ❑ l'auteur change certains éléments

5. Une lettre :
❑ peut être de la littérature ❑ n'est jamais de la littérature

→ Corrigés p. 476

Le texte argumentatif

107

Lue Relue Apprise

Cherchant à convaincre ou persuader, le texte argumentatif est une des cinq formes de discours (ou types de texte). Il est essentiel de bien le connaître.

lexique

Convaincre : c'est faire accepter un point de vue au moyen d'un raisonnement logique.

Persuader : c'est faire admettre un point de vue en faisant appel aux sentiments ou à l'imagination.

1 Les cinq formes de discours

- Suivant l'intention de celui qui parle ou écrit, on distingue **cinq types de textes** (ou discours).

Texte descriptif	On y décrit des personnages, des objets, des lieux, des paysages.
Texte narratif	C'est un récit, on y raconte quelque chose.
Texte injonctif	On y ordonne, on y conseille quelque chose à quelqu'un.
Texte explicatif ou informatif	On donne des informations pour faire comprendre une question ou transmettre des connaissances.
Texte argumentatif	On cherche à convaincre ou à persuader.

- Un même texte peut **combiner plusieurs formes de discours**. Par exemple dans un texte narratif, un paragraphe peut se faire descriptif.

2 Le texte argumentatif

A L'auteur cherche à persuader

Dans ce cas, il fera appel aux sentiments. Imaginons un avocat qui ne dispose pas d'arguments solides pour convaincre les jurés et qui ferait appel à l'émotion, à la pitié, en insistant sur la misère de l'accusé.

L'astuce du prof

Pour vos devoirs, vous pouvez chercher les arguments dans vos lectures, les films ou votre expérience personnelle.

B L'auteur cherche à convaincre

- L'auteur aura besoin, pour défendre sa thèse, d'**arguments** et d'**exemples** parlants.
- Ce choix des bons moyens au service de ce qu'on veut défendre, c'est la **stratégie argumentative**.
- **La thèse**. C'est **l'opinion défendue** dans le texte, ce qu'on veut faire admettre à celui qui lit ou écoute.

Quand Victor Hugo écrit un texte contre la peine de mort, sa thèse est : la peine de mort est inacceptable.

- **Les arguments**. Ce sont les **raisons de fond** qui servent à justifier la thèse, ils démontrent que cette opinion est juste. Ils servent de preuve.

  Le travail est toujours payant → thèse - idée générale.

  Un fainéant ne réussit jamais → argument.

  Consommer des fruits nous fait du bien → thèse.

  Ils nous apportent des fibres, des vitamines, et pas trop de calories → arguments.

- **Les exemples**. Ils permettent d'illustrer un argument. Ce sont des cas concrets. Alors que l'argument a une portée générale (ex. : *la lecture nous instruit*), l'exemple est un cas particulier.

  Les livres de Balzac m'ont permis de mieux imaginer la vie en province au XIXe siècle.

Récapitulatif

	Définitions	Exemples
La thèse	ce qu'on veut prouver	*Il est utile de faire du sport.*
L'argument	ce qui le prouve	*Les sportifs sont en meilleure santé.*
L'exemple	le cas particulier qui illustre l'argument	*Depuis que tu fais du footing chaque matin, tu ne tombes plus malade.*

3 Construire un paragraphe argumentatif

Un **paragraphe argumentatif** se construit clairement, logiquement.

- La thèse est généralement présentée en début de développement.
- Viennent ensuite une **série d'arguments**, chacun doit être illustré d'un **exemple**.
- On adopte un **ordre logique** pour ordonner ces arguments (par exemple du plus évident au plus complexe).
- On retourne à la ligne en changeant d'argument.
- Vient enfin une **conclusion**.

Repérer la présence du locuteur 108

Lue Relue Apprise

Dans un texte, on doit savoir repérer l'éventuelle présence du locuteur, et tous les indices renseignant sur son jugement, ses sentiments. La forme des phrases, l'étude des verbes et du vocabulaire fourniront ces indices.

ne pas confondre

- Le narrateur est celui qui nous raconte l'histoire (il n'est pas forcément l'auteur).
- Le locuteur est celui qui parle à un moment du récit (il peut-être différent du narrateur).

1 Les premiers indices

A Les indices de personnes

Trois indices marquent la présence du locuteur (celui qui parle) ou de son destinataire (celui à qui il s'adresse).

- **Les pronoms personnels** : *je*, *me*, *nous*... ou bien *tu*, *te*, *vous*...
- **Les adjectifs possessifs** : *mon, ma, mes, nos...* ou bien *ton, ta, tes, vos...*
- **Les pronoms possessifs** : *le mien*, *les nôtres* ou bien *le tien*, *les vôtres*...

questions type brevet

- Quelles sont les marques de la présence du locuteur dans le texte ?
- Comment le vocabulaire nous renseigne-t-il sur le jugement du locuteur ?

B Le type de la phrase, la ponctuation

- Suivant que la phrase est interrogative, injonctive (l'ordre donné) ou interrogative, on ne déduira évidemment pas la même chose de l'état d'esprit du locuteur.
- La ponctuation, la typographie nous renseignent.

  Comment ! Tu n'as pas encore commencé... → Le point d'exclamation reflète ici la surprise, peut-être la colère ; les points de suspension suggèrent un constat désabusé, une déception.

- Certaines figures de style laissent deviner l'état d'esprit du locuteur.

  Mais continuez donc ainsi... mon travail sera complètement gâché ! → L'**antiphrase** marque le reproche.

lexique

Antiphrase : procédé qui consiste à faire entendre au lecteur ou à l'auditeur le contraire de ce que l'on dit réellement. C'est un des outils de l'ironie.

2 L'analyse du vocabulaire

A Le choix des verbes

- **Leur mode nous renseigne.** Avec l'indicatif, le locuteur présente un fait comme certain (*Il viendra t'aider*). Le choix du conditionnel marque l'incertitude *(On l'aurait aperçu à Toulouse...)*.

• Certains verbes indiqueront que le locuteur n'exprime qu'une opinion, avec plus ou moins de certitude : *je pense que, je crois, il me semble...*

Il a dû manquer son train…

• D'autres verbes renseigneront sur les sentiments du locuteur : *je crains que, je déteste que, j'aime que, je redoute que...*

B Le choix des adjectifs, substantifs, adverbes…

• **Les mots appréciatifs**. Des adjectifs comme *bon* ou *mauvais*, *beau* ou *laid*, *juste* ou *injuste* sont évidemment l'indice d'un jugement positif ou négatif, une appréciation du locuteur.

• **Les mots péjoratifs**. Ils reflètent une vision négative de la part du locuteur.

Un torchon → Un mauvais article ou un mauvais journal.

Une mauviette → Désigne une personne peu courageuse.

• Notons que certains suffixes impliquent une nuance péjorative :

- *asse : fadasse, paperasse...*
- *ard : chauffard, pantouflard...*
- *aille : marmaille, ferraille...*
- *ouille : embrouille, bidouille...*
- *âtre : jaunâtre, blanchâtre...*

• **Les mots mélioratifs** impliquent un jugement positif.

Nous avons découvert son œuvre. → Le choix du mot *œuvre* suggère l'intérêt, la qualité.

Vous trouverez sa demeure à un kilomètre d'ici. → Sa *demeure* ne doit pas être une « bicoque ».

• Certains suffixes (*-issime*) ou préfixes (*archi-*, *extra-...*) marquent la qualité extrême.

Il est célèbrissime / Venise est appelée La Sérénissime / Un archiprêtre / Des pois extra-fins.

• **Les expressions ou adverbes de modalisation**.

Selon moi, il a une chance de réussir.

À l'en croire, il serait le meilleur. → Le doute du locuteur est doublement suggéré par *à l'en croire* et par le conditionnel.

Lexique

Modalisation : ce sont les indices qui marquent la certitude, le doute, le jugement du locuteur.

Reconnaître l'implicite et l'ironie 109

☐ Lue ☐ Relue ☐ Apprise

Un texte force souvent le lecteur à interpréter des éléments implicites qu'il faut comprendre à demi-mots, par exemple quand l'auteur lui donne une tonalité ironique.

info-clé

Ton ou tonalité d'un texte : « coloration » particulière qui reflète une émotion, un état d'esprit, des sentiments.

Ex. : tonalités comique, lyrique, tragique…

1 Éléments explicites et implicites

A L'explicite

Les informations d'une phrase sont explicites quand les éléments nous sont fournis de façon **nette**, **précise**, sans détour.

L'été dernier, j'ai passé quinze jours en Corse. Ce séjour m'a beaucoup plu.

lexique

Expliciter : exprimer complètement, clairement, ce que contient une phrase.

Ex. : *« Il a oublié ses lunettes, il est tombé… »* deviendrait *« Il est tombé car il avait oublié ses lunettes, il voyait donc mal… »*

B L'implicite

- Une information d'un texte est implicite quand elle est **sous-entendue**. Le lecteur doit interpréter pour déduire ce qui est suggéré.

Je suis allée aux sports d'hiver. Je suis revenue avec la jambe dans le plâtre ! → Sous-entendu : malheureusement, je me suis cassé la jambe.

Le jugement a été prononcé. L'accusé est reparti tête basse vers sa cellule. → Sous-entendu : il a été jugé coupable et condamné…

- Pour expliquer un texte, il faut donc tenir compte des éléments exprimés directement mais aussi de tout ce qui est suggéré « entre les lignes ».

2 Pourquoi utiliser l'implicite ?

- **Piquer l'attention.** C'est souvent une sorte de raccourci, une « fausse énigme » obligeant l'interlocuteur ou le lecteur à être actif : on ne dit pas tout mais « on se comprend ».
- **Solliciter la complicité.** Entre deux amis, certains éléments d'une conversation peuvent renvoyer à une expérience commune, à un souvenir partagé.

Certes, la Côte d'Azur en automne, ça doit te rappeler de bons souvenirs… !

- **Une forme de prudence.** Un auteur satirique peut ainsi faire « passer » une critique sans avoir à préciser qu'il vise tel pays, tel dirigeant. Au lecteur de décrypter... Par exemple, Voltaire critique souvent les réalités françaises en parlant apparemment d'un pays lointain.

- **Marque de politesse, de respect.** Parfois nous ressentons le besoin d'atténuer ce que nous avons à dire, à répondre à quelqu'un.

Tu viendras fêter mon anniversaire avec nous ? – Je dois me reposer ce soir → C'est moins brutal que de répondre « non ».

- **Argumentation.** On pourra (dans la vie courante ou dans un texte), poser des « fausses questions » (ou **questions rhétoriques**) pour suggérer une opinion. Dans un texte argumentatif, c'est un moyen de convaincre l'interlocuteur.

Se comporter ainsi en public, tu trouves ça bien ?

3 L'ironie

C'est souvent une façon indirecte de critiquer, de dénoncer au **second degré**. Quel que soit le procédé, l'interlocuteur ou le lecteur est amené à inverser la signification de ce qui lui est dit. L'ironie est fréquente dans les textes satiriques.

> **lexique**
> **Second degré** : forme d'humour décalé, façon de considérer quelque chose avec distance, avec un éclairage différent de l'éclairage courant, au « premier degré ».

Rien n'était si beau, si leste, si brillant que les deux armées...

→ Dans *Candide*, Voltaire nous fait « admirer » un champ de bataille pour mieux en souligner l'horreur.

- **L'antiphrase.** Elle consiste à dire le contraire de ce qu'on veut exprimer. On doit évidemment être sûr d'être compris. À l'oral, l'intonation souligne l'ironie.

Bravo, c'est très bien, continue... → À propos d'un mauvais devoir.

- **Le paradoxe.** Un point de vue contraire au bon sens est défendu, pour faire comprendre, suggérer quelque chose.

J'adore fréquenter les imbéciles. → Sous-entendu : je les trouve stupides, bien sûr, mais les observer m'apprend bien des choses...

- **L'exagération** ou **l'atténuation.** Déconcerté par une exagération, une **hyperbole** (*Superbe voiture !*) – → fiche 10 –, une atténuation (*C'est un début, c'est mieux que rien*), une **litote** (*Il n'est pas complètement stupide*) – → fiche 113 – l'interlocuteur comprend à demi mots ; le message s'en trouve mis en valeur.

- **La périphrase.** Pour qualifier une personne, ses faits et gestes, un pays, une périphrase ou une appellation insolite peut suggérer la moquerie.

Ce roi du marteau a encore fait des miracles !

Les formes multiples du texte argumentatif

110

Lue Relue Apprise

Le texte argumentatif (→ fiche 109), peut prendre des formes très variées, qu'il soit purement argumentatif ou littéraire avec un contenu argumentatif.

info-clé

Pour tout texte argumentatif, il est utile de savoir qui est **l'auteur**, qui est **le locuteur**, qui est **le destinataire,** et quelle est **la thèse** en question.

1 Les textes purement argumentatifs

Ils **défendent ou critiquent une thèse**. C'est leur première fonction. Ils peuvent prendre plusieurs formes.

- **Un livre**

  Dans *Le deuxième sexe*, Simone de Beauvoir veut convaincre qu'on ne naît pas « femme » mais qu'on le devient.

- **Un article** de presse ou d'encyclopédie

  Émile Zola, en 1898, dans son article paru dans le journal *L'Aurore* et intitulé « J'accuse », s'adresse au président de la République pour critiquer l'injustice qui frappe le capitaine Dreyfus, accusé à tort de trahison.

- Un **pamphlet**. On y retrouve une thèse, des arguments, des exemples.

  Pierre Vallières, dans *Nègres blancs d'Amérique*, critique un système d'exploitation et des comportements nord-américains.

- **Un discours**. Par exemple, un homme politique, dans une assemblée, peut vouloir convaincre du bien-fondé de telle ou telle décision, comme un avocat le fera dans sa plaidoirie.

- **Un document publicitaire**. Les affiches, les slogans cherchent à persuader ou à convaincre. Leur objectif est souvent commercial, parfois d'intérêt public.

  Boire ou conduire, il faut choisir.

questions type brevet

- Quelle thèse ce texte défend-il ?
- Quel argument suggère le début de ce récit ?

lexique

Pamphlet : court texte satirique attaquant violemment un personnage, une institution ou un aspect de l'ordre établi.

2 Les textes littéraires à contenu argumentatif

Prenant la forme d'un poème, d'une pièce de théâtre, d'un récit, ces textes ont d'abord un intérêt littéraire mais ils ont aussi pour fonction de défendre ou de critiquer une thèse.

A La fable

Ce récit court en vers illustre de façon vivante et drôle une **morale**. La Fontaine, au XVIIe siècle, nous a laissé de nombreux chefs-d'œuvre.

« Le loup et le chien » fait réfléchir sur la liberté et le prix de l'indépendance.

Lexique

Fable : court récit en vers illustrant une idée générale, une morale. Lorsque le récit est en prose, on parle également à son sujet **d'apologue**.

B Le roman

Un roman peut parfois soutenir une thèse, et **faire réfléchir à telle ou telle question**.

Dans *La Peste,* Albert Camus confronte symboliquement les habitants d'une ville à la peste. → L'auteur s'interroge sur nos comportements courants, il suggère une morale à adopter.

C Le conte philosophique

Il a pour fonction de critiquer certaines réalités et de transmettre au lecteur une **leçon de sagesse**.

Candide, Voltaire : le jeune Candide parcourt et découvre le monde. Faut-il être optimiste ou pessimiste ? → Ses aventures lui font découvrir une forme de sagesse : *« Il faut cultiver notre jardin »*.

D La satire

C'est un texte qui **critique quelque chose ou quelqu'un** en le tournant en ridicule. Ici, c'est l'humour qui sert de façon d'argumenter.

E La poésie

Des poètes comme Victor Hugo se sont engagés pour différentes causes.

Gardons l'homme vivant. Oh ! Châtiment superbe ! / Oh ! S'il pouvait un jour passer par le chemin, / Nu, courbé, frissonnant, comme au vent tremble l'herbe, / Sous l'exécration de tout le genre humain !

→ Dans ses *Châtiments*, le poète critique violemment Napoléon III mais il demande qu'on préserve sa vie.

F Le théâtre

Une pièce de théâtre peut aussi avoir une valeur argumentative.

Il n'est pas bien honnête, et pour beaucoup de causes, / Qu'une femme étudie et sache tant de choses… / Nos pères sur ce point étaient gens bien sensés, / Qui disaient qu'une femme en sait toujours assez…

→ Dans *Les Femmes savantes*, Molière fait développer par Chrysale une argumentation réactionnaire pour mieux le moquer.

Le discours argumentatif

Révision EXPRESS

Les points essentiels

- Les textes argumentatifs cherchent à convaincre, ils défendent ou critiquent un point de vue, une personne, un groupe.
- Pour atteindre ce but, ils utilisent trois éléments (→ fiche 107) :

– la thèse → ce qu'on veut prouver.
– l'argument → ce qui le prouve.
– l'exemple → le cas particulier qui illustre l'argument.

- Les textes argumentatifs sont de plusieurs sortes :

– **les textes purement argumentatifs** : dans des journaux, des livres, certains discours ou certaines publicités.
– **les textes littéraires à contenu argumentatif** : certains romans, fables, contes philosophiques, poèmes, pièces de théâtre.

Les trois modes d'expression

- **L'explicite.** Dans une phrase, c'est ce qui est **dit de façon nette, précise, sans détour**. *J'arriverai mardi au train de 14h30.*
- **L'implicite.** C'est quand l'information est **sous-entendue**.

Nous allons en vacances en Grèce. Les valises sont légères : pas besoin de pulls ou de parapluie. → Sous-entendu : il y fait si chaud que des vêtements légers suffiront.

- **L'ironie.** Façon de critiquer, de montrer son désaccord. Elle s'appuie sur différents procédés d'expression qui donnent à une phrase apparemment explicite un sens implicite :

– **antiphrase** : on dit le contraire de ce qu'on veut exprimer, en étant sûr d'être compris.
C'est d'un goût exquis ! → Devant quelque chose de mauvais goût.
– **paradoxe** : on exprime quelque chose qui semble à première vue illogique, inattendu.
J'aime ces pays où il pleut tous les jours…
– **exagération** : on force le trait pour sous-entendre la faiblesse de quelque chose.
Vous avez fait un très gros effort ! → alors que la personne ne s'est pas donné beaucoup de mal.

Mémo'Quiz

Texte argumentatif

Cochez la bonne réponse.

1. *Le dernier jour d'un condamné*, texte de Victor Hugo qui prend position contre la peine de mort, est :

❑ narratif ❑ injonctif ❑ argumentatif

2. Ce que veut nous prouver son auteur, c'est :

❑ l'argument ❑ la thèse ❑ l'exemple

3. *Lire nous instruit ; <u>ce roman de Zola m'a appris des choses sur la vie au XIXe siècle</u>*. La partie soulignée est :

❑ un exemple ❑ une thèse ❑ un argument

Repérer le narrateur

Cochez la bonne réponse.

1. *Chaque matin, je le regardais brosser sa tignasse*. Dans cette phrase, le narrateur est :

❑ présent ❑ absent

2. *Il pleut depuis trois heures*. Dans cette phrase, le narrateur est

❑ présent ❑ absent

3. *Il y aurait eu un incident au Parlement. Le ministre parlerait de démissionner*. L'indice de présence du narrateur se trouve :

❑ dans le vocabulaire ❑ dans le mode des verbes

Reconnaître l'implicite et l'ironie

Cochez la bonne réponse.

1. *Pierre n'a pas pu aller à l'école parce qu'il est malade*. Cette phrase donne une information :

❑ implicite ❑ explicite ❑ paradoxale

2. *Nous avons reçu ton bulletin ; je ne te félicite pas !* Cette phrase donne une information :

❑ implicite ❑ explicite ❑ ironique

3. *Il pleut encore. Beau climat !* Cette exclamation est :

❑ ironique ❑ tragique ❑ épique

→ **Corrigés p. 476**

Les notions essentielles du théâtre

111

Lue Relue Apprise

Depuis l'Antiquité, le théâtre a une longue histoire. Textes et mises en scène donnent à l'art dramatique des formes variées.

info-clé

L'art dramatique : c'est le théâtre.

1 Des formes variées

A La comédie

- Pièce qui provoque **le rire** par l'action, la situation des personnages, la description des moeurs (comédie de mœurs) et des caractères (comédie de caractère).

Ex. : Les comédies de Molière, de Beaumarchais, de Marivaux.

- Généralement son dénouement est heureux.

lexique

Comédie de mœurs : dénonce les défauts d'une époque, d'un groupe ou d'une classe sociale (ex. : *L'école des femmes* de Molière).

Comédie de caractère : dénonce un défaut, un trait de caractère (ex. : *L'Avare*, de Molière).

B La tragédie

- Les héros tragiques se heurtent à **la fatalité** qui les domine. Malgré leur courage, leur volonté, ils ne peuvent échapper à ce destin.

Ex. : *Œdipe Roi* de Sophocle, dans l'Antiquité ; tragédies de Racine *(Andromaque)* et Corneille *(Le Cid)* au XVIIe siècle en France.

- Généralement le dénouement d'une tragédie est malheureux.

C Le drame

C'est un genre théâtral en faveur aux XVIIIe et XIXe siècles, mélangeant des éléments réalistes, humoristiques et pathétiques.

Ex. : *Le Fils naturel*, de Diderot.

D Le mélodrame

- Genre mineur très populaire au XIXe siècle. Ses effets spectaculaires provoquent des émotions fortes. La musique y joue un rôle.
- Des caractères tranchés s'y opposent (le bon et le méchant).

2 Une longue histoire

A Dans l'Antiquité

Le théâtre, qui se joue en plein air, y est très apprécié. Sont présentées des comédies (comme celles d'Aristophane chez les Grecs, de Plaute chez les Romains) et des tragédies (Sophocle, Euripide chez les Grecs, Sénèque chez les Romains).

B Au Moyen Âge

- Le genre populaire est la farce, pièce courte et comique où un personnage, généralement issu du peuple, essaie d'en tromper un autre.

Ex. : *La Farce de Maître Pathelin*, au XVe siècle (auteur inconnu).

- L'autre forme de théâtre médiéval se jouait dans les églises ou sur leur parvis pour illustrer la Bible.

C Le théâtre classique, au XVIIe siècle

- Grande époque pour le théâtre français. Molière, Racine et Corneille composent une série de chefs d'œuvre, comédies ou tragédies, souvent en alexandrins. Ces pièces divertissent tout en peignant les caractères, les passions humaines.
- Elles respectent la règle des unités de **lieu** (action en un seul lieu), de **temps** (l'histoire tient en 24 heures), d'**action** (une action principale) et la bienséance (pas de représentation indécente ou trop violente).

D Évolution au XIXe siècle

Les Romantiques veulent se « libérer » des règles classiques. Comédies, drames et mélodrames obtiennent un grand succès.
Ex. : *Les Caprices de Marianne* (comédie) et *Lorenzaccio* (drame), d'Alfred de Musset ; *Ruy Blas* (drame) de Victor Hugo.

E Au XXe siècle

- À notre époque les formes théâtrales sont très variées et profondément transformées.
- Des auteurs comme Ionesco ou Beckett évoquent la condition humaine de façon comique ou sérieuse, jouant avec des éléments absurdes.

3 L'apparition progressive de la mise en scène

A Jadis, pas de metteur en scène

- La mise en place de la pièce était alors réalisée par un des acteurs ou par l'auteur. C'est ce que faisait Molière par exemple.
- Les didascalies étaient très importantes.

Lexique

Didascalies : indications scéniques, souvent en italique, à coté du texte. Elles concernent le ton d'un personnage, une mimique, un geste à accomplir, son entrée ou sa sortie de scène.

B Le rôle croissant du metteur en scène

- Au XIXe siècle et surtout au XXe, apparaît le metteur en scène indépendant.
- Ses idées mettent la pièce en valeur. Il veille à ce que mouvements et gestes prennent sens pour le public. Parfois son interprétation de la pièce en privilégie certains aspects.

Identifier les différents registres 112

Lue Relue Apprise

Le registre, aussi appelé tonalité, permet de définir un texte selon l'effet qu'il produit sur le lecteur : rire, pitié, tristesse.

info-clé

Les registres se classent en deux groupes : **comiques** ou **sérieux**.

1 Les registres sérieux

A La tonalité tragique

Le texte raconte le combat sans espoir du personnage contre des forces qui le dépassent (le destin, les dieux, la passion). On sait dès le début que cela finira mal.

Vous aimez. On ne peut vaincre sa destinée : par un charme fatal vous fûtes entraînée. (*Phèdre*, Racine).

B La tonalité pathétique

Le texte cherche à émouvoir le lecteur. La tristesse, la pitié et l'inquiétude dominent.

Où vont tous ces enfants dont pas un seul ne rit ? / Ces doux êtres pensifs que la fièvre maigrit ? (*Les Contemplations*, Victor Hugo).

questions type brevet

- Quel est le registre du passage ?
- Quel est l'effet produit par cette description ?

C La tonalité lyrique

Le texte exprime des sentiments intimes. Très souvent le texte est à la première personne. La poésie est le genre lyrique par excellence.

Je suis le ténébreux, le veuf, l'inconsolé, / Le prince d'Aquitaine à la tour abolie (*Les Chimères*, Gérard de Nerval).

D La tonalité épique

Le texte raconte l'histoire et les exploits de personnages héroïques. Le style épique est puissant, il n'hésite pas à jouer de l'**hyperbole**.

Plus d'épée en leurs mains, plus de casque à leurs têtes, / Ils luttent maintenant, sourds, effarés, béants… (*La Légende des siècles*, Victor Hugo).

lexique

Hyperbole : figure de style. Par l'exagération elle met en valeur ou caricature une réalité.
Ex. : *le plus féroce des guerriers.*

E Le registre fantastique

Des événements mystérieux se produisent dans une situation ordinaire. L'irruption du surnaturel provoque l'angoisse et l'incertitude du lecteur.

Le Horla, Maupassant. → Le narrateur sent la présence d'un être invisible qu'il nomme le « Horla ».

F Le registre merveilleux

On parle de merveilleux quand le surnaturel se mêle à la réalité. À la différence du fantastique, sa présence est ici acceptée par le lecteur.

Ex. : L'univers des contes de fées. On y accepte qu'une citrouille puisse se transformer en carrosse...

2 Les registres comiques

A La tonalité satirique

- Le texte **se moque** du défaut d'un individu ou de la société. Il met en lumière certains **ridicules**. Ce rire attaque et invite à réfléchir :

  Il faut qu'il ait tué bien des gens pour s'être fait si riche...

  → Molière à propos d'un médecin.

- La **caricature**, qui grossit les traits d'un personnage, le tournant en ridicule, est souvent au service de la satire.

B La tonalité humoristique

Le texte amuse le lecteur sans objectif critique. Il fait rire ou sourire par des situations, des **quiproquos**, des jeux de langage...

La pendule anglaise frappe dix-sept coups anglais.

(Mme Smith) – Tiens, il est neuf heures. (*La Cantatrice Chauve*, Ionesco).

lexique

Quiproquo : un personnage prend une personne pour une autre et cela crée un malentendu.

C La tonalité burlesque

- Très en vogue au XVIIe siècle, le burlesque consistait à appliquer des termes comiques, familiers ou même vulgaires à des sujets sérieux.
- Au sens large le mot *burlesque* désigne une forme de comique exagéré, avec des effets assez « gros » (cris, jeux de mots, gestes drôles, caricature, coups de bâton, chutes qui font rire).

  Dans *Dom Juan* (Molière), Sganarelle, choqué par l'incroyance de son maître, veut expliquer que le caractère admirable de l'être humain implique l'existence d'un dieu créateur. Il se prend en exemple, illustre sa croyance de façon burlesque, et finit par tomber par terre en se ridiculisant.

D Le registre ironique

C'est un sourire critique. L'auteur dit alors le contraire de ce qu'il veut faire comprendre, en étant sûr d'être bien compris, par l'antiphrase, l'exagération ou une logique absurde (→ fiche 7).

[Les noirs] ont le nez si écrasé qu'il est presque impossible de les plaindre.

→ Montesquieu dans *L'Esprit des lois* pour critiquer l'esclavage...

Vocabulaire et figures de style du théâtre

113

Lue Relue Apprise

1 Quel drame ?

A Usage familier

Le mot *drame* et l'adjectif *dramatique* désignent une catastrophe, un événement violent. Mais on les utilise souvent en les dévaluant.

C'est dramatique, j'ai encore perdu mes gants ! → En réalité, perdre ses gants est seulement... embêtant.

B Drame et théâtre.

- Le théâtre est **l'art dramatique**. Le mot *drame* vient du grec *action* (théâtrale). L'adjectif **dramatique** concerne donc l'ensemble des genres théâtraux.

Une scène de comédie ou une tirade de tragédie sont des textes dramatiques.

- **Le drame** est aussi un genre théâtral caractérisé par le mélange des tons comique et sérieux, le refus de séparer comique et tragique.
- Enfin **un dramaturge** est un auteur dramatique, écrivant donc des pièces de théâtre.

lexique

Tirade : longue réplique au théâtre, que l'auteur dramatique a tout spécialement soigné.

Ex. : **la tirade du nez** dans *Cyrano de Bergerac*, Edmond Rostand.

2 Le vocabulaire du théâtre

A La pièce de théâtre

- Ne pas confondre **le prologue** (début de pièce) et **l'épilogue** (la fin), ou **le dénouement**.
- La (ou les) **scène(s) d'exposition**, en début de pièce, informe(nt) les spectateurs de ce qu'ils doivent savoir (situation, personnages) avant que l'action se mette en marche.
- **L'intrigue** est l'ensemble des événements qui constituent le déroulement de la pièce, avec parfois un **coup de théâtre**, événement imprévu qui surprend et bouleverse la situation.

Dans *Les Fourberies de Scapin*, l'épouse imposée par le père d'Octave se révèle être la jeune fille qu'il aime.

- **Les didascalies** sont des indications scéniques données par l'auteur (souvent en italiques).

histoire du théâtre

Autrefois, un acte (suivi d'une pause) ne devait pas durer plus que les chandelles des lustres éclairant la scène, et qu'on changeait donc entre les actes.

• **Héros et antihéros.** Le personnage est un antihéros quand il ne correspond pas aux caractéristiques et aux valeurs du héros traditionnel (ex. : *Ubu Roi* d'Alfred Jarry, personnage grotesque, lâche et goinfre).

B Sur scène

• Les acteurs alternent leurs **répliques** qui forment un **dialogue**.

• **Tirade et monologue.** Quand un des personnages développe un point de vue, un état d'âme, c'est **une tirade** s'il s'adresse à un autre personnage. S'il est seul, c'est **un monologue** ; il s'adresse à lui-même (et aux spectateurs...).

• **Faire un aparté.** L'acteur dit à part soi un mot, une réplique que seul le spectateur est censé entendre.

• **La double énonciation/ double destination.** Il y a double énonciation (et destination) quand la phrase d'un personnage s'adresse à un autre personnage, mais qu'en même temps c'est l'auteur qui s'adresse au public.

Ils [les médecins] n'ont pas plus de part que toi aux guérisons des malades, et tout leur art est pure grimace… C'est [la médecine] une des grandes erreurs qui soient parmi les hommes » → Dom Juan s'adressant à Sganarelle dans *Dom Juan* de Molière.

• **Cour et jardin.** Le **côté cour**, c'est la partie droite de la scène, quand on la regarde de la salle. La partie gauche de la scène est le **côté jardin**.

• **Couturière et générale.** La **couturière** est l'avant-dernière répétition. On y fait des retouches aux costumes. La toute dernière répétition est la **générale**.

> **L'astuce du prof**
> Pour retenir le bon côté de **cour** et **jardin**, pensez à... JC (Jésus Christ) :
> J comme *jardin*, à gauche
> C comme *cour*, à droite.

3 Quelques figures de style

• **L'euphémisme** : il **atténue l'expression d'une idée** pour en adoucir l'aspect brutal ou inconvenant.

Une famille « modeste » → Une famille pauvre.

> **remarque**
> Les figures de style pourront concerner d'autres genres de textes, en vers ou en prose.

• **La litote** : elle atténue une expression mais pour **suggérer davantage**. On dit le moins pour suggérer le plus. La litote est donc une fausse atténuation. Elle fait appel à la complicité du destinataire.

Cette pièce n'est pas mauvaise → La pièce est bonne.

• **L'allégorie** : elle représente, de façon imagée, **une idée, une abstraction**.

La mort représentée par un squelette armé d'une faux.

114 Reconnaître un poème

Lue Relue Apprise

La poésie écrite, genre littéraire très ancien, est un art du langage aux formes variées. On distinguera poésie versifiée, poésie libre et poésie en prose.

info-clé

Les genres littéraires : catégories servant à classer les textes. On distingue quatre grands genres : le récit, le théâtre, la poésie, l'essai.

1 Un genre ancien aux formes variées

A Définition

- Le mot *poésie* vient d'un mot grec signifiant « faire, créer » : le poète est un inventeur de formes expressives, il utilise toutes les ressources de la langue pour suggérer. Ses figures de style donnent plus de couleurs aux mots.
- Dans cet **art du langage** qui était **oral et chanté à l'origine**, la musicalité est essentielle.
- La poésie s'oppose à **la prose**, forme ordinaire du langage écrit ou parlé. C'est notre langage courant. Sans le rythme, la musicalité, les images de la poésie. Mais certains poètes ont créé une « **prose poétique** ».

lexique

Lyrique : ce mot fait référence à la lyre d'Orphée, personnage de la mythologie grecque descendu aux enfers. Sa lyre, son talent de musicien, devaient ramener Eurydice, sa femme, parmi les vivants.

B Des formes très différentes

- **Poésie lyrique** : orientée vers le moi, les sentiments de l'auteur.
- **Poésie épique** : c'est le ton de l'épopée, narrant les exploits historiques ou mythiques d'un héros.
- **Poésie dramatique** : c'est le cas des tragédies ou comédies versifiées (de Corneille, Racine, Molière).
- **Poésie engagée** : elle prend parti par rapport aux questions sociales ou politiques de l'époque.

  Dans ses *Châtiments*, Victor Hugo prend position contre « Napoléon le petit » (Napoléon III).
- **Autres formes**. La Fontaine, avec ses fables en vers irréguliers (de longueur variée), nous offre aussi de merveilleux poèmes.

C La poésie traditionnelle versifiée

- La poésie traditionnelle française est constituée de **vers**, définis par leur nombre de syllabes : c'est **le mètre**.

C'est/ un/ trou/ de/ ver/dure/ où/ chante/ u/ne/ ri/vière… → Ce vers de Rimbaud compte douze syllabes. C'est un alexandrin (→ fiche 115).

- Les vers sont souvent regroupés en **strophes** avec un système de **rimes** (→ fiche 115).
- Les poèmes à forme fixe offrent toujours la même structure : par exemple un **sonnet** est toujours constitué de deux **quatrains** suivis de deux **tercets**.

2 La « libération » de la poésie

A Les vers libres

- C'est principalement dans la seconde moitié du XIXe siècle que des poètes composent sans mètre, ni rimes ni strophes. La structure traditionnelle leur semblait trop contraignante.
- En 1860, Baudelaire écrit :

« Tranquille comme un sage et doux comme un maudit,
J'ai dit :
Je t'aime, ô ma belle, ô ma charmante…
Que de fois…
Tes débauches sans soif et tes amours sans âme… »

remarque

À notre époque, les poètes composent en vers libres, en prose poétique, mais aussi parfois en poésie versifiée traditionnelle.

- C'est le rythme du vers, sa musicalité, ses images qui le font exister.
- Au vingtième siècle, on trouve fréquemment des poèmes écrits sans ponctuation.

B La poésie en prose

- À la même époque (XIXe siècle), des poètes comme Baudelaire et Rimbaud créent une prose ayant la « magie » suggestive de la poésie.
- C'est bien de la prose, sans retour à la ligne, mais les rythmes et les images la rendent « magnétique ».
- Elle propose une recherche poétique sans avoir recours aux formes de la poésie traditionnelle.
- Dans ses *Illuminations*, Rimbaud évoque l'Aube :

J'ai embrassé l'aube d'été. Rien ne bougeait encore au front des palais. L'eau était morte. Les camps d'ombres ne quittaient pas la route du bois. J'ai marché, réveillant les haleines vives et tièdes, et les pierreries regardèrent, et les ailes se levèrent sans bruit. La première entreprise fut, dans le sentier déjà empli de frais et blêmes éclats, une fleur qui me dit son nom…

Les différents types de vers et de strophes

115

Lue Relue Apprise

L'étude de la poésie versifiée concerne notamment ses strophes, la nature des vers et leur rythme.

1 La strophe et le vers

A La strophe

- Les **strophes** les plus courantes sont : le **quatrain** (strophe de quatre vers), le **tercet** (trois vers).
- On trouve également : le **distique** (2 vers), le **quintil** (5 vers), le **sizain** (6), le **huitain** (8), le **dizain** (10), le **douzain** (12).

lexique

Strophe : c'est un groupe de vers ayant son système de rimes et de vers, une forme de structure qui peut se répéter au long du poème.

B Reconnaître un vers

- Un vers se définit par son nombre de syllabes prononcées (le **mètre**).

  J'ai/ rê/vé/ la/ nuit/ verte/ aux/ nei/ge/s é/blou/ies… → Ce vers de Rimbaud *(Le bateau ivre)* compte 12 syllabes. C'est un alexandrin, le vers le plus fréquent en français.
- Autres vers fréquemment utilisés :
  - **l'octosyllabe** (8 syllabes)

  En/tre/ deux/ bour/geois/ d'u/ne/ ville

  S'é/mut/ ja/dis/ un/ di/ffé/rend. (*Fables,* La Fontaine)
  - **le décasyllabe** (10 syllabes)

  Ce/ toit/ tran/quille,/ où/ mar/chent/ des/ co/lom/bes (*Le Cimetière marin,* Paul-Valéry).
- Les vers français ont généralement un **mètre pair**.

C Lire un vers

On ne peut pas compter les syllabes d'un vers comme on le ferait en prose. Règles à suivre pour ne pas se tromper :

- **Les « e » muets.**
  - En fin de vers, on ne prononce pas les « e + pluriel éventuel » (*-es*, *-ent*).
  - À l'intérieur du vers, quand un mot est terminé par « e » (*-es*, *-ent*), on ne le prononce que si le mot suivant commence par une consonne ou un « h » aspiré.

  Comme une pure et divine liqueur…

  → se prononcera : Comm(e) une pur(e) et divi/ne liqueur.

- **La diérèse :** deux sons habituellement prononcés groupés doivent parfois se prononcer séparément pour respecter le mètre (la bonne longueur du vers) : le mot *lion* se prononcera alors *li-on*.

  Un tison pour chauffer les deux pieds violets…

  → se prononcera : Un tison pour chauffer les deux pieds vi/o/lets.

- Quand le mètre nous impose de lire ce genre ce syllabe en une fois, on appelle cela une **synérèse**. C'est le cas du mot *pied* ci-dessus.
- Dans un alexandrin ou un décasyllabe, une césure en milieu de vers le partagera en deux **hémistiches** (moitiés de vers).

  Ils traînent /sur Paris, // qui les voit/ s'étaler. (*Les Châtiments*, Hugo).

2 Les rimes

On parle de rimes dans un texte (poème ou chanson) quand un même son se retrouve à la fin de deux ou plusieurs vers.

remarque

Si les deux sons placés à la fin de deux vers sont proches sans être identiques, on ne parlera pas de rime mais d'**assonance** (ex : *finir* et *assis*). Dans les chansons, elles sont fréquentes.

A Richesse de la rime. On peut accentuer plus ou moins cet effet musical en mettant à la rime un « écho » plus ou moins important.

- **Rime pauvre** : la rime est constituée d'un seul son/voyelle.

  Infini rimant avec *bandit*.

- **Rime suffisante** : constituée de deux sons communs.

  Fermé rimant avec *parfumé*.

- **Rime riche** : constituée de trois sons communs ou plus.

  Diane et *liane* ; *brises* et *grises* ; *sœur* et *douceur*…

B Le genre de la rime. La poésie traditionnelle fait alterner :

- **rimes féminines**, quand le mot à la rime se termine par un « e » (+ éventuellement la marque du pluriel : *-s*, *-nt*).

Pose et *rose* ; *chutes* et *flûtes*…

- **rimes masculines** : toutes les autres rimes.

Dort et *d'or* ; *plis* et *ensevelis*…

C La disposition des rimes. Dans la succession des rimes d'un poème, on distingue plusieurs combinaisons.

- **Rimes plates,** ou **suivies** : A / A / B / B (les rimes « se suivent » d'un vers à l'autre) → Divin/ écrivain/ presse/ vitesse
- **Rimes croisées** : A / B / A / B → Expire/ doux/ vire/ cailloux
- **Rimes embrassées** : A / B / B / A → Larmes/ beauté/ volupté/ charmes

Les principales figures de style en poésie

116

Lue Relue Apprise

Les figures de style permettent à un auteur de rendre son texte expressif par des images, des procédés d'insistance ou d'opposition.

remarque

Ces figures de style, pour la plupart, pourront aussi se trouver dans des textes non poétiques.

1 Les images

A La comparaison. Elle rapproche deux éléments, le comparé et le comparant, grâce à un outil de comparaison : *comme, tel que, ressembler à...*

Ton souvenir (comparé) en moi luit comme (outil de comparaison) un ostensoir (comparant) (Baudelaire).

remarque

On parle de **comparaison** ou **métaphore filée** quand plusieurs métaphores ou plusieurs termes du comparant appartiennent au même réseau lexical.

B La métaphore

- C'est une sorte de comparaison dans laquelle on aurait supprimé l'outil de comparaison.

  L'homme est comme un roseau (comparaison) ; L'homme, ce roseau... (métaphore).

- Ces métaphores créent un **effet surprenant** en rapprochant deux réalités, en remplaçant un mot par un autre.

C La personnification. Elle attribue un caractère humain à un objet, un animal ou une abstraction.

L'automne souriait → Le sourire est une caractéristique humaine attribuée ici à une saison (Victor Hugo).

2 Les figures d'insistance

- En reprenant plusieurs fois un mot ou groupe de mots, un auteur crée un effet d'insistance ou de monotonie, et parfois un effet musical.

  C'était un chat vivant comme un dévot ermite,/ Un chat faisant la chattemite,/ Un saint homme de chat, bien fourré, gros et gras... → Bel exemple de répétition dans « Le chat, la belette et le petit lapin » (*Fables*, La Fontaine).

- Quand cette répétition se situe en tête de vers, de strophe, de phrase, on parlera d'**anaphore**.

  Avec un ciel si bas qu'un canal s'est perdu / Avec un ciel si bas qu'il fait l'humilité / Avec un ciel si bas qu'un canal s'est pendu... (Jacques Brel).

A Parallélisme. Deux phrases ou groupes de mots se correspondent parallèlement. L'homme n'a point de port, le temps n'a point de rive… (Lamartine).

B Rejet et enjambement

- Il y a **enjambement** quand le vers semble « déborder » sur le vers suivant ; cela crée un effet de rythme et met en valeur une expression.

Depuis huit jours, j'avais déchiré mes bottines / Aux cailloux des chemins. J'entrai à Charleroi. (A.Rimbaud).

- Quand la phrase « déborde » en fin de vers et s'achève en début de vers suivant, c'est un **rejet**. Ce début de vers se trouve accentué.

Le loup, par ce discours flatté,
s'approcha. Mais sa vanité… (La Fontaine)

- Quand une phrase commence en fin de vers et se déploie sur le (ou les) vers suivant(s), ce début de phrase accentué est un **contre-rejet** donnant de l'importance au mot ainsi souligné.

Souvenir, souvenir, que me veux-tu ? L'automne / Faisait voler la grive à travers l'air atone. » (*Poèmes saturniens*, Paul Verlaine).

C Allitération et assonance

Dans un vers ou une strophe, le poète peut multiplier certains sons voyelles (**assonance**) ou certains sons consonnes (**allitération**). Cela crée un **effet musical**, accentue, suggère une impression.

Je respire ton nom je répète / La rose… → Ici, par l'allitération en « r », Louis Aragon donne de la fluidité à sa phrase, l'image féminine qui l'obsède est comme un parfum.

Tout m'afflige et me nuit et conspire à me nuire… (*Phèdre*, Racine).

→ La musicalité de ce vers provient entre autre d'une *assonance en « i »*.

3 Les procédés d'opposition

A L'antithèse. Elle rapproche deux mots ou groupes de mots pour les opposer. Un contraste, un conflit peut être mis en relief.

Ah ! ne puis-je savoir **si j'aime ou si je hais** ? (Racine).

B L'oxymore. Il associe deux termes de sens contraire dans un même groupe de mots.

Il nous verse un jour noir plus triste que les nuits… (Baudelaire)

→ La lumière devient ainsi obscurité, un liquide noir.

C Le chiasme. Il fait se correspondre deux groupes de mots parallèles mais en inversant leur construction.

Il faut **manger pour vivre et non vivre pour manger** (*L'Avare*, Molière).

Théâtre et poésie

Révision EXPRESS

Les points essentiels

- La poésie traditionnelle versifiée est constituée :
– **de vers** composés d'un nombre fixe de syllabes : **alexandrins** (12 syllabes), **décasyllabes** (10 syllabes), **octosyllabes** (8 syllabes)... ;
– **de rimes** qui peuvent être **pauvres** (1 son commun), **suffisantes** (2 sons) ou **riches** (3 sons ou plus), avec une alternance de rimes **féminines** (mot terminé par « e ») et **masculines** ;
– **d'un système de rimes** qui les entremêle dans un certain ordre : embrassées (ABBA), croisées (ABAB) ou suivies (AABB) ;
– **de strophes** composées de plusieurs vers : les quatrains (4 vers), les tercets (3 vers), les quintils (5 vers).
- La poésie libre est apparue dans la seconde moitié du XIXe siècle, sans vers réguliers, sans rimes ni strophes traditionnelles.
- La poésie adopte des formes variées :
– lyrique → centrée sur les sentiments du poète ;
– épique → adopte le ton, le souffle de l'épopée ;
– dramatique → dans les comédies et tragédie notamment ;
– engagée → le texte prend parti pour une cause.
- Le théâtre est l'art dramatique. L'auteur de théâtre est le dramaturge.
- Le drame est un genre théâtral (associant des éléments réalistes, humoristiques et pathétiques) comme la comédie ou la tragédie.
- Une pièce est divisée en actes, eux-mêmes divisés en scènes qu'on suit au fil de l'intrigue (les événements de l'histoire racontée).

Les principales figures de style

- **Les comparaisons** → A et B sont rapprochés par un élément commun. Les nuages ressemblent à des moutons blancs.
- **Les métaphores** → image prenant directement l'élément B de la comparaison. Les moutons blancs de l'été passent sur la ville.
- **L'allitération** → effet sonore, un son consonne est multiplié. Pour qui sont **ces** serpents qui **s**ifflent **s**ur vos têtes (*Andromaque*, Racine)
- **L'assonance** → multiplication d'un son voyelle. Je fais souv**ent** ce rêve étr**an**ge et pénétr**ant**... (« Mon rêve familier », Verlaine)
- **L'antithèse** → opposition de deux termes pour mettre en valeur. C'était un homme mort qui vivait encore. (Louis Caron)

Révision EXPRESS

Mémo'Quiz

La poésie

Cochez la bonne réponse.

1. *La colère des Dieux demande une victime* (Racine). Ce vers est un :
❑ décasyllabe ❑ octosyllabe ❑ alexandrin

2. Si le mot *victime* rime avec le mot *crime*, cette rime est :
❑ riche ❑ suffisante ❑ pauvre

3. Si le mot *blême* rime avec le mot *crème*, cette rime est :
❑ masculine ❑ féminine ❑ une assonance

4. Un poème dans lequel l'auteur confie ses sentiments est :
❑ lyrique ❑ épique ❑ dramatique

Figures de style en poésie

Cochez la bonne réponse.

1. *Les armes doivent se taire lundi matin*. Cette phrase contient :
❑ une comparaison ❑ une personnification ❑ un oxymore

2. *Je me suis baigné dans le poème de la mer* (Rimbaud). Ce vers contient :
❑ une comparaison ❑ un chiasme ❑ une métaphore

3. *Pour qui sont ces serpents qui sifflent sur vos têtes. (Andromaque*, Racine). Ce vers contient :
❑ un oxymore ❑ une assonance ❑ une allitération

Le théâtre

Cochez la bonne réponse.

1. Un auteur dramatique :
❑ écrit des pièces de théâtre ❑ écrit seulement des drames
❑ est un auteur tragique

2. Dans l'Antiquité, les deux genres dramatiques importants étaient :
❑ comédie et tragédie ❑ drame et mélodrame

3. *Victor Hugo* ***nous a quittés*** *en 1885*. Cette figure de style est :
❑ une litote ❑ un euphémisme ❑ une allégorie

→ Corrigés p. 477

Les différents modes du verbe

117

Lue Relue Apprise

Un mode est un groupe de temps verbaux. Il correspond à la manière dont l'action est conçue (réelle, imaginaire, souhaitée). On distingue deux groupes : les modes impersonnels et les modes personnels.

info-clé

Il existe **sept modes** : l'indicatif, le conditionnel, l'impératif, le subjonctif, l'infinitif, le participe et le gérondif.

1 Les modes impersonnels

Un mode impersonnel est un mode qui **ne se conjugue pas**. Il n'admet pas la distinction des personnes grammaticales. Il existe **trois modes impersonnels** : l'infinitif, le participe, le gérondif.

A L'infinitif

- **L'infinitif présent** exprime l'action elle-même.

  Marcher, apprendre, finir…

- **L'infinitif passé** exprime cette action sous sa forme accomplie.

  Avoir marché, avoir appris, avoir fini…

remarque

- ***Avant que*** est suivi du subjonctif (*avant que tu partes...*).
- ***Après que*** doit être suivi de l'indicatif (*après que tu es parti...*)

B Le participe

Il exprime l'action comme un adjectif. On distinguera le **participe présent** *(marchant, apprenant...)*, toujours invariable, des **formes au passé** *(fini, connu..)* qui s'accordent parfois en genre et en nombre *(finis, connues...)*.

C Le gérondif

Toujours invariable, il se forme ainsi : *en* + radical du verbe + *-ant* ou *-issant*. Il présente l'action comme une circonstance.

En chantant, en finissant…

2 Les modes personnels

Ce sont les modes qui **se conjuguent aux différentes personnes** *(je, tu, il...)*. **Ils sont quatre** : indicatif, subjonctif, conditionnel et impératif.

A L'indicatif

- Il présente l'action comme **réelle** et la place dans le temps.

  Il **viendra** demain.

- Il existe huit temps de l'indicatif : **présent, imparfait, passé simple, passé composé, passé antérieur, plus-que-parfait, futur simple** et **futur antérieur**.

B Le subjonctif

- Le subjonctif présente l'action comme **virtuelle**, souhaitée, envisagée ou douteuse.

  Je souhaite qu'il nous **rende** visite.

  Je doute qu'il **réussisse**.

- Il existe quatre temps du subjonctif : **subjonctifs présent, passé, imparfait et plus-que-parfait.**
- On le trouve souvent dans des propositions conjonctives introduites par « que », après des verbes comme : *je veux que..., il faut que..., j'aime que..., je doute que...*

pièges à éviter

- *Souhaiter* est suivi du subjonctif *(je souhaite qu'il vienne bientôt).*
- *Espérer* est suivi au présent d'un indicatif (ex. : *j'espère qu'il viendra*, qui devient au passé : *j'espérais qu'il viendrait).*

C Le conditionnel

- Le conditionnel sert à présenter l'action comme **éventuelle** (si certaines conditions ne sont pas réalisées, elle n'aura pas lieu).

  Si je gagnais au loto, je **ferais** le tour du monde

  → Comme je n'ai pas gagné, je ne partirai pas...

- Il peut exprimer une action future par rapport à un fait passé.

  Il nous annonça alors qu'il **partirait** le lendemain.

- Il existe deux temps du conditionnel : **conditionnel présent** *(je chanterais)* et **conditionnel passé** *(j'aurais chanté).*

D L'impératif

- L'impératif sert à donner un **ordre**, un **conseil**, ou une **interdiction.**

  Partez immédiatement. / Ne **venez** pas.

- Il existe deux temps de l'impératif conjugués à trois personnes :

Impératif présent	Impératif passé
Chante, chantons, chantez	Aie chanté, ayons chanté, ayez chanté.

3 Quel mode après les verbes d'opinion, de sentiment ?

Quand une opinion ou un sentiment est exprimé dans une subordonnée conjonctive, le choix du mode dépend du verbe principal.

- **Le verbe principal indique une affirmation nette d'une réalité** : choix de l'indicatif.

  Je vous **assure** qu'il est vraiment malade. / Je sais qu'il **viendra**.

- **Le verbe principal présente un souhait, une volonté, un doute, un sentiment personnel** : choix du subjonctif.

  J'exige qu'il **parte**. / J'**aimerais** qu'il soit plus compétent.

Impératif et conditionnel

118

Lue Relue Apprise

Si **l'impératif** est un mode de taille réduite (mais attention à l'orthographe), **le conditionnel** est plus particulier, avec des valeurs aspectuelles assez variées.

1 L'impératif

Il sert à commander ou interdire. L'impératif est le mode permettant de **donner un ordre**, de demander, de conseiller (*partez !*) ou d'interdire, à la forme négative (*ne vous moquez pas !*).

A Un mode simplifié

- Il n'a que trois personnes grammaticales et pas de pronoms sujets (*chante, chantons, chantez*).
- Il se forme en général comme le présent de l'indicatif (sans « s » à la deuxième personne du singulier pour les verbes en -er).

remarque

- Les verbes du premier groupe forment la deuxième personne du singulier en *e* (*aime, lève...*).
- Ceux des 2ᵉ et 3ᵉ groupes forment généralement cette deuxième personne en *s* (*finis, cours, bois...*)

B Les temps

L'impératif n'a que **deux temps courants** :
- le **présent**, temps simple ;
- le **passé**, temps composé.

Groupes	Impératif présent (temps simple)	Impératif passé (temps composé)
1ᵉʳ groupe	*Mange, mangeons, mangez*	*Aie mangé, ayons mangé, ayez mangé*
2ᵉ groupe	*Finis, finissons, finissez*	*Aie fini, ayons fini, ayez fini*
3ᵉ groupe	*Cours, courons, courez*	*Aie couru, ayons couru, ayez couru*

Attention aux exceptions : certains verbes qui ne sont pas du premier groupe s'écrivent avec un « e » à la deuxième personne du singulier. (*Cueille, accueille, souffre, couvre, ouvre, offre...*)

remarque

Certains verbes (comme *pouvoir* ou *devoir*) ne peuvent être utilisés à l'impératif.

2 Le conditionnel

A Les temps courants du conditionnel

Deux temps courants : le **conditionnel présent** et le **conditionnel passé** (auxiliaire au conditionnel présent + participe passé). Il existe également un conditionnel passé 2e forme très rarement utilisé *(j'eusse chanté...)*. Pour chacun des temps courants, on distingue :

- **Sa valeur temporelle**. On l'appelle parfois **futur dans le passé** : il sert à exprimer le futur dans une subordonnée dont la principale est au passé.

  Il pensait que Jacques **viendrait** le lendemain.

- **Sa valeur modale.** En tant que mode, le conditionnel exprime une action **incertaine.**

Groupes	Conditionnel présent (temps simple)	Conditionnel passé (temps composé)
1er groupe	*Je mangerais, tu mangerais, il mangerait, nous mangerions, vous mangeriez, ils mangeraient*	*J'aurais mangé, tu aurais mangé, il aurait mangé, nous aurions mangé, ils auraient mangé*
2e groupe	*Je finirais, tu finirais, il finirait, nous finirions, vous finiriez, ils finiraient*	*J'aurais fini, tu aurais fini, il aurait fini, nous aurions fini, vous auriez fini, ils auraient fini*
3e groupe	*Je courrais, tu courrais, il courrait, nous courrions, vous courriez, ils courraient*	*J'aurais couru, tu aurais couru, il aurait couru, nous aurions couru, vous auriez couru, ils auraient couru*

B Formation du conditionnel présent

Verbes du 1er groupe	Verbes du 2e groupe	Verbes du 3e groupe
Radical + **erais, erais, erait, erions, eriez, eraient**	*Radical* + **irais, irais, irait, irions, iriez, iraient**	*Radical* + **rais, rais, rait, rions, riez, raient**

C Le conditionnel passé deuxième forme

- On l'emploie surtout dans un langage très littéraire. Son sens est pratiquement identique au conditionnel passé première forme.
- Il se forme en prenant l'auxiliaire adéquat à l'imparfait du subjonctif + le participe passé. Il est identique au subjonctif plus-que-parfait sans le « que ».

  Venir – je fusse venu(e), tu fusses venu(e), il fût venu, nous fussions venu(e)s, vous fussiez venu(e)s, elles fussent venues

  Acheter – j'eusse acheté, tu eusses acheté, il eût acheté, nous eussions acheté, vous eussiez acheté, ils eussent acheté

Connaître et maîtriser le subjonctif

119

Lue Relue Apprise

Le subjonctif est un mode correspondant le plus souvent à des actions envisagées, souhaitées ou non. Il exprime la subjectivité (ce qui dépend du point de vue du locuteur).

1 La conjugaison

À bien distinguer : deux temps courants (le présent et le passé du subjonctif) et deux temps rarement utilisés, réservés à la langue littéraire soignée (imparfait et plus-que-parfait du subjonctif).

A Le présent du subjonctif

Il concerne une action présente ou future par rapport à l'action principale.

Vous souhaitez (maintenant) qu'il parte (maintenant).
Vous souhaitez (maintenant) qu'il parte (demain).
Vous souhaiterez (demain) qu'il parte (après-demain).

remarque

Au XVIIe siècle, un imparfait du subjonctif ne choquait personne. Ainsi dans *Le Misanthrope*, Molière fait dire à Oronte : « ***Je voudrais bien, pour voir, que de votre manière, / Vous en composassiez sur la même matière*** ».

B Le passé du subjonctif

L'action concernée est passée par rapport à l'action principale.

Vous souhaitez *(maintenant)* qu'il soit venu (hier).
Vous souhaiterez *(demain)* qu'il soit venu (aujourd'hui).

Conjugaison du subjonctif pour un verbe du 1er groupe

Présent du subjonctif	Passé du subjonctif
Que je chante Que tu chantes Qu'il chante Que nous chantions Que vous chantiez Qu'ils chantent	Que j'aie chanté Que tu aies chanté Qu'il ait chanté Que nous ayons chanté Que vous ayez chanté Qu'ils aient chanté
Imparfait du subjonctif	**Plus-que-parfait**
Que je chantasse Que tu chantasses Qu'il chantât Que nous chantassions Que vous chantassiez Qu'ils chantassent	Que j'eusse chanté Que tu eusses chanté Qu'il eût chanté Que nous eussions chanté Que vous eussiez chanté Qu'ils eussent chanté

2 Quand utiliser le subjonctif ?

Subjonctif ou indicatif ?

L'indicatif exprime ce qui est réel. Avec le subjonctif, le fait est envisagé.
Ex. : *Nous avons un directeur qui **sait** commander.* → constat réel)
*Il nous faut un directeur qui **sache** commander* → désir, but.

A Dans des propositions indépendantes

- Pour exprimer un **ordre**, un **souhait**, une **supposition**.

 Qu'il se **mette** au travail ! → Ordre
 Pourvu qu'il **réussisse** ! → Souhait
 Soit un segment AB et… → Supposition

- Mais le plus souvent le subjonctif sera dans une subordonnée.

B Dans une subordonnée relative

- Habituellement les subordonnées relatives affirment ou constatent ; elles sont alors à l'indicatif. J'habite un appartement où je me **sens** très bien.
- S'il y a une **intention**, un **désir**, un **but**, la relative passe au subjonctif.

 J'aimerais trouver un appartement où je me **sente très bien.**

C Dans une subordonnée complétive

- Après un souhait, un ordre, un consentement ou un refus.

 Il voudrait que tu **viennes** tôt. → Souhait
 Je suis d'accord pour (ou je refuse) que tu l'**accompagnes.** → Consentement, refus
 J'exige que tu **viennes** t'excuser. → Ordre

- Après des verbes de sentiments.

 Je redoute qu'il ne se **mette** en colère.
 J'apprécie qu'il **passe** souvent me saluer.

- On le trouve également après certains verbes impersonnels courants : *il faut que…, il suffit que…, il vaut mieux que…, il convient que…*

 Il vaut mieux que je vous **rende ce livre bientôt.**

D Dans une subordonnée circonstancielle

Le subjonctif se trouvera souvent dans des subordonnées conjonctives :

- de temps, introduites par *avant que, en attendant que, jusqu'à ce que…*
 Nous resterons chez toi en attendant qu'il **vienne**.
- de but, introduites par *pour que, afin que, de peur que…*
 Il a fait tout son possible pour que tu ne **sois pas dérangé.**
- d'opposition (ou de concession), introduites par *quoique, bien que…*
 Bien qu'elle **soit** courageuse, elle ne peut pas en venir à bout.
- de condition, introduites par *à supposer que, à condition que, à moins que…*
 Tu ne réussiras pas à moins que tu te **fasses aider.**

Changer le temps d'un texte : problèmes de conjugaison

120

☐ Lue ☐ Relue ☐ Apprise

Changer le temps d'un texte demande de maîtriser la conjugaison des verbes. Voici les problèmes qui se posent fréquemment.

piège à éviter

Si la prononciation de l'imparfait et du passé simple mais également du futur et du conditionnel est parfois identique, il ne faut pas les confondre.

1 Imparfait et passé simple

A L'imparfait

Les terminaisons

	1er et 3e groupe	2e groupe
Je	*-ais*	*-issais*
Tu	*-ais*	*-issais*
Il, elle, on	*-ait*	*-issait*
Nous	*-ions*	*-issions*
Vous	*-iez*	*-issiez*
Ils, elles	*-aient*	*-issaient*

attention

Les verbes qui se terminent à l'infinitif en *-yer*, *-ier*, *-iller*, *-igner* ont eux aussi « ions » et « iez » comme terminaisons après *nous* et *vous* : *nous cri**ions**, vous balay**iez**, nous sourcill**ions**, vous daign**iez***

Cas particuliers

– Les verbes qui se terminent par *-cer* à l'infinitif prennent un « ç » devant le « a » pour conserver le son.

Je lan**ç**ais, il avan**ç**ait

– Les verbes qui se terminent par *-ger* à l'infinitif prennent un « e » devant le « a » pour conserver le son.

Tu arran**ge**ais, elles man**ge**aient

B Le passé simple

Les terminaisons

	• 1er Groupe • Aller	• 2e Groupe • La plupart des verbes en *-re* • *Asseoir et voir*	• La plupart des verbes en *-oir, -oire, -aître, -oudre* • *Lire, taire, plaire, conclure, vivre*
Je	*-ai*	*-is*	*-us*
Tu	*-as*	*-is*	*-us*
Il, elle, on	*-a*	*-it*	*-ut*
Nous	*-âmes*	*-îmes*	*-ûmes*
Vous	*-âtes*	*-îtes*	*-ûtes*
Ils, elles	*-èrent*	*-irent*	*-urent*

Cas particuliers

– Les verbes en « *-cer* » prennent un « ç » devant le « a » et les verbes en « *-ger* » prennent un « e » devant le « a ».

Je mang**e**ai, je lan**ç**ai

– Les verbes *tenir*, *venir* et leur dérivés se conjuguent en ***-ins, -ins, -int, -înmes, -întes, -inrent***.

Venir : je vins, tu vins, il vint, nous vînmes, vous vîntes, ils vinrent

– Les auxiliaires *être* et *avoir* se conjuguent en « u ».

Être : Je fus, tu fus, il fut, nous fûmes, vous fûtes, ils furent

Avoir : j'eus, tu eus, il eut, nous eûmes, vous eûtes, ils eurent

piège à éviter

Le verbe **faire** et ses dérivés *(défaire, refaire, parfaire, contrefaire...)* ne s'écrivent pas comme on les prononce : *je faisais* (prononcé *fesais*).

2 Les temps composés

● À chaque temps simple correspond un temps composé.

Temps simples	Temps composés
Présent : *je mange, nous venons*	Passé composé : *j'ai mangé, nous sommes venus*
Imparfait : *tu mangeais, vous veniez*	Plus-que-parfait : *Tu avais mangé, vous étiez venus*
Passé simple : *il mangea, elles vinrent*	Passé antérieur : *Il eut mangé, elles furent venues*
Futur : *je mangerai, nous viendrons*	Futur antérieur : *j'aurai mangé, nous serons venus*

● Les temps composés posent le problème de **l'accord du participe passé** :

– **Après l'auxiliaire *être***, le participe passé s'accorde **en genre et en nombre avec le sujet.** Elle est parti**e**, nous nous sommes couché**s**.

– **Après l'auxiliaire *avoir***, le participe passé s'accorde **avec le COD** si celui-ci est **placé devant le verbe.** Les pommes (COD) que j'ai cueilli**es.**

3 Futur et conditionnel

● Ces temps ont le même radical (marqué par la lettre « r »). Les verbes du 1er et du 2e groupe conservent souvent l'infinitif en entier.

Je couper-**ai** (futur), je finir-**ais** (conditionnel)

● Ils ont des terminaisons différentes.

Futur : j'ir**ai**, tu ir**as**, il ir**a**, nous ir**ons**, vous ir**ez**, ils ir**ont**.

Conditionnel : j'ir**ais**, tu ir**ais**, il ir**ait**, nous ir**ions**, vous ir**iez**, ils ir**aient**.

l'astuce du prof

Pour ne pas confondre futur et conditionnel (même prononciation à la 1re personne du singulier), pensez à la 1re personne du pluriel.

Je rappellerai, nous rappellerons → Futur donc terminaison *-ai*.

Je rappellerais, nous rappellerions → Conditionnel donc terminaison *-ais*.

Conjugaison

Révision EXPRESS

Les points essentiels

- **Le mode**. C'est un groupe de temps verbaux. Il correspond à la manière dont l'action est conçue (réelle, imaginaire, souhaitée) :

– **les modes impersonnels** : un mode impersonnel est un mode qui **ne se conjugue pas**. Il n'admet pas la distinction des personnes grammaticales. Il y a 3 temps dans ce mode : **l'infinitif présent** (*marcher*) **et passé** (*avoir marché*), **le participe présent** (*marchant*) **et passé** (*marché*), et **le gérondif** (*en marchant*).
– **les modes personnels** : ce sont les modes qui se conjuguent aux différentes personnes (*je*, *tu*, *il*, *les gens*...). Ils sont quatre : **l'indicatif**, **le subjonctif**, **le conditionnel** et **l'impératif**.

- **Temps simples** et **temps composés**. À chaque temps simple correspond un temps composé. Il se construit à l'aide d'un **auxiliaire** et du **participe passé du verbe** à conjuguer. Pour le mode indicatif, quatre temps composés s'ajoutent aux quatre temps simples :

– Présent → Passé composé
– Imparfait → Plus-que-parfait
– Futur → Futur antérieur
– Passé simple → Passé antérieur

Les réflexes à avoir

- **Imparfait et passé simple.**

– Ces deux temps permettent de mener un récit au passé. L'imparfait permet de faire une description, et le passé simple de faire avancer le récit.
– Ils ont **la même prononciation pour les verbes du premier groupe, à la première personne** : *je dansai* (passé simple) ; *je dansais* (imparfait).
– Pour éviter toute confusion, on change la personne du verbe : *il dansa* (passé simple) ; *il dansait* (imparfait).

- **Futur et conditionnel présent.**

– Ces deux temps expriment une action à venir certaine pour le futur, incertaine pour le conditionnel.
– Ils ont **la même prononciation à la première personne du singulier** : *je finirai* (futur) ; *je finirais* (conditionnel présent).
– Pour éviter toute confusion, on change la personne du verbe : *il finira* (futur) ; *il finirait* (conditionnel).

Mémo'Quiz

Impératif et conditionnel

Cochez la bonne réponse.

1. *Si je gagnais au loto, je .... en voyage.*

❑ partirai ❑ serai parti ❑ partirais

2. *Ayons achevé ce chapitre avant son arrivée*. Ce verbe est au :

❑ futur antérieur ❑ conditionnel passé ❑ impératif passé

3. *Il avait décidé que tu **prendrais** le train du soir*. Ce conditionnel exprime :

❑ la politesse ❑ un futur dans le passé ❑ un ordre

4. *Le Premier ministre **démissionnerait** dans la soirée*. Ce conditionnel exprime :

❑ un futur ❑ la politesse ❑ un fait incertain

Les modes

Cochez la bonne réponse.

1. L'infinitif, le gérondif et le participe passé/présent ne se conjuguent pas. On les appelle les modes :

❑ personnels ❑ impersonnels

2. *Indicatif, infinitif, subjonctif* et *conditionnel.* Un de ces quatre modes ne fait pas partie des modes personnels. Il s'agit :

❑ du subjonctif ❑ de l'infinitif ❑ du conditionnel

Imparfait/passé simple - futur/conditionnel

Cochez la bonne réponse.

1. *Je travaillais depuis une heure quand je .... de l'appeler.*

❑ décidai ❑ décidais

2. *À cette époque je .... chaque jour au restaurant.*

❑ mangeai ❑ mangeais

3. *Il m'avait assuré que je ....*

❑ réussirais ❑ réussirai

4. *Si tu m'aidais, je .... le faire.*

❑ pourrai ❑ pourrais

→ Corrigés p. 477

Les valeurs aspectuelles des principaux temps du récit au passé

121

Lue Relue Apprise

Les trois principaux temps d'un récit au passé sont l'imparfait, le passé simple et le passé composé de l'indicatif. Ces trois temps très courants ont des valeurs précises. Le passé antérieur et le plus-que-parfait sont plus rares.

info-clé

Valeur d'un temps : les valeurs d'un temps, ce sont ses emplois. Préciser cette valeur, c'est dire pourquoi on emploie ce temps dans une phrase, avec quelle signification.

1 L'imparfait

L'imparfait de l'indicatif a avant tout une **valeur descriptive**. En effet, il permet de présenter des actions ou des faits qui ont lieu en même temps. Il permet également d'exprimer une action **qui se répète** ou une **hypothèse** après le mot « si ».

A Le temps de la description

L'imparfait permet de décrire le cadre ou les personnages d'un récit au passé.

Le soir **tombait**. L'ombre des arbres **semblait** menaçante. L'homme **paraissait** très vieux.

→ L'imparfait a alors une **valeur descriptive**.

B Le temps de la répétition

L'imparfait sert aussi à marquer une action passée qui se répète, ou encore une habitude.

Chaque jour, ils **allaient** se baigner à la rivière.

→ L'imparfait a alors une **valeur itérative**.

C Après *Si* dans une subordonnée de condition

Après « si », on emploie l'imparfait pour signifier que la réalisation d'un événement est subordonnée à un autre.

Si j'en **avais** les moyens, je partirais.

→ L'imparfait a alors une **valeur modale**.

D La marque du contexte au passé

Dans un récit au passé, l'imparfait sert à décrire une action de second plan ou le contexte d'une action de premier plan rapportée au passé simple.

Depuis le matin, il **pleuvait**. / Il **lisait** depuis deux heures quand ses parents rentrèrent.

le plus-que-parfait

Le plus-que-parfait (imparfait de l'auxiliaire + participe passé) correspond à une action antérieure à une autre action passée, exprimée à l'imparfait. Il a **une valeur d'antériorité**. Ex. : « *Quand il* ***avait fini*** *sa journée de travail, il allait rejoindre ses amis* ».

→ On retrouve la répétition, l'habitude.

lexique

Itératif : se dit de quelque chose qui se répète, qui est réitéré.

2 Le passé simple

A Le temps du récit

Le passé simple permet de faire avancer le récit, de rapporter des actions qui se suivent et de les distinguer du décor décrit à l'imparfait.

Sans réfléchir aux conséquences, alors que son ennemi était désarmé, il **prit** son fusil et **tira**.

→ Il a ici une valeur narrative.

remarque

Le passé simple est surtout utilisé à l'écrit.

B Une action unique qui a lieu à un moment précis

Napoléon **mourut** en 1811.

→ Le passé simple a alors une **valeur ponctuelle**.

le passé antérieur

Le passé antérieur a, comme le plus-que-parfait, une valeur d'antériorité par rapport aux actions rapportées au passé simple.

Ex. : *« Quand il **eut mangé**, il prit son chapeau et sortit. »*

C Une action dont on indique le début et la fin

Si l'action dure un certain temps, cette durée est précisée.

L'occupation de Paris **dura** quatre ans.

→ Le passé simple a alors une **valeur bornée**.

3 Le passé composé

Le passé composé a, dans un récit, les mêmes valeurs que le passé simple. Il peut également créer un rapport entre le passé et le présent.

A Une action terminée

Contrairement au passé simple, le passé composé sert souvent à relater des actions dont le résultat est durable.

Je **suis allé** chez le coiffeur. → Et cela se voit maintenant.

remarque

Le passé composé semble être plus récent, **plus proche** de nous : il comporte une partie passée (le participe passé) et une partie présente (l'auxiliaire).

Ex. : *« J'ai appris le japonais. »* signifie surtout : *je sais parler le japonais.*

B Un substitut au passé simple

Dans une conversation ou à l'écrit, il nous paraîtra plus naturel, plus familier, moins littéraire. Dans ce cas, il a, comme le passé simple, une **valeur narrative, bornée** ou **ponctuelle**.

Je travaillais quand le téléphone a sonné. → Valeur narrative
Tout à coup, il a fondu en larmes. → Valeur ponctuelle
Il a travaillé ici pendant quatre ans. → Valeur bornée

Les valeurs aspectuelles du présent et du conditionnel

122

Lue Relue Apprise

Le présent et le futur simple de l'indicatif font évidemment partie des temps les plus courants. Il faut savoir reconnaître leurs différentes valeurs, plus nombreuses qu'il n'y paraît.

info-clé

Passé, présent ou futur, un temps de l'indicatif servira à exprimer un fait **réel**.

1 Le présent de l'indicatif

Le présent de l'indicatif sert normalement à énoncer un fait réel au moment où l'on parle. Pour repérer ses valeurs, on distinguera présent d'énonciation et présent de narration.

A Le présent d'énonciation

- **Présent momentané**. Un état ou un fait existe au moment où le locuteur (ou le narrateur) parle. C'est la valeur de base du présent.

  L'horloge **sonne**. Il est midi.

lexique

Énonciation : quand quelque chose est dit ou écrit par un locuteur, à un moment et en un lieu précis.

- **Présent prolongé**. Parfois cette action présente dure.

  Le chien des voisins **hurle** depuis deux heures.

- Le présent peut aussi servir à préciser cette durée.

  Il y a deux heures que le chien hurle.

- **Présent d'habitude**. Il exprime ici une répétition, un comportement habituel.

  Je **fais** chaque jour une sieste de vingt minutes.

B Le présent de narration

Le présent peut servir, paradoxalement, à raconter une histoire passée.

- **Le présent de rupture.** Ce présent de narration donne plus de vivacité au récit dont les autres temps sont au passé.

  Un agneau se désaltérait / Dans le courant d'une onde pure. / Un loup **survient** à jeun…

  → Le loup qui surgit semble plus « présent », il est mis en relief (« Le loup et l'agneau », La Fontaine).

  – Parfois l'auteur mettra au présent tout un paragraphe de son récit passé pour le rendre plus alerte.

  – Dans les récits historiques au présent on parle de **présent historique**.

- **Le présent de vérité générale.** Il exprime alors des faits d'expérience vrais à toutes les époques.

  L'eau **bout** à cent degrés. / Il n'y **a** pas de sot métier.

- **Le présent récent ou futur proche**. Il est surtout utilisé dans le langage parlé, il souligne la proximité du fait évoqué.

  Ton frère **vient** de partir. / Il **part** à l'instant !

2 Le conditionnel

Pour le conditionnel, on distingue la **valeur temporelle** et les **valeurs modales**.

A Valeur temporelle

Le conditionnel permet d'exprimer le **futur dans le passé**.

Il dit qu'il parlera demain. → Futur

Il a dit qu'il **parlerait** le lendemain. → Le conditionnel permet d'évoquer une action à venir dans un récit au passé.

> **remarque**
> Le **futur dans le passé** est en général exprimé par un conditionnel dans une subordonnée dont la principale est au passé.
> **Ex. :** *Il m'a assuré qu'il viendrait le lendemain.*

B Valeurs modales

On distingue plusieurs valeurs modales selon ce que le conditionnel permet d'exprimer.

- **Valeur de potentiel** : le conditionnel permet alors d'exprimer une hypothèse qui semble réalisable pour celui qui l'énonce.

  Si tu le voulais, tu **pourrais** réussir à le convaincre.

- Cette valeur permet de rapporter les propos tenus par un autre sans les prendre à son compte, en indiquant que l'on n'a pu vérifier si elles étaient vraies.

  Selon le journal *Libération*, Monsieur X **serait** innocent.

- **Valeur d'irréel** : le conditionnel permet d'exprimer une hypothèse irréelle dans le présent.

  Si je rencontrais Zidane aujourd'hui, je lui **demanderais** un autographe.

- **Valeur circonstancielle** : le conditionnel permet d'exprimer une cause, une conséquence ou les circonstances d'une action.

  Il a un regard tellement innocent qu'on **aurait** envie de le croire.

- **Valeur d'atténuation** : le conditionnel permet d'atténuer le caractère injonctif, autoritaire d'une demande. Il est souvent employé pour rendre une demande plus polie.

  Je **voudrais** une baguette, s'il vous plaît.

Discours direct, indirect et indirect libre

123

Lue Relue Apprise

Dans un récit, les paroles rapportées de quelqu'un peuvent l'être au moyen des discours (ou styles) direct, indirect ou indirect libre.

1 Le discours direct

info-clé

Paroles rapportées : quelqu'un raconte les paroles que lui-même ou une autre personne a prononcées.

Le discours direct rapporte les paroles exactement comme elles ont été prononcées.

C'est alors qu'il m'a annoncé : « je partirai dès demain ».

A Comment le reconnaître

Dans le style direct, les paroles rapportées sont **toujours introduites par un verbe** (*il m'a annoncé..., elle dit..., je lui réponds...*) **suivi de deux points** ; ensuite des guillemets encadrent les propos racontés. Le verbe introductif suit parfois les paroles rapportées.

« Vous avez tous pensé à apporter votre livre ? », **demanda** le professeur.

B Son effet

- Le style direct ne change en rien les paroles rapportées. Il reprend exactement les mots prononcés.
- Il donne également de la **vie** au texte : il nous fait assister directement à la scène.

2 Le discours indirect

Au discours indirect, les paroles ne sont pas rapportées exactement, directement comme elles ont été prononcées.

C'est alors qu'il m'a annoncé qu'il partirait dès le lendemain.

A Comment le reconnaître

- Le verbe introductif existe bien (*il m'a annoncé*) mais il est suivi d'une subordonnée introduite par *que, si, quand, où, comment...*

Le professeur leur **demanda s'ils** avaient tous pensé à apporter leur livre.

- Le verbe introductif peut aussi être suivi d'une préposition + un infinitif.

Pierre nous a crié **de venir** le rejoindre.

B Son effet

- Le discours indirect permet de rapporter des paroles **de façon plus courte**.
- Il permet éventuellement de les **reformuler** en les présentant à sa façon.

3 Le discours indirect libre

A Comment le reconnaître

Les paroles rapportées le sont comme au discours indirect mais sans verbe introducteur ni proposition subordonnée.

Il avait une nouvelle : il partirait le lendemain.

Elle n'était pas contente. Je devais travailler davantage.

→ Sous-entendu, elle me l'a dit.

B Son effet

- Le discours indirect libre peut donner au récit plus de fluidité ; il coupe moins brusquement la narration.
- Il est presque aussi vivant que le discours direct.
- Ce discours indirect libre est notamment bien utile dans un récit, quand l'auteur veut nous faire partager les idées ou les sentiments d'un personnage, sans alourdir sa phrase.

Jean atteignit péniblement le sommet. On ne l'y reprendrait plus !

Récapitulatif

Styles	Exemples	Caractéristiques
direct	*Enthousiaste, il affirma : « je réussirai ».*	paroles identiques
indirect	*Enthousiaste, il affirma qu'il réussirait.*	*Que* + *je* devient *il* ; le futur simple est devenu conditionnel
indirect libre	*Il était enthousiaste : il réussirait.*	comparable au style indirect, mais le verbe introducteur a disparu

- Un romancier associe généralement ces trois styles direct, indirect et indirect libre. Cela lui permet d'éviter la monotonie et d'enrichir son récit. Le seul style direct limiterait la description ; à l'inverse, multiplier les verbes introductifs l'alourdirait. Le passage de l'un à l'autre assouplit son texte.

Bien repérer les types de phrase 124

Lue Relue Apprise

Le message d'un locuteur varie en fonction de son intention. La construction et l'intonation permettent de distinguer quatre **types** de phrases. Par ailleurs, on repèrera la **forme** des phrases.

1 Quatre types de phrases

A La phrase déclarative

Il s'agit en général d'**informer**, d'avertir, de promettre. Il n'a pas fait son travail → affirmation d'un fait. / Tu dois faire attention : le brouillard est épais → avertissement. / Je viendrai t'aider → promesse.

B La phrase interrogative

Elle sert à **questionner**, et se termine par un point d'interrogation. Trois façons d'interroger :

- **Par l'inversion du sujet** (langage soutenu).
  Peux-tu me prêter ce roman ?
- **Par la locution « est-ce que »** (langage courant).
  Est-ce que tu peux me prêter ce roman ?
- **Par la forme déclarative** mais avec une intonation montante (langage courant ou familier).
  Tu me prêtes ce roman ?
- La phrase interrogative peut parfois exprimer un ordre, une hésitation.
  Veux-tu te mettre immédiatement au travail ? → ordre. / Vous croyez vraiment que cette robe me va ? → hésitation.

remarque

- Une interrogation peut être une **« question rhétorique »**.
- C'est une figure de style : on pose une « fausse question », dont la réponse semble évidente.
- C'est une façon d'associer l'interlocuteur au raisonnement.

C La phrase injonctive

- Elle donne un ordre, un conseil, ou indique ce qu'il ne faut pas faire.
- Le verbe y sera en général à l'**impératif**, parfois au **subjonctif** ou à l'**infinitif**.
- Elle se termine souvent par un point d'exclamation.
  Ferme cette fenêtre ! → impératif. / Qu'il aille vite aider son oncle ! → subjonctif. / Ne pas ouvrir cette porte ! → infinitif.

D La phrase exclamative

Elle exprime un **sentiment**, une **émotion**, et se termine par un **point d'exclamation**.

Hélas tout cela est terminé ! → regret. / C'est fabuleux ! → joie. / Votre travail est magnifique ! → compliment. / C'est inacceptable ! → critique.

2 Les formes de phrase

A La forme affirmative ou négative

Elle précise si quelque chose est vrai ou faux, si un événement s'est produit ou pas...

Les voisins sont venus me féliciter → affirmative. / Aucun voisin n'est venu me féliciter → négative.

B La forme neutre

Les mots de la phrase se suivent dans l'ordre standard (sujet + verbe + complément) sans mise en relief particulière. Elle est venue à vingt heures.

remarque

- Ces **formes** peuvent se combiner entre elles et avec les types de phrase. Ex. : *« C'est la peinture que j'aime ».*
- On pourra dire que cette phrase est **déclarative**, **affirmative** et **emphatique**.

C La forme emphatique

L'élément cité est mis en relief par le locuteur, et repris par un pronom *(c'est... que, voici..., voilà...).*

C'est l'homme qui m'a téléphoné. / C'est lui que je veux rencontrer. / Ce film, je le reverrais bien dix fois. / Ce qu'elle veut, c'est une personne de confiance. / Voici l'ami dont je t'ai parlé.

D La forme impersonnelle

L'utilisation du pronom « il » ne correspond à aucune personne ni à aucun élément.

- **Phénomènes météorologiques** : *il pleut, il neige...*
- **Verbes de nécessité et d'opinion** : *il faut..., il paraît...*
- **Le présentatif** : *il y a...*
- **Constructions impersonnelles** : *il est évident que..., il est impossible que..., il arrive que..., il manque..., il existe...*

piège à éviter

- Un verbe formé avec l'auxiliaire être n'est pas forcément à la forme passive.
- On doit pouvoir le faire suivre d'un complément d'agent. Ex. : *« Il est déçu »* (par ta réaction).

E Forme active ou forme passive

Quand un élément A agit sur un élément B, on peut présenter la chose de deux façons :

- **Forme active**, où l'élément qui agit est le sujet.

  Françoise (élément A) accueille les visiteurs (élément B).

- **Forme passive**, construite avec l'auxiliaire *être*. L'élément qui agit n'est pas le sujet.

  Les visiteurs (élément B) sont accueillis par Françoise (élément A).

Phrase simple et phrase complexe

125

Lue Relue Apprise

La phrase simple est formée d'une seule proposition ; la phrase complexe en comporte plusieurs.

info-clé

Une **proposition**, c'est un groupe de mots organisés autour d'un verbe.

1 La phrase simple

● La phrase simple s'organise **autour d'un seul verbe conjugué**. Elle est donc constituée d'une seule proposition, appelée **proposition indépendante**.

Mon père ne rentrera pas ce soir.

● Une proposition indépendante peut se lire toute seule, aucune proposition ne dépend d'elle.

Paul réussit bien à l'école.

● La phrase simple est donc une sorte de locomotive à laquelle on n'a pas attaché de wagons.

L'astuce du prof

Comptez les verbes conjugués : un seul et c'est une phrase simple ; deux ou plusieurs verbes, c'est une phrase complexe.

2 La phrase complexe

● La phrase complexe possède **plusieurs verbes** ; elle est donc constituée de **plusieurs propositions**.

Nous sommes allés au cinéma, puis nous avons rendu visite à Sébastien. / Il faudra que tu viennes m'aider à préparer l'examen, sinon je risque d'échouer.

● On peut comparer cette phrase à un arbre avec son tronc (proposition principale) et ses branches (les subordonnées). Une branche peut elle-même se ramifier en plusieurs, comme une subordonnée conjonctive peut être complétée par une relative.

Questions type brevet

- La phrase « ... » est-elle simple ou complexe ?
- Relevez la proposition principale dans la phrase « ... ».

3 Coordination, juxtaposition et subordination

A Coordination

● Des propositions sont coordonnées quand elles sont reliées entre elles :

– par une **conjonction de coordination** *(mais, ou, et, donc, or, ni, car)* ;

Tu mérites de gagner **car** tu t'es donné du mal.

– ou par un **adverbe de liaison** *(en effet, alors, puis, toutefois, cependant...)*.

J'ai bien mangé, **toutefois** je me laisserais bien tenter par cette tarte aux pommes.

- Il s'agit donc d'un simple lien qui a deux fonctions :
  - attacher ces propositions pour faire une phrase complexe ;
  - établir un rapport logique entre les deux propositions.

B Juxtaposition

- Des propositions juxtaposées ne sont pas reliées par un mot de liaison mais juste séparées par une **virgule**, un **point-virgule** ou **deux points.** Ces propositions sont simplement « posées » l'une à côté de l'autre.

Il est intervenu, il a réglé l'affaire en cinq minutes.

- La juxtaposition peut accentuer un **effet de rapidité**...

Il vient, il gagne ! / Le maître intervient, c'est réglé !

- ... ou **gommer la relation logique** entre deux faits pour la rendre encore plus frappante.

Je n'ai pas travaillé, j'ai tout perdu... / Il ne m'aimait pas, j'ai été mal noté.

- Il n'est donc pas toujours nécessaire de préciser cette relation logique entre deux faits. Savoir parfois la gommer, par juxtaposition, donne aux phrases plus de vivacité. Au moment de rédiger, pensez à ne pas multiplier inutilement les coordinations.

C Subordination

- Dans une phrase complexe, la **proposition subordonnée** dépend d'une proposition principale qu'elle **complète.**
- On appelle donc subordination le rapport unissant une subordonnée à sa principale.

> **lexique**
> Proposition principale : c'est une proposition complétée par une proposition subordonnée.

Nous nous coucherons tôt parce que demain nous devrons partir de bonne heure. / J'ai beaucoup voyagé quand nous étions en Afrique.

- Cette proposition subordonnée peut être reliée à sa principale par :
  - une **conjonction de subordination** *(que, parce que, pendant que, pour que...)*

J'aime le pull **que** tu m'as offert.

  - un **mot interrogatif** *(comment, qui, quel, pourquoi, où, si)*

J'aimerais savoir **qui** a pris mon livre.

  - un **pronom relatif** *(qui, que, quoi, dont, où, lequel)*

L'école **dont** je parle n'est pas à Paris.

Reconnaître les différentes subordonnées

126

Lue Relue Apprise

Il existe deux grands ensembles de subordonnées : celles qui complètent un nom (subordonnées relatives) et celles qui complètent un verbe (subordonnées circonstancielles et subordonnées complétives).

1 La subordonnée relative

info-clé

La subordonnée dépend toujours d'une **proposition principale** qu'elle complète.

- La proposition subordonnée est introduite par un **pronom relatif** *(qui, que, quoi, dont, où, lequel, auquel, duquel...)*.

  Le livre que j'ai oublié doit être sur ta table.

- Elle complète un nom ou un pronom appelé **antécédent**.

  Je craignais la tempête qui devenait menaçante.

  → Information sur la tempête redoutée.

  J'ai aperçu celui dont tu m'as parlé.

  → Information concernant cet homme aperçu.

- Un nom peut être couramment précisé par un adjectif qualificatif.

  Je t'offre ce livre divertissant.

- Il peut donc l'être également par une subordonnée relative.

  Je t'offre ce livre que j'ai trouvé très drôle.

2 La subordonnée circonstancielle

Elle est introduite par une **conjonction de subordination** : *quand, comme, lorsque, quoique, puisque, que, si, depuis que...*

A Son rôle. Elle précise les circonstances de l'action évoquée dans la proposition principale. C'est donc le **complément circonstanciel** du verbe de la principale.

Depuis que je sais nager, je peux aller à la pêche avec eux.

→ Il peut aller à la pêche avec eux. Depuis quand ? Qu'est-ce qui a rendu cela possible ? Il peut depuis qu'il sait nager.

B Les informations circonstancielles ou logiques qu'elle donne sont **multiples** : le temps, la cause, le but, la conséquence, la condition, la comparaison, la concession ou l'opposition.

- **Le temps** : Dès que le match est fini, les joueurs quittent le stade.

  → Précise quand.

- **La cause** : Je suis très satisfait parce que nous avons dépassé notre objectif.

→ Précise pourquoi.

- **Le but** : Nous vous accompagnons pour que vous trouviez la bonne route.

→ Précise la raison de l'action.

- **La conséquence** : L'orage de grêle fut si violent que la moisson fut hachée.

→ Précise le résultat.

- **La condition** : S'il fait beau demain, nous nous promènerons.
- **La comparaison** : Le garde aime ses forêts comme le vigneron aime sa vigne.

→ Établit une relation d'égalité entre deux faits.

- **L'opposition ou la concession** : Bien que vous ayez travaillé, vous n'avez pas réussi.

→ Souligne l'échec du moyen mis en œuvre.

3 La subordonnée complétive

A Son rôle

Cette subordonnée est **complément d'objet** du verbe de la proposition principale.

J'attends qu'il revienne. / Il demande si nous viendrons.

B Trois sortes de subordonnées complétives

- **La subordonnée conjonctive**. Elle est introduite par la conjonction *que*.

Je désire **que** vous arriviez à l'heure. / Nous souhaitons sincèrement **qu**'ils réussissent.

- **La subordonnée interrogative indirecte**. Elle est introduite par un mot interrogatif (*comment, quel, quand, pourquoi...*) ou par *si*.

Je me demande **comment** je pourrais voyager à peu de frais. / J'ignore **si** vous en êtes capable.

- **La subordonnée infinitive**. On la reconnaît au fait qu'elle n'a pas de mot introducteur.

– Elle est complément d'objet direct du verbe principal.
– Son verbe, à l'infinitif, a un sujet propre.
– Elle se trouve après des **verbes de sensation, laisser** ou **faire.**

J'ai **regardé** le potier travailler. / Il a **laissé** son frère agir à sa guise.

remarque

La subordonnée interrogative indirecte équivaut à une phrase interrogative au style direct.
Ex. : *« Je ne vois pas pourquoi tu n'irais pas à la cantine »*
→ *Pourquoi n'irais-tu pas à la cantine ?*

Les rapports logiques de cause, de conséquence et de but

127

Lue Relue Apprise

La cause, la conséquence ou le but peuvent être exprimés dans le cadre d'une subordonnée conjonctive, ou bien par le biais d'une préposition ou d'un adverbe.

info-clé

Les conjonctions, prépositions et adverbes introduisant cause, conséquence et but s'appellent les **connecteurs logiques**.

1 Pour bien les distinguer

A Le but

- Le but exprime **l'intention**, **l'objectif** à atteindre, ce qui est recherché.
- Il se situe dans l'avenir, par rapport à celui ou celle qui souhaite atteindre cet objectif.

Il travaille beaucoup pour réussir.

→ La réussite est ici le but recherché mais on ne sait pas si l'objectif est atteint.

B La cause

Elle exprime **l'origine** d'un phénomène.

Il a réussi parce qu'il a fourni un gros travail.

Questions type brevet

- Dans la phrase « ... », distinguez la cause et la conséquence.
- Reformulez cette phrase pour que la subordonnée n'exprime plus la cause mais la conséquence.

C La conséquence

- C'est le résultat d'une action.

Il s'est tellement dépêché qu'il est arrivé en avance.

- Toute conséquence a donc sa cause, qui l'a précédé chronologiquement.

Cause : un gros travail pendant plusieurs mois ; Conséquence : réussite à l'examen.

- On pourra choisir entre deux solutions :
  - présenter la réussite à l'examen puis indiquer sa cause (*Il a réussi parce qu'il a fourni un gros travail*) ;
  - présenter cet effort puis indiquer sa conséquence, **l'effet produit, le résultat** (*Il a fourni un gros travail si bien qu'il a réussi à l'examen*).

2 Expression du but, de la cause et de la conséquence

A Le but

- La subordonnée de but est introduite par les conjonctions *pour que, de telle sorte que, afin que, de peur que...*

Je vous téléphone **pour que** nous prenions rendez-vous.

- Comme le but exprime un fait qui n'est pas encore réalisé, ces subordonnées seront **au subjonctif**.
- Le but peut aussi être introduit par une préposition + infinitif (*pour, afin de, de manière à, en sorte de, de peur de)*.

Il se démène **pour être** accepté dans l'équipe.

J'utiliserai ma voiture **de manière** à pouvoir vous y conduire.

B La cause

- Elle est souvent exprimée dans le cadre d'une subordonnée introduite par les **conjonctions** : *parce que, comme, dès lors que, étant donné que, vu que, sous prétexte que...*

Étant donné que vous êtes jeunes, vous bénéficiez d'un tarif réduit.

- Elle peut être introduite par une **préposition + infinitif ou nom.**

Il a dû s'excuser **pour avoir** été impoli. /

Étant donné la situation, je préfère partir.

- Mais aussi par un **adverbe** ou une **conjonction de coordination.**

Monsieur Durand est responsable ; **en effet** il est directeur de l'entreprise.
Je l'estime **car** il est honnête.

- La cause d'un fait est logiquement exprimée au mode **indicatif** (l'origine d'un phénomène est bien réelle).

C La conséquence

- La subordonnée de conséquence sera introduite par les **conjonctions** *si bien que, de telle sorte que, si... que, tellement... que, tant... que...*

Le coureur a accéléré **si bien que** ses concurrents ont été distancés. / Il a **tellement** chanté qu'il est maintenant enroué.

> **remarque**
> **Cause** et **conséquence** exprimant un fait réel, vous trouverez généralement ces subordonnées à **l'indicatif**.

- La conséquence est un fait réel. On emploiera donc le mode indicatif dans les subordonnées de conséquence.
- La conséquence peut être introduite par une **préposition + infinitif ou nom.**

Il a couru **à en perdre** le souffle.

Elle est timide **au point de** ne pas oser parler en public.

- **Adverbes** et **conjonctions de coordination** peuvent aussi introduire la conséquence : *donc, alors, par conséquent, ainsi, aussi...*

La marchandise est excellente, **aussi** les clients sont satisfaits.

Hypothèse et condition, opposition et concession

128

Lue Relue Apprise

Condition et hypothèse font partie du même ensemble (tous les deux expriment un fait dont dépend l'existence d'un autre fait). On rapprochera de même opposition et concession.

1 La condition et l'hypothèse

A La condition

Un fait est **soumis à la réalisation d'une condition**. Ce fait est réalisable, il est exprimé à l'indicatif.

Quand on travaille sérieusement, on **réussit**.

Si vous parlez plusieurs langues, vous **trouvez** du travail.

Questions type brevet

- La proposition « … » exprime-t-elle une condition ou une hypothèse ?
- Trouvez, dans le premier paragraphe, une subordonnée de condition.

B L'hypothèse

Le fait en question **n'existe pas**, ni dans le présent ni dans le passé, ou bien **sa réalité est moins certaine**. Le subjonctif ou le conditionnel apparaît dans la proposition principale ou dans la subordonnée.

Si j'étais riche, je **vivrais** dans un palais.

Il viendra demain, à condition que sa voiture ne **tombe** pas en panne.

remarque

Jamais de conditionnel après « si », mais le **présent** ou l'**imparfait**.

Ex. : *Si tu viens…*
Si tu venais…

C Expression de la condition et de l'hypothèse

- Les deux rapports logiques sont proches l'un de l'autre et construits avec les mêmes outils.
- Dans une subordonnée introduite par : *si*, *pourvu que*, *en admettant que*, *à condition que*, *pour peu que*, *à moins que*, *au cas où…*

Au cas où il ne ferait pas beau demain, nous avons prévu un autre programme.

Il ne connaît pas mon adresse **à moins que** tu la lui aies donnée.

- Par une préposition suivie d'un infinitif (ou d'un groupe nominal) : *à moins de*, *à condition de…*

Tu pourras aller au cinéma **à condition d'**avoir terminé ton travail. / Il passera te rendre visite **à moins d'**un imprévu.

Le rôle des temps après « si »

Suivant qu'on choisit
Présent + indicatif ou
imparfait + conditionnel,
une même possibilité devient plus ou moins certaine.

Ex. : *Si tu m'aides, je te récompenserai.* → Certain
Si tu m'aidais, je te récompenserais. → Pas certain

2 Opposition et concession

A L'opposition

Deux faits de même nature sont rapprochés de manière à souligner une **différence**, une **contradiction.**

Je n'aime pas le basket, **par contre** j'adore le football. / Cette boulangerie ferme le lundi, **en revanche** elle est ouverte le dimanche.

B La concession

- Elle exprime un fait qui n'est pas conforme à ce que la logique exigerait.

J'ai beaucoup de travail, **pourtant** j'irai danser.

- La concession fait fréquemment partie d'une argumentation. On accepte partiellement le point de vue de l'interlocuteur pour mieux s'en démarquer.

Bien qu'il ait beaucoup de qualité, je ne l'aime pas

→ Je reconnais qu'il a des qualités, je le concède, mais je ne l'aime pas.

piège à éviter

Malgré sera suivi d'un nom ou d'un pronom. On ne dira pas : *malgré qu'il soit en retard...* mais : *bien qu'il soit en retard* ou *malgré son retard.*

C Expression de l'opposition et de la concession

Les deux notions sont proches et construites avec les mêmes outils.

- Dans une subordonnée introduite par : *alors que, tandis que, bien que, quoique, même si, encore que, quoi que, où que...*

J'ai passé mes vacances à travailler **alors que** tu n'as rien fait.

- Introduite par un adverbe : *en revanche, par contre, inversement, au contraire...*

Il est très doux, **en revanche** il sait se faire respecter.

- Introduite par une préposition (ou locution) suivie d'un groupe nominal (*malgré, au lieu de, en dépit de*) ou d'un infinitif (*pour, au lieu de, quitte à, loin de*).

Malgré sa paresse, on l'aime bien.

D Des modes variés

La réalité plus ou moins effective d'un fait est exprimée par :

- **L'indicatif** après *alors que, tandis que.*

Tandis qu'il dort, je lave ses vêtements !

- **Le subjonctif** après *quoique, bien que, qui que, encore que.*

Bien que tu aies du talent, tu devras beaucoup travailler.

- **Le conditionnel** après *quand bien même.*

Quand bien même il serait président, il n'entrerait pas.

Reconnaître la classe grammaticale d'un mot variable 129

Lue Relue Apprise

On distingue les mots variables (ils peuvent changer de forme) et les mots invariables (ils ne changent jamais de forme). Parmi les mots variables, on doit savoir reconnaître les noms communs, les noms propres, les déterminants, les adjectifs, les pronoms et les verbes.

info-clé

La classe grammaticale (aussi appelée *nature d'un mot*) regroupe des mots qui ont les mêmes caractéristiques : noms, verbes, adjectifs...

1 Nom propre et nom commun

A Le nom propre

- **Il permet de désigner un être ou une chose** en particulier. Il est facile à reconnaître car il débute par une majuscule.

  Les Français, Zeus, l'Italie, Tintin

- Le nom propre « appartient » à un être vivant, un lieu ou un groupe de même catégorie. Il est théoriquement unique.

  Jura → Ce nom ne sera pas appliqué aux autres montagnes.

B Le nom commun

Il permet de désigner un ensemble de choses ou d'êtres par une appellation commune. Il peut aussi « nommer » une idée (ex. : *la liberté*).

Le nom commun *chien* permet de désigner l'ensemble des chiens, alors que le nom propre *Milou* désigne uniquement le chien de Tintin.

l'astuce du prof

Un nom commun se reconnaît car :
– il est accompagné d'un déterminant et souvent d'un adjectif.
Ex. : *la* (déterminant) *veste* (nom) *bleue* (adjectif)
– il prend un **s** ou un **x** au pluriel.
Ex. : *le lapin / les lapins*

2 Le verbe

Le verbe peut être conjugué. C'est le pivot de la phrase. Il exprime l'action accomplie ou subie par le sujet, ou l'état de ce sujet. La forme d'un verbe varie selon le **temps** et la **personne** à laquelle il est conjugué.

Je mange, nous mangeons → Changement de personne.

Il mange, il mangea → Changement de temps.

3 Le déterminant et l'adjectif

A Le déterminant

- On le trouve toujours devant le nom commun dont il marque le genre (masculin, féminin) et le nombre (singulier, pluriel).

Les articles	Définis : *le, la, l', les*
	Indéfinis : *un, une, des*
	Partitifs : *du, de la, de l'*
Les déterminants démonstratifs	*ce, cet, cette, ces, ce (...)-ci, ce (...)-là, ces ...-ci, ces (...)-là*
Les déterminants possessifs	*mon, ton, son, ma, ta, sa, notre, votre, leur, mes, tes, ses, nos, vos, leurs*
Les déterminants indéfinis	*aucun, autre, certain, chaque, divers, maint, même, nul, plusieurs, quelques, tels, tout*

- On ne peut pas supprimer le déterminant.

B L'adjectif qualificatif

- Il apporte une information sur le nom qu'il qualifie et avec lequel il s'accorde en genre et en nombre.

  Les roses **vertes** / Les **splendides** fleurs de ma grand-mère / La **jolie** fille / Le **bel** arbre.

- On peut le supprimer.
- Bien distinguer adjectifs qualificatifs et adjectifs **déterminants possessifs** *(mon, ma, nos, leurs...)* ou **démonstratifs** *(ce, cette, cet, ces...)*.

4 Le pronom

Le pronom sert à remplacer un nom. Il a les mêmes fonctions qu'un groupe nominal.

Pronoms démonstratifs	*ce, ceci, cela, celui, celle, ceux, celles, celui-ci, celle-ci, celui-là, celle-là, ceux-ci...*
Pronoms possessifs	*le mien, le tien, le sien, la mienne, la tienne, la sienne, les miens, les tiens, les siens, les miennes, les tiennes, les siennes, le nôtre, le vôtre, le leur, les nôtres, les vôtres, les leurs...*
Pronoms indéfinis	*aucun, certains, chacun, l'un, l'autre, nul, pas un, tout, tous, toutes...*
Pronoms relatifs	*qui, que, quoi, dont, où, lequel, laquelle, lesquels, lesquelles, duquel, de laquelle, desquels, desquelles, auquel, à laquelle, auxquels, auxquelles*
Pronoms interrogatifs	*qui, de qui, de quoi, que, lequel, laquelle, lesquels, auquel, à laquelle, auxquels, auxquelles*
Pronoms personnels	*je, tu, il, elle, on, nous, vous, ils, elles, me, te, se, le, l', la, les, lui, moi, toi, eux, en, y*

Reconnaître les mots invariables 130

☐ Lue ☐ Relue ☐ Apprise

Les mots invariables ne changent pas de forme. Il faut distinguer les adverbes, les prépositions, les conjonctions de subordination, les conjonctions de coordination et les interjections.

1 Les adverbes

- **Les adverbes sont des mots qui permettent de compléter :**
  - un verbe. Il mange **beaucoup**.
  - un adjectif ou un autre adverbe.

  Il est **vraiment** fort. / Il rit **très** souvent.

L'astuce du prof

Pour **différencier les mots invariables**, essayez de les supprimer, puis demandez-vous si la phrase reste correcte.

- **On peut les supprimer sans rendre la phrase incorrecte.**
- Les adverbes ont des sens divers :

Temps	*maintenant, à présent, avant, aujourd'hui, demain, hier, aussitôt, autrefois, quelquefois, souvent, toujours, tout à coup, déjà, ensuite, enfin*
Lieu	*ailleurs, dedans, dehors, au-dehors, dessus, ici, là-bas, loin, partout, près, quelque part*
Quantité, intensité	*assez, autant, davantage, à peu près, environ, moins, peu, beaucoup*
Manière	*bien, mal, mieux, plutôt, volontiers, ensemble, gentiment, lentement*
Négation	*ne... pas, ne... plus, ne... jamais, ne... rien, ne... guère*
Interrogation	*combien, comment, où, pourquoi, quand*
Liaison	*d'abord, puis, ensuite, enfin, ainsi, cependant, pourtant, par conséquent, en revanche, de plus, par ailleurs*

2 Les prépositions

- **Elles servent à introduire un complément du nom ou du verbe.**

C'est le chat **de** Marie-Louise.

→ La préposition « de » introduit le complément du nom *chat*.

Il va **vers** la gare → La préposition « vers » introduit le complément essentiel de lieu du verbe *aller*.

Prépositions	*dans, à, par, pour, en, vers, dessus, dessous, devant, entre, avec, contre*
Locutions prépositionnelles	*au-dessus, afin de, jusqu'à, par-dessus, par derrière*

- **On ne peut pas supprimer une préposition dans la phrase.**

3 Les conjonctions de subordination

- **Elles introduisent une proposition subordonnée** complétive ou circonstancielle qui complète un verbe.

J'ai pensé **que** tu ne viendrais pas. → COD de *penser*.

Je pars **quand** je veux. → Complément circonstanciel de temps du verbe *partir*.

- Les propositions subordonnées qu'elles introduisent ont des valeurs diverses.

Temps	*quand, lorsque, chaque fois que, pendant que, au moment où*
Cause	*parce que, puisque, étant donné que, sous prétexte que, vu que*
Conséquence	*si bien que, au point que, de sorte que, en sorte que, tellement que...*
But	*pour que, afin que, dans l'espoir que, de crainte que, de peur que...*
Opposition, concession	*bien que, quoique, sans que, quel que, quelque...que...*
Condition	*si, selon que, au cas où, quand bien même, à condition que, pourvu que*
Comparaison	*ainsi que, de même que, tel que, davantage que, mieux que, autant que*

- **On ne peut pas les supprimer dans la phrase.**

4 Les conjonctions de coordination

- **Elles relient des mots, des groupes de mots ou des propositions** ayant la même fonction dans la phrase.
- Il y en a sept : ***mais, ou, et, donc, or, ni, car***.

Je mange **et** je me repose. / Il pense que j'ai tort **ou** que je mens. / Le chapeau n'est **ni** rond **ni** bleu.

L'astuce du prof

Pour mémoriser les conjonctions de coordination, pensez à la phrase : « *Mais où est donc Ornicar ?* »

5 Les interjections et les onomatopées

- **Les interjections expriment un sentiment** : *youpi !* (joie), *ah !* (admiration), *aïe !* (douleur), *zut !* (déception)
- **Les onomatopées imitent des bruits** : *meuh, miaou, vlan, paf, miam...*

Repérer les fonctions dans le groupe nominal

131

Lue Relue Apprise

La fonction d'un mot est le rôle grammatical qu'il joue par rapport à un mot ou à un groupe de mots dans la phrase. Elle peut s'exercer à l'échelle du groupe nominal. Il s'agit de l'apposition, du complément de l'apposition, du complément du nom et de l'épithète.

1 L'apposition

- Cette fonction concerne l'adjectif qualificatif ou le nom.
- Le plus souvent, l'apposition est séparée du nom par une virgule. Elle peut également être introduite par deux points. Elle sert à qualifier ou à désigner une seconde fois ce qui vient d'être nommé par un nom ou un pronom.

Freud, **le célèbre psychanalyste**, a longtemps vécu à Vienne.
→ *le célèbre psychanalyste* est apposé au nom *Freud*.

- L'apposition peut se trouver loin du nom ou du pronom, séparée d'eux par d'autres groupes de mots.

L'homme regardait passer les voitures, **agité et peu sûr de lui**.
→ *agité et peu sûr de lui* est apposé au nom *homme*.

- La fonction apposition est surtout exprimée par :
  - un nom ou un groupe nominal ;
  Il était attendu par madame Henri, **présidente de l'association**.
  - un adjectif qualificatif, un groupe adjectival ou un participe ;
  Stressée comme jamais, elle se mit à sangloter.
  - un verbe ou un groupe verbal à l'infinitif ;
  Je n'avais qu'une envie : **danser à nouveau avec elle**.
  - une proposition subordonnée relative ;
  Il regardait cette femme, **que l'on appelait *la Castafiore***.
  - une proposition subordonnée conjonctive.
  Les supporters n'attendaient qu'une chose : **que Lionel Messi apparaisse sur le terrain**.

ne pas confondre

- La fonction d'un mot est son rôle dans la phrase (sujet, COD, attribut...).
- La nature d'un mot ou classe grammaticale est son identité (verbe, nom, adjectif...).

2 Le complément de l'antécédent

- C'est la fonction de la proposition subordonnée relative placée dans un groupe nominal. **L'antécédent est le nom remplacé par le pronom relatif.**
- Il se trouve le plus souvent juste devant le pronom relatif qui introduit la proposition subordonnée.

Le garçon **que j'ai rencontré hier à la piscine** s'appelle Pierre. → *que j'ai rencontré hier à la piscine* est une proposition subordonnée relative, complément de l'antécédent *garçon*.

Il refuse d'écouter sa mère **qui lui dit des choses vraies mais désagréables**. → *qui lui dit des choses vraies mais désagréables* est une proposition subordonnée relative, complément de l'antécédent *mère*.

3 Le complément du nom

Les prépositions

à, dans, par, pour, en, vers, avec, de, sans, sous, dessus, dessous....

- C'est un mot ou un groupe de mots introduit par une préposition qui complète un nom.
- Cette fonction peut être exercée par :
  - un nom ou un pronom

Le chien **de Brigitte** est gentil / Le chien **de celle-ci** est gentil.

→ *de Brigitte / de celle-ci* sont complément du nom *chien*.

  - un verbe ou un adverbe.

Il a formulé le souhait **de s'exprimer**.

→ *de s'exprimer* est complément du nom *souhait*.

Il a une envie **d'ailleurs**.

→ *d'ailleurs* est complément du nom *envie*.

4 L'épithète

Cette fonction concerne **l'adjectif qualificatif quand il est placé à côté du nom**. Elle peut également être exercée par un participe passé ou un adjectif verbal.

Les pâtisseries **délicieuses** de Sophie font le bonheur de ses gentils voisins. → *délicieuses* est un adjectif qualificatif épithète du nom *pâtisseries* ; *gentils* est également un adjectif qualificatif épithète du nom *voisins*.

Il a souvent des avis **intéressants**. → *intéressants* est un adjectif verbal épithète du nom *avis*.

Les fleurs **coupées** fanent vite. → *coupées* est un participe passé employé comme adjectif, épithète du nom *fleurs*.

Repérer les fonctions dans la phrase

132

Lue Relue Apprise

La fonction d'un mot est le rôle grammatical qu'il joue par rapport à un mot ou à un groupe de mots dans la phrase. Il s'agit des fonctions sujet, complément essentiel, complément d'agent et attribut.

1 La fonction sujet

info-clé

Le verbe joue un rôle essentiel pour déterminer la fonction d'un groupe de mots dans une phrase.

- On reconnaît un mot, un groupe de mots ou une proposition qui exercent la fonction sujet au fait qu'ils font varier le verbe en nombre.

  Le lapin dort à l'ombre. → **Les lapins** dorment à l'ombre.

- Cette fonction peut être exercée par un mot (nom, pronom), un groupe (nominal, verbal) ou une subordonnée.

  Il chante. → pronom sujet / **Le garçon** chante. → nom sujet / **Qu'il le fasse** m'étonnerait. → subordonnée sujet

- Parfois le sujet peut être inversé, c'est-à-dire se trouver après le verbe.

  Au fond du jardin s'épanouissaient **des fleurs merveilleuses.**

- Certains verbes se construisent avec un sujet grammatical et un sujet logique.

  Il pleut des cordes. → *Il*, impersonnel, est le sujet grammatical ; en réalité ce sont *les cordes* qui sont censées tomber.

2 La fonction complément essentiel

On appelle **compléments essentiels** des compléments rattachés au verbe et indispensables au sens et à la correction de la phrase. Il s'agit des compléments d'objet direct (COD), indirect (COI) ou second (COS).

- **Le complément d'objet direct (COD).** On le reconnaît en posant la question « qui ? » ou « quoi ? ».

  J'aime **les fruits**. → *les fruits* : fonction COD du verbe *aimer*.

- **Le complément d'objet indirect (COI).** Le complément est dit indirect car il est introduit par une préposition. On le reconnaît en posant la question « à qui ? » , « à quoi ? », « de qui ? », « de quoi ? ».

  Je parle **à Brigitte**. → *à Brigitte* : fonction COI du verbe *parler*.

- **Le complément d'objet second (COS).** Le verbe a déjà un complément d'objet. Le COI est alors appelé COS.

  Je lui offre des fleurs. → *des fleurs* : fonction COD du verbe *offrir* ; *lui* : fonction COS du verbe *offrir*.

3 La fonction complément circonstanciel

Certains mots, groupes de mots ou propositions apportent une information sur l'action sans être liés au verbe. Ils peuvent être déplacés, ce qui permet de les différencier des compléments essentiels. Ils permettent de donner une information sur :

- Le lieu — Il s'est assis **loin de moi**.
- Le temps — **Chaque matin**, il fait du footing.
- Le but — Il parle **pour passer le temps.**
- La manière — Il regarde **du coin de l'œil**.
- La cause — Il le garde **parce qu'il craint de le regretter.**
- L'opposition — Il l'accepte comme ami **malgré son avarice**.
- La condition — **Sans manger**, on ne vit pas longtemps.

4 La fonction attribut

- **L'attribut du sujet :** il exprime une caractéristique du sujet avec lequel il est relié par l'intermédiaire d'un verbe attributif : *être, paraître, sembler, rester, devenir, demeurer, passer pour, être considéré comme, être nommé...*

Il paraît **jeune**. → *jeune* : fonction attribut du sujet *il*. / Les bretelles passent pour **laides**. → *laides* : fonction attribut du sujet les *bretelles*.

- **L'attribut du COD :** il exprime une caractéristique du COD. On le trouve après des verbes comme *avoir*, *appeler*, *trouver*, *juger*, *considérer comme*, *rendre*, *nommer*...

J'ai trouvé cette journée **agréable**. → *agréable* : fonction attribut du COD *journée*. / On le jugeait un **homme dangereux**. → *un homme dangereux* : fonction attribut du COD *le*.

- La fonction attribut peut être remplie par des mots ou des expressions de classes grammaticales diverses : adjectif, participe passé employé comme adjectif, verbe ou groupe verbal à l'infinitif, nom ou groupe nominal, adverbe ou subordonnée conjonctive introduite par *que*.

5 La fonction complément d'agent

- Dans une phrase à la voix passive, le complément d'agent sert à indiquer qui fait l'action et est introduit à l'aide des mots *par* ou *de*.

Le sol était couvert **de taches**. → *de taches* : fonction complément d'agent de *être couvert*.

Il est prêt à être reçu **par qui vous voudrez**. → *par qui vous voudrez* : fonction complément d'agent de *être reçu*.

- La fonction complément d'agent peut être exercée par un nom, un pronom, un groupe nominal ou une proposition subordonnée relative.

Grammaire

Révision EXPRESS

Les points essentiels

- **Dans un récit au passé**, on utilise principalement trois temps : l'**imparfait**, le **passé simple** et le **passé composé**. Pour un exercice de réécriture par exemple, il est très important de connaître leur valeur et de savoir les employer à bon escient.
- **L'imparfait de l'indicatif**

– C'est le temps de **la description** pour le cadre ou les personnages.
– Il sert aussi à relater **une habitude** ou **une action passée** qui se répète.
– On l'emploie encore après « si » dans une subordonnée de condition.

- **Le passé simple**

– Il fait **avancer le récit**, par des actions qui se distinguent du décor à l'imparfait.
– Il a une **valeur ponctuelle** : pour une action passée unique, à un moment précis.
– On l'utilise aussi pour une **action bornée**, dont on indique la durée, le début et la fin. Ex. : Il vécut de 1827 à 1892.

- **Le passé composé**

– On l'emploie pour des **actions passées terminées** dont le **résultat est durable**.
– Il remplace le passé simple dans la langue courante.

Les différentes classes grammaticales de « que »

Classe grammaticale	Son rôle	Exemples
Pronom relatif	Introduit une subordonnée relative	*Le roman **que** je lis me plaît.*
Conjonction de subordination	Introduit une subordonnée conjonctive (complétive, COD)	*Je sais **que** je peux compter sur toi.*
Pronom interrogatif	Sert à poser une question	***Que** devient votre projet ?*
Adverbe exclamatif	Suivi de la préposition *de*	***Que** de jolis cadeaux !*
Adverbe de négation	Deuxième partie de la négation *ne...que*	*Je ne lis **que** des romans.*
Elément du comparatif	Introduit l'élément comparé.	*Sonia est plus grande **que** son frère.*

Mémo'Quiz

Les temps du récit au passé

Cochez la bonne réponse.

1. *Le jeudi soir, il allait jouer au billard.* La valeur principale du verbe souligné est :

❑ la durée ❑ la brièveté ❑ l'habitude

2. *En 2005, un tremblement de terre dévasta ce pays.* La valeur principale du verbe souligné est :

❑ la répétition ❑ la durée ❑ la valeur ponctuelle

3. *Il habitait à Paris depuis deux ans quand il le .... par hasard.* La forme correcte est :

❑ rencontra ❑ rencontrait ❑ l'eut rencontré

Les trois discours (ou styles) direct, indirect et indirect libre

Cochez la bonne réponse.

1. *Monsieur Téron demanda : « vous viendrez danser ce soir ? ».*

❑ discours direct ❑ discours indirect ❑ discours indirect libre

2. *Ses camarades se moquaient de lui méchamment. Il avait de grandes oreilles.*

❑ discours direct ❑ discours indirect ❑ discours indirect libre

3. *Ma mère me demanda si j'étais passé à la Poste.*

❑ discours direct ❑ discours indirect ❑ discours indirect libre

Les différentes subordonnées

Cochez la bonne réponse.

1. *Les chaussures que j'ai achetées me font mal.* Dans cette phrase, la subordonnée soulignée est :

❑ circonstancielle ❑ relative ❑ complétive

2. *Bertrand me demande si le temps s'arrange.* La subordonnée soulignée est :

❑ infinitive ❑ relative ❑ interrogative

3. *Nous avons regardé le peintre composer son tableau.* La subordonnée soulignée est :

❑ relative ❑ infinitive ❑ circonstancielle

➜ Corrigés p. 477

Sens et formation d'un mot

133

Lue Relue Apprise

Pour expliquer le sens d'un mot, il est souvent utile de passer par son origine. On étudie alors son étymologie. De nombreuses questions du brevet demandent au candidat de suivre cette démarche.

1 La formation par dérivation

A Décomposer le mot

- On dit qu'un mot est formé par dérivation lorsqu'on ajoute un **préfixe devant le radical** et/ou **un suffixe après le radical**.
- Le radical est le cœur du mot. C'est lui qui indique ce dont parle le mot.

In-prononç-able → Le radical est *-prononc-* qui indique un rapport avec l'idée de *prononcer*, de *formuler un mot.*

- Pour expliquer un mot en étudiant sa formation, il faut donc le décomposer.

info-clé

En français, les mots peuvent avoir été formés par **dérivation**, **composition** ou par **emprunt**.

remarque

Le suffixe adverbial *-ement* permet de créer des adverbes de manière :

Ex. : *courageus-ement, pareill-ement.*

B Les préfixes

Le préfixe a une grande influence sur le sens du radical.

Préfixes	Sens	Exemples
a-, dé-, in-, mal-, mé-	Négation	***A****moral*, ***dé****saxé*, ***mal****intentionné*, ***mé****sentente*,
archi-, extra-, hyper-, re-, super-	intensité, répétition	***Archi****dominé*, ***extra****vagant*, ***hyper****marché*, ***re****voir*, ***super****tanker*
anti-	Opposition	***Anti****militariste*
co-, para-, pro-	Soutien, association	***Pro****nom*, ***co****locataire*, ***para****militaire*
anté-, inter-,post-, pré-, trans-,	Situation dans l'espace ou le temps	***Anté****diluvien*, ***post****opératoire*, ***pré****opératoire*, ***trans****mettre*

C Les suffixes

- Le suffixe permet de former des mots de classes grammaticales différentes.
- Il apporte également des précisions quant au sens du mot.

Suffixes verbaux

Suffixes verbaux	Sens	Exemples
-er, -ir	Action	*Danser, finir*
-eter, -eler, -iller, -iner	Diminutif	*Voleter, craqueler, fendiller, trottiner*
-asser	Péjoratif	*Rêvasser*

Suffixes nominaux

Suffixes nominaux	Sens	Exemples
-esse, -eur, -itude, -té	Qualité ou défaut	*Grandeur, fidélité*
-eur, -ier, -iste, -aire, eron	Celui qui fait l'action ou métier	*Skieur, batelier, fleuriste, disquaire, bûcheron*
-age, -erie, -ment, -tion	Action	*Pilotage, chamaillerie, aménagement, constatation*
-et, -elet, -on, -ille, -eron	Diminutif	*Porcelet, souvageon, brindille*
-ard, -âtre, -asse	Péjoratif	*Chauffard, marâtre, vinasse*

2 La formation par composition

- Le mot est formé **en réunissant deux mots** qui peuvent être fondus en un seul.

  Gendarme (issu de « gens d'armes »), portefeuille

- Ils peuvent également être séparés par des traits d'union.

  Pomme-de-terre, grand-mère, sourd-muet, coffre-fort

3 La formation par emprunt

- Les mots sont empruntés à une autre langue et intégrés à la langue française.
- Leurs origines sont très diverses. Plus de 90 % des mots français sont d'origine latine ou grecque. Au cours de notre histoire, d'autres mots d'origine étrangère ont été intégrés au français.

Les mots d'origine étrangères

Langue d'origine	Exemples
Grec	*amande, anarchie, anthologie, athlète, cerise, démocratie, philosophie*
Latin	*animal, baccalauréat, constat, forum, lavabo, satisfecit*
Arabe	*alcool, algèbre, chiffre, harem, oued, sinus, zéro*
Anglais	*baby-foot, blues, bluff, clown, penalty, pull-over, ring, scoop, supporter*
Allemand	*accordéon, bunker, halte, hamster, nickel, nouille, valse*

Familles de mots et champ lexical

☐ Lue ☐ Relue ☐ Apprise

134

Une famille de mots rassemble des mots unis par un même radical. Un champ lexical rassemble des mots qui partagent un thème commun.

1 Les familles de mots

A Définition

- Une famille de mots est composée de **tous les mots qui ont en commun un même radical.**

  Contenir, retenir, soutenir, maintenir et obtenir appartiennent à la même famille de mots. Ils partagent le radical *tenir*.

- Les mots d'une même famille n'appartiennent pas forcément à la même classe grammaticale.

  Force → nom
  Forcer → verbe
  Forcément → adverbe
  Forcé → adjectif

info-clé

Reconnaître une famille de mots permet de mieux comprendre un terme. L'analyse d'un champ lexical permet d'expliquer certains aspects d'un texte.

B Comment les obtient-on ?

- Les mots qui composent une famille peuvent être obtenus :
  - **par dérivation** en ajoutant un préfixe et/ou un suffixe à un radical commun ;

  Refleurir, floraison, fleuriste, floral, affleurer, floralies… → le radical est *flor* ou *fleur*.

  - **par composition** en réunissant deux mots pour en former un troisième.

  Chou-fleur

Questions type brevet

- Indiquez un adjectif / un verbe / un adverbe de la famille du mot…
- À quelle famille de mots appartient le mot… ?

C Comment les reconnaît-on ?

- Reconnaître une famille de mots permet de mieux comprendre et de mieux orthographier certains mots.
- Pour tous les mots formés autour du radical grec *chronos* comme *chronomètre*, *chronophage*, *chronique*, *chronologique*, *anachronique* ou *chroniqueur*, on sait que :
  - leur sens va avoir un rapport avec le temps (*chronos* en grec) ;
  - dans ces mots le son [kro] va s'orthographier « chro ».

remarque

Le mot *crooner* qui est emprunté à l'anglais, n'appartient pas à la famille de *chronos* et s'écrit sans « h ».

2 Le champ lexical

A Définition

Un champ lexical est un groupe de mots liés par un même thème, une même idée.

Bataille, soldat, uniforme, cadavre, blessure, général, tuer, médaille, déserteur…

→ Champ lexical de la guerre

B Reconnaître un champ lexical

- Dans un texte, repérer un champ lexical permet de mettre en lumière une idée sur laquelle l'auteur veut insister.

« Une clôture se dresse devant son nez. Un grillage rébarbatif, carcéral, presque concentrationnaire avec son sommet arrondi en encorbellement hérissé de fils d'acier barbelés. Pierre appartient à l'autoroute. Une aire de repos n'est pas un lieu d'évasion » (Michel Tournier, « L'aire du muguet » dans *Le Coq de Bruyère*).

- Dans ce texte, les mots clôture, grillage, carcéral, concentrationnaire, barbelés et évasion appartiennent tous au champ lexical de l'emprisonnement.

Questions type brevet

Il peut y avoir plusieurs champs lexicaux dans un texte. On vous demandera le plus souvent de repérer le champ lexical « dominant », le plus représenté.

C Interpréter un champ lexical

- Repérer un champ lexical ne suffit pas. Une fois ce premier travail accompli, il faut approfondir en dégageant le sens de cette multiplication de termes appartenant à un même thème.
- Dans le cas du texte de Michel Tournier, les termes liés au champ lexical de l'**emprisonnement** permettent d'insister sur la sensation d'**oppression** qui gagne le personnage.

Synonymes et antonymes

Lue Relue Apprise

Les synonymes sont des mots de sens très proches. Les antonymes sont au contraire des mots de sens opposés. Ils sont donc d'une grande aide pour indiquer le sens d'un mot.

pour le brevet

Pour permettre d'expliquer le sens d'un mot, les questions du brevet demandent souvent au candidat d'en donner un synonyme ou un antonyme.

1 Les mots synonymes

A Définition

- Les mots synonymes appartiennent à la même classe grammaticale. Cela permet de les remplacer l'un par l'autre dans une même phrase.

Ce sac est **lourd** (adjectif)

Ce sac est **pesant** (adjectif)

Il **aime** (verbe) la glace au chocolat.

Il **adore** (verbe) la glace au chocolat.

B Nuances et contexte

- Des nuances peuvent distinguer ces synonymes (normalement on « adore » un dieu et on « apprécie » la glace...).
- **Attention au contexte** ! Le sens d'un mot évolue selon le contexte. Il peut donc avoir différents synonymes. Ainsi pour l'adjectif *fort* :

lexique

Contexte : circonstances dans lesquelles un mot est prononcé.

Phrase (contexte)	Synonyme
*Il boit un café **fort**.*	*corsé*
*Georges était un homme **fort**, il aimait plier les tuyaux à main nues.*	*costaud*
*Les coureurs devaient encore escalader une **forte** pente.*	*escarpée*

C À quoi sert la synonymie ?

- Elle permet de définir un mot en proposant un mot de sens voisin.
- Elle permet également d'éviter les répétitions et d'apporter une précision utile.

Il regardait par la fenêtre et plus il scrutait son visage, plus il était inquiet.
→ « Regarder » et « scruter » sont synonymes mais le verbe *scruter* permet d'insister sur l'intensité du regard du personnage et annonce son inquiétude.

D La périphrase : une forme de synonyme

- Une périphrase est un groupe de mots synonyme d'un seul mot.

  La ville rose
  → Toulouse

  Notre jeune et courageux Gascon
  → D'Artagnan

- Grâce à elle, on peut également définir un mot ou éviter une répétition dans une rédaction.

  Il rêvait chaque soir de visiter **Anfield**. Le jour où il pénétra enfin dans **ce magnifique stade de football**, il avait les larmes aux yeux.

2 Les mots antonymes

- Des mots antonymes sont **des mots de sens opposés**. Comme les synonymes, ils appartiennent à la même classe grammaticale.

  Aimer (verbe) est l'antonyme de détester (verbe).

  Beau (adjectif) est l'antonyme de laid (adjectif).

lexique

Classe grammaticale : catégorie permettant de classer les mots selon leur nature grammaticale (nom, verbe, adjectif, préposition...)

- Un mot n'a pas forcément d'antonyme. *Violet*, *vert* ou *regarder* n'ont pas d'antonymes.
- **Les antonymes peuvent être :**
  - des mots très différents : *petit* et *grand* / *descendre* et *monter*.
  - des mots avec le même radical mais des préfixes différents : *chanceux* et ***mal**chanceux* / *intelligent* et ***in**intelligent*.
- Un même mot peut avoir des antonymes différents, s'il a un champ sémantique riche, selon le contexte dans lequel il est utilisé. Prenons l'exemple de l'adjectif *lourd* :

Phrase	Antonyme
*L'ambiance est **lourde**.*	*détendue*
*Il a reçu une pierre **lourde** sur la tête.*	*légère*
*Il lui jette un regard **lourd**.*	*bienveillant*

Sens propre, sens figuré et connotations

136

Lue Relue Apprise

Un mot a souvent plusieurs sens. On appelle l'ensemble de ces sens le champ sémantique d'un mot. On parle de sens propre pour son sens le plus concret et de sens figuré quand il a également un sens plus imagé. L'impression attachée au mot ou produite par le contexte est une connotation.

info-clé

On parle de **polysémie** pour un mot qui a plusieurs sens. On dit alors que ce mot est *polysémique*.

1 Sens propre et sens figuré

A Sens propre

- Le sens propre d'un mot est son **sens premier**.
- Il renvoie généralement à la réalité concrète qu'il désigne. Il apparaît en général en premier dans le dictionnaire.

Renard → Mammifère carnivore, aux oreilles droites, à la tête triangulaire assez effilée, à la queue touffue, au pelage fourni.

B Sens figuré

- Le sens figuré est un **sens imagé**.
- Il est souvent créé à l'aide d'une comparaison avec la réalité désignée par le sens propre d'un mot.

Renard → Personne fine et rusée.

C Quelques exemples

Mots	Sens propre	Sens figuré
Dévorer	*Il a **dévoré** son gâteau.*	*J'ai **dévoré** ce roman.*
Sombre	*J'allume la lumière, il fait **sombre**.*	*Ce garçon a l'air bien **sombre**.*
Savon	*Il se lave les mains au **savon**.*	*Il m'a passé un **savon**.*

D Une question-type du brevet

On vous demandera par exemple au brevet de fabriquer une phrase en employant un mot dans un sens différent de celui qu'il a dans le texte.

Dans un sujet portant sur un texte d'André Chedid, on interroge le candidat sur l'expression « on me conduisit d'un trait vers les marches ». On demande d'abord au candidat d'indiquer un synonyme du mot « trait » dans cette phrase, puis d'employer ce mot dans une phrase où il aura un sens différent. Il faudra alors utiliser le mot dans son sens propre de « ligne tracée sur une surface ».

2 Connotation et dénotation

A Dénotation

- Elle correspond à la fois au sens propre et au sens figuré d'un mot.
- **Elle est la même pour tout le monde** et peut être fixée dans un article de dictionnaire.

Cheval, **destrier** et **canasson** ont la même dénotation.

→ Ces mots désignent tous le même animal.

B Connotation

- Aux différents sens d'un mot proposés dans le dictionnaire peuvent s'en ajouter d'autres. Ces sens nouveaux sont attribués au mot par le contexte dans lequel il est utilisé ou par les expériences vécues par le lecteur. On appelle cela la **connotation d'un mot.**

Cheval, **destrier** et **canasson** n'ont pas la même connotation.

→ *Cheval* est neutre, *destrier* a une connotation poétique, *canasson* a une connotation familière ou péjorative.

- La connotation d'un mot **change donc selon le contexte** dans lequel il est employé. Ainsi le mot *gentil* pourra avoir des connotations différentes voire contradictoires selon le contexte.

Mon chat est très **gentil**. → Le mot *gentil* est ici connoté positivement et désigne une qualité.

Brigitte, oui elle est **gentille** mais, bon… → Le mot *gentil* est ici au contraire connoté de façon négative. Loin de désigner une qualité humaine, il désigne Brigitte comme une personne pas très maligne.

- Les connotations attachées à un mot varient également selon les époques, les lieux ou les cultures.

C Une question-type du brevet

On pourra trouver dans un sujet de brevet des questions vous demandant « Quelle impression en retirez-vous ? » ou « Quelle impression se dégage de ces trois expressions ? ». Pour répondre, il vous faudra définir les connotations des expressions que l'on vous demande d'interpréter.

« Des gommes, toutes aussi délicieuses les unes que les autres », des « crayons de couleur à l'odeur délicate », le « chiffon dont la poussière de craie faisait naître de petits nuages délicieusement âcres ». Quelle impression se dégage de ces trois expressions ? (exemple tiré d'un sujet portant sur un texte de Christian Signol, *Bonheurs d'enfance*).

→ Il faudrait écrire que les trois expressions sont connotées positivement et qu'elles évoquent l'idée d'un régal pour le goût et l'odorat.

Situations d'énonciation et registres de langue

137

Lue Relue Apprise

Les mots sont toujours écrits ou prononcés dans un contexte particulier. On appelle cela la situation d'énonciation. Elle a une grande influence sur la façon dont on exprime ou dont on comprend un message.

info-clé

Savoir adapter son niveau de langue à la situation est nécessaire dans la vie de chacun. L'épreuve du brevet vérifie fréquemment cette compétence.

1 La situation d'énonciation

- La situation d'énonciation est **la situation dans laquelle un texte ou des paroles sont exprimés**. Il faut faire particulièrement attention aux éléments suivants :
  - celui qui a produit le texte (**l'énonciateur**) et celui à qui il est destiné (**le destinataire**) ;
  - **les lieux et le moment** qui servent de cadre à la production du texte ;
  - **l'intention** de celui qui parle ou écrit.
- On distingue :
  - les textes **ancrés** dans la situation d'énonciation (langage oral, journal intime, autobiographie, textes de presse) ;
  - les textes **coupés** de la situation d'énonciation (récits de fiction).

remarque

Les registres de langue sont aussi appelés **niveaux de langue**. On recense les registres *courant*, *familier* ou *soutenu*.

2 Les registres de langue

A L'influence du contexte

- **Nous adaptons notre façon de parler et d'écrire** à la situation dans laquelle nous nous exprimons. Nous ne parlons pas de la même façon à un ami, un inconnu, un parent ou au président de la République.
- Il en va de même dans un roman ou une pièce de théâtre. L'auteur adaptera les paroles des personnages selon la situation, leur statut social ou leurs intentions.

B Les trois registres ou niveaux de langue

- **Le registre courant** : c'est le registre qui permet d'évaluer les deux autres. Il correspond à une **utilisation correcte de la langue**.

  Est-ce que tu peux m'appeler en rentrant ?

- C'est la façon de parler attendue dans les échanges professionnels et officiels. C'est aussi ce que l'on attend d'un professeur qui s'adresse à ses élèves ou du discours d'un homme politique.

Questions type brevet

- Quel registre de langue emploie le personnage... ?
- De quel registre de langue relève cette expression ?

- **Le registre courant** se caractérise par :
  - des mots compris par tout le monde sans recherche particulière ;
  - des phrases qui respectent les règles de la grammaire et de la syntaxe ;
  - la prononciation de toutes les syllabes.
- **Le registre soutenu** : c'est le registre le plus élevé au sens **où la langue fait l'objet d'une très grande attention**.

Aurais-tu l'amabilité de m'appeler en rentrant ?

- On le trouve dans la **langue écrite littéraire** ou la **rhétorique**. Celui qui parle ou écrit veille à s'exprimer d'une façon extrêmement soignée.

lexique

Rhétorique : c'est l'art de bien parler, de mettre en œuvre les moyens d'expression que la langue met à notre disposition.

- Il se caractérise par :
  - l'utilisation d'un vocabulaire rare ;
  - un respect parfait des règles de grammaire (imparfait ou plus-que-parfait du subjonctif, passé simple et passé antérieur y compris à l'oral, forme inversée de l'interrogation) ;
  - des phrases complexes parfaitement construites et une recherche stylistique manifeste.
- **Le registre familier** : c'est le registre qui correspond au **langage oral spontané**. Comme son nom l'indique, il est **employé entre gens proches**.

Tu me bigophones dès que tu rentres ?

- Il se caractérise par :
  - un vocabulaire parfois relâché voire argotique ;
  - des phrases parfois incorrectes grammaticalement (suppression du « ne » dans une négation, abréviations, questions du type « tu es où ? ») ;
  - une prononciation qui n'hésite pas à couper certaines syllabes.

Langage courant	Langage soutenu	Langage familier
Cela ne m'intéresse pas.	*Peu m'en chaut.*	*Je m'en tape.*
Qu'est-ce que tu veux ?	*Que veux-tu ?*	*Tu veux quoi ?*
Ça me dérange.	*Cela m'importune.*	*Ça me pompe l'air.*

Les points essentiels

- **Synonymes et antonymes.**

– **Les mots synonymes** ont un sens très proche et appartiennent à la même classe grammaticale (ex. : les adjectifs *lourd* et *pesant*). Pour éviter une répétition, on pourra donc remplacer l'un par l'autre.
– **Les antonymes** sont des mots de sens opposés (ex. : les adjectifs *lourd* et *léger*, les verbes *aimer* et *détester)*. Ils appartiennent à la même classe grammaticale.

- **La formation d'un mot.** Connaître la formation d'un mot, son origine (l'**étymologie**) permet souvent de mieux le comprendre :

– **formation par dérivation.** On ajoute un préfixe devant le radical ou/et un suffixe après le radical (ex. : *un **hyper**marché, un porc**elet***).
– **formation par composition**. Elle réunit deux mots pour en former un troisième (ex. : *un tire-bouchon*).
– **formation par emprunt**. On emprunte un mot à une autre langue pour l'intégrer au français (ex. : *démocratie* vient du grec, *penalty* vient de l'anglais).

Les points-clés de l'analyse de texte

- **Le champ lexical.** Groupe de mots liés par un même thème (l'amour, la guerre). Ces mots n'appartiennent pas à la même classe grammaticale. Bataille, soldat, blessure, mitraille, général, tuer… → font partie du champ lexical de la guerre.

Dans l'étude d'un texte, repérer un champ lexical permet de faire apparaître un thème, un aspect important de ce texte.

- **Sens propre, sens figuré** → Le sens propre d'un mot est son sens premier. Son sens figuré est son sens imagé, souvent créé à l'aide d'une comparaison. Ils forment le champ sémantique d'un mot.

Fauve = animal → sens propre
Fauve = homme violent, dangereux → sens figuré

- **Les registres (ou niveaux) de langue.** Suivant la personne qui s'exprime et les circonstances, on distingue trois niveaux de langue :

– registre **courant** Tu me déranges ;
– registre **soutenu** (plus recherché) Tu m'importunes ;
– registre **familier** (souvent oral) Tu me casses les pieds.

Mémo'Quiz

Synonymie / Antonymie

Cochez la bonne réponse.

1. L'antonyme de l'adjectif *imperméable* est :
❑ étanche ❑ perméable ❑ manteau

2. Le synonyme du nom *emploi* est :
❑ menuisier ❑ loisir ❑ travail

3. Les mots *suivant* et *précédent* sont des :
❑ antonymes ❑ synonymes ❑ homonymes

Formation d'un mot

Cochez la bonne réponse.

1. Le mot *malintentionné* a été formé par :
❑ composition ❑ dérivation ❑ emprunt

2. Le mot *portefeuille* a été formé par :
❑ composition ❑ dérivation ❑ emprunt

Sens propre et sens figuré

Cochez la bonne réponse.

1. Quand on court, le *cœur* bat plus vite. Le mot *cœur* est :
❑ au sens propre ❑ au sens figuré

2. Cette promenade m'a *aiguisé* l'appétit. Le verbe *aiguiser* est :
❑ au sens propre ❑ au sens figuré

3. Je me suis *dérouillé* les jambes. Le mot *dérouillé* est :
❑ au sens propre ❑ au sens figuré

Les registres (ou niveaux) de langue

Cochez pour chaque phrase le niveau de langue correct.

1. *T'es mon pote, pas vrai ?*
❑ courant ❑ soutenu ❑ familier

2. *Je me restaurais quand j'entendis mon ami m'appeler.*
❑ courant ❑ soutenu ❑ familier

3. *Où as-tu garé ta voiture ?*
❑ courant ❑ soutenu ❑ familier

→ Corrigés p. 477

Mettre un texte au pluriel

138

Lue Relue Apprise

La mise au pluriel d'un texte réclame de savoir choisir ce qu'il faut modifier et ce qu'il faut laisser au singulier. Cela suppose de bien maîtriser les accords du nom, du pronom, de l'adjectif et du verbe.

1 Les reprises nominales et pronominales

A Définitions

Pour choisir ce qui doit être modifié, il faut repérer les reprises nominales et pronominales du mot que la consigne demande de modifier.

- **La reprise nominale** : c'est remplacer un nom par un ou plusieurs de ses synonymes afin d'éviter les répétitions.
- **La reprise pronominale** : c'est remplacer un nom par un pronom.

info-clé

- C'est l'exercice de réécriture le plus fréquent au brevet.
- Il peut être accompagné d'une deuxième transformation. Il faut donc être vigilant et lire la consigne jusqu'au bout.

B Étude d'un cas d'examen

- **Exemple de consigne** : « Réécrivez le texte suivant en remplaçant « le garçon » par « les garçons » et faites toutes les transformations nécessaires ».

« Le garçon mesurait deux mètres. En apercevant le jeune homme, il n'était pas rare qu'un client se sente légèrement inquiet. Ce géant était intimidant. Ce dernier en avait conscience et, rusé, il n'hésitait pas à s'en servir. »

- **Les reprises nominales**. Les termes « le jeune homme » et « ce géant » désignent le garçon, ce sont des noms. On parle alors de reprises nominales du terme « garçon ».
  - « le jeune homme » devient « **les jeunes hommes** » ;
  - « ce géant » devient « **ces géants** ».
  - Le mot « client » en revanche ne désigne pas « le garçon ». Il reste donc au singulier.
- **Les reprises pronominales**. Toujours dans notre exemple, les mots « ce dernier » et le second « il » désignent le garçon, ce sont des **pronoms**. On parle alors de reprise pronominale du terme « garçon ».
  - « ce dernier » devient « **ces derniers** » ;
  - « il » devient « **ils** » ;
  - le pronom « il » dans « il n'était pas rare » ne désigne pas le garçon. Il restera donc au singulier.

Questions type brevet

- Réécrivez le texte en remplaçant le premier mot « elle » par « les grands-parents ». Faites toutes les modifications qui s'imposent.
- Réécrivez la phrase en commençant par « ils ».

2 Accorder les adjectifs

● Très souvent, le terme que l'on vous demande de mettre au pluriel est qualifié par des adjectifs. Ces derniers ne sont pas toujours à côté du nom qu'ils qualifient. Il faut donc être vigilant et penser à les accorder.

● Dans l'exemple, « géant » est qualifié par « intimidant » et « ce dernier » par « rusé » :
- « intimidant » devient « **intimidants** » ;
- « rusé » devient « **rusés** » ;
- « inquiet » qualifie « client » qui reste au singulier. Il reste donc au singulier.

L'astuce du prof

Attention ! Très souvent les candidats perdent des points en recopiant mal l'extrait à transformer. Relisez-vous donc soigneusement.

3 Accorder les verbes

● Très souvent, le terme à mettre au pluriel est le sujet d'un ou de plusieurs verbes. Comme les adjectifs, ces derniers ne sont pas toujours à côté de leur sujet, soyez vigilants !

● Dans l'exemple, le sujet des verbes « mesurait », « était » (dans « ce géant était ») , « avait » et « hésitait » sont mis au pluriel. Il faut donc accorder ces verbes :
- « mesurait » devient **« mesuraient »** ;
- « était » devient **« étaient »** ;
- « avait » devient **« avaient »** ;
- « hésitait » devient **« hésitaient »**.

● En revanche, le sujet des verbes « était » (dans « il n'était pas rare ») et « se sente » reste au singulier. Ces deux verbes ne sont donc pas modifiés.

Le texte modifié

Les garçons mesuraient deux mètres. En apercevant les jeunes hommes, il n'était pas rare qu'un client se sente légèrement inquiet. Ces géants étaient intimidants. Ces derniers en avaient conscience et, rusés, ils n'hésitaient pas à s'en servir.

Les accords difficiles au pluriel 139

Lue Relue Apprise

Mettre un texte au pluriel demande de la rigueur. Il faut principalement faire attention au verbe, à l'adjectif et au participe passé, et ne pas oublier le **s** ou le **x** des noms au pluriel !

1 L'accord du verbe

- **Le verbe s'accorde avec le sujet.** Il faut donc penser à vérifier que cet accord est correctement fait en posant la question : « c'est qui qui ? »
- **Attention, parfois le sujet est après le verbe.** On appelle cela un sujet inversé. Dans ce cas on a souvent tendance à négliger l'accord. Il faut donc être très vigilant et, pour chaque verbe, se demander quel est son sujet.

Dans le lointain mont**ent**, parmi les arbres et les petites collines, les grands cris des enfants joyeux.

→ L'élément de phrase souligné est sujet du verbe *monter*.

2 L'accord de l'adjectif

- L'adjectif s'accorde en genre et en nombre avec le nom ou le pronom qu'il qualifie. Il est lié par le sens à ce nom. Il apporte une information à son sujet.

La fille est joli**e** → **Les** fille**s** sont joli**es**

Le beau garçon → **Les** beau**x** garçon**s**

Le gran**d** garçon → **La** gran**de** fille

remarque

Quand un adjectif se rapporte à deux noms à la fois, il se met toujours au pluriel.
Ex. : *Il a mangé **une** pêche et **un** abricot bien craquants.*

- Attention ! **Les adjectifs de couleurs s'accordent quand** ils sont employés seuls.

J'ai vu des oiseau**x** blanc**s**.

- En revanche, **ils ne s'accordent pas quand** :
  - ils sont nuancés par un autre adjectif ;

J'ai vu des oiseau**x** bleu foncé.

  - la couleur est exprimée à l'aide d'un nom (*acajou, abricot, marron, indigo, orange, émeraude, jade*). Cette règle a quatre exceptions : les adjectifs ***fauve, mauve, pourpre*** et ***vermeil*** s'accordent.

Il s'est acheté des chaussure**s** marro**n**.

Elle a des yeu**x** émeraud**e**.

Des reflet**s** fauve**s** (exception).

3 L'accord du participe passé

- Le participe passé employé comme adjectif **s'accorde en genre et en nombre avec le nom qu'il qualifie.**

Elle marchait les cheveux **coiffés** à la diable et les deux filles **serrées** contre elle, le parapluie **maintenu** avec le coude.

→ « Coiffés » s'accorde en genre et en nombre avec le nom « cheveux », il est donc au masculin pluriel ; « serrées » s'accorde en genre et en nombre avec le nom « filles », il est donc au féminin pluriel ; « maintenu » s'accorde en genre et en nombre avec le nom « parapluie », il est donc au masculin singulier.

- Le participe passé employé dans un temps composé **après l'auxiliaire être** s'accorde en genre et en nombre avec **le sujet du verbe**.

Elle est venue.

→ Le sujet est au féminin singulier donc on ajoute un « e » au participe passé.

Ils se sont embrassés.

→ Le sujet est au masculin pluriel donc on ajoute un « s » au participe passé.

Juliette a été lancée dans la piscine.

→ Le sujet est au féminin singulier donc on ajoute un « e » au participe passé.

- Le participe passé employé dans un temps composé **après l'auxiliaire avoir s'accorde** avec le **complément d'objet direct** si celui-ci est **placé avant le verbe.** Sinon il ne s'accorde pas.

Quatre situations où le COD est placé avant le verbe

COD = pronom relatif	*Les chansons* ***qu'****il a aimé****es*** *Les chats* ***que*** *j'ai caressé****s****.*
COD = pronom personnel	*Ces films, nous* ***les*** *avons aimé****s****.* *J'ai encore perdu mes clefs, pourtant je* ***les*** *avais posé****es*** *sur la table.*
COD = pronom interrogatif	***Laquelle*** *as-tu préféré****e*** *?* ***Lesquels*** *as-tu emporté****s*** *?*
COD = groupe nominal avec un pronom interrogatif ou exclamatif	***Quelle chanson*** *as-tu entendu****e*** *?* ***Quelles belles pommes*** *nous avons mangé****es*** *!*

remarque

Le pronom « que » reprend l'antécédent « chansons » ou « chats ». Le participe passé s'accorde donc avec le mot « que » qui sera l'équivalent en genre et en nombre de son antécédent.

Mettre un texte au passé ou au présent

140

Lue Relue Apprise

C'est un exercice fréquemment demandé au brevet. Il exige du candidat de bien maîtriser l'emploi des temps et la conjugaison. Il faut également penser à modifier les connecteurs de temps lorsque c'est nécessaire.

1 Modifier les connecteurs de temps

- Selon que le texte est **ancré dans la situation d'énonciation** (langage oral, journal intime, autobiographie, textes de presse) ou **coupé de celle-ci** (récit de fiction au passé ou au présent de narration), **les connecteurs de temps ne seront pas les mêmes.**
- Si la consigne vous demande de réécrire le texte à un temps du passé ou au contraire au présent, il faudra **changer les connecteurs de temps**.

info-clé

- Le jour du brevet, on peut vous demander de mettre un texte au passé, au présent ou au futur.
- On peut également vous donner le premier verbe modifié et vous demander de continuer le texte.

Texte ancré dans la situation d'énonciation (système du présent)	Texte coupé de la situation d'énonciation (système du passé)
Avant-hier	*L'avant-veille*
Hier	*La veille*
Aujourd'hui	*Ce jour-là*
Demain	*Le lendemain*
Après-demain	*Le surlendemain*
Dans 10 minutes	*10 minutes plus tard*
Il y a 10 minutes	*10 minutes plus tôt*

2 Choisir le temps qui convient

- Mettre un texte au passé pose un problème particulier car il vous faudra choisir selon la situation **le temps du passé qui convient**.
- En effet, si le présent permet à la fois de décrire, de relater une habitude, de formuler une hypothèse ou de faire avancer le récit, ce n'est le cas d'aucun temps du passé.
- Mettre un texte au présent est donc plus simple. Il faut toutefois faire attention à ne pas oublier le futur (pour remplacer le conditionnel) et le passé composé (pour remplacer le plus-que-parfait).

	Système du présent	Système du passé
Pour faire avancer le récit	**Présent** : *Tout à coup, il fait feu.*	**Passé composé** ou **passé simple** : *Tout à coup, il a fait/ fit feu.*
Pour décrire	**Présent** : *Les étoiles brillent.*	**Imparfait** : *Les étoiles brillaient.*
Pour relater une habitude	**Présent** : *Tous les matins, il mange.*	**Imparfait** : *Tous les matins, il mangeait.*
Pour exprimer le futur	**Futur** : *Demain, il se lèvera tôt.*	**Conditionnel présent** : *Le lendemain, il se lèverait tôt.*
Pour exprimer l'antériorité	**Passé composé** : *Hier, il s'est levé tard.*	**Plus-que-parfait** : *La veille, il s'était levé tard.*
Pour exprimer l'hypothèse	**Présent et futur** : *Il pense que s'il est riche, il achètera un yacht.*	**Imparfait et conditionnel** : *Il pensa que s'il était riche, il achèterait un yacht.*

3 Étude d'un cas d'examen

A Énoncé de la consigne

Réécrivez au passé l'extrait suivant en faisant les modifications nécessaires et en respectant la valeur des temps du passé.

« Un lundi matin, à l'école, mon père, qui est aussi mon instituteur (dans la classe, je l'appelle Monsieur), nous demande de raconter notre dimanche. Je trempe mon porte-plume dans l'encrier, les mots m'appellent et me tirent par la manche, ma main tremble .» (*Pourquoi écrivez-vous ?*, Daniel Rondeau)

B Le texte transposé au passé

« Un lundi matin, à l'école, mon père, qui *était* – valeur descriptive de l'imparfait – aussi mon instituteur (dans la classe, je l'*appelais* – valeur d'habitude dans le passé de l'imparfait – Monsieur), nous *demanda* – valeur narrative du passé simple – de raconter notre dimanche. Je *trempai* – valeur narrative du passé simple – mon porte-plume dans l'encrier, les mots m'*appelaient* – valeur descriptive de l'imparfait – et me *tiraient* – valeur descriptive de l'imparfait – par la manche, ma main *tremblait* – valeur descriptive de l'imparfait.

remarque

Dans l'exemple ci-contre, on a ajouté les valeurs des temps à titre d'explication. Il n'est pas nécessaire de les indiquer le jour de l'épreuve.

Passer du discours direct au discours indirect

141

Lue Relue Apprise

Réécrire le discours direct en discours indirect vous demande de changer la façon dont les paroles prononcées par un personnage sont introduites dans le récit. Cela influe sur la ponctuation, le verbe, les pronoms, les indicateurs de temps et de lieu.

info-clé

Il y a trois façons de rapporter les paroles prononcées par les personnages : **le discours direct**, le **discours indirect** et le **discours indirect libre**.

1 La ponctuation

- **Au discours direct**, les paroles prononcées par les personnages sont rapportées sans modifications, entre guillemets et avec des points d'exclamation ou d'interrogation. On rapporte les paroles telles qu'elles ont été prononcées.

Il cria : « tu me fais mal ! »
Elle me demanda : « as-tu mal ? »

- **Au discours indirect**, on supprime ces marques de ponctuation.

Il cria qu'il avait mal.
Elle me demanda si j'avais mal.

2 Le temps des verbes

Au discours indirect, les paroles rapportées sont mises à l'intérieur d'une subordonnée. Elles sont modifiées pour être intégrées au récit. Il faut donc faire jouer la **concordance des temps**, qui varieront selon le temps du verbe introducteur.

Verbe introducteur au présent ***Il demande s'il fait beau.***	**Verbe introducteur au passé** ***Il demanda s'il faisait beau.***
On ne change pas le temps du verbe par rapport au discours direct.	Le système des temps est transposé dans le passé : • le présent devient de l'imparfait • le futur simple devient du conditionnel • l'imparfait devient du plus-que-parfait

3 Les pronoms

- **Si le récit est à la première personne**, on garde les marques de la première personne.

L'astuce du prof

Pour poser une question au discours indirect, on introduit la subordonnée à l'aide du mot « si » : Ex. : *Il demande si elle arrive.*

Discours direct	Discours indirect
Je lui ai dit : « je t'aime ! ».	*Je lui ai dit que je l'aimais.*
Je t'ai dit : « tu me rends heureux ».	*Je t'ai dit que tu me rendais heureux.*

● **Si le récit est à la troisième personne**, le « je » et le « tu » **deviennent** « il ».

Discours direct	Discours indirect
Il lui a dit : « je t'aime ! ».	*Il lui a dit qu'il l'aimait.*
Il lui a dit : « tu me rends heureux ».	*Il lui a dit qu'elle le rendait heureux.*

4 Les indicateurs de temps et de lieu

● **Au discours direct**, les indicateurs de temps et de lieu prennent leur sens par rapport au moment et au lieu où les paroles sont prononcées.

Je veux t'épouser ici et maintenant !

→ On comprend que c'est au moment et à l'endroit où il parle.

● **Au discours indirect**, les repères spatiaux et temporels sont transposés dans l'espace et le temps.

piège à éviter

Si le discours indirect est destiné à la même personne que les paroles prononcées directement, on garde les marques de la deuxième personne. **Ex. :** *« Il t'a dit : je t'aime »* devient *« Il t'a dit qu'il t'aimait ».*

● En intégrant les paroles prononcées au récit, on les coupe de la situation dans lesquelles elles ont été prononcées. Il faut donc faire des transformations et changer les indicateurs de temps et de lieu.

Indicateurs de temps et de lieu du discours direct	Indicateurs de temps et de lieu du discours indirect
Après-demain	*Le surlendemain*
Aujourd'hui	*Ce jour-là*
Avant-hier	*L'avant-veille*
Demain	*Le lendemain*
Hier	*La veille*
Ici, là-bas	*Là*
Maintenant	*À ce moment-là, désormais*

Si on vous demande de transposer au discours direct la phrase « Il a dit : "demain, je lui dirai la vérité" », il faudra écrire : « Il a dit que le lendemain il lui dirait la vérité ».

La réécriture

Révision EXPRESS

Les points essentiels

- **Changer le temps d'un texte** → Pour changer le temps d'un texte on doit modifier le temps des verbes et les indicateurs de temps.
- **Mettre un texte au pluriel** → Bien veiller à ne changer que ce qui doit l'être mais sans oublier d'accorder tous les mots en rapport avec le pronom ou le groupe nominal modifié :

– accord sujet/verbe ;
– accord nom/adjectif ;
– modifier les reprises nominales et pronominales du nom ou du pronom modifié.

- **Changer de discours** → Il s'agit de changer la façon dont on rapporte les paroles prononcées par les personnages. Le **discours direct** les rapporte sans les modifier (mises entre guillemets). Le **discours indirect** les transforme pour les intégrer au récit.

	Discours direct	Discours indirect
Ponctuation	Guillemets, points d'interrogation et d'exclamation.	Ni guillemets, ni points d'interrogation et d'exclamation, les propos sont intégrés à une subordonnée introduite par « que » ou « si ».
Temps des verbes	On garde les temps utilisés par le personnage.	On passe au passé si le verbe de parole est au passé.
Personne du verbe	On garde la personne utilisée par le personnage.	On change la personne du verbe si le récit est mené à la troisième personne.
Indicateur de temps	On garde ceux utilisés par le personnage.	On les modifie si le récit est au passé.

Conseils pratiques pour l'examen

- **Commencez votre épreuve par la réécriture**. Ne pas hésiter à commencer par la réécriture (avant de traiter les questions) car elle demande de la concentration et est rentable en termes de points.
- **Évitez les erreurs de copie**. Les erreurs de copie sont lourdement pénalisées. Il faut donc prendre le temps de se relire.

Mémo'Quiz

Pluriel des adjectifs de couleurs

Cochez la bonne réponse.

1. Des cartables ❑ rouge foncé ❑ rouges foncés

2. Des arbres ❑ vert ❑ verts

3. Des maillots ❑ orange ❑ oranges

Accord des participes passés

Cochez la bonne réponse.

1. Elles
❑ ont marchées ❑ ont marché ❑ ont marcher

2. Les feuilles
❑ sont tombées ❑ sont tombé ❑ sont tombée

3. Voici les fleurs que j'ai .... pour toi.
❑ cueilli ❑ cueillis ❑ cueillies

4. Lesquels as-tu
❑ préférés ? ❑ préféré ? ❑ préférées ?

Passer du discours direct au discours indirect

Cochez la bonne réponse.

1. *Il m'a demandé : « tu viens nous voir ? »* devient au discours indirect :
❑ Il m'a demandé si je viens les voir.
❑ Il m'a demandé si je venais les voir.

2. *Elle m'a affirmé : « tu réussiras »* devient au discours indirect :
❑ Elle m'a affirmé que je réussirais.
❑ Elle m'a affirmé que je réussirai.

3. *Il m'a dit : « elle travaillait à Paris »* devient au style indirect :
❑ Il m'a dit qu'elle travaille à Paris.
❑ Il m'a dit qu'elle avait travaillé à Paris.

4. *Je lui murmure : « tu me rends heureux »* devient au discours indirect :
❑ Je lui murmure qu'il me rend heureux.
❑ Je lui murmure que tu me rends heureux.

→ **Corrigés p. 477**

Repérer les mots-clés du sujet pour la rédaction

142

Lue Relue Apprise

Pour réussir l'épreuve de rédaction, il est essentiel de bien analyser le sujet. Cela vous permettra de construire un plan pour organiser votre travail d'écriture.

info-clé

Construire un plan avant de rédiger permet de s'assurer que l'on reste dans le cadre imposé par le sujet. Cela permet également d'organiser son texte.

1 Quel genre de texte le correcteur attend-il?

- Le correcteur s'attend à lire un texte d'une quarantaine de lignes, organisé à l'aide de paragraphes et rédigé dans une langue claire avec une orthographe correcte.
- Il faudra donner à votre rédaction la forme que le sujet réclame (lettre, suite de texte, dialogue).
- Votre travail doit permettre au correcteur de voir si vous êtes capable de produire une rédaction qui utilise plusieurs types de texte : le récit et la description ou le récit et l'argumentation par exemple.

2 Analyser le sujet

- Un sujet est comme une recette de cuisine. Si vous repérez tous les ingrédients que la recette réclame, vous ferez un grand pas vers la réussite.
- Vous devez analyser deux types d'informations :
  - **Les consignes qui concernent la forme de votre rédaction.** Ce peut être une lettre, la suite du récit que vous avez expliqué dans la première partie de l'épreuve, un article de journal, un récit ou un extrait de journal intime par exemple. Votre rédaction devra ensuite respecter les codes correspondants (première personne du singulier ; souvenirs personnels pour un journal intime ; adresse au destinataire et formule de politesse adaptée à la situation à la fin pour une lettre).
  - **Les types de textes que vous devez employer.** Attention ! Il y en a en général au moins deux. Vous trouverez très souvent cette information en faisant attention aux **verbes présents dans le sujet**. Parfois, les types de texte attendus sont précisés de manière explicite dans la consigne. Ne négligez pas cette information.

rappel

Il y a quatre types de texte :
- la narration (qui raconte) ;
- la description ;
- l'explication ;
- l'argumentation (qui cherche à convaincre).

3 Construire le plan

Votre plan doit être **construit pour satisfaire le correcteur**. Vous devez donc l'utiliser pour **délimiter nettement les types de texte** que vous utiliserez. De cette façon, vous n'en oublierez aucun et serez sûr de **traiter le sujet**.

- **Exemple de sujet**

Enfant, vous avez été confronté à la perte d'un lieu, d'une personne ou d'un objet auquel vous teniez particulièrement.

Vous ferez le récit de ce souvenir en expliquant les raisons de votre attachement à ce lieu, cette personne ou cet objet que vous décrirez. Vous direz quels sentiments, quelles réflexions éveille en vous, aujourd'hui, l'évocation de cette perte.

Consignes d'écriture
- Votre texte comportera des passages narratifs, descriptifs, explicatifs.
- Le récit du souvenir sera raconté au passé.
- Vous respecterez les particularités du genre autobiographique.
- Vous écrirez un texte de trente lignes environ.

Il sera tenu compte, dans l'évaluation, de la correction de la langue et de l'orthographe.

- **Analyse du sujet et proposition de plan**

Analyse du sujet	Plan
Forme du texte • **autobiographie** → verbes au passé avec des retours au présent de l'écriture, 1re personne du singulier **Type de texte** • **narratif** → récit d'un souvenir • **descriptif** → description de l'objet, du lieu ou de la personne perdue • **explicatif** → pourquoi de l'attachement à ce lieu, cet objet ou cette personne	• **Paragraphe 1** → description de l'objet perdu • **Paragraphe 2** → explication de l'attachement affectif à l'objet • **Paragraphe 3** → récit de la perte • **Paragraphe 4** → retour au présent de l'écriture pour décrire les sentiments du narrateur à l'évocation de cette perte

Introduire un dialogue dans un récit

143

Lue Relue Apprise

Pour rédiger un texte intégrant plusieurs types de textes, il vous faudra peut-être insérer un dialogue dans un récit. Lors des épreuves du brevet, ce dialogue a très souvent un objectif argumentatif.

info-clé

Dans cet exercice, on évalue deux choses : votre capacité à intégrer une description dans un récit et l'efficacité de cette description.

1 Insérer un dialogue dans le récit

Le dialogue que vous devrez peut-être rédiger le jour de l'épreuve de rédaction devra très probablement s'intégrer dans un récit. Voici quelques conseils pour y parvenir.

A Annoncer et justifier le dialogue

Vous devrez introduire le début du dialogue grâce à un nouvel événement qui justifiera aux yeux du lecteur la présence d'un dialogue à cet endroit.

J'entendis un bruit de pas, je me retournai et je la vis. Je décidai de lui parler. → Le lecteur trouvera alors tout naturel que le dialogue débute car il est l'étape suivante logique et il est annoncé par le verbe *parler*.

B Respecter les règles typographiques

- **Pour débuter votre dialogue,** vous devez :
  - aller à la ligne ;
  - ouvrir les guillemets ;
  - mettre un tiret.
- **À chaque fois qu'un personnage prend la parole** vous devez :
  - aller à la ligne ;
  - mettre un nouveau tiret.

remarque

Attention : on ouvre les guillemets au début du dialogue et on les ferme lorsqu'il est terminé, pas avant.

J'entendis un bruit de pas, je me retournai et je la vis. Je décidai de lui parler.

« – Comment vous appelez-vous ? lui demandai-je

– Brigitte, me répondit-elle.

– C'est un charmant prénom, dis-je dans un souffle.

– Vous êtes le premier à me le dire, s'esclaffa-t-elle. »

2 Organiser le dialogue

Une fois que vous avez introduit et correctement présenté le dialogue, il vous reste à le rédiger. Pour qu'il fonctionne, il faut que vous respectiez les principes suivants.

A Respecter les temps du récit

Si le dialogue s'intègre **dans un récit au passé** alors vous devrez faire la différence entre :

- Les paroles prononcées par les personnages qui sont **le plus souvent au présent.**
- Les verbes de paroles qui seront **au passé simple.**

remarque

Attention : au passé simple le verbe *dire* aux trois premières personnes du singulier a la même forme qu'au présent de l'indicatif.
Je dis, tu dis, il/ elle/ on dit

B Varier les verbes de parole

Ces verbes, parfois accompagnés d'un adverbe, sont importants car ils permettent au lecteur de **se figurer comment les paroles ont été prononcées.** On peut les placer :

– **en incise** (entre virgules) au milieu de la réplique ;
« Je doute, **dit-il**, que tu aies raison. »
– à la fin de la réplique.
« Je doute que tu aies raison », **dit-il**.

C Les nuances du verbe « dire »

Pour exprimer toutes les nuances d'un dialogue, n'hésitez pas à utiliser toute la gamme des synonymes du verbe *dire*. Voici les principaux :

Dire (par ordre croissant d'intensité)	*Murmurer, susurrer, marmonner, bredouiller, lâcher, avouer, expliquer, insinuer, insister, affirmer, s'écrier, éructer, hurler*
Répondre	*Répliquer, rétorquer, riposter, objecter* (ces quatre mots révèlent une certaine agressivité)

D Faire le plan du dialogue

- En rédigeant un dialogue, on peut perdre de vue l'objectif que fixe le sujet. **Pour éviter le hors sujet**, il faut rédiger au brouillon :

– **l'objectif fixé** par le sujet ;
Benoît veut convaincre sa mère qu'il vaut mieux qu'il arrête ses études.
– **la liste des arguments** que les personnages vont employer.
Arguments : **Benoît** : 1. Il échoue dans toutes les matières ; 2. Il s'ennuie ; 3. Il veut être indépendant financièrement…
La mère : 1. Il doit avoir plus confiance en lui ; 2. Il doit apprendre à faire des efforts ; 3. Sans études, on gagne mal sa vie.

- À la fin du dialogue, n'oubliez pas de **fermer les guillemets** et d'**aller à la ligne avant de conclure** le récit.

Introduire une description dans un récit

Lue Relue Apprise

144

info-clé

- Pour montrer au correcteur que vous avez compris la consigne, organisez votre texte en paragraphes.
- Pour chaque type de texte, faites un nouveau paragraphe.

Pour atteindre l'objectif fixé par les programmes et rédiger un texte intégrant plusieurs types de textes, il vous faut très souvent insérer une description dans un récit.

1 Insérer la description dans le récit

La description ou le portrait que vous aurez peut-être à rédiger le jour de l'épreuve de rédaction devra très probablement s'intégrer dans un récit. Voici quelques conseils pour y parvenir.

A Annoncer et justifier la description

- L'annonce d'une description ou d'un portrait se fait grâce à un nouvel événement qui permettra que le lecteur trouve naturel ce qui va suivre.

J'entendis un bruit, je me retournai et je la vis.

- On a besoin pour cela du vocabulaire des cinq sens. Dans l'exemple cité plus haut, on a les verbes *entendre* et *voir*. Il en existe bien d'autres et il ne faut pas hésiter à varier le vocabulaire.

Vocabulaire de la vue	Vocabulaire de l'ouïe
admirer, contempler, couver des yeux, dévisager, dévorer des yeux, épier, étudier, examiner, fixer, inspecter, observer, remarquer, toiser	*entendre, boire les paroles, percevoir, prêter l'oreille, écouter, saisir*

B Débuter un nouveau paragraphe

Pour cela, il vous faut aller à la ligne et faire un alinéa. Avant même de lire la description à laquelle il s'attend grâce à votre phrase d'annonce, votre lecteur appréciera le caractère organisé de votre texte et la clarté qui en découle.

C Penser à changer de temps si le récit est au passé

- **Pour faire avancer le récit**, on utilise le **passé simple** ou le **passé composé**.
- **Pour marquer le début de la description**, il ne faut pas oublier de passer à l'**imparfait.**

J'entendis un bruit, je me retournai et je la vis (passé simple).

Elle avançait (imparfait) avec grâce et sa silhouette exquise semblait (imparfait) danser.

2 Organiser la description ou le portrait

Une fois que vous avez introduit la description, il vous reste à la rédiger. Pour qu'elle fonctionne, il faut que vous respectiez les principes suivants :

A On ne peut pas tout dire

- Un texte ne peut jamais décrire complètement une personne, un lieu ou un objet. Il vous faut donc choisir les éléments les plus significatifs.
- S'il s'agit, par exemple, de décrire un personnage dans le cadre d'une première rencontre amoureuse, vous insisterez sur les détails qui ont charmé le narrateur.

« Elle avait un large chapeau de paille, avec des rubans roses qui palpitaient au vent, derrière elle. Ses bandeaux noirs, contournant la pointe de ses grands sourcils, descendaient très bas et semblaient presser amoureusement l'ovale de sa figure [...] Jamais il n'avait vu cette splendeur de sa peau brune, la séduction de sa taille, ni cette finesse des doigts que la lumière traversait. » (L'Éducation sentimentale, Flaubert)

Dans ce passage, Flaubert choisit d'évoquer « la splendeur de sa peau brune », « la séduction de sa taille » et « cette finesse des doigts » parce qu'ils séduisent son personnage.

B Organiser la description

- Il faut organiser les éléments que vous choisissez d'évoquer et pour cela **bien choisir l'ordre** dans lequel vous les faites apparaître.
- **On peut choisir l'un des trois principes suivants** :

Organisation spatiale	Organisation logique	Organisation subjective
• Partir d'un détail et aller progressivement vers une vue générale. • Partir d'une vue générale et zoomer petit à petit sur un détail. • Dans un portrait, commencer par la tête et aller vers les pieds ou l'inverse.	• Décrire une maison, les habits ou une voiture puis la personne qui lui est associée pour créer un lien entre les deux. • Décrire l'apparence physique d'une personne puis sa personnalité ou l'inverse. • Décrire ce qui apparaît tout de suite puis, petit à petit, ce qui est dissimulé.	• On part d'une impression générale ressentie par le narrateur puis on indique les détails qui ont amené cette impression. • Ces détails permettent d'expliquer cette impression très subjective.

Défendre un point de vue

145

Lue Relue Apprise

Défendre un point de vue suppose d'organiser son texte de façon claire, rationnelle, tout en l'adaptant à la forme imposée par l'examen.

info-clé

L'épreuve du brevet peut vous amener à **défendre** une thèse, ou à la **réfuter** (critiquer).

1 Argumenter sous différentes formes

A Reconnaître la forme

- Une argumentation peut se trouver dans des textes très variés (→ fiche 107). Le jour du brevet, la rédaction peut prendre appui sur un texte purement argumentatif mais aussi sur :
  - une lettre ;
  - un dialogue (par exemple un extrait d'une scène de théâtre) ;
  - un article de journal ;
  - un récit (extrait de conte philosophique ou de roman) ;
  - un discours ;
  - une fable (ou une autre forme de poème).
- Le travail alors proposé devra évidemment en tenir compte. Les règles générales restent valables (rôle des arguments et exemples) mais leur forme s'adaptera : la lettre à un ami qu'on veut convaincre n'est pas rédigée comme un discours ou comme un dialogue.

Sujet type brevet

« Un ami ou un adulte de votre entourage vous a convaincu de changer votre comportement. Racontez ce qu'il vous a dit pour vous amener à changer. »

B Définir une stratégie argumentative

Suivant le ou les interlocuteurs à convaincre, on adaptera sa démarche :

- **Différents personnages et destinataires possibles** : les arguments, les façons de parler peuvent varier en fonction de ces différences (personne jeune ou âgée, homme du peuple ou bourgeois, citadin ou campagnard, personnage contemporain ou du XIXe siècle).

  À propos des inconvénients possibles de certains progrès techniques, l'évolution du climat vers plus de sécheresse touchera davantage un paysan qu'un citadin.

- **Pour convaincre ou persuader** : on peut convaincre par la **rigueur du raisonnement** mais on peut aussi choisir de persuader en touchant **la sensibilité et l'imagination**. Arguments, exemples, images frappantes, interpellations... peuvent émouvoir dans un appel à la nécessaire solidarité.

L'astuce du prof

Bien souvent, on cherche à convaincre **ET** à persuader : on fait appel à la raison **ET** aux sentiments, à l'émotion.

2 La construction du texte argumentatif

Pour convaincre, il est important de faire un plan solide. Votre rédaction aura une construction claire et logique.

A Bien construire

- La **thèse** est généralement en début de développement. Ainsi, le point de vue en question est présenté nettement.
- Ensuite, une série d'**arguments** seront présentés ; chacun convergera vers la thèse à défendre.
- Chaque argument sera illustré d'au moins un **exemple**, un cas particulier qui rendra concret cet argument.
- Enfin, viendra la **conclusion** : après arguments et exemples, votre point de vue (la thèse) paraîtra « évident ».

B Bien classer

- Dans une séquence argumentative, **l'ordre des arguments** doit avoir sa logique.
- Par exemple vous pourrez choisir :
  – d'aller du plus simple au plus compliqué ;
  – ou bien de commencer par un argument évident pour finir par le plus inattendu.

remarque

L'humour peut être une façon efficace de soutenir un argument ou de critiquer la thèse adverse (par l'ironie par exemple).

C Bien relier

- Une argumentation se fait en plusieurs étapes. Le passage de l'une à l'autre sera nettement marqué par un **lien logique** approprié (*d'abord, ensuite, enfin*...).
- Ces adverbes ou conjonctions servent d'articulations en marquant :
  – l'opposition (*mais, néanmoins, cependant*...) ;
  – la cause (*puisque, parce que, car*...) ;
  – la conséquence (*c'est ainsi que, de sorte que, si bien que*...) ;
  – ils annonceront la conclusion (*donc, ainsi*...).

D Présenter et formuler clairement

- Des **paragraphes nets** éclaircissent la démarche. Chaque fois que vous changez d'argument, vous revenez à la ligne.
- Veillez à faire des phrases complètes, à privilégier la formulation simple :

« Ce que l'on conçoit bien s'énonce clairement,
Et les mots pour le dire arrivent aisément. » (Boileau)

Écrire une suite de texte

146

Lue Relue Apprise

Écrire une suite de texte impose de se mettre dans les pas d'un auteur. Il faut être cohérent avec les événements racontés et la façon de les raconter dans l'extrait que vous avez expliqué dans la première partie de l'épreuve.

info-clé

Dans cet exercice on évalue deux choses : votre façon de mener un récit et la cohérence entre votre récit et l'extrait qui vous est proposé.

1 La cohérence avec l'histoire

Être en cohérence avec l'histoire cela signifie :

- **Placer l'action à la même époque** et éviter les **anachronismes**.

On ne peut pas allumer une ampoule si on rédige la suite d'un texte qui se passe au XIXe siècle (les ampoules n'étaient pas encore inventées), ou envoyer un SMS avant l'invention des téléphones portables.

lexique

Anachronisme : présence dans un récit (écrit ou oral) d'un élément qui n'appartient pas à l'époque du récit.

- **Situer les faits dans le même lieu.** Bien sûr, les personnages peuvent se déplacer au cours du récit mais il faut que cela soit clairement précisé.
- **Reprendre les mêmes personnages** en respectant leur personnalité et sans contredire les informations dont on dispose déjà.

Un boulanger ne peut se transformer en un gendarme ; une duchesse qui s'exprime avec élégance ne peut pas sans raison passer à un niveau de langue familier.

2 La cohérence avec la narration

- **Conserver le même point de vue.** Pour cela, conservez la même personne du verbe, qu'il s'agisse d'un récit à la première ou à la troisième personne.
- **Conserver le même système de temps.** Un récit centré sur le présent se poursuit au présent. Un récit centré sur le passé se poursuit au passé simple ou passé composé (pour faire avancer le récit) et à l'imparfait pour la description.

l'astuce du prof

N'oubliez pas de vous relire pour vérifier que vous ne changez pas de système de temps en cours de route.

- **Rester dans le même genre littéraire.**

On ne peut pas faire apparaître un loup-garou dans un récit réaliste.

- **Garder le même niveau de langue et la même tonalité** (comique, tragique, pathétique). Si on ne trouve pas de tournures familières dans l'extrait de départ, il faut les éviter dans la suite de texte. Si cet extrait essaie de faire rire le lecteur, il faudra essayer d'être drôle.

3 S'appuyer sur le texte de départ

Il faut réussir la transition entre l'extrait de départ et votre rédaction.

- **Reprendre la dernière phrase** du texte à poursuivre et essayer de faire en sorte qu'on ne voie pas la différence.
- Repérer dans le texte à poursuivre ce qui indique une fin possible.

L'astuce du prof

Comme toutes les rédactions, une suite de texte doit s'organiser en paragraphes. Ne les oubliez pas.

4 Cas particulier : changement de point de vue

- Pour évaluer votre capacité à écrire en cohérence avec un autre texte, on peut vous demander de reprendre le même texte en changeant le point de vue. Dans ce cas, il faut être fidèle au texte de départ. Cela signifie :
- **Ne pas modifier le cours des événements.** Garder les mêmes péripéties et le même dénouement.
- **Ne pas modifier les lieux, objets ou personnages décrits.**
- En revanche, en changeant de point de vue, vous devrez **modifier la façon dont les événements sont perçus.** Par exemple, un accident sera perçu différemment selon que l'on en est témoin ou victime :
  – **Point de vue du témoin** : « Je marchais avec énergie le long de l'avenue lorsque je vis un vélo renverser une vieille dame. Celle-ci ne semblait pas comprendre ce qui lui était arrivé. Elle resta longtemps assise sur le bord du trottoir, immobile, entourée par les passants. »
  – **Point de vue de la victime** : « Je traversais péniblement la rue en rentrant de chez le coiffeur. Cela m'était chaque jour plus pénible de faire le court trajet entre le centre-ville et mon petit pavillon. Tout à coup, je sentis une douleur très aiguë me déchirer la poitrine et je me retrouvai allongée sur le bitume. Avant que je puisse comprendre ce qui m'était arrivé, les passants m'entourèrent et m'aidèrent à m'asseoir sur le bord du trottoir. »

→ Dans le premier cas, un passant raconte les faits de l'extérieur et fait des suppositions quant aux impressions de la vieille dame.

→ Dans le second cas, on dispose de moins d'informations sur l'accident lui-même mais on a accès aux pensées de la vieille dame.

La rédaction

Révision EXPRESS

Les points essentiels

- **Produire un écrit mêlant plusieurs types de textes** → L'exercice de rédaction au brevet évalue votre capacité à produire un écrit mettant en œuvre **au moins deux types de textes parmi les quatre existants** (texte argumentatif, explicatif, narratif et descriptif). Au moment d'analyser le sujet, il faut prendre garde à **bien identifier les types de textes que le sujet réclame**.
- **La situation de communication** → Le sujet de la rédaction définit une situation de communication dans laquelle vous devez vous inscrire. **Qui parle ? À qui ? Quel est le lieu ? L'époque ? L'intention de celui qui s'exprime ?** Cette situation de communication est en lien avec le texte que vous avez expliqué dans la première partie de l'épreuve.
- **Les formes du texte** → Le sujet vous indique également la forme à donner à votre texte. Cela peut-être une **lettre**, un **article de presse**, un **dialogue**, une **scène de théâtre** ou le plus souvent un **récit**. On peut vous demander d'imaginer la suite du texte que vous venez d'expliquer.

Conseils pratiques pour l'examen

- **L'usage du dictionnaire** → Le candidat est autorisé à apporter un dictionnaire pour l'épreuve de rédaction. Il ne faut donc pas hésiter à en profiter. Il est interdit en revanche de partager celui qu'un camarade aurait apporté.
- **Organiser son texte en paragraphes** → Pour rendre le texte plus clair il faut l'organiser en paragraphes. Cela permet notamment de délimiter les différents types de textes qui apparaissent dans la rédaction et de montrer au correcteur que vous avez bien satisfait aux exigences du sujet. Il faut veiller à **découper ces paragraphes** en plusieurs phrases claires et à **aérer la présentation**.
- **Travailler son brouillon** → Après avoir analysé le sujet, mis au point le plan et rédigé le texte au brouillon, il faut revenir au sujet avant de mettre le texte au propre. Cette étape est essentielle pour vérifier que le texte que l'on a produit correspond bien au sujet et que l'on ne s'en est pas éloigné en cours de route.
- **La relecture** → L'orthographe est évaluée par le correcteur. Prenez le temps de relire votre copie avant de la rendre en vérifiant systématiquement : l'**accord sujet/verbe**, l'**accord du nom et de l'adjectif** et les **homophones**.

Mémo'Quiz

Le récit

Cochez la bonne réponse.

1. La description a pour temps dominant au passé :

❏ le passé simple ❏ l'imparfait ❏ le passé composé

2. Combien y a-t-il de types de texte ?

❏ trois ❏ quatre ❏ cinq

3. Au brevet, on vous demande d'utiliser :

❏ 1 seul type de texte ❏ 2 ou plus ❏ aucun

4. Dans un dialogue, on place des guillemets au début et à la fin :

❏ des répliques ❏ du dialogue entier ❏ du paragraphe

Argumenter

Cochez la bonne réponse.

1. Défendre un point de vue demande d'utiliser un registre de langue :

❏ soutenu ❏ courant

❏ cela dépend de la situation d'énonciation

2. En général, on énonce la thèse que l'on défend :

❏ au début du texte ❏ à la fin du texte ❏ peu importe

3. *Convaincre* et *persuader* sont :

❏ deux synonymes ❏ deux antonymes

❏ deux stratégies argumentatives

Analyse du sujet

Cochez la bonne réponse.

1. Dans une consigne, l'expression « *en laissant apparaître vos sentiments et vos impressions* » implique l'utilisation du type de texte :

❏ narratif ❏ explicatif ❏ descriptif

2. Dans une consigne, la phrase « *Imaginez un événement que Samia a confié à son journal intime.* » implique l'usage :

❏ de la 1re personne ❏ de la 3e personne ❏ peu importe

3. Dans une consigne, l'expression « *évitez les anachronismes* » implique de bien respecter :

❏ le lieu du récit ❏ l'époque du récit ❏ les personnages du récit

→ **Corrigés p. 478**

Histoire

Sommaire

Histoire

Lue | Relue | Apprise

L'Europe, un théâtre majeur des guerres totales (1914-1945)

Le monde depuis 1945

Françaises et Français dans une République repensée

Civils et militaires dans la Première Guerre mondiale

147

Lue Relue Apprise

Par sa durée, sa violence et ses conséquences, la Première Guerre mondiale constitue un tournant dans l'histoire européenne.

1 Les trois phases de la guerre

A La guerre de mouvement (1914)

- En août 1914, l'armée allemande envahit la France. Son avancée est stoppée lors de la **bataille de la Marne** en septembre 1914 au prix de 500 000 morts. La situation est bloquée à l'Est : l'armée allemande est stoppée par les troupes russes alliées à la France et à la Grande-Bretagne.

B La guerre de position (1915-1917)

- Pour empêcher l'ennemi d'avancer, les armées creusent des **tranchées** de part et d'autre de la ligne de front. Les offensives destinées à les en déloger sont des échecs sanglants. C'est le cas de la **bataille de Verdun** (1916) : plus de 300 000 morts et 400 000 blessés pour un résultat nul.

C Le retour de la guerre de mouvement (1918)

- En 1917, les États-Unis entrent en guerre. Les Alliés franco-britanniques se retrouvent renforcés par l'afflux d'hommes et de matériel.
- Leurs offensives viennent à bout de la résistance des Allemands qui signent un armistice le **11 novembre 1918**.

2 Une violence inédite

A Une guerre meurtrière

- **De nouvelles armes très meurtrières sont utilisées** : avions, tanks, lance-flammes, gaz toxiques, mitrailleuses.
- Pendant plus de deux ans, les hommes vivent dans des tranchées dans des **conditions extrêmes** : la pluie, le froid, la boue, les poux font leur quotidien. Dans certains cas, la guerre devient tellement insupportable que des soldats refusent d'aller combattre. Des mutineries éclatent dans les tranchées.

B Les civils victimes de la guerre

- La guerre entraîne des bouleversements pour la vie quotidienne des populations civiles : les femmes doivent travailler dans les usines pour remplacer les hommes partis au combat. Les usines sont utilisées pour produire des armes et des munitions.

Civils et militaires dans la Première Guerre mondiale

● **Les conditions de vie des populations à l'arrière des zones de combat sont difficiles** : les productions agricoles, le bétail, les moyens de transport sont réquisitionnés pour les armées. Les populations souffrent de **pénuries alimentaires** et doivent fuir les zones de combat.

● Dans l'Empire ottoman (actuelle Turquie), allié de l'Allemagne, la minorité arménienne est accusée de soutenir la Russie. Le Gouvernement ottoman organise un **génocide** qui provoque la mort de plus de la moitié des Arméniens

> **lexique**
> **Génocide** : extermination programmée d'un peuple en vue de le supprimer totalement.

C Un terrible bilan

● 9 millions de personnes sont tuées durant la guerre. Plus de 6 millions d'hommes sont blessés, défigurés ou mutilés à vie. De nombreux soldats rentrent du front traumatisés et de nombreuses villes sont à reconstruire.

3 L'Europe bouleversée

A La révolution russe

● En Russie, la guerre affaiblit le pouvoir du tsar Nicolas II. Une partie de l'armée demande à quitter la guerre. En février 1917, un soulèvement populaire le contraint à céder le pouvoir à un Gouvernement provisoire.

● Celui-ci est à son tour renversé par un coup d'État organisé en octobre 1917 par les **bolcheviks**, menant Lénine au pouvoir. L'une de ses premières décisions est de conclure une paix séparée avec l'Allemagne.

> **lexique**
> **Bolcheviks** : communistes partisans de Lénine.

B Le traité de Versailles (1919)

● Les vainqueurs imposent à l'Allemagne le **traité de Versailles**. Jugée responsable de la guerre, elle est contrainte à payer de lourdes indemnités.

● Son territoire et son armée sont réduits (perte de l'Alsace et de la Lorraine au profit de la France). Le traité entraîne de nouvelles tensions en Europe.

Doc. La Première Guerre mondiale

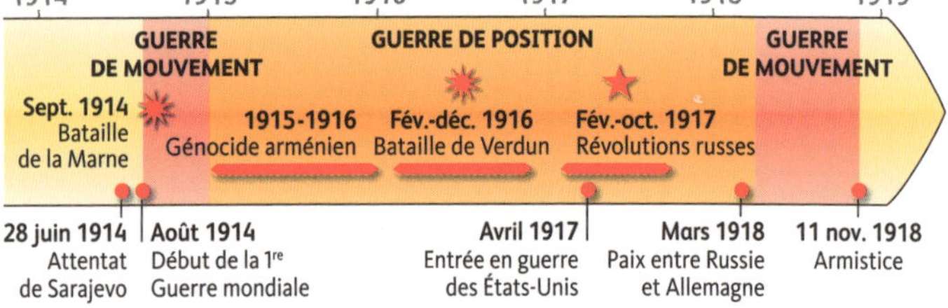

Les expériences totalitaires dans l'entre-deux-guerres

148

Lue Relue Apprise

Dans les années qui suivent la Première Guerre mondiale, de nouveaux régimes politiques apparaissent en Europe. Il s'agit de régimes totalitaires.

lexique

Régime totalitaire : dictature dans laquelle l'État contrôle l'ensemble de la société.

1 Des pays fragilisé après la Première Guerre mondiale

A Les mécontentements de 1919

- Le **traité de Versailles de 1919** laisse de nombreux mécontentements. L'Allemagne est condamnée à payer des réparations très lourdes, son armée est réduite. L'Allemagne perd l'Alsace et la Moselle au profit de la France ; à l'Est le pays est divisé en deux par le couloir de Dantzig, donné à la Pologne. Le traité de Versailles entraîne des tensions entre d'autres pays d'Europe comme entre la Russie et la Pologne.
- Une organisation internationale créée à la fin de la Première Guerre mondiale, la Société des Nations (SDN), ne parvient pas à apaiser les tensions en Europe.

B La crise économique des années 1930

- À la fin des années 1920, l'Europe est touchée par une grave crise économique. Celle-ci commence en 1929 aux États-Unis puis s'étend à l'Europe.
- Cette crise appelée **Grande Dépression** entraîne une hausse du chômage. Les monnaies perdent leur valeur et les prix des produits quotidiens augmentent. Cette crise entraîne des mécontentements et des mouvements sociaux que les partis d'extrême droite utilisent pour critiquer les régimes en place.

2 Le régime nazi

A Une prise de pouvoir démocratique (1933)

- En Allemagne, la défaite de 1918 a contraint l'empereur Guillaume II à abdiquer. La « République de Weimar » qui lui succède est fragilisée par la crise économique. Se faisant le porte-parole du mécontentement des Allemands, Adolf Hitler multiplie les succès électoraux à la tête du **Parti national-socialiste** (**NSDAP**) aussi appelé Parti nazi.
- Aux élections législatives de 1932, le Parti nazi totalise près de 40 % des voix. **Hitler devient chancelier le 30 janvier 1933**.

B Hitler au pouvoir

- Hitler s'assure le pouvoir en faisant du Parti national-socialiste le seul parti autorisé. Les opposants politiques sont arrêtés par une police politique appelée **la Gestapo** et enfermés dans des **camps de concentration**. Le premier camp est ouvert à Dachau dès 1933. Des troupes armées, les SS, sont chargées de faire régner la terreur dans les villes.
- **Tous les moyens de communication sont contrôlés**. Les médias sont censurés, la poste et les conversations téléphoniques sont surveillées.
- Le régime nazi **embrigade les jeunes** dans les Jeunesses hitlériennes.
- Une propagande développe un **culte de la personnalité** autour du chef, Hitler, appelé le *Führer* (le guide).

lexique

Embrigadement : faire entrer quelqu'un dans une organisation chargée de l'éduquer de force.
Antisémitisme : haine envers les juifs.

C Un régime raciste

- Le régime nazi est **raciste et en particulier antisémite**. Hitler développe des théories antisémites dans son livre *Mein Kampf*, il pense que les Juifs sont inférieurs au peuple allemand qu'il appelle les « aryens ».
- **Les lois de Nuremberg** mises en place par les nazis en 1935 retirent la citoyenneté et de nombreux droits aux Juifs.
- Les Juifs, les Tsiganes, les handicapés, les homosexuels sont arrêtés et déportés dans les camps de concentration.

3 D'autres expériences totalitaires en Europe

A L'URSS

- À la **mort de Lénine en 1924, Staline** prend la tête du Parti communiste et le pouvoir en URSS.
- Une propagande organise un véritable culte de sa personnalité. Staline se fait appeler le « Petit père du peuple ».
- Les opposants sont éliminés ou déportés au goulag lors de la « grande terreur » (1937-1938).

lexique

Goulag : camp de concentration de l'URSS.
Fascisme : doctrine mise en place par Mussolini fondée sur le nationalisme, le culte du chef et le rejet de la démocratie.

B Des régimes totalitaires dans d'autres pays d'Europe

- **En Italie, Mussolini** prend le pouvoir avec son mouvement fasciste à la suite d'un coup d'État en 1922. Il se fait appeler le *Duce* (le guide).
- **En Espagne**, un régime militaire d'inspiration fasciste dirigé par le général **Franco** prend le pouvoir à la suite d'une guerre civile contre les Républicains de 1936 à 1939.

La France dans l'entre-deux-guerres

Lue Relue Apprise

Malgré la victoire en 1918, la France sort de la Première Guerre mondiale profondément affaiblie et divisée.

1 Une France victorieuse mais divisée

A Le retour des divisions

- À peine la victoire contre l'Allemagne est-elle acquise que l'Union sacrée scellée en 1914 vole en éclat. Les conditions de la paix négociée avec l'Allemagne divisent les partisans de la sévérité et ceux de la réconciliation.

B L'impact de la révolution russe

- Les révolutions russes influencent les grandes grèves ouvrières de 1919. Celles-ci sont réprimées de manière implacable par le président du Conseil, **Georges Clemenceau**.

biographie

Georges Clemenceau (1841-1929)

Surnommé « le Tigre », il est président du Conseil de 1917 à 1920 et conduit la France à la victoire contre l'Allemagne. Il se distingue par la suite par sa fermeté à l'égard de l'extrême gauche.

2 La République en crise dans les années 1930

A La République fragilisée

- La **crise économique de 1929** affecte profondément la France, provoquant une forte montée du chômage et des pénuries alimentaires dans les grandes villes.
- Sur le plan politique, la IIIe République connaît une grande instabilité. Les gouvernements se succèdent sans parvenir à se maintenir au pouvoir. Des scandales politiques éclaboussent des personnalités politiques.
- Des groupuscules d'extrême droite **antiparlementaristes** contestent alors la République. Le **6 février 1934**, plusieurs de ces mouvements, appelés les Ligues, descendent dans les rues de Paris et marchent vers l'Assemblée nationale. Leur manifestation tourne à l'émeute.

lexique

Antiparlementarisme : opposition au régime parlementaire, accusé d'instabilité et de corruption.

B La gauche unie face au péril fasciste

- La crainte d'une prise du pouvoir par l'extrême droite antirépublicaine pousse les principales formations de gauche, la **SFIC**, le Parti radical et la SFIO à former une alliance électorale sous le nom de **Front populaire**.

lexique

SFIC : Section française de l'internationale communiste, ancêtre du Parti communiste.

- Aux **élections législatives de juin 1936**, ils obtiennent 376 des 598 sièges de députés. La SFIO, avec 157 députés, est la première force de la coalition. Son leader **Léon Blum** devient chef d'un Gouvernement auquel, bien qu'ils le soutiennent, les communistes refusent de prendre part.
- Un **mouvement de grève** massif est déclenché, souvent accompagné d'occupation des lieux de travail. Il s'agit pour les ouvriers de montrer leur soutien au Front populaire tout en lui faisant pression afin que les réformes promises soient engagées rapidement.

lexique

SFIO : Section française de l'internationale ouvrière, ancêtre du Parti socialiste.

biographie

Léon Blum (1872-1950)

Leader de la S
chef de gouvernement du Fr
populaire de juin 1936 à juin
Il est arrêté et jugé par le rég
de Vichy qui l'accuse d'être à
l'origine, par sa politique de
loisirs, de la défaite de 1940.

3 L'action du Front populaire

A Les accords Matignon

- Pour mettre un terme aux grèves, Léon Blum convoque patronat et syndicats afin d'engager des négociations. Celles-ci aboutissent à la signature, le 7 juin 1936, des **accords Matignon**.
- Ceux-ci obligent les employeurs à signer des conventions collectives et à respecter la liberté syndicale. Une augmentation générale des salaires, comprise entre 7 % et 15 %, est également adoptée.

lexique

Convention collective : accord conclu entre le patronat et les syndicats qui réglemente les conditions de travail et de rémunération dans une branche professionnelle.

B Les lois sociales

- Les 11 et 12 juin 1936, le Parlement vote deux lois accordant **deux semaines de congés payés** par an aux travailleurs. Le temps de travail est limité à 40 heures hebdomadaires.
- Ces mesures ont un double objectif : améliorer la qualité de la vie des travailleurs et partager le travail afin de faire diminuer le chômage.

C Un bilan en demi-teinte

- La politique du Front populaire n'obtient pas les résultats espérés. Le chômage reste élevé et les hausses de salaire ne font pas face à l'**inflation**, ce qui pousse les ouvriers à relancer les grèves.
- La politique du Front populaire est vivement critiquée par la droite et la bourgeoisie. Malgré ses résultats économiques décevants et sa brièveté, le Front populaire demeure un moment marquant de l'histoire française.

lexique

Inflation : hausse des prix.

La Seconde Guerre mondiale, une guerre d'anéantissement

150

Lue Relue Apprise

Au cours de la Seconde Guerre mondiale (1939-1945), l'Allemagne et le Japon ne visent pas seulement à vaincre mais à anéantir.

1 Une guerre d'une ampleur et d'une brutalité inouïes

A La lutte à mort de deux idéologies

- La Seconde Guerre mondiale n'oppose pas simplement des États, mais des **idéologies radicalement contradictoires**.
- L'Allemagne veut accroître son « **espace vital** » et assurer la suprématie de la « **race aryenne** ». Au contraire, les Alliés (États-Unis, URSS et Grande-Bretagne) combattent au nom de la défense des droits de l'Homme, de la liberté et de la démocratie.

lexique

Idéologie : doctrine inspirant la politique d'un groupe ou d'un État.

Espace vital (***Lebensraum***) : territoire jugé par les nazis comme indispensable à la survie de la « race aryenne ».

Race aryenne : pour les nazis, race supérieure à toutes les autres.

B Un déchaînement de violence sans précédent

- Les villes font l'objet de **bombardements aériens massifs** et les États-Unis recourent par deux fois à l'arme atomique (plus de 150 000 morts).
- Les conventions internationales encadrant la guerre sont largement bafouées : 3 millions de soldats soviétiques faits prisonniers par l'armée allemande sont assassinés.

C Les civils en première ligne

- La guerre fait plus de 50 millions de morts, dont 20 millions pour l'URSS.
- Fait nouveau, **plus de la moitié des victimes de la guerre sont des civils** : c'est dix fois plus que lors de la Première Guerre mondiale.

2 Une guerre d'anéantissement

A Une guerre de « races »

- L'idéologie nazie prétend préserver la « race aryenne » des populations qui pourraient altérer sa pureté et sa prétendue supériorité. Dès avant la guerre, les juifs, les Tsiganes, les homosexuels ou les malades mentaux sont rejetés de la société.
- Lorsque les Allemands prennent possession d'une partie de l'Europe de l'Est, ils organisent dans les villes le regroupement des populations juives dans des **ghettos** surpeuplés où règnent la misère, la faim et les maladies.

lexique

Ghetto : quartier dans lequel les juifs sont concentrés sous la contrainte.

La Seconde Guerre mondiale, une guerre d'anéantissement

B Le génocide

- Dès 1941, les ***Einsatzgruppen***, exécutent massivement les populations juives : c'est la « **Shoah** ».
- En 1942, à la conférence de Wansee, les nazis décident de la « solution finale à la question juive ».
- Dans toute l'Europe sous domination nazie, **les juifs sont traqués** et envoyés dans des camps de concentration ou d'extermination. Les **Tziganes** sont également victimes de ce génocide.
- Dans les **camps de concentration**, les mauvais traitements et le travail forcé aboutissent à la mort rapide des détenus. Dans les **camps d'extermination**, la mort est administrée de manière industrielle : les déportés sont conduits vers de prétendues douches qui sont en fait des **chambres à gaz** dont nul ne réchappe.
- Les nazis tentent d'effacer les traces du génocide en faisant disparaître les cadavres à l'aide de **fours crématoires**. Au total, 3 millions de juifs sont morts dans les camps, et 2 millions en dehors. 250 000 des 750 000 Tziganes ont subi le même sort.

lexique

Einsatzgruppen : *groupes d'intervention* de l'armée allemande, chargés d'éliminer les populations indésirables dans les territoires d'Europe de l'Est occupés par les nazis.
Shoah : terme hébreu signifiant *catastrophe*, utilisé à partir des années 1980 pour désigner le génocide des Juifs d'Europe.

ne pas confondre

Les **camps de concentration** sont des lieux de détention destinés à exploiter la force de travail des détenus. Bien que la mortalité y soit très élevée, on ne peut pas les confondre avec les **camps d'extermination**, lieux spécialement destinés à éliminer en masse les déportés.

Le bilan de la guerre

	Civils (en millions)	Militaires (en millions)
URSS	16	8
Chine	11	3
Pologne	5,7	0,124
Allemagne	3,8	4,5
France	0,35	0,21
États-Unis		0,3
Total tous les pays (en % du nombre de victimes)	62 %	38 %

Doc. La Seconde Guerre mondiale

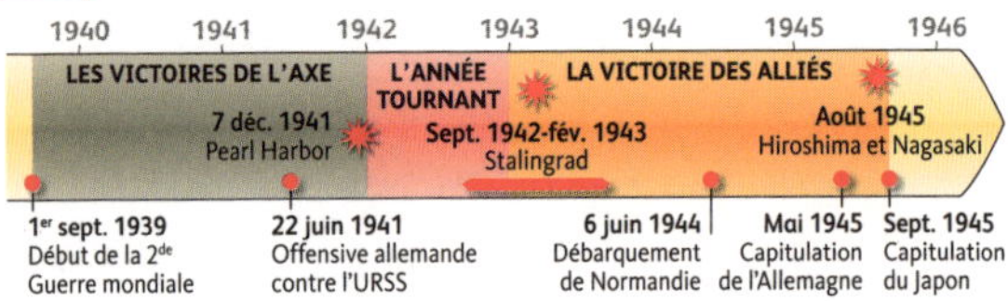

La France défaite et occupée

151

Lue Relue Apprise

Vaincue et occupée par l'Allemagne en 1940, la France républicaine est remise en cause par le régime de Vichy mais son héritage est préservé par la Résistance.

1 La France vaincue

A La défaite de 1940

- Entrées en France le 10 mai 1940, les troupes allemandes atteignent Paris un mois plus tard. Le chef du Gouvernement, Paul Reynaud, démissionne le 16 juin. Il est remplacé par le **maréchal Philippe Pétain**, héros de la Première Guerre mondiale.
- **Le 22 juin, un armistice est signé avec l'Allemagne.** La France accepte l'occupation de la partie nord de son territoire.

biographie

Philippe Pétain (1856-1951) Maréchal qui conduit les troupes françaises à la victoire à Verdun (1916). Il dirige l'État français de 1940 à 1944. Condamné à mort en 1945 pour sa collaboration avec les nazis, il meurt en détention.

B La fin de la IIIe République

- Les députés accordent le 10 juillet 1940 des pouvoirs exceptionnels au maréchal Pétain. Il met en place un régime qui tourne le dos aux valeurs républicaines : « **l'État français** ». Le Parlement est suspendu et le chef de l'État détient tous les pouvoirs.
- **Le territoire français est divisé en deux parties** : une « zone occupée » par l'Allemagne au Nord et une « zone libre » au Sud. Le Gouvernement français s'installe à Vichy.
- Le gouvernement de Vichy cherche à censurer les médias et à surveiller les communications postales et téléphoniques.

2 Le régime de Vichy et la collaboration

A Le régime de Vichy, un régime réactionnaire et raciste

- Des valeurs traditionnelles sont mises en avant : une nouvelle devise, « **Travail, famille, patrie** », est censée marquer la rupture avec la IIIe République.
- Par de la propagande, le Gouvernement diffuse l'image d'une France rurale et catholique.
- Pétain veut transformer la société française selon ces valeurs en créant une « Révolution nationale ».

lexique

Idée réactionnaire : Idée en faveur d'un retour à une société du passé et contre la modernité.

- Vichy rejette les populations considérées comme non françaises (tziganes, étrangers, etc.). **Les juifs de France sont stigmatisés**, leurs droits sont limités par un statut particulier, le statut juif.

B La collaboration avec l'Allemagne nazie

- Dès 1940, Pétain entame une politique de collaboration avec les nazis. Il **rencontre Hitler à Montoire** dans le centre de la France le 24 octobre 1940.
- À partir de 1943, les jeunes hommes français sont obligés d'aller travailler dans les usines et les fermes en Allemagne pour y remplacer les Allemands partis à la guerre. C'est le **Service de Travail Obligatoire** (STO).
- Une police française est chargée d'aider les SS à faire régner la terreur dans les villes et les campagnes françaises. Elle arrête les résistants et les juifs dans la « zone libre ».
- La France mène sa propre politique d'arrestation des juifs en organisant des **rafles**. Les juifs sont envoyés en convois ferroviaires dans les camps de concentration et d'extermination en Europe de l'Est.
- **En 1942, les Allemands envahissent la partie sud de la France**. La Gestapo est présente sur tout le territoire. Les nazis ne renversent pas le maréchal Pétain en qui ils voient un allié utile.

3 La Résistance s'organise

A À l'extérieur

- Réfugié à Londres, le **général de Gaulle** organise la Résistance. Dès **le 18 juin 1940**, il lance un appel à poursuivre le combat.
- Le général de Gaulle crée le CFLN en 1943 qui devient le GPRF en 1944. Il crée les **Forces Françaises Libres** (FFL), une armée de volontaires combattant aux côtés des Alliés.

B À l'intérieur

- En France, **des groupes de résistants se forment dès 1940**. Ils protègent des juifs, diffusent des appels à la résistance contre le gouvernement de Vichy et contre l'occupation allemande. Ils mènent des attaques contre des convois de l'armée allemande.
- Sous l'impulsion de Jean Moulin, un **Conseil national de la Résistance** (CNR) est créé en mai 1943. Il réunit les différents groupes de résistance afin de coordonner leurs actions et de préparer la restauration de la République. Un programme en ce sens est publié en mars 1944.

biographie

Charles de Gau
(1890-1970)
Fondateur et dirigeant de la France Libre pendant la guerre, il se retire la vie politique en 1946 jusqu son élection à la présidence c la République en 1958.

lexique

CFLN : Comité français de libération nationale, créé à Alger en 1943.
GPRF : Gouvernement provisoire de la République française, créé à Alger en 1944. Il prend la place du CFLN.

L'Europe, un théâtre majeur des guerres totales

Révision EXPRESS

Schéma-bilan

1914-1918 : la Première Gerre mondiale, une guerre totale

La Premiere Guerre mondiale, une guerre totale

Deux camps face à face
- Triple Alliance (Allemagne, Autriche-Hongrie et Italie)
- Triple Entente (France, Royaume-Uni, Russie)

L'État intervient pour...
- Orienter l'économie
- Mobiliser la population (conscription, propagande)

Une violence inédite
- Usage de gaz de combat
- 10 millions de morts et 6 millions d'invalides

Une ampleur inédite
- Mobilisation des colonies
- Intervention des États-Unis

1939-1945 : la Seconde Guerre mondiale, une nouvelle guerre totale

La Seconde Guerre mondiale, une nouvelle guerre totale

Deux camps face à face
- L'Axe (Allemagne, Japon, Italie)
- Les Alliés (France, Royaume-Uni, États-Unis puis URSS)

L'État intervient pour...
- Supporter l'effort de guerre
- Réquisitionner les moyens de production

Une violence inédite
- Camps d'extermination
- 50 millions de morts

Une ampleur inédite

Des combats en Europe, en Afrique, en Asie et dans le Pacifique

Mémo'Quiz

Vrai ou faux ?

1. Le CNR a été fondé par Jean Moulin.
❑ vrai ❑ faux

2. La Seconde Guerre mondiale a fait moins de victimes civiles que la Première.
❑ vrai ❑ faux

3. Les États-Unis ont utilisé l'arme atomique contre l'Allemagne.
❑ vrai ❑ faux

4. Les camps d'extermination sont réservés aux juifs.
❑ vrai ❑ faux

5. Le Gouvernement dirigé par Léon Blum qui emporte les élections en France en 1936 est appelé le Parti communiste.
❑ vrai ❑ faux

Cochez la bonne réponse.

6. Quels pays sont alliés au sein de l'Axe ?
❑ Italie, France et Japon
❑ Allemagne, Japon et Italie
❑ Japon, URSS et Allemagne

7. Parmi ces dirigeants, lesquels sont communistes ?
❑ Lénine et Staline ❑ Hitler et Staline
❑ Mussolini et Hitler ❑ Staline et Mussolini

8. Les lois de Nuremberg de 1935 sont des lois :
❑ de dékoulakisation ❑ antisémites ❑ communistes

9. La bataille de Verdun s'est produite en :
❑ 1915 ❑ 1916 ❑ 1917

10. La guerre de tranchée est une guerre de :
❑ mouvement ❑ position

→ Corrigés p. 478

L'indépendance et la construction de nouveaux États

152

Lue Relue Apprise

Quand s'achève la Seconde Guerre mondiale, la domination de l'Europe sur l'Afrique et l'Asie est de plus en plus contestée.

1 Des empires affaiblis

A Les conséquences de la guerre

- La défaite rapide de la France, des Pays-Bas et de la Belgique face aux troupes allemandes en 1940 porte atteinte au prestige de trois des principales puissances coloniales européennes.
- Face à elles, les **mouvements nationalistes** se renforcent et demandent l'indépendance.

B L'Europe isolée

- La **Charte des Nations unies**, adoptée en juin 1945, affirme « le principe de l'égalité des droits des peuples et de leur droit à disposer d'eux-mêmes ».
- Les États-Unis sont opposés au colonialisme. Mais ils doivent préserver leurs alliés européens dans le **contexte de la Guerre froide**, d'autant plus que certains mouvements nationalistes se réclament du communisme (Indochine, Malaisie).
- De son côté, **l'URSS dénonce la colonisation**, dans laquelle elle voit le prolongement du système capitaliste qu'elle combat.

C La colonisation contestée

- Dans les métropoles, la colonisation est de plus en plus contestée. Certains dénoncent la contradiction entre les idéaux généreux que l'Europe prétend défendre et la réalité coloniale.
- D'autres considèrent la colonisation comme un gaspillage.

2 L'éclatement progressif des empires coloniaux

A La décolonisation de l'Asie

- En Inde, Gandhi réclame le départ des Britanniques, ce que Londres accepte en 1947 à la suite de négociations.
- L'Indonésie proclame son indépendance en août 1945. Les Pays-Bas tentent de reprendre le contrôle de l'archipel par la force en 1948, mais, sous la pression de l'ONU et des États-Unis, renoncent en novembre 1949.

biographie

Mohandas Gandhi (1869-1948)
Indépendantiste indien qui lutte de manière non violente contre la colonisation de l'Inde. Il meurt assassiné peu après l'indépendance.

biographie

Hô Chi Minh (1890-1969)
Militant communiste, il dirige les indépendantistes indochinois en guerre contre la France entre 1946 et 1954.

- En Indochine française, Hô Chi Minh réclame l'indépendance en 1945, ce qui déclenche la guerre d'Indochine. Le 7 mai 1954, les troupes françaises sont encerclées à Diên Biên Phu et capitulent.

B La décolonisation de l'Afrique du Nord

- Cette défaite renforce la détermination des indépendantistes maghrébins. Sous leur pression, **la France accorde l'indépendance à la Tunisie et au Maroc en 1956**.
- Elle peut ainsi concentrer ses efforts sur l'Algérie qui s'est soulevée en 1954. Après une guerre de huit ans, le pays accède, en 1962, à l'indépendance.

C La décolonisation de l'Afrique noire

- Les colonies d'Afrique subsaharienne accèdent en dernier à l'indépendance, le plus souvent de manière pacifique. Le Ghana ouvre la marche en 1957, suivi en 1960 de toutes les colonies françaises, du Nigeria britannique et du Congo belge.
- Seul le Portugal tente de résister par la force à la décolonisation, mais il finit par céder en 1975 (Angola et Mozambique).

3 La difficile gestion de l'indépendance

A Des sociétés divisées

- Dans de nombreux pays, l'indépendance donne lieu à des **guerres civiles** entre les populations décolonisées. C'est le cas de l'Inde, coupée en deux États : le Pakistan destiné à accueillir les musulmans, et l'Union indienne à majorité hindouiste.
- En 1962, les habitants d'origine européenne fuient l'Algérie tandis que des règlements de compte font de nombreux morts parmi les populations musulmanes.

B Le temps des désillusions

lexique

FLN : Front de Libération Nationale, principal groupe indépendantiste algérien.

- Souvent, les groupes qui s'étaient battus pour obtenir l'indépendance confisquent le pouvoir à leur seul profit une fois celle-ci obtenue (FLN en Algérie). Beaucoup de pays décolonisés deviennent des **dictatures** réprimant leurs opposants plus sévèrement encore que ne le faisaient les colonisateurs.
- Dans ces conditions, l'indépendance ne permet pas d'améliorer le niveau de vie des populations.

Deux modèles qui s'opposent, les États-Unis et l'URSS

153

Lue Relue Apprise

Alliés contre les puissances de l'Axe durant la Seconde Guerre mondiale, les États-Unis et l'URSS, devenus les deux « Grands », entrent en conflit dès la victoire acquise.

1 Une opposition entre les deux vainqueurs de la Seconde Guerre mondiale

A Règlement de la guerre

- L'URSS et les États-Unis, alliés durant la guerre, se divisent une fois la victoire obtenue et des tensions apparaissent rapidement.
- Les Américains tiennent à ce que les peuples libérés des nazis décident démocratiquement de leur avenir. Staline souhaite imposer le modèle communiste, de gré ou de force, dans les pays libérés par l'armée soviétique.
- Les États-Unis et l'URSS ainsi que le Royaume-Uni s'entendent sur les grandes lignes de la réorganisation de l'Europe lors de **grandes conférences internationales** à Téhéran en 1943 puis à **Yalta** (**février 1945**).

B La constitution de deux blocs ennemis

- Les deux pays tentent d'étendre leur influence et constituent chacun un bloc avec leurs alliés : le bloc de l'Est autour de l'URSS et le bloc occidental autour des États-Unis.
- Pour arrêter l'expansion du communisme, les États-Unis mettent en place une aide militaire (OTAN) et économique (**plan Marshall**) pour leurs alliés européens.
- Pour contrer le plan Marshall, l'URSS crée le CAEM. En 1955, le **pacte de Varsovie** donne naissance à une alliance militaire rivale de l'OTAN.

Lexique

OTAN : Organisation du traité de l'Atlantique nord.
CAEM : Conseil d'assistance économique mutuelle.

2 Deux idéologies opposées

- Chacun des deux pays s'affirme comme le défenseur de la démocratie contre l'impérialisme. Cependant, les États-Unis défendent leur **constitution démocratique** alors que l'URSS représente un modèle de **régime autoritaire dominé par un parti unique, le Parti communiste**.
- Le modèle économique des États-Unis tourné vers le **capitalisme** s'oppose à **l'idéal socialiste** et à **l'organisation planifiée et dirigiste** à l'œuvre dans le bloc soviétique.

Lexique

Impérialisme : volonté de contrôler des territoires plus étendus que le sien.

3 L'opposition culturelle entre les deux puissances

A La propagande pour s'opposer à l'autre

- Pour imposer leur modèle dans le monde, l'URSS et les États-Unis utilisent des moyens de **propagande** divers (cinéma, littérature) afin de valoriser leur propre modèle et de dénoncer leur rival.
- Les grands évènements internationaux peuvent être des occasions pour chacune des deux puissances de montrer leur puissance. Les Jeux olympiques sont organisés successivement par l'URSS à Moscou en 1980 puis par les États-Unis à Los Angeles en 1984.

B Une concurrence scientifique

- Les deux grandes puissances se lancent dans une **course aux armements**. Les États-Unis ont fait l'étalage de leur puissance nucléaire en bombardant Hiroshima et Nagasaki en août 1945. L'URSS teste sa première **bombe atomique** en 1949.
- La **conquête de l'espace** est un autre domaine dans lequel s'exprime la concurrence entre les deux grandes puissances. L'URSS envoie le premier homme dans l'espace, Youri Gagarine (1961). Les États-Unis répondent en envoyant la première mission sur la lune en 1969 (mission Apollo 11 dirigée par Neil Armstrong).

Doc. Le monde divisé en deux blocs pendant la Guerre froide

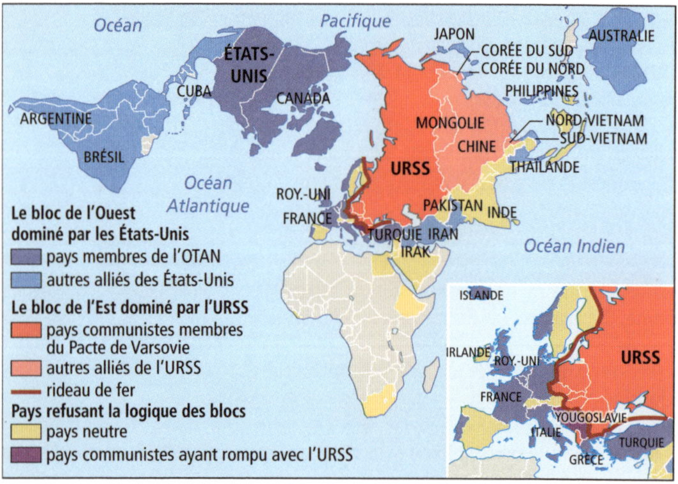

Berlin dans la Guerre froide

154

Lue Relue Apprise

Du fait de son statut exceptionnel, la ville de Berlin a cristallisé les tensions entre les deux blocs durant toute la Guerre froide.

1 Une ville divisée

A L'Allemagne vaincue et occupée

- Le sort de l'Allemagne, vaincue par les Alliés en 1945, est fixé par la **conférence de Potsdam** en août 1945. Son territoire est réduit au profit de la Pologne et de l'URSS.
- Le pays passe sous le contrôle de ses vainqueurs qui le divisent en **quatre zones d'occupation**. Américains, Britanniques et Français contrôlent la partie ouest, les Soviétiques contrôlant la partie orientale.

dates-clés

- **Juin 1948-mai 1949** : blocus de Berlin
- **1961** : construction du mur de Berlin
- **1963** : visite de Kennedy à Berlin-Ouest
- **1989** : chute du mur
- **1990** : réunification allemande

B L'exception berlinoise

- La ville de Berlin, bien que située dans la zone d'occupation soviétique, connaît un sort à part en raison de son **importance symbolique**. Elle est elle-même divisée en quatre zones d'occupation.
- En conséquence, la partie ouest de Berlin constitue une **enclave sous domination occidentale en plein cœur du bloc soviétique**.

Doc. **L'Allemagne en 1945**

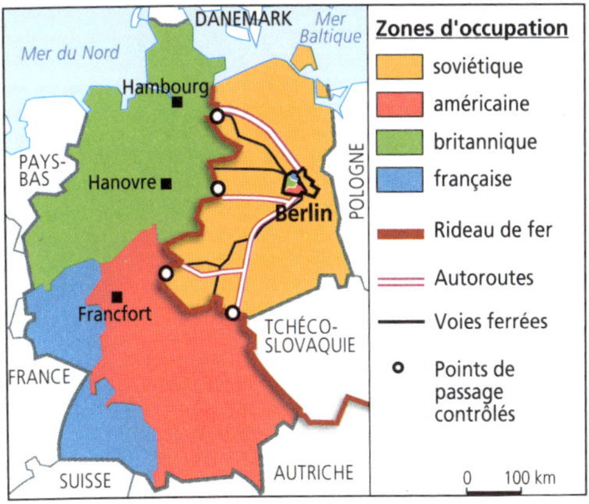

2 Le blocus de Berlin-Ouest

A Le blocus

- Pour tenter de prendre le contrôle de Berlin-Ouest, Staline décide en juin 1948 d'en **bloquer tous les accès terrestres**.
- Le ravitaillement devenu impossible, il espère que les habitants assiégés se jetteront dans ses bras.

B Le pont aérien

- Mais c'est sans compter sur la réaction des États-Unis qui organisent un ravitaillement de Berlin-Ouest par les airs. C'est le « **pont aérien** » qui permet d'assurer la subsistance des 2,5 millions de Berlinois de l'Ouest.
- Démonstration de force américaine, le pont aérien pousse finalement Staline à lever le blocus le 12 mai 1949.

3 Le mur de Berlin

A Une entaille dans le rideau de fer

- De nombreux Allemands de l'Est trouvent refuge à Berlin-Ouest pour **fuir la dictature soviétique** et bénéficier de meilleures conditions de vie.
- Cet exode constitue une mauvaise publicité pour le bloc soviétique car il contredit la propagande qui prétend qu'on y vit mieux qu'ailleurs.

B Le mur

- Pour y mettre un terme, **Khrouchtchev** décide de faire ériger, dans la nuit du 12 au 13 août 1961, un **mur encerclant Berlin-Ouest**. Contrairement au blocus qui était tourné contre les Berlinois de l'Ouest, le mur est fait pour gêner les Allemands de l'Est en leur rendant impossible la fuite vers l'Ouest.
- Les Américains protestent contre ce qu'ils appellent le « **mur de la honte** » mais ne prennent pas le risque d'intervenir. Ils préfèrent l'utiliser pour discréditer l'URSS, comme lors de la **visite du président Kennedy à Berlin-Ouest** en 1963, au cours de laquelle il prononce son célèbre « *Ich bin ein Berliner* » (Je suis un Berlinois).
- C'est finalement sous la pression populaire qu'en novembre 1989, le mur est démantelé, préludant à la disparition de l'URSS et à la **réunification allemande**. Effective en 1990, celle-ci permet à Berlin de retrouver son statut de capitale.

Les crises principales de la Guerre froide

155

Lue Relue Apprise

Entre 1947 et 1991, les États-Unis et l'URSS s'opposent sans jamais s'affronter directement.

1 Une guerre d'un genre nouveau

A Un conflit indirect

- Chacune des deux grandes puissances possède l'arme nucléaire et peut anéantir l'autre. **Leur opposition ne va donc jamais prendre la forme d'affrontements directs**. C'est pourquoi on qualifie cette guerre de « froide ».
- Chacun des deux pays utilise l'arme nucléaire avant tout comme une menace, une arme de dissuasion, mais le monde vit dans la peur d'une véritable guerre nucléaire sans précédent.
- Les deux Grands s'affrontent indirectement lors de graves crises. Il s'agit souvent de conflits régionaux dans lesquels ils s'appuient sur des groupes rebelles ou des États alliés.

2 Une succession de guerres et de crises

A La guerre de Corée (1950-1953)

- La Corée est divisée entre un Nord, sous influence soviétique, et un Sud, protégé par les États-Unis. En 1950, le parti communiste nord-coréen lance une offensive pour prendre le contrôle de la partie sud du pays.
- Les États-Unis envoient des troupes pour repousser cette invasion. Une guerre particulièrement meurtrière se déroule entre 1950 et 1953 et s'achève par le recul des troupes nord-coréennes. La frontière entre les deux Corées est fixée le long du 38e parallèle.

B La crise de Cuba (1962)

- À la tête de Cuba depuis 1959, **Fidel Castro** se rallie au camp soviétique. En 1962, Moscou installe sur l'île des missiles qui font peser une **menace nucléaire directe sur le territoire américain**.
- Le **22 octobre 1962**, le **président américain Kennedy** met en place un **blocus** naval autour de Cuba. Le 26 octobre, **Khrouchtchev** donne l'ordre aux navires soviétiques acheminant de nouveaux missiles vers Cuba de rebrousser chemin. Le monde a évité un affrontement militaire entre les deux Grands.

> **lexique**
> **Blocus** : fermeture des frontières et interdiction de tout échange imposées à un pays.

- À la suite de cette crise, l'URSS et les États-Unis commencent une **période de détente** : les chefs d'État se rencontrent à plusieurs reprises, les deux puissances limitent leur production de bombes atomiques.

C La guerre du Vietnam

● Depuis 1954, le Vietnam est un pays indépendant, ancienne colonie française. Le pays est cependant divisé en deux parties : au Nord, un régime communiste est soutenu par la Chine et l'URSS, au Sud un gouvernement favorable aux États-Unis. **L'URSS et la Chine entendent unifier le pays, ils arment des groupes de combattants nord-vietnamiens.**

● Si les Soviétiques n'interviennent pas directement, les **États-Unis envoient des troupes au Vietnam** à partir de 1963.

● L'armée américaine doit affronter une **guérilla** qui les empêche d'avancer. Elle est contrainte de quitter le Vietnam en 1975.

lexique

Guérilla : combat mené de faç
dispersée, fait d'embuscades.

3 L'affirmation du tiers-monde

A À la recherche d'une place dans le monde

● Après leur indépendance, les anciennes colonies d'Afrique et d'Asie entendent obtenir plus de poids politique dans le monde. À l'issue de leur indépendance, ces nouveaux pays entrent à l'ONU.

● Ils tentent de se rapprocher pour parler d'une seule voix. Une grande conférence réunissant entre autres de nouveaux États indépendants est organisée à **Bandoeng en Indonésie en 1955**. Les participants critiquent la colonisation, ils appellent tous les pays encore sous contrôle européen à demander leur indépendance.

B L'organisation des « non-alignés »

● À Belgrade en Yougoslavie (1961), les pays participant à cette conférence s'organisent en un grand mouvement, ils se surnomment les « **non-alignés** » car ils veulent rester neutres et ne se placer ni du côté des États-Unis, ni du côté de l'URSS.

● En plus des anciennes colonies africaines et asiatiques, ce mouvement est également mené par **des États plus anciens qui veulent s'éloigner de l'influence soviétique** : la Yougoslavie de Tito, l'Égypte de Nasser.

Doc. Les relations internationales (1945-2013)

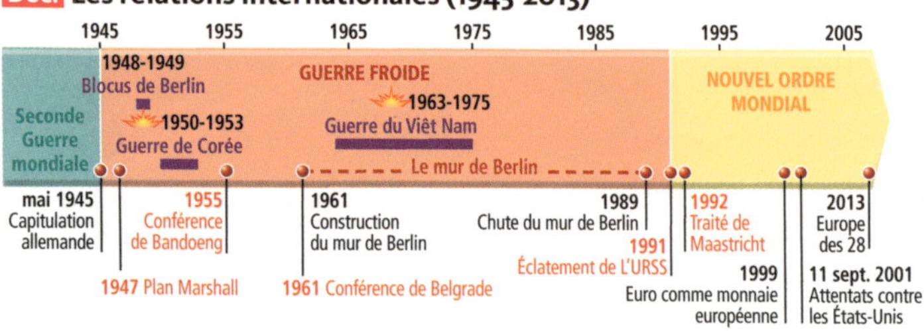

Affirmation et mise en œuvre du projet européen

156

Lue Relue Apprise

Au sortir de la Seconde Guerre mondiale, la France et l'Allemagne cherchent à mettre en place un nouveau projet européen.

1 Les origines du projet européen

A La réconciliation franco-allemande

- La France et l'Allemagne de l'Ouest (RFA) décident de mettre de côté leur rivalité pour assurer une paix durable, faciliter leur développement économique et faire face à la montée de l'URSS. Le **9 mai 1950**, le ministre français des Affaires étrangères, **Robert Schuman**, propose à la RFA de placer les ressources de charbon et d'acier des deux pays sous une autorité commune afin de créer une solidarité économique. L'objectif est de **rendre impossible une nouvelle guerre entre les deux pays**.
- La Belgique, le Luxembourg, les Pays-Bas et l'Italie se joignent à cette initiative qui donne naissance en 1951 à la **Communauté européenne du charbon et de l'acier (CECA)**.

B La construction européenne, stratégie d'endiguement du communisme en Europe

Lexique

endiguement : stratégie mise en place par les États-Unis à partir de 1947 pour empêcher l'expansion du communisme dans le monde.

- L'Europe est une zone de concurrence entre les deux puissances de la Guerre froide. Le Premier ministre britannique Winston Churchill parle d'un « **rideau de fer** » séparant l'Europe de l'Ouest sous l'influence des États-Unis et l'Europe de l'Est sous la domination de l'URSS.
- Par des aides financières comme le plan Marshall, les États-Unis encouragent les pays d'Europe à s'organiser pour endiguer l'avancée du communisme en Europe.
- Les États-Unis encouragent également un rapprochement militaire franco-allemand mais le projet d'une **Communauté européenne de Défense (CED)** est rejeté en 1954 du fait du refus des députés français qui demeurent méfiants envers l'Allemagne.

2 La construction progressive d'une Europe unie

A Une Europe qui s'élargit peu à peu

Lexique

Marché commun : espace au sein duquel les marchandises circulent sans avoir à payer de droits de douane.

- La **Communauté Économique Européenne (CEE)** voit le jour en 1957 avec la signature du traité de Rome. Un **marché commun** aux six pays membres de la CECA peut être organisé.

Affirmation et mise en œuvre du projet européen

- La CEE connaît un grand succès économique. **D'autres États européens demandent peu à peu leur adhésion** (voir carte ci-dessous).
- En 1979, les premières élections au suffrage universel sont organisées pour élire des députés européens.

B L'approfondissement de l'Europe par l'Union européenne

Lexique

Approfondissement : lancement de nouvelles formes de coopérations entre les pays membres pour renforcer leur union.

- En 1992, la CEE se transforme en **Union européenne (UE)** par la signature du **traité de Maastricht**. Une citoyenneté européenne est créée dont bénéficient tous les citoyens des pays membres.
- L'Union européenne s'approfondit par de nouvelles réalisations communes : la convention de **Schengen** (1995) permet la mise en place d'une zone à l'intérieur de laquelle les déplacements sont totalement libres. L'**euro**, monnaie unique, entre en activité en 2002.
- Avec la chute de l'URSS en 1991, de nombreux pays européens peuvent intégrer l'UE. Il faut cependant respecter certains critères (être une démocratie, être suffisamment développé) pour y être accepté. L'UE rassemble **27 États aujourd'hui**. Ces nouveaux membres sont d'anciens pays du bloc soviétique, dominés par l'URSS jusqu'en 1991.

Doc. La construction européenne, de 1951 à nos jours

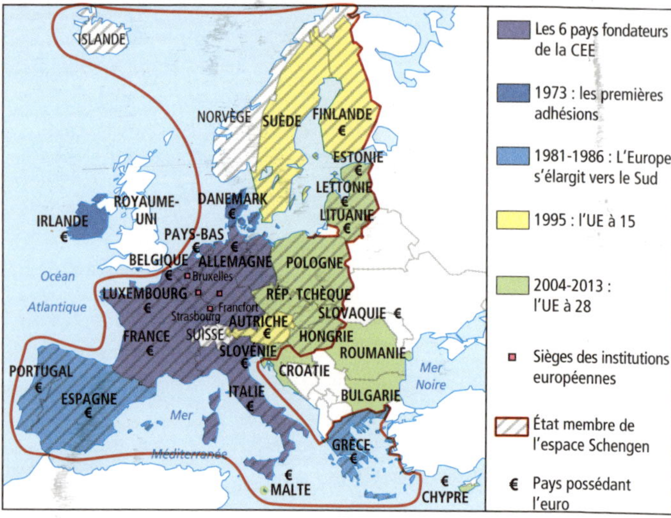

Enjeux et conflits dans le monde après 1989

157

Lue Relue Apprise

Depuis la fin de la Guerre froide en 1991, les rapports de force mondiaux ont beaucoup évolué.

1 La puissance américaine

A Une puissance sans égale

- Pendant la Guerre froide, seule l'URSS dispose d'une armée capable de rivaliser avec celle des États-Unis. Son effondrement laisse l'armée américaine sans rivale de taille comparable.
- Présente sur tous les continents et les océans grâce à sa marine et à ses bases à l'étranger, elle est devenue le « **gendarme du monde** ».

lexique

Gendarme du monde : puissance dont on attend qu'elle règle les conflits du monde.

B Une puissance très sollicitée

- La **puissance exceptionnelle** dont disposent les États-Unis leur permet de défendre efficacement leurs intérêts. Mais **les États-Unis sont aussi sans cesse sollicités** pour intervenir dans les crises qui secouent le monde. On attend d'eux qu'ils usent de leurs moyens pour faire régner la paix et la justice.

C Une puissance contestée

- Frappés par des attentats **terroristes islamistes** le 11 septembre 2001, les États-Unis réagissent. Leurs interventions en Afghanistan (2001) et en Irak (2003-2011) ne sont pas un succès et les États-Unis sont vivement contestés.
- Certains les accusent d'abuser de leur puissance pour imposer leur domination sur le monde.

lexique

Terrorisme : méthode de guerre consistant à susciter la terreur chez l'adversaire.

Islamisme : doctrine politique qui veut imposer la loi musulmane comme seule loi.

2 L'émergence de nouvelles puissances

- Un groupe de **quelques pays en pleine croissance économique** dans les années 1990 et 2000 s'affirme dans le commerce mondial et cherchent à obtenir plus de poids sur la scène politique mondiale.
- **La Chine** dispose d'une population nombreuse et d'un vaste territoire. Elle étend de plus en plus son influence économique et politique en Asie, en Afrique et en Europe.
- L'autre puissance émergente est **le Brésil**, dont l'armée est l'une des plus puissantes d'Amérique latine. Elle est une des principales productrices de matières premières minières et agricoles.

- Parmi ces nouvelles puissances en devenir, l'Inde, l'Afrique du Sud ou le Mexique gardent encore un temps de retard.
- **L'Union européenne** est devenue une puissance concurrente des États-Unis. Elle constitue **le premier pôle économique mondial**. Sa monnaie, l'euro, est utilisée dans les échanges internationaux. L'UE peine encore à avoir un poids diplomatique réel car ses membres sont souvent divisés.

3 Un monde plus instable

A Des conflits régionaux multiples

- Les guerres se sont multipliées sur tous les continents avec la fin de l'équilibre entre l'URSS et les États-Unis et l'ONU peine à jouer un rôle important. En Afrique, au **Rwanda**, le pouvoir appartenant à la population hutue organise le génocide de la population tutsi en 1994.
- La fin du régime communiste en **Yougoslavie** aboutit à l'éclatement du pays. Plusieurs guerres très violentes éclatent entre 1991 et 2003 entre les nouveaux États issus de l'éclatement du pays. La Serbie organise des massacres de populations en Bosnie puis au Kosovo, la ville de Sarajevo est bombardée en 1992.

B Une grande zone de tensions : le Moyen-Orient

- Au début du XXIe siècle, le **Moyen-Orient** est la région qui concentre le plus de crises. Elle abrite des populations de langues et de religions différentes dont la cohabitation est souvent compliquée. On y trouve aussi la plupart des réserves mondiales de pétrole et de gaz, ce qui suscite de nombreuses convoitises.

> **lexique**
> **Moyen-Orient** : ensemble de pays qui vont de l'Égypte à l'Afghanistan (d'Est en Ouest) et de la Turquie au Yémen (du Nord au Sud).

- La création d'Israël en 1948 a engendré de vives tensions avec la Palestine et les pays voisins.
- **Les États-Unis interviennent à plusieurs reprises** (Afghanistan en 2001, Irak en 2003), mais les armées américaines peinent à rétablir l'ordre.
- En 2011, de nombreux pays du Maghreb et du Moyen-Orient sont secoués par des révolutions populaires. Ce mouvement est appelé le « **printemps arabe** ». En Tunisie, en Égypte, en Libye ou au Yémen, les dictateurs sont chassés du pouvoir.
- En **Syrie**, une guerre éclate entre le dictateur en place, des armées populaires et une nouvelle organisation islamiste intégriste, **Daesh** qui revendique des attentats dans le monde entier (13 novembre 2015 à Paris, mars 2016 à Bruxelles...).

> **lexique**
> **Daesh** : organisation terroriste se revendiquant de l'islamisme et ayant pour objectif de créer un État islamique entre la Syrie et l'Irak.

Le monde depuis 1945

Révision EXPRESS

Les points essentiels

- **En 1945, l'ONU est créée** pour maintenir la paix mondiale. Mais elle est bloquée dès sa création par la rivalité qui oppose les États-Unis à l'URSS, tous deux disposant d'un droit de veto.
- **De peur d'un anéantissement total**, les deux Grands ne s'affrontent jamais directement. La guerre entre eux reste « froide », donnant lieu à des crises et des guerres par alliés interposés.
- **L'Europe sort affaiblie de la Seconde Guerre mondiale** et perd rapidement son empire colonial. Cette décolonisation est parfois négociée (Inde), parfois le fruit d'une guerre d'indépendance (Algérie). Pour lutter contre ce déclin, la France et l'Allemagne se réconcilient, ce qui aboutit à la création de l'UE qui compte **28 États membres** en 2013.
- **Depuis la disparition de l'URSS en 1991**, les États-Unis disposent d'une puissance sans égale. Celle-ci est remise en cause par les progrès de certains pays émergents (Chine, Inde et Brésil) qui demeurent cependant très en retard.
- Depuis la fin de la Guerre froide, les conflits demeurent nombreux, particulièrement au Moyen-Orient, où les interventions militaires américaines, destinées à rétablir l'ordre, ont eu un effet inverse.

Les dates-clés

1945	Création de l'ONU
1947	Indépendance de l'Inde, début de la Guerre froide
1948	Blocus de Berlin-Ouest
1951	CECA
1957	Traité de Rome, naissance de la CEE
1961	Construction du mur de Berlin
1962	Crise de Cuba, indépendance de l'Algérie
1989	Chute du mur de Berlin
1991	Disparition de l'URSS
1992	Traité de Maastricht, naissance de l'UE
11 septembre 2001	Attentats terroristes aux États-Unis
2002	L'euro, monnaie commune de l'UE

Mémo'Quiz

Cochez la ou les bonne(s) réponse(s).

1. Le siège de l'ONU est installé à :
❑ Genève ❑ Paris ❑ New York

2. L'Algérie acquiert son indépendance en :
❑ 1947 ❑ 1954 ❑ 1960 ❑ 1962

3. L'indépendance de l'Inde a été :
❑ négociée ❑ obtenue au terme d'une guerre d'indépendance

4. Le traité de Rome donne naissance à :
❑ la CECA ❑ la CEE ❑ l'UE

5. Quel pays a gagné la Guerre froide ?
❑ les États-Unis ❑ l'URSS

6. Combien de pays compte l'UE en 2012 ?
❑ 15 ❑ 20 ❑ 27 ❑ 30

7. Lequel de ces pays n'est pas un pays émergent ?
❑ le Brésil ❑ le Japon ❑ l'Inde ❑ la Chine

8. Comment appelle-t-on le mouvement de révoltes qui ont agité les pays du Maghreb et du Moyen-Orient à partir de 2011 ?
❑ La « Grande révolte »
❑ La « Guerre froide »
❑ Le « Printemps arabe »

9. Parmi ces pays, lesquels disposent d'un droit de veto à l'ONU ?
❑ l'Allemagne ❑ la France ❑ la Chine
❑ le Japon ❑ l'Italie

10. L'indépendance d'Algérie a été :
❑ négociée ❑ obtenue au terme d'une guerre d'indépendance

11. Quel pays est qualifié de « gendarme du monde » depuis 1991 ?
❑ la France ❑ la Chine ❑ les États-Unis ❑ la Russie

12. Le processus de décolonisation a commencé en :
❑ Asie ❑ Afrique du Nord ❑ Afrique subsaharienne

→ Corrigés p. 478

Le retour de la République (1944-1947)

158

Lue Relue Apprise

Avec la libération du territoire, l'enjeu est de refonder une République et de réaffirmer les principes démocratiques détruits par le gouvernement de Vichy.

1 La libération de la France

A Libérer la France

- **Le 6 juin 1944, les Alliés débarquent en Normandie** afin de libérer le nord du territoire. Un débarquement s'opère également en Provence pour libérer le sud du pays en août et septembre 1944.
- Les **armées de la France Libre** (les **FFL**) participent à la libération du territoire. Une armée française entre dans Paris en août 1944.

B Les acteurs de la libération

- Pendant la guerre, le gouvernement parallèle qui refuse le régime de Vichy s'installe à Alger, sous le commandement du général de Gaulle : le **Gouvernement provisoire de la République française (GPRF)**.
- La **résistance intérieure** participe à la libération du pays. Les nombreux mouvements de résistants sont dispersés dans le pays et d'une grande diversité politique, mais leurs actions sont essentielles pour la libération.

2 Refonder la République

A Les principes de la refondation républicaine

- Le GPRF s'installe à Paris dès août 1944. L'objectif est de **restaurer la République et de faire reconnaître l'autorité du GPRF sur tout le territoire** français. Il cherche à présenter la France Libre comme le seul représentant de la France pendant la guerre.
- Le GPRF présente Vichy comme une parenthèse et la République n'aurait jamais cessé d'exister. Dès août 1944, **toutes les lois promulguées sous le gouvernement de Vichy sont donc automatiquement annulées**.

B Solder le régime de Vichy

- Dès 1944, le GPRF lance une série de **grands procès pour juger les dirigeants du gouvernement de Vichy**. Pétain est condamné à mort mais sa peine est transformée en emprisonnement à vie par de Gaulle. Son Premier ministre Pierre Laval est condamné à mort.
- Dans la fonction publique, de nombreux fonctionnaires sont licenciés, parfois emprisonnés.

● De **nombreux règlements de compte éclatent à la libération**, conséquences de rancœurs, dénonciations et exactions perpétrées entre Français pendant la guerre. Des formes de justice expéditives parfois violentes sont organisées. Certaines femmes sont tondues en public pour avoir eu une relation avec un soldat allemand.

3 Les premiers pas de la IVe République

A Une nouvelle Constitution

● La souveraineté populaire est une base de la refondation républicaine. Le GPRF veut faire participer les citoyens à la réalisation d'une **nouvelle Constitution**.

● En octobre 1945, une **assemblée constituante** est élue au suffrage universel direct pour rédiger un texte de Constitution. Des divergences apparaissent au sein du GPRF et dans les milieux résistants. **De Gaulle quitte le pouvoir en janvier 1946.**

Lexique

Constitution : texte qui définit la répartition des pouvoirs entre les différentes institutions.

Assemblée constituante : assemblée élue qui est chargée de rédiger une Constitution.

● Après un premier rejet par le peuple, la **Constitution est adoptée en octobre 1946 à la suite d'un référendum**. La IVe République est créée.

B Un nouveau rôle pour les femmes

● Pendant la Seconde Guerre mondiale, les femmes ont joué un rôle très important dans la résistance. À la libération, elles obtiennent enfin des droits politiques et sont considérées comme citoyennes à part entière. Le GPRF élargit le **droit de vote aux femmes en 1944**.

● Les femmes participent pour la première fois à une élection lors des élections législatives et municipales de 1945.

C Les réformes inspirées du CNR

● Le GPRF puis la IVe République réalisent des **réformes économiques et sociales qui s'inspirent du programme de la Résistance**. Il s'agit alors de restaurer tous les acquis économiques et sociaux du Front populaire (semaine de 40 heures de travail, liberté syndicale).

● La République se fixe comme principe d'assurer une protection de tous les Français en cas de maladie, de chômage, de vieillesse.

● Le système de la **Sécurité sociale** est mis en place. Un **système de retraite généralisé** est créé. De nombreuses entreprises sont nationalisées (banques, électricité, charbon, transports).

● La nouvelle République doit aussi faire face à l'enjeu de la reconstruction du pays, lourdement détruit par la guerre.

La République gaullienne

Lue Relue Apprise

De retour au pouvoir en 1958, de Gaulle met en place une nouvelle République qui renforce considérablement le pouvoir présidentiel.

1 La chute de la IVe République

A Un régime affaibli

- Malgré ses succès dans la reconstruction du pays, la IVe République souffre rapidement de son **instabilité gouvernementale** et de sa gestion maladroite de la décolonisation.
- Pour des raisons différentes, communistes et gaullistes critiquent sévèrement le régime en place.

Lexique

Instabilité gouvernementale : changements très fréquents de gouvernements.

B La crise du 13 mai 1958

- Le 13 mai 1958, les partisans de l'Algérie française prennent le pouvoir en Algérie. Opposés à toute négociation avec le FLN, ils menacent de prendre par la force le pouvoir à Paris. **Ils en appellent au général de Gaulle**, retiré de la vie politique depuis 1946.
- Le 15 mai 1958, de Gaulle fait savoir qu'il est prêt à revenir au pouvoir, mais à condition qu'il dispose des pleins pouvoirs et qu'il rédige **une nouvelle Constitution**.

2 La mise en place de la Ve République

A Le retour de De Gaulle

- Le 1er juin 1958, de Gaulle est investi à la **présidence du Conseil** par l'Assemblée nationale. Le lendemain, il obtient les pleins pouvoirs et commence à élaborer la nouvelle Constitution. Conformément à ses idées, celle-ci **accroît le pouvoir du président**.
- Approuvée par **référendum**, elle prévoit que le Gouvernement soit désormais nommé par le président. Celui-ci, élu pour sept ans au **suffrage universel indirect**, peut dissoudre l'Assemblée et consulter directement le peuple par référendum. En cas de crise grave, l'article 16 l'autorise à prendre les pleins pouvoirs.

Lexique

Président du Conseil : nom donné au Premier ministre sous la IVe République.

Lexique

Référendum : question posée aux électeurs qui y répondent par *oui* ou par *non*.

Suffrage universel indirect : élection à laquelle ne peuvent voter que les élus.

B La réforme de 1962

- De Gaulle est élu président de la République en 1958. À la tête de l'État, il se pose en rassembleur par-dessus les divisions entre partis politiques.
- Pour accroître son autorité, il décide en 1962 de soumettre à référendum une réforme permettant au président d'être élu au **suffrage universel direct**. Malgré l'opposition de la quasi totalité des partis, la mesure est approuvée par une large majorité des Français.

3 De Gaulle président

A L'achèvement de la guerre d'Algérie

- Grâce à son autorité et au prestige qu'il tire de son passé de résistant, de Gaulle parvient à imposer une solution à la **guerre d'Algérie** qui a éclaté en 1954 et dont les conséquences menacent la stabilité des institutions républicaines.
- En 1962, il fait approuver par référendum aux Français et aux Algériens l'**indépendance de l'Algérie**, qui est officiellement proclamée le 3 juillet 1962.

B Le souci de l'indépendance nationale

- Réélu président en 1965, de Gaulle tente de redonner à la France son statut de grande puissance.
- En 1966, il met le pays en retrait de l'OTAN afin de garantir son indépendance à l'égard des États-Unis.

C L'usure du pouvoir

- Les pouvoirs très importants que la Constitution donne au général de Gaulle suscitent les critiques de ses opposants.
- **En mai 1968**, une partie de la jeunesse se soulève durant des semaines. Les étudiants sont ensuite rejoints par les ouvriers qui se mettent en grève. L'accord de Grenelle, qui prévoit des augmentations de salaires, permet de mettre fin à cette crise.
- L'échec du référendum sur la régionalisation, lancé par de Gaulle en 1969, **le décide à démissionner trois ans avant la fin de son mandat**.

dates-clés

- **13 mai 1958** : coup d'État à Alger
- **1er juin 1958** : De Gaulle président du Conseil
- **28 septembre 1958** : adoption par référendum de la Ve République
- **28 octobre 1962** : adoption par référendum de la réforme sur l'élection du président au suffrage universel direct
- **1965** : De Gaulle réélu président
- **mai 1968** : révolte étudiante et grèves ouvrières
- **28 avril 1969** : démission de De Gaulle

La Ve République à l'épreuve des alternances et des cohabitations 160

Lue Relue Apprise

Les institutions de la Ve République, qui avaient été conçues par et pour le général de Gaulle, lui ont survécu.

1 Entre rupture et continuité (1969-1981)

A Les années Pompidou (1969-1974)

- Proche du général de Gaulle dont il était le Premier ministre, **Georges Pompidou** est élu président en 1969.
- Un salaire minimum, le **SMIC**, est mis en place.

lexique

SMIC : Salaire minimum interprofessionnel de croissance.

B Les années Giscard (1974-1981)

- Malade, Pompidou décède en cours de mandat en 1974. C'est Valéry Giscard d'Estaing qui lui succède, devançant de peu le candidat de gauche François Mitterrand.
- Bien que de droite, **Giscard d'Estaing est le premier président non gaulliste** de la Ve République. Il se démarque de ses prédécesseurs par son style plus décontracté et moderne.
- Il mène d'importantes réformes de société comme l'abaissement de la majorité (et donc du droit de vote) à 18 ans, la création du **collège unique** (loi Haby) et la légalisation de l'interruption volontaire de grossesse (loi Veil).

lexique

Collège unique : obligation pour tous les collégiens de suivre les mêmes études.

2 Entre alternances et cohabitations (1981-2012)

A Les années Mitterrand (1981-1995)

- L'année 1981 est marquée, après 23 ans à droite, par la **victoire du candidat de gauche, F. Mitterrand**, aux élections présidentielles : c'est la première **alternance** de la Ve République.
- Le Gouvernement prend des mesures dès les premiers mois : **abolition de la peine de mort**, semaine de travail de 39 heures, décentralisation, retraite à 60 ans, cinquième semaine de congés payés, **nationalisations** d'entreprises, augmentation du SMIC et des allocations familiales. Mais la crise économique contraint les socialistes à mettre un terme à cette politique généreuse mais coûteuse.

lexique

Alternance : passage de la présidence de la République d'un camp politique à un autre.

Nationalisation : rachat par l'État d'une entreprise privée.

La Ve République à l'épreuve des alternances et des cohabitations

Lexique

Législatives : élection des députés.

Cohabitation : situation dans laquelle le président et son Gouvernement ne sont pas du même camp politique.

- En 1986, la droite remporte les **législatives**, contraignant Mitterrand à gouverner en **cohabitation** avec un Premier ministre gaulliste : Jacques Chirac. Réélu président en 1988, Mitterrand doit de nouveau cohabiter à partir de 1993 avec un Premier ministre de droite : Édouard Balladur.

B Les années Chirac (1995-2007)

- En 1995, **Jacques Chirac est élu président** : c'est la deuxième alternance. Il doit renoncer dès 1995 à sa réforme des retraites qui provoque un important mouvement de grève.
- Pour réaffirmer son autorité, **Chirac dissout l'Assemblée nationale** en 1997. Mais c'est la gauche qui remporte les élections, contraignant Chirac à cohabiter jusqu'en 2002 avec un Gouvernement dirigé par le socialiste Lionel Jospin qui instaure la semaine de travail de 35 heures.
- En 2002, Jacques Chirac est réélu pour cinq ans (et non plus sept, suite à une réforme adoptée en 2000). Il devance le candidat d'extrême droite Jean-Marie Le Pen qui accède pour la première fois au second tour des présidentielles.

C Les années Sarkozy (2007-2012)

- En 2007, le candidat de droite **Nicolas Sarkozy est élu président** face à la socialiste Ségolène Royal, première femme à accéder au second tour d'une élection présidentielle. Il gouverne la France durant tout son mandat avec un seul Premier ministre : François Fillon.
- Il est battu par le socialiste **François Hollande** à la présidentielle de 2012.

Doc. La Ve République depuis 1969

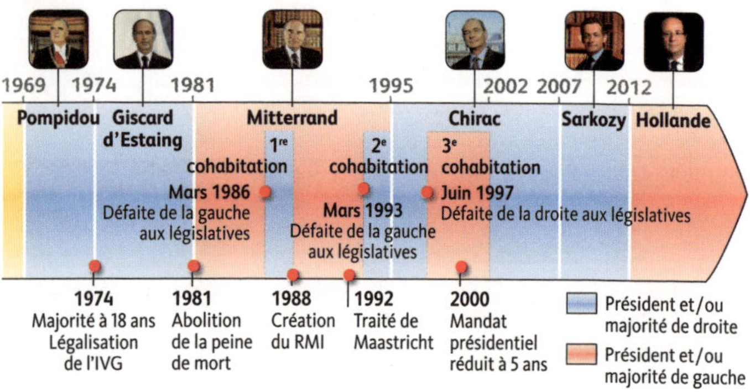

Hommes et femmes dans la société (années 1950-1980) 161

Lue Relue Apprise

Depuis 1958, la société française a connu de nombreux bouleversements qui ont provoqué des débats et des adaptations législatives.

1 L'intégration des immigrés

A Une tradition ancienne

- D'abord européenne (Italiens, Belges, Espagnols, Polonais), l'**immigration** à destination de la France devient **maghrébine et africaine** après la Seconde Guerre mondiale. Elle permet de répondre au **besoin de main-d'œuvre** des chantiers de la reconstruction du pays.
- L'**intégration** des immigrés est compliquée par l'**isolement**. La plupart d'entre eux sont des hommes vivant seuls et parlant mal le français. Leurs logements, souvent insalubres, sont concentrés dans les banlieues des grandes villes.

B Le tournant de 1974

- Face à la crise économique qui aggrave le chômage, le **Gouvernement français stoppe l'immigration de travail en 1974**. Désormais, à l'exception des réfugiés politiques, les seuls immigrés autorisés à s'installer en France le sont dans le cadre du **regroupement familial**.
- Cependant, des étrangers continuent de venir clandestinement, notamment depuis l'Afrique subsaharienne et l'Asie.

C La place des immigrés dans la société suscite le débat

- La situation des immigrés clandestins divise la société française. Certains militent pour que ces « sans-papiers » soit régularisés, d'autres demandent au contraire un **renforcement du contrôle des frontières**.
- Les **immigrés légaux** et leurs enfants, français en vertu du **droit du sol**, suscitent la polé-

ne pas confondre

Un **étranger** est une personne qui n'a pas la nationalité du pays dans lequel elle vit, même si elle y est née.
Un **immigré** est une personne née sous une autre nationalité que celle du pays dans lequel elle réside, qu'elle peut entre temps avoir acquise.

lexique

Intégration : processus par lequel un immigré s'insère dans sa société d'accueil jusqu'à s'y sentir chez lui.
Regroupement familial : possibilité pour un immigré de faire venir sa famille dans son pays de résidence.

lexique

Droit du sol : droit pour une personne née sur le sol français d'obtenir la nationalité française.
Xénophobie : peur de l'étranger, qui se manifeste souvent par une hostilité à son égard.

mique. Certains les accusent de mal s'intégrer, d'abuser des prestations sociales ou de nourrir la délinquance. Le Front National, porteur de ce discours **xénophobe**, arrive en 2002 au second tour de l'élection présidentielle.

2 L'émancipation des femmes

A Au travail

- Ce n'est qu'en 1965 que les femmes sont autorisées à prendre un emploi sans l'accord de leur mari. Désormais, 70 % d'entre elles sont salariées et presque toutes les professions leurs sont ouvertes.
- Elles continuent cependant à être majoritairement cantonnées dans certains emplois (caissière, infirmière, institutrice, etc.) et à assurer l'essentiel du **travail précaire ou à temps partiel**. Au sein des entreprises, les femmes se heurtent souvent au « **plafond de verre** » qui les empêche d'accéder aux fonctions les plus importantes. Enfin, à travail égal, les femmes demeurent **moins payées que les hommes**.

lexique

« Plafond de verre » : ensemble des obstacles invisibles qui freinent la carrière des femmes.

B Dans les mœurs

- La **Constitution de 1946** reconnaît l'égalité des sexes, mais c'est seulement en 1965 que les femmes peuvent ouvrir un compte en banque sans l'autorisation de leur mari. En 1971, l'autorité parentale conjointe remplace l'autorité paternelle qui prévalait jusqu'alors.
- Les femmes deviennent également plus **autonomes et libres** grâce à la création du **planning familial** (1960) et à la légalisation de l'IVG (interruption volontaire de grossesse) en 1975.

lexique

Planning familial : association qui informe les femmes sur la contraception.

C En politique

- Grâce à leur rôle actif dans la Résistance, les femmes ont obtenu en 1944 **le droit de voter et d'être élues**. Cependant, la majorité des élus demeurent des hommes, et si Édith Cresson a accédé en 1991 au poste de Premier ministre, aucune femme n'est encore devenue présidente de la République.
- Pour accélérer la féminisation du pouvoir politique, **une loi est votée en 2000 qui favorise la parité**. Elle oblige les partis à présenter autant d'hommes que de femmes dans certains scrutins.

lexique

Parité : égal accès des hommes et des femmes aux mandats électoraux.

Françaises et Français dans une République repensée

Révision EXPRESS

Les points essentiels

- **En 1940, Pétain reçoit les pleins pouvoirs** des mains des députés et instaure l'État français, qui tourne le dos aux valeurs républicaines.
- Les résistants, à l'étranger ou clandestins, continuent le combat pour la **libération** de la France qui a lieu en 1944, permettant la renaissance de la République.
- **La IVe République ne survit pas à la guerre d'Algérie**. Rappelé au pouvoir en 1958, de Gaulle instaure la Ve République qui concentre les pouvoirs entre les mains du président.
- Durant la Ve République, la société connaît de profondes transformations : amélioration des conditions de vie, avancées dans les droits des femmes. La population française s'enrichit de nouvelles arrivées de populations immigrées.
- La Ve République est marquée par de nombreuses alternances et cohabitations, signes de la vitalité de la démocratie française.

Les dates-clés

La Résistance et la IVe République

1943	Création du Conseil national de la Résistance
1944	Droit de vote des femmes
1945	Création de la Sécurité sociale
1946	Constitution de la IVe République

La Ve République

1958	Constitution de la Ve République
1962	Indépendance de l'Algérie
1966	La France sort du commandement intégré de l'OTAN
mai 1968	Révoltes étudiantes et ouvrières en France
1969	Démission du général de Gaulle
1975	Légalisation de l'IVG
1981	Élection de F. Mitterrand, première alternance
1986	Première cohabitation

Mémo'Quiz

Cochez la bonne réponse.

1. En France, les femmes obtiennent le droit de vote en :
❑ 1936 ❑ 1944 ❑ 1958

2. François Mitterrand est un président :
❑ de gauche ❑ de droite

3. La Constitution de la IVe République a été adoptée en :
❑ 1944 ❑ 1945 ❑ 1946

4. De Gaulle a été élu président de la République :
❑ 1 fois ❑ 2 fois ❑ 3 fois

5. La première cohabitation réunissait :
❑ F. Mitterrand et É. Balladur
❑ F. Mitterrand et J. Chirac
❑ J. Chirac et L. Jospin

6. Le GPRF est un gouvernement provisoire fondé par :
❑ De Gaulle ❑ Mitterrand ❑ Pétain

7. Sous la Ve République, Valériy Giscard d'Estaing est le premier président :
❑ de gauche ❑ de droite ❑ non gaulliste

Cochez les bonnes réponses.

8. Sous la Ve République, le président peut :
❑ dissoudre le Sénat
❑ dissoudre l'Assemblée nationale
❑ organiser un référendum

9. Parmi ces hommes politiques, lesquels sont de droite ?
❑ N. Sarkozy ❑ L. Jospin ❑ L. Blum
❑ Ch. de Gaulle ❑ J. Chirac ❑ F. Hollande

10. F. Mitterrand a été élu président en :
❑ 1974 ❑ 1981 ❑ 1988 ❑ 1995

→ Corrigés p. 478

Dates-clés

L'Europe, un théâtre majeur des guerres totales (1914-1945)

1914-1918	Première Guerre mondiale
1916	Bataille de Verdun
1915-1916	Génocide arménien
1917	Révolution bolchevique en Russie
11 nov. 1918	Armistice de la Grande Guerre
1924-1953	Staline au pouvoir
1929	Crise boursière aux États-Unis, début d'une grave crise économique
1933-1945	Hitler au pouvoir
1934	Tentative de coup d'État organisée par les Ligues d'extrême droite en France
1936	Victoire du Front populaire aux élections législatives en France
1936-1939	Guerre civile en Espagne
1939-1945	Seconde Guerre mondiale
18 juin 1940	Appel du général de Gaulle
1940-1944	Régime de Vichy
24 oct. 1940	Entrevue de Montoir entre Pétain et Hitler, la France collabore avec l'Allemagne
8 mai 1945	Fin de la Seconde Guerre mondiale en Europe
Août 1945	Bombe atomique lâchée sur Hiroshima et Nagasaki (Japon)

Le monde depuis 1945

1945	Conférence de San Francisco créant l'Organisation des Nations unies (ONU)
1947	Indépendance de l'Inde
1948	Blocus de Berlin
1950	Création de la CECA
1955	Conférence de Bandoeng
1957	Traité de Rome (CEE)

1962	Accords d'Évian, mettant fin à la guerre d'Algérie et reconnaissant l'indépendance de l'Algérie
1962	Crise de Cuba
1961-1989	Mur de Berlin
1979	Premières élections législatives européennes
1991	Disparition de l'URSS
1992	Traité de Maastricht (création de l'UE)
1994	Génocide au Rwanda
1995	Accords de Schengen
11 sept. 2001	Attentats terroristes aux États-Unis
2002	L'euro, monnaie européenne
2003-2011	Intervention militaire des États-Unis en Irak
2011-2013	Le « Printemps arabe »
13 nov. 2015	Attentats terroristes à Paris

Françaises et Français dans une République repensée

1944-1945	Libération de la France
	Rétablissement de la République (mise en place de la IVe République)
	Droit de vote des femmes
	Sécurité sociale
1958	Fondation de la Ve République
1958-1969	Les années de Gaulle
Mai 1968	Révolte étudiante et ouvrière à Paris et dans les grandes villes de France
1975	Légalisation de l'IVG
1981	Abolition de la peine de mort
1981-1995	Les années Mitterrand (1981 : première alternance de la Ve République)
1995-2002	Les années Chirac

L'Europe au lendemain de la Première Guerre mondiale

La Seconde gerre mondiale : un conflit planétaire (1942-1944)

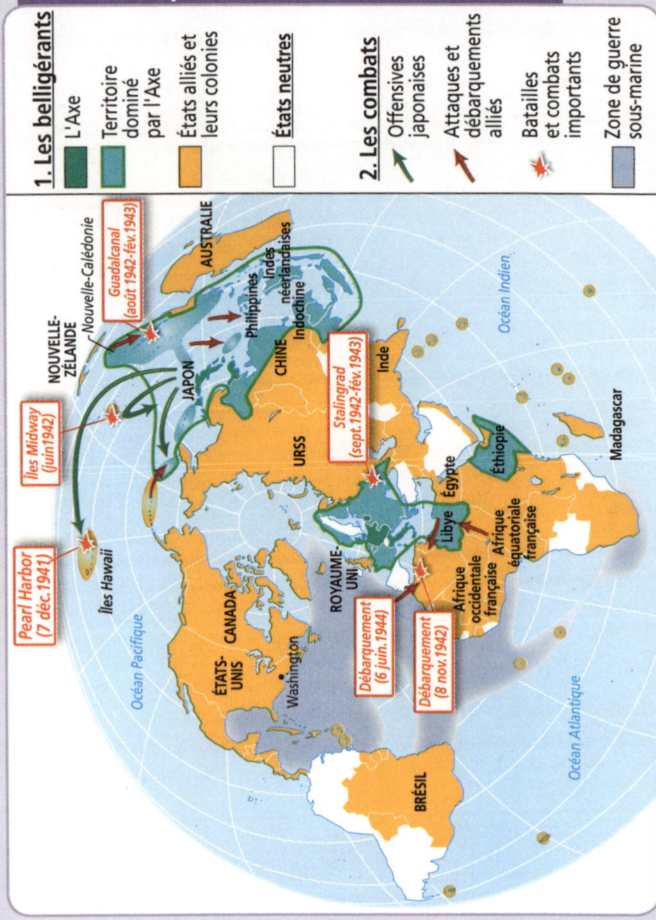

Cartes-clés

Repères HISTOIRE

La décolonisation en Afrique et en Asie

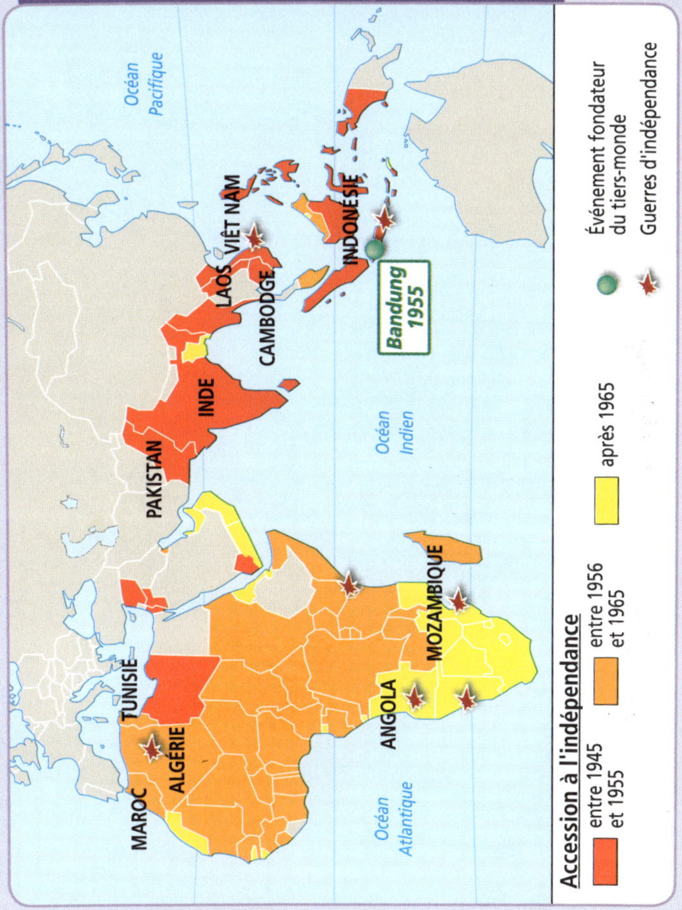

Cartes-clés

Le monde d'aujourd'hui

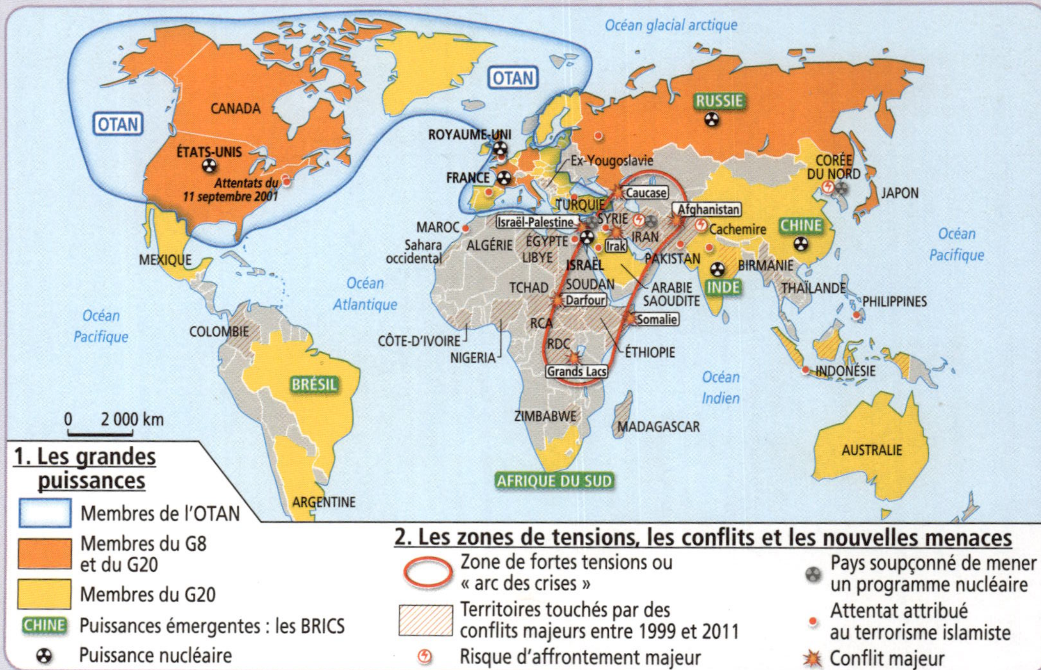

Géographie

Sommaire

Géographie

Lue | Relue | Apprise

Les dynamiques du territoire français

Aménager le territoire français

La France et l'Union européenne

Un territoire sous influence urbaine

162

Lue Relue Apprise

De plus en plus de Français habitent en ville. Cette évolution transforme les modes de vie et fait apparaître de nouveaux équilibres.

1 Une France de plus en plus urbanisée

A Une population française très majoritairement urbaine

- Au début du XXe siècle, les populations des campagnes se sont déplacées vers les villes pour le travail, parfois attirées par des conditions de vie plus modernes. Aujourd'hui, plus de **80 % des Français vivent en ville**.
- Paris a le plus profité de l'arrivée des populations rurales. Les villes du Sud (Marseille, Montpellier) et de l'Ouest (Toulouse, Nantes) sont aujourd'hui très attractives.

B Les villes s'étendent sur la campagne

- L'arrivée de nouvelles populations entraîne un accroissement de la taille des villes : c'est la **périurbanisation**. Ce phénomène transforme les espaces ruraux. Les villes occupent aujourd'hui **32 % du territoire français**.
- Face aux coûts élevés des logements, les habitants des centres-villes, à la recherche de plus d'espace, partent s'installer dans la proche campagne.
- L'**étalement urbain** se fait le long des axes de transports reliant les espaces urbains aux zones de travail. Il peut prendre la forme de lotissements pavillonnaires, d'immeubles, de zones d'activités.

lexique

Périurbanisation : extension de l'espace urbain sur les campagnes.

lexique

Étalement urbain : augmentation de la taille d'une ville sur les espaces environnants.

2 Des inégalités sociales entre quartiers de plus en plus fortes

A La revalorisation des villes-centres

- L'immobilier est très cher dans ces quartiers, seules des populations aisées peuvent y résider.
- Pour la majorité des populations des **aires urbaines**, les quartiers centraux sont des lieux de travail, de loisirs ou de services, et moins des lieux de résidence.

lexique

Aire urbaine : espace constitué d'une ville-centre entourée de banlieues (pôle urbain) et d'une couronne périurbaine.

Doc. **Une aire urbaine**

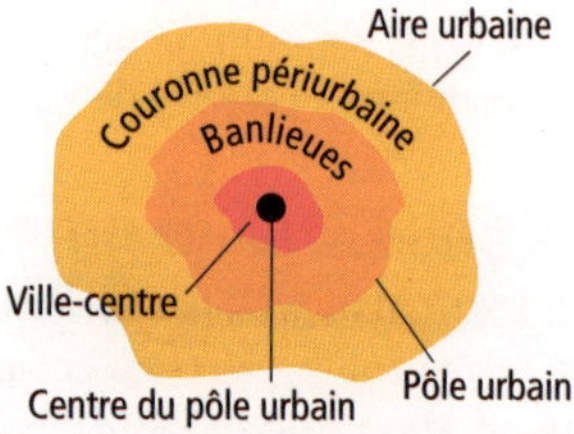

B Les banlieues, des espaces très hétérogènes

- En banlieue, des quartiers pavillonnaires contrastent avec d'autres quartiers en difficulté (taux de chômage élevé, disparition des services).
- Des aménagements tentent de revaloriser les quartiers en difficulté : des petits bâtiments remplacent des grandes barres d'immeubles et des zones industrielles abandonnées sont transformées en habitat ou espaces verts.

3 L'accroissement des mobilités en ville

A De plus en plus de déplacements quotidiens

- Avec l'étalement urbain, les populations s'installent de plus en plus loin du centre-ville qui concentre pourtant la plupart des emplois.
- Pour beaucoup d'habitants, les **mouvements pendulaires** sont de plus en plus longs. La hausse du trafic crée de nombreux embouteillages sur les routes menant au centre-ville et entraîne une forte pollution.

lexique

Mouvement pendulaire : déplacement quotidien des populations entre le logement et le lieu de travail.

B Les défis de la ville face au développement durable

- L'objectif actuel de **développement durable** pousse les élus des villes à **développer des modes de transports moins polluants** et engendrant moins de trafic. Les transports en commun et le vélo sont valorisés dans les centres-villes.
- La création d'**écoquartiers** répond à ce même objectif : on y construit des espaces verts et des bâtiments consommant très peu d'énergie. L'accès à tous est mis en avant (aménagements pour les personnes handicapées).

lexique

Développement durable : développement économique associant un souci de justice sociale et de protection des ressources naturelles.
Écoquartiers : quartier aménagé dans un souci de développement durable.

Les espaces industriels

163

Lue Relue Apprise

La mondialisation et l'apparition de nouvelles industries ont modifié la localisation des activités sur le territoire français.

1 La localisation des industries

A Les logiques de localisation des industries

- Les premières **industries** étaient installées en fonction de la localisation des matières premières utilisées : usines de **métallurgie** dans les régions d'extraction du charbon ou du métal (nord de la France, Lorraine).
- Avec l'amélioration des moyens de transport, les entreprises se sont installées près des voies de communication (routes, voies ferrées), des aéroports, des gares.
- Avec la mondialisation, **les industries se sont déplacées vers les littoraux**, dans les ports (Nantes, Le Havre, Marseille). C'est là qu'arrivent les matières premières importées et que l'on exporte les productions vers les pays étrangers.
- Les **zones industrialo-portuaires** profitent de l'augmentation des échanges commerciaux et accueillent de plus en plus de **conteneurs**.

Lexique

Industrie : activité fabriquant des biens matériels.
Métallurgie : industrie travaillant le métal.

Lexique

Zone industrialo-portuaire : espace associant les activités d'un port à des industries.
Conteneur : grande boîte en métal servant à transporter des marchandises.

B Une carte des industries françaises transformée

- La France est la **7e puissance industrielle mondiale**. L'industrie reste un secteur important pour le pays mais elle offre de moins en moins d'emplois : seulement 20 % des emplois en France en 2018.
- Les fermetures d'usines se multiplient depuis vingt ans pour cause de **délocalisations**. Le chômage augmente, laissant place à des **friches industrielles**.
- En concurrence avec les pays étrangers, les entreprises françaises, spécialisées dans l'industrie lourde et le textile, doivent se **reconvertir**, dans le luxe par exemple.

Lexique

Délocalisation : déplacement d'une usine dans un autre territoire (région ou pays).
Friche industrielle : bâtiment industriel (usine, mines…) abandonné.
Reconversion : modification des activités d'une entreprise.

2 Une nouvelle géographie des industries

A Le Sud et l'Ouest dynamiques

- On y trouve des **activités de hautes technologies** (informatique).
- Grâce à leur cadre de vie et leur climat agréables, ces espaces attirent une **main-d'œuvre** hautement **qualifiée**.

B Les métropoles et la domination de Paris

- Des technopôles et des **pôles de compétitivité** ont tendance à se développer à proximité des grandes villes : c'est la **métropolisation des activités industrielles**.
- **Paris** reste le centre de l'économie nationale (30 % du PIB de la France).

Lexique

Pôles de compétitivité : zone regroupant des entreprises, des établissements d'enseignement supérieur et des laboratoires travaillant sur des projets d'innovation.

C Des espaces en difficulté

- **Le nord et l'est** de la France connaissent une **forte désindustrialisation**.
- Des régions rurales trop éloignées des métropoles ou mal reliées aux axes de transports n'attirent pas les industries et perdent celles présentes.

Doc. **Les dynamiques industrielles**

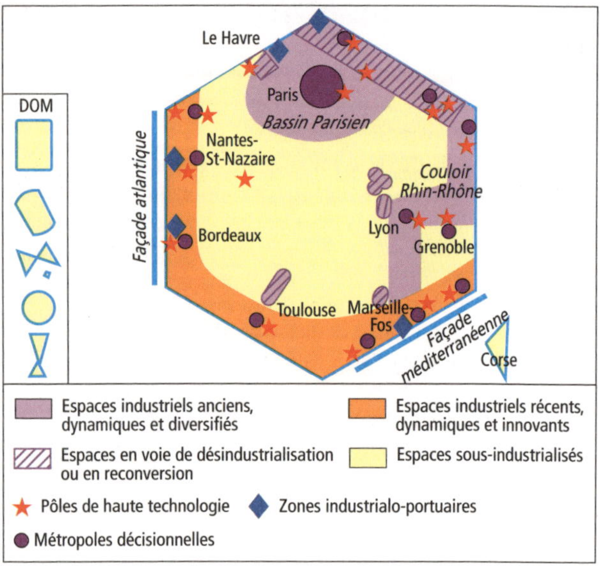

Les espaces agricoles

164

☐ Lue ☐ Relue ☐ Apprise

Première agriculture d'Europe, la France possède des espaces agricoles très diversifiés.

1 Une agriculture puissante

A De nombreux atouts

- L'agriculture française s'est modernisée durant le XXe siècle (utilisation de machines motorisées, d'engrais et de l'irrigation), grâce à l'État et aux aides de l'Union européenne dans le cadre de la PAC.

> **lexique**
> PAC : Politique agricole commune mise en place par l'Union européenne pour aider et encadrer l'agriculture des pays européens.

- L'agriculture française est très variée. Les céréales sont la première production avant les légumes, les fruits, les différentes formes d'élevages (laitier, pour la viande), et la pêche.
- La France est la **4e puissance agricole mondiale** par ses exportations.

B Une agriculture intégrée dans la mondialisation

- L'agriculture française s'appuie sur une **puissante industrie agro-alimentaire** (IAA) qui intervient à différentes étapes de la production agricole.

Doc. L'IAA et l'agriculture

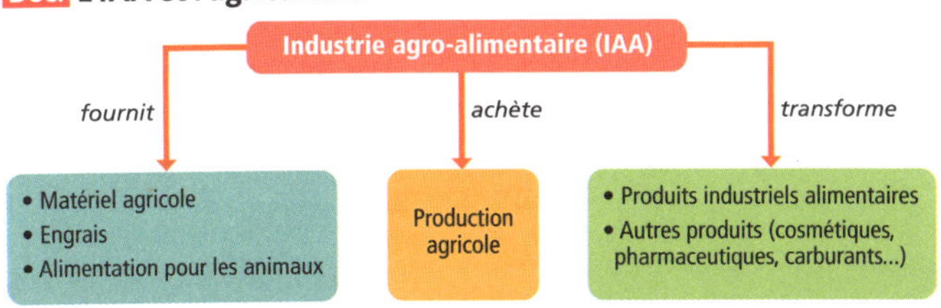

- L'agriculture française est reconnue pour sa production de qualité comme en témoignent les **AOC** (appellation d'origine contrôlée). Les AOC sont souvent reconnues à l'étranger : vin de Bordeaux, poulet de Bresse...

2 Les différents types d'agriculture

A L'agriculture intensive spécialisée

- Certains territoires reposent sur une seule production. Il s'agit souvent de cultures intensives (céréales, élevage).

> **lexique**
> Culture intensive : culture obtenant des hauts rendements.

- Ces régions sont intégrées dans le commerce européen ou mondial grâce aux IAA. C'est le cas du Bassin parisien, de la Champagne ou de la Bretagne.

B Des espaces de polyculture dynamiques

- Quelques espaces de polyculture ont intégré les marchés européens et mondiaux. Il s'agit de territoires proches des axes de communication autour de la mer Méditerranée, bénéficiant des ports pour exporter les productions de la vallée du Rhône.
- On y réalise plusieurs productions : fruits, légumes, fleurs, vin.

C L'agriculture extensive

- Certains espaces utilisent des méthodes moins industrielles qu'en agriculture intensive.
- On valorise une production de qualité protégée par des **labels**. Il ne s'agit pas systématiquement de régions en difficulté : élevage laitier en Normandie ou dans les zones de montagnes (Massif central, Alpes...).

Lexique

Culture extensive : activité agricole obtenant des faibles rendements sur de grands espaces.

3 Les mutations de l'agriculture

A Une agriculture d'abord productiviste

- La PAC a d'abord eu pour objectif d'encourager les agriculteurs à produire plus en leur assurant des prix élevés pour leurs productions.
- Les petites propriétés se sont concentrées en **grandes exploitations modernes**. Il y a de nos jours trois fois moins d'exploitations qu'en 1970.
- L'agriculture productiviste est aujourd'hui remise en cause : on l'associe à des pollutions, des scandales sanitaires (vache folle dans les années 1990).

B Vers une agriculture durable

- Face à des productions trop importantes, **l'UE a imposé des quotas**, c'est-à-dire des limites de production à ne pas dépasser.
- Par souci de sécurité sanitaire, des contrôles sont réalisés sur les productions. Des labels français et européens sont nécessaires pour commercialiser les marchandises.
- L'agriculture biologique est en pleine expansion mais ne représente encore que 9,5 % de la surface agricole en France.
- Dans un souci de **développement durable**, les consommateurs se tournent peu à peu vers des productions locales.

Lexique

Agriculture biologique : agriculture n'utilisant pas de méthodes ou de matériel industriels pour produire.

Les espaces de services et de tourisme

165

Lue Relue Apprise

Les services prennent une place de plus en plus importante dans l'économie et dans l'organisation du territoire français.

1 Un pays dominé par les services

A Une économie dominée par les services

- La France est l'un des pays du monde dans lequel le secteur tertiaire est le plus important : 77 % de la population active travaille dans les services. Les services représentent à eux seuls 80 % du PIB national.

lexique

Secteur tertiaire : ensemble des activités liées aux services.

- La France exporte ses savoir-faire dans le domaine des services : des entreprises multinationales des transports (Air France), des télécommunications (Orange) ou des loisirs (Club Méditerranée) sont présentes sur tous les continents. Elle est le 4e exportateur de services dans le monde.
- **Les activités de services sont diverses** : services marchands (commerces, restaurants...), services non marchands (administrations publiques, administrations d'entreprises, postes, écoles, hôpitaux, loisirs...), transports.

B Les métropoles concentrent les services

- Les services sont essentiellement situés dans les **métropoles** : les centres d'affaires concentrent de nombreuses administrations d'entreprises. De façon moins visible, les grandes villes concentrent les commerces, les restaurants, les transports en commun.
- Les **métropoles** sont les **espaces les mieux connectés aux réseaux de communication nationaux, européens et mondiaux**. De nombreux emplois du tertiaire se concentrent dans les aéroports et les gares.
- Au contraire, les espaces ruraux et les plus petites villes perdent des services, comme le montrent les fermetures de bureaux de postes dans certaines campagnes. Les services renforcent donc la métropolisation des activités.

lexique

Métropolisation : concentration de toutes les activités dans les grandes métropoles.

C L'importance du tourisme dans les services

- **Le tourisme domine le secteur des services** dans l'économie française. Il produit à lui seul 58 milliards d'euros en 2019, soit 8 % du PIB (2019).
- Les activités touristiques créent de nombreux emplois. En 2019, 2 millions emplois étaient directement liés au tourisme (restaurants, hôtels, loisirs...).

2 La France, un pays touristique

A Un pays attrayant

- Avec plus de 90 millions de visiteurs venus en France en 2019, **la France domine le tourisme mondial**, devant les États-Unis.
- Les touristes étrangers sont originaires des pays riches de la planète mais sont avant tout des Européens.

B De nombreux atouts

- Le territoire est très bien connecté aux réseaux de transports européens et mondiaux. **La France métropolitaine est un lieu de passage** pour les populations du nord de l'Europe allant vers le Sud (Espagne, Italie) et les îles des Antilles attirent des touristes américains du fait de leur proximité avec les États-Unis.
- Une **multitude de paysages** permettent du tourisme en toutes saisons. Les massifs montagneux sont des espaces attractifs pour le tourisme sportif (sports d'hiver, randonnées). Les DROM offrent des paysages exotiques alliant plages et mers chaudes.
- La richesse du **patrimoine culturel** est un atout pour le tourisme. De nombreux sites et monuments sont inscrits au patrimoine mondial de l'UNESCO et célèbres dans le monde entier.

C Des aménagements nombreux pour le tourisme

- Le tourisme s'est développé dans toutes les régions de France grâce à des aménagements souvent lancés par l'État : stations de sports d'hiver dans les Alpes, stations balnéaires sur les littoraux méditerranéens. Ces stations prennent la forme de grands immeubles regroupant les logements et les commerces. Il s'agit d'un **tourisme de masse**.

lexique

Tourisme de masse : tourisme créé pour accueillir des populations très nombreuses de touristes.

- Profitant des atouts des villes, de **vastes zones de loisirs** sont construites en espace périurbain près des grandes métropoles (Disneyland, parc Astérix autour de Paris).
- Le tourisme de masse est de plus en plus remis en cause (pollutions, paysages dénaturés par les constructions). Un **tourisme vert** se développe, soucieux de limiter ses effets sur l'environnement. Sa capacité d'accueil est limitée. Le tourisme vert permet à des espaces ruraux éloignés des grandes zones touristiques de se développer : la tranquillité et les paysages préservés sont mis en avant.

lexique

Tourisme vert : tourisme centré sur la découverte de la nature et des ressources locales d'un territoire.

Les espaces de faible densité

166

Lue Relue Apprise

La population française est inégalement répartie sur le territoire et certaines zones connaissent de faibles densités.

1 Des espaces très divers

A Des espaces omniprésents en France

- La **densité** moyenne de la France est de 118 hab/km². On parle d'espaces de faible densité lorsque celle-ci est **inférieure à 30 hab/km²**.

lexique

Densité de population : nombre d'habitants qui vivent dans un espace d'un kilomètre carré.

- Même si le poids démographique de ces espaces est très réduit (7 % de la population en métropole), **les espaces de faible densité dominent le territoire français** (ils représentent 42 % de la superficie de la métropole).
- Il s'agit d'**espaces ruraux** et/ou situés en montagne, dans les zones éloignées des littoraux et des frontières et en **outre-mer**.
- En métropole, l'espace marqué par des densités particulièrement basses s'étire des Ardennes (nord-est de la France) aux Pyrénées (sud-ouest) et est appelée la **diagonale des faibles densités**.

B Des situations démographiques diverses

- Longtemps, les espaces de faible densité ont connu un **déclin démographique fort**. Une inversion s'opère depuis quelques années. Certains de ces espaces attirent **de nouvelles populations venues des aires urbaines**, les **néoruraux**. Le phénomène semble s'accélérer avec les confinements de 2020 et 2021.
- Beaucoup de néoruraux sont des **personnes retraitées** souhaitant s'éloigner des grandes métropoles françaises, à la recherche de calme ou de plus d'espace moins pollué, mais aussi des populations venues des pays voisins.
- Au contraire, les jeunes continuent à quitter ces espaces pour trouver du travail ou faire leurs études dans les centres urbains. La **population a donc tendance à vieillir**.

C Les défis des espaces marginalisés

- Les espaces de faible densité sont marqués par une grande diversité entre les grandes cultures céréalières très dynamiques de Picardie et de Champagne et au contraire les montagnes du Massif central qui voient le nombre d'agriculteurs diminuer.
- Cependant, dans les espaces ruraux très éloignés des villes, l'éloignement des axes de transport peut être un handicap. On parle d'**enclavement**.

lexique

Enclavement : isolement d'un territoire par rapport au reste du territoire national.

● Ces espaces souffrent du manque de connexion avec le reste du pays. Les couvertures Internet et téléphonie sont souvent en retard. **Les services nécessaires pour la vie quotidienne ferment peu à peu** (poste, école, médecins...).

2 Valoriser ces espaces grâce à leurs atouts

A Les atouts des espaces de faible densité

● De par leur faible densité de peuplement, ces espaces peuvent donc proposer **plus de place pour s'installer**. Les **prix de l'immobilier** sont très inférieurs à ceux des zones urbaines.

● Ces espaces jouissent d'une **image agréable** associée au calme, à l'absence de pollution.

B Des activités tournées vers la campagne

● Les **activités touristiques sont valorisées** dans les zones peu peuplées : le ski a permis aux espaces de haute montagne de se développer grâce au tourisme de masse.

● Le **tourisme vert** propose des loisirs de plein air qui mettent en avant la proximité avec la nature : VTT, randonnées, visites du patrimoine historique, etc.

● **L'agriculture est l'activité dominante** dans de nombreux espaces de faible densité. Elle prend des formes très différentes, entre élevage intensif, élevage extensif en montagne, viticulture, grandes cultures spécialisées de céréales ou betterave.

Doc. **Les espaces de faible densité**

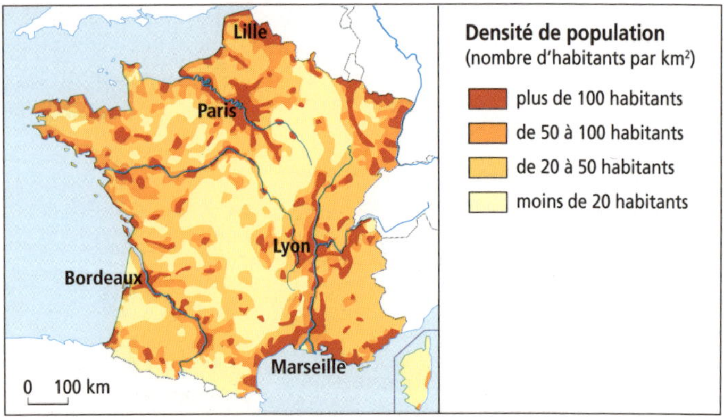

Les dynamiques du territoire français

Révision EXPRESS

Les points essentiels

- La **population française est très inégalement répartie**. 60 % de la population vit sur 8 % du territoire : les villes, les littoraux sont très densément peuplés.
- Dans tout le pays, les **villes s'étendent sur les campagnes**. Les espaces ruraux près des villes sont transformés par l'arrivée de citadins.
- Au contraire, certaines campagnes éloignées des aires urbaines et des grands axes de transports se trouvent isolées. Les densités de population y sont très faibles et elles restent souvent **délaissées par les grands aménagements**.
- Dans les espaces très faiblement peuplés et parfois marginalisés, des initiatives permettent de redynamiser l'économie en développant **l'agriculture biologique et le tourisme vert**, en mettant en valeur le cadre peu urbanisé et la tranquillité.
- Certains espaces sont en crise car ils ne parviennent pas à faire face à la concurrence d'autres zones en France, en Europe et dans le monde. Dans certains cas, les **industries sont délocalisées**, dans d'autres cas **l'agriculture connaît une déprise forte**.

Les chiffres-clés

- **Le territoire français**

Superficie	550 000 km² (métropole) + 80 000 km² (DROM et COM)
Population totale	65,4 millions d'habitants
Population urbaine	80 % de la population totale
Population rurale	18 % de la population totale
Région la plus peuplée	Île-de-France (12 millions d'habitants ; 20 % de la population de métropole)
Région la moins peuplée	Guyane (230 000 habitants)
Part des grands secteurs d'activité dans l'emploi (2015)	Industrie : 20 % Agriculture : 3 % Services : 77 %
Classements mondiaux de la France	7e puissance industrielle 4e puissance agricole Pays le plus visité du monde

Mémo'Quiz

Vrai ou faux ?

1. En France, les espaces frontaliers sont très peu dynamiques.

❑ vrai ❑ faux

2. Les quatre premières métropoles de France comptent à peu près le même nombre d'habitants.

❑ vrai ❑ faux

3. Les pôles de compétitivité ont pour objectif d'encourager l'innovation dans les industries françaises.

❑ vrai ❑ faux

4. Les campagnes en déclin connaissent une disparition progressive de leurs services.

❑ vrai ❑ faux

5. L'agriculture biologique domine aujourd'hui la production agricole nationale.

❑ vrai ❑ faux

Cochez la bonne réponse.

6. La métropolisation est :

❑ la concentration des activités et des services dans les métropoles
❑ l'extension des métropoles sur les campagnes qui les entourent
❑ la mise en relation de toutes les métropoles du monde
❑ la transformation des industries dans les grandes villes en déclin

7. La PAC a aujourd'hui pour objectif de :

❑ pousser les agriculteurs à produire en quantité plus importante
❑ renforcer les relations entre les industries agroalimentaires et les exploitations agricoles
❑ encourager les agriculteurs à moins produire et à se tourner vers l'agriculture de qualité

8. L'extension de l'espace urbain sur la campagne est appelée :

❑ gentrification ❑ métropolisation
❑ périurbanisation ❑ euro-région

9. Les activités touristiques sur le territoire français sont :

❑ équitablement réparties entre toutes les régions
❑ concentrées surtout sur les littoraux et dans les métropoles
❑ avant tout installées dans les régions rurales

→ Corrigés p. 478

La population en France

167

Lue Relue Apprise

Avec 66,7 millions d'habitants, la France est le deuxième pays le plus peuplé d'Europe. La localisation et l'évolution de la démographie sont originales.

1 Un territoire très inégalement peuplé

A Une France vide face à une France pleine

- La **densité de population** moyenne de la France est de 116 hab/km², elle est inférieure aux pays européens qui l'entourent.
- **La population est très inégalement répartie** : densités très fortes dans les grandes **métropoles**, le long des fleuves et sur les littoraux. Les densités sont très faibles des Pyrénées jusqu'aux Ardennes, on parle de « **diagonale des faibles densités** ». Il s'agit souvent d'une France rurale.

lexique

Densité de population : nombre d'habitants vivant au km².

Métropole : ville de grande taille possédant une influence politique, économique et culturelle sur un territoire.

- Les régions d'outre-mer sont densément peuplées, sauf la Guyane.

B Le poids écrasant de la région parisienne

- 80 % des Français vivent en ville. Paris et sa région dominent cependant nettement le reste du territoire par leur poids démographique.
- La région parisienne regroupe 18 % de la population française. Elle compte 12 millions d'habitants. Lyon et Marseille atteignent à peine 2 millions.

Doc. Une population inégalement répartie

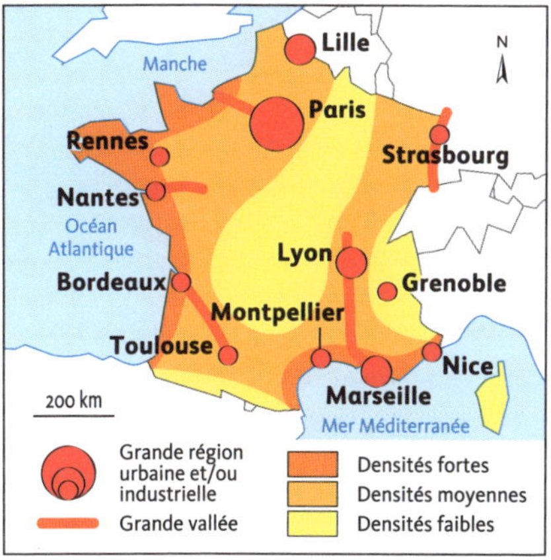

2 Une situation démographique originale

A La population augmente

- La France est l'un des seuls pays européens présentant un **solde naturel** positif. Sa population augmente donc sans l'apport de populations extérieures.
- Le **taux de natalité** est le plus élevé d'Europe (11 %) avec plus de deux enfants par femme.
- Le **taux de mortalité** reste faible (9 %). Il y a plus de naissances que de décès chaque année.

lexique

Solde naturel : différence entre le nombre de naissances et de décès en une année.
Taux de natalité : nombre de naissances par an pour mille habitants.
Taux de mortalité : nombre de décès par an pour mille habitants.

B La population vieillit

- La moyenne d'âge en France s'élève : le nombre de personnes de plus de 60 ans est presque égal à celui des 0-19 ans. **La population vieillit**.
- De façon générale, les populations sont plus âgées dans les campagnes que dans les grandes villes. Les campagnes attirent des retraités tandis que les villes concentrent les populations en âge de travailler.

3 Une population de plus en plus mobile

lexique

Solde migratoire : différence entre le nombre d'arrivées et de départs par an dans un territoire.

A Un pays d'arrivée pour les migrants

- Le **solde migratoire** de la France est positif depuis longtemps. Les immigrés viennent d'Afrique, d'Asie mais aussi d'Europe pour le travail.
- Ces populations s'installent surtout dans les grandes villes car les emplois y sont plus nombreux.

lexique

Héliotropisme : attraction de la population pour des espaces ensoleillés.
Thalassotropisme : attraction de la population pour les littoraux.

B Des territoires plus ou moins attractifs

- Les régions du sud et de l'ouest de la France sont les plus attractives. Elles bénéficient de l'**héliotropisme** et du **thalassotropisme**.
- Au contraire, les espaces industriels en crise sont répulsifs : dans le nord ou l'est de la France, les soldes migratoires sont négatifs.

C De nombreux mouvements au quotidien

- Les frontières sont franchies par des populations travaillant dans le pays voisin (Alsaciens travaillant en Allemagne).
- Les déplacements quotidiens entre centre-ville et banlieues se font nombreux dans les métropoles, entre lieux de travail et de logement.

Un territoire marqué par des inégalités croissantes

168

Lue Relue Apprise

Le territoire français est aménagé. Des inégalités à l'intérieur de la France apparaissent dans la mondialisation.

1 Des centres dynamiques

A Les métropoles, lieux dynamiques et d'innovation

- **Les métropoles sont des lieux où se concentrent la majorité des emplois** dans l'industrie et dans les services.
- Les métropoles sont des **lieux de commandement**. On y trouve les sièges des grandes entreprises mais aussi des administrations (capitales de région, préfectures de département).
- **Les métropoles sont des lieux d'innovation**. Les pôles de compétitivité leur offrent un rayonnement international dans des activités de pointe.
- Paris est la plus puissante métropole du pays. Lille, Lyon et Marseille ont un rayonnement européen.

B Les régions frontalières

- Dans le cadre de l'Union européenne, **les espaces frontaliers** (Alsace, Pas-de-Calais) **sont des zones de passage dynamiques**. Des industries s'y installent pour exporter facilement leurs productions en Europe.
- Les échanges profitent de réseaux de transports récents et de bonne qualité (tunnels traversant les Alpes, ponts sur le Rhin).

C Les littoraux

- La mondialisation conduit à un **glissement des activités vers les littoraux**. Le commerce international s'effectue surtout par la mer avec l'utilisation des conteneurs.
- Les ports sont des **interfaces** dynamiques. Les échanges commerciaux entre la France et le reste du monde se concentrent dans les zones industrialo-portuaires.
- Le dynamisme des régions littorales (Méditerranée, ouest de la France) repose aussi sur les **activités de tourisme et de loisirs**.

lexique

Interface : zone de contact entre deux espaces différents (deux pays, la terre et la mer).

2 Des espaces en crise

A Des espaces marginalisés en déclin

- Des espaces industriels anciens (mines, métallurgie...), comme le Nord ou la Lorraine, sont confrontés à des fermetures massives d'entreprises.

Un territoire marqué par des inégalités croissantes

- Des campagnes peu dynamiques connaissent une **déprise** forte : le nombre d'agriculteurs diminue, laissant des exploitations en friche.
- De nombreux espaces en crise sont touchés par la **disparition progressive de tous les services.** Les bureaux de poste, hôpitaux, magasins ferment dans les campagnes pour des questions de rentabilité.

lexique

Déprise agricole : abandon des activités agricoles dans une campagne.

B Les causes de la marginalisation

- **Les espaces marginalisés sont enclavés**, c'est-à-dire éloignés des grands axes de communication. Ils participent peu aux échanges.
- Dans le contexte de mondialisation, ces espaces sont confrontés à la **concurrence des régions plus dynamiques** non seulement en France mais aussi en Europe et dans le monde.
- Ces espaces sont **très dépendants des aides publiques** de l'État et de l'Union européenne.

Doc. **Un territoire inégalement mis en valeur**

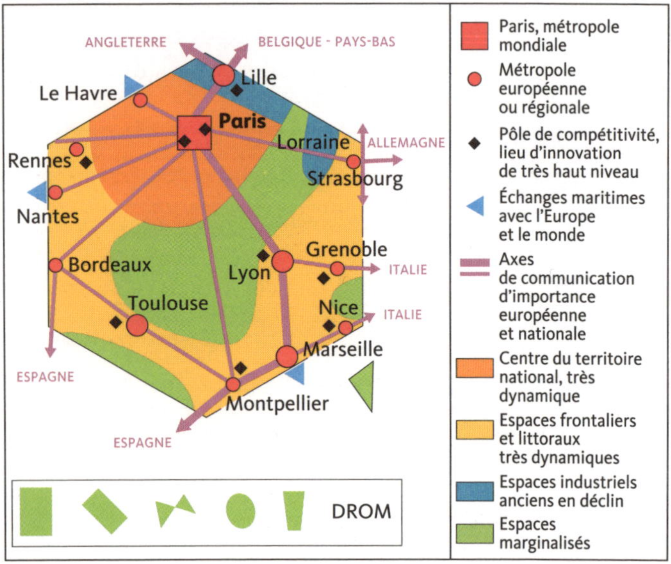

Acteurs et enjeux des aménagements des territoires français 169

☐ Lue ☐ Relue ☐ Apprise

Les aménagements des territoires français sont réalisés à toutes les échelles par des acteurs très nombreux.

1 Aménager pour réduire les inégalités

A Assurer la cohésion du territoire français

- Un des objectifs est d'**implanter des activités économiques** pour créer des emplois et ainsi lutter contre le chômage dans les territoires délaissés. Cela peut passer par la **reconversion** d'anciennes activités en crise.
- Il s'agit aussi de **rénover des quartiers urbains** en modernisant les logements, en ouvrant des services pour la vie quotidienne.
- Le réseau de transport national, très centralisé et inégalement réparti sur le territoire, est un réseau en étoile : les voies ferrées et les autoroutes se rejoignent toutes à Paris. Les aménagements visent donc aussi à **désenclaver des régions** en multipliant les voies de transport locales.
- Les aménagements doivent enfin améliorer la connectivité aux nouveaux réseaux (**Internet** et téléphonie mobile).

lexique

Reconversion : développement de nouvelles activités pour remplacer des activités en crise.

Désenclaver : sortir un territoire de son isolement par des voies de communication.

B Aménager dans une logique de développement durable

- **Protection de l'environnement et gestion raisonnée des ressources** sont les principes suivis par les acteurs des aménagements.
- Les villes tentent de développer des **modes de transport moins polluants** : transports en commun, transports doux (vélo, marche...).

2 Des aménagements à toutes les échelles

A Au niveau local

- Localement, **les citoyens peuvent jouer un rôle très important** pour valider ou s'opposer à un projet d'aménagement (débats publics, pétitions), ou pour régler des **conflits d'usage** lors d'utilisations incompatibles d'un même territoire.
- Les **communes** sont chargées des services locaux (postes, écoles) et luttent pour maintenir le plus possible de ces activités, notamment par la mise en commun des moyens dans des **groupements de communes**.
- Enfin, les **entreprises** interviennent localement pour financer des projets qui peuvent permettre à un territoire de se développer économiquement.

B Le rôle des régions

- On compte **18 régions depuis 2016**, dont 13 en métropole. Elles se chargent du développement économique local, des politiques d'éducation (financement des lycées) ou des transports (par le biais des TER) et sont à l'origine de nombreux projets d'aménagements locaux (construction d'hôpitaux, de lycées, de routes et chemins de fer).
- Une région aménage son territoire **en partenariat avec tous les autres acteurs politiques** (communes, département, État, UE) mais aussi des entreprises privées.
- Les régions aménagent leur territoire dans le but de **mettre en valeur** leur centre, **la capitale de région**. Les régions interviennent également pour protéger l'environnement, en créant des parcs naturels régionaux (PNR).

C Le rôle de l'État

- L'État a été à l'initiative de **grands projets d'aménagements** pour développer le tourisme dans les années 1960 et 1970. De nombreuses stations balnéaires en bord de Méditerranée et stations de ski en montagne furent construites.
- L'État programme la construction des **grandes infrastructures de transport** qui organisent le pays (autoroutes, voies ferrées).
- Il est aussi responsable des **questions d'énergies** (électricité, gaz), il construit les réseaux de lignes électriques.

D L'Union européenne

- L'Union européenne apporte différentes **aides financières** pour soutenir des projets d'aménagement
- La majorité des régions françaises reçoit également des aides de l'Union européenne qui ont pour but de rattraper leur retard économique. Le **FEDER** (Fonds européen de développement économique et régional) est apporté pour corriger les inégalités entre les régions d'Europe.
- Des régions frontalières s'associent aux régions des pays voisins dans des **Eurorégions** pour développer en coopération des aménagements communs (parc naturel transfrontalier, infrastructure de transport...).

Lexique

Eurorégion : regroupement de régions appartenant à plusieurs pays de l'Union européenne.

Les territoires ultramarins français

170

Lue Relue Apprise

La France possède de nombreux territoires d'outre-mer, situés hors du continent européen. Ces territoires sont marqués par des particularités sociales, économiques et naturelles.

1 Des territoires sur toute la planète

A Des territoires nombreux et variés

- Les territoires ultramarins sont répartis sur tous les continents et océans de la planète. La France possède 5 **DROM** et 9 **COM**.
- La plupart de ces territoires sont **des îles ou archipels** (Martinique, Réunion...), qui représentent des fenêtres sur tous les océans de la planète pour la France. Mais certains territoires sont situés sur le continent (Guyane, Terre Adélie).
- Certains territoires sont densément peuplés (Mayotte, Réunion, Guadeloupe et Martinique), au contraire d'autres, très faiblement peuplés (Guyane, Saintt-Pierre-et-Miquelon).

Lexique

DROM : Départements et régions d'outre-mer (Guadeloupe, Martinique, Guyane, Réunion et Mayotte).
COM : Communautés d'outre-mer, territoires contrôlés par la France mais possédant une autonomie administrative.

2 Les atouts et contraintes de ces territoires

A Les atouts des territoires ultramarins

- Les particularités de ces territoires ultramarins conduisent à des enjeux d'aménagement originaux. Pour beaucoup de DROM et de COM, leur localisation permet d'avoir une ouverture sur des mers chaudes.
- Les climats tropicaux des îles des Antilles ou des COM du Pacifique offrent des paysages et une **biodiversité** uniques en France ainsi que des productions agricoles qu'on ne trouve pas en Métropole.

Lexique

Biodiversité : ensemble des ressources en faune et en végétation d'un territoire.

B Des territoires soumis à de nombreuses contraintes

- Les DROM et les COM souffrent d'isolement causé par l'éloignement par rapport à la métropole. Les prix des produits importés sont plus élevés qu'en métropole.
- Ces territoires sont soumis à des **risques** naturels variés : tempêtes, cyclones, séismes, activité volcanique peuvent toucher le territoire.

Lexique

Risque : danger causé par une intempérie ou un accident qui causerait des dommages sur la société.

- Certains aménagements peuvent augmenter la **vulnérabilité** des sociétés face aux dangers. Des habitations en bord de mer sont fragiles en cas de tempête par exemple.

> **Lexique**
> **Vulnérabilité** : fragilité d'une société face à un risque.

3 Aménager les territoires en tenant compte des particularités

A La métropole au cœur des politiques d'aménagement

- Ces territoires sont **dépendants de la métropole et de l'UE** pour leur développement. Ils reçoivent de nombreuses aides de la part de l'État et de l'Union européenne en tant que **RUP**.
- L'objectif de ces aides est de permettre à ces territoires d'être économiquement plus autonomes et de réduire des inégalités sociales importantes.

> **Lexique**
> **RUP** (Région ultra-périphérique) : territoire de l'UE situé hors du continent européen.

- Cette dépendance conduit parfois à des tensions : la métropole se heurte à des particularismes culturels locaux voire des volontés indépendantistes (Nouvelle-Calédonie).

B Développer les activités pour vaincre l'isolement

- Les aménagements ont pour objectif de développer des activités nouvelles afin d'**enrichir l'économie locale** et de **créer des emplois**.
- **Le tourisme est le secteur principal visé par les aménagements.** Les DROM et COM attirent des touristes en quête de plages et de mers chaudes. Ce tourisme nécessite des infrastructures de transports (aéroports, routes), et d'accueil.
- Quelques territoires ont été des lieux privilégiés pour **des activités stratégiques et sensibles** : base de lancement de fusées à Kourou en Guyane, laboratoires de recherches scientifiques en Antarctique.

C Tenir compte des contraintes naturelles

- Ces aménagements doivent se réaliser dans une **logique de développement durable** pour protéger la biodiversité locale et préserver les paysages attractifs pour le tourisme.
- La **protection de l'environnement** est également nécessaire face aux risques naturels multiples. Des règles de prévention et de protection sont mises en place sous la forme d'un **Plan de Prévention des risques** (PPR), rédigé dans chaque commune
- On y interdit les constructions dans les zones à risque comme la proximité de volcans ou le long de certaines côtes.

Aménager le territoire français

Révision EXPRESS

Les points essentiels

- La France est marquée par de profondes inégalités territoriales que les aménagements tentent d'effacer.
- La population très inégalement répartie laisse des **espaces ruraux qui se dépeuplent** alors que les aires urbaines se densifient rapidement.
- Les **métropoles** concentrent la majorité des services et des industries. C'est dans les métropoles que se fait l'innovation. Les **régions littorales** et les **régions frontalières** sont très dynamiques et attractives.
- Des acteurs variés participent, chacun à leur échelle, à l'aménagement des territoires (voir ci-dessous).
- Les régions en particulier sont des acteurs incontournables pour gérer et organiser les territoires. **La France est divisée en 18 régions depuis 2016**.
- Parmi ces régions, il existe **5 régions d'outre-mer (DROM)** : la Guadeloupe, la Martinique, la Guyane, Mayotte et La Réunion. Ces territoires connaissent des enjeux d'aménagement particuliers liés aux caractéristiques propres aux DROM (éloignement par rapport à la métropole, risques naturels).
- **Le développement durable** devient très important dans les politiques d'aménagement des territoires : rénovation des transports dans les villes, mise en valeur d'une agriculture biologique, d'un tourisme vert.
- Le réseau de transport national est organisé en étoile. Le territoire est bien connecté au réseau de transport mondial.

Schéma-bilan

Des acteurs de l'aménagement à toutes les échelles

La commune
- Services et administrations (postes, écoles primaires)

Le département
- Transports (routes départementales)
- Collèges
- Aides sociales

La région
- Transports (TER)
- Lycées
- Protection de l'environnement (PNR)
- Logements sociaux

L'Union européenne
- Aide aux régions (FEDER)
- Programmes de développement économique

Mémo'Quiz

Vrai ou faux ?

1. La population française est en majorité rurale.
❑ vrai ❑ faux

2. La « Diagonale du vide » désigne une vaste zone présentant des densités de population très faibles.
❑ vrai ❑ faux

3. La France compte 27 régions.
❑ vrai ❑ faux

4. La population est nombreuse dans les espaces frontaliers.
❑ vrai ❑ faux

5. Les DROM bénéficient de l'éloignement par rapport à la métropole et les prix sont souvent moins chers que dans le reste de la France.
❑ vrai ❑ faux

6. Les régions littorales perdent de la population.
❑ vrai ❑ faux

Cochez la bonne réponse.

7. Le Thalys permet de relier Paris aux pays suivants :
❑ Espagne et Portugal ❑ Italie
❑ Pays-Bas et Belgique ❑ Royaume-Uni

8. La densité de population française est de :
❑ 42 hab/km² ❑ 80 hab/km²
❑ 116 hab/km² ❑ 258 hab/km²

9. Quel territoire n'est pas un DROM ?
❑ Mayotte ❑ la Guyane ❑ La Réunion ❑ la Nouvelle-Calédonie

10. Quels espaces français sont attractifs pour les populations ?
❑ le nord de la France
❑ l'est de la France
❑ les littoraux du sud de la France

→ Corrigés p. 478

L'Union européenne, un territoire en construction

171

Lue Relue Apprise

La construction européenne a beaucoup évolué depuis son lancement en 1951. L'Union européenne, créée en 1992, est une construction très originale car elle s'agrandit peu à peu.

1 Une union qui s'étend sur le continent européen

A Une histoire de plus de 60 ans

- La construction européenne a débuté autour de 6 pays – l'Allemagne, la France, l'Italie, les Pays-Bas, la Belgique et le Luxembourg – en 1951 avec la création d'une **Communauté européenne du Charbon et de l'Acier (CECA).** La construction d'une Europe unie s'est peu à peu étendue à tout le continent européen.
- La construction européenne a vocation à unir les pays européens de plus en plus profondément. La **Communauté Économique Européenne (CEE)** est devenue **l'Union européenne (UE)** à la suite du traité de Maastricht (1992). De nouvelles politiques communes à tous les pays de l'UE permettent de renforcer les liens entre les pays.

B Un modèle qui continue à attirer

- L'UE est un modèle attractif car elle représente l'espace le plus riche du continent et une **puissance économique** importante dans le monde (elle produit 30 % du PIB mondial).
- Elle est également associée à un **modèle de respect des droits de l'Homme** (l'UE a obtenu le Prix Nobel de la paix en 2012).
- Les dernières adhésions concernent des **pays d'Europe de l'Est**, pour lesquels l'UE représente la possibilité de s'enrichir. La Bulgarie et la Roumanie ont rejoint l'UE en 2007, la Croatie est le dernier membre, entré en 2013. **Plusieurs États d'Europe restent candidats à l'adhésion.** L'Islande, la Macédoine ou encore la Turquie ont officiellement demandé à devenir membres de l'Union.
- **Ces nouvelles adhésions soulèvent cependant des débats.** Avec les derniers élargissements, des problèmes d'organisation se posent et le nombre important d'États (28) rend les accords plus difficiles à obtenir. **La question des limites de l'UE est également posée.** Les frontières géographiques de l'Europe ne sont pas claires à l'Est.
- **L'adhésion de la Turquie est remise en cause** par une partie des opinions publiques pour plusieurs raisons : le développement de ce pays très peuplé semble compliqué alors que les pays de l'UE connaissent une

crise économique. Les frontières de la Turquie avec l'Irak et la Syrie, des pays en guerre, posent question. Enfin, la Turquie est rejetée par certains Européens qui imaginent l'Europe comme un espace culturel homogène reposant sur un passé chrétien. Or les limites historiques et religieuses ne sont pas claires (des pays de population musulmane existent aujourd'hui à l'intérieur de l'Europe, comme l'Albanie ou la Bosnie).

2 Les fondements de l'unité européenne

A La libre circulation et la monnaie unique dans l'UE

- Les liens entre les États membres ont été approfondis en 1992 par la mise en place de la libre circulation des personnes et des marchandises dans toute l'Union européenne. À l'intérieur d'un espace, appelé l'**espace Schengen**, les contrôles aux frontières ont disparu.
- L'UE soutient la création d'**eurorégions** pour renforcer les relations entre les pays voisins à l'intérieur de l'Europe.

Lexique

Eurorégion : regroupement de régions appartenant à plusieurs pays de l'Union européenne.

- Depuis 1999, une **monnaie unique** existe à l'intérieur de l'UE, l'**euro** (€), entrée en circulation en 2002.

B Une union encore incomplète

- Il existe actuellement des disparités à l'intérieur de l'UE entre **des pays qui ne possèdent pas l'euro** et ceux de la zone Euro. **L'espace Schengen ne regroupe pas tous les pays de l'UE**.
- **Certains États refusent l'euro et l'ouverture des frontières** comme le Royaume-Uni. Par ailleurs, les États entrées depuis 2004 n'accèdent à l'euro qu'après avoir donné des preuves de stabilité économique.
- Face à la crise économique et face aux enjeux d'accueil des migrants et des réfugiés du Moyen-Orient, plusieurs pays remettent en cause leur appartenance à l'UE. En 2016, le Royaume-Uni a voté sa sortie de l'UE par référendum.
- Le rejet de l'Europe n'est cependant pas unanime (l'Écosse voudrait rester dans l'UE par exemple). L'avenir de l'UE est au cœur des débats dans les opinions publiques.

Les contrastes territoriaux dans l'Union européenne

172

Lue Relue Apprise

L'Union européenne (UE) est un territoire très étendu. Une grande diversité existe à l'intérieur du territoire européen. Elle tente de gérer ces différences et de réduire les inégalités.

1 Un territoire très diversifié

A Un territoire étendu et diversifié

- **Le territoire de l'UE s'est étendu au fil des élargissements** et compte actuellement 27 États. L'UE compte 447 millions d'habitants répartis sur 4,5 millions de km².
- L'UE regroupe des **langues nombreuses** : langues germaniques au Nord, latines au Sud, slaves à l'Est...
- **De nombreuses religions cohabitent :** depuis plusieurs siècles, les catholiques, les protestants, les orthodoxes, les musulmans et les juifs coexistent dans les pays européens.
- **Des climats très différents** se succèdent du Nord au Sud : climat méditerranéen avec des étés secs et chauds en Espagne jusqu'au climat polaire au nord de la Suède ou Finlande.

B De profondes inégalités de développement

- **À l'intérieur de l'Europe subsistent de fortes inégalités économiques** : les pays de l'Ouest de l'Europe (les plus anciens membres de l'UE) sont plus riches que les pays de l'Est, membres récents. Les salaires occidentaux sont plus élevés qu'à l'Est (le PIB/hab. de l'Allemagne est de 46 500 € par an, il est de 9 800 € par an en Roumanie).
- Les droits sociaux (Sécurité sociale, aides au chômage...) sont plus nombreux dans les pays de l'Ouest, en France ou en Suède par exemple.
- **Une mégalopole européenne regroupe les régions les plus riches** et les plus densément peuplées (Ruhr, région de Londres par exemple). Les régions éloignées de cet espace sont moins bien reliées au réseau de communication européen et souvent moins riches.

> **Lexique**
>
> **Mégalopole européenne** : vaste espace entièrement urbanisé, dans lequel les transports sont très nombreux.

2 Des contrastes que l'UE tente de réduire

A Intégrer les territoires en retard

- Pour développer les régions en difficulté, **l'UE dispose de plusieurs programmes d'aides** comme le FEDER (Fonds européen de développement régional), qui cherche à corriger les déséquilibres régionaux par des projets d'aménagements, ou le FSE (Fonds social européen) qui aide à la création d'emplois.

- **Ces aides sont remises en cause dans le contexte de la crise économique** qui secoue l'Europe depuis 2008. Une partie des opinions publiques et des partis politiques des régions riches refuse de financer les régions pauvres.

B Unifier le territoire européen

- Face aux nombreuses différences du continent européen, l'un des objectifs de l'UE est, depuis sa création, **d'unifier le territoire européen**. L'unification s'est réalisée par la disparition des frontières dans le cadre de la **libre circulation** instaurée en 1992.
- **Pour éviter des disparités trop importantes entre anciens et nouveaux membres, les nouvelles intégrations d'États dans l'UE se font de façon progressive**. Des programmes sont mis en place pour permettre aux pays candidats à l'adhésion de rattraper leur retard au niveau économique, politique et social avant l'entrée dans l'UE.

Doc. Une Union à plusieurs vitesses

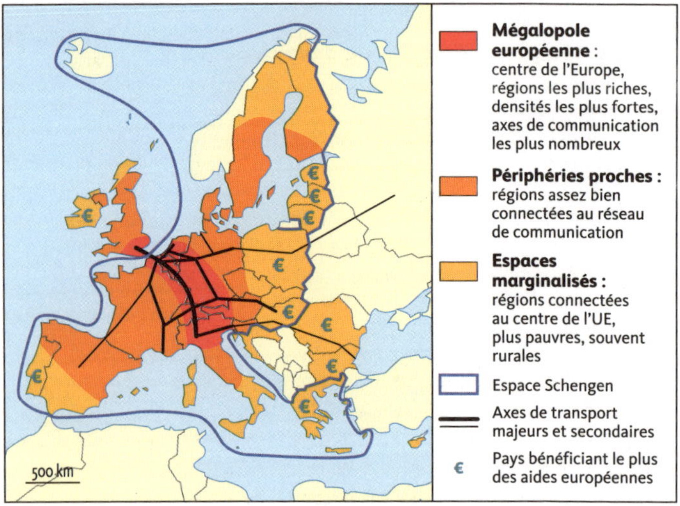

La place de la France dans une Europe en mutation

173

☐ Lue ☐ Relue ☐ Apprise

Deuxième pays le plus peuplé de l'Union européenne, la France joue un rôle de premier plan au sein d'une UE en pleine évolution.

1 Un territoire bien intégré dans le réseau européen

A Un carrefour européen

- Le rôle de carrefour au sein de l'Europe est renforcé par de **grands aménagements** : tunnel sous la Manche ou dans les Alpes.
- Le territoire est bien connecté au monde grâce à ses **aéroports internationaux et de grands ports** (Le Havre, Marseille).
- La France est **traversée par des flux de touristes** très importants du nord de l'Europe rejoignant les espaces touristiques en Méditerranée.

B Une connexion sans cesse améliorée avec l'Europe

- Le **TGV relie la France à la mégalopole européenne** : vers les Pays-Bas et la Belgique par le Thalys, l'Allemagne par le TGV-Est et Londres par l'Eurostar. Des **projets d'axes européens** doivent améliorer la connexion avec l'Italie et l'Espagne.
- Le développement des lignes à grande vitesse accentue les **inégalités entre les grandes métropoles et le reste du territoire français**.

2 Un rôle fondateur dans l'UE

A Le couple franco-allemand

- La France est l'un des six membres fondateurs de la construction européenne lors de la création de la CECA en 1950.
- Le partenariat avec l'Allemagne est à l'origine du projet européen. **Le couple franco-allemand demeure un moteur pour le développement de l'UE.** L'Allemagne est d'ailleurs le premier partenaire commercial de la France dans le monde.

B Un pays qui compte en Europe

- La France est le 2e pays le plus riche d'Europe derrière l'Allemagne (4 % du PIB de l'UE pour la seule région Île-de-France). 1re puissance agricole d'Europe, 2e dans l'industrie, son économie est totalement intégrée à l'UE avec qui elle réalise 60 % de ses échanges commerciaux.
- Elle est l'un membre essentiel du fonctionnement des géants industriels créés dans le cadre européen : EADS (spatial), Airbus (aéronautique).

3 Une position qui se marginalise ?

A Quelle position face à l'Europe de l'Est ?

● La France est située à l'extrémité ouest de l'Europe, soit à l'opposé des élargissements les plus récents de l'UE vers l'est du continent. **Elle semble marginalisée face aux enjeux politiques importants** qui marquent actuellement le continent : la Russie, le conflit en Ukraine, les troubles en Turquie.

B Un modèle qui s'essouffle ?

● La France connaît des **difficultés économiques qui l'handicapent** face à la concurrence de l'Allemagne. Le revenu par habitant est en dessous de la moyenne de l'UE (seulement le 10e PIB/hab. de l'UE).

● **Des débats existent sur la place que doit tenir la France en Europe** : un moteur pour approfondir la construction européenne ou un repli sur le territoire national et une fermeture des frontières.

Doc. L'organisation des transports en Europe

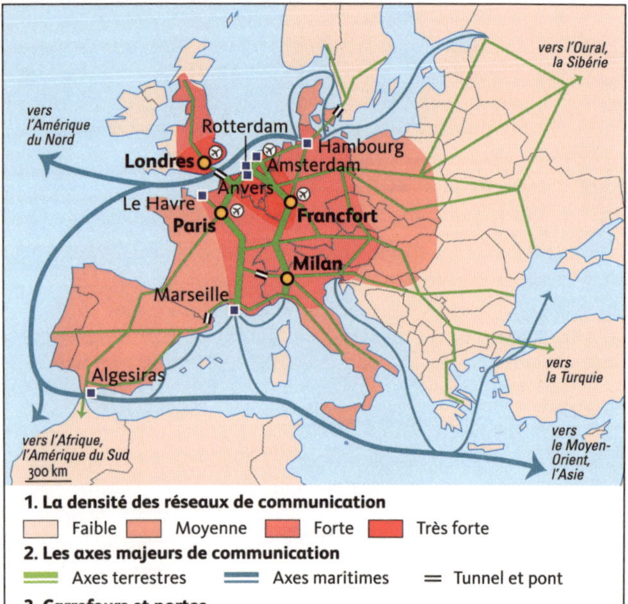

22e pays par sa population, la France tente de maintenir un rayonnement politique et culturel dans le monde.

1 Une présence politique mondiale

A Une puissance maritime mondiale

- La France est présente dans tous les océans grâce à ses **nombreux territoires d'outre-mer** : 5 DROM et 9 COM.
- La France bénéficie de nombreuses ouvertures sur les mers par les littoraux de la métropole et les territoires d'outre-mer. Par sa **large ZEE**, la pêche est effectuée dans tous les océans.

Doc. La France omniprésente dans le monde

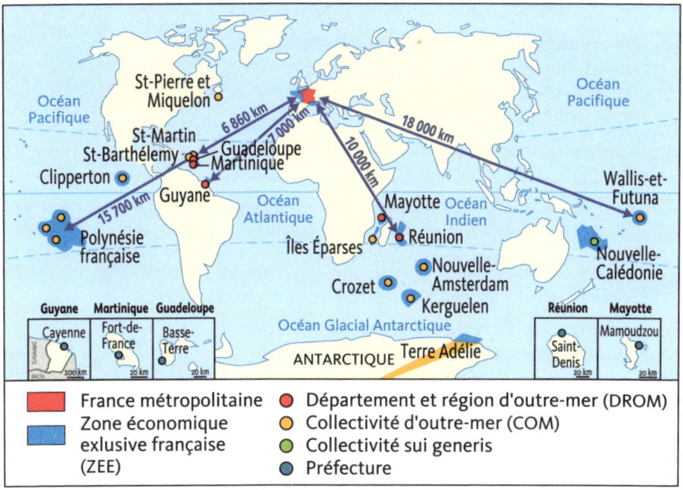

B Une présence diplomatique importante

- Ancienne puissance coloniale, la France garde des relations très étroites de diplomatie avec de nombreux pays d'Afrique : on parle de « **Françafrique** ». La présence française est cependant critiquée.

Lexique

Diplomatie : services de politique étrangère d'un pays.

- La France possède le **2e réseau d'ambassades le plus étendu** du monde (derrière les États-Unis), présent sur tous les continents.
- La **présence militaire française** est importante dans le monde. L'armée dispose de bases dans certains États comme Djibouti en Afrique et participe à de grandes opérations de maintien de la paix.
- **La France est active dans les grands organismes internationaux** comme l'ONU, le FMI, l'OMC, le G8 et le G20. Les actions menées lui donnent l'image de patrie des droits de l'Homme. Elle est l'un des pays qui reçoit le plus de demandes d'asile politique.

2 Une influence culturelle mondiale

A La culture française dans le monde

- La France rayonne mondialement par sa **langue**. Utilisée par 220 millions de personnes dans le monde, elle est l'une des langues les plus parlées. L'Organisation internationale de la francophonie a pour but de maintenir ce rayonnement.

lexique

Francophonie : ensemble des populations parlant la langue française.

- La présence de la France dans le monde est relayée par de grands médias francophones. **La radio RFI** et la chaîne de télévision France 24 sont écoutées notamment en Afrique mais aussi sur les autres continents.
- L'image prestigieuse du pays repose sur sa gastronomie, inscrite au patrimoine mondial de l'Unesco. Son industrie du luxe est reconnue mondialement. L'attractivité du territoire pour les touristes est renforcée par l'organisation de grands événements mondiaux comme les Jeux olympiques 2024.

B Des Français présents sur tous les continents

- La France est l'un des principaux donateurs d'aides publiques au développement du monde. Avec plus de 15 milliards d'euros, elle est le 4e donateur dans le monde. 50 % des aides françaises sont destinées à l'Afrique.
- De nombreuses ONG françaises agissent dans les pays pauvres (Médecins sans frontières, Médecins du Monde). Ces organisations envoient des Français sur tous les continents.
- De nombreux Français sont présents à l'étranger pour le travail, au service des grandes multinationales françaises. Les Français à l'étranger sont essentiellement **en Europe, en Afrique et en Amérique du Nord**.

lexique

Aide publique au développement : aide financière ou matérielle apportée par les États aux pays en développement.

ONG : Organisation non gouvernementale. Organisme ne dépendant pas d'un État effectuant des actions d'intérêt public.

L'UE, une puissance à l'échelle mondiale

175

☐ Lue ☐ Relue ☐ Apprise

L'Union européenne est la première puissance économique du monde. Il reste encore des limites à sa puissance pour concurrencer pleinement les États-Unis, le Japon et les pays émergents.

1 Le rayonnement mondial de l'UE

A Une puissance économique mondiale

- L'UE est **l'un des trois pôles majeurs de l'économie mondiale**. Elle produit 18 % du PIB mondial, ce qui en fait la **deuxième puissance économique** derrière les États-Unis mais devant la Chine.
- **L'euro offre une puissance financière mondiale à l'UE**. La monnaie européenne concurrence le dollar dans le commerce mondial.
- On trouve parmi les plus importantes firmes multinationales du monde des entreprises allemandes, françaises ou anglaises mais aussi des entreprises issues de partenariats européens comme Airbus, fabricant d'avions franco-allemand.
- Soutenue par la PAC (Politique agricole commune), l'agriculture est l'une des plus dynamiques du monde : **l'UE est la 2e puissance agricole**.
- Elle est la 1re **puissance dans les services**.

B Un modèle qui attire

- L'Union européenne bénéficie d'une influence politique sur tout le continent et les espaces voisins de l'Europe. De nombreux États posent des demandes d'adhésion à l'UE (Turquie, Croatie, Maroc). L'UE entretient des relations étroites avec les pays de la Méditerranée à travers l'**Union pour la Méditerranée**.
- **L'UE est un acteur important dans le développement des pays pauvres** et la lutte pour la démocratie et les droits de l'Homme. **Elle est le 1er donateur d'aides publiques au développement.**
- **L'UE est un espace très développé** : le PIB par habitant est parmi les plus élevés du monde (29 700 $). Elle est très attractive pour de nombreuses populations des pays moins développés. 3 millions d'immigrés entrent chaque année sur le territoire de l'UE, venus surtout d'Afrique et d'Asie.

> **Lexique**
>
> **Union pour la Méditerranée** : organisation créée en 2008, associant l'Union européenne aux autres États de Méditerranée pour une coopération dans de nombreux domaines (immigration, économie).

Doc. **L'Union européenne au cœur des échanges commerciaux**

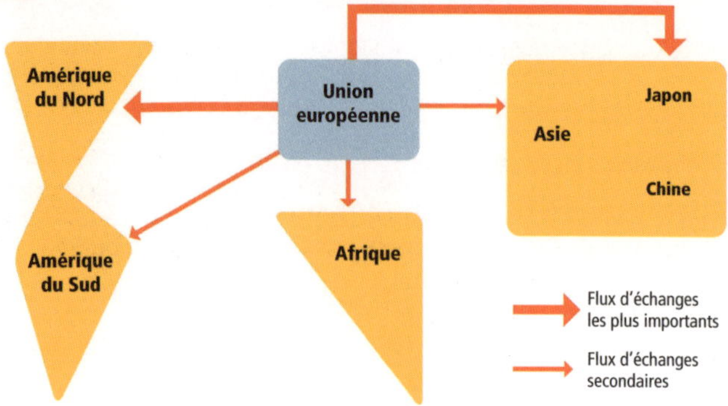

2 Les limites de la puissance européenne

A Une unité et une identité encore en question

- La crise économique qui touche l'Europe depuis 2008 accentue les inégalités sociales et économiques entre les États membres. L'unité est remise en question. Ainsi, **la place de la Grèce dans l'UE a plusieurs fois été menacée**.
- Dans ce contexte, certains **partis politiques nationalistes** remettent en cause l'euro et les politiques communes.
- Face aux enjeux de développement économique, les régions sont souvent en concurrence et la solidarité entre les États membres est remise en question. Les États-membres ne parviennent pas à s'entendre sur une gestion commune des flux de migrants en Méditerranée.
- **L'identité de l'UE fait aujourd'hui débat**. Avec les élargissements de 2004 et 2007, l'UE s'est agrandie de dix nouveaux pays. La question des limites de l'UE est posée. Faut-il l'étendre jusqu'à la Russie et la Turquie ?

B Un acteur politique encore très faible

- L'Europe reste un **acteur politiquement faible**, elle ne s'exprime pas d'une seule voix. Les États membres sont autonomes.
- L'Union européenne n'est représentée dans les organismes internationaux que par l'intermédiaire des États : le Royaume-Uni et la France siègent au Conseil de sécurité de l'ONU.
- L'Union européenne ne possède **pas d'armée propre**.

Lexique

ONU : Organisation des Nations unies. Institution internationale ayant pour but d'assurer la paix dans le monde.

La France et l'Union européenne

Révision EXPRESS

Les points essentiels

- La France jouit d'un **rayonnement culturel** très important dans le monde grâce à la langue française et grâce à son patrimoine (gastronomie, territoire, monuments). Le pays attire de nombreux touristes et demandeurs d'asile.
- La France est **présente dans tous les océans** par ses territoires d'outre-mer.
- Le territoire français joue un rôle important dans l'organisation du réseau de communication européen. Elle est **un membre influent de l'Union européenne (UE) qui compte aujourd'hui 28 États**.
- L'UE est **la première puissance économique mondiale**. Elle domine les échanges mondiaux dans l'industrie, les services et l'agriculture.
- Les liens entre États sont renforcés par la création d'associations de régions transfrontalières, les **euro-régions**.
- Tous les territoires de l'UE ne sont cependant pas aussi bien reliés aux réseaux de communication du continent et du monde. **Les régions les plus éloignées de la mégalopole sont marginalisées**.
- L'UE reste **un acteur incomplet à l'échelle mondiale** : elle ne possède pas de voix unique dans la politique internationale. Dans le contexte de la crise économique, certains pays sont tentés par un repli national sur leurs frontières.

Les chiffres-clés

Le rayonnement de la France dans le monde

Les DROM et COM	5 DROM (Guadeloupe, Guyane, Martinique, Mayotte, Réunion) et 9 COM
ZEE	2ᵉ plus étendue du monde : 200 000 km²
Aide publique au développement	4ᵉ donateur mondial : 15 milliards d'euros 50 % des aides françaises destinées à l'Afrique
La diplomatie	Le 2ᵉ réseau d'ambassades le plus étendu (150 ambassades dans le monde)

L'influence de l'Union européenne dans le monde

Une puissance économique	18 % du PIB mondial 2ᵉ puissance agricole 1ʳᵉ puissance dans les services L'UE réalise 40 % du commerce mondial
Un continent riche	PIB par habitant : 29 700 $
Immigration	3 millions d'immigrés chaque année (surtout d'Afrique et du Moyen-Orient)

Mémo'Quiz

1. L'Union européenne est présente dans toutes les grandes organisations internationales.
❑ vrai ❑ faux

2. Plus on s'éloigne de la mégalopole, plus les régions sont riches et le réseau de communication est dense.
❑ vrai ❑ faux

3. Le français est la langue la plus utilisée dans le monde.
❑ vrai ❑ faux

4. La France possède des territoires dans tous les océans du monde.
❑ vrai ❑ faux

5. La France est le 10e donateur mondial d'aides publiques au développement.
❑ vrai ❑ faux

6. L'Union européenne dispose actuellement de la 2e armée la plus puissante du monde.
❑ vrai ❑ faux

Cochez la bonne réponse.

7. La Françafrique est :
❑ une organisation promouvant la francophonie en Afrique
❑ une organisation associant la France à plusieurs pays d'Afrique pour apporter des aides au développement
❑ une expression utilisée pour expliquer les relations privilégiées de la France avec certains pays africains.

8. Comment s'appelle le programme encourageant la collaboration entre les régions transfrontalières ?
❑ Natura 2000 ❑ Frontalia
❑ FEDER ❑ Interreg

9. La puissance financière de l'Union européenne repose sur :
❑ une monnaie forte, l'euro, qui concurrence le dollar
❑ une agriculture moderne aidée et protégée par la PAC
❑ des aides apportées pour le développement des pays pauvres

→ Corrigés p. 479

Cartes-clés

Les régions françaises

Population et grandes aires urbaines

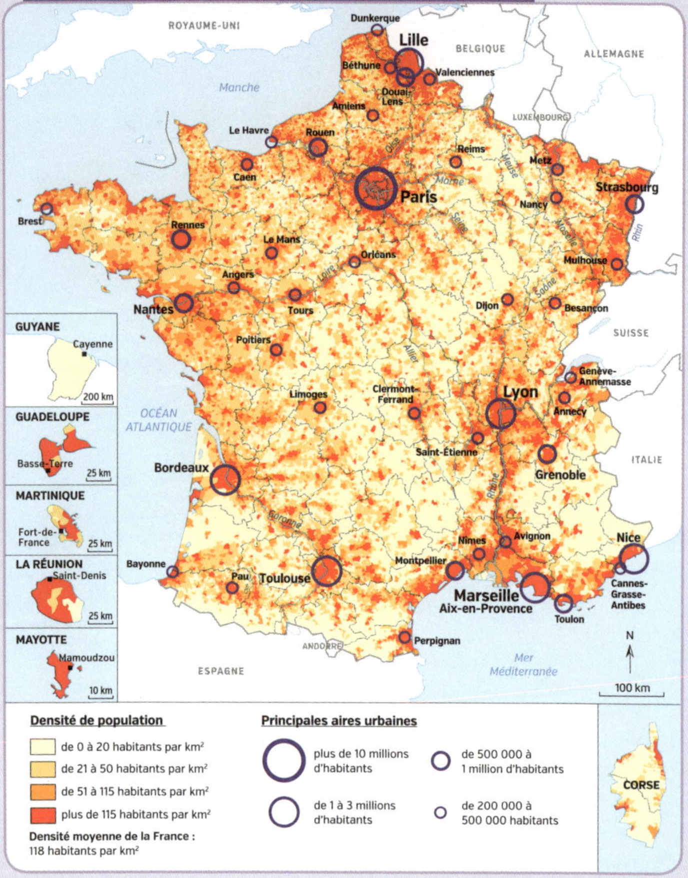

Les principaux espaces économiques français

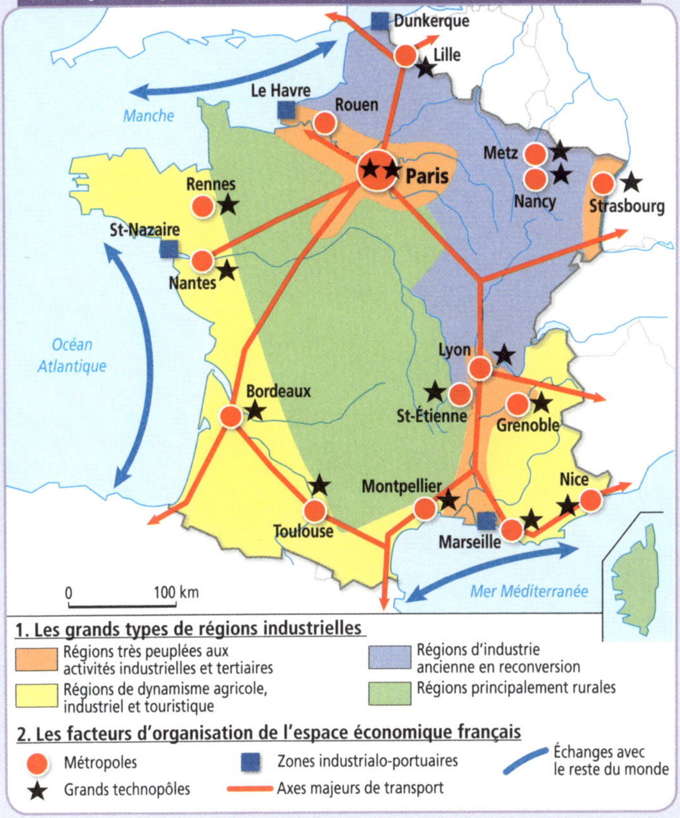

Les DROM-COM

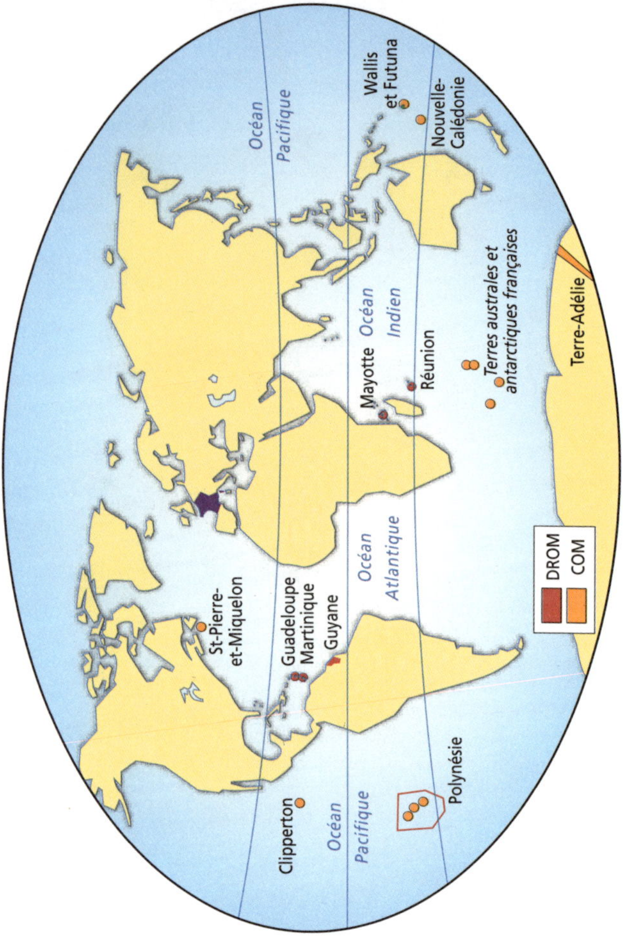
Océan Pacifique
Wallis et Futuna
Nouvelle-Calédonie
Océan Indien
Mayotte
Réunion
Terres australes et antarctiques françaises
Terre-Adélie
Océan Atlantique
St-Pierre-et-Miquelon
Guadeloupe
Martinique
Guyane
DROM
COM
Clipperton
Océan Pacifique
Polynésie

Les États de l'Union européenne et les principales métropoles

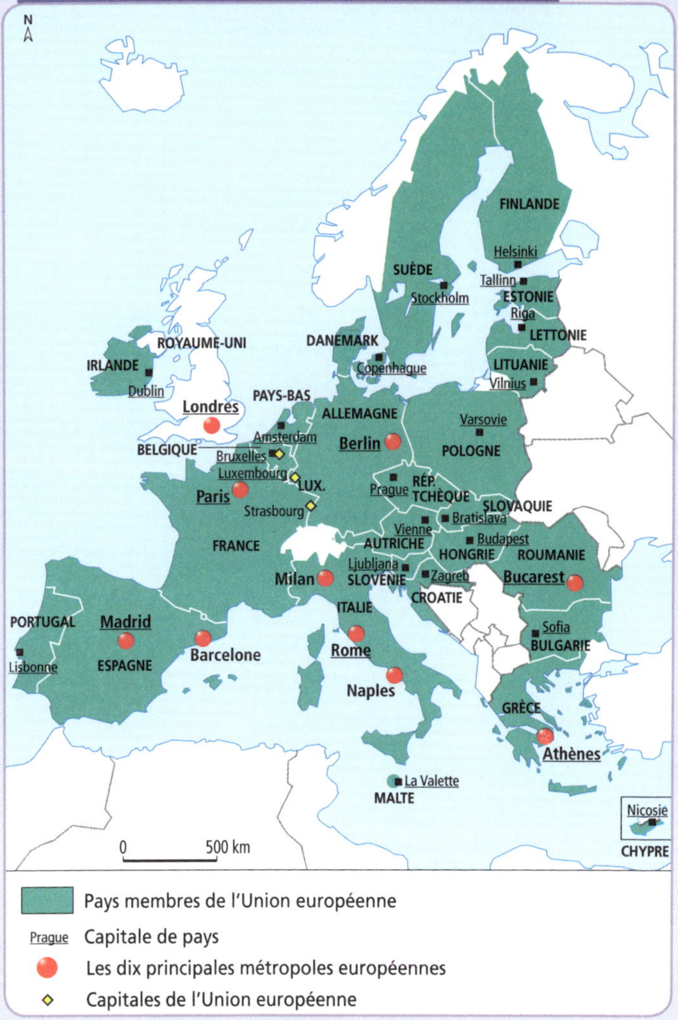

La présence française dans le monde

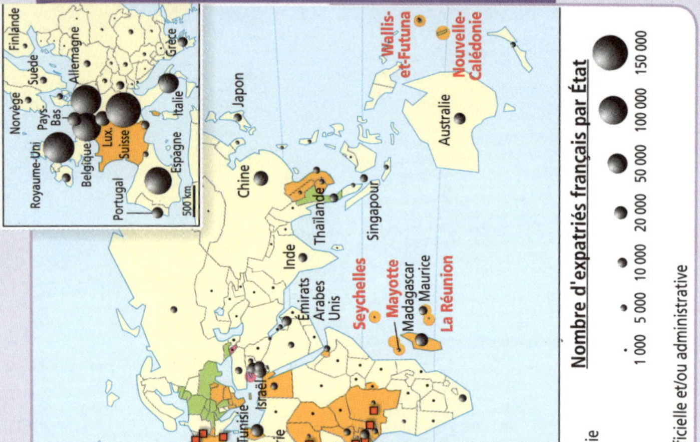

Enseignement moral et civique

Sommaire

Enseignement moral et civique

Lue | Relue | Apprise

La République et la citoyenneté

La vie démocratique

La Défense et la paix

Valeurs, principes et symboles républicains

176

Lue Relue Apprise

La Constitution de la Ve République définit les grands principes et les symboles sur lesquels se fonde la République française.

1 Une nation unie

A La nation est formée de citoyens

- Le peuple français constitue une **nation** composée de **citoyens** qui partagent une même langue, une histoire et des valeurs communes.
- **La nation est unie par une même langue.** Le français est la langue officielle du pays depuis la Révolution française. Elle est parlée par tous les citoyens (article 2 de la Constitution de 1958). C'est la seule langue enseignée à l'école comme langue maternelle. Des langues régionales sont acceptées sur le territoire national mais ne remplacent pas le français.
- Les citoyens sont unis par une histoire commune. De grands événements sont commémorés comme des symboles de la République : le 14 juillet, fête nationale, commémore la fête de la Fédération organisée le 14 juillet 1790, en souvenir de la prise de la Bastille.

lexique

Nation : ensemble de personnes ayant conscience de vivre comme un groupe uni sur le même territoire et sous les mêmes lois.
Citoyen : personne qui a le droit de participer à la vie politique.

B Des symboles communs à tous les citoyens

- Les **symboles** sont inscrits dans la Constitution de la **République** française. Ils datent de la Révolution française et sont **présents dans les lieux importants** de la nation (mairies, écoles). Ces symboles sont issus de l'histoire du pays.
- **Le drapeau tricolore bleu-blanc-rouge** est définitivement adopté en 1848. Le bleu et le rouge, couleurs de la ville de Paris, sont associés au blanc, couleur de la royauté.
- La République est personnifiée par **une allégorie : Marianne.** Elle est le symbole de la liberté.
- **Une devise affirme les valeurs essentielles de la République** : « Liberté, égalité, fraternité ». Elle est inscrite sur les façades des mairies.
- La France possède **un hymne national, *La Marseillaise*.** Il est destiné à l'origine à l'armée venue de Marseille combattre les Autrichiens et les Prussiens en Alsace. La Marseillaise est adoptée définitivement comme hymne national en 1879 sous la IIIe République.

lexique

République : régime politique dans lequel le peuple possède le pouvoir politique.

lexique

Allégorie : représentation d'une idée abstraite sous la forme d'un objet ou d'une personne.

2 Les principes de la République

● L'article 1 de la Constitution de la Ve République de 1958 associe la République à quatre grands principes fondamentaux : la République est indivisible, laïque, démocratique et sociale.

Lexique

Principes fondamentaux : grandes idées sur lesquelles se fonde la République.

A Une République indivisible

● Selon ce principe, ni le territoire français ni la nation française ne doivent être divisés. **La loi est la même pour tous les citoyens**.

● **L'État est unique**. Le pouvoir est exercé par des élus nationaux qui se réunissent dans la capitale, Paris.

B Une République laïque

● **L'État doit rester neutre face aux religions**. Depuis la loi de 1905, l'État ne finance aucune religion. Aucune administration française ne doit prendre parti pour une religion.

● Dans tous les lieux publics (écoles...), **aucun signe religieux trop visible n'est autorisé**.

● La laïcité n'interdit pas l'exercice d'une religion. Au contraire, ce principe permet d'assurer une **liberté de culte** de façon personnelle.

C Une République démocratique

● La République est dite **démocratique**. **Tous les citoyens sont égaux devant la loi,** ils possèdent tous les mêmes droits fixés par les textes de droit.

● **Le pouvoir appartient au peuple, il est exercé par des représentants élus au suffrage universel** : les députés de l'Assemblée nationale, chargés de voter les lois, le président de la République.

● **Les pouvoirs sont séparés** : le pouvoir **exécutif** appartient au président et à son Gouvernement, le pouvoir **législatif** est exercé par l'Assemblée nationale et le Sénat. La **justice** est rendue de façon indépendante.

D Une République sociale

● L'État assure à tous les citoyens français une assistance en cas de difficultés : **la Sécurité sociale permet à tous d'avoir accès à des soins médicaux**.

● Des aides financières comme le **revenu de solidarité active** (RSA) sont apportées aux personnes dans le besoin.

Nationalité, citoyennetés française et européenne

177

Lue Relue Apprise

La citoyenneté française est liée à la possession de la nationalité, elle donne des droits sur le territoire. La citoyenneté nationale s'associe maintenant à une citoyenneté européenne.

1 Nationalité française et droits du citoyen

A Les fondements de la nationalité française

- Le droit du sang **donne automatiquement la nationalité française à la naissance** si au moins l'un des deux parents est français.
- **Les personnes nées sur le territoire français de parents étrangers peuvent obtenir la nationalité sur demande** à partir de l'âge de 13 ans. La nationalité est sinon donnée à la majorité par le droit du sol.
- Les étrangers mariés avec un Français ou une Française obtiennent la nationalité française après 4 ans de mariage.
- **La nationalité peut être accordée par naturalisation** à condition de vivre en France depuis au moins 5 ans, d'avoir une maîtrise suffisante du français et de l'histoire de France, et de signer la Charte des droits et des devoirs du citoyen français.

lexique

Droit du sang : la nationalité est donnée par un membre de la famille, parent ou ascendant plus éloigné.
Droit du sol : la nationalité est donnée par le lieu de naissance.

lexique

Naturalisation : procédure pour obtenir une autre nationalité que celle d'origine.

B Être citoyen

- Tout individu possédant la nationalité française devient **citoyen français** à partir de l'âge de la majorité, fixé à 18 ans depuis 1974.
- **Le citoyen possède de nombreux droits** définis dans la *Déclaration des droits de l'Homme et du citoyen* de 1789. Il peut voter et être élu.
- **Les citoyens participent à l'élaboration de la loi**, par l'intermédiaire de leurs représentants nationaux élus lors d'élections législatives ou présidentielles. Le référendum permet aux citoyens de donner leur avis sur un projet de loi.

lexique

Référendum : consultation des citoyens par le président de la République sur un projet de loi. Ils répondent par *oui* ou par *non*.

2 Droits et devoirs des habitants du territoire

A Des droits communs à toute la population

● Tout habitant du territoire français, qu'il soit Français ou étranger, bénéficie de **droits économiques, sociaux, culturels** (le droit à la santé, à l'éducation, au logement, au travail, à l'identité). L'État assure une protection sociale aux Français mais aussi aux étrangers vivant en France. Ces droits sont affirmés par les grands textes de droits français et internationaux.

Lexique

Protection sociale : couverture des dépenses de santé assurée par l'État.

● **Ces droits ont été obtenus progressivement après des luttes parfois violentes,** comme le droit de vote lors de la Révolution française.

● Tous les habitants du territoire ont aussi des devoirs. Chacun a le devoir **de respecter les lois, de payer les impôts et de respecter les droits d'autrui**.

B Des droits différents

● Les résidents étrangers non européens ne peuvent pas participer aux élections françaises ou européennes.

● Certains droits des étrangers non européens en France dépendent d'autorisations émises par l'État (travailler en France par exemple).

3 La citoyenneté européenne

A Un statut récent

● Depuis le traité de Maastricht (1992), tout individu détenant la nationalité d'un pays membre de l'Union européenne possède également la **citoyenneté européenne**. Elle renforce l'identité européenne **qui est matérialisée par l'euro et le drapeau européen**.

● Cette citoyenneté ne fait pas disparaître la citoyenneté nationale, elle se superpose à elle et donne de nouveaux droits.

B Les droits des citoyens européens

● Tous les citoyens européens peuvent voter et se présenter aux élections européennes destinées à élire les représentants au Parlement européen. Un citoyen européen vivant dans un autre pays de l'UE que le sien peut voter et être élu aux élections municipales.

● La citoyenneté permet depuis 2007 de s'exprimer directement par le biais d'une pétition, c'est l'**initiative citoyenne européenne**.

La République et la citoyenneté

Révision EXPRESS

Les points essentiels

- **La France est une République** qui possède des valeurs, des principes et des symboles issus de l'histoire française et inscrits dans la Constitution, reprenant les grands textes tels que la ***Déclaration des droits de l'homme et du citoyen* de 1789**.
- Sont Français tous ceux qui possèdent la nationalité française. **Celle-ci s'obtient à la naissance ou par naturalisation.**
- La **citoyenneté française** s'obtient à 18 ans pour les personnes possédant la **nationalité française. Elle offre des droits mais aussi des devoirs**.
- La citoyenneté française permet de participer à la vie politique du pays par le **droit de vote**. Ce droit **n'a été obtenu et étendu à toute la population que progressivement**, après de nombreuses luttes.
- La France est profondément liée à l'Union européenne. Les symboles européens sont présents à côté des symboles nationaux. La **citoyenneté européenne** s'ajoute à la citoyenneté française.

Schéma-bilan

Valeurs, principes et symboles de la République française

La République française, une et indivisible

Des valeurs
- Liberté
- Égalité
- Fraternité

Des principes

La République est :
- Indivisible
- Laïque
- Démocratique
- Sociale

Des symboles
- L'emblème : le drapeau bleu, blanc, rouge
- L'hymne national : la Marseillaise
- La devise : « Liberté, égalité, fraternité »
- L'allégorie : Marianne
- La fête nationale : 14 juillet

Mémo'Quiz

Vrai ou faux ?

1. *La Marseillaise* est l'hymne national de la France.
❑ vrai ❑ faux

2. On peut obtenir la nationalité française à la naissance par naturalisation.
❑ vrai ❑ faux

3. Les langues régionales sont reconnues comme langues officielles sur le territoire français.
❑ vrai ❑ faux

4. L'État français doit rester neutre face à toutes les religions.
❑ vrai ❑ faux

Cochez la bonne réponse.

5. Selon la Constitution de 1958, la République est :
❑ indivisible, laïque, démocratique et sociale
❑ laïque, gratuite et obligatoire
❑ indivisible, forte et courageuse
❑ démocratique, juste, laïque et indivisible

6. La fête nationale est le 14 juillet en mémoire de :
❑ la prise de la Bastille, le 14 juillet 1789
❑ une grande victoire sportive
❑ la naissance de la Ve République
❑ la fête de la Fédération, le 14 juillet 1790

7. La citoyenneté européenne a été créée en :
❑ 1957 ❑ 2002
❑ 1992 ❑ 2008

8. La devise de la République est :
❑ Liberté, Laïcité, Démocratie ❑ Liberté, Égalité, Fraternité
❑ Indivisible, Laïque et sociale ❑ Unie dans la diversité

9. Qu'appelle-t-on le droit du sol ?
❑ le droit d'habiter sur le territoire français
❑ la nationalité est donnée par le lieu de naissance
❑ la nationalité dépend de celle des deux parents

→ Corrigés p. 479

La vie politique

Lue Relue Apprise

Dans un pays démocratique comme la France, la politique est l'affaire de tous et chacun peut être concerné.

1 Les institutions de la Ve République

- La France est une **démocratie indirecte** : le peuple confie à des représentants élus la charge de le gouverner.
- Les députés et le président de la République sont élus au **suffrage universel direct**. Les citoyens peuvent être appelés à s'exprimer par **référendum**.

Doc. Les institutions de la Vᵉ République

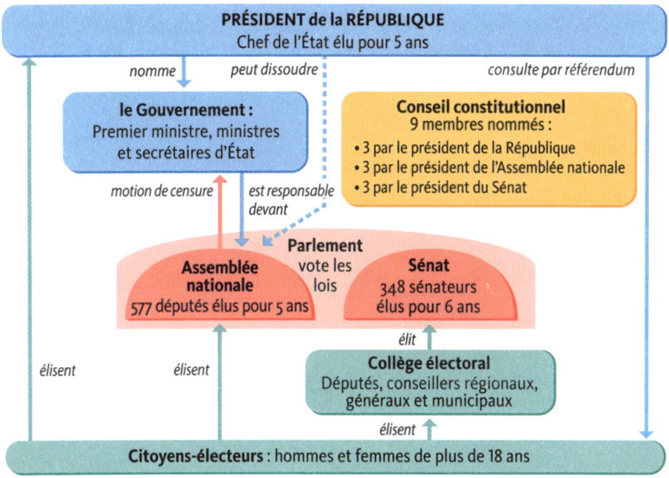

2 Plusieurs niveaux de gouvernement

A La commune et le département

- Chaque citoyen appartient à une commune dirigée par un **maire**, qui est élu par les **conseillers municipaux**, eux-mêmes élus au suffrage universel direct par les habitants de la commune.
- Des communes voisines peuvent s'associer au sein d'une **intercommunalité** pour gérer en commun des budgets lourds et leurs difficultés.

- Toutes les communes sont rattachées à un département. Leurs habitants élisent des **conseillers généraux** qui gèrent les collèges et l'aménagement du territoire départemental.

B La région

- Depuis les années 1980, l'État a engagé une **décentralisation** de son pouvoir. Les régions sont devenues des acteurs importants du gouvernement des territoires.
- Dirigées par des **conseillers régionaux** élus au suffrage universel direct, elles sont chargées de mettre en valeur leur territoire. Elles gèrent les transports régionaux ainsi que les lycées.

Lexique

Décentralisation : abandon par l'État d'une partie de ses compétences au profit des régions.

C L'Europe

- L'État partage une part croissante de son pouvoir avec l'Union européenne. De nombreuses lois votées par le Parlement français ne sont que la retranscription dans le droit français de lois européennes.

3 Les partis politiques

A Qu'est-ce qu'un parti ?

- Un parti politique est une association de citoyens qui partagent les mêmes valeurs politiques et militent pour un projet de société commun.
- Ils élaborent un programme **qu'ils soumettent au vote des électeurs** lors des élections auxquels ils présentent des candidats.

B Pourquoi des partis ?

- L'existence de plusieurs partis politiques défendant des positions contradictoires est nécessaire au bon fonctionnement de la **démocratie**.
- Chaque citoyen se sent compris, représenté et défendu, même si ses idées sont minoritaires et donc pas reprises par le Gouvernement.

C Les citoyens et les partis

- Seule une minorité de citoyens adhèrent à un parti politique : ce sont des militants, qui donnent de leur temps pour faire vivre leur parti. De nombreux citoyens se sentent proches d'un parti sans y adhérer : ce sont des sympathisants.
- Dans certaines communes, des conseils de quartiers permettent aux habitants de participer directement à la gestion de leur lieu de vie.

La vie sociale

Lue Relue Apprise

179

D'autres moyens que la politique et les élections permettent aux citoyens de participer à la vie de leur pays.

1 Les syndicats

A Qu'est-ce qu'un syndicat ?

- **Un syndicat est une association de travailleurs** réunis pour défendre leurs droits et leurs intérêts. Ils sont autorisés en France depuis 1884.
- Comme pour les partis politiques, le **pluralisme des syndicats** est une règle de la République. Il existe plusieurs syndicats. Tous n'ont pas les mêmes avis et les mêmes objectifs.
- Ils peuvent tous être présents dans les institutions qui prennent les décisions (les comités d'entreprises par exemple). Les **représentants syndicaux** sont élus par un vote individuel des travailleurs lors des **élections professionnelles**.

Les principaux syndicats

- **CGT** : Confédération générale du travail
- **CFDT** : Confédération française démocratique du travail
- **CFTC**: Confédération française des travailleurs chrétiens
- **FO** : Force ouvrière
- **SUD** : Solidaires, unitaires et démocratiques

B Les Français et leurs syndicats

- Les syndicats français se caractérisent par le **faible nombre de leurs adhérents**.
- Bien qu'ils défendent les intérêts des travailleurs, seule une minorité d'entre eux (10 %) en est membre. C'est le plus faible niveau d'Europe.

Doc. Taux de syndicalisation dans les pays de l'OCDE en 2018

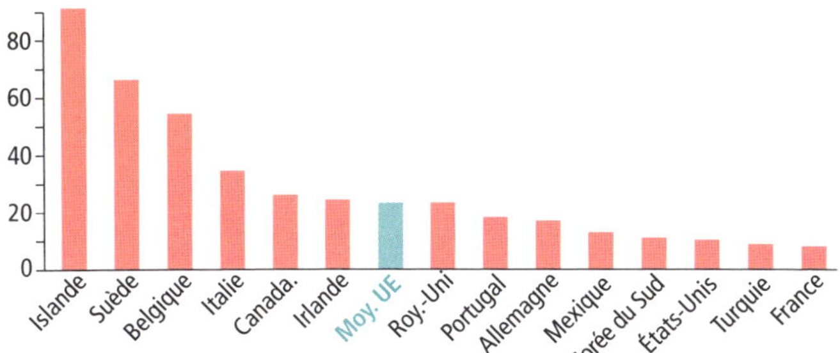

Source : OCDE.

2 Le rôle des syndicats

A Un rôle important

- Les syndicats ont des rôles importants dans le monde du travail.
- Leur rôle a été renforcé petit à petit.

Doc. Les dates-clés

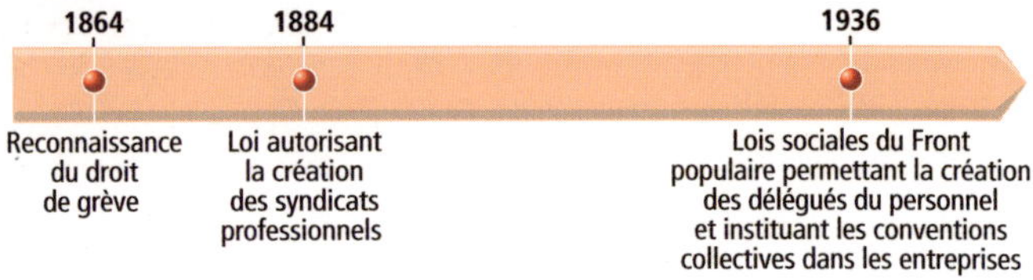

B Des actions variées

- Les syndicats sont chargés de **représenter les salariés adhérents** du syndicat devant leur employeur. Ils permettent à un salarié de **se défendre** face à son employeur. S'il était seul, il n'aurait pas les moyens et peut-être pas le courage de se faire entendre, par crainte de représailles.
- Ils **défendent les intérêts** de leurs adhérents en négociant avec les employeurs. Dans certains cas, les syndicats peuvent appeler à la grève, c'est-à-dire à l'arrêt du travail et même parfois au blocage du lieu de travail. Grâce à leur action, qui va **de la négociation à la grève**, ils ont permis aux travailleurs d'obtenir de meilleures conditions de travail : diminution du temps de travail, hausse des salaires, congés payés.
- Ils peuvent aussi **apporter des informations** diverses aux salariés (sur les évolutions de carrière, la vie de l'entreprise, les discussions en cours).

L'opinion publique et les médias

180

Lue Relue Apprise

Les partis et les associations ont recours aux médias, qui jouent un rôle important dans la formation de l'opinion publique.

1 Les médias

A Une nécessité démocratique

- Pour qu'une démocratie puisse fonctionner, il faut que chacun puisse exprimer ses opinions, mais également qu'il puisse les faire connaître aux autres pour tenter de les convaincre.
- C'est précisément le rôle des médias (radio, télévision, presse écrite) que de **servir de relais à la diversité des opinions** afin de permettre à chacun de se forger la sienne. La **liberté de la presse** a été accordée par une loi en 1881

B Des médias trop puissants ?

- On reproche souvent aux médias de modeler l'**opinion publique** en ne donnant la parole qu'à des personnes dont ils partagent les idées.
- Ils sont également accusés de susciter des comportements par le simple fait d'en parler à la télévision.

C Encadrer les médias

- Pour éviter de telles dérives, le **Conseil supérieur de l'audiovisuel** (CSA) est chargé de contrôler les radios et les télévisions. Il vérifie notamment que des propos contraires à la loi n'y sont pas tenus.
- En période électorale, il s'assure que chaque candidat bénéficie d'un égal accès aux médias pour s'exprimer.

2 Le poids croissant d'Internet

A Une technologie nouvelle

- Apparu au grand public au début des années 1990, **Internet est un réseau** qui met en relation instantanée des ordinateurs situés aux quatre coins du monde.
- Ce réseau stocke des millions d'informations sur des pages web qui, grâce à l'existence de moteurs de recherche, sont facilement accessibles aux internautes.

ne pas confondre

- **Internet** est un réseau qui permet de faire circuler des données d'un ordinateur à un autre.
- Le **web** est un des services (comme le mail, la vidéo, etc.) accessibles par Internet, qui permet de créer des sites contenant des informations.

B Un outil de communication

● **Internet modifie le rapport des citoyens à l'information** : ils ne sont plus seulement des récepteurs d'une information sélectionnée et écrite par d'autres. Ils peuvent diffuser leurs propres informations et opinions qui seront accessibles à la terre entière.

● Les hommes politiques ont compris tout l'intérêt d'Internet et possèdent tous des comptes sur Facebook ou Twitter et utilisent des influenceurs pour diffuser leurs idées.

C Quel contrôle pour Internet ?

● Étant un réseau mondial, **Internet est difficilement contrôlable par les États**.

● Il n'existe ainsi aucune règle obligeant un site Internet à respecter un équilibre dans le traitement de l'information. Des débats existent sur la fiabilité des informations sur Internet.

3 L'opinion publique

A Mesurer l'opinion publique

● L'opinion publique désigne l'ensemble des idées partagées par une population à propos d'un sujet donné.

● L'opinion publique peut être mesurée à l'aide de **sondages** : en interrogeant un échantillon représentatif de la population, on peut en déduire l'avis de l'ensemble de la population.

Les principaux instituts de sondage

- **SOFRES** : Société française d'enquêtes par sondages.
- **IPSOS**

B Sondages et élections

● Les sondages sont notamment utilisés en période électorale afin d'anticiper les résultats d'un vote et de voir quel candidat parvient à convaincre le plus d'électeurs.

● Ils sont accusés de fausser le résultat des élections car ils contribuent non seulement à mesurer mais aussi à **orienter le vote des électeurs**. C'est pourquoi ils sont interdits en fin de campagne électorale.

● Il arrive fréquemment aux sondages de se tromper, car ils mesurent l'état de l'opinion à un moment donné mais l'opinion publique est en constante évolution. Aucun institut de sondage n'avait ainsi anticipé la présence de J.-M. Le Pen au second tour des présidentielles de 2002, ou la victoire du *non* au référendum sur la Constitution européenne de 2005.

La vie démocratique

Révision EXPRESS

Les points essentiels

- **Les principaux partis politiques français**

Gauche
LFI (La France insoumise)
PCF (Parti communiste français)
PS (Parti socialiste)
Les Verts (écologistes)
Centre
Modem (Mouvement démocratique)
LREM (La République en marche)
Droite
LR (Les Républicains)
RN (Rassemblement national)

Schéma-bilan

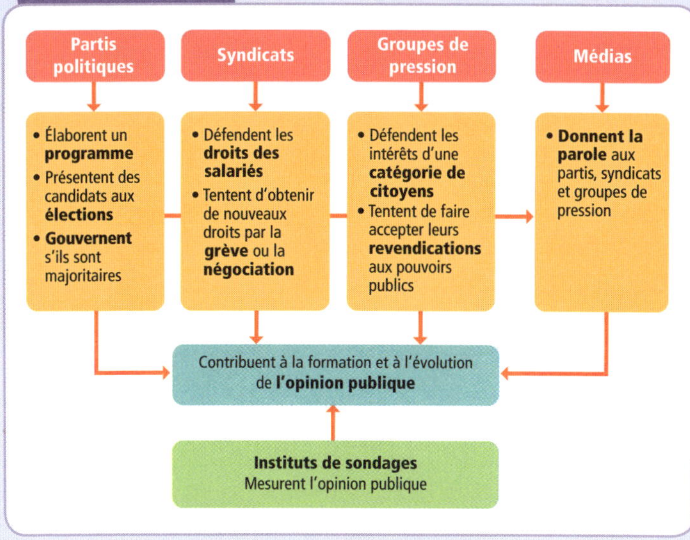

Mémo'Quiz

Vrai ou faux ?

1. Les syndicats présentent des candidats aux élections législatives.
❑ vrai ❑ faux

2. Les partis politiques présentent des candidats aux élections présidentielles
❑ vrai ❑ faux

3. Les partis politiques peuvent organiser des mouvements de grève.
❑ vrai ❑ faux

Cochez la ou les bonnes réponses :

4. Un syndicat a pour mission de défendre les droits :
❑ de l'homme ❑ des travailleurs ❑ des consommateurs

5. La décentralisation donne plus de pouvoirs :
❑ aux régions ❑ à l'État

6. Actuellement, nous sommes sous la :
❑ IVe République ❑ Ve République ❑ VIe République

7. Les députés européens sont élus au :
❑ suffrage universel direct ❑ suffrage universel indirect

8. Trouvez l'intrus dans cette liste :
❑ PS ❑ Les Républicains ❑ MODEM
❑ CGT ❑ PCF

9. Parmi ces sigles, lesquels désignent des partis de droite ?
❑ PS ❑ Les Républicains ❑ PCF ❑ RN

10. Qui dans cette liste n'est pas élu au suffrage universel direct ?
❑ le président de la République ❑ les sénateurs
❑ le Premier ministre ❑ les conseillers généraux

11. De quand date la loi sur la liberté de la presse ?
❑ 1792 ❑ 1936
❑ 1881 ❑ 1958

→ Corrigés p. 479

La recherche de la paix dans le monde

181

Lue Relue Apprise

Face aux conflits multiples dans le monde, les États tentent de s'organiser pour assurer la paix et juger les criminels au niveau international.

1 Coopérer pour maintenir la paix

A Le rôle compliqué des Nations unies

- L'organisation des Nations unies (ONU) a été créée en 1945 **dans le but d'assurer le maintien de la paix dans le monde** après la Seconde Guerre mondiale dévastatrice.
- **La quasi-totalité des pays sont membres de l'ONU**. 193 États participent aux réunions de l'Assemblée générale située à New York aux États-Unis. Ils assurent en commun le financement de l'ONU.
- **La négociation est privilégiée sur la force**. Le Secrétaire général intervient comme intermédiaire entre les pays en conflit.
- Le Conseil de sécurité vote des **résolutions** si la négociation échoue. Il peut décider d'un **embargo** contre un État, envoyer des soldats (**les casques bleus**) qui s'interposent entre les forces présentes et protègent les populations.
- **Des difficultés de fonctionnement rendent parfois l'action de l'ONU lente**. Les discussions peuvent être parfois difficiles à aboutir. Chacun des 5 membres permanents du Conseil de sécurité peut bloquer une décision en appliquant son **droit de veto**.

lexique

Résolution : décision votée par le Conseil général ou l'Assemblée générale de l'ONU.

Embargo : interdiction de circulation des marchandises imposée à un pays.

lexique

Droit de veto : droit d'arrêter immédiatement des discussions et de s'opposer à une décision commune.

B Des projets multiples pour assurer la paix

- Lors des guerres, l'ONU intervient par le biais de **plusieurs programmes pour faire face aux besoins d'urgence des populations** : l'OMS et la FAO apportent des aides alimentaires et de santé.
- **De nombreuses ONG interviennent dans les pays en guerre** pour secourir les populations en dehors du cadre de l'ONU : Médecins du Monde intervient par exemple pour soigner et nourrir les civils.
- Chaque État tente de se protéger contre les menaces envers son territoire, son économie (par l'espionnage industriel par exemple). Un système de collaboration internationale en matière de sécurité a été instauré : la **sécurité collective**. Des actions peuvent s'effectuer à travers des organisations internationales comme l'OTAN ou l'ONU.

Doc. **Le fonctionnement des Nations unies**

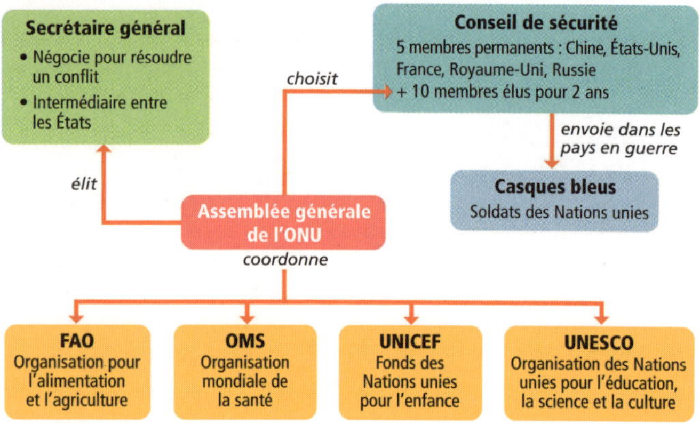

2 Créer une justice internationale

A Une mise en place progressive

- Les premiers **tribunaux pénaux internationaux** (TPI) ont été créés après 1945, lorsqu'il a fallu juger les dignitaires nazis. **Les procès de Nuremberg**, retransmis par les médias de nombreux pays, ont accusé ces hommes de **génocide**.
- **Plusieurs TPI ont depuis été mis en place** pour juger des personnes accusées de **crimes contre l'humanité** : depuis 1993, le TPIY juge les acteurs des guerres en Yougoslavie ; en 1996, le TPIR juge les auteurs du génocide au Rwanda.
- **Une justice internationale permanente** a été mise en place depuis 1998 : la Cour pénale internationale (CPI) installée à La Haye aux Pays-Bas.

Lexique

Génocide : crime reposant sur la volonté de détruire tout un peuple.

Crime contre l'humanité : actes inhumains et toutes les formes de persécutions perpétrés sur des populations.

B Une justice encore imparfaite

- **L'influence de cette cour reste limitée**. De grandes puissances ne reconnaissent pas la CPI (les États-Unis, la Chine, la Russie).
- **La CPI est critiquée pour la lenteur de ses procès**. À ce jour, un seul verdict a été prononcé, condamnant M. Lubanga pour ses actes pendant la guerre en République démocratique du Congo.

La Défense nationale en France

182

Lue Relue Apprise

La France doit protéger son territoire, sa population et ses intérêts économiques contre d'éventuelles attaques. Elle tente également de jouer un rôle dans le maintien de la paix à l'échelle internationale.

1 Les acteurs de la défense nationale

A Les forces de l'ordre au cœur de la défense nationale

- **L'armée** joue le premier rôle dans le cadre de la défense du territoire français. La force **Sentinelle** regroupe près de 13 000 soldats en poste sur le territoire national. Au sein de l'armée, la gendarmerie tient également un rôle essentiel.
- **La police et les CRS** ont pour rôle, en cas d'évènements particuliers, de prévenir les troubles à l'ordre public et d'intervenir, en cas de débordement, dans le cadre de la loi.
- Face aux menaces accrues d'attentats terroristes, des **agences nationales de renseignement** sont chargées de mener la surveillance contre les menaces potentielles de certains individus.

B L'État responsable de la sécurité du pays

- Le président de la République est le premier garant de la sécurité de la France et de l'ordre sur le territoire. Il est le chef des armées.
- Dans son Gouvernement, le ministre de la Défense dirige les armées, le ministre de l'Intérieur contrôle la gendarmerie nationale.
- L'Assemblée nationale peut engager les armées dans une guerre.

C Un devoir pour tous

- Les citoyens participent à la logique de défense. Jusqu'en 1997, les hommes devaient à leur majorité accomplir un service militaire. Une Journée de Défense et de Citoyenneté (JDC) a ensuite été instaurée pour les filles et les garçons à 18 ans.
- La JDC a été remplacée en 2010 par **un parcours de la citoyenneté**, censé conduire les enfants à la citoyenneté en plusieurs étapes.
- **L'armée française s'est professionnalisée** progressivement. Il n'existe plus de **mobilisation** des citoyens.

les étapes du parcours de la citoyenneté

– enseignement de la défense en 3e puis en classe de 1re ;
– recensement à 16 ans en mairie ;
– Journée de défense et citoyenneté (JDC) à effectuer avant 18 ans.

lexique

Mobilisation : réquisition d'une partie de la population pour former l'armée.

2 Les missions variées de l'armée

- Les menaces venues d'États étrangers sont moins fortes contre le territoire depuis la fin de la Guerre froide. La France doit cependant tenir compte de **nouvelles menaces** : **espionnage industriel**, risques naturels et humains, terrorisme, etc. Le rôle de l'État est d'assurer une **défense globale** de la France.
- Les forces de l'ordre constituées par la gendarmerie et l'armée ont un rôle de plus en plus tourné vers la **prévention des risques** et la **surveillance**. Elles restent vigilantes face aux menaces terroristes.
- Des programmes permettent de renforcer de façon ponctuelle la **surveillance de la société**, comme le **plan Vigipirate**. Le président de la République peut, en cas de situation particulièrement grave et de façon extraordinaire, décréter un « **état d'urgence** » qui permet d'accentuer encore les surveillances de la société et de limiter certaines libertés individuelles.

Lexique

Espionnage industriel : espionnage d'industries françaises par des concurrents étrangers.
Défense globale : protection du pays menée par tous les services de l'État contre toutes les menaces.
Plan Vigipirate : ensemble des mesures de sécurité prises pour faire face à une menace ou pour réagir face à une attaque terroriste.

Doc. L'organisation de la défense nationale

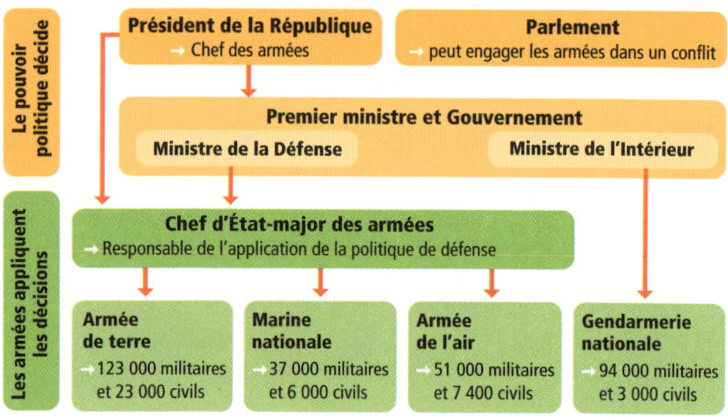

L'action internationale de la France

183

Lue Relue Apprise

L'armée française est l'une des plus importantes au monde avec plus de 30 000 hommes en opérations. De par son histoire, la France tient un rôle essentiel dans les actions internationales de maintien de la paix.

1 Une puissance active pour la sécurité internationale

● L'influence politique et militaire de la France dans le monde est importante. **Elle possède la bombe nucléaire**. Cette arme est un moyen de maintenir la paix en éloignant les menaces extérieures par la **dissuasion**.

lexique

Force de dissuasion : technique ayant pour but d'empêcher les ennemis d'attaquer un pays par crainte des représailles.

● **Les troupes françaises sont présentes dans de nombreuses zones d'affrontement**, en Afrique et au Moyen-Orient notamment. Elles interviennent dans le cadre de l'OTAN, des missions des casques bleus de l'ONU ou de coalitions internationales, comme en Syrie.

● Des forces sont stationnées dans les territoires français éloignés de la métropole (Polynésie française, Nouvelle-Calédonie par exemple). La France possède ses propres bases militaires dans des pays africains (Djibouti, Sénégal).

● **L'action de la France dans le monde est liée à ses engagements européens**. La France coopère ainsi avec les autres pays membres de l'UE dans le cadre de la Politique européenne de sécurité et de défense (**PESD**). La France participe aux missions communes de surveillance des frontières de l'UE (programme **Frontex**) ou encore à l'opération de lutte contre la piraterie dans l'Océan indien (opération **Atalante**).

2 Les actions de l'armée française dans le monde

● Les armées françaises se voient confier **de multiples missions dans les pays en guerre**. L'intervention armée sur les champs de bataille reste un des rôles principaux.

● Beaucoup d'actions sont tournées vers l'**assistance aux populations civiles** par l'apport d'aides humanitaires (Haïti, Népal après les tremblements de terre).

● Les **activités stratégiques constituent une grande partie de l'action de l'armée**. Il s'agit de repérage et de surveillance des menaces dans les zones de conflits Les militaires utilisent des techniques modernes de haut niveau comme les satellites.

Doc. La présence militaire française dans le monde en 2021

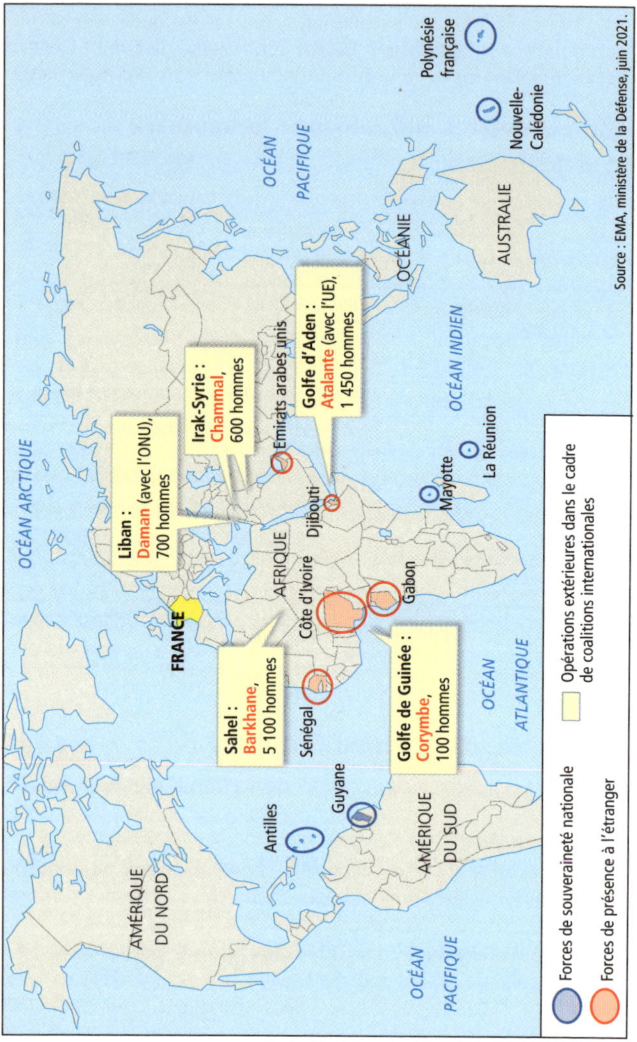

La Défense et la paix

Révision EXPRESS

Les points essentiels

- L'**Organisation des Nations unies** (ONU) est une organisation créée en 1945 dans le but d'assurer le **maintien de la paix dans le monde**. Elle rassemble **presque tous les États du monde**.
- L'ONU peut intervenir lors de guerres par le biais d'armées, les **casques bleus**. La **négociation** est cependant privilégiée pour éviter ou stopper les conflits.
- Le maintien d'un ordre mondial est cependant difficile : les décisions prises à l'ONU sont lentes à obtenir car chacun des cinq membres du Conseil de sécurité possède un **droit de veto**.
- **L'ONU intervient de multiples façons** lors des conflits : **aides alimentaires et médicales** apportées aux populations.
- En France, les **forces de l'ordre** sont chargées d'assurer la défense du territoire et des intérêts de la France dans le monde. La **police** et la **gendarmerie** se partagent les missions de lutte contre les risques et contre les multiples menaces qui pèsent sur la France.
- Les citoyens français sont pleinement intégrés dans la défense de la France. Le service militaire a été supprimé en 1997. Un **parcours de la citoyenneté** sensibilise les jeunes à la défense nationale à partir du collège.
- La France est active dans le **maintien d'un ordre mondial par des armées présentes dans les différentes régions du monde**, par ses **ONG** présentes dans les zones de conflit. Elle est une **puissance militaire importante** et possède avec la **bombe atomique** une **arme de dissuasion** importante. Elle est enfin **présente dans l'ONU et l'OTAN**.

Dates-clés

Mémo'Quiz

Vrai ou faux ?

1. Lors d'un conflit, l'ONU tente dès le départ d'intervenir militairement sur place.

❑ vrai ❑ faux

2. Le plan Vigipirate est un programme d'intervention des casques bleus contre la piraterie d'Afrique de l'Est.

❑ vrai ❑ faux

3. Les Nations unies possèdent des troupes armées propres.

❑ vrai ❑ faux

4. Les décisions prises dans le cadre de l'ONU sont appelées des résolutions.

❑ vrai ❑ faux

5. L'organisation des Nations unies a été fondée en 1957.

❑ vrai ❑ faux

6. L'UNICEF est un organisme appartenant aux Nations unies.

❑ vrai ❑ faux

7. Les jeunes français doivent participer à une Journée de Défense et de Citoyenneté à partir de 16 ans.

❑ vrai ❑ faux

8. Certains crimes très graves peuvent être jugés par des tribunaux internationaux.

❑ vrai ❑ faux

Cochez la bonne réponse.

9. La dernière étape du parcours de la citoyenneté est la participation à une journée appelée :

❑ Journée d'appel de préparation à la défense
❑ Journée de Défense et de Citoyenneté
❑ Journée de protection de la France
❑ Journée de sensibilisation à la défense nationale

10. La police dépend du :

❑ ministère de l'Armée
❑ ministère de la Défense
❑ ministère de l'Intérieur
❑ ministère de l'Économie

→ Corrigés p. 479

L'épreuve orale

Sommaire

L'épreuve orale

Lue | Relue | Apprise

Méthode

Exemples

L'épreuve orale

184

Lue Relue Acquise

1 Caractéristiques de l'épreuve

- **L'épreuve orale** de soutenance d'un projet est l'une des trois épreuves obligatoires de l'examen terminal du brevet. Elle prend appui sur un travail engagé dans le cadre d'un **Enseignement Pratique Interdisciplinaire (EPI)** ou d'un **parcours éducatif (Avenir, Citoyen** ou **Éducation artistique et culturelle)**.
- **C'est vous qui choisissez** quel EPI ou quel parcours éducatif vous souhaitez présenter à l'oral. Si vous choissez un EPI, l'important est que votre projet soit interdisciplinaire, c'est-à-dire qu'il porte sur au moins deux disciplines enseignées au collège.
- Pensez à **présenter un projet qui vous passionne** : plus le sujet vous intéresse, plus vous serez investi dans votre présentation et plus vous aurez de choses à dire.
- Vous pouvez choisir de présenter l'épreuve individuellement ou en groupe, dans la limite de **trois élèves** par groupe. Dans tous les cas, **la notation est individuelle**.
- Cette épreuve peut vous inquiéter car vous avez rarement passé un oral devant un jury. Cependant, si le sujet est bien préparé, il n'y a aucune raison d'échouer. Les examinateurs sont là pour **valoriser votre travail** et pour **orienter l'entretien**.
- L'épreuve orale évalue votre capacité à :
  - **maîtriser votre expression orale** (50 points) ;
  - **maîtriser le sujet présenté** (50 points).

Astuce

Renseignez-vous pour savoir si vous aurez à votre disposition un vidéoprojecteur et un ordinateur le jour de l'oral. Si c'est le cas, vous pourrez vous appuyer sur un diaporama. (→ fiche 186)

2 Déroulement de l'épreuve

- L'épreuve orale se présente sous la forme d'un entretien oral de 15 minutes avec un **jury constitué de deux enseignants**. Ceux-ci sont choisis parmi les professeurs qui enseignent les matières en lien avec votre projet.
- L'oral se déroule en deux temps :
  - un **exposé** ;
  - un **entretien avec le jury**.

À savoir

Les examinateurs seront des professeurs de votre collège, que vous connaissez sûrement déjà.

À savoir

Une partie de l'expos[é]
peut se faire dans un[e]
autre langue que le
français si cela fait
partie de votre projet

● Dans le cas d'une épreuve individuelle, l'oral prend la forme d'un exposé d'environ cinq minutes par l'élève, suivi d'un entretien d'une dizaine de minutes avec le jury, **la durée totale de l'épreuve ne pouvant dépasser quinze minutes.**

● Si l'épreuve est collective, elle consiste en un exposé de dix minutes pendant lesquelles chaque élève intervient ; l'exposé est suivi d'un entretien d'environ quinze minutes avec l'ensemble du groupe. Le **temps de parole** doit être **réparti de manière équilibrée entre chaque élève**.

	Durée de l'exposé	Durée de l'entretien
Un élève	5 minutes	10 minutes
Deux ou trois élèves	10 minutes	15 minutes

● Les examinateurs veillent à ce que leur questionnement relie constamment les acquis disciplinaires et culturels à la **vision globale, interdisciplinaire, du projet**.

3 Compétences évaluées

Piège à éviter

Ce qui est évalué n'est pas le projet lui-même mais ce qu'il vous a permis d'apprendre, ainsi que votre capacité à le présenter convenablement.

● L'objectif de cette épreuve est d'évaluer votre **capacité à vous exprimer à l'oral** et à **appréhender un projet**.

● L'évaluation de l'expression orale prend en compte la **capacité à s'exprimer clairement et correctement**, la richesse et la précision du vocabulaire employé, l'aptitude à développer un propos, à **présenter une argumentation solide**, à échanger et à donner son avis.

● La maîtrise du sujet est évaluée en considérant votre capacité à présenter le projet, à en **dresser un bilan critique** et à expliquer ce qu'il vous a apporté en termes de **compétences** et de **connaissances**.

Préparer l'épreuve orale tout au long de l'année

185

☐ Lue ☐ Relue ☐ Acquise

1 Définir le projet

- Le projet à présenter lors de l'épreuve orale prend appui sur un travail engagé dans le cadre d'un **EPI** ou d'un **parcours éducatif** (→ fiches 188 à 193).
- Pour bien définir le projet et établir une problématique, réfléchissez aux questions suivantes :

Projet à définir

- **QUI :** Qui fait quoi dans le cadre d'un travail en groupe ? Qui peut vous aider ?
- **QUOI :** Que cherchez-vous à produire ? Sous quelle forme ?
- **QUAND :** Quelles sont les dates limites pour les différentes étapes du projet ?
- **OÙ :** Prévoyez-vous de réaliser des sorties ? Prévoyez-vous de travailler au collège ou en dehors ?
- **COMMENT :** Quelles sont les différentes étapes qui vont vous permettre de réaliser votre projet ?
- **POURQUOI :** Quel est l'intérêt de ce projet ? Que va-t-il vous apporter ?

2 Réaliser le travail de recherche

- Avant de débuter le travail de recherche, faites la **liste des données et des informations qu'il vous manque** pour mener à bien votre projet.
- Familiarisez-vous avec les **différents lieux et moyens de recherche** : Internet, le CDI, les bibliothèques et les médiathèques...
- Vérifiez toujours les informations que vous trouvez sur Internet : **recoupez vos sources** et assurez-vous de leur **fiabilité**.

À savoir

Le documentaliste est un professeur qui est présent au CDI pour vous aider dans toutes vos recherches. N'hésitez surtout pas à lui poser des questions !

3 Préparer l'exposé

- Établissez un **plan logique et cohérent**, visant à répondre à la problématique définie. Vous devrez en effet justifier ce plan lors de votre exposé le jour de l'épreuve orale.
- Réfléchissez à la **forme de votre exposé** dès le commencement de votre projet. Par exemple, si vous souhaitez présenter une affiche illustrant les différentes étapes du projet, il faudra prendre des photographies lors de la réalisation du projet pour pouvoir compléter cette affiche (→ fiche 186).
- Préparez plusieurs **fiches** sur lesquelles vous noterez les **idées essentielles** que vous devez absolument développer lors de l'exposé.
- Entraînez-vous avant l'épreuve ! Effectuer un **exposé blanc** vous permettra non seulement de pratiquer votre expression orale mais aussi d'évaluer le temps que prendra votre exposé : l'introduction, le développement ou la conclusion.
- Si vous passez l'épreuve en groupe, pensez à **répartir votre temps de parole** : chacun doit prendre la parole de manière égale, et l'alternance doit paraître fluide et naturelle. Vous pouvez, par exemple, attribuer à chacun une partie de l'exposé.

Gagnez des points

Ne tenez pas vos fiches dans la main lors de l'exposé. Laissez-les sur la table et regardez-les uniquement si vous avez un « trou » et si vous avez oublié ce que vous deviez dire.

4 Préparer l'entretien

- **Anticipez l'entretien avec le jury** : imaginez les questions qui pourraient vous être posées et dressez-en une liste. Vous devez être capable de répondre à toutes !
- Révisez le **vocabulaire adapté à votre projet** et vérifiez que vous en avez bien compris les grandes lignes et les notions principales. Constituez-vous un lexique si nécessaire, et demandez à quelqu'un de vous interroger sur les mots et concepts, au hasard, pour vous entraîner à expliquer.

Astuce

Demandez à vos amis ou à votre famille de jouer le rôle du jury et de vous poser des questions à la fin de votre exposé.

Choisir un support pour l'épreuve orale

186

Lue Relue Acquise

1 Exposer la réalisation concrète

● Pendant l'entretien, vous pouvez présenter le résultat final de votre projet avec **un diaporama, une affiche, une vidéo, un blog**... S'il s'agit d'un spectacle, d'un débat ou d'un stage en entreprise, n'hésitez pas à montrer des images ou à visionner des enregistrements illustrant les étapes clés du projet.

● Cette présentation visuelle n'est **pas obligatoire** ; elle ne se substitue pas à la présentation orale du projet mais peut permettre de l'appuyer et de l'illustrer.

À savoir

Rappelez-vous que vous êtes évalué sur votre capacité à présenter un projet, pas sur le projet lui-même.

2 Réaliser un diaporama

● Renseignez-vous à l'avance pour savoir si vous disposerez d'un ordinateur ou d'un vidéoprojecteur le jour de l'oral. Dans ce cas, pour accompagner votre exposé, vous pouvez constituer un **diaporama résumant les points importants et les grandes lignes** de votre soutenance.

● Privilégiez la simplicité et la clarté ; soyez **synthétique** : n'écrivez que **les points essentiels et les mots clés**. Évitez de surcharger vos diapositives : le jury ne doit pas passer trop de temps à lire votre diaporama. Il doit rester focalisé sur vos paroles avant tout.

● Proposez un **plan simple, logique et cohérent**, suivant le déroulement de votre présentation :

Introduction
- **Présentation du projet et de son intérêt.**
- **Annonce du plan de la présentation.**

Développement
- **Présentation de la démarche suivie et des résultats obtenus.**

Conclusion
- **Rappel des points essentiels de l'exposé.**
- **Bilan personnel : que vous a apporté ce projet ?**

- Illustrez votre diaporama avec **des schémas, des graphiques, des photographies...**
- Un diaporama vous permet de projeter des **vidéos** ou de lire des **enregistrements audio** liés à votre projet. N'hésitez pas à exploiter toutes les ressources à votre disposition !
- N'oubliez pas d'enregistrer votre diaporama et les fichiers joints sur une **clé USB**, et pensez à l'apporter le jour de l'examen !
- Ayez toujours une **copie numérique** de votre diaporama au format PDF. C'est le seul format qui est lu par tous les ordinateurs.

Gagnez des points

Votre diaporama doit progresser en même temps que votre exposé : ne préparez pas, par exemple, dix diapositives pour l'introduction et une seule pour le développement.

3 Exemple de diapositive réussie

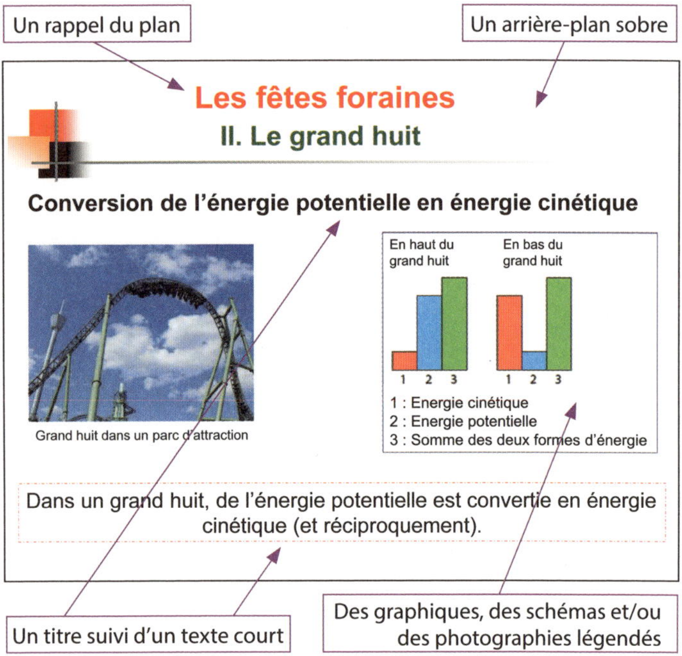

Le jour J

Lue Relue Acquise

187

1 La préparation

À savoir

Réaliser un diaporama de qualité d'une dizaine de diapositives vous prendra au moins quatre ou cinq heures.

- La préparation d'un diaporama et d'éventuelles fiches pour accompagner votre exposé **prend du temps**. Ne travaillez surtout pas à la dernière minute.
- **Relisez plusieurs fois** les documents que vous allez présenter afin de vérifier qu'il ne reste pas de **fautes d'orthographe** et que tout est bien clair.
- La veille de l'épreuve orale, **couchez-vous tôt** et prévoyez d'arriver en avance en programmant votre réveil plus tôt que d'habitude.
- Le jour de l'épreuve, n'oubliez pas la **clé USB** contenant le diaporama accompagnant votre exposé, votre **carte d'identité** et votre **convocation** ! Pensez également à soigner votre tenue.
- Juste avant l'épreuve, **restez zen** et **détendez-vous**. Jetez votre chewing-gum si vous en mâchez un.

2 L'exposé

- Soyez attentif à votre posture : **tenez-vous droit**, n'ayez pas l'air trop tendu et n'hésitez pas à **sourire**. Regardez le jury dans les yeux.
- En arrivant, **saluez le jury** puis attendez qu'il vous invite à parler ou semble disposé à vous écouter pour commencer votre exposé.
- Parlez **distinctement et clairement**, assez fort pour être entendu, et adoptez un débit ni trop rapide ni trop lent. Prenez le temps de formuler vos phrases et veillez à **bien vous faire comprendre**.
- Utilisez un **vocabulaire clair et précis**, avec un lexique adapté à votre sujet.

Gagnez des points

Évitez d'utiliser des termes complexes que vous ne sauriez pas expliquer ensuite !

- Veillez à adopter un registre courant ou soutenu, tout en restant naturel. Pour cela, faites des **phrases simples et courtes** : votre exposé gagnera en fluidité et en clarté, et le jury aura plus de facilité à vous suivre.
- N'hésitez pas à écrire les **informations importantes au tableau**.

- Si vous utilisez un diaporama, pensez à faire avancer les différentes **diapositives au même rythme que votre présentation orale**.
- Gardez à l'esprit que vous avez 10 minutes au maximum pour présenter votre projet : **gérez correctement votre temps** et synthétisez.

Astuce

Si vous êtes plusieurs élèves à présenter le projet, prévoyez qui fera avancer le diaporama lorsque vous parlerez.

- Si un professeur vous indique qu'il vous reste peu de temps, ne paniquez pas et **allez à l'essentiel**. Vous aurez le temps de compléter votre présentation au cours de l'entretien.

3 L'entretien

- Ne vous précipitez pas pour répondre aux questions qui vous seront posées : **prenez le temps de bien réfléchir au sens de chaque question**. N'hésitez pas à demander aux enseignants de reformuler une question si elle ne vous semble pas claire.

Astuce

Il vaut mieux répondre « Je ne sais pas » plutôt que d'inventer une réponse au hasard.

- **Donnez des réponses précises et détaillées** : ne vous contentez pas de répondre par « oui » ou par « non ». Appuyez-vous toujours sur des éléments précis pour expliquer et **justifier votre réponse**.
- **Répondez avec des éléments dont vous êtes absolument sûr**. Évitez les approximations.
- Si le jury vous le demande, n'ayez pas peur de **donner votre avis**. Peu importe que vous ayez apprécié le projet ou non, le jury cherche à déterminer votre capacité à argumenter et à justifier votre avis et vos choix.
- Rappelez-vous que le but du jury n'est pas de vous piéger, mais simplement d'évaluer vos connaissances, votre travail et votre capacité à vous exprimer : **gardez la tête froide** et **répondez clairement et calmement**.

Gagnez des points

Le jury n'apprécie pas qu'un élève soit trop en retrait, mais il n'apprécie pas davantage qu'un élève monopolise toute la parole.

- Si vous êtes plusieurs élèves à présenter le projet, **ne vous coupez pas la parole** et veillez à ce que **chacun** d'entre vous réponde à **au moins une question**.

Exemple d'un projet dans le cadre d'un parcours éducatif 188

Lue Relue Acquise

Parcours : Éducation culturelle et artistique

Titre du projet : Otto Dix, *Les Joueurs de skat*

Objectif du projet : Savoir analyser une œuvre d'art

1 Définir le projet

- Vous devez exposer les connaissances et les compétences que vous avez acquises en **histoire de l'art** et en **analyse d'œuvres** à l'aide de ce que vous avez pu découvrir tout au long de l'année. Par exemple, vous pouvez décider de présenter l'œuvre *Les Joueurs de skat* d'Otto Dix. Vous réfléchissez **aux intentions de l'artiste** ainsi qu'au sens et **à la place de son œuvre** dans la société.

Otto Dix, *Les Joueurs de skat*, 1920.
Huile sur toile,
110 × 87 cm.
Neue Nationalgalerie,
Berlin.

2 Préparer l'exposé

A Présenter le document

- Pour présenter un tableau, il vous faut relever le **nom** du peintre, le **titre** de l'œuvre, la **date** de sa création, ses **dimensions**, la **technique** utilisée et le type de **support** (ici, une peinture à l'huile sur une toile).
- Le **lieu** d'exposition de l'œuvre, indiqué ici, est moins indispensable.

B Décrire les personnages et le décor

- Pour décrire les personnages, demandez-vous **qui** ils sont, **ce qu'ils font** et **comment** ils sont représentés.
- Il faut également vous demander comment le peintre place ses personnages dans le tableau, ce qu'il met dans la lumière et ce qu'il laisse dans l'ombre. Il faut donc s'interroger sur la « mise en scène », c'est-à-dire la **composition** du tableau choisie par le peintre.
- Vous pouvez essayer de repérer les **lignes directrices** du tableau, sa **perspective**, etc. Ici, il faut remarquer que l'espace est déformé.

C Expliquer le tableau

- Pour expliquer un tableau, il faut se demander **pourquoi** le peintre a représenté cette scène et éventuellement si son tableau porte un **message critique** sur la société dans laquelle il vit.
- Pour *Les Joueurs de skat*, il existe un décalage entre le titre de l'œuvre qui semble nous présenter une scène conviviale de la vie quotidienne et son sens réel.
- Demandez-vous pourquoi Otto Dix a peint ce tableau et faites le lien entre vos observations et vos connaissances personnelles tirées du cours.

Exemple d'un oral type dans le cadre d'un parcours éducatif 189

Lue Relue Acquise

1 La présentation

- Ce tableau intitulé ***Les Joueurs de skat*** est une **peinture d'Otto Dix datant de 1920**. C'est une **huile sur toile**, dont les dimensions sont de **1 m 10 sur 87 cm** ; c'est donc une peinture relativement petite. Otto Dix est lui-même un ancien combattant allemand de la Première Guerre mondiale.
- On l'a rattachée au **mouvement expressioniste** allemand qui cherchait à provoquer l'émotion du spectateur en déformant la réalité.

Astuce

Mobilisez vos connaissances d'histoire des arts pour mieux présenter le tableau et son auteur. Si vous connaissez le courant artistique auquel il se rattache, n'hésitez pas à l'insérez dans votre réponse.

2 La description

- Les personnages présents ici ont tout le **corps mutilé et déformé**. Ce sont **d'anciens combattants, des « gueules cassées »** qui jouent aux cartes (au skat). Par exemple, le personnage de gauche n'a plus d'œil ; un conduit auditif posé sur la table lui sert d'oreille ; il a une main mécanique et tient ses cartes avec son pied.
- **Les autres personnages sont tout aussi déformés** ; celui de droite est juste posé sur sa chaise, dépourvu de jambes.
- **La déformation des corps est accentuée par la déformation de l'espace** : les chaises s'entremêlent à la table et aux jambes artificielles ; **des journaux rappelant des évènements de la guerre** semblent être affichés au-dessus des têtes.
- **La lumière d'une ampoule électrique éclaire fortement la scène et souligne encore davantage la déformation des corps.**

Astuce

La partie « décrire » ne doit pas être trop longue : ne faites pas une liste sans fin de chaque détail du tableau, mais relevez les éléments les plus importants et que vous pourrez ensuite expliquer.

3 L'explication

- À travers cette scène, Otto Dix dénonce **la violence des combats et le traumatisme subi par les anciens combattants**. Les mutilations sont là pour rappeler l'horreur des combats et **la brutalisation qu'a entraînée l'armement moderne**. Ces « gueules cassées » sont exclus de la société : ils ne peuvent plus que jouer aux cartes.

Astuce

Pensez à utiliser un vocabulaire précis appris en cours : « mutilés », « gueules cassées », « traumatisme », « brutalisation », etc.

- **Otto Dix dénonce donc la guerre, mais aussi ses conséquences sur la société d'après-guerre**. Le traumatisme est physique, mais aussi psychologique et ne s'effacera jamais.

4 L'entretien

Voici quelques **questions que pourrait poser le jury** :

- Pourquoi avez-vous choisi de nous présenter cette œuvre ?
- Pouvez-vous développer un peu plus la biographie d'Otto Dix et nous dire ce qui lui est arrivé quand Hitler est arrivé au pouvoir en Allemagne ?
- Connaissez-vous d'autres tableaux qui ont le même thème que celui d'Otto Dix ?
- Connaissez-vous d'autres tableaux qui concernent la Première Guerre mondiale ?

Exemple d'un projet dans le cadre d'un parcours éducatif 190

Lue Relue Acquise

Parcours : Avenir

Titre du projet : Les métiers de l'informatique

Objectif du projet : Connaître les compétences à acquérir pour travailler dans l'informatique

1 Définir le projet

Vous devez exposer les compétences à acquérir pour travailler dans les métiers de l'informatique. Vous réfléchissez donc à **votre orientation** tout en approfondissant **vos connaissances sur le monde économique et professionnel**.

Astuce

Vous pouvez présenter lors de l'épreuve orale la façon dont s'est déroulé votre stage en entreprise et ce que vous y avez appris.

2 Préparer l'exposé

A Exposer la problématique et la méthodologie suivie

Expliquez **pourquoi vous avez choisi d'étudier les métiers de l'informatique**, puis **comment vous avez travaillé** dans votre parcours Avenir pour rechercher des documents et pour réaliser, par exemple, un entretien avec un ingénieur informatique.

B Réunir des documents

Exploitez plusieurs sources pour répondre à votre problématique, comme par exemple :

- **un document de l'Onisep**, qui précise les formations que l'on peut suivre pour devenir technicien(ne) de maintenance informatique :

> Une carte son à changer ? Un ordinateur à installer ? Un écran noir ? Polyvalent, le technicien de maintenance en informatique est capable de faire face à de nombreux problèmes, avec le plus de rapidité et d'efficacité possible.
> Pour devenir technicien de maintenance en informatique, un métier qui ne connaît pas la crise, les formations se situent à deux niveaux : bac professionnel et bac + 3. La maîtrise de l'anglais technique est requise.

Après la 3e : Bac pro systèmes électroniques numériques.
Après le baccalauréat : BTS, BUT, DEUST ou Licence professionnelle en informatique.

D'après http://www.onisep.fr/Ressources/Univers-Metier/Metiers/technicien-technicienne-de-maintenance-en-informatique

- **un entretien avec un ingénieur informatique**, qui permet de mieux comprendre la réalité de son métier :

En quoi vos connaissances scientifiques sont-elles utiles dans votre pratique quotidienne ?
Je travaille dans le secteur de la reconnaissance d'iris de l'oeil. Le système d'acquisition utilisé pour la reconnaissance d'iris est constitué d'une caméra et d'un éclairage spécifique. S'en suit une étape de détection de l'iris dans l'image, basée sur des algorithmes de traitement d'images. D'autres algorithmes permettent de comparer cet iris à un ou plusieurs millions d'autres iris sur un smartphone ou un ordinateur.
Qu'aimez-vous dans votre métier ?
La diversité : je peux travailler sur des sujets très variés, dans différents domaines d'application et pour différents supports (téléphones, robots, caméras, etc.). Au quotidien, je développe de nouvelles applications qui seront utilisées par des centaines de personnes.

C Répondre à la problématique

Pour cette présentation, le jury attend un **exposé en deux parties** :

I. Les différents métiers de l'informatique

II. Les compétences à acquérir au collège pour pouvoir travailler plus tard dans l'informatique

3 Préparer l'entretien

Voici quelques **questions que pourrait poser le jury** :

- Faut-il forcément suivre des études scientifiques pour travailler dans l'informatique ?
- Les métiers de l'informatique sont-ils réservés aux garçons ?
- Qu'est-ce que la biométrie ?

Exemple d'un oral type dans le cadre d'un parcours éducatif 190

Lue Relue Acquise

1 Introduction

L'informatique recrute ! Nous nous sommes donc intéressé(e)s à ce secteur porté par des **innovations constantes** : robots programmés en médecine, systèmes de commerce électronique... Pour cela, nous avons recherché des documents au CDI sur les métiers de l'informatique et nous avons également rencontré Pierre, un ingénieur informatique dans le domaine du traitement d'images.

Astuce

N'hésitez pas à insister sur les initiatives que vous avez prises en dehors du collège, par exemple la rencontre avec un ingénieur informatique.

2 Développement

Présent dans tous les domaines et porté par les innovations technologiques, le secteur informatique **génère de nombreux débouchés**. Du niveau baccalauréat au niveau bac + 5, les informaticiens sont recherchés pour leurs connaissances pointues dans un domaine en **perpétuelle évolution**. En effet, des bureaux d'étude aux hôpitaux, les entreprises ne fonctionneraient plus sans l'informatique. Les logiciels interviennent pendant la conception et la fabrication des produits et gèrent également des flux d'information à travers le monde (achats de matières, stocks, ventes, congés, paies, etc.). Internet a également permis le développement du commerce électronique, du multimédia et des jeux vidéo. Ainsi, de nombreuses embauches sont attendues dans les années à venir, notamment dans le Web et le e-commerce. Aujourd'hui, près de la moitié des informaticiens travaillent pour des éditeurs de logiciels ou des sociétés de services. Les autres exercent pour des entreprises qui mettent l'informatique au service de leurs métiers, notamment les assurances, les transports, l'énergie... **Derrière le terme « informaticien » se cache donc aujourd'hui une multitude de métiers, au niveau technicien ou ingénieur.**

Piège à éviter

Ne cherchez pas à être exhaustif. Le but n'est pas de faire la liste de tous les métiers existants liés à l'informatique.

Pierre, un ingénieur informatique

Par exemple, Pierre, un ingénieur informatique avec lequel nous avons échangé, travaille dans le secteur de la biométrie et plus particiulièrement dans celui de la reconnaissance d'iris de l'œil. Son métier est très **varié** car il doit s'impliquer dans **différents domaines** d'application et il doit réfléchir à **différents supports** d'utilisation (téléphones, robots, caméras, etc.).

Si l'on souhaite s'orienter vers les métiers de l'informatique, il faut **acquérir dès le collège de nombreuses compétences**. Par exemple, en mathématiques et en technologie, il est indispensable de comprendre toutes les parties du programme sur la **programmation informatique**. Il est nécessaire de savoir écrire, mettre au point et exécuter un programme, mais aussi de comprendre le **fonctionnement d'un réseau informatique**, c'est-à-dire d'être capable :

- d'analyser les composants et l'architecture d'un réseau ;
- d'étudier les notions de protocole, d'organisation de protocoles en couche, d'algorithme de routage ;
- de comprendre le fonctionnement d'Internet...

De plus, si l'acquisition de ces compétences scientifiques est indispensable, cela n'est pas suffisant. Il faut absolument **travailler le français mais aussi l'anglais** pour être **capable de communiquer** convenablement avec l'ensemble de ses interlocuteurs. Enfin, de façon générale, il est important de travailler l'ensemble des disciplines enseignées au collège, car il est nécessaire aujourd'hui d'avoir au minimum le baccalauréat ou un bac + 2 pour travailler dans le secteur informatique.

3 Conclusion

En conclusion, ce travail sur les métiers de l'informatique a **conforté notre idée de travailler dans ce secteur plus tard**, ce qui nous a motivé(e)s encore davantage pour obtenir de bons résultats au collège !

Exemple d'un projet dans le cadre d'un EPI

192

Lue Relue Acquise

EPI : Sciences, technologie et société

Disciplines : Physique-Chimie et SVT

Titre du projet : L'accès à l'eau potable

Objectif du projet : Rechercher et exploiter des documents scientifiques liés à une problématique sociétale

1 Définir le projet

Vous devez exposer un EPI que vous avez étudié au collège. Par exemple, vous avez choisi d'expliquer pourquoi **l'accès à l'eau potable est une nécessité pour les êtres humains.** Puis vous avez étudié ce qui pourrait être fait pour améliorer l'accès à l'eau potable dans les camps pour réfugiés ou migrants.

2 Préparer l'exposé

A Exposer la problématique et la méthode suivie

Expliquez **pourquoi vous avez choisi d'étudier l'accès à l'eau potable dans les camps pour réfugiés ou migrants**, puis **comment vous avez travaillé** pour rechercher et analyser les documents choisis dans le dossier.

B Connaître l'essentiel

Recherchez des **informations dans vos cours de collège mais aussi au CDI, sur Internet...** Par exemple, dans le cadre de ce projet, il est essentiel de savoir que :

- les **critères de potabilité** d'une eau portent sur les **paramètres microbiologiques, chimiques, physiques et gustatifs** de cette eau ;
- les **micro-organismes** sont des organismes microscopiques, généralement unicellulaires, tels que les bactéries et les levures ;
- certains micro-organismes sont **pathogènes** et peuvent provoquer des maladies ;
- les **virus** sont de taille beaucoup plus petite que les micro-organismes ;

Gagnez des points

Citez toujours vos sources lorsque vous présentez des informations issues de documents.

- un **parasite** vit aux dépens d'un individu chez lequel il provoque des troubles plus ou moins importants en consommant ses tissus et ses molécules ;
- la **contamination** est l'envahissement d'un organisme vivant ou d'un milieu par des micro-organismes ;
- des **filtres céramiques** peuvent être employés pour traiter l'eau dans les pays en voie de développement. Ils permettent d'éliminer la plupart des parasites et des bactéries, mais leur efficacité sur la destruction des virus présents dans l'eau n'est pas démontrée ;
- des **pastilles de chlore** permettent d'éviter une **contamination** trop rapide de l'eau traitée.

C Présenter des documents complémentaires

Cherchez par exemple une **photographie pour illustrer vos propos**.

Les camps pour réfugiés ou migrants dans le monde
Source : *Sciences au Sud*, n° 77

D Répondre à la problématique

Pour cette présentation, le jury attend un **exposé en deux parties** :
I. Pourquoi l'accès à l'eau potable est-il une nécessité pour les êtres humains ?
II. Comment améliorer l'accès à l'eau potable dans les camps pour réfugiés ou migrants ?

3 Préparer l'entretien

Voici quelques **questions que pourrait poser le jury** :
- Où y a-t-il des camps pour réfugiés ou migrants ?
- Pourquoi ne doit-il pas y avoir de parasites dans une eau potable ?
- Pourquoi les filtres céramiques ne permettent-ils pas d'éliminer les virus ?

Exemple d'un oral type dans le cadre d'un EPI

193

Lue Relue Acquise

1 Introduction

- Comme vous le savez, **plus de douze millions de personnes**, traquées par la guerre, la misère ou les tragédies humanitaires, **doivent vivre dans des camps pour réfugiés ou migrants**. La **situation** de ces populations est souvent **préoccupante en matière d'accès à l'eau potable**.

- Nous avons donc décidé d'étudier l'importance de l'accès à l'eau potable pour les êtres humains avant de nous intéresser à son acheminement dans les camps pour réfugiés ou migrants de certains pays du Sud notamment.

- Pour cela, nous avons recherché des documents portant sur ce sujet avant de les analyser et d'en faire une synthèse que nous vous présentons aujourd'hui.

> **Astuce**
> Prenez le temps de bien expliquer pourquoi vous avez choisi de présenter cet EPI.

2 Développement

- **La consommation d'eau non potable** entraîne des **maladies graves** comme des gastro-entérites et des diarrhées qui **tuent énormément de personnes**, déjà affaiblies par la dénutrition.
- D'après un document du CNRS traitant des maladies liées à l'eau, environ **6 millions d'enfants meurent chaque année dans le monde suite à ces maladies hydriques**. En effet, les habitants de certains pays ne disposent pas de toilettes et ne sont pas en mesure de traiter l'eau, ce qui explique les micro-organismes, les parasites et les virus retrouvés dans l'eau consommée, en raison notamment de la présence de matières fécales de personnes malades. De plus, dans les pays du Sud, comme la Somalie, l'eau potable manque souvent dans les camps pour réfugiés et migrants, et l'eau utilisée par les populations pour boire ou se laver peut être souillée. **Les normes de potabilité ne sont pas respectées** et des parasites, des virus et des bactéries sont présents dans l'eau.

> **Gagnez des points**
> Reprenez le plus possible des chiffres et des informations puisés dans les documents de votre dossier.

- Il est donc indispensable de traiter cette eau souillée qui est un vecteur très important de maladies. Pour cela, **des filtres céramiques** peu coûteux et relativement simples d'utilisation permettent d'éliminer la plupart des parasites et des bactéries dans l'eau. Leur efficacité sur la destruction des virus présents dans l'eau n'est toutefois pas démontrée, et des intervenants doivent être formés pour éduquer la population à l'utilisation correcte de ce matériel. De plus, l'envoi de ce matériel doit être accompagné de **plaquettes de chlore** qui permettent de **mieux conserver l'eau déjà filtrée** et qui peuvent peut-être **mieux traiter** en éliminant éventuellement les virus (des tests devront être mis en place pour le vérifier). Cependant, si l'envoi de ce matériel pour traiter les eaux polluées est indispensable pour pallier les situations d'urgence, ce traitement des eaux avec des filtres céramiques et du chlore n'est **pas satisfaisant à long terme**. En effet, l'eau traitée contient encore des virus et peut-être d'autres substances chimiques toxiques.

3 Conclusion

Pour **améliorer cette situation** à plus long terme et pour éviter au maximum la pollution des eaux, il est nécessaire :

- de **construire des toilettes** afin d'éviter que les déjections polluent l'eau et de limiter la propagation de germes d'origine fécale ;
- de **construire** ou de **réhabiliter des puits** pour augmenter le nombre d'accès directs à l'eau potable ;
- de **distribuer des notices d'éducation** à l'hygiène pour que les habitants comprennent mieux le lien entre les déjections dans l'environnement, la pollution des eaux et les maladies hydriques ;
- d'**augmenter le nombre de personnels** soignants et non soignants dans les camps pour réfugiés et migrants afin d'accompagner, de soigner et de former les populations.

En espérant vous avoir convaincus de l'urgence de la situation, nous vous remercions pour votre écoute attentive.

Piège à éviter

Ne mélangez pas les différentes parties de votre argumentation : parlez d'abord des mesures d'urgence avant de développer les solutions plus pérennes.

Annexes

Sommaire

Annexes

Lue Relue Apprise

Lexique Physique-Chimie-SVT-Techno

- **Accélération :** Augmentation de la valeur de la vitesse au cours du temps
- **Algorithme :** Succession d'opérations et d'instructions permettant la réalisation d'une tâche ou d'un problème.
- **Attribut :** Caractère observable d'un organism-e permettant de le classer.
- **Besoin :** Nécessité ou désir ressenti par une personne.
- **Biodiversité :** Toutes les espèces vivant dans un milieu.
- **Cahier des charges :** Support décrivant l'ensemble des contraintes d'un projet de confection d'un objet technique.
- **Caractéristique (d'un matériau) :** Qualité physique permettant de comparer les avantages d'un matériau par rapport à un autre.
- **Chaîne alimentaire :** Succession de relations « mangeur-mangé » entre des êtres vivants. Elle indique qui est mangé par qui.
- **Contrainte :** Caractéristique ou fonction imposée à un objet technique pour l'adapter à son usage, à son environnement ou à des choix esthétiques.
- **Conversion d'énergie :** Transformation d'une forme d'énergie en une autre forme d'énergie.
- **Décantation :** Technique qui consiste à laisser reposer un mélange en attendant que les constituants se séparent spontanément.
- **Décélération :** Diminution de la valeur de la vitesse au cours du temps.
- **Écosystème :** Ensemble composé du milieu de vie et des êtres vivants qui interagissent.
- **Érosion :** Dégradation et transformation du relief et des roches sous l'action de divers éléments comme l'eau ou le vent.
- **Espèce :** Ensemble d'êtres vivants ayant des caractères communs et pouvant se reproduire entre eux tout comme leurs descendants.
- **Évaporation :** Passage progressif de l'état liquide à l'état gazeux d'une substance.
- **Extension :** En informatique, suffixe d'un nom de fichier permettant d'identifier le logiciel qui peut l'ouvrir.
- **Filtration :** Séparation des constituants solides et liquides d'un mélange grâce à un filtre.
- **Fœtus :** Étape du développement à partir de laquelle le jeune ressemble à sa forme adulte.
- **Fonction technique :** Action réalisable par l'objet technique.
- **Fossile :** Empreinte ou reste transformé en roche d'un être vivant conservé dans une roche sédimentaire.
- **Graine :** Stade de développement des plantes à fleurs. Une graine donne une nouvelle plante en germant.
- **Interaction :** Effet qu'exercent l'un sur l'autre deux parties.
- **Larve :** Stade de développement de certains animaux à la sortie de l'œuf. Sa forme est différente de celle de l'adulte.
- **Maquette virtuelle :** Modèle numérique qui représente l'objet dans un logiciel de conception assistée par ordinateur (CAO).
- **Matière organique :** Matière produite par les êtres vivants, qui constitue leurs différents organes.

Lexique

- **Micro-organisme :** Organisme microscopique comme les bactéries ou certains champignons.
- **Nutrition :** Fonction biologique qui permet d'approvisionner les organes selon leurs besoins.
- **Objet technique :** Objet réalisé ou modifié par l'être humain.
- **Performance :** Résultat maximal qui peut être atteint.
- **Planning de fabrication d'un objet technique :** Calendrier qui définit les étapes de fabrication et d'assemblage d'un objet technique.
- **Procédé de mise en forme :** Technique permettant de donner une forme déterminée à un matériau.
- **Protection :** Ensemble des méthodes et techniques qui permettent de réduire les dommages causés aux constructions et le nombre de victimes suite à un phénomène naturel.
- **Prototype :** Premier exemplaire d'un objet sur lequel une série de tests sera effectuée pour valider les solutions techniques retenues.
- **Puberté :** Passage de l'enfance à l'âge adulte.
- **Régime alimentaire :** Ensemble des aliments consommés par un animal.
- **Réseau :** Ensemble de deux ou plusieurs ordinateurs reliés par des câbles ou des ondes (sans fil) pour communiquer.
- **Révolution :** Mouvement d'un objet tournant autour d'un astre.
- **Risque naturel :** Possibilité pour une population de subir une catastrophe naturelle.
- **Rotation :** Mouvement d'un objet tournant sur lui-même, autour d'un axe de rotation qui le traverse.
- **Source d'énergie renouvelable :** Source d'énergie dont le renouvellement naturel est assez rapide pour qu'elle puisse être considérée comme inépuisable à l'échelle de temps humaine.
- **Source d'énergie non renouvelable :** Source d'énergie dont les stocks sont limités à l'échelle de temps humaine.
- **Système solaire :** Système composé du Soleil et d'astres tournant autour de cette étoile, dont les 8 planètes : Mercure, Vénus, Terre, Mars, Jupiter, Saturne, Uranus et Neptune.
- **Trajectoire :** Ligne décrite par un objet au cours du temps lors de son déplacement.
- **Valorisation :** Transformation d'un déchet en vue de lui donner une utilisation plus noble.

Lexique Français

- **Allitération :** répétition, dans un vers ou une strophe, d'un même son consonne.
- **Anachronisme :** situation d'un élément, d'un événement dans une autre époque que la sienne.
- **Antithèse :** figure de style opposant deux mots ou deux expressions.
- **Antonymes :** mots de sens contraires.
- **Aparté :** au théâtre, paroles dites par un personnage à part soi, que seuls les spectateurs sont censés entendre.
- **Argument** : idée que l'on avance pour appuyer ou réfuter une thèse.
- **Assonance** : dans un poème, répétition d'un même son voyelle.
- **Autobiographie** : récit de la vie d'une personne par elle-même.
- **Biographie** : récit de la vie d'une personne par une autre personne.
- **Champ lexical** : dans un texte, ensemble de mots se rapportant à un même thème.
- **Classe grammaticale** : nature d'un mot (verbe, nom, adjectif...).
- **Comparaison :** figure de style rapprochant deux éléments ayant un point commun.
- **Complément circonstanciel :** indique les circonstances d'une action (lieu, temps, but...).
- **Connecteur :** c'est un lien, un mot assurant la cohérence logique entre des propositions ou des phrases (mais, ainsi, par conséquent...).
- **Connotation :** sensation, idée et image qu'un mot peut éveiller en dehors de son sens premier.
- **Dénouement :** résolution du problème à la fin d'une pièce de théâtre.
- **Destinataire :** celui à qui s'adresse une lettre, un message, à qui parle un personnage (son interlocuteur).
- **Didascalies :** dans un texte de théâtre, indications données par l'auteur concernant le décor, le comportement des personnages.
- **Engagé (texte) :** texte rédigé pour défendre une cause.
- **Enjambement :** dans un poème, continuation sur le vers suivant d'une phrase commencée au vers précédent ; cela crée un effet de rythme, de mise en valeur.
- **Explicite :** qui dit les choses de façon nette, sans sous-entendu.
- **Exposition :** dans une pièce de théâtre, premières scènes où sont présentés les personnages et leur situation.
- **Étymologie :** origine d'un mot, étude de cette origine.
- **Famille de mots :** ensemble de mots formés à partir du même radical.
- **Fonction d'un mot :** dans une proposition, c'est le rôle que joue un mot (sujet, complément d'un nom, complément circonstanciel, COD, COI...).
- **Homonymes (ou homophones) :** mots prononcés de la même façon mais ayant une orthographe et un sens différents (Ex. : *saut*, *sot* et *sceau*).
- **Impersonnel :** se dit d'une phrase ou d'un verbe n'ayant pas de sujet personnel (Ex. : *Il fait beau.*).
- **Implicite :** qui est sous-entendu.

Lexique

■ **Ironie :** procédé dans un discours qui consiste à dire le contraire de ce qu'on exprime (l'antiphrase) pour faire réagir, pour se moquer.
■ **Interjection :** mot invariable, exprimant une réaction violente, un sentiment (Ex. : *Oh !* ; *Chut !*).
■ **Locuteur :** dans un texte, c'est celui qui parle.
■ **Mélioratif :** se dit d'un mot présentant une personne, une idée ou une chose de façon favorable, avantageuse (Ex. : *une villa* pour parler d'*une maison*).
■ **Métaphore :** figure de style, forme d'image comparant deux éléments sans outil de comparaison (Ex. : à propos d'un homme stupide : *cet âne*...).
■ **Mètre :** en poésie c'est le vers, la longueur du vers : alexandrin (12 syllabes), décasyllabe (10 syllabes), octosyllabe (8 syllabes).
■ **Monologue :** au théâtre, discours qu'un personnage s'adresse à lui-même.
■ **Narrateur :** dans un récit, c'est celui qui nous raconte l'histoire.
■ **Objectif :** ce qui est conforme à la réalité, indépendamment du point de vue de celui qui parle.
■ **Omniscient :** se dit du point de vue d'un narrateur qui sait tout sur les personnages, sur le passé, le présent et le futur de l'histoire racontée.
■ **Péjoratif :** se dit d'un mot présentant une personne, une idée ou une chose de façon défavorable (Ex. : *une bicoque* pour parler d'*une maison*).
■ **Personnification :** figure de style qui consiste à attribuer une caractéristique humaine à un objet, un animal ou un végétal.
■ **Point de vue :** façon dont le narrateur raconte l'histoire (le point de vue peut être interne, externe ou omniscient).
■ **Polysémie :** caractère d'un mot qui a plusieurs sens.
■ **Préfixe :** ce qui précède le radical dans un mot formé par dérivation (Ex. : ***auto****défense*).
■ **Proposition :** c'est un ensemble de mots formant une unité autour d'un verbe.
■ **Quiproquo :** méprise qui consiste à prendre une personne pour une autre.
■ **Réaliste :** qui veut représenter la réalité telle qu'elle est.
■ **Registre de langue :** c'est le niveau de langage, selon la personne qui parle et les circonstances ; il peut être familier, courant ou soutenu.
■ **Rimes :** reprise d'une ou plusieurs sonorités en fin de vers : rimes pauvres (1 son), suffisantes (2 sons) ou riches (3 sons ou plus).
■ **Sens propre :** sens premier d'un mot (Ex. : *âne* = animal), à distinguer du sens figuré (Ex. : *âne* = homme bête).
■ **Strophe :** groupe de vers ayant la même structure.
■ **Subjectif :** qui reflète les sentiments, les pensées de celui qui parle ou écrit.
■ **Synonymes :** mots de même nature ayant le même sens (Ex. : *énorme* et *colossal*).
■ **Thèse :** position, opinion que l'on défend au moyen d'arguments et d'exemples.
■ **Tonalité (d'un texte) :** impression générale reflétant un état d'esprit ; tonalité comique, pathétique, tragique, lyrique...
■ **Types de phrases :** elles peuvent être déclaratives, interrogatives, exclamatives ou injonctives.

Lexique Histoire-Géo-EMC

Histoire

- **Alternance :** passage de la présidence de la République d'un camp politique à un autre.
- **Bolcheviks :** communistes partisans de Lénine.
- **Capitalisme :** système économique reposant sur la propriété privée, la libre concurrence et la recherche du profit.
- **Cohabitation :** situation dans laquelle le président et son gouvernement ne sont pas du même camp politique.
- **Collectivisation :** confiscation par l'État des moyens de production (usines, champs, machines).
- **Communisme :** abolition de la propriété privée et égalité entre tous les hommes.
- **Constitution :** texte qui définit la répartition des pouvoirs entre les différentes institutions.
- **Convention collective :** accord conclu entre le patronat et les syndicats réglementant les conditions de travail et de rémunération dans une branche professionnelle.
- **Dékoulakisation :** élimination des paysans propriétaires de leurs terres (les koulaks).
- **Droit de veto :** pouvoir de rejeter une résolution même si tous les autres votants l'approuvent.
- ***Einsatzgruppen* « groupes d'intervention de l'armée allemande » :** chargés d'éliminer les populations indésirables en Europe de l'Est occupée par les nazis.
- **Endiguement :** stratégie mise en place par les États-Unis à partir de 1947 pour empêcher l'expansion du communisme dans le monde.
- **Espace vital (*Lebensraum*) :** territoires jugés par les nazis indispensables à la survie de la « race aryenne ».
- **Firme multinationale :** entreprise dont les activités s'étendent à de nombreux pays.
- **Génocide :** extermination programmée d'un peuple en vue de le supprimer totalement.
- **Ghetto :** quartier dans lequel les Juifs sont concentrés sous la contrainte.
- **Goulag :** camp de travail où sont déportés les opposants.
- **Idéologie :** doctrine inspirant la politique d'un groupe ou d'un État.
- **Immigré :** personne née dans un autre pays que celui dans lequel elle vit.
- **Impérialisme :** volonté de contrôler des territoires plus étendus que le sien.
- **Islamisme :** doctrine politique qui veut imposer la loi musulmane comme seule loi.
- **Moyen-Orient :** ensemble des pays qui vont du Maroc à l'Afghanistan (d'Est en Ouest) et de la Turquie au Yémen (du Nord au Sud).
- **Nationalisation :** rachat par l'État d'une entreprise privée.
- **Référendum :** question posée aux électeurs qui y répondent par *oui* ou par *non*.
- **Régime totalitaire :** régime dans lequel l'État cherche à tout contrôler.
- **Shoah :** *catastrophe* en hébreu, terme utilisé à partir des années 1980 pour désigner le génocide des Juifs d'Europe.
- **Société de consommation :** ensemble des moyens destinés à pousser les individus à consommer davantage.

Géographie

- **Aire urbaine :** espace constitué d'une ville-centre entourée de banlieues et d'une couronne périurbaine.
- **Aléa :** événement imprévu, naturel ou humain, provoquant des conséquences sur les sociétés.
- **Collectivité territoriale :** structure administrative qui possède des pouvoirs pour organiser un territoire local (commune, département, région).
- **Décentralisation :** processus par lequel l'État cède une partie de ses pouvoirs aux collectivités territoriales.

Lexique

- **Délocalisation :** déplacement d'une usine dans un autre territoire (région ou pays).
- **Déprise agricole :** abandon des activités agricoles dans une campagne.
- **Densité de population :** nombre d'habitants au km².
- **Développement durable :** développement économique associant un souci de justice sociale et de protection des ressources naturelles.
- **Exode rural :** départ des populations des campagnes vers les villes.
- **Flux :** quantité de marchandises ou de personnes circulant sur un axe de communication.
- **Interface :** zone de contact entre deux espaces différents.
- **Mégalopole :** vaste espace entièrement urbanisé.
- **Métropole :** ville de grande taille avec une influence politique, économique et culturelle sur un territoire.
- **Métropolisation :** concentration de toutes les activités dans les grandes métropoles.
- **Nœud de communication :** lieu où se concentrent plusieurs axes de communication.
- **Périurbanisation :** extension de l'espace urbain sur les campagnes.
- **PIB/habitant (Produit intérieur brut par habitant) :** richesse produite par chaque habitant d'un territoire.
- **Pôle de compétitivité :** zone regroupant des entreprises, des établissements d'enseignement supérieur et des laboratoires sur des projets d'innovation.
- **Risque :** danger causé par une intempérie ou un accident qui engendrerait des dommages sur la société.
- **Solde migratoire :** différence entre le nombre d'arrivées et de départs par an dans un territoire.
- **Solde naturel :** différence entre le nombre de naissances et de décès en un an.
- **Tourisme de masse :** tourisme créé pour accueillir massivement des touristes.
- **Tourisme vert :** tourisme centré sur la découverte de la nature et des ressources locales d'un territoire.
- **Ville monde :** ville exerçant une influence mondiale par son économie, sa culture.
- **Zone industrialo-portuaire :** espace associant les activités d'un port à des industries.

Éducation civique

- **Citoyen :** personne ayant le droit de participer à la vie politique.
- **Crime contre l'humanité :** persécutions et actes inhumains commis contre des populations.
- **Défense globale :** protection du pays menée par tous les services de l'État contre toute forme de menaces.
- **Droit du sang :** droit qui accorde à un individu la même nationalité que celle de l'un ou de ses deux parents.
- **Droit du sol :** droit qui accorde la nationalité à un individu selon son lieu de naissance.
- **Embargo :** interdiction de circulation des marchandises imposée à un pays.
- **Nation :** ensemble de personnes ayant conscience de vivre comme un groupe uni sur un territoire et sous les mêmes lois.
- **Naturalisation :** procédure qui accorde à un individu une autre nationalité que celle d'origine.
- **République :** régime politique dans lequel le peuple possède le pouvoir politique.

Médiatrices et hauteurs dans un triangle

A Hauteurs

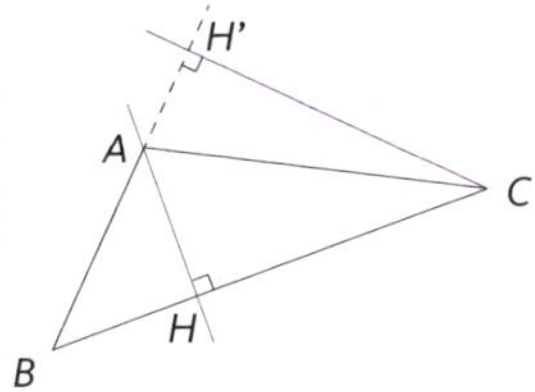

Définition : On appelle hauteur d'un triangle une droite passant par un sommet et perpendiculaire au côté opposé au sommet. Le point d'intersection de la hauteur et du côté opposé au sommet s'appelle le **pied** de la hauteur.

Remarques : Il y a donc trois hauteurs dans un triangle. La hauteur peut-être « extérieure » au triangle, comme la hauteur issue de C sur le schéma précédent.

- On appelle également hauteur la longueur du segment reliant le sommet du triangle au pied de la hauteur.

- La hauteur sert à calculer l'**aire** $\mathcal{A}$ d'un triangle par la formule : $\mathcal{A} = \frac{b \times h}{2}$ où h est une hauteur et b la longueur du côté perpendiculaire à la hauteur (la base). Sur le schéma précédent : $\mathcal{A} = \frac{BC \times AH}{2}$ ou $\mathcal{A} = \frac{\text{‘}AB \times CH}{2}$

Propriété - Définition : Les hauteurs d'un triangle sont **concourantes** (elles passent toutes par un même point).

Leur point d'intersection s'appelle **l'orthocentre** du triangle.

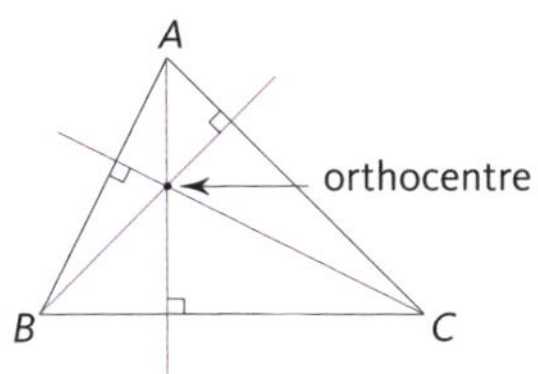

B Médiatrices des côtés

Définition : La médiatrice d'un segment est la droite perpendiculaire au segment, passant par son milieu. C'est son **axe de symétrie**. Elle est constituée des points **équidistants** aux extrémités du segment.

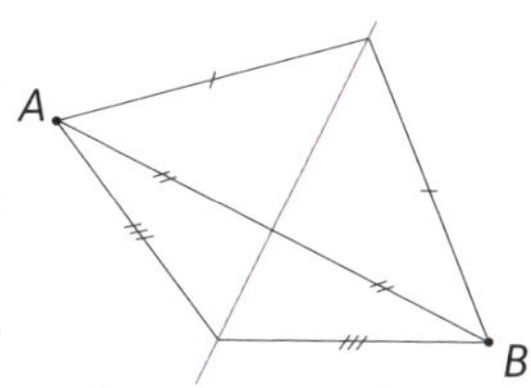

Propriété - Définition : Les médiatrices des côtés d'un triangle sont **concourantes**.

Leur point d'intersection est situé sur toutes les médiatrices donc équidistants des trois sommets : il est le centre du cercle **circonscrit** au triangle, c'est-à-dire passant par les trois sommets.

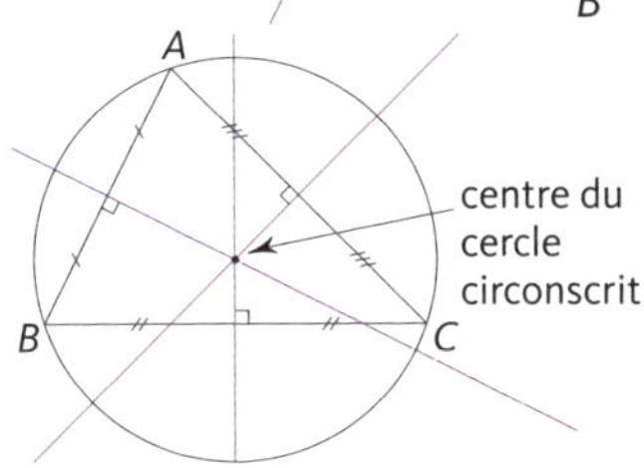

Reconnaître un quadrilatère particulier

Pour chacun de ces quadrilatères, une ou plusieurs caractérisations sont données.
Seules les caractérisations les plus fréquentes dans les exercices ont été choisies.
Il suffit de prouver **une seule** de ces caractérisations pour prouver la nature du quadrilatère.

A Le trapèze

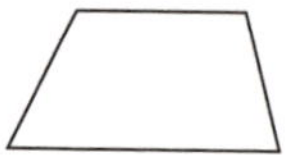

Caractérisation : Un quadrilatère est un **trapèze** si : deux de ses côtés sont parallèles.

B Le parallélogramme

Caractérisation : Un quadrilatère est un **parallélogramme** si une de ces conditions est réalisée :

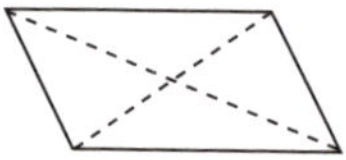

- ses diagonales se coupent en leur milieu
- ses côtés opposés sont parallèles.
- ses côtés opposés sont de même longueur.
- les angles opposés sont de même mesure
- deux côtés oppposés sont parallèles et de même longueur.

C Le losange

Caractérisation : Un quadrilatère est un **losange** si une de ces conditions est réalisée :

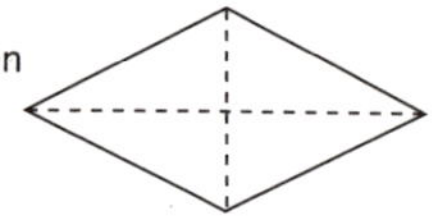

- ses diagonales se coupent perpendiculairement en leur milieu.
- ses quatre côtés sont de même longueur.

D Le rectangle

Caractérisation : Un quadrilatère est un **rectangle** si une de ces conditions est réalisée :

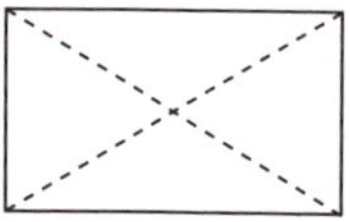

- il a quatre angles droits (trois suffisent).
- ses diagonales sont de même longueur et se coupent en leur milieu.

E Le carré

Caractérisation : Un quadrilatère est un **carré** si une de ces conditions est réalisée :

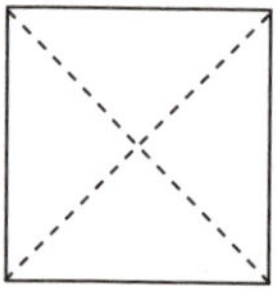

- il a quatre angles droits (trois suffisent) et deux côtés consécutifs de même longueur.
- ses diagonales sont de même longueur et se coupent perpendiculairement en leur milieu.

Démontrer que deux droites sont parallèles

Dans tous les cas suivants, la propriété située à gauche de la figure permet de montrer que les droites (d_1) et (d_2) sont parallèles.

A En utilisant une droite perpendiculaire

Propriété : Si deux droites sont perpendiculaires à une même droite, alors elles sont parallèles.

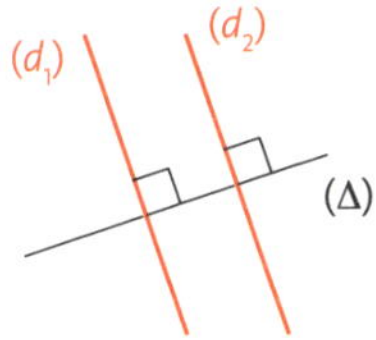

B En utilisant des angles alternes-internes ou correspondants

Propriété : Si deux droites sont coupées par une sécante en formant deux angles correspondants (ou alternes-internes) de même mesure, alors ces deux droites sont parallèles.

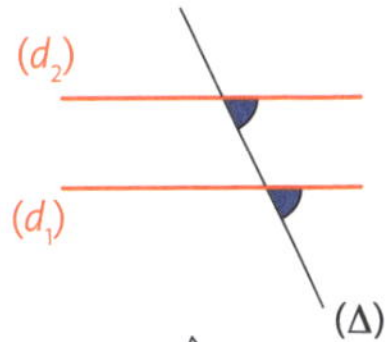

C En utilisant le théorème des milieux

Propriété : Dans un triangle, la droite qui passe par les milieux de deux côtés est parallèle au troisième côté.

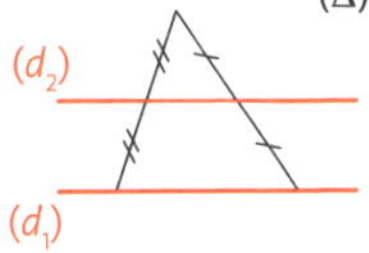

D En utilisant le théorème de Thalès

Propriété : Si une droite coupe deux côtés d'un triangle suivant des rapports proportionnels, alors cette droite est parallèle au troisième côté du triangle (v. **fiche** 28).

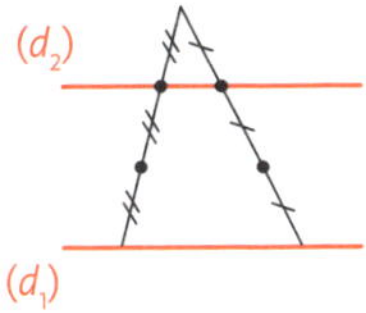

E En utilisant un parallélogramme

Propriété : Si un quadrilatère est un parallélogramme (ou un rectangle, ou un losange, ou un carré), alors ses côtés opposés sont parallèles.

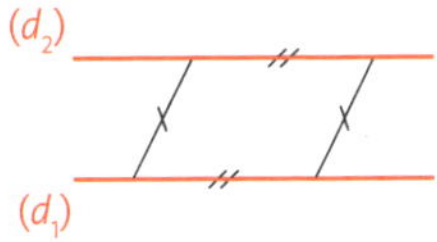

Démontrer que deux drôles sont perpendiculaires

Dans tous les cas suivants, la propriété située à gauche de la figure permet de montrer que les droites (d_1) et (d_2) sont perpendiculaires.

A En utilisant deux droites parallèles

Propriété : Si deux droites sont parallèles, toute perpendiculaire à l'une est perpendiculaire à l'autre.

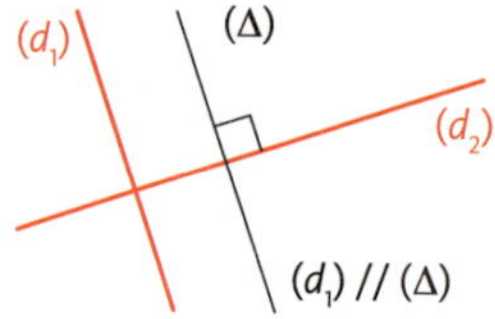

B En utilisant des mesures d'angles

Propriété : Si deux droites forment un angle de 90°, alors elles sont perpendiculaires.

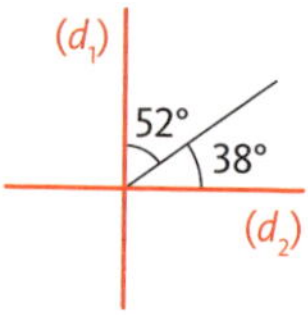

C En utilisant le théorème de Pythagore

Propriété : Dans un triangle, si le carré de la longueur du plus grand côté est égal à la somme des carrés des longueurs des deux autres côtés, alors ce triangle est rectangle.

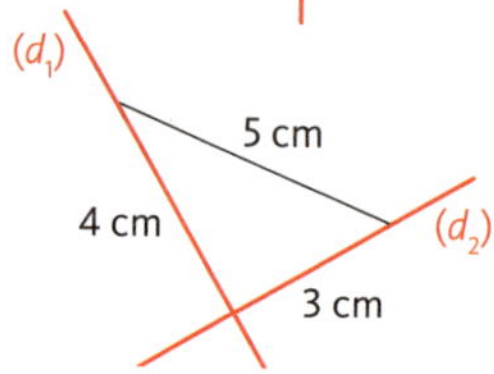

D En utilisant un triangle inscrit dans un cercle

Propriété : Si un triangle est inscrit dans un cercle et si un de ses côtés est un diamètre du cercle, alors ce triangle est rectangle.

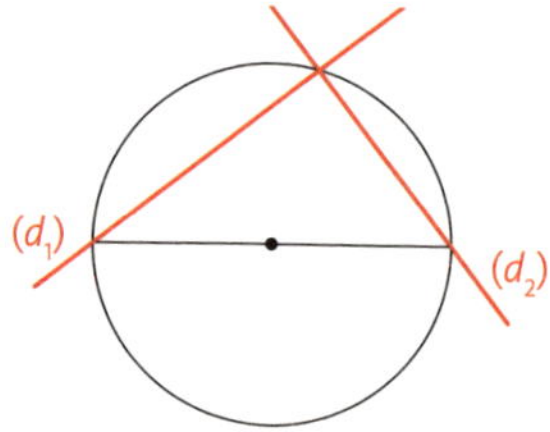

A Les principales grandeurs et leurs unités

Grandeur à mesurer	Unité
temps *t*	(seconde (s
masse *m*	(kilogramme (kg
longueur *l*	(mètre (m
volume *V*	(mètre cube (m³
	(litre (L
(poids *P* (et force *F*	(newton (N
intensité du courant électrique *I*	(ampère (A
tension électrique *U*	(volt (V
résistance électrique *R*	(ohm (Ω
puissance *P*	(watt (W
énergie *E*	(joule (J
	(kilowattheure (kWh

B Formulaire

Poids :

$P = mg$

P → N ; m → kg ; g → N/kg

Vitesse :

$v = \frac{d}{t}$

v → m/s ; d → m ; t → s

ou

$v = \frac{d}{t}$

v → km/h ; d → km ; t → h

Énergie cinétique :

$E_C = \frac{1}{2} m v^2$

E_C → J ; m → kg ; v → m/s

Masse volumique :

$\rho = \frac{m}{V}$

ρ → kg/m³ ; m → kg ; V → m³

ou

$\rho = \frac{m}{V}$

ρ → g/L ; m → g ; V → L

Loi d'Ohm :

$U = R \times I$

U → V ; R → Ω ; I → A

Puissance électrique :

$P = U \times I$

P → W ; U → V ; I → A

Énergie :

$E = P \times t$

E → J ; P → W ; t → s

ou

$E = P \times t$

E → kWh ; P → kW ; t → h

Grandeurs et unités

C Multiples et sous-multiples

Facteur	Préfixe	Abréviation	
10^9	giga	G	000 000 000 1 = 10^9
10^6	méga	M	000 000 1 = 10^6
10^3	kilo	k	000 1 = 10^3
$^{9-}10$	nano	n	001 000 0,000 = $^{9-}10$
$^{6-}10$	micro	µ	001 0,000 = $^{6-}10$
$^{3-}10$	milli	m	0,001 = $^{3-}10$

D Conversions d'unités

MX			kX			X			mX			µX			nX		
										1	0	0	0	0			
								,0	0	1	0						
					,0	0	0	0	0	1	0						

: Exemple

t			kg			g			mg		
		1	0	0	0						
					,0	0	0	1			
					,0	0	0	0	0	0	1

kg 000 1 = (t (tonne 1
kg 0,001 = (g (gramme 1
kg 001 0,000 = (milligramme 1) mg 1

E Notations scientifiques

● On exprime très souvent un résultat sous forme de notation scientifique, c'est-à-dire sous la forme d'un nombre décimal comportant deux ou trois chiffres significatifs et une puissance de dix.

Exemple : $2,56 \times 10^6$ m

● En modifiant l'exposant de la puissance de dix, on effectue facilement une conversion d'unités.

Exemple : $2,56 \times 10^6$ m $= 2,56 \times 10^3$ km $= 2,56$ Mm

Observation du vivant

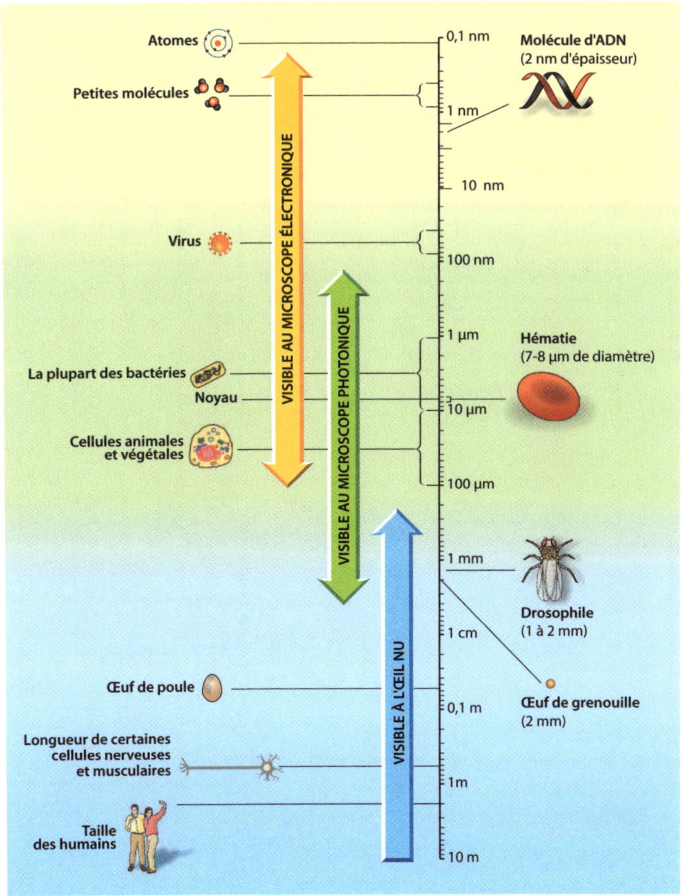

Classification emboîtée des animaux

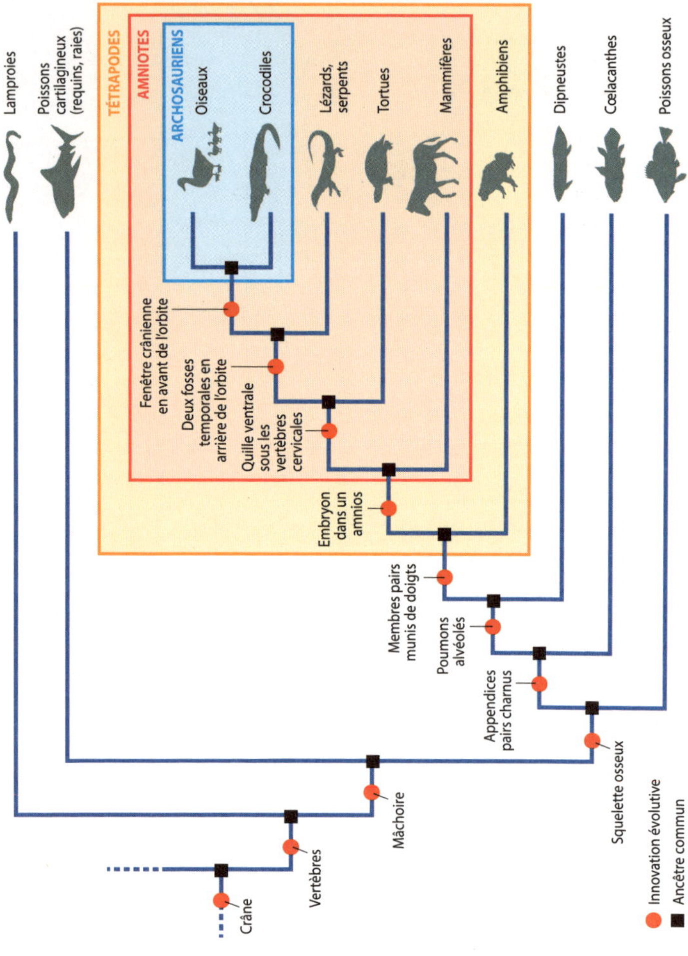

Corrigés

Mathématiques

1. **1.** V **2.** F, ce n'est nécessaire que pour additionner ou soutraire. **3.** V
4. F, elle vaut $\frac{43}{7}$. **5.** F, il vaut $\frac{6}{5}$.

2. **1.** 4^5 **2.** 15^2 **3.** −1 **4.** 189

3. **1.** V **2.** F **3.** F, c'est un nombre trop petit. **4.** F, elle vaut $1{,}354 \times 10^{-12}$

4. **1.** environ 4,2. **2.** n'existe pas. **3.** − 2 **4.** 6 cm **5.** 21

5. **1.** $3x - 15$ **2.** $-10x + 5$ **3.** $3t^2 - 14t - 5$ **4.** $-z^2 - 3z + 10$ **5.** −1

6. **1.** V **2.** F, $-3(x + 7)$ **3.** V **4.** V **5.** F, $(3x - 5)(5x + 2)$

7. **1.** V **2.** V **3.** F **4.** F **5.** V

8. **1.** F car $7 > 5$ **2.** V **3.** V **4.** F, c'est 25 qui est un diviseur de 75.

9. **1.** $\frac{3}{14}$ **2.** $2 \times 3^2 \times 5 \times 11$ **3.** 101 **4.** 12 et 15 **5.** $3^2 \times 11$

10. **1.** 4 **2.** 5 et −5 **3.** $\frac{13}{3}$

11. **1.** F, les solutions sont $\frac{1}{4}$ et $\frac{-3}{2}$ **2.** V, cela donne $(x + 2)(-2 + x)$ **3.** V
4. F, les solutions sont $\frac{4}{3}$ et −2.

12. **1.** V **2.** F, car $-3 \times (-2) = 6$ **3.** F **4.** V **5.** V

13. **1.** V **2.** F, l'image de 0 par g est 2. **3.** F, $p(7) = -28$

14. **1.** V **2.** F, il en a 2. **3.** F, un antécédent de 3 est 2. **4.** F, $h(3) \neq 2$.

15. **1.** V **2.** F, positif **3.** F **4.** V

16. **1.** V **2.** F, car la droite descend. **3.** F **4.** V

17. **1.** $\frac{3}{5}x$ **2.** P(2 ; −6) **3.** $x \mapsto -2x$

18. **1.** V **2.** F, elle vaut 5 **3.** V **4.** V

19. **1.** translation **2.** symétrie centrale **3.** translation **4.** symétrie centrale

20. **1.** rectangle **2.** isocèle **3.** quelconque **4.** on ne peut pas savoir

21. **1.** V **2.** V **3.** F **4.** V **5.** F **6.** F

22. **1.** $\frac{1}{3}$ **2.** 5 **3.** 17 **4.** $\sqrt{2}$

23. **1.** F, $\frac{TL}{TH} = \frac{TE}{TA} = \frac{LE}{HA}$ **2.** F, $\frac{TS}{TE} = \frac{TM}{TL} = \frac{SM}{LE}$ **3.** V **4.** V **5.** F, LE = 14

24. **1.** F, il faut comparer par exemple $\frac{KI}{KL}$ et $\frac{KJ}{KN}$. **2.** V **3.** V **4.** F

25. **1.** $\sqrt{2}$ cm **2.** $\sqrt{41}$ cm **3.** environ 14 cm **4.** $\sqrt{3}$ cm

26. **1.** isocèle **2.** rectangle **3.** 9-12-15

27. **1.** 60° **2.** 45° **3.** environ 28°

28. **1.** $\frac{CH}{AH}$ **2.** $\frac{CH}{\tan(37)}$ **3.** $BC = AB \times \sin(37)$

29. **1.** V **2.** F **3.** V **4.** V

30. **1.** V **2.** F **3.** V **4.** V

31. **1.** 1 000 **2.** 7 420 **3.** 288 **4.** 3 fois plus grand.

32. **1.** 928 m^3 **2.** 477 m^3 **3.** 0,6 **4.** $103 \times \frac{729}{1000}$

33. **1.** V **2.** F, C (–1 ; 3 ; –1) **3.** F, ce sont des parallèles **4.** V

34. **1.** 17 **2.** 11 **3.** 11,5 **4.** V 5. V

35. **1.** 21,6° **2.** 4,2 **3.** 15

36. **1.** 3 **2.** 49,5 %

37. **1.** V **2.** F **3.** V **4.** V

38. **1.** $\frac{2}{6}$ **2.** 0 **3.** 0,5 **4.** 1

39. **1.** 180 km/h **2.** 36 km/h **3.** 3 h 15 min

40. **1.** F, il faut d'abord soustraire 32 **2.** V **3.** V

41. **1.** Fizz **2.** Scratch **3.** Fizzbuzz **4.** Buzz

42. **1.** F, il manquerait le dernier diviseur **2.** F, la variable intervient à l'intérieur de la boucle

43. **1.** ajouter 5 à *y* **2.** ajouter –5 à *y*

44. **1.** Potence **2.** Lettre M **3.** Animateur (chat)

Physique-Chimie

45. Application : **1**c – **2**a – **3**b. Mémo'Quiz : **1**a – **2**a – **3**bc.

46. Application : **1**b – **2**a. Mémo'Quiz : **1**b – **2**bc.

47. Application : **1**c – **2**a. Mémo'Quiz : **1**a – **2**a – **3**ab.

48. Application : **1**a – **2**b. Mémo'Quiz : **1**c – **2**ab.

49. Application : **1**a – **2**c – **3**c. Mémo'Quiz : **1**a – **2**ac – **3**b.

50. Application : **1**c – **2**a – **3**a. Mémo'Quiz : **1**ac – **2**bc.

51. Application : **1**a – **2**b. Mémo'Quiz : **1**a – **2**bc.

52. Application : **1**b – **2**c – **3**c. Mémo'Quiz : **1**b – **2**ac.

53. Application : **1**a – **2**a. Mémo'Quiz : **1**c – **2**c – **3**ac.

54. Application : **1**b – **2**c – **3**c. Mémo'Quiz : **1**ac – **2**ab – **3**b.

55. Application : **1**b – **2**c – **3**a. Mémo'Quiz : **1**b – **2**b.

56. Application : **1**b – **2**a. Mémo'Quiz : **1**ac – **2**c.

57. Application : **1**a – **2**a. Mémo'Quiz : **1**b – **2**c.

58. Application : **1**c – **2**b – **3**a. Mémo'Quiz : **1**c – **2**a – **3**bc.

59. Application : **1**a – **2**c – **3**b. Mémo'Quiz : **1**a – **2**ab – **3**ac.

60. Application : **1**b – **2**bc – **3**c. Mémo'Quiz : **1**bc – **2**b – **3**a.

Corrigés

61. Application : 1a – 2c – 3c. Mémo'Quiz : 1b – 2ac.
62. Application : 1a – 2c – 3b. Mémo'Quiz : 1ab – 2a – 3bc.
63. Application : 1a – 2b – 3b. Mémo'Quiz : 1c – 2bc – 3bc.
64. Application : 1c – 2c. Mémo'Quiz : 1ac – 2b.

SVT

65. Application : 1b – 2c. Mémo'Quiz : 1bc – 2c – 3a.
66. Application : 1b – 2b – 3c. Mémo'Quiz : 1ac – 2c.
67. Application : 1c – 2a – 3a. Mémo'Quiz : 1c – 2abc.
68. Application : 1c – 2bc. Mémo'Quiz : 1c – 2b – 3bc.
69. Application : 1a – 2b – 3c. Mémo'Quiz : 1bc – 2bc.
70. Application : 1bc – 2c – 3c. Mémo'Quiz : 1a – 2ac.
71. Application : 1c – 2b – 3c. Mémo'Quiz : 1a – 2abc.
72. Application : 1c – 2b – 3b. Mémo'Quiz : 1bc – 2bc.
73. Application : 1ab – 2a – 3ac – 4ab. Mémo'Quiz : 1ab – 2abc.
74. Application : 1c – 2b – 3c. Mémo'Quiz : 1ac – 2b.
75. Application : 1b – 2a – 3c. Mémo'Quiz : 1c – 2abc.
76. Application : 1c – 2b – 3a. Mémo'Quiz : 1ab – 2b.
77. Application : 1a – 2b – 3b. Mémo'Quiz : 1b – 2c.
78. Application : 1c – 2a – 3b – 4ac. Mémo'Quiz : 1c – 2ac.
79. Application : 1b – 2a – 3b. Mémo'Quiz : 1ac – 2c – 3b.
80. Application : 1a – 2c. Mémo'Quiz : 1b – 2bc – 3ab.
81. Application : 1a – 2c. Mémo'Quiz : 1b – 2ac.
82. Application : 1ac – 2b – 3a. Mémo'Quiz : 1c – 2ab.
83. Application : 1c – 2c – 3b. Mémo'Quiz : 1a – 2a.
84. Application : 1c – 2a – 3c. Mémo'Quiz : 1b – 2b.

Technologie

85. Application : 1c – 2a – 3a. Mémo'Quiz : 1b – 2a – 3a.
86. Application : 1c – 2c – 3c. Mémo'Quiz : 1a – 2b – 3a.
87. Application : 1b – 2a. Mémo'Quiz : 1a – 2c.

88. Application : **1**a – **2**a – **3**a. Mémo'Quiz : **1**b – **2**c – **3**abc.

89. Application : **1**b – **2**c – **3**a. Mémo'Quiz : **1**b – **2**a.

90. Application : **1**c – **2**ab. Mémo'Quiz : **1**abc – **2**c.

91. Application : **1**c – **2**c. Mémo'Quiz : **1**b – **2**b – **3**a.

92. Application : **1**a – **2**c. Mémo'Quiz : **1**c – **2**a – **3**a.

93. Application : **1**a – **2**c. Mémo'Quiz : **1**b – **2**c – **3**b.

94. Application : **1**b – **2**c. Mémo'Quiz : **1**ac – **2**ab – **3**ab.

95. Application : **1**c – **2**b. Mémo'Quiz : **1**abc – **2**a – **3**c.

96. Application : **1**b – **2**b – **3**a. Mémo'Quiz : **1**a – **2**b.

97. Application : **1**c – **2**b. Mémo'Quiz : **1**c – **2**abc.

98. Application : **1**a – **2**b. Mémo'Quiz : **1**ab – **2**bc – **3**c.

99. Application : **1**a – **2**b – **3**b. Mémo'Quiz : **1**c – **2**a – **3**b.

100. Application : **1**c – **2**b – **3**a. Mémo'Quiz : **1**c – **2**b – **3**a.

101. Application : **1**b – **2**b – **3**a. Mémo'Quiz : **1**a – **2**a – **3**a.

102. Application : **1**b – **2**b – **3**c . Mémo'Quiz : **1**b – **2**a.

Français

Page 230

Le récit **1.** le narrateur **2.** le personnage

Les trois points de vue **1.** externe **2.** omniscient → Le point de vue est omniscient car le narrateur, à la différence des personnages, sait ce qui va se produire. **3.** interne

L'autobiographie **1.** le narrateur doit être l'auteur **2.** peut être un récit de fiction **3.** les faits racontés sont réels **4.** l'auteur change certains éléments **5.** peut être de la littérature

Page 240

Texte argumentatif **1.** argumentatif **2.** la thèse **3.** un exemple

Repérer le narrateur **1.** présent **2.** absent **3.** dans le mode des verbes → Le narrateur est présent à travers l'emploi du conditionnel *parlerait*. Ce temps permet au narrateur de prendre de la distance avec le fait qu'il rapporte. Il montre ainsi qu'il n'est pas certain de ce qu'il avance.

Reconnaître l'implicite et l'ironie **1.** explicite **2.** implicite **3.** ironique

Les formes de l'argumentation **1.** peut être argumentatif **2.** une fable

Corrigés

Page 254

La poésie **1.** alexandrin **2.** suffisante **3.** féminine **4.** lyrique

Figures de style en poésie **1.** une personnification **2.** une métaphore **3.** une allitération

Le théâtre **1.** écrit des pièces de théâtre **2.** comédie et tragédie **3.** un euphémisme → L'euphémisme permet d'évoquer le décès de Victor Hugo en atténuant le caractère brutal de l'idée de la mort.

Page 264

Impératif et conditionnel
1. partirais **2.** Impératif passé **3.** un futur dans le passé **4.** un fait incertain

Les modes **1.** impersonnels **2.** de l'infinitif

Imparfait/passé simple – futur/conditionnel **1.** décidai → passé simple. On choisit le passé simple car il s'agit d'une action ponctuelle, soudaine, qui rompt avec une action de second plan exprimée à l'imparfait. **2.** mangeais → imparfait **3.** réussirais → conditionnel **4.** pourrais → conditionnel

Page 290

Les temps du récit au passé **1.** l'habitude → Lorsque l'imparfait exprime une habitude, on parle de valeur itérative de l'imparfait. **2.** la valeur ponctuelle **3.** rencontra

Les trois discours (ou styles) direct, indirect et indirect libre **1.** discours direct **2.** discours indirect libre **3.** discours indirect

Les différentes subordonnées **1.** relative **2.** interrogative **3.** infinitive

Page 302

Synonymie/Antonymie **1.** perméable **2.** travail **3.** antonymes

Formation d'un mot **1.** dérivation **2.** composition

Sens propre et sens figuré **1.** au sens propre **2.** au sens figuré **3.** au sens figuré → Comme souvent, le sens figuré repose ici sur une comparaison implicite. Le fonctionnement du corps humain est comparé à celui d'une machine dont l'efficacité serait perturbée par la rouille.

Les niveaux (ou registres) de langue **1.** familier **2.** soutenu **3.** courant

Page 312

Pluriel des adjectifs de couleur **1.** rouge foncé **2.** verts **3.** orange

Accord des participes passés **1.** Elles ont marché. **2.** Les feuilles sont tombées. **3.** Voici les fleurs que j'ai cueillies pour toi. → Le verbe *cueillir* est conjugué au passé composé à l'aide de l'auxiliaire *avoir*. Le participe passé s'accorde donc avec le pronom relatif *que* (qui reprend les fleurs), qui est son COD et se trouve avant le verbe dans la phrase. **4.** Lesquels as-tu préférés ?

Passer du discours direct au discours indirect **1.** *Il m'a demandé si je venais les voir.* **2.** Elle m'a affirmé que je réussirais. **3.** Il m'a dit qu'elle avait travaillé à Paris. **4.** Je lui murmure qu'il me rend heureux.

Page 324

Le récit **1.** l'imparfait **2.** quatre types de texte : texte argumentatif, explicatif, narratif et descriptif **3.** deux ou plus **4.** du dialogue entier

Argumenter **1.** cela dépend de la situation d'énonciation **2.** au début du texte **3.** deux stratégies argumentatives

Analyse du sujet **1.** narratif **2.** de la 1re personne → Le journal intime est un genre proche de l'autobiographie. Il s'agit pour le narrateur de raconter sa vie au jour le jour. **3.** l'époque du récit

Histoire

Page 338

1. vrai **2.** faux **3.** faux **4.** faux **5.** faux **6.** Allemage, Japon et Italie **7.** Lénine et Staline **8.** des lois antisémites **9.** 1916 **10.** une guerre de position

Page 352

1. New-York **2.** 1962 **3.** négociée **4.** la CEE → Elle est créée en 1957 après la signature du traité de Rome. **5.** les États-Unis **6.** 27 **7.** le Japon **8.** le « Printemps arabe » **9.** la Chine et la France → Ces pays sont membres du Conseil de sécurité de l'ONU. **10.** obtenue au terme d'une guerre d'indépendance **11.** les États-Unis **12.** en Asie → Au lendemain de la Seconde Guerre mondiale.

Page 362

1. 1944 **2.** de gauche **3.** 1946 **4.** 1 fois → en 1958, il est nommé par l'Assemblée nationale **5.** F. Mitterrand et J. Chirac, en 1986. **6.** De Gaulle **7.** non gaulliste **8.** dissoudre l'Assemblée nationale et organiser un référendum **9.** N. Sarkozy, Ch. de Gaulle et J. Chirac **10.** 1981 et 1988

Géographie

Page 382

1. faux **2.** faux **3.** Vrai **4.** vrai **5.** faux **6.** la concentration des activités et des services dans les métropoles **7.** encourager les agriculteurs à moins produire et à sa tourner vers l'agriculture de qualité **8.** périurbanisation **9.** concentrées surtout sur les littoraux et dans les métropoles

Page 392

1. faux **2.** vrai **3.** faux → Elle en compte 18 depuis 2016 dont 12 en métropole **4.** vrai → Elle se concentre aussi dans les métropoles **5.** faux **6.** faux **7.** Pays-Bas et Belgique **8.** 116 hab/km² **9.** la Nouvelle-Calédonie **10.** les littoraux du sud de la France

Corrigés

Page 404

1. faux **2.** faux **3.** faux **4.** vrai **5.** faux → C'est le 4e donateur mondial **6.** faux **7.** une expression utilisée pour expliquer les relations privilégiées de la France avec certains pays africains **8.** Interreg → Mais ce programme est infancé par le FEDER **9.** une monnaie forte, l'euro, qui concurrence le dollar

EMC

Page 204 **1.** vrai **2.** faux **3.** vrai → Les autres langues sont reconnues mais ne sont pas la langue officielle **4.** vrai **5.** indivisible, laïque, démocratique et sociale **6.** La fête de la Fédération, le 14 juillet 1790 **7.** 1992 **8.** Liberté, Égalité, Fraternité **9.** la nationalité est donnée par le lieu de naissance

Page 212 **1.** faux **2.** vrai **3.** faux → Ce sont les syndicats qui sont à l'origine de mouvements de grèves **4.** des travailleurs **5.** aux régions **6.** Ve République **7.** au suffrage universel direct **8.** CGT (Confédération générale du travail) → C'est un syndicat **9.** Les Républicains et FN **10.** Le Premier ministre, les sénateurs **11.** 1881

Page 220 **1.** faux **2.** faux **3.** vrai **4.** vrai **5.** faux **6.** vrai **7.** faux **8.** vrai **9.** Journée de Défense et de Citoyenneté **10.** ministère de l'Intérieur

Crédits photographiques :

p. 110 NNASA/JPL p. 114 CIEL ET ESPACE/AAO/D. Malin p. 126 F. Hanoteau p. 134 COSMOS/SPL p. 136 BSIP/ted Kinsman p. 144 d COSMOS/SPL p. 144 g AGE FOTOSTOCK/John Cancalosi p. 148 AFP/Jean-Pierre Clatot p. 164 Pour la Science/ Bibliothèque pour la Science/L'évolution/1980 p. 182 DR p. 186 Laboratoire Ampère (CNRS 5005) p. 194 RF Limited/mipan p. 198 ISTOCK/Ivan Strba p. 331 Clemenceau BIS/ Ph. Nadar © Archives Larbor ; p. 332 Blum Bis/Ph. Coll. Archives Larbor ; p. 335 Pétain BIS/Ph. J.L Charmet © Archives Bordas ; p. 336 de Gaulle BIS/Ph. J.L Charmet © Archives Bordas ; p. 339 Gandhi © Archivo L.A.R.A/Planeta ; p. 340 Hô Chi Minh © BIS/Ph. Coll. Archives Larbor

Réalisation éditoriale : Rémi Gancel, Béatrice Käser, Charlotte Davreu, Frédéric Gomariz, Roseline Messager, Fanny Morquin, Julie Langlais, Sophie Petitprêtre
Couverture : Frédéric Jély
Conception graphique intérieur : Julie Lannes
Composition : Facompo
Schémas : Coredoc
Frises : Renaud Scapin
Cartographie : Légendes Cartographie, Afdec

Achevé d'imprimer en décembre 2021 par Macrolibros à Valladolid en Espagne
Dépôt légal : décembre 2021 - N° de projet : 10266977